مراسم الجنازة الاسلاميه

荣获第三届茅盾文学奖

霍达 著 | # 穆斯林的葬礼

北京出版集团公司
北京十月文艺出版社

作者简介

霍达，女，回族。国家一级作家，第七、八届全国政协委员，第九届全国人大代表，第十、十一、十二届全国政协常委，中央文史研究馆馆员，国务院授予政府特殊津贴。著有多种体裁的文学作品约800万字，其中，长篇小说《穆斯林的葬礼》获第三届茅盾文学奖；长篇小说《补天裂》获第七届全国五个一工程奖的长篇小说和电视剧两个奖项，并被中宣部、文化部、新闻出版总署、广播电视总局、中国文联、中国作协评为建国50周年全国十部优秀长篇小说之一；中篇小说《红尘》获第四届全国优秀中篇小说奖；报告文学《万家忧乐》获第四届全国优秀报告文学奖，中国消费者协会授予保护消费者杯全国个人最高奖及3·15金质奖章；报告文学《国殇》

获首届中国潮报告文学奖；话剧剧本《红尘》获第二届国家舞台艺术精品工程优秀剧本奖；电视剧《鹊桥仙》获首届全国电视剧飞天奖；电影剧本《我不是猎人》获第二届全国优秀少年儿童读物奖；电影剧本《龙驹》获建国四十周年全国优秀电影剧本奖；散文《义冢丰碑》《烟雨文武庙》获香港回归征文全国一等奖；散文《为了那片苍天圣土》获全国政协庆祝香港回归十周年优秀征文奖，散文《听海》获中华散文学会优秀散文奖。此外，代表作尚有电影剧本《秦皇父子》、话剧剧本《海棠胡同》等，并曾多次获全国少数民族文学创作骏马奖，以及建国40周年北京优秀文学创作奖、北京文学奖荣誉奖、火凤凰报告文学奖、炎黄杯当代文学奖、花城文学奖等多种奖项。2009年当选全国民族团结进步模范，在国务院第五次民族团结进步表彰大会上受到表彰，2010年获上海世博会联合国千年发展目标主题活动组委会授予民族文化传承和发展卓越成就奖。1999年北京出版社出版六卷本《霍达文集》，2009年人民文学出版社出版八卷本《中国当代作家·霍达系列》、九卷本《霍达文选》。作品有英、法、阿拉伯、乌尔都、韩、塞尔维亚、马来西亚等多种文版及港台出版的繁体字中文版行世。曾应邀出任开罗电影节国际评委、第四次世界妇女大会代表、《港澳大百科全书》编委，并赴美、英、法、日、俄、意大利、西班牙、新加坡、马来西亚、芬兰、挪威、埃及等十余国进行访问和学术交流，生平及成就载入《中国当代名人录》和英、美版《世界名人录》。

作品简介

一个穆斯林家族，六十年间的兴衰，三代人命运的沉浮，两个发生在不同时代、有着不同形态却又交错扭结的爱情悲剧。这部五十余万字的长篇，以独特的视角，真挚的情感，丰厚的容量，深刻的内涵，冷峻的文笔，深情回望中国穆斯林漫长而艰难的足迹，揭示了他们在华夏文化与伊斯兰文化的撞击和融合中的心路历程，以及在特定的时代氛围中对人生真谛的困惑和追求，着力塑造了梁亦清、韩子奇、梁君璧、梁冰玉、韩新月、楚雁潮等一系列文学画廊中前所未有的人物形像，血肉丰满，栩栩如生。作品含蓄蕴藉，如泣如诉，以细腻的笔触拨动读者的心弦，曲终掩卷，荡气回肠。

《穆斯林的葬礼》的创作完成于一九八七年秋，发表于《长篇小说》季刊总第十六、十七期，《中国作家》一九八七年第六期转载，一九八八年由北京十月文艺出版社出版单行本，引起强烈的社会反响，许多作家、评论家、穆斯林学者和广大读者给予充分肯定和高度评价，认为这是我国第一部成功地表现回族人民悠久历史和现实生活的长篇小说，具有民族史诗的品格和当代文学史上不可替代的文学地位和美学价值。

一九九一年，《穆斯林的葬礼》荣获中国文学最高奖——第三届茅盾文学奖，此外，还曾获得第三届全国少数民族文学创作奖——骏马奖、建国四十周年北京市优秀文学奖等多种奖项。

一九八九年，中央人民广播电台《小说连播》栏目全文播出本书，中国国际广播电台和许多地方电台也多次转播，深深地感动了无以数计的听众。自一九九一年以来，中国文学出版社和外文出版社、韩国智慧屋、塞尔维亚信天翁出版社、马来西亚汉文化中心陆续出版了本书的英、法、阿拉伯、乌尔都、韩、塞尔维亚、马来西亚等多种文字的译本，一九九二年中国台湾《世界论坛报》以长达一年的时间连载本书，一九九三年中国台湾国际村文库书店出版了《穆斯林的葬礼》上、下册繁体字版，二〇〇五年《穆斯林的葬礼》收入人民文学出版社“茅盾文学奖获奖作品全集”。二〇〇八年，中央人民广播电台将《穆斯林的葬礼》重新录制为百集配乐朗诵大制作，在《文艺之声》栏目播出，之后被多家电台转播。二〇〇九年，《穆斯林的葬礼》收入人民文学出版社“新中国60年长篇小说典藏”、作家出版社“共和国作家文库”。二〇一九年，《穆斯林的葬礼》收入学习出版社、北京十月文艺出版社“新中国70年70部长篇小说典藏”。

《穆斯林的葬礼》自问世以来，不断重印，三十余年畅销不衰，仅本社一家的印数已突破五百万册，创造了严肃作品长久地赢得读者、占领市场的奇迹，先后被列入“北京市十大畅销书”“全国文教类优秀畅销书”“家庭书架百种常备书目”“大学生所喜爱的作家和作品”“中国青年最喜欢的二十本古今中外名著”“一生必读的三十本书”“一生必读的六十部名著”“一生必读的一百本书”“香港中文大学推荐的八十七本书”“二十一世纪新四大名著”，部分章节被选入高中和大学教材，在一代又一代读者心中留下了难以磨灭的记忆。

序一　一本奇书

冰　心

我认识霍达，是从读她写的《国殇》和《民以食为天》开始的。我喜爱这位年轻的女作家，因为从这些文字里，我看出了她是一个热爱祖国热爱人民的人。但我还不知道她是位多产的作家，她写的电影剧本、戏剧剧本等等，我都没有看过。直到她送给了我一本《穆斯林的葬礼》，我才知道她是回族，而且写作的才能是惊人的！

关于回族，我知道的很少，因为我的亲戚朋友里，没有一个回族人。我只知道回族人都爱干净，不吃猪肉，男人们戴着一顶医务工作者那样的白帽；北京有一条牛街，里面住的大都是回族人，还有教堂(清真寺)，如此而已。

看了《穆斯林的葬礼》这本书，就如同走进一个完全新奇的世界。书里每一个细节，我都很“陌生”，只有书中小主人公新月在北京大学生活的那一段，因为北京大学的校园就是燕京大学的故址，我对燕大校园的湖光塔影，还是熟悉而且有极其浓厚的感情的。

回来再讲这本小说，我觉得它是现代中国百花齐放的文坛上的一朵异卉奇花，挺然独立。它以独特的情节和风格，引起了“轰动的效应”，这“效应”之广之深，大家知道得比我还多，我就不必细说了！

现在，我知道这本书正在译成许多外国文字，在海外出版，虽然里面有些删节，我对此还是十分欢喜。我愿意全世界的读者都知道在中华人民共和国的五十六个民族之中，有十个民族是穆斯林，而且在中国十亿人民之中，就有一位年轻的回族女作家，她用汉文写出了一本极富中国性格的、回族人民的生活故事。关于这本小说，在中国的言论和评价，真是多得不得了，好得不得了。我们中国有一句古谚，说“百闻不如一见”，亦愿海外的朋友们，都来读一读这本中国回族女作家写的奇书！

一九九〇年七月，古尔邦节

（此系冰心先生特为《穆斯林的葬礼》外文版所写的序言，发表于一九九〇年八月十八日《文艺报》）

序二　穆斯林诗魂

刘白羽

一九九〇年四月二十二日。

上午读霍达的《穆斯林的葬礼》，无法释手，不过按照我读书的习惯，总留一个结尾专门来读，因此还是忍耐住了。下午睡起，将全书读完，释出压在心头的沉痛，长长地舒了一口气。我觉得这是一部穆斯林的圣洁的诗篇，充满悲剧的美感。过去的生活过去了，新的生活开始了。这部书场面十分阔大、头绪那样纷繁(本来人生就是阔大而纷繁的)，通过一个玉器世家几代盛衰，唱出一曲人生的咏叹。全书前面部分还情缜意密，精心刻画，到后半部已如大潮汹涌，不可遏止。这是玉的长河，不，人生的长河，命运的长河，悲剧的长河。到新月之死，我实在无法抑制，不能不流下眼泪。如果不是把人生的真谛写得如此深邃，如此动情，能有如此摧肝裂胆的艺术魅力吗？

读这部书，有如读《巴黎圣母院》，奇谲诡变，奥妙无穷。一个中年女作家，能够有这样强大的驾驭历史、挥洒人生、驱使命运，写得沉雄浑厚、凝练典雅的创造力，达到了惊人地步，实在难能可贵。所以取得这样辉煌的艺术成就，诚如作者在后记中所说，她在追求一种美，人生如果没有这种美，人生有什么意义？艺术如果没有这种美，艺术有什么意义？正是这种美，深沉的美、崇高的美，使人的灵魂得到升华。我仔细品味着作者为什么掌握了这种美，我发现，作者是一个有自己美学观的人。她写道：“我在写作中净化自己的心灵，并且希望我的读者也得到这样的享受。”“我历来不相信怀着一颗卑劣的心的人能写出真善美的好文字。”“我觉得人生在世应该做那样的人，即使一生中全是悲剧，悲剧，也是幸运的，因为他毕竟完成了对自己的心灵的冶炼过程，他毕竟经历了并非人人都能经历的高洁、纯净的意境。人应该是这样大写的‘人’。”

的确，一页一页读下来，我进入一个庄严而伟大的世界。读到《玉殇》梁亦清之死，这是大斧铿锵的雕塑，悲壮淋漓，令人震骇，读到《玉王》，韩子奇青云得意，斗角钩心，用笔如此老练，千万世态，游刃有余，我深为这种艺术功力而赞叹。围绕着这一条清澈而晶莹的玉的长河，梁君璧、韩子奇，各有鲜明的性格，各有独特的内心世界。但在这庞杂的人生之林中，却响起一支幽幽的乐曲，它由小而大、由轻而重、由弱而强，一个形象轻盈而出——这就是新月，正是这一纯洁的灵魂、幽静的灵魂、美的灵魂，本来是一道活泼的小溪，却一下跌入人生的劫难，由梁君璧之拒绝楚雁潮这一波澜突起，掀开可怕的命运的剧变……“一年三百六十日，风刀霜剑严相逼”，使得纯真的少女的爱心像一块无瑕之玉一下跌得粉碎。是的，正如作者自己所说，她是“为人心作传”——无论是优美的，无论是残酷的，人的心灵，压倒一切，镇住一切。新月之死，令人悲痛欲绝。这绝不是因为我有一个和新月患同样病而死去的亲爱的儿子，才会抚今忆昔，引起创恸；倒是一个失去爱子的父亲的心，才能感受到凄切命运中美的触动。新月之死，是祝英台之死，是缠绵的，又是壮烈的，不只是柔情感人而是苍天泣血，人们的心正是从这悲剧之美中得到净化。

从艺术评价来看，我以为林林总总的诸多人物中，梁君璧是作者塑造得最丰满的一个典型形象，一言一语，一颦一笑，如闻其声，如见其人，使我想到《红楼梦》中的凤姐。也许因为我是北京人，我生长在曾经富极一时而终又凄凉零落的大家庭中，人情冷暖，世态炎凉，使我懂得梁君璧，她表面上显露着压人的威势，其实内心隐藏着一腔悲痛，一部书能写出一个典型人物已不容易，何况全书在艺术上可以称得上“如空中之音，相中之色，水中之影，镜中之像，言有尽而意无穷”。我读《穆斯林的葬礼》，实为多年来难得的艺术享受。

当然，从美学的完美之境这一高度来考察，全书也非无不足之处。我相信作者的才华与意志是能够承受这种过苛的要求的。王国维有“隔”与“不隔”之说。梁君璧之风云叱咤，韩子奇之愁肠百结，都衬托新月，净化主题，至新月之死，大有“风雨如晦，鸡鸣不已”之势，她盼望着天明，她在天明时死去，这是人世间多么大的悲痛呀！这些都丝丝入扣，不隔；但韩子奇在伦敦，楚雁潮突然而来的爱情，由于铺垫不够，过分突兀，从而不能出神入化，精韧至微，则隔矣。当然从全局之矫捷，大可不计片段之平弱，但有一点是否值得推敲？作者精心筹划，独树一帜，以今昔对比结构全书，有如两条河流相融相汇，相彰相衬，其妙无穷。但是不是创造了结构，又受到结构之局限呢？

前面说到完美，完美当然是美学的很高的准则。我考虑这一问题，是从罗马圣彼得教堂开始的。当我走到米开朗琪罗的雕塑《母爱》跟前时，那种整体的完美一下镇住了我。在文学上，我崇拜《战争与和平》，但是在托尔斯泰笔下，我以为体现了艺术完美的是《安娜·卡列尼娜》；我崇拜《悲惨世界》，但是在雨果笔下，我以为体现了艺术完美的是《巴黎圣母院》。《穆斯林的葬礼》从悲剧美这一角度来看是达到一定完美的程度，读完所以令人不释于怀，就因为它具有悲剧美的感化力。作者在后记中讲到：“最高的技巧是无技巧，仅仅炫耀技巧就失去了灵魂。”还说：“至今弄不清我运用了什么技巧，也弄不清楚这本书按时下很流行的说法归属什么流派。”作为一个既欣赏西方古典文学、又欣赏西方现代文学的人，我认为是现实主义的同时又是浪漫主义的，当然，不是停滞于古典的现实主义、浪漫主义，而是迈步于今天的现实主义、浪漫主义，它显得更鲜活、更有灵性，因而也更动人。在悲剧张力这一点上，它属于莎士比亚，在探索人心这一点上，它接近茨威格，但是，它比茨威格有气势，因此它是不平凡的。正因为是为穆斯林人心作传，全书笼罩着一种庄严肃穆的气氛，因此我说它是穆斯林的圣洁的诗篇。当然，我所指的不是在书中阐发了多少真主的旨意，我所指的是它扬起穆斯林美的灵魂。也许有的读者觉得这个悲剧太悲惨了，但是，在尾声部分，梁冰玉看到“一个亭亭玉立的少女出现在门边，洁白的皮肤，俊秀的脸庞，黑亮的眼睛，长长的睫毛，正吃惊地看着她。‘新月！新月……’她一把抱住了少女……”是的，默默苍天，沉沉大地，过去的生活过去了，新的生活开始了。梁冰玉抱着的已不是新月，而是梁家第三代人，她抱住的不是一个新的新月，一个未来，一个希望吗？对于细心的读者，这轻轻一笔也就足够了。

（此文原系刘白羽先生为《穆斯林的葬礼》所写的评论，
发表于一九九〇年七月二十九日《光明日报》）

自序　二十年后致读者

霍达

一九八七年八月二十九日深夜，我为《穆斯林的葬礼》点上最后一个标点。当时，我已经心力交瘁，但仍然不忍释卷，怀着深深的爱怜和依恋，用一天一夜的时间把浸透心血和汗水的书稿通读一遍，又动手作后记，写毕已是九月一日凌晨。我至今清楚地记得，后记的最后一句话是："请接住她，这是一个母亲在捧着自己的婴儿。"

这句话，是对编辑说的，也是对读者说的。从那一刻，婴儿脱离了母体，剪断了脐带，来到了人间。

二十年过去了。昔日的婴儿，如今已经整整二十岁了。当母亲回头注视着在人间闯荡了二十年的孩子，不禁百感交集。感谢真主的慈爱，这孩子成长得很健康，而且人缘儿极好。我这么说，并不是因为她出世不久就戴上了茅盾文学奖的桂冠，更重要的是，她拥有了那么多真诚的读者。据北京出版社的不完全统计，仅他们一家二十年来的累计印数已经超过一百四十万册，这还不包括人民文学出版社、台湾国际村文库书店、中国文学出版社、外文出版社等各家出版社出版的中、外文多种版本，更不要说那些根本无法统计的盗版书。每一本书又在读者中辗转传阅，持续蔓延。中央人民广播电台和中国国际广播电台的数次全文广播，又把读者面扩大到无数的听众。读者、听众的信件像雪片般飞来，他们当中，有德高望重的文坛前辈，有与我血脉相连的穆斯林同胞，有饱经沧桑的耄耋老者，有寒窗苦读的莘莘学子，绝大多数都和我素不相识，仅仅因为一本书，把我们的距离拉近了，心灵沟通了。许多人是偶然从朋友或同学那里看到这本书，顺手翻一翻，便放不下了。许多人是在辛劳的工作或学习的间歇，一边捧着饭碗，一边收听广播，一节听完，意犹未尽，期待着明天同一时刻继续收听。他们含着热泪向我倾诉，我含着热泪感受他们的心声。有的回族同胞说，他从这本书里了解了自己的民族，增强了民族自尊和自豪；有的读者说，她是读着我的书长大的，《穆斯林的葬礼》改变了她的命运；有的年轻朋友说，这是对他影响最大的一本书，使他懂得了人的一生应该怎样度过，并将陪伴他一生。他们对这部作品的挚爱之情令我感动，但这些赞誉，我不敢当。《穆斯林的葬礼》不是史书，不是教科书，而是一部文学作品。我不是民族史专家，不是宗教职业者，而只是回族当中普通的一员，一名虔诚的穆斯林，一个热爱祖国和民族的作家，我只是写了自己所了解、所经历、所感受的北京地区的一个穆斯林家族的生活轨迹，而不可能涵盖整个民族。我也不是哲人，没有先知先觉之功，怎么可能去改变他人命运，影响他人的人生？我并不认为自己的作品具有如此神奇的魅力，而更愿意相信，是因为读者在阅读中融入了自身的人生感悟，和作者共同创造了文学。古往今来的优秀文学作品，无一不是由广泛流传获得了生命，活在读者之中。读者的选择，历史的淘汰，最是无情也最有情。

还有的读者以极大的兴趣和我探讨《穆斯林的葬礼》的艺术技巧，这使我想起一位前辈作家说过的话："寻诗争似诗寻我。"从某种意义上说，作家并不是作品的主宰，文学创作是一个奇妙的"互动"过程：你在"寻"她，她也在"寻"你。你为了寻找最佳的表现形式，"众里寻她千百度"；而她好像是一件早已存在的、完整的、有生命的艺术品，等待着你的发现，"蓦然回首，那人却在灯火阑珊处"。这样的创作状态，对作者来说已不是苦行，而是艺术享受。《穆斯林的葬礼》不是依照作者的设计，而是遵循她自身的规律，自然而然地"生长"出来的。书稿分两期在《长篇小说》杂志上刊出，上半部发稿时，下半部还只有一个目录，但我并不担心，一个已经孕育成熟的生命，分娩自然是指日可待的。

二十年后回忆当初，早已淡忘了“分娩”的阵痛，有的只是母爱的温馨和岁月的感慨：孩子大了，母亲老了。值得欣慰的是，经历了二十年的风雨寒暑，我的孩子已经具备了旺盛的生命力，既然我把她交给了读者，就让她继续生活在你们中间吧！在她的二十岁生日到来之际，我谨向尊敬的读者致以由衷的谢意，感谢你们二十年来对她的厚爱和呵护，并且希望在以后的岁月里仍然一如既往！

二〇〇七年八月二十九日
写 于 抚 剑 堂 书 屋

啊，安拉！宽恕我们这些人：活着的和死了的，出席的和缺席的，少年和成人，男人和女人。

啊，安拉！在我们当中，你让谁生存，就让他活在伊斯兰之中；你让谁死去，就让他死于信仰之中。

啊，安拉！不要为着他的报偿而剥夺我们，并且不要在他之后，把我们来作试验！

——穆斯林的葬礼上的祷辞

目　　录

序曲　月梦

清晨，她走来了。一辆出租车停在路口，她下了车，略略站了站，环顾着周围。然后，熟悉地穿过大街、小巷，向前走去。

她穿着白色的短袖衬衫，白色的西服裙和白色的皮鞋，几乎通体洁白，身材纤秀因而显得颀长，肤色白皙、细腻，橄榄形的脸型，一双清澈的眼睛，鼻梁略高而直，未施任何唇膏的淡红的嘴唇紧闭着，颏旁便现出两道细细的、弯弯的、新月形的纹路。微微鬈曲的长发，任其自然地舒卷在耳后和颈根。耳垂、颈项都没有任何饰物。尽管鬓边的黑发已夹杂着银丝，她却并不显得过于苍老；不认识她的人，把她遗忘了的人，也看不出她曾是怎样年轻。

她匆匆走着，没带任何沉重的行囊，手里只提着一个白色的圆形纸盒。

走在这里，她仿佛从一个长长的梦中醒来。

晨曦熹微，小巷清幽。早起的人们偶尔从她身旁擦肩而过，骑车的，步行的，领着孩子的，端着早点的……她感到一股熟悉的气息扑面而来，而人们却不熟悉她，谁也没有认真地看她一眼。

她看着前面。天和地是灰色的，砖和瓦也是灰色的。临街的墙几经风化，几经修补，刷过黑灰、白灰，涂过红漆，书写过不同内容的标语，又终于被覆盖；风雨再把覆盖层胡乱地揭下来，形成一片斑驳的杂色，融会于灰色的笼罩之中。路旁的树木苍黑，瓦楞中芳草青青。

远处，炊烟缭绕。迷蒙的曙色中，矗立着这一带唯一的高出民房的建筑，尖顶如塔，橘黄色的琉璃瓦闪闪发光。那是清真寺的“邦克”楼，每日五次，那里传出警钟似的召唤：“真主至大！万物非主，唯有安拉；穆罕默德，主之使者。快礼拜啊！”

这儿是“达尔·伊斯兰”——穆斯林居住区，聚集着一群安拉的信徒，芸芸众生中的另一个世界。

这个世界很大。先知穆罕默德把真主的旨意传布人间，把仁慈、公正、诚实和自我克制的精神洒向人间，全世界的穆斯林已达八亿之众。

这个世界很小。在拥有八百万人口的古都北京，穆斯林的数目只有十八万，他们散居各处，其中有一部分聚居在这座清真古寺的周围。据说，这一带曾经是果木繁茂的石榴园……

大约远在公元七世纪，一些头上缠着白布的阿拉伯商人来到了东土大唐，他们习惯了神州大地的水土，在这里娶妻生子，留下来了。一二一九年成吉思汗率兵西征，一二五八年旭烈兀攻陷巴格达，葱岭以西、黑海以东，信仰伊斯兰教的各民族的土地被蒙古贵族陆续占领，征服者强迫被征服者大批迁徙到东方。他们之中，有被俘虏的工匠，有被签发的百姓，有携家带眷的阿拉伯上层人物。当然，也有乘东西方的交通大开而自发前来的商人。这些“外来户”，大部分在中国做军士、农夫和工匠，少数人经商、传教，也有极少数做官。这些人的后裔很少再返回故地，就在这块土壤上生根了，繁衍生息，世代相传。元朝的官方文书称他们为“回回”，他们本身也以“回回”自称，一个新的民族在东方诞生了。由于历史上难以避免的融合，回回民族当中也糅进了一些汉人、蒙古人、维吾尔人和犹太人的成分，但回回始终保持着自己的独立存在，而不融入汉人或其他民族之中。幅员辽阔的中国，是汉人长期生存繁衍的地方，回回不可能像土生土长的民族一样拥有整块的、大片的土地，他们不断地被派遣、被迁徙，甚至被征讨、被杀戮，为了生计，他们流落四方……他们始终是少数，这少数的人艰难地、顽强地、小心翼翼地生活着，信奉着自己的主。他们相信真主是独一无二的，他创造了大地、苍穹、自然力、人、天使和“镇尼”（精灵），他主宰着一切；他是没有形象的，但又是耳聪目明、全知全能的。他无时无处不在，凡有三个人密谈，他就是第四个参与者，凡有四个人密谈，他就是第五个参与者……主永远与穆斯林同在。穆斯林归顺真主，接受真主通过穆罕默德所晓谕的启示，虔诚祈祷，老实做人，宽厚仁爱，生活俭朴，不骄傲自大，不诽谤他人，捍卫信仰，遵循“逊奈”——圣行，穆罕默德之路。他们相信人生有“后世”，相信“末日审判”，每个人的灵魂被接纳进天园或是被投入火狱，一切将由真主判定。他们相信善行必定得到报偿，邪恶必定受到惩罚……

她从梦中醒来，面对着这个苦苦寻找的世界，是那么熟悉，仿佛岁月倒流了，那不堪回首的一切都不曾发生。不，岁月永远不会倒流，当重新回到这个世界之时，她老了，这里也已经变得陌生。当然，岁月也一定把别人都拖老了。她不知道该报偿的是否已经得到了报偿？该惩罚的是否已经受到了惩罚？不，她不需要知道。她从来也没有打算对过去的恩怨进行什么报偿或是惩罚，只想把该记住的都记住，该忘却的都忘却！

又拐过一个弯儿，就进了梦中的那条胡同。她看见那棵古老的槐树了，历尽劫磨，阅尽沧桑，它还活着，老干龙钟，枝叶葱茏。过去，每当春天来临，它就绽开串串白花，香气飘满整条胡同；清风吹来，落花如雪，落在她的头上、肩上，“拂了一身还满”。如今树上没有花，开花的季节已经过去了。它白白地开了几十次，落了几十次，一直在等着她呢，而她却没有来。

她终于来了。她从树下走过，站在那座门楼前。

她夜夜都梦见这座门楼、这所院子，梦见院子里的天空，梦见天上的月亮，梦见那一双永远也不能忘记的眼睛，梦见那一声声牵心动腑的呼唤……

天上有明月，年年照相思。

她夜夜沉醉在梦中。梦把空间缩短了，梦把时间凝固了，梦把世界净化了。梦中没有污秽，没有嘈杂，没有邪恶；梦中没有分离，没有创伤，没有痛苦；梦中只有柔和的月色，只有温馨的爱；梦使她永远年轻，使她不愿醒来。

她还是醒来了……

她不能遏止自己的冲动，踏上那五级青石台阶，伸手去抚摸那暗红色的大门。

门关着。她突然缩回了手。她并不怕见到她所不愿意见到的人，她只急于见到她曾天天梦见的人，这毋庸讳言，也无可畏惧。但是她看见，在大门的旁边，古老的青砖墙上，镶着一块她从未见过的汉白玉标志，上面，用仿宋字和隶书刻着：

北京市重点文物保护单位
四　合　院
北京市文物事业管理局　1979

她愣住了。她不知道这块崭新的、显然是今年刚刚镶上的汉白玉标志意味着什么？是这里的一切都改变了吗？

她的心怦怦地跳，悬在胸前的手微微地颤抖。她渴望叫开这道门，又莫名其妙地感到恐惧。她望着那暗红色的门，仿佛那是一道命运之门，曾经决定了她往昔的命运，也将决定她余生的归宿，通往天园，或是火狱。在伸手叩响门钹上的铜环之前，她不得不给自己片刻的喘息。

一道门，隔着两个世界。隔绝得太久了，大门里贮藏着她所知道的和不知道的一切……

第一章 玉魔

这是一座规整的四合院。

磨砖对缝的灰色砖墙簇拥着悬山式的门楼，房脊的两端高耸着造型简洁的鸱吻。椽头之上，整齐地镶着一排三角形的“滴水”。檐下，便是漆成暗红色的大门。厚重的门扇上，镶着一对碗口大小的黄铜门钹，垂着门环。门扇的中心部位，是一副双钩镌刻的金漆对联：“随珠和璧，明月清风。”门楣上伸出两个六角形的门簪，各嵌着一个字：“博”“雅”。这些字样，都和人们常见的“长命富贵”“向阳门第春常在，积善人家庆有余”之类不同，隐隐可见此院主人的志趣。大门两侧，是一对石鼓，高高的门槛，连着五级青石台阶。

这座大门，通常是紧闭着的，主人回家，或是有客来访，叩动门环，便有老妈子从南房中闻声出来开门相迎。

穿过大门的门洞，迎门便是一道影壁，瓦顶、砖基，四周装饰着砖雕，中心一面粉墙，无字无画，像一片清澈的月光。影壁的底部，一丛盘根错节的古藤，虬龙般屈结而上，攀着几茎竹竿，缠绕着繁茂的枝干，绿叶如盖，葳蕤可连接地面，每逢春夏，紫花怒放，垂下万串珠宝。

影壁和大门之间，是一个狭长的前院，一溜五间南房称为“倒座”，是佣人房和外客厅所在，连在门楼的西边。门楼便被挤在东南角上，并不居中——这却是四合院建筑的惯例，“坎宅巽门”，大门要开在东南方向，以取吉利。

和大门斜对的垂花门却坐落在整个建筑布局的中轴线上。垂花门是承接前后院的咽喉，虽然除了作为通道之外再无实用价值，却具有举足轻重的地位。它与大门的朴素、庄重风格不同，被装饰得富丽堂皇、玲珑剔透。门框不再是大门的那种暗红色，而是朱红色油漆，饰以“堆金沥粉”的线纹；檐下垂着伞盖式的透花木雕，有如轿子的四沿，那上面精雕细刻、油漆彩绘，充分展示着古建艺人的绝技。

垂花门内，又是一道影壁，却与前院的影壁不同，无砖无瓦，系由本色黄杨木雕成，四块相拼，很像是一面屏风。上面以浮雕手法刻着四幅山水：峨眉山月、姑苏夜月、卢沟晓月、沧海涌月。虽都是月色，却情趣各异，令人浮想联翩。

绕过这道影壁，便到了后院。后院里东、西厢房各有三间，坐北朝南的是五间上房，抄手游廊把它们连接起来，组成一个四方形，在垂花门汇合。天井当中，“十”字形的砖墁甬路通往所有的门。上房的门两侧，种植着海棠和石榴，枝叶婆娑，从春到秋，都堪欣赏……

这座院子，在北京的四合院中，以大小而论，只可以算中等；有比这大的，三进、五进院子的，带跨院的，带花园的，不一而足。但就建筑工艺来说，这座院子已经达到相当水平；而且由于主人参与设计，显示了与众不同的雅致和宁静；再由于地理位置适宜，既不临近闹市，又不远离大街，关上门与世隔绝，走出去四通八达，很适合动静自如的居住要求，特别是对于既要在人世间奔走，又要寻求自我宁静的人。大门上的联额，屏风上的山水，庭院里的花木，显然都不是无意设置的。

但是，这里住着的却是警察局的一个侦缉队长，既不“博”，也不“雅”，穿着一身黑警服，腰里别着“家伙”，专跟铁镣、手铐子打交道。据说，这房子落到他手里之前，住的是一位在前清官场上失意的文人，因宦途无缘，便消极遁世，潜心于读书品画，把玩秦砖汉瓦、古董文物，尤其喜爱历朝历代的玉器，以“君子比德于玉”自慰。平日闭门谢客，唯有几家玉器商店和作坊，偶尔走走，发现珍宝，必以倾囊购得为快，即使价格太高，财力不及，也要反复观赏，尽得其乐才可作罢。若耳闻谁家藏有美玉，虽素昧平生，也不耻登门，求得一睹为快。行将耄耋，常常这般癫狂，被人讥为“玉魔”，老先生听到，也不恼怒，反以为荣。年过八秩，寿终正寝，儿孙不肖，倾家荡产，房子便也改了主人，归了侦缉队长。但老先生的遗风还留着影子。

民国二十四年春天，侦缉队长突然想把这房子卖了，搬到别处去。因为什么，外人不得而知，只能猜想：也许是手里钱多权大，这里容不下他了，得另辟新宅；也许是在官场的钩心斗角中需要开销，急着用钱……其实，侦缉队长之所以非搬家不可，另有原因：这所房子虽好，却不让他住得安生。一天夜里，他在熟睡之中被一声怪叫惊醒：“我可扔了，我可扔了！”

职业的警觉性使他翻身而起，披衣下床，走到院子里，侧耳静听了一阵，四周并无声响。此时月朗风清，院中明亮如洗，没有任何可疑动静。他便疑心是自己做梦，转身回房睡觉。刚刚躺下，那声音又响起来了：“我可扔了！我可扔了！”

侦缉队长连忙叫醒老婆：“你听听，外边儿在嚷什么？”

“我可扔了！我可扔了！”果然又嚷上了。

他老婆揉揉惺忪睡眼，说：“一惊一乍的，你让我听什么？”

这可怪了，这么大的声儿，她竟然什么都没听见！侦缉队长疑疑惑惑地躺下去，一夜也没能合眼。

接连好几夜，他都清晰地听到了那个奇怪的喊声，仿佛是那位过世了好些年的“玉魔”老先生的声音。侦缉队长是敢要活人命的角色，本来不该害怕那早已朽烂的枯骨、深夜游荡的幽魂，但想到买房子时的乘人之危、巧取豪夺，再加上老婆讥笑他“心有亏心事，才怕鬼叫门”，便不寒而栗，生怕某一天那“声音”真的扔下一颗炸弹来，要了他的命。他不相信自己的神经出了毛病，却又无法解释这桩怪事儿，说出去谁也不会相信，闷在心里又坐卧不安，便“三十六计走为上”，急着要离开这“随珠和璧，明月清风”的院子了。

“博雅”宅要出手的消息很快便传了出去，街头巷尾、茶楼酒肆，人们都在关切地谈论这个话题。有人想听听行情，估一估自己的能力；更多的人则是凑凑热闹，想等着看到底谁能买得起。于是就有一些专门撮合房屋买卖的“房牙子”，壮着胆子来找侦缉队长，想从虎口拔毛。“车船店脚牙，无罪也该杀！”侦缉队长最厌恶这路货色，他本身做的就是雁过拔毛的营生，难道还要受别人的中间盘剥吗？就放出话去：“谁要买房，本人来直接找我！跑腿儿说合的，都躲远点儿！”

管闲事的人都给轰走了，他只在家里坐等真正的买主儿。他相信，这等房产决不会卖不出去，总会有识货又趁钱的主儿上门！

忽一日，有人叫门。老妈子引进来，让客人坐在倒座中的外客厅等候，才从里边请了主人出来。侦缉队长朝他一瞥，此人年纪在三十岁上下，身穿灰布长衫，脚穿青面布鞋，头戴礼帽，身材虽然高大，却显得瘦弱；面色黧黑，宽脑门儿，中分头，眉弓略高，双眼微微内陷，幽黑闪亮，炯炯有神，一副精明、干练的模样儿。侦缉队长只需这一瞥，凭着多年和各色人等打交道的经验，已经大体把来人看透，那样子想必是个小职员、教书匠之类，充其量不过是个账房而已，当然不会是来买房子的，许是在官司上来疏通什么关节。想到这里，心里便已厌烦，冷冷地问：“找我什么事儿啊？”连个称呼都没舍得给。

“听说府上的房子不够住了，要换换？”来客说。他说的“换换”其实就是“卖”，换一种说法，就显得对卖主儿尊重。

“嗯。”侦缉队长答应了一声，心里倒觉得有些意外，就吩咐老妈子说，“沏茶！”

“不必了。”来客却说，“我们还是先谈房子……”

侦缉队长心里又是一动：这个人倒是直来直去，买得这么急！其实，他心里也急，就挥手让老妈子下去，单刀直入地对客人说：“好，闲言少叙，书归正传。你是替谁来看房子的？他为什么不自个儿来啊？”

客人微微一笑：“我这不是自个儿来了嘛！”

“哦？”侦缉队长一愣，心说刚才怎么没看出来？这个人哪儿像有资格买我这房的主儿？但人家既说要买，他也不得不另眼相看，

“你……您贵姓?”他这才想起问问对方的姓氏，并且把不够礼貌的“你”换成“您”。

“敝姓韩。”客人欠了欠身。

“韩先生，”侦缉队长用了个尊称，但财大气粗、居高临下的态度并没有多少改变，“您先看看房，还是先听听价儿?”

“不必看了，”客人却说，“府上的房子，早在您住这儿之前，我就看过。现在既然您要乔迁，我也就正好要买下了，只听您说个数目……”

侦缉队长不由得暗暗吃了一惊：这个人早就相中了这地方了，不看就买，好痛快！这无论对买主儿还是卖主儿，都抬高了地位！侦缉队长心里高兴，看来这房子确实是好啊！如果不是那个“声音”在他心里闹腾，没准儿这会儿就不舍得卖了。可是，非卖不行，他无论如何也要躲开这个鬼地方，能遇见这么个真心想买的主儿决不能放过！他在心里把原来想好的价钱又加了两成，才说：“跟痛快人打交道，咱不来虚的，你给一万袁大头吧!”

他观察着对方能不能接受这个数目，并且准备讨价还价。

没想到对方二话没说，回答得爽快，只有一个字：“成。”

侦缉队长又是一愣，想再抬价，已是不可能了，灵机一动，又补充说：“可有一条，韩先生！我卖的只是房子，二道门里的那四扇黄杨影壁，可没打在里头，我得搬走!”

“这……影壁也是房子的一部分嘛，”买主儿沉吟着说，“我买这房，也买这影壁，价钱可以商量。”

“那您就再出两千!”侦缉队长摸透了对方的心理，自然就不客气了。

“成。”买主儿一言为定，“您就准备乔迁吧!”

买卖说成就成了，侦缉队长没料到会这么快。“您得等我搬利落了再搬进来，”他担心买主儿半截儿发觉了他的秘密而变卦，“您不也得准备准备钱吗?”

“等几天倒是不碍事，您尽可从容，”买主儿说，“钱嘛，您现在就可以派人跟我到柜上去取一万，算是定钱吧，余下的两千，等您搬完了，再清账。您以为如何？”

侦缉队长简直被惊呆了，谁见过这样的买主儿？他说出个价儿来，人家一个子儿不还嘴，当天就给一万，买卖行里哪儿有过这样的先例？预付三成的定钱就说得过去了！这个人……他有多少钱？他是谁啊？

“您贵姓？”慌忙中他又重复了前面已经问过的话。

“敝姓韩。”

“请问台甫……”

“韩子奇。”

“哎呀！”侦缉队长听到这个如雷贯耳的名字，不禁惊叫起来，“您就是奇珍斋的韩老板？久仰，久仰！怪不得……”他并没说出怪不得什么，双方却都心里明白，哈哈一笑，接着说，“这房子归于您手，真是货卖识家了！”

货卖识家，这对于买卖双方都有一种荣誉感。成交之后，皆大欢喜。

侦缉队长心中窃喜总算把“玉魔”的阴魂甩出去了，至于这位韩老板今后怎样备受惊扰，他就不管了。

韩子奇暗自庆幸终于把这位瘟神侦缉队长请走，他倾心已久的“博雅”宅得其所哉。

不日，房子腾空，“博雅”宅便成了奇珍斋主的府第。

韩子奇的奇珍斋，当时已是名满京华，提起“奇珍斋”三字，犹如提起“同仁堂”“内联升”“瑞蚨祥”……不知道的人，只能怪自己孤陋寡闻了。所不同的是，奇珍斋不是经营丸散膏丹、布匹鞋帽、煎炒爆烤，它的货物，是与衣食住行毫不相干而又引人注目的古玩玉器、珠宝钻翠，位于正阳门外大街路西、大栅栏以北的廊房二条。这一带，如果追溯到元大都时期，并不是繁华闹市，那时的米市、面市、鸡鸭市、缎子市、帽子市、铁器市、金银珠宝市都集中在北城。明代以后，商业中心南移到了正阳门内的棋盘街一带。永乐初年，官方在四门建立店铺，称为“廊房”，分三等租给客商，资金雄厚的便选为

"廊头"，廊房头条、二条便是自那时始。到了清代，前门外一带便大大繁盛，超过了前朝，"京师之精华尽在于此，热闹繁华亦莫过于此"，店铺林立，摊位满街，四方客商云集，日夜游人如织。所谓"东富西贵，南城禽鱼花鸟，中城珠玉锦绣"，这"珠玉锦绣"的"中城"便是指前门外一带繁华的商业中心。而锦绣之中闪闪发光的珠玉，则是集中在廊房头条、二条的古玩玉器行业，那是三百六十行中的奇葩，世间商品中的珍宝，"金银有价玉无价"，这是尽人皆知的。先秦的和氏之璧价值十五座城池；南北朝时东昏侯赐给爱妃的一只琥珀钏，价值一百七十万两；元代大德年间的一粒红宝石，价值十四万锭；清代慈禧太后的翡翠西瓜曾估价五百万两……与这些相比，奇珍斋老板韩子奇用一万块袁大头买一座房子，也就不必令人咂舌了，丢下这一枚石子，并没有试出他的水深水浅！

韩子奇的奇珍斋，是消逝了的历史的浓缩，是世上珍奇和人间智慧的结晶，是一个引人艳羡、诱人探究的谜……

千年古都，古都千年，也是一部玉的历史。它曾经集中了多少珍宝，养育了多少巧匠，创造了多少奇迹！北海团城承光殿前的"渎山大玉海"，已见元大都玉器行业的端倪。这件大玉海，原在琼岛广寒殿中，是元世祖忽必烈大宴群臣时的贮酒器，以大块整玉雕成，沉雄博大，气势磅礴，重达三千五百公斤，可贮酒三十余担，为世所罕见的巨型玉器和艺术珍品，由元大都皇家玉作精心雕琢，历时五年而成。明代官府的御用监广召艺人进京，琢玉行业日趋繁荣，到清代雍正、乾隆年间，已达鼎盛，并且进行明确分工，琢玉、碾玉、抛光都有专门的作坊，日夜为皇室官府赶制玩物、饰物和日用品，凡瓶、炉、卣、鼎、觚，首饰、衣饰、车饰、马饰，餐具、酒具等等无所不包，还在如意馆设雕玉作，专为玉玺、玉册刻字。清朝末年，内忧外患，玉器行业趋于消沉，至第一次世界大战结束，欧洲、日本经济复苏，对工艺品的需求刺激了北京的玉器生产，形成了自十八世纪末叶开始的玉器出口贸易的高潮时期。到了民国初期，北京的珠宝玉石店已有四十余家，琢磨玉石的作坊三十余家，古玩铺百余家，在崇文门外的花市一带和前门外廊房二条、廊房三条、炭儿胡同、羊肉胡同，终日不绝于耳的是“沙沙”的磨玉之声，玉器行手工艺人已达六千之余！比较著名的作坊有：崇文门外的宝珍斋、东四牌楼的德宝斋、羊市大街的富润斋、廊房二条的魁星斋，随之又崛起义珍荣、天珍斋、济兴成等等。那时的奇珍斋还在惨淡经营，名声甚微，根本无力跻身于强者之列，只在廊房二条开一个小小的“连家铺”，前面两间门脸儿，算是作坊，后头连着几间房屋，全家居住。因为店小，虽有一块由“玉魔”老人题字的大匾，却一直没在门前悬挂，除了有生意来往的行里人，一般人只当这里是普通住家。

其实，当时的奇珍斋主梁亦清，却是一名琢玉高手，瓶炉杯盏、花鸟鱼虫、刀马人物、亭台楼阁、舟车山水，无一不精。寻常一块璞料，他能一眼看穿藏于其中的玉质优劣；剖开之后，因材施料，随形而琢，每每化腐朽为神奇。但梁亦清虽然手艺高强，却秉性木讷，不擅言辞，又无文化，没有本事应付生意场中的交际和争斗倾轧，足不出户，只会埋头做活儿。他的产品，供应各家古玩玉器商店，更通过汇远斋的蒲老板批量远销海外，都卖了好价钱，他却只从订户手中收取预订的价钱，任凭人家靠他的手艺赚钱，也不抱怨，安贫守摊，本小利薄，靠两只手不停地做，维持一家人生计，多年来奇珍斋并无发展。梁亦清年过四十，膝下无子，妻子白氏只给他生了两个女儿。这两个女儿，都随着白氏的模样儿，一个比一个标致，肌肤白润，像是用羊脂玉雕成的，长女名叫君璧，次女名叫冰玉，都是十分贴切的好名字，是梁亦清请那位学富五车又嗜好古玩玉器、住在“博雅”宅中的老先生给起的，梁亦清和白氏为喊着方便，平时便呼作“璧儿”“玉儿”，视为两颗掌上明珠。璧儿和玉儿相差八岁，小的还在蹒跚学步，大的就已经能帮助白氏持家了，洒扫庭除、铺床叠被、缝缝补补、洗衣做饭，都是一把好手。璧儿还比母亲白氏更胜一筹，天资聪颖，长于心计，家里的内外开支，都比母亲还有数，虽不识字，却全凭心算，安排得井井有条，刚十岁出头儿，就顶替了母亲大半，几乎是梁亦清的小小“账房”。有时梁亦清前面的活儿忙不过来，璧儿便打打下手，待客、收款、送货，甚至帮父亲做一些破料、量材等等简单的活儿。梁亦清却从不让她上“水凳儿”，一则是因为这琢玉的苦活儿原不是女孩儿干得了的，二则是手艺人向来“传儿不传女”，女儿学会了手艺，归根结底是人家的。眼看着奇珍斋后继无人，梁亦清常常不当着璧儿的面向妻子感叹：“唉，可惜是个女儿，要是个儿子……”

下半句话就不说了。妻子白氏这时就怀着深深的愧意低下头去，似乎还不甘心：“为主的慈悯……”相信真主早晚还会赐给她一个儿子，虽然自己已经过了生育年龄。

梁亦清一家，是笃信真主的穆斯林。在偌大的京城，回回民族的子孙只占人口的极少数，玉器行业当中就更少了，这也许就是梁亦清之所以深居简出、与世无争，以一种与生俱来的防御心理把自己封闭起来的原因吧？

民国八年，刚刚入夏，廊房二条街口已经响起应时的鲜果、小吃的叫卖声：“……供佛的哎桑葚俫！”“大樱桃俫！”“好蒲子，好艾子，江米的、小枣儿的，凉凉儿的大粽子俫……”

璧儿领着玉儿，闻声从奇珍斋出来，就去追卖樱桃的车子。那小小的独轮车上，搁着柳条大笸箩，垫着块蓝布，装满樱桃，旁边摆着一罐清冽冽的井水，卖樱桃的汉子一面吆喝：“大樱桃俫！”一面把水洒在珠圆玉润的樱桃上，鲜红的玉珠还镇着水晶似的冰块。这景象，只消看上一眼，清凉鲜美便沁人心脾，不能不买了。璧儿递过去两大枚，卖樱桃的汉子便拿起一只小小的白瓷茶盅，盛起两盅樱桃，倒在绿茸茸的鲜荷叶上。璧儿接过来，却不急于品尝，领着馋馋的玉儿，回了家。

梁亦清正在埋头做活儿，璧儿在他身后轻轻地喊了声：“爸，歇会儿，尝尝鲜吧？”

梁亦清头也没回，只说：“那些汉人吃的，可不能买！”

“樱桃，这是樱桃啊，爸，您吃几个解解渴！”

梁亦清停下手里的活儿，回过头去看了看，那托在荷叶上的樱桃，像是盛在翠盘里的玛瑙，就说：“嗯，好看，赶明儿我就照这样做一件儿！”

旁边的玉儿早就馋涎欲滴，父亲不动手，却不愿先尝。梁亦清怜爱地笑笑："我瞧瞧就成了，你们吃去吧！"

两个女儿这才伸出玉笋似的手指，小心翼翼地拈起樱桃，送到嘴边，嘬着那甜甜的、酸酸的、凉凉的美味。梁亦清望着那两张玉盘似的面庞，缀着樱桃的鲜红一点，心中又是一幅图画，全身的疲劳就都消除了，转过身去，继续他那艰难而又漫长的琢磨。

他做活儿的手工磨床，叫作"水凳儿"，说来极其简单，只是四条腿支起来的一张"凳面儿"，一边装着转轴，带着磨玉用的"砣子"——砂轮形状的刀具，一边挖着凹槽，盛着磨玉用的金刚砂，凹槽头上开一小口，下面三角形的支架上托着一只水盆。梁亦清做活儿时坐在一只杌凳上，双脚踏动水凳儿下面的踏板，带动凳面儿上的横轴，那砣子便转动起来；他左手托着玉件儿，凑在砣子锋利的边缘琢磨，右手不停地蘸起金刚砂，抹在砣子与玉件儿之间，为了降低摩擦的温度，需要不断加水，"水凳儿"之名便由此而来。工具虽然简陋，工艺却十分复杂，一个玉件儿，从粗磨到细磨，要不断更换各种型号的砣子，逐渐递进细腻的程度，"活儿"形态各异，方圆不一，凸凸凹凹，都靠艺人的手上功夫，操作起来，手忙脚乱，却必须全神贯注，一丝不苟，两只眼睛像被磁石吸住，一颗心像被无形的绳子吊住，以至于连呼吸都极轻极缓极均匀，了无声息，"沙沙"的磨玉声掩盖了一切，融汇了一切，他做起活儿来就把人间万事万物统统忘记了。

这些日子，偏偏北京城很不平静。三千多名学生跑到天安门前集会、游行，要求惩办亲日派官僚交通总长曹汝霖、币制局总裁陆宗舆、驻日本公使章宗祥，放火烧了赵家楼胡同曹汝霖的宅子，还把章宗祥痛打了一顿。前几天"博雅"宅的老先生来看玉，慷慨激昂地说起这事，说是中国人去参加巴黎的和平会议，要求取消当初袁世凯跟日本签订的"二十一条"，收回青岛，堂堂的"战胜国"的这个要求却被拒绝，才酿成了学生们"外争国权，内惩国贼"的举动。老先生发了一通"治国无人"的感慨，梁亦清听得似懂非懂，他只会治玉，哪会治国？也无法安慰老先生，只闷闷地谈了一阵子玉。玉的行情起落，关系到他的身家性命，关系到奇珍斋的存亡……

现在，梁亦清上了水凳儿，便把一切烦恼抛在脑后，心中只有玉了。

外面忽然有叩门声。

梁亦清手不停工，吩咐璧儿去开门，反正他知道不管是老主顾上门取活儿或是送款，璧儿都是认得的。

璧儿打开了外间的大门之后，进来的却是两个陌生人。一老一少，老的年约六十开外，高大魁伟，面如古铜，广额高鼻，一双深陷的眼睛炯炯有神，颏下蓄着一部银白的长须，头上缠着白色的“泰斯台”，身穿一件不蓝不灰的旧长衫，赤脚穿一双草鞋；少的是个男童，十多岁的样子，个头儿不高，面色黧黑，眉目清秀，剃光头，穿一身不辨颜色的旧布衫裤，袖口、膝盖打着补丁。这两位陌生客，一副流浪汉的架势，璧儿一愣，不知该怎么打发，“哦”了一声，回头说：“爸，您来！”

梁亦清放下活儿，起身走出里间，抬头一看，也觉愕然，这一老一少，他也并不认得。

这时，那老者朝他微微躬身，右手抚胸，道了一声：“按赛俩目而来坤！”

梁亦清一惊，慌忙答礼，也是右手抚胸，微微躬身：“吾而来坤闷赛俩目！”

他们说的是什么？对于穆斯林来说，这是完全不必翻译的，前者是：“求真主赐给您安宁！”后者是：“求真主也赐安宁给您！”这是穆斯林见面时的相互祝福，表示具有共同的血统和信仰。这是全世界穆斯林的共同语言，无论他们走到天涯还是海角，都能凭借这熟悉的声音找到自己的同胞。

顿时，一股温暖的电流传遍梁亦清的全身，“噢，朵斯提，请坐，您请坐！”赶快招呼客人在外间八仙桌旁的椅子上落座，又吩咐璧儿给客人沏茶。他所说的“朵斯提”，其含义也只有和他有着共同信仰的人才明白，那就是“朋友”“同胞”“兄弟”，一切穆斯林，四海之内皆兄弟。在中国，信仰伊斯兰教的有包括回族在内的十个民族。回回没有自己的语言文字，他们基本上使用汉语和汉字，但是其中经常夹杂某些不肯割舍的阿拉伯语或波斯语词汇，使“朵斯提”们听来无比亲切。

璧儿捧上两盏盖碗儿茶，两位客人一饮而尽。那老者说：“行路的人，也只是为了讨碗水喝，才贸然打扰，刚才看见贵府的门楣上有‘经字堵阿’，就知道必是朵斯提了！”

梁亦清心里又是热乎乎的，这两位客人虽纯属路过，和他的生意毫不相干，那信赖之情却让他感动。他在这条街住了好些年头了，还从未想到应该为过路的朵斯提尽一尽责任，哪怕是一碗水呢！

“先生这贵店是做什么生意的？”老者问。

梁亦清答道：“小店是个玉器作坊，我没有别的能耐，只靠这家传的手艺……”

“啊，您是穆斯林的明珠！”老者欣然说，“穆斯林和美玉珍宝有缘啊！和田玉出在新疆，绿松石产于波斯，猫眼石源于锡兰，夜明珠来自叙利亚……”

梁亦清大惊：“老先生原来是赏玉行家，有这样的学问！”

老者笑道：“过奖，我只是读过几卷旧书，寻章摘句；又一路云游，道听途说而已，让先生见笑了！”

“您……这是从哪儿来？”

“远了。”老者说，“从福建泉州来，经府过县，晓行夜住，算来也有五六个年头了。”

“噢！”梁亦清心中不觉升起了一种对徒步苦行人的怜惜，“您到北京来，是投亲，还是访友啊？”

“这，倒也不是，说来话长了……”老者又喝着续上的茶，眯着那双深邃清亮的眼睛，仿佛在脑际追溯久远的往事，片刻，忽然问道：“您听说过筛海·革哇默定的名字吗？”

“听老人说过，那是在……在……”梁亦清深为自己的孤陋寡闻而惭愧，脸都有些红了。他只知道“筛海”是阿訇中极高的品级，也恍惚记得“革哇默定”这个名字，却说不清具体年代了。

“是在大宋真宗至道二年，也就是伊斯兰历三百七十五年，西历九百九十六年，筛海·革哇默定从西域来到中国，”老者缓缓地说，他丝毫没有嘲笑梁亦清的意思，因为这年代也实在是过于久远了，“他有三个儿子，长子叫赛德鲁定，次子叫那速鲁定，三子叫撒阿都定，都是饱学之士。大宋真宗皇帝极为赏识，御赐官爵，却都坚辞不受，皇帝便授他们为清真寺掌教。长兄远出传教，不知所终；二弟、三弟奉敕在燕京建清真寺，一在东郭，一在南郊。南郊之寺，也就是今天的牛街清真寺了……”

“噢!”梁亦清好似伴随老者经过了近千年的历史跋涉，听到这里才轻轻如彻如悟地“噢”了一声，仿佛周身的血管长久都是滞塞的，如今才得以舒畅。浑浑噩噩地过了半世，却不知道祖上留下怎样的轨迹。

其实，如果追溯中国穆斯林的历史渊源，比筛海·革哇默定来华的年代还要久远得多。早在大唐高祖武德年间(西历六百一十八年至六百二十六年)，伊斯兰教先知穆罕默德门下的四位大贤就曾远来中国，其中一位传教于广州，一位传教于扬州，两位传教于泉州，这两位大贤逝世后葬于泉州东郊的灵山，后人称之为“圣墓”，一直留存至今。唐永徽二年，即西历六百五十一年，伊斯兰历三十年，阿拉伯第三任哈里发奥斯曼又曾派出使节到达长安，谒见高宗皇帝，并且介绍了阿拉伯人的宗教信仰和风俗习惯。从那以后，“西域”的穆斯林由于种种的机缘来到中国，并且居留下来，繁衍了世世代代的子孙，逐渐形成了“回回”民族。而筛海·革哇默定来华和牛街清真寺建立的年代，由于历史的疏漏，也没有一个确切的时间，老者的依据，只是凭寺中现存碑文的记载而流传的说法，但“至道”并不是宋真宗的年号而是宋太宗的年号，而且自从石敬瑭割让燕云十六州之后，燕京已不属中原管辖，与其说牛街清真寺建于宋，不如说建于辽更为妥当，宋太宗至道二年即西历九百九十六年，按辽的纪年应为圣宗统和十四年。但牛街清真寺殿后高起的穹庐角亭，则又是宋代风格。这祖先遗留的扑朔迷离的踪迹，一直在吸引后世子孙做种种猜测，原非从未读过书的琢玉艺人梁亦清所能弄明白的。老者所说的一切，他都只是第一次领教，便也只有惊叹和神往了。

“那远出传教，不知所终的赛德鲁定，近千年来被人忘却了，”老者说到这里，发出一声感叹，“岂不知，他也有后人啊，我就是他的第二十五代嫡亲长孙——吐罗耶定！”

“啊，筛海！您是筛海……”梁亦清不禁地离座站了起来，激动得不知所措，只有兴奋和景仰。

“您不必对筛海奉若神明，他们只是在传布真主的旨意。我也不是筛海，和您一样，是一个普通的穆民啊！”吐罗耶定依然缓缓地说，“这些年来，我云游四方，遍览古寺，从泉州的清净寺出发，历经广州的怀圣寺，杭州的真教寺，上海的小桃园寺，南京的净觉寺，西安的清修寺，开封的东大寺，济南的南大寺，临清的北礼拜寺、沧州大寺、泊镇大寺，天津的南大寺、北大寺，最后来到北京……”

吐罗耶定一口气说出这一大串寺名，像星斗一样撒满了大半个中国，全是他足迹所到之处，听得梁亦清目瞪口呆！他们说话的时候，随同吐罗耶定来的那个男孩儿，把璧儿递给他的那碗茶，喝了又续，续了又喝，总共喝了七八碗，可见渴得可以。璧儿看见父亲那么尊敬吐罗耶定老头儿，自然也不敢怠慢这个男孩儿，便耐着性子一次一次地给他续水，心里暗暗发笑。那男孩儿望着亭亭玉立、肌肤如雪的璧儿，怯生生的连话也不敢说。再望着老成持重的梁亦清，心里充满了敬畏，大人说话，他更不敢插嘴。喝足了水，就愣愣地坐在靠墙的杌凳上，看着桌上、柜上摆着那一些玉件儿，老半天才移动一下位置，嘴里发出无声的赞叹。奇珍斋，对他来说，是偶然闯进了一个全无所知的天地，一个新奇、神秘的世界，他看得呆了。

“你们爷儿俩走了那么多地方！这孩子是您的孙子？”梁亦清瞟了瞟这个男孩儿，问吐罗耶定。

吐罗耶定笑笑说：“不，真主没有赐给我子孙，这是我一道云游的朋友，无父无母的耶梯目(孤儿)，经名叫易卜拉欣。”

易卜拉欣猛然听到叫他的名字，从入迷的玉雕奇观中被惊醒，回过头来望着吐罗耶定：“巴巴，您叫我？”

这一回头，梁亦清才仔仔细细看了看那张脸。这孩子虽然衣衫破旧，却是一副好相貌：圆圆的脸盘儿，尖下颏儿，鼻直口方，宽宽的额头，两道乌黑的眉毛，眉心微微发蹙，像是时时在琢磨什么，眉毛下面，眼窝微陷，嵌着一对清亮聪慧的眼睛。梁亦清心说：好眼！一看就像回回的眼睛，有能耐的眼睛！他想起自己也在这么大时，跟父亲学手艺，父亲说："清儿，凭你这双眼睛，不用教，光瞧就瞧会了！"心里这么一动，隐隐萌发出怜才之意，并未说出口来，朝那孩子笑笑，替吐罗耶定说："易卜拉欣，巴巴没叫你，巴巴跟我说话儿呢。你瞅吧，到跟前儿瞅去吧！"又转过脸来，问吐罗耶定："巴巴带着这孩子，从北京还要回福建吗？"

他不知不觉也随着易卜拉欣叫"巴巴"了。在穆斯林的语言中，"巴巴"本来是对老者、学者的尊称，类似汉语中的"夫子"，后来沿用成了对祖父的称呼，梁亦清以此称呼吐罗耶定，便两种意思兼而有之了。

"不，泉州无家无室，我的方向是克尔白！"吐罗耶定捋着长髯说。

"克尔白！您去朝克尔白？"梁亦清又着着实实地吃了一惊。克尔白是穆斯林尊贵的天房，远在阿拉伯的圣地麦加，全世界的穆斯林一日五次的礼拜都朝着那个方向；每一个穆斯林一生之中，如果条件许可应该前往克尔白朝觐一次。每年的伊斯兰历十二月上旬，来自世界各地的穆斯林，远离家乡，成群结队，有的步行，有的骑乘，有的沿途经商，有的一路乞讨，奔向日夜思慕的麦加，虔诚受戒，脱去衣服，以白布遮身，环绕"天房"克尔白，怀着虔诚之心抚摸它的墙面，像先知穆罕默德当年那样亲吻"天手"黑石。朝觐克尔白是穆斯林崇高的天命，神圣的义务，无上的光荣！可是，克尔白远在天边啊！梁亦清这个小本经营的手艺人连想都没敢想过的事，分文莫名的流浪汉吐罗耶定竟然敢去做，而且还带着个没有成年的孩子！"这孩子也跟您一块儿去吗？"他问。

"当然，易卜拉欣和我同往！"吐罗耶定坦然地说，"没有他做伴，我也许跨不过那千山万水，就倒毙途中了！求真主慈悯，让我们平安到达天房。如果我寿数不够，有易卜拉欣总不会半途而废，他还年轻，一定会走到！"

梁亦清向这位胸怀伟大抱负的长者吐罗耶定和有志少年易卜拉欣

投去崇敬的目光！啊……

信仰和血统的力量感召着梁亦清，他执意挽留吐罗耶定在舍下多住几日，养一养身子，筹措些盘缠，再登上万里征程，也许这一别就难得见面了。

吐罗耶定接受了他的盛情挽留，却不肯接受任何馈赠。他说，穆斯林视钱财如浮云，四海为家，天下回回是一家，相信所到之处，必有他的弟兄给一碗充饥的饭，一盏清洁的水，这就够了。梁亦清又是感叹一番，就把前面的作坊打扫洁净，安排了床铺，自己和两位客人同室而卧，妻子女儿照旧在后面安歇，并无妨碍。

当下，梁亦清安排客人在“水房”洗浴，称为“大净”，是礼拜之前所必须进行的准备。吐罗耶定和易卜拉欣常年跋涉，四处流浪，常常在旅途中找不到水，便只好“代净”了：用手摸一摸地上的土，凭着信仰模拟洗浴的动作摸脸、搓手。这一次“大净”，把小易卜拉欣的汗污泥垢连同旅途的疲劳都消除了。日落黑定之后，梁亦清随着吐罗耶定一起做礼拜。按照规定，穆斯林一天须做五次礼拜：日出前的晨礼（榜答），午后的晌礼（撇什尼），太阳平西时的晡礼（底盖尔），日落黑定前的昏礼（沙目），夜间的宵礼（虎伏滩）。梁亦清由于常年埋头于玉作，对这个至关重要的拜功常常荒疏，还不如妻子白氏和女儿璧儿每天坚持，这次见了筛海的后代，自然觉得惭愧，因此也就格外虔诚。

次日清晨，做过晨礼，璧儿已经开始打扫前店后家，这是她每天必做的事。易卜拉欣心灵眼活，不等璧儿动手，就抢先把作坊的里外屋打扫一净，璧儿向他报之一笑。梁亦清却不落忍，埋怨璧儿太慢客了，又对易卜拉欣连声说：“受累了，受累了！”

吃过早饭，吐罗耶定便带着易卜拉欣出门了，首先要去牛街清真寺凭吊祖上的遗迹，然后还要去瞻仰、参拜东四牌楼清真寺、锦什坊街普寿寺和二条胡同的法明寺，北京这“四大名寺”，至少都有五百年以上的历史，吐罗耶定仰慕已久了。

客人出去览胜，梁亦清则继续在水凳儿上做他的苦行，觉得似有神助，手中的活儿做得格外滋润。晚上，一老一少又回来歇息，白氏伺候茶饭，大家听吐罗耶定说些见闻，都听得很有兴致。晚饭之后，梁亦清就停了活儿，不再在灯下苦熬，沏上酽茶，请吐罗耶定讲解古兰真经，吐罗耶定先用阿拉伯语背诵原文，再用汉语细细讲解教义，一字一句，讲得头头是道，梁亦清觉得茅塞顿开，糊里糊涂地活了半世，这才是头一回听得明白的“瓦尔兹”（教义），五十而知天命，人生又有了奔头。

易卜拉欣闲着没事儿，便又愣愣地看那些玉雕。璧儿本来就不认生、不怯场，就领着妹妹玉儿，去招呼这位小客人：“你知道这些活儿是怎么做出来的吗？”

易卜拉欣正在看一件“岭南佳果”。水灵灵的一串荔枝，鲜红晶莹，剥裂处，露出玉珠似的果肉。那是他家乡的水果，看来格外亲切，就脱口说：“这……这不是人做出来的！是从树上摘下来的！”

璧儿笑了：“哈，你可真逗！你当这是真的？能吃吗？咬一口硌掉你的牙！告你说吧，这是我爸花了三个月的工夫儿做的！”

易卜拉欣惊讶地张大了嘴巴。

“原来呀，这是一整块玛瑙，”璧儿指点着说，“玛瑙不光有红的，还有白的、蓝的、绿的、粉的、黑的呢！有时候，一块玛瑙上有好几种色儿，你瞅，这块就是这样。我爸拿着瞅啊瞅啊，寻思了好些日子，才想出了这么个法儿：把红的地方做成荔枝珠儿；可巧让绿的地方赶上梗儿啊，叶儿啊；白的地方呢，不能做荔枝，也不能做叶儿，就做成剥开的荔枝，不是正合适吗？”

“啊……”易卜拉欣不知该怎样表达他的赞叹，他不会说“巧夺天工”“鬼斧神工”这样的词儿，只喃喃地说：“人的手，人的手？”

“当然靠人的手了，”璧儿为父亲的绝技感到骄傲，“我爸那双手，没有做不出来的！你再瞅这个‘百环瓶’！”

她指着旁边的一只用碧玉雕成的花瓶，那瓶呈四方形，凸肚，细颈，小口，瓶身光滑细腻，并没有过多的雕饰，吸引人的是两旁各有一个高浮雕兽头，嘴里衔着镯子似的玉环，玉环上又套着玉环，环环相扣，垂成两根玉环组成的链条，因此称为“百环瓶”。

“这是用南阳的‘独山玉’做成的，好看吧？告你说吧，这两嘟噜玉环呀……”

“是怎么连起来的?”易卜拉欣侧着头反复察看，却找不到玉环上有一丝接缝儿的地方。

“什么？连起来？你当是一个个做好了再套上的？那可就套不上去了!”璧儿觉得他的想法未免太好笑了，但她乐于向他说出其中的奥妙，“你想，玉是硬的、脆的，不能捏，又不能焊，怎么‘圈儿套圈儿’啊?”

“……”易卜拉欣让她问住了。

“告你说吧，这是整个雕出来的，雕出一个套一个，雕出一个再套一个……”

易卜拉欣惊呆了，他望着那环环相扣又灵动自如的玉环链条，无法想象是一双怎样的手做出了这样的奇迹！“太难了，太难了……”

“当然是不容易!”璧儿想起父亲的终日劳作，也怜惜地发出感叹，“要是人人都会做，也就不稀罕了。我爸呀，成天价心里想的是玉，眼里瞅的是玉，手里拿的是玉，除了玉，什么都忘了，坐在水凳儿前头磨呀，磨呀，小活儿要磨十几天，大活儿要磨几个月！听说宫里头有一座大玉山，很多匠人一块儿磨了十几年，那里边儿就有我巴巴的巴巴!”

易卜拉欣的眼前出现了一条玉的长河，成千上万的能工巧匠默默地磨啊，磨啊，磨白了头发，磨尽了心血和生命，磨出了光彩夺目的人间珍宝。现在，璧儿“巴巴的巴巴”已经不在了，但是他亲手磨出的宝贝还在，他精湛的技艺还在，他的后人——璧儿的父亲还在，这条玉的长河仍然永不停息地流淌……

“磨，磨……”他沉浸在遐想里，嘴里重复着璧儿说的话，两只手不知不觉地摩擦着，他在幻想那是一种多么神奇的创造。

“活儿都是这么样儿磨出来的,”璧儿在他面前俨然是个富于经验的老艺人，“越磨越细，到最后呀，才能磨得这么又光又亮!”她伸手拿起百环瓶旁边一只小小的玉碗。

易卜拉欣眼睛定定地看着那只玉碗，洁白，晶莹，碗壁薄如蛋壳，隐隐约约可以看到璧儿托着碗的手指。

妹妹玉儿伸着小手说："我要碗，我要碗！"

璧儿把托着碗的手躲开玉儿，"这可不是你玩儿的，要是摔碎了，爸爸不打你，我还得打你呢！"

玉儿就噘着小嘴儿，不敢再要。在她的眼里，大姐和父母一样，都是她必须服从的。

璧儿托着玉碗，对易卜拉欣说："你知道玉为什么这么光滑吗？告你说吧，磨到最后呀，就不使砣子磨了，使葫芦！"

"葫芦？"易卜拉欣眨眨黑亮的大眼睛，他无论如何也想象不出玉和葫芦有什么关系。

"拿葫芦给玉抛光啊！一定得使马驹桥的葫芦，别处的还不成！葫芦上还得抹上'宝药'，这玉就蹭出光来了！"璧儿如数家珍，竟把玉器行秘不传人的诀窍也说出来了。她想，反正易卜拉欣明儿、后儿就走了，他又不是学这一行的！

易卜拉欣却被那法力无边的宝葫芦和宝药迷住了，听傻了，看傻了，像是走进了恍惚迷离的梦境，托在璧儿手中的那只玲珑的玉碗，像透过薄云现出的一轮明月，向他闪出朦胧的光辉，吸引着他一步一步靠近。

"你摸摸，光滑着呢，就跟玉儿的手似的！"璧儿抱着玉儿，凑近他说。

"光滑，光滑……"易卜拉欣痴痴地抚摸着玉儿的小手。

"谁让你摸她的手？我说的是碗！"璧儿看他那傻样儿，忍不住笑了，就把玉碗递给他，"摸摸不碍事的！"

"哦。"易卜拉欣伸出手去，如同去接一件圣物。

现在，玉碗捧在了他的手里，滑腻的玉质摩挲着他那粗糙的手指，一阵清凉浸入他的手掌，传遍他的全身，像触到了远离凡尘的星星、月亮。他在人世间走了很久很久，好像就是为了这一个美妙的瞬间，他感到了从未体味过的满足、兴奋和欢乐，仿佛他手中捧着的不是一只玉碗，而是天外飞来的精灵，和他的心相通了。他陶醉了，麻木了，把身边的一切，把他自己都忘记了，被玉魔摄住了魂魄……

"留神别掉地下！"他听到了不知从哪儿发出来的声音，好像十分遥远，又十分迫近，也许是璧儿在说话，他记不起来璧儿是谁，也不知道自己在什么地方，空寂的宇宙间突然响起来的异声，把他惊动了，他又回到了人间！

“啪！”玉碗突然从他那双麻木的手中滑落下来，掉在砖地上，薄如蛋壳的玉片四碎迸散，像河水中被撞破的薄冰！

“哎呀，你这个人！你这个人……”璧儿大惊失色，声音都发抖了。

玉儿看见闯了大祸，吓得“哇”地哭了起来。

易卜拉欣像遭了雷殛，直愣愣地站在那儿，成了木雕泥塑，两只眼睛失神地盯着地上的碎片，痛惜、懊悔的泪水在眼眶中打转儿。毁了，怎么一眨眼就毁了呢？那精美绝伦的艺术品，俘虏了他整个心灵的宝物，不复存在了！

璧儿蹲下身去，绝望地捡起那些碎片，哭了：“这是我爸的心，我爸的命，是我们一家人的饭碗！……”

易卜拉欣什么话也说不出来了，他的心，正在被一把利刃宰割！

两位谈经的长者被惊动了。

“出了什么事，易卜拉欣？”吐罗耶定走了过来。

当他看见地上的碎片和易卜拉欣那沮丧的神态，便一切都明白了。

奇怪的是，他只朝易卜拉欣威严地看了一眼，却不但没有任何斥责，反而不再说话，若无其事地抬起右手，抚着飘飘的长髯，静静地看着奇珍斋主梁亦清。他要看看梁亦清在此时此刻将怎样对待自己的穆斯林同胞。如果梁亦清暴跳如雷，那也好，那就说明此人不过是个守财奴罢了，对他谈什么真经教义都是多余的事。在吐罗耶定眼中，钱财只不过是浮云，是粪土，是凡夫俗子恋恋不舍的累身之物。

不料梁亦清却一笑置之，对璧儿说：“瞧你这一惊一乍的，我当是什么大不了的事儿呢！”就走过去，抚着易卜拉欣的肩膀，爽快地说：“不碍事！这件小玩意儿毁了就毁了吧，赶明儿我加几个夜作就又出来了，误不了货主来取！”

泪珠从易卜拉欣的眼眶中“唰”地滚落下来，他倔强地抬起头来，望着梁亦清说："我……赔您!"

"你赔我?"梁亦清不觉吃了一惊，没想到这小子竟然这么逞强。

"你拿什么赔?"璧儿哭着说，"知道这碗值多少钱吗？你赔得起吗？……"

"璧儿!"梁亦清喝住了女儿，"说什么呢?"

"我赔得起!"易卜拉欣却毫不退缩，昂然说，"我有力气，有手，我什么都能做!"他向梁亦清伸出那两只还没有长成男子汉模样儿的手，上面已经布满了风霜摧残的皴裂、劳作留下的厚茧，瘦硬的骨节像是从雪里泥里露出的竹根。

梁亦清动情地握住这双手，两眼一酸，几乎也落下泪来。

"师傅，收下我吧!"易卜拉欣咬了咬嘴唇，突然说出了连他自己也觉得吃惊的话，刹那之间，他又想起了那条玉的长河，啊，这正是他的生命要投入的地方，他的归宿!

梁亦清默默无语，他好像刚刚认识了这个身材比他矮了一半而心却和他一样高的孩子，两双手在无声无息中感到了血脉的贯通。但是，他不知道该怎么回答这个孩子，只能迟疑地转过脸去，望着神色庄严的吐罗耶定。这孩子，是吐罗耶定的，他们面前还有遥远的征途，一直通向天房克尔白!

易卜拉欣抽出了自己的手，擦了擦眼泪，愣愣地看着抚养他长大成人、带着他跨过千山万水的吐罗耶定，突然跪了下来："巴巴，原谅我！我不能跟您走了!"

第二章 月冷

一九六〇年的七月。

夕阳把“博雅”宅的院墙和门楼镀上了一层厚重的金黄色，檐下那暗红色的大门便融在阴影里了。门前的古槐，龙钟的老干和婆娑的树冠都被染成了古铜色，枝叶间传出悠长的“伏天儿——伏天儿——”，仿佛在故意拖延这炎热的长昼。

一条长长的、蓝幽幽的影子从路面跳上青石台阶，随之，一个少女的身姿就出现在大门前了。她轻快地迈动双脚，脚上穿着白色丝袜和方口扣襻儿黑布鞋，是最平常的样式。双腿挺秀而白皙，被飘然下垂的白裙子遮住了大半。她的右肩挎着蓝印花布书包，放学回来的路上走得热了，象牙色的面庞上泛出微微的潮红。她抬起手，拂去垂在额头上的一绺乱发，两条短辫子在耳后轻轻地晃动。她习惯于梳这样的辫子：短短的，辫梢不用绸带，也不用猴皮筋儿；编到了头儿，再返回去掖进辫子里，呈垂露似的圆形，简洁而舒适。她不必特别地打扮自己，便有一种天然去雕饰的朴素的美。

她微微地喘息着，向紧闭的大门伸出手去，拍响门钹上的铜环。

“来了，来了！”她听到在大门旁边倒座南房中的姑妈的应声，随着一串橐橐的脚步声，门闩响动，大门便“呀”的一声开了。

“新月？我还当是你哥先到家呢！”胖胖的姑妈叨唠着。

“姑妈!”新月抬腿迈过那高高的、中间被踩得凹下去的门槛，把挎在肩上的书包拿下来，提在手里，“我们学校今天……”

“得了，得了，先甭跟我说了，”姑妈神色不安地打断了她的话，等她进来，又把门关上，往里院瞅了瞅，“今儿个家里又不安生!”

新月的脸上立时罩上了阴云，她放学回来一路上的好兴致全被破坏了。她知道姑妈所说的“不安生”是什么。

她垂下头，提着书包，默默地从影壁旁边的藤萝架下走过，穿过垂花门，然后，不走天井中的甬路而直接沿着抄手游廊回自己的西厢房。果然，她听到上房里在争吵，时高时低，时断时续。

“你倒是说话呀，怎么又不言语了?”这是妈妈的声音。她在生气的时候，平时的和善、宽容一点儿也没有了，变得十分威严，声色俱厉。但又不同于市井常见的泼妇骂街，她从不摔盆砸碗、捶胸顿足，从不口吐脏字，即使在大怒的时候也很少失态而有损自己的形象，而只希望对方充分认识她的凛然不可侵犯并且不得不服从。

“我……我说什么呀?既然我的话在这个家一点儿用都没有，还不如什么都不说!”这是爸爸的声音，显得愤然、屈辱而又无可奈何。和妈妈正好相反，他平时是沉默寡言、不苟言笑的，孩子们都对他有几分畏惧。而一旦和妈妈发生了冲突，他那份威严感便一落千丈，仿佛受了多少委屈而又无法申辩，敢怒不敢言似的。这时候，他常常是垂着头，坐在椅子上，两只瘦骨嶙峋的大手捂住脸，好像要避开一切纷扰；或者倒背着手站在那儿，两眼失神地望着顶棚，老半天一动也不动，黧黑的额头上泛着青光，太阳穴暴着青筋，两颊的皱纹明显地加深了，嘴唇无声地嚅动，好像有许多话要说，却又不说。现在，不知他是在采取哪种姿态，反正是又在受折磨了。

妈妈又说话了：“哟，这可是把正话反着说了！这房子是你的，家是你的，你挣工资养活居家老小，你是一家之主，谁敢贱遇你啊?”她的话说得很慢，但很有力，像咀嚼牛蹄筋儿似的，让你慢慢品味、琢磨，每个字都好似从牙缝里挤出来的；她说的全是奉承话，可让人听起来却句句是嘲讽和挖苦。新月有时候完全凭主观想象，觉得慈禧太后大概就是用妈妈的这种语调说话。

“哼，真是这样儿吗?”又是爸爸的声音，“那你就再让我做一回主，她的事儿你就别管了，成不成?”

“哼，笑话!”妈妈冷笑着，“你当我是你花钱雇来的佣人？是两旁世人？我是她妈！我不管，谁管?”

“你呀，亏得还是她妈！你……没个当妈的样儿！……算了吧你!”爸爸好像失去了控制，他的声音急促，带着愤愤的喘息，以往的争吵很少达到这种几乎要爆炸的高潮，他似乎全然不顾后果了，“你毁了我一辈子还不算，还要毁了后辈?”

“哗啦”一声，上房里的什么东西被摔碎了，新月猜想那是一只喝茶的青花盖碗。她的心怦怦地跳，不知道这场战火将蔓延到什么地步。

姑妈并没有回到倒座南房里去，而是一直陪着新月往里走。里边的争吵使她不安，她感到恼火、难堪，却又没有足够的权威去平息战火；她不愿意让新月因为父母的不和而遭受刺激，但也没法儿不让新月听见。老太太左也不是，右也不是，心惊肉跳地随着新月往里走，这会儿已经走到了西厢房廊子底下。上房的吵闹突然激化，下边将要发生什么事儿就难说了!

一向没有主见的姑妈这时突然急中生智，想到了新月正是她要搬的救兵，便可着嗓子朝上房嚷了一声，虽然她极力装得轻松、随便、若无其事，但那声儿却因为紧张而显得古怪：“俩人没事儿又逗闷子玩呢？新月都放学回来了，该吃饭了嗨!”

上房里的吵闹声戛然而止，姑妈果然一鸣惊人，收到了奇特的效果。新月看见妈妈从屋里走出来了。

韩太太站在廊子底下，悠闲地摇着手里的芭蕉扇，根本不像刚刚吵过架的样子。她年纪已经过了五十，看起来还像一个中年妇女，面色白净，仪态端庄，丰满而不显肥胖，穿着一双藏青礼服呢面方口布鞋，烫得平平整整的灰色暑凉绸长裤，深褐色的拷纱大襟上衣，露着象牙色的胳膊，一双手细腻而柔软，右手的无名指上戴着一枚镶翠面儿的金戒指。虽然年月变了，她仍然保持着昔日的风度，表明她和左邻右舍那些出门提篮买菜、进家洗衣裳做饭的老太太、半大老娘儿们是不同的，令人不敢小瞧。在家里当然更是这样了，在丈夫、孩子和孩子的姑妈眼里，她是这个家庭的主宰，有着不可动摇的权威。

她从容地摇着扇子，看见新月正噤若寒蝉地顺着廊子往里走。

“妈……”新月不安地叫了她一声。

“哎，放学了？”韩太太笑了笑，“瞧你晒的，脸上那红！”

新月一低头，进了西厢房。她也觉得脸上发烫，不是被太阳晒的吧？是让刚才父母的吵闹给臊的。

韩太太却像没事儿人似的，轻轻松松地朝姑妈说：“大姐，今儿晚上吃什么？”

姑妈瞅着一场大闹已经烟消云散，心里高兴，便笑吟吟地说：“打卤面！今儿不是新月的生日嘛，我买了点儿牛肉，买了点儿……”

“噢！”韩太太声音细长地接了这么一声“噢”，然后说，“那好哇，等天星回来，就吃饭吧！”

新月回到自己房里，把书包丢在床前的写字台上，听到姑妈的话，心里一动，才记起了今天是自己的生日！唉，忘了，几个月来她一直像枕戈待旦的战士一样埋头复习功课，准备迎接严峻的高考，竟然把生日都忘了！看起来，要不是姑妈提醒，连爸爸妈妈也忘了，要不然，他们不会在这个日子吵吵闹闹。只有姑妈记着呢，她知道自己在姑妈心中的位置！新月不由得泛起一阵伤感：生我的父母，还不如姑妈疼我！可是，父母刚才的争吵又是因为什么呢？她模模糊糊地觉得和自己有关，因为她明明白白地听见爸爸说：“她的事儿你就别管了！”听见妈妈说：“我是她妈！”爸爸还说：“不能让你毁了后辈！”这不是在指她吗？可是，汉语里的“她”和“他”发的是同一个音，使她又不能断定指的到底是她还是哥哥。唉，要是爸爸用英语吵架就好了，“she”和“he”分得清清楚楚！但妈妈又不懂英语……新月为自己的胡思乱想而觉得好笑了，她对着镜子无声地笑了笑，那笑容是困惑的，是苦涩的。

哥哥天星下班回来了，一家人围坐在餐桌旁吃晚饭。大门旁边的五间倒座南房，东头两间姑妈住，西头是厨房和贮藏室，中间这一间是接待一般客人的外客厅，也是一家人吃饭的餐厅。

姑妈端上了打卤面，这是为了祝贺新月的十七岁生日而特意做的“寿面”。北京人爱吃面，能做出许许多多不同的名目，炸酱面、麻酱面、热汤面、一和汤面、汆子面……都不算什么稀奇，比较讲究的就算打卤面了；姑妈做的打卤面就更为讲究，她把面抻得又细又长又匀溜又筋道，捞在碗里，浇上又香又浓的卤汁，那里边有香菇、口蘑、木耳、虾仁、黄花菜、玉兰片，像流动的“金绞蜜”琥珀，不等吃到嘴里，看着就让人眼馋，何况又是在一九六〇年！自从国家进入“经济困难时期”，珠米桂薪使人们把兴趣相当浓厚地集中到“吃”上：怎样让有限的粮食定量填饱肚子，怎样更有效地保持体内热量，怎样充分地受用那些珍贵的票、证……从家庭主妇、一般市民到机关干部、工人、学生都不得不在饥肠辘辘声中时时想到这些问题，切身体会“民以食为天”这一自古真理的严峻性。这一年的春夏之交，北京、天津、上海和辽宁的粮库几乎已经挖空，面临脱销的危险，中央发出紧急指示，要求马上突击赶运一批粮食以解燃眉之急，并且采取措施，减少民用布的平均定量，压低城乡口粮标准和食油定量，提倡采集、制造“代食品”……在这样的情势之下，姑妈为这顿打卤面所做出的艰苦卓绝的努力，就简直像一场成功的战役了，也不知她是怎样从无货不缺的商店里买到那些原料的！

新月捧着这碗“寿面”，几乎要落下泪来。十七岁了，她已经度过了十六个生日。她不记得最初的几次生日是怎样度过的，自从她记事儿以来，这一天常常是毫无表示的，似乎被人遗忘了。而且，她的生日到底是哪一天，还是一个有争议的问题。爸爸说是阳历七月七日，阴历六月初五。可是这两个日子很难赶到一天，就不知道该以哪个为准了。妈妈和姑妈都是不理睬阳历的，今天的这个生日显然也就按她们的原则来过的，爸爸也并没有反对。过生日无非是表达一点美好的愿望吧，爸爸不会因此而争执，何况也不是每年都过。如果不是姑妈心里记着，恐怕今天又被忘记了。新月端起碗来，深情地望着姑妈，说：“姑妈，谢谢您……”

姑妈慈祥地笑了，对她说：“新月，不是这么个说法儿，你该谢的是你妈，这一天是她为你受难的日子！”

新月顿时意识到自己的疏忽，脸微微红了，朝旁边望着妈妈，按照姑妈的指点，说：“妈，今天是我的母难之日，感谢您把我带到人间……”

韩太太刚要吃面，看新月说得那么一本正经，笑了笑，对姑妈说：“成了，成了，别难为孩子了！当妈的十月怀胎，一朝分娩，她一个姑娘家哪儿知道那受的是什么罪？吃面吧！”

韩子奇一直沉着脸，也许是因为刚才吵架引起的不快还没有消散。他望着新月，长长地叹了一口气：“新月，十七岁了！爸爸没忘……原谅爸爸，不能给你过一个像样儿的生日……”

“打卤面，我已经很知足了！”新月说。

“该买一块生日大蛋糕，插上十七根儿蜡烛……”

“我憋足一口气，噗，一吹，全灭了！对不对？我在电影里看过！”

姑妈听得硌硬：“那叫什么事儿？吹灯拔蜡？”

新月笑着说：“姑妈，您不懂，那是外国的风俗！”

“外国的风俗有什么好？”韩太太面带不悦，瞪了韩子奇一眼，“吃吧你！又显摆你多知多懂？”

韩子奇就不言语了。这年头儿，“外国”这个词儿不怎么好听，容易令人联想到“帝国主义反动派”之类，这一点，做外贸工作的韩子奇自然是很敏感的。韩太太这么点了一下，他就住了嘴。在孩子面前谈论西方资产阶级生活方式是不好的。

餐桌上的空气显得压抑，姑妈只好出面打岔：“什么洋风俗、土风俗的，还不快趁热吃？新月，天星，吃！”

新月望望下班回家之后一直没说话的哥哥天星：“哥，吃吧！”

韩天星比新月年长八岁，今年二十五，是国营五四一厂的工人。那是全国独一份的专管印制人民币的工厂，重点保密单位，制度极严。也许正是因为长期在这种环境中工作养成了习惯，或者还有其他原因，他的性格极其内向，不到非说话不可的时候，很少开口。每天一早，吃了早点蹬上车子走人，傍晚蹬着车子回家，一进门，就耷拉着留着“寸头”的脑袋，板着和爸爸一样黑却比爸爸胖的脸，穿着一身工作服，直奔他住的东厢房，等姑妈喊他吃饭，才出来，闷着头吃完晚饭，又钻回东厢房，如果夜里不上厕所，再露面就得等到第二天早上了。爸爸说：“这小子是徐庶进曹营——一言不发。”姑妈有时候爱逗他：“嗨，天星，你的脸耷拉得有二尺长，冲谁呀？”他头也不抬地回答：“谁也不冲。”完全不动声色。

现在，太阳打西边儿出来，老蔫儿有话要说了。

“新月，”他望着妹妹，笨拙地启动他那金口难开的厚嘴唇，“我给你准备了生日礼物……”

新月吃了一惊：“哥，你也记着我的生日？”

天星说：“记着呢。昨儿晚上我瞅见了天上的月牙儿，就想起来了，我的生日，月亮是圆的；你的生日，月亮是弯的。”

韩子奇和韩太太不约而同地对看了一眼，又立即闪开了，他们都没想到这个蔫儿子还会这么留心月亮，惦记着他妹妹的生日。

姑妈大为感动的样子：“那是啊，你是三月十五，她是六月初五。哪儿能忘得了啊，亲的呗！”

新月好奇地盯着天星：“哥，你送我什么礼物啊？”

天星不搭话，伸手从工作服口袋里掏出一个信封，郑重地递给妹妹：“喵，你拿着吧！”

新月急切地打开信封，里面竟是四张崭新的五元一张的钞票。爸爸、妈妈和姑妈显然都和新月一样感到意外。

“哥，你干吗给我钱？”新月有些失望，她本来期望得到比钱更有意义的礼物，比如一本书啊什么的。

“我……我旁的什么也没有啊！”天星憨厚地笑笑说，“这钱，是我干活儿挣的！”

“可是，你每个月也只有四十啊！你留着花吧，我还有，爸爸给我的。”

“我又不是每个月都给你二十，我没有这个能力，”天星说，“这个月，你不是该考大学了嘛，拿这钱买双新鞋吧，或是买支新笔啦伍的，要当大学生了！”

正在吃饭的韩子奇和韩太太，筷子都停了一下，但都没说什么。

新月这才明白了哥哥的意思，心里一热，说："哥，你准知道我能考上大学吗?"

"能考上，"天星不再看她，低头吃面，"呼噜呼噜"响，他是用吃面来掩饰自己内心的激动，"要是连你都考不上，大学里还要谁呢?嗨，我没上过大学，连高中都没上过，说不好啊!"

这老蔫儿今天一口气说的话比平常一年说的还多，他是动了感情了。但他并没有注意到，爸爸和妈妈也被他触动了，同时停下筷子，朝他看了看，那眼神是充满了歉疚的，仿佛是欠了他的债。姑妈这时却不言声儿，闷头吃她精心制作的打卤面，仿佛在咂摸滋味儿，其实，她的心思已经全然不在这上头了。

新月默默地抚弄着手里的那四张崭新的钞票，心里也不是滋味儿，虽然她明白哥哥对她考大学仅仅是羡慕，而并不是妒忌。她不知道哥哥是由于什么原因只上完初中就早早地中止学业参加了工作，是不是因为她影响了哥哥在家里的位置、耽误了他的前途?按说，她这样一个家庭，爸爸每月有一百二十块钱的工资收入，不至于供不起两个孩子上学。那么，是哥哥的功课不好吗?

天星打断了她的思路。他已经吃完了那碗美味的打卤面，抹了抹嘴说："你看，吃你的'寿面'，我多高兴!好好考吧，准能考上!你不能再像我这样儿了，应该比我强!"说完，第一个离开了餐桌，回他的东厢房去了。

新月本想跟哥哥到东厢房去聊聊，但她面前的这碗面还没吃完，而且，还有话要对爸爸说，就没动地方。想了想，说："爸，我们学校今天发了高考的报名单，老师让填升学志愿。"

"哦?"韩子奇似乎在想什么事儿，这时一愣，问她，"那你填了吗?"

"还没有，老师让征求征求家长的意见。"

"家长的意见……"韩子奇重复着这句话，并没有立即表态，却反问她，"你自己的意见呢?"

"我想报北大西语系!"

“学英语?”

“对，我喜欢英语。”

“呣!”韩子奇心里一动，女儿正是选择了他所希望的专业!

“学外国话?”韩太太很不以为然地瞅着他们，“你们爷儿俩在家说外国话还没说够？还要上这样的大学?”

“妈,”新月解释说，“英语不是能说几句话就行的……”

“这是一门学问!”韩子奇接过去说，“比如你吧，中国话说得比谁都利落，可写在纸上的，一个字也不认识，这就不能算汉语毕业了!”

“你拿我开什么心?”韩太太脸色一沉，“嫌我没文化，没能耐，你早干吗呢？你不会找比我强的去？找个又年轻，又漂亮，又会说洋话的去啊!”

“妈！您说的这是什么话……”新月感到难堪，脸都羞红了。

“实话！妈不好，忒土！让他给你找个好妈、洋妈去!”韩太太好像下定决心要打架似的，话越说越冲。

韩子奇的火被挑起来了，怒气冲冲地看着她，新的争斗一触即发!

“嗨，嗨，新月她妈!”姑妈赶紧从中调停，“都五十多的人了，也不怕孩子笑话！有个当老家儿的样儿吗？孩子考学的事儿当紧，咱不懂，就甭搭茬儿了，让她跟她爸好好儿地合计合计!”

姑妈是这个家庭的润滑剂，她总是在两个齿轮咬得咯吱咯吱响的时候，赶紧抹油，齿轮也就不响了，这架机器也就接着转。倒不是她的话有多大的权威性，而是因为长期相处，她对这争斗的双方都摸透了长处和弱点，在关键时刻，总是打在点子上，被点到的人心里都明白，一经点拨，权衡利弊，也就忍了。当然，局外人未必能明白，比如新月，她就不知道爸爸和妈妈为什么总是在吵，又总是能和好。现在，就又和好了，起码是暂时偃旗息鼓。

韩太太继续吃她的面。

韩子奇抑制住被妻子挑起的怒火，他现在挂在心上的是女儿的学业。女儿是他的掌上明珠，一天天地盼着她长大，现在终于盼到她高中毕业，要考大学了。这是她人生道路上的一大关口，跨过了这个关口，新月就成为大学生了，五年之后，就可以拿着一张大学文凭走向社会，开始自己独立的人生了。韩子奇没上过学，更不要说大学，他的中文、英文都是为生活所迫、事业所需而刻苦自学的，是环境造就的；天星只上过初中……这个家庭的祖祖辈辈还没有一个人得到过大学毕业的文凭，这是令韩子奇深深遗憾的。弥补这个巨大的遗憾，唯一的希望就寄托在新月身上了。到了那一天，做父亲的就偿还了夙愿，可以舒开笑颜，说一声："我总算对得起你，也对得起自己的良心了！"这一切，与其说是为了女儿，倒不如说是为了他自己，不然，他会永久地不安。他相信女儿能够实现他的这个殷切的希望。新月在还是很小的时候，几乎是从牙牙学语的幼儿时期，就同时受到了汉、英两种语言的启蒙教育，她对汉语和英语的反应同样灵敏，两三岁就掌握了一些常用词汇，可以做简单的交谈了。在家里，韩子奇喜欢和新月用英语对话，这个习惯一直保持了十多年，无疑为新月在高中阶段正式学习英语打下了极好的基础。新月的各门功课都成绩优秀，而英语更为突出，当然是毫不奇怪的。现在，她自己选择了英语作为高考志愿和终生的职业，正是发挥了自己的长处，也使父亲充满了信心。

"很好啊，新月，"他说，"这也是我很早就有的想法，对你来说，没有比英语专业更合适的了！"

"爸爸希望我将来成为一个翻译家吗？"新月的情绪又兴奋起来，眼睛里闪烁着希望之光。

"这，我倒也说不上，"韩子奇温和地看着女儿，话却说得很深沉，"事业的追求，并不一定要什么头衔和称号来满足，你爱上了一种东西，愿意用全部心血去研究它，掌握它，从中得到了乐趣，并且永远也不舍得丢弃它，这就是事业心，是比什么都重要的……"

"就像爸爸对玉那么着迷？"新月笑了。

"嗯……"韩子奇答道，而心里却在叹息。

"太好了，爸爸坚定了我的信念，"新月愉快地吃着面说，"那我就填这个志愿了啊？表儿明天就得交呢！"

“你的志愿嘛，谁也不能阻拦你，你已经长大了，十七岁了，”韩子奇回答得很肯定，想了想，又问，“你的第二志愿是什么？”

“没有，我没有第二志愿！”新月不假思索，脱口而出。

“没有？万一第一志愿考不上呢？总得有个退路……”

“我不给自己留退路，根本不相信我会考不上！”

“噢！”韩子奇感到震惊，虽然他知道新月的能力，但没有想到女儿的自信竟然达到了这种程度，好像已经把未来的命运牢牢地掌握在自己的手里！这使他十分欣慰，似乎心头的重负已经解脱了，“爸爸欣赏你敢于破釜沉舟的胆量！不要退路，退路从来都是留给……懦夫的！”

“谢谢爸爸！”新月深情地说，“我一定要考上北大，才对得起您的鼓励！”

“你们说的这个‘北大’，在哪儿啊？远不远？”老半天也没敢插嘴的姑妈忽然问，她虽然听不大懂，可是上心着呢！

“远倒是不远，”韩子奇吃着面说，这碗打卤面他现在才吃出点味儿来，“就在沙滩儿红楼嘛！”

“哪儿呀，您这是老皇历了，”新月噗地笑了，“北大早就不在沙滩儿了，在西郊，远着呢！”

韩子奇一愣：“是不是在原来的燕京大学？”

新月点点头：“是啊，就是那儿！”

“啊？”埋头吃面的韩太太忽然停住了筷子，吃惊地问新月，“真是在那地方？”

“怎么了？”新月不解地问。

“你干吗非上那儿上学去？”韩太太却反问她，脸前的这碗面也吃不下去了，把筷子放在碗上。

“北大不好吗？我们老师说，那是全国最好的重点大学，历史最悠久，五四运动的时候，还是……”新月似乎要把招生简章背给父母听。

“我也没说它不好……”韩子奇喃喃地说，“我是说……”

姑妈在旁边插嘴："你妈、你爸横是嫌那个地方太远，你就不能考个近一点儿的？"

"是啊，"韩子奇赶快接过去，"可以报个别的学校嘛，比如外语学院、外贸学院……"

"不，我就要考北大！"新月却坚定不移。

"为什么？你跟那儿有缘是怎么着？"韩太太满脸的不高兴。

"因为……"新月看看妈妈，再看看爸爸，"因为北大的录取分数最高，最难考，我想用高标准来考验自己的能力！妈，我能考上，远一点儿有什么关系？爸，您说呢？"

餐桌上，出现了沉默。

"好吧，既然你的志愿这么坚决，我也不好勉强了！"韩子奇终于说，似乎有些无可奈何。

"那我就……"新月不放心地再追问一句，她希望爸爸能有一个明确的答复，不要这么含含糊糊。

韩子奇却垂着头说："你再听听你妈的意思……"

"妈……"新月为难地望着妈妈。

"甭问我，既然你们爷儿俩都商量好了，妈还敢挡你的道儿？"韩太太连看都没看她，只是眉毛动了动，慢条斯理地说，那声调让人听了心里发冷。她把碗一推，干脆站起身来，走了，走到餐厅门口，又甩过来一句话，是说给韩子奇听的："不是说她的事儿不让我管吗？我可就真不管喽！"

韩子奇手中的筷子落到了桌子上，他那高耸着的瘦肩膀像散了似的耷拉下来。

新月的心突然一沉，她明白了：傍晚时父母的争吵，毫无疑问说的就是她！那么，他们争论的是什么事儿呢？也许就是她面临的高考问题，父母的分歧恐怕不仅仅是报哪个志愿吧，看妈妈那意思，似乎对参加高考都不一定赞成！

天黑下来了，"伏天儿"还在悠然地鸣唱，但白天的炎热已经消退了，微风吹来，让人感到一丝凉意。夏夜的晴空，撒满了无数的星斗，闪烁着清冷的光芒。西南天际，一道弯弯的新月，浮在远处的树梢上空，浮在黑黝黝的房舍上空，它是那么细小、玲珑，像衬在黑丝绒上的一枚象牙，像沉落水中仅仅露出边缘的一只白璧，像漂在水面上的一条小船，这小船驶向何方？

新月在姑妈的房里坐了很久才回去睡觉。父母的争吵，高考志愿的悬而未决，都使她不安，而又无处诉说，只有姑妈最疼她，最宠她，最能安慰她，遇到不愉快的事儿，她总是首先在姑妈那儿寻求安慰，姑妈就把话正着说，反着说，掰开揉碎地说，直到把她哄笑了，娘儿俩才算完。但是这一次，姑妈的法宝失灵了，报考大学这件事儿太大了，超过了姑妈的权限，她可做不了主，只是反复说：甭着急，再跟你妈商量商量；甭着急，你妈疼你，她就你这么一个女儿，什么事儿还不都尽着你？她是不放心你到那么远的地方去上学，再跟她好好儿说说！姑妈甚至还说：我寻思着，一个姑娘家，上不上大学也不当紧……唉，姑妈不识字，她懂得太少了，话说得啰里啰唆，糊里糊涂，不得要领，她安慰不了新月。

新月从姑妈那儿出来，忐忑不安地走回西厢房去。她抬头看到天上的那一弯新月，便想到了自己，她和那个神秘的天体是一样的名字。十七年前，也是新月升起的时候，她在人间落生了，像弯弯的新月一样升起来了，十七年，长成了一个大姑娘。以后的路怎么走呢？天上的月亮有自己的运行轨道，从容不迫地向前走去，她呢？她现在却在一个十字路口，茫然徘徊。

她站在天井里，望望上房。上房东间里父母的卧室，窗纸上已经没有灯光，不知他们睡了没有。她想再去跟父母谈谈，但走到廊下，听听里面没有声息，便又犹豫地站住了。也许他们已经睡着了，她不敢叫醒妈妈。站了一会儿，就悄悄地退去了。

回到西厢房，她没有开灯，便浑身无力地和衣躺在床上。屋里很暗，朦胧的月光从窗外反射过来，窗纸是一片淡淡的灰白色，墙边的立柜、梳妆台、写字台都只是幢幢黑影，她像走进一个无人的空谷，感到孤独和凄凉。她在床上辗转反侧。这张两头装着镂花栏杆的双人大铜床，是她从小睡的地方，也是妈妈睡过的地方。姑妈说，妈妈生哥哥的时候和生她的时候，都是住在这儿的。岁月太久了，她已经记不起自己在婴儿时期是怎样被妈妈抱在怀中喂奶，母女之间是怎样亲密无间。在她的记忆中，幼时陪着她睡觉，帮她穿衣服，喂她吃饭，带着她在院子里玩儿……这一切都是由姑妈来做的。她上小学了，姑妈给她缝了书包，送她到学校门口；放学时，姑妈在学校门口等她，唯恐她走迷了那一段长长的路，也怕街上的男孩儿欺负她。这样一直延续了好几年，直到她上了初中，姑妈确信她已经有了自卫能力，才停止了迎送。但每当放学的时候，总是眼巴巴地等着她回家，如果她回来晚了，姑妈一定焦急地在大门外瞭望。记得十二岁那一年，她第一次因为床单上的血痕而惊慌失措，掩饰不及而遭到了妈妈的白眼："这么大的丫头了，连这都不懂……"是姑妈赶忙拿去洗，还悄悄地对她说："新月，你是大姑娘了，别怕，这不是病，也不是伤，姑妈告诉你……"从那时起，已经五年了，她觉得自己真的一天天长大了，渐渐地会料理自己的一切，姑妈为了让她清静，就不再陪她睡，搬到倒座南房里去了，可是仍然主动地为她缝补浆洗，默默地关心着她的一切，一直到今天的生日晚餐……而这些，似乎妈妈都不大在意。现在，她高中毕业了，面临着激烈争夺的高考，这是她人生中的一大关头，不但需要自己去全力拼搏，也多么需要亲人的支持和鼓励啊！爸爸显然是支持她的，但是爸爸似乎又顾虑重重，没有妈妈的点头，爸爸是很难做出最后决定的，他今天的话越说越无力，还是要看妈妈的脸色。妈妈嘴里说"不管"，而实际上却是坚决要管，要阻拦，要在这决定命运的一步改变女儿的道路，这到底是为什么呢？

她烦乱地从床上坐起来，打开了台灯。台灯下赫然摆着她的报名单，"升学志愿"那一栏还空着，她不知道明天将怎样交给老师？已经立下破釜沉舟之志的姑娘面前还有一道难以逾越的障碍，这障碍竟然来自她的生身之母！

泪水洒在那张还没有填写志愿的报名单上。她掏出手绢儿，轻轻拭去泪痕，珍惜地把那张纸夹在英语课本里，两肘支在书桌上，对着一盏孤灯，思绪茫然。她的目光落在台灯旁边的那只小巧的硬木雕花镜框上，那里面，镶着一张发黄了的六英寸照片，是她和妈妈的合影。照片上，妈妈文静、端庄，脸上浮现着温柔、慈爱的笑容，纤细优美的手，一只揽着她的腰，一只拉着她的手；她坐在妈妈的膝上，甜甜地偎依着妈妈，两只不谙世事的大眼睛望着镜头微笑，充满了甜蜜。她那时留着长发，垂到肩上，穿着白色的纱裙，白色的长袜，白色的小皮鞋，就像是妈妈抱着一个玩具小洋娃娃。那时候，她才两岁吧？可是，她的脸型、眉毛、眼睛、鼻子、嘴巴都已经看得出很像妈妈。现在，她长大了，她从镜子里看自己的时候，觉得越长越像妈妈了。但是，后来妈妈再也没有和她合拍过照片，十七年，只留下这么一张。她无限依恋地望着这张照片，真希望自己重新变小，再退回到妈妈的怀抱中去，体味那越来越淡的母女之情。照片上的妈妈比现在年轻得多了，那时妈妈还是一个美丽的少妇，烫着鬈发，穿着旗袍。现在妈妈老了，装束也改换了，但脸型、眉目并没有多大变化；变化最大的不是形象，是妈妈对她的情感！她好像又看见了妈妈的那阴晴难以捉摸的脸，虽然也有过笑容，也有过亲切的话语，但更多的是冷漠，有时甚至是冷若冰霜，使她常常本能地惧怕妈妈，回避妈妈。她多么希望妈妈不要变，永远像照片上那样和蔼可亲！往日的温柔慈爱到哪里去了呢？是什么力量在母女之间造成了一道看不见、摸不着却又时时可以感觉得到的鸿沟？妈妈，您怎么让女儿无法理解啊？

新月根本没有料到，就在她愁思百结不能成眠的夜晚，她的父母也根本没有入睡。上房东间的卧室里，这一对老夫妻就女儿的升学问题，在深夜进入了实质性的谈判。

年近花甲的韩子奇已经有十几年不和妻子同榻而眠了。上房的东间，是他们过去的卧室。隔扇门里，靠墙摆着榆木擦漆大立柜，南墙窗下一式四件包着铜角带着铜扣儿、铜锁的衣箱，东面靠墙一只硬木茶儿，两张明式靠背椅。挨着床的地方，一头儿是带抽屉的床头柜，一头儿是钱柜和梳妆匣。全套家具都是搬入新居那年买的龙顺成桌椅柜箱铺的“百年牢”。牢是真牢，算来已经二十五年了，至今都没走样儿，只是都旧了，色彩黯淡了。北面，一张大铜床占据了房间的四分之一。自从韩子奇全家搬进了“博雅”宅，就淘汰了北方旧式的土炕，买了这种西式大铜床，两头儿高高的床栏上铸着浮雕缠枝花卉，洋味儿的古色古香，和这房间的雕花隔扇、硬木家具倒也协调。床栏上的花纹，凹处已经锈迹斑斑，凸处磨得闪光锃亮，像古董似的。这儿至今仍然在名义上是他们夫妻俩的卧室，床上是两只枕头、两条被子，而实际上，韩子奇从四十多岁起就没再住过这儿，他的卧室是西间的书房，那张西式大沙发，便是他的卧榻了。他每天一早到特种工艺品进出口公司去上班，到晚上才回来，这间书房兼卧室是经常锁着的。儿女们也并不知道他们之间的秘密。

今天，韩子奇破例地强制着自己，低声下气地走进了妻子的卧室。打开灯，韩太太也根本没睡，看见他进来，只翻眼瞅了瞅，也没搭理。韩子奇默默地坐在靠东墙的椅子上，低着头愣了一阵，却不知该怎么开头。

“有话就说吧，不还是为那件事儿吗？”还是她先打破了沉默。

“就这事儿，”他说，“我已经答应新月了，你就别再……”

“我不也答应了吗？”她冷冷地一笑。

“你那也叫答应？吓得孩子都不敢说话了！”

“她该说的不都说完了吗？哼，她还要上……”韩太太说到这里，把下边的话咽住了。

“我知道，你不想让她报考北大……”韩子奇发出一声深深的叹息，这叹息似乎包含着许许多多在心中憋了好久的言语，而他又没有说出。对妻子，他不必说，韩太太也完全明白；对女儿，他不能说，不能让新月明白。

“哼，甭管什么‘大’，都甭考了！”韩太太沉默了片刻，才说，脸上阴沉沉的。

“那怎么行呢？”韩子奇从沉思中被她惊醒了。

“怎么不行？一个姑娘家，能上完高中，也就足矣！眼瞅着大了，聘个人家儿，我也就踏实了，免得老在外头疯，想拴都拴不住！上大学有什么用？说洋话有什么用？你还想把她送到外国去是怎么着？”

“我……我根本就没这么想！”韩子奇急了，“我只是想满足她的要求，也了却我的心愿！这孩子是个好材料，是块璞玉，玉不琢不成器，我们做父母的有责任成全她，不能让她半途而废，误了一辈子的前程！我……我们只有这么一个女儿啊！”

“儿子不也只有一个吗？”韩太太突然反问，“天星就是半途而废，误了一辈子的前程，你怎么不说啊？他和新月一样，都是你的骨血！”

韩子奇竟被她问住了。

韩太太一提起天星，就勾起了满腹伤感：“一样的儿女，你没一样地待承啊！是天星这孩子笨吗？不争气吗？让他考大学了吗？连高中都没考，就进厂当学徒去了，那年，他才十五啊……”

各人心里都有一本账。她说起伤心往事，眼圈儿就红了，扑簌簌落下泪来。

“你别说了……”韩子奇惭愧地垂下头，两手托着脸，十个手指头揉搓着那黧黑的、皱纹交错的额头。妻子的话，打在他的心上，触及了他的痛处，“别说了！一想起天星的辍学，我就心跳，是我没尽到做父亲的责任，可我当时……唉，天星没赶上好‘腮拜卜’（机遇），人的一生，成功或者失败，常常要看机遇，命运很难掌握在自己手里！”

“好‘腮拜卜’都给了新月了，钱尽着她花，学尽着她上，可是，她能替得了她哥吗？”韩太太擦着泪，喃喃地说，“我不是不疼新月，不是重男轻女，姑娘终究是个姑娘，她替不了儿子啊！”

“人生在世，谁也替不了谁；生儿育女，不是为了父母，是为了儿女自己，各人的路，让他们自己闯去吧！”韩子奇转过脸来，看着妻子，“我已经耽误了儿子，不能再耽误女儿了！”

韩太太刚才听到韩子奇痛苦的自责，也曾感到一丝安慰，却不料丈夫的话题一转，九九归一又落在新月身上，他心里最占地方的还是新月！

韩太太突然冷静了，她不再伤心落泪，不再提那些已成定局无可挽回的往事，更关心的是现在。她准备结束这场谈判了，冷冷地说：“半夜三更的，你跟我软磨硬泡，不就是要我一句话吗？我今儿就是不吐口儿，你又能怎么着呢？有胆量，你就真的自个儿做主去，甭跟我商量!”

“别……别这样，我求你!”韩子奇面对妻子的强硬态度，竟是如此的软弱，他压低了声音，可怜巴巴地望着她的脸，苦苦地哀求，“新月正面临着升学考试，在这种时候，气可鼓而不可泄，我们怎么能忍心给她当头泼一盆冷水？孩子还小，她感情上受不了！你无论怎么对待我都可以，别这么折磨孩子！让她上大学，这不是今天才想到的，我们举过意，许过‘口唤’(许诺)，我们不能违背自己的‘口唤’！我求你了……”

韩子奇那张痛苦的脸，肌肉在抽动，一双沉陷的眼睛，埋藏着悔恨，潜伏着恐惧，又闪烁着希冀和追求，他从椅子上欠起身，手扶着妻子倚着的床头铜栏杆，几乎要向她下跪了!

韩太太斜靠在床栏上，翻翻眼皮儿瞅瞅韩子奇，也并没有阻拦他，似乎觉得丈夫真的对她跪一跪也无不可。

“‘口唤’？你还记着呢？你倒真是个说话算数的人，我今儿也要你一个‘口唤’!”她似乎漫不经心地说，一下子把话题扯得很远，和刚才争论的内容简直难以找到直接的关联，“天星都二十五了，你还记着吗?”

“当然记着,”韩子奇说，“他是三五年生的嘛，二十五了，生日都过去了……”

“我没说生日，一顿打卤面吃不吃的不当紧！他眼瞅着也有一件大事儿，你想到过吗?”

“什么事儿?”韩子奇一时摸不着头脑。

“男大当婚，该准备娶儿媳妇了。你想让他耗到什么时候?”

“噢!”韩子奇这才意识到这的确也是一件大事儿，“可是，他不是还没对象吗?”

“哼，你不管，我还能不管吗？耽误了儿子，不能再耽误孙子，我张罗着呢！跟你打个招呼，是想商量商量钱的事儿。儿子结婚，可不能像当初你娶我的时候那样穷凑合。我就这么一个儿子，得大办，你准备破费吧!”

“得多少钱?”韩子奇下意识地抬手摸摸中山装上衣口袋，似乎想立即点出钱来。一种长久以来的负债感，使他巴不得要向儿子表达他偿还的诚意。

“你照这个数吧！”她伸出两个指头。

“两千？”他一愣，“要这么多？我拿不出来……”

“你上馆子胡吃海塞的钱，拿得出来；供女儿上高中，又要上大学，月月年年都是钱赔着，拿得出来；到了儿子身上，哼，拿不出来了！”

“这……你明明知道，我没有存款，每月的工资是有数的，家里只剩个空架子，这房子又不能卖！”

“你不是还趁点儿东西吗？要是真心疼儿子，就把心尖儿上的肉，拉下那么一点儿……”

韩子奇的脸色变了。他没想到妻子会朝他这么进攻，触及了他心中的另一个敏感区。那是他的隐私，他的秘密，他的精神支柱，生命的组成部分，多年来与世隔绝、无人涉足的一个小天地，说是他的“心尖儿”也毫不过分！现在，妻子的手朝这里伸来了！

“那不行，决不行，我舍不得！”他战栗着说，要撤退。

“那，你舍得让新月失学吗？”她稳操胜券地从另一个方向堵击。

他愣住了。原来，这是一场赤裸裸的交易！

进退维谷，走投无路。他不能接受投降条件，只想找一些托词：“不，你听我说，那不行。外面谁都知道我早就‘破产’了，要不然，公私合营的时候准得给我划个资本家！可我现在是国家干部，那些东西……万一漏出风去，说不清，道不明，人家会说我什么？我……我就完了！”

“没那么邪乎！”她镇静地说，根本不为他那耸人听闻的言辞所动，似乎一切都早已想到了，未雨绸缪，万无一失，“我哪儿能毁了你？你是咱家的靠山！这事儿不用你出面，也不用我出面，自有八竿子打不着的人来管闲事儿。你呢？什么也不用管，把那屋的门给我开开，你的事儿就算办完了。往后，娶儿媳妇的前前后后一大摊子事儿，都不用你操心了！”

韩子奇愣愣地听完了她指出的这条道儿，暗暗吃惊她用心之良苦，看来，她有这个念头，也不是一天两天了！

“你别担心，帮忙的人只不过中间儿图几个钱儿，他根本就不知道是给哪家儿跑腿儿。”她进一步安定他的情绪，截断他的退路，促使他早下决心。

韩子奇不语。仿佛真的有一把利刃刺入他的胸膛，在他的“心尖儿”旁边晃悠，难道他真的要“医得眼前疮，剜却心头肉”吗？

“唉，你瞅瞅咱俩有多难！”她却并不以持刀的人自居，在这个时候把自己摆在和韩子奇同命运的地位上，加重语气说，“这可都是为儿女啊！”

最后的一个鼓点儿敲在韩子奇的心上，含蓄地指明了要害所在，他明白自己已经一步步落入了她的圈套，难以自拔了，无论情愿或是不情愿，只有按她说的办了！

西天的月牙儿已经转到了东南，天色不知不觉从浓黑变成了灰白。韩子奇默默地离开了妻子的卧室，摸出须臾不离身边的钥匙，打开了与他的卧室毗邻的最西头的那间房子，走进了他的秘密世界……

天亮了。彻夜无眠的韩新月背着书包跨出了院门，她的脸色苍白而疲惫，而一双眼睛却充满了光彩。刚才，妈妈微笑着正式告诉了她：

“新月，妈盼着你能考上……”

正张罗早饭的姑妈听见这句话，乐得泪珠儿都滚出来了。

新月简直不敢置信，她惊奇地感到，妈妈又恢复了照片上的慈爱！她情不自禁地伸开双臂，钩住妈妈的脖子，在那张略显苍老的脸上留下一个感激的吻：啊，妈妈！

韩子奇倒背着双手，一步一步走下大门前的青石台阶，朝着和女儿相反的方向走去，他也该上班了。走了几步，又停住脚，转身望着新月洁白的衣裙在烟霭迷离的晨曦中轻快地飘向远方，他的脸上不觉泛出了难得的笑容。女儿已经走上了希望之路，成功之路，女儿是幸福的，但愿她永远不知道她的父亲为此付出了怎样的代价！

第三章 玉殇

学生们烧了赵家楼，事情闹大了，军阀政府派兵镇压，抓起来三十多人。于是，全北京城的学生总罢课，并通电全国表示抗议，接着，上海、广州、天津的学生也上街游行了，听说天津的学生领袖还是个回回，叫马骏。梁亦清很难全部理解学生们这些举动的含义，他只是感到北京和全中国以后的日子不会安宁。有一群学生上街募捐，梁亦清听不大明白他们说的那些激昂的言辞，却献出了奇珍斋的一只玉盘，原是和易卜拉欣摔碎的那只玉碗配套的。中国人都巴望着中国好，梁亦清清苦惯了，日月再艰难也不差这一只盘子！但是，他又怕这会给奇珍斋惹事儿，央告学生们千万别说这盘子是谁给的。学生们对他说了好些好话，一路演讲着、喊着口号走了。这都是一些胆大包天的人物，不怕官，不怕军警，不怕死，为了追求他们心中既定的目标，他们什么都不怕，径直往前闯！

吐罗耶定也走了，沿着千百年来的丝绸古道，朝着心中的圣地麦加，坚定地走去了。

人们哪，不可动摇的是心中的信仰，各自为着神圣的信仰而献身，走向生命的归宿。

易卜拉欣没有跟着吐罗耶定巴巴继续跋涉，他留在了北京。博大雄浑的千年古都使他迷恋，珠玉璀璨的奇珍斋使他迷恋，他就像一颗随风飘荡的草籽，终于在这方宝地上落了下来。金水桥下的玉液水，社稷坛上的五色土，也许最适宜他的生长，他要在北京生根、发芽、开花、结果。朝圣的路上，他突然改变了方向，绝不是为了赔一只玉碗。吐罗耶定巴巴深深地叹息着，走了。他没有勉强易卜拉欣，也许认为他已经放弃了信仰。其实这时候易卜拉欣还弄不明白究竟什么是信仰，也许他立志献身于迷人的玉器作，这就是一种信仰？啊，比起另外一些人的信仰来，这似乎又太微不足道了。

奇珍斋主梁亦清正式收易卜拉欣为徒，这是他一生当中第一个也是最后一个徒弟。他本来要把一身绝技传给久久期待而不可得的儿子，真主却从天的尽头给他送来了一个徒弟，他怎么能把这赐予推掉呢！拜师仪式是极为简单的，不必焚香叩头，穆斯林最尊贵的礼节就是“拿手”，当师徒二人同声念诵：“哎主啊，你慈悯穆罕默德和他的全体眷属吧！”两双和琢玉有着不解之缘的手紧紧地握在一起，两颗痴迷于同一事业的心就连在一起了。

梁亦清带着他来到西便门外拜谒祖坟，这里埋葬着梁家世世代代的先人，高超的琢玉手艺就是这样传下来的，以后，就只有传给易卜拉欣了。梁亦清希望得到先人的谅解，他想：易卜拉欣虽不是梁家的骨肉，也是穆斯林啊，身上流着同样的血！

面对眼前一片没有生命的荒冢，易卜拉欣看到的是一条流动的河流。七尺之躯，一抔黄土，穆斯林们一个个离去了，什么都没有带走，把一切都留下来了，汇成了玉的长河。现在，他怀着衷心的敬仰，涉下河去，也许一辈子都不会改变了。

“师傅，我们的第一代祖师爷也埋在这里吗？”他望着那一座座土坟，问梁亦清。在他随着吐罗耶定四处漂流的日子里，也曾经接触过许多手艺人，听他们说起来，各行各业都有自己的祖师爷：油漆彩画匠的始祖是吴道子，铁匠的始祖是李老君，饮食行业供伊尹，养蚕的供嫘祖，唱戏的供唐玄宗，泥瓦匠人供鲁班。他们心中都有一条自己的长河，并且总是满怀崇敬地谈起它的源头。那么，这条玉河的源头在哪里呢？他很想知道。

“第一代？”梁亦清面对着祖上的墓地，却难以回答。年代太久远了，他只知道，传给他水凳儿的，是自己的父亲，父亲又是从巴巴的手里接过来的，这样一代一代推算上去，究竟第一代是哪位先人呢？他识不了几个字，又没有家谱，对于自己的历史渊源，知道得太少了。他遗憾地叹了口气，“说不准，师傅也说不准啊！”

易卜拉欣却用执拗的眼睛看着师傅，他想探究过去的一切。

“不过，”梁亦清寻思着说，“北京的玉器行业，是有一个祖师爷的，人们尊称他‘丘祖’。”

“‘丘祖’？他是谁？”

“这位丘祖，不是咱们回回，他叫丘处机，是个道士，道号‘长春’。本来是山东人，小时候家道贫寒，继承父业，担个书挑儿，走乡串户，卖些个书本儿啊，纸墨笔砚啊，度日也很艰难。后来当了道士，四处云游，学了不少本事，特别是琢玉的手艺。他到过河南、四川、陕西、甘肃，最远到过新疆，在出产和田玉的山里头探玉、相玉，眼光、学问、手艺，样样儿都是了不起的。他从西北又千辛万苦地来到北京，就在离这儿不远的白云观住下了……”

长春道人的奇特经历，在易卜拉欣的心中唤起了一种亲切的情感，用自己的想象补充师傅过于简略的叙述。他也曾有过万里跋涉啊，但那时，并没有像长春道人那样学艺探宝，因为他还没有认识奇珍斋和梁亦清师傅，还不知道玉的精灵在遥远的北方等着他。现在，他来了！

梁亦清继续说：“……那时候，天下经过多年战乱，老百姓苦得很，好多人没法儿谋生，成了无业游民。长春道人就挑选了一些心灵手巧的年轻人，教给他们琢玉的手艺，从那以后，北京才有了玉器行业。元太祖成吉思汗听到长春道人的名声，就把他召进宫去，拿出一块稀世翡翠，请他做成个御用的物件儿。他把那块碧绿的翠料带回去，看了又看，想了又想，就随形做成了一个带着绿叶的香瓜，献给成吉思汗。成吉思汗见了这翠瓜，已是喜欢得了不得，仔细一看，这瓜还是个有盖儿有底儿的盒子，打开盒子，嗬，里边还有一条长长的翠链子，一环扣着一环，从盒盖儿一直连着盒底儿，绝了！成吉思汗佩服他的手艺，又拿出一块羊脂白玉，长春道人就用白玉琢成了一只玉瓶，那瓶子薄得能透着看清手上的指纹！……”

易卜拉欣仿佛看见了那瓜、那瓶，琢玉高手魔术般的技艺，他在梁亦清的奇珍斋就已经叹服了！

“……成吉思汗后来封长春道人为‘白玉大士’。”梁亦清停了停，说，“这是一种说法。还有一说，对长春道人就有点儿不恭敬了。说是：成吉思汗赐给他一只玉杯，有一次御驾亲临白云观，却不见他使用这杯，就问他什么缘故，长春道人说：‘御赐的圣物，我怎么敢使用呢？把它顶在头上了！’成吉思汗这才留神他的头上，原来那只玉杯的两边儿各打了个眼儿，扣在纂儿上，用簪子一别，当成道冠了！成吉思汗见他这么样儿把圣恩顶在头上，一时高兴，就笑着说：‘噢，顶天立地，你是玉业之长了！’说起来，这是成吉思汗赏给他的地位，他自己倒没有什么本事，只会打眼儿！我没有学问，也不知道这两种说法儿，哪个是真，哪个是假。不过，从那以后，长春道人就成了北京玉器行业的祖师爷，人称‘丘祖’。四处化缘的道士，只要能背下来‘水凳儿歌诀’的，必是白云观出来的，玉器艺人都要好好儿地待承。每逢正月十五，是丘祖的生日，都到白云观去拜祖师爷；九月初三，是丘祖升天的日子，又都到琉璃厂沙土园的长春会馆去聚会，那儿供奉着丘祖的塑像。因为咱们隔着教门，玉器行的回回都没去拜过丘祖。祖上的手艺到底是怎么学来的，我就说不上了。也许就是这位丘祖，也许还有别的祖师爷？”

梁亦清留下了一个问号，无法满足易卜拉欣了。

“我想还会有吧！丘祖不是也有师傅吗？”易卜拉欣陷入了他的遐想。梁亦清说的这个掺杂着传说和笑话的故事，显然并不是那条长河的源头，他还要追下去，追下去……

回到奇珍斋，已是吃午饭的时候了。从现在开始，易卜拉欣正式称梁亦清的妻子白氏为“师娘”，称璧儿、玉儿为“师妹”，当然，对师妹只需直呼其名就行了。

“那，你叫什么呀？”璧儿在摆饭的时候问他。

“我？我叫易卜拉欣呀！”他一边帮着璧儿端菜、拿筷子，一边笑着说，“我刚来的时候，你不是就知道了吗？”

"我知道，这是你的经名儿！你本名儿叫什么？"

"本名儿？"

"是啊，"梁亦清也跟着说，"咱们穆斯林，每人都有一个经名儿，还有一个本名儿。比如我吧，经名儿叫'阿卜杜勒'，本名儿叫'梁亦清'。你呢？除了'易卜拉欣'，还叫什么？"

"我还有一个名儿，好久没有人叫了……"易卜拉欣腼腆地低下头去，似乎不大好意思说出口，"阿爸、阿妈活着的时候，叫我'小奇子'……"

"小奇子？"璧儿好奇地重复着，她觉得这名字既好玩儿又好笑。

小奇子脸红了。

梁亦清笑笑说："这是个小名儿啊，还得有个大号！日后你学成了手艺，出头露面，不能让人家都喊你'小奇子'！你姓什么？"

小奇子不说话。他的姓氏，也已经好多年没人问起了，一个无父无母的孤儿，谁去管他姓什么呢？是收留他的吐罗耶定巴巴给他起了个经名儿"易卜拉欣"，从此代替了名，也代替了姓，他出生的血缘，就不再为人所知了。现在师傅问起他，使他又想起了遥远的过去，一种难以言表的情感涌上心头，眼里闪耀着泪花。

璧儿说："要不然，你就跟我们姓梁吧？"

"不，我有姓，"小奇子咬着嘴唇，极力不让自己的眼泪流出来，"我姓韩。"

"嗐，"梁亦清寻思着说，"还得起个大号啊，韩……韩什么呢？"

只识几个字的琢玉艺人没有本领为徒弟命名。他希望这个名字要叫起来顺口、听起来响亮，又和琢玉行业多少有些关系，像"君璧""冰玉"那样才好。于是兴致勃勃地带着小奇子，去请教"博雅"宅里的老先生。

"玉魔"老人得知梁亦清喜收高徒，"玉器梁"的绝技自此后继有人，很觉欣慰。想了一想，猛然说道："小奇子？不就是贵店雅号'奇珍斋'之'奇'吗？依老朽愚见，只需把'奇''子'二字颠倒过来：'子奇'可也！古有琢玉大师陆子冈，今有后起之秀韩子奇，好名字啊！"

“韩子奇”，从此成了易卜拉欣——小奇子的正式名字，以至于若干年后蜚声玉业、名震京华，这是他和他的师傅梁亦清都始料不及的。

春去秋来，寒暑交替，门前的杨柳飞了三次花，院中的石榴结了三番果，韩子奇在水凳儿前消磨了千余个日日夜夜，不知不觉地长大了。稳定的生活、温暖和睦的家庭气息复苏了他那颗由于长期漂泊而变得冷漠的心，简朴但是充足的饭食保证了他从少年到青年的过渡时期急剧增长的营养需求，对琢玉技艺的不懈追求激起他以创造充实人生的信念，繁华的都市环境塑造了他以竞争求得立足之地的性格。三年的时间，他等于重新开始了人生，吸吮着师傅的心血、北京的水土，悄悄地长成了一个男子汉，个子猛蹿到和师傅那样高，宽宽的肩膀，挺实的腰身，充满了青春的活力。脸上的稚气和腼腆褪去了，唇边已经出现茸茸的胡须，显得比十九岁的实际年龄还要老成、精干。一双炯炯有神的眼睛，遇见玉石就像雄鹰搏兔一般凌厉、迅猛，一双粗糙瘦硬的手，上了水凳儿就如同庖丁解牛那样娴熟自如、游刃有余，简直是造物主复制了一个梁亦清。他继承了师傅宽厚温和的气质，却又不像师傅那样不擅言辞；彻底丢掉了往日的南腔北调，变成一口纯正的“京腔儿”，待人接物谦逊和蔼；不知底细的人，很难在他身上看到当年的流浪儿易卜拉欣瘦骨伶仃、可怜巴巴的影子了。早在流浪时期，他就跟吐罗耶定巴巴初识了一些汉字，现在，又抽空念一点儿二酉堂印的《三字经》《千字文》，帮助师傅记记账目、写写书信就不算难事儿了，虽然不能和人家大铺子里的账房先生相比，更不能和“博雅”宅的“玉魔”老先生相比，但在师傅眼里，徒弟也算是有“学问”的人了。

岁月在催着师傅一天天地苍老，脸上的皱纹不知不觉地加深，头上的黑发不知不觉地染白，那不是沾上的玉粉啊，那是永远也洗不去的白发。那双手，那双成年累月在水中浸泡、在金刚砂中磨炼的手，变成了龙钟屈结、鳞甲斑驳的古树老根！但他仍在不停地做，手艺人的生命，就在永不停息地劳作的手上。

琢玉坊中，并排摆着两副水凳儿，师徒二人以繁忙的“沙沙”声交流着一切，那是他们永远也说不完的话。通常，韩子奇只做一些小件儿，花插、镇尺、印钮、印盒之类，薄利多销，供给玉器古玩店的门市。梁亦清专做大件儿，是顾客特别订制的精品。三年来，这样的精品他只做了一件，到现在也还没有完工。这是专做“洋庄”买卖的“汇远斋”老板蒲寿昌订制的，而真正的订主儿是个英国人，叫沙蒙·亨特，这个人对中国的字画、文物特别上瘾，到中国不知跑了多少趟，是蒲寿昌的老主顾。他拿着一张横披的工笔重彩画找蒲寿昌，要求依画琢玉。蒲寿昌虽然开着日进斗金的玉器店“汇远斋”，自己却不会琢玉，也没有作坊，他所有的货物，除去从民间搜罗购得的古旧文物，新活儿都是请专门琢玉而没有门市的作坊代制，奇珍斋便是这样的长久合作者之一。接了沙蒙·亨特的订货，他就知道非找梁亦清不可了。梁亦清打开画卷一看，是一幅《郑和航海图》，画面上波涛汹涌，宝船巍峨，风帆高悬，旌旗漫卷，老舵工沉稳把舵，几十名赤膊的水手竭尽全力推着巨大的绞盘，正在和风浪搏斗。甲板上，武士们披甲执戟，服饰怪异的向导望着前方，两手比比画画，像是在讲述着航线的险恶。在他的身旁，一位身着红袍的英武男子昂然屹立船头，左手托着罗盘，右手遥指海天，这便是以七下西洋而闻名天下的“马哈吉”郑和。画面是无声的历史，读来却令人魂魄激荡，仿佛听到了那惊天动地的涛声，感到了那寒气逼人的海风。

梁亦清面对这幅图画，沉吟半晌没有言语。纸是平面的，但画中山水却咫尺有千里之远，信笔写来，毫无羁绊；宝船上，船楼、桅杆、风帆、旌旗，都立体凸现，各有不同的造型和质感，或雕栏砌柱，或一线直立，或凌空飞动，又相互交错、重叠，时断时连；画中人物，身份、服装、年龄、姿势、神态各异，又都个个逼真传神，一丝不苟……要把这般丹青妙笔移花接木，转换成可堪与之媲美的玉雕，谈何容易！

蒲寿昌见梁亦清不言语，就说：“梁老板，这活儿，我可是特为您接的！不得金箍棒，为何下龙宫呢？亨特先生说了：中国的郑和航海，比西班牙的哥伦布提早将近百年，这是一奇；中国的绘画，不取光影而以线描勾勒，丹青绝妙，异于西画，这是二奇；中国的玉雕刀法精妙，神韵独特，这是三奇。他要把这三奇集萃于一，作为珍宝收藏。梁老板，难得有这样的异域知音呀！您就是一辈子只做这一件儿，也不枉在人间走一遭了！”

梁亦清还是闷声不响。不是他没有这般手艺，而是深知这件活儿的费工费时，少说也要花费三年的工夫。三年只做这一件儿，居家老小吃什么？

刚做门徒的韩子奇并不知道师傅的意思，他被面前的图画和蒲寿昌诱人的演说激起一股创造的欲望，插嘴说：“师傅，这活儿，您做得了！再说，咱爷儿俩有两双手呢！”

梁亦清默默地看了他一眼，心说：初生牛犊不怕虎，你懂得什么！

蒲寿昌眼看请将不成，便转而激将，一面慢吞吞地卷着那幅《郑和航海图》，一边叹着气说：“既然梁老板有难处，我就只好另请高明了！本来，亨特先生也并没有指名请某人来做，他要的就是好活儿；我是看在咱们多年的交情，不能不先问问梁老板；要不然，病笃乱投医，有奶便是娘，就显着我蒲某人不仗义了！怎么着，梁老板？那我就……”

“等等！”梁亦清突然按住他的手，“这画儿，您搁下吧！”

蒲寿昌笑了：“到底是梁老板胸有城府！真人不露相，露相不真人，您还拿我一手儿啊？没说的，价钱上好商量！不瞒您说，我今儿个把定钱都给您带来了，这六百块现大洋，您先花着，等活儿完了，再清账！”

说着，便把一包沉甸甸的袁大头从包里取出来，搁在桌上。梁亦清就让韩子奇收起来。虽然蒲寿昌嘴里说“好商量”，实际上把价钱已经定下来了，没有什么商量的余地，按照惯例是预付三成定钱，蒲寿昌给了六百，梁亦清心里一算就出来了，这件活儿总共值两千块现大洋。

“梁老板，要是您也觉得合适，”蒲寿昌又从身上拿出早已写好的、一式两份的合同，“就立个字据吧？按说，凭咱们的交情，过去小小不言的来往，都不用签字画押的，可这一回，我也是舍着老本儿啊，不怕一万，就怕万一，空口无凭，还是立约为证，亲兄弟，明算账，先小人，后君子，日后钱货两清，大家都圆满，啊？”

梁亦清不觉一愣。按照玉器行业不成文的惯例，玉件、玉材的买、卖，乃至来料加工，历来不立字据，全凭口头协议，“牙齿当金子使”“君子一诺重千金”，绝无反悔一说。蒲老板这是唱的哪一出？莫不是怕我砸了他的买卖？不过这也难怪，这么个大件儿，不是闹着玩儿的，蒲老板怕有闪失，得给自个儿留条后路。梁亦清微微一笑，心里说：要做好这件《郑和航海图》大玉雕，自然是不容易，但凭我“玉器梁”世代相传的绝技，倒不信啃不下这块硬骨头，有道是“没有金刚钻，别揽瓷器活儿”，咱们试巴试巴！想到这里，心里倒踏实下来，伸手接过合同看了看，隔三岔五地也大概齐看懂了上面的意思：照图琢玉，现洋两千，三年为限，按期交货，任何一方擅自毁约，赔偿对方一切损失，等等。这个蒲老板，真是个皮笊篱，滴水不漏，他连工期都估计得和梁亦清心里想的完全一样，也确实是个行家！

梁亦清二话不说，就在上面歪歪斜斜地写上自己的名字，接受了蒲寿昌压在他肩头的千斤重担。

蒲寿昌长出了一口气，放心地走了。

“师傅，这活儿……”韩子奇迫不及待地想听听师傅的想法儿，他看得出来，师傅接这活儿的态度虽然十分谨慎，却是有把握的，他跟着师傅完成这条“宝船”，一定会学到许许多多的本领。

“这是件要命的活儿！我得把看家的能耐都使上！”梁亦清皱着眉头说。

“那当然，奇珍斋的老字号，就靠……”

“不，我应这活儿，一不是为了保住奇珍斋的招牌，逞能；二不是贪图他给的这个价钱。让我横下这条心的，就是因为郑和是个穆斯林，是咱们回回！”

“啊？他是个……回回？”年轻的韩子奇对此茫然无知。

“咱回回里头也出过流芳百世的人哪，明朝的‘海青天’海瑞，还有这位郑和，都是跟咱们一条血脉的回回！人，不能忘了祖先啊，冲他们，我也得豁上这条老命，做出宝船，让外国人也瞧瞧，中国的穆斯林对得起祖宗!”

梁亦清的话语里，洋溢着回回民族的自豪感。他虽然弄不清梁家本身的家谱世系，但对于青史留名的回回却是听说过的。那郑和原姓马，小字三保，祖居云南回回之乡，祖父和父亲都曾前往伊斯兰圣地麦加朝觐过克尔白，被尊称为“马哈吉”，“哈吉”是穆斯林当中只有朝觐过圣地的人才配享有的殊荣。元朝末年，明军攻打云南，十二岁的马三保已经家破人亡，成为颠沛流离的难童，不幸被明军俘虏，并惨遭阉割，做了燕王朱棣的小宦官。明朝规定宦官不准读书识字，马三保虽进了皇宫，也只能做目不识丁的奴仆。后来因为有功，才渐渐摆脱卑贱的地位。但是皇室忌讳他这个姓，“马不能登金殿”，就赐姓郑，改名郑和。燕王朱棣做了永乐皇帝之后，命郑和率领水手和官、兵二万七千八百余人，乘宝船六十二艘，携带丝绸、金银、铜铁、瓷、玉，远下西洋，前后共有七次，归来已是六十四岁的老人!郑和的一生，他所受的苦难，他所成就的业绩，都不是常人能比的。可以说，他把自己的一切，都奉献给了大明。难道，他把童年时遭受的欺凌、入宫后承受的屈辱，都忘了吗?不，他没忘，不然，他就没有后来那么大的勇气，在茫茫沧海的险风恶浪里九死一生，驾着宝船到达圣地麦加，成为一家之中第三位“马哈吉”，成为名扬天下的中国穆斯林!在九九八十一难里，他心里想着真主，记着自己是个回回……

“唉!回回，回回……”梁亦清感叹着，久久地审视着那幅《郑和航海图》。

第二天，蒲寿昌派人送来了一块长一尺五寸、宽五寸、高一尺的上等羊脂白玉，这便是未来的宝船的胚胎了。

梁亦清对照那幅画，反复审视这块玉，一直看了三天。

“师傅，您怎么老是看，不动手啊?”韩子奇替师傅着急。

“万事开头儿难，这事儿急不得，”梁亦清说，“画匠作画儿，要做到‘胸有成竹’才动笔;我们呢，面对着一块玉，眼里看到的就已经是完成的活儿了，才能动手。好比这块玉是个模子，那宝船已经包在里头了，我们的手艺就是把这模子剥开，把没用的地方剔掉，让有用的留下来。琢玉这一行，不像捏泥人儿、捏面人儿，人家瞅着哪儿不合适，还能再添上一块，再不成就揉了重来；咱们的材料是又硬又脆的玉啊，磨掉了的，就再也添不上去了，差了一分一厘，这活儿就废了。”

“师傅，您现在还没想好吗？”

“是啊，”梁亦清老老实实地回答，“我不能蒙别人，也不能蒙自个儿。要是光做这条船，不难。你瞅，这块玉是个扁长条儿，前宽后窄，上头还略圆，随形琢出来，就是一条宝船。可是，那样就瞅不出这船是在海里还是江里了。蒲老板要咱们照着图做，得显出这宝船在大洋大海里航行的气势、威风，不然，还像什么郑和下西洋！何况这船上的桅杆呀，绳子呀，帆呀，旗呀，也不能都让它们在天上悬着，没个依托，就是都做了出来，人家拿走，也容易碰碎……”

韩子奇沉默了，师傅说的这些难处，都是他事先不可能想到的，他刚刚学着上水凳儿，还谈不上什么经验。但是，他突然想起一件也许和眼前的玉雕毫无关系的东西：“师傅，您记得‘博雅’宅里的那四扇黄杨木影壁吗？那上边，近处的山、树、房子，都是鼓出来的，远处的山、水、云彩、月亮，就都贴在木头底子上了……”

“嗯，有这么点儿意思，”梁亦清为小徒弟的善于联想表示赞赏，“我就是想着，怎么样从木匠、画匠那儿借一点儿办法。记得从前听老人说过，宫里头有一个大玉山，是乾隆年间的东西……”

梁亦清的眼前浮现出了那件乾隆三十五年由扬州的琢玉艺人做成的艺术珍品《秋山行旅图》。这座玉山，前后花费两三万个工，经五六年时间才告成功，耗白银三千余两！它的蓝本，是清代宫廷画家金廷标的《秋山行旅图》，琢玉时用的是新疆山料青玉，这玉的质地，石性重、绺纹多、颜色青黄。艺人们充分利用了这些特点，琢成山林秋景，浑然天成，真实感人。尤其巧妙的是，艺人们没有拘泥于原画的尺寸限制和画面布局，而是根据玉石的自然形态，随着沟壑起伏，安排亭台楼阁、小桥流水，将人物点缀其间，使得整座玉山浑然一体，人物、树木有聚有散、有藏有露，而又都牢牢地附着于玉山之上。画家的笔墨被立体地再现，又不失原作风貌、意趣……

梁亦清的思路清晰了，终于找到了一条让玉雕宝船下西洋的航线！他重新审视那块未加雕琢的玉料，看到的已是完成后的景象：整座玉雕分为三个层次，用三种不同的雕法。第一层，宝船。船身浮在波涛之上，船头高昂，船楼巍峨，甲板、绞盘、铁锚、铁链历历在目，郑和和文官、武士、向导、水手、舵工、仆役……各执其事，栩栩如生。这些，一律用圆雕手法，活灵活现，一丝不苟；第二层，桅杆、风帆、绳索、旌旗，一律用镂雕和高浮雕结合的手法，飞动鼓起之处，似在风中翻卷，交错连接之处，则巧加纽合；第三层，是前面两层的衬底，用浅浮雕手法，刻画出连天的海浪，流动的云彩，海鸥翱翔其间，星月出没其里，而前面的桅、帆、绳、旗，也都有了倚托，转折重叠繁复之处，暗暗与海天相接，灵动而不失其本。整座玉雕，刀法变幻，繁简交错，将绘画的“平远”和雕刻的“深远”有机结合，展现出浩浩荡荡、雄浑博大、威武悲壮的气势和意境，仿佛五百年前那震惊世界的航海奇迹又重现了！

琢玉坊中的“沙沙”声又响起来了，梁亦清把全副身心都投入了这为期长远的精工制作，“玉器梁”祖传的高超技艺，梁亦清一生的追求，穆斯林心中的信仰，都寄托在这宝船上了。韩子奇陪伴着师傅，从日出直到日落，以灯火接替阳光，师徒二人沉醉于赋生命予顽石的创作，几乎无暇喘息。雏形阶段，梁亦清指导徒弟，大胆下刀；到了精雕细刻的时候，师傅就完全自己操作了。韩子奇在另一张水凳儿上制作小件儿，养家糊口，让师傅免除后顾之忧，完成这件代表他毕生最高水平的作品。宝船在艰难地缓慢地诞生，韩子奇天天注视着它的微妙变化，仿佛随着师傅在玉的长河中漫游。三年的时间，也并不很长啊！

岁月在催着新的一代一天天地成长，璧儿、玉儿也长大了。十四岁的璧儿已经出落成个大姑娘，女大十八变，越变越好看：幼时的圆脸变成了尖下颏儿的漫长脸；洁白的肌肤，衬着一双乌黑晶莹、闪着幽蓝的光辉的眼睛，两弯月牙儿似的眉毛；满头黑发光滑柔软，在颈后梳成一条大辫子，一直垂过了腰；身材长高了一头，当时的衣服虽然宽大，也难以掩盖青春期少女发育趋于完美的体形特征。随着年龄的增长，她和父亲、师兄说话不像从前那样随便了，只是自觉地在肩上为他们承担起了更多的责任。饭要让他们吃得及时，吃得可口；四季衣服，缝补浆洗，不用妈吩咐，就抢在前头了。妈老了，又常闹病，愿真主祥助她长寿，璧儿一切都替她做了。至于柜上的事儿，自从有了师兄，就不用璧儿为父亲操心了。师兄是父亲的好帮手，无论进料、送货、取款，父亲都放心地交给他去办，从来都没有出过差错。他每次出门回来，都向师傅一五一十地报账，报完了，师傅就说声："成了。"其实师傅心里都有数，在一边旁听的璧儿心里也有数；正因为有数，才准确无误地知道他没有差错，才更加信得过他。行里的人都说，梁老板的徒弟哪像个徒弟？简直像他儿子。还有人说得叫人心里跳：像个姑爷吧？这些话，当然也传到梁家的人耳朵里来，只是装作没听见罢了。这些嚼舌根的！儿子又怎么样？姑爷又怎么样？你们家的姑奶奶横不能养到八十不嫁人吧！璧儿心里愤愤的，又慌慌的，就像春天的骨朵儿在风中摇摆，花儿，迟早总要开的。

璧儿没有那么多的机会和师兄说话，她潜移默化地学着妈的样儿，也是祖祖辈辈的穆斯林妇女的样儿，把心中的愿望融进虔诚的信仰，把要说的话说给造就万物、无时无处不在的真主听。"主啊！"她相信每一声呼唤都能被真主听见，相信真主知道她心中的一切，并且赐给她幸福与安宁。

妹妹玉儿已经六岁，像是随着璧儿的模子铸出来的，姐儿俩越长越像，不常来的客人往往错认成璧儿，其实，璧儿已经比妹妹高出一大截儿了。玉儿比璧儿幸运，她的童年，赶上了废私塾、兴学堂。梁亦清爱女如子，提出让玉儿上学堂，妻子白氏说："咱回回里头，还没见过姑娘家上学堂的，学了有什么用啊？长大了，聘给人家，还不就是洗衣裳做饭！"梁亦清不以为然："我梁亦清要是肚子里有点墨水儿，奇珍斋兴许就不是今天这个样儿。唉，我这辈子就只能凭手艺吃饭了，下辈子呢？女孩儿没手艺，再不识字，只怕久后要受苦啊！璧儿没赶上，我不能再误了玉儿！"韩子奇也帮着小师妹说情："师娘，上学堂用不了多少钱，我和师傅俩人干活儿呢，供得起！"璧儿平常待妹妹如同母亲一样，她巴望着妹妹将来比她强，就说："妈，家里的活儿有我就够了。玉儿在家也没事儿，还不如让她去念几年书。识了字，还能帮助咱娘儿俩记记经文呢!”白氏本是没有主见的人，便不再阻拦，玉儿入了学堂。

玉儿下学回来了，一进门就往里间的琢玉坊跑：“爸，奇哥哥，看我买的兔儿爷!”

梁亦清心只在宝船上，没工夫理会，就头也不抬地说：“什么兔儿爷？咱们回回不敬这种神!”

韩子奇停下活儿，接过来玉儿捧着的泥玩具。这东西不过两三寸高，做得也并不精致，却风趣可爱：人身、兔脸，竖着长耳朵，身穿大红袍，三瓣豁嘴儿，笑嘻嘻的，瞧着挺喜兴。“师傅，这其实就是个玩意儿，没有人把它当神！中秋节说话就到了，街上尽是卖兔儿爷的，这倒也是个挣钱的买卖！要是咱用玉做成兔儿爷，一定比这还地道，趁钱的主儿过节，也就不买泥的了!”

“唔？你倒试试呀，”梁亦清有一搭无一搭地说，“你这小子，主意倒来得快!”

韩子奇把那件泥玩具把玩不已，真的要赶在中秋之前试一试了，等到他的兔儿爷上市，师傅的宝船也该竣工了。

“谁吃大西瓜哎，青皮红瓤儿沙口的蜜唻!”

“斗大的西瓜，船大的块儿的唻，疙瘩蜜的西瓜唻，一个大钱一块唻!”

卖西瓜的悠扬的叫卖声，伴随着满街的兔儿爷，迎接着日日迫近的八月佳节。

璧儿托着一盘切开的西瓜来到琢玉坊：“爸，奇哥哥，歇会儿，解解渴吧!”

梁亦清这才恋恋不舍地从水凳儿旁站起来，望着红沙瓤的西瓜，感到嗓子焦渴，伸手拿起一块，还没吃，先问璧儿：“给你妈送去了吗?”

璧儿说：“后头还有，这是给您和奇哥哥的!”

梁亦清把手里的这块瓜递给玉儿，又拿起一块递给璧儿，这才招呼韩子奇，一起吃瓜。

玉儿放下书包，一边吃着冰凉甜润的西瓜，一边看父亲花费三年工夫做的那条宝船：“嗨，这船什么时候能完呢？奇哥哥说，等完了活儿，家里就有好多好多的钱了，他要带我们去逛天桥儿、逛隆福寺、逛北海呢！”

“快了，”梁亦清听着小女儿那甜甜的嗓音，比吃西瓜还要舒坦，“你瞅着月亮，一天天地圆了，等到圆得像一只玉盘，就到了八月节了，这宝船也就差不离能成了！”

韩子奇也盼着那一天，瞅着玉儿说：“到那时候，我还带你们去逛颐和园、上万寿山呢！咱雇条船，师傅、师娘、璧儿、你，都上去，我开船，游一趟昆明湖，打龙王庙那边儿绕过去，再打十七孔桥这边儿绕过来，美不美？”

“美！”玉儿挥着胖胖的小手。她听得高兴，吃得急，西瓜籽儿粘在脸上，像一颗痣。

韩子奇伸手抿去她脸上的“痣”，笑着说：“看美得你！咱还得在排云殿前头花钱照张相，师傅、师娘坐在中间儿，璧儿和你靠在两边儿，我站在后头……”

“那就更美了！”玉儿几乎在欢呼。

璧儿只莞尔一笑。师兄设想的美好境界，用不了多久，就要来临了。

韩子奇身穿一件月白色竹布长衫，绕过拥挤的商摊和摩肩接踵的人群，走出琉璃厂东街，进延寿寺街，往东拐弯儿，抄近道儿回廊房二条。他是到琉璃厂的汇远斋送了货回来。廊房二条到琉璃厂并不远，但师傅给了他二十枚，让他雇辆洋车，往返都够了。一来是为了货物的安全，二来是为了体面。古玩玉器这一行，不管穷的阔的，出门都要讲究体面，连小伙计也得穿上烫得平平整整的长衫。韩子奇雇车到了汇远斋，就放车夫走了，办完交货手续，步行回家，把钱省下了。

他走在街上，到处都是中秋前夕的节日气象。“莫提旧债万愁删，忘却时光心自闲；瞥眼忽惊佳节近，满街争摆兔儿山。”中秋是一年之中的大节，是生意人清理春夏账目的当口，欠债的人家是要还账的，虽然难免几家欢乐几家愁，但佳节的来临似乎把人们心中的愁烦冲淡了。韩子奇看到那花花绿绿的兔儿爷，他兴奋地想到自己的创造，今天给汇远斋送去的玉兔儿爷，很受蒲老板赞赏呢，用不了几天，就会被人们抢着买了，这将为许多人家的佳节增添一点儿乐趣，"玉器梁"一家，也将过一个美好的中秋。汇远斋订制的宝船，就是三年前的秋天立下的字据，眼看就要到期了。等到师傅把心中的大事放下，交了货，收了钱，今年的八月节就再圆满不过了。

美好的、可以望得见的前景鼓舞着韩子奇，他心中充满了欢乐。

过去的三年当中，他只有一件事觉得遗憾："博雅"宅的老先生与世长辞了，带着怀才不遇的愤懑，带着汗牛充栋的学问，带着那一双知玉识宝的慧眼，到另一个世界去了。韩子奇本来要向他请教许许多多的问题，可是，三年的时间大都埋头在水凳儿上，他几乎没有什么空余。他总觉得以后的日子还长着呢，年迈多病的老先生却等不及了，走了。"玉魔"死后，留下了万卷古籍和一生收藏的珠玉古玩，都被儿孙卖了，几家资金雄厚的古玩店都争相购买，梁亦清的奇珍斋当然没有这样的力量，只能默默地叹息。后来，"博雅"宅的儿孙把房子也卖了，梁亦清和韩子奇就不再登门。往日的"博雅"宅，虽然并非真的藏着随侯之珠、和氏之璧，但也确有一些稀世珍品，老先生看得很重，从不示人，现在也都千金散尽，付与明月清风了。

想到"玉魔"老先生，韩子奇的心中就觉得隐隐作痛。但是，老先生虽然作古了，他那些收藏还在人间啊！玉，有千年的寿命，万年的青春，是不会死的，说不定明日的奇珍斋就有力量搜寻这些流散的珍宝了。他还有一个野心勃勃的计划，要对师傅说。

回到奇珍斋，韩子奇把长衫一脱，就跟师傅报账，把货款和省下的车钱全交了。

"你看你！"梁亦清埋怨他一句，仍然低着头做活儿，"货都交了？蒲老板都说些什么？"

"他说以后还多要点儿兔儿爷，"韩子奇站在师傅的身后，拿起一把扇子，轻轻地扇着师傅那被汗水浸透的后背，"他还问，宝船头节日能不能完？我说：能行。师傅您看呢？"

“我也没打算拖过八月节，”梁亦清笑笑说，“按期交货，两头儿都合适！”

“师傅，买咱们宝船的洋人已然来了，恐怕就是来取货的！我刚才在汇远斋瞅见他了……”

“蒲老板是专做洋庄生意的，他们那儿洋人来得多了，你认得谁是谁？”

“是啊，起先我也没在意，瞅见一个黄胡子、蓝眼睛的洋人出去，蒲老板一直送到门口，两个人叽里咕噜说着洋话……”

“你又听不懂人家说的洋话！”

“那当然。我就在里边儿等着，听他们柜上的几个徒弟在小声儿议论，说亨特先生刚才问宝船做得怎么样了，您听这话音儿，说的不就是那个黄胡子吗？”

“嗯，也许。蒲老板跟人家怎么说的？”

“这，我就不知道了，汇远斋的买卖，我也不好打听，蒲老板对徒弟管得很严，他们什么事儿都不当着我说，就是背后听了这么一耳朵。”

“没事儿，洋人来得正好，我这儿正等着他取宝船呢！”

“师傅，那个亨特先生直接上咱们这儿来取货吗？”

“不，咱们交给蒲老板，合同是跟蒲老板签的嘛！蒲老板再交给洋人。”

“为什么蒲老板一直不让那个亨特先生跟咱们见面儿呢？”

“那当然，这宗买卖是蒲老板的嘛！”梁亦清看了徒弟一眼，“你今儿是怎么了？老是‘亨特先生’‘亨特先生’！”

“我？”韩子奇笑笑说，“我想知道，咱们这宝船，亨特先生给的是什么价儿！”

“那当然就不止两千了，要是都归了咱们，蒲老板图个什么呢？”

“他得从里头赚多少？”韩子奇对此感到极大的兴趣。

“那，咱就不管了。”梁亦清并不关心这个数目，“买卖人，总是将本求利，连担挑儿卖菜的还赚钱呢，赚多赚少，是人家的能耐！”

韩子奇的眼睛却炯炯放光：“依我看，光咱这件宝船，蒲老板就能净赚上万的利!”

“你怎么知道?”梁亦清觉得徒弟今天说话有点儿离谱。

“我瞅了瞅他们柜上的买卖，亲眼见有个洋女人买走了我雕的一只玉瓶，花了五百现洋！可是蒲老板从咱们手里进货才花十几块钱！您算算，这翻了几番?”

梁亦清半天没说话，末了，平静地吁了一口气，说：“咱跟人家不能比啊！人家是买卖人，动口不动手；咱是手艺人，动手不动口。三百六十行，各占一行，谁也甭眼红谁，谁也甭小瞧谁。做买卖的，兴许一口吃成个胖子，发了大财，腰缠万贯，穿金戴银，要是流年不顺，一阵风兴许就给吹倒了爬不起来，砸了饭碗子，他连个糊口的本事都没有；手艺人呢，凭手艺吃饭，细水长流，甭管遇上什么灾荒年月，咱有两只手，就饿不死!”

“师傅，人生在世，不是有口饭吃就得，咱们奇珍斋总得有个长远打算，不能老是这么埋头做活儿，让人家拿咱们的手艺、血汗去赚钱!”韩子奇觉得师傅的想法未免太窝囊了。

“那，你想怎么着?”梁亦清听着徒弟竟有几分教训他的味道，感到不悦。

“我想……想撇开汇远斋，跟洋人直接做买卖!”韩子奇两眼注视着师傅，说出他心中琢磨已久、刚才一路上才理出点儿头绪来的大胆设想。

梁亦清茫然地瞅了瞅徒弟，好似听他在说梦话。“那哪儿成？蒲老板是咱们的老主顾，咱不能见利忘义，戗人家的行！我们梁家从不干不讲信义的事儿!”

“师傅，您可真是个老实人!”韩子奇叹了口气，“蒲老板跟咱们来往，图的是赚钱，有什么信义啊？他要是讲信义，恐怕叮今儿汇远斋还不如奇珍斋的铺面大！听人家说，蒲老板早先什么都没有，从打小鼓、收破烂，一步步创出了字号，把别人的行戗了，他也从没觉着脸红！做买卖，就是认钱不认人，谁的能耐大，谁就独霸一方。您瞅人家瑞蚨祥，前几天师娘让我去买布，我听那儿的伙计说来着，瑞蚨祥原先也就是在布巷子里卖点儿山东土布，后来瞅准了洋货有利可图，就花八万两银子的本钱办了绸布洋货店，现如今成了‘八大祥’的头一个！人家只要觉着自个儿合适，就干，顾谁的面子了？跟谁讲信义了？”

梁亦清没想到这孩子的心现在变得这么野，信马由缰，倒是什么都敢想！就冷笑着说：“你也想试一试？可是，跟洋人做洋庄买卖，你懂洋文吗？”

“洋文有什么？那不也是人说的话吗？蒲老板也不是天生就会说洋话、念洋文的，也是学的嘛！我三年能学会您的手艺，再花三年还怕学不了那点儿洋文？”韩子奇的心就像一只风筝放了出去，线越扯越远了。

“小奇子！”梁亦清突然从水凳儿前站起来，严厉地叫了一声。

“师傅……”韩子奇一惊，从无边的幻想中被拉回来了，惶恐地看着师傅。三年来，师傅还是第一次这么发火儿，也是第一次喊他这个早已被“韩子奇”取代了的乳名！

梁亦清脸色阴沉，沾着玉屑、抹着汗水的额头上，青筋暴起，一双疲劳过度的眼睛布满血丝：“这是谁啊？我怎么都不认识了！三年的工夫儿，你出落得好能耐！把我的手艺都学到手了，瞅不起你的穷师傅了，奇珍斋搁不下你了？告诉你，你在我这儿还没出师呢！”

“师傅，这，我知道……”

“你知道什么？人家说：梁亦清待徒弟就像待儿子！可别的铺子呢？你知道人家的徒弟是怎么个当法儿？起早、贪黑、挨打、受骂，整个儿一个使唤人、听差的、打杂儿的，三年没摸着水凳儿的有的是，手艺都是偷着学的！为什么？手艺行里有句老话：教会徒弟，饿死师傅！可我梁亦清傻呀，没把你当外人，没跟你留这个心眼儿！我没儿子，后辈里没指望，怕的是到我老了，眼也花了，手也不听使唤了，脚也蹬不动水凳儿了，没人给我一碗饭吃，那时候指望谁？指望你！所以才把全副的手艺、家传的绝活儿都传给了你！谁知道，你还没等到出师，就口吐狂言了！”

韩子奇完全没有料到师傅会这么大动肝火地训斥他，他咽下了憋在喉头的话，恭顺地垂下头去，静静地听凭师傅数落，两串热泪顺着脸腮缓缓地流下来。师傅的话，使他在心中回顾了三个春秋的难忘历程，他感激师傅，没有师傅的收留，他也许至今还是一个流浪儿，也许在追随吐罗耶定巴巴前往远方朝圣的途中，早被不测风云结束了生命。而如今，他已经在师傅含辛茹苦的栽培下长大成人了。师傅说的全是实情，三年来，师傅待他的好，已经超过了那两个亲生女儿，因为他是男孩儿，手艺、饭碗都得指望他。平心而论，他孝敬师傅，也一点儿不差于儿子，一日为师徒，终生如父子，这一点，他是永远也不会忘了的。可是，他又在心里暗暗地说：师傅，您对我的好，我知道，何必自个儿再说给我听呢？为了证明您对我好，就把我说成是个忘恩负义的小人，师傅，这太屈心了，太屈心了！

想到这儿，他感到一股不能忍受的耻辱，像一盆污水没头盖脸地朝他泼来，他要是不言声儿，就算认了，在师傅的眼里，在师娘和两个师妹的眼里，他就真成了一个不肖之徒，以后，他就是一切照旧，人家也会把他另眼相看了！不，他不能认，不能忍！如果他的确犯了什么过错，宁愿挨比这厉害百倍的骂，甚至师傅打他，也毫无怨言，可是，他没错呀！

“师傅！”他抬起右手，猛地抹了把眼泪，“我要是有离开您另攀高枝儿的心，还会跟您明说吗？那我就闷着，闷着，等学满出师，跟您拿把手，出了奇珍斋，远走高飞，您又能如何呢？师傅，我不能走哇！自从我进奇珍斋那天起，就没打算再出去，我把奇珍斋当成自个儿的家，把您当成我的亲爹！我巴望着咱们的生意越做越大，字号越来越响，起个大门脸儿，也挂上像汇远斋那么样儿的金字招牌！我不是瞅着人家的买卖眼馋，不是小瞧咱们看家的手艺，是觉得咱手艺人太苦了，太冤了，咱们的手能挣来金山银山，可是挣来的归人家！凭什么他们坐享清福，咱们吃苦受累？受到哪一天算个头儿呢？师傅都奔五十的人了，师娘的身子骨又不硬朗，璧儿眼瞅着大了，要出阁，要陪嫁，玉儿上学也处处用钱，这些，光靠手艺成吗？师傅，您不能不往远处想想啊！”

梁亦清本来已经觉得自己刚才的话说重了，心里有些不落忍，又听他这么一说，不觉也垂下泪来，抚着韩子奇的肩膀说：“子奇啊，你的心，师傅全领了！可是，你的心太高了，人世的福分深浅，不是自个儿争的，是为主的祥助的，人不能跟命争！我爹临咽气的时候跟我说：‘创业难，守成也难，奇珍斋就交给你了！’我说：‘爹，您放心，我绝不能对不起祖宗！就是‘无常’了，也死在水凳儿上！’有了这‘口唤’，老人家才闭了眼。我得好好儿地守着祖宗传下来的这个摊子，不能乱踢打，万一有个闪失，毁了家业，百年之后也无脸见亡人！唉，到了儿归齐，咱不能靠做梦，还得靠手艺，苦熬苦撑往前奔吧，走一步说一步，我能亲眼瞅着璧儿、玉儿都能聘到个有饭吃的回回人家，你呢，也能娶上个媳妇儿，把奇珍斋传给你，我和你师娘两腿一伸，‘无常’(死)了，也一心归主，无牵无挂了！”

师徒二人，相对流泪，倾诉肺腑之言，各自都被对方所感动，唏嘘了半天，由韩子奇挑起的一番论争却不了了之。其实，谁也没有真正说服谁，谁也无心再说下去。眼泪这东西，有时能起到极其神奇的作用，能把持有截然不同的观点的人稀里糊涂地拢在一起，把迂腐陈旧的意识变得温暖感人，把生机勃勃的新兴幼芽儿在爱抚之中扼杀！

煤油灯放射出昏黄的光辉，玉儿在灯下做她的功课，姐姐璧儿就着亮儿，飞针走线。前几天妈让师兄去买了块布，她这会儿正用它来为自己、为妹妹各做一件衣裳。师兄一个男人家，还真会挑呢，这块布，绿盈盈的底子，撒满了白花儿，就像翠叶儿上托着的玉簪花。洋布又轻又软，捏在手里，叫人从心眼儿里爱。璧儿量着妹妹的身材，又比着自己的旧衣裳，裁成了两件夹袄的面儿，配上旧里子，一针一线地缝起来。八月节说话就到了，父亲的宝船也就要完工了，师兄不是说要带着全家去逛万寿山、照相吗？这新衣裳正好穿着去。璧儿长这么大还没照过相，没出过这么远的门儿，早早地就准备上了。她猜想，到了那一天，她和妹妹穿上这新衣裳，照出相来一定非常好看，说不定逛万寿山的人都争着、挤着来瞅呢，“这是谁家的俩姑娘呀，长得比画儿上的美人儿还俊！”“是玉器梁家的！”那时候，她可得管住自个儿，不许害怕，不许害臊，要不，照出相来可就没她本人美了。……这么想着想着，她不觉自个儿笑出声来。

“姐，你乐什么呀?”玉儿问她。

“姐心里高兴才乐呢！瞅这新衣裳，你不乐吗？”

“啊，我还能不乐？正等着穿呢！天天瞅月亮，盼着它圆得像一只玉盘！姐，月亮怎么圆得这么慢啊？”

“快了！”帮着璧儿打扣子的母亲白氏说，“‘小枣儿红，月儿明’，没几天儿了。咱们回回，不在乎这个八月节，也就是图一个居家团圆的吉庆。到那天，妈给你们买白糖桂花馅儿的、豆沙馅儿的、枣泥馅儿的清真月饼，买西瓜，买果子——‘今儿个是几儿唻，您不买我这沙果、苹果、闻香的果儿唻！’”贫病之中的白氏，瞅着两颗掌上明珠，心里也泛起甜蜜的柔情，轻声学着卖果子的吆喝声，为这娘儿仨的中秋夜话增添一点乐趣，“你爸没日没夜地忙了三年，也该让他歇歇了！”

母亲的轻声慢语，激起了玉儿无限的向往，她放下写字的毛笔，爬到炕上，卷起窗户上的纸帘儿，又在急切地瞅着那还差几分没有盈满的月亮。

小院里清凉如水，月光下，小枣儿红了，石榴熟了，指甲草、茉莉花在窗下开成一片，散发着淡淡的幽香。墙根儿底下，草窠子里，蛐蛐儿轻轻地唱着：“嚯——嚯——”好像也在催促着那美好的时光早些到来。

前边琢玉坊的窗纸也透着灯光，在“沙沙”的磨玉声中，梁亦清手捧着郑和下西洋的宝船，正在加紧精雕细刻。合同期限迫在眉睫，蒲老板在等着他，沙蒙·亨特先生在等着他，患难老妻和两个女儿在等着他，他自己也在等着这艘宝船竣工的时刻。三年，一次多么艰苦卓绝的航行，他像一名久经沧海的老舵工，稳稳地把着舵，在疾风恶浪、激流险滩之中小心翼翼地穿行，不容许有一丝一毫的差错，一分一秒的懈怠，现在，遥远的航程就要结束了，站在船头纵目望去，已经看见了近在咫尺的彼岸！

他喘息一下，用粗糙的手掌抚摸着巍峨的宝船，脸上露出了欣慰的笑意。不容易呀，“马哈吉”郑和，梁亦清陪着您一块儿闯过来了！他注视着器宇轩昂的郑和，注视着甲板上劈风斩浪的一个个人物，仿佛他也加入了那雄壮的行列，仿佛那开往麦加的宝船上，也有吐罗耶定巴巴的身影！啊，巴巴，您现在到了哪儿了？我的心一直跟着您呢，我留下了您的易卜拉欣，把他抚养成人了，这宝船，穆斯林的宝船，是他和我一块儿做出来的！

他想象着，这件宝船出现在黄胡子、蓝眼睛的洋人亨特先生面前，将会是怎样的惊讶、赞叹，一定用我们听不懂的洋文说：噢，中国有这样的能人，果然把“三奇”合而为一了！他还想象着，要是亨特先生把这件宝船拿到什么万国博览会上去展览一下，一定会得到更多的人赞赏！这不是胡思乱想。民国十五年，在美国旧金山举行的什么巴拿马万国博览会上，北京的象牙雕刻不就得了个金奖嘛！当然，他梁亦清不是为这个才做宝船的，这宝船上凝聚着他一生的心血和信仰，只要这宝船能够周游四海，让天下的人知道中国玉雕艺人有怎样的手艺，他就知足了，就算没有辱没“玉器梁”世世代代的声誉！他进一步设想，那成千上万的观看宝船的人，一定也有穆斯林，如果他们知道这宝船出自中国的穆斯林之手，一定为“朵斯提”感到无上的光彩！不，这办不到，宝船上没刻着“经字堵阿”，也没刻着他梁亦清的名字，谁也不会知道他！

梁亦清感到一种莫名的遗憾。艺人毕竟是艺人，不能和著书立说的文人、挥毫作画的画家相比，不能在自己的心血化成的“活儿”上题款、盖章。艺人是下贱的工匠，自古来“好人不下作坊，好马不上磨房”，就连明朝的琢玉大师陆子冈，被召进皇宫制作御用的物件儿，也不许他在上面留名，为这，陆子冈差点儿丢了脑袋！……但是，这点儿遗憾，只在梁亦清的心头闪了那么一闪，也就自生自灭了。手艺人，想这些干什么？普天下三百六十行，能工巧匠不只是“玉器梁”，千古留名的能有几人呢？那紫禁城里的宫殿，颐和园里的万寿山，天坛的圜丘台、祈年殿，卢沟桥的狮子，居庸关的云台，还有那万里长城，不都是木匠、石匠、泥瓦匠造的吗？现如今，都归功于什么秦始皇啦，西太后啦，哪一个曾经刻上了匠人的名字呢？后世的人谁知道有多少艺人在那上面花了心血、搭了性命呢？

水凳儿又蹬起来，砣子又转起来，梁亦清屏弃一切杂念，重又投入专心致志的创作，在“马哈吉”郑和那饱经风霜的眉宇之间做画龙点睛的镂刻。郑和，这位杰出的中国穆斯林，在他手执罗盘、眼望麦加，指挥着宝船与风浪搏斗的时刻，一定是镇静沉着、胸怀坦荡的，人间的苦难，自身的荣辱，都置之脑后了，他大概也没有想到自己的身后，会在全世界航海史、中国穆斯林功业史上占据光辉的一页，留下显赫的姓名吧？梁亦清怀着崇高的敬意，紧紧盯着郑和那穿透万里云天冲破万顷碧波的眼睛，唯恐自己睫毛的一闪、心脏的一跳都会影响雕刻的精确，有损于那双眼睛的神采……

韩子奇一直守在旁边，目不转睛地领受师傅那精湛达到极致的技艺，这是他至高的艺术享受和外人无缘分享的殊荣。

突然之间，他感到师傅的神色有些不大对头。

宝船上，郑和的那双眼睛变得模糊了，仿佛郑和由于远途跋涉的劳累和风浪的颠簸而晕眩了，他要做片刻的歇息了？不，是梁亦清自己的眼睛……眼睛怎么了？像一片薄云遮在面前，缭绕，飘动，他努力把眼睛睁大，再睁大，也无法清晰地看清近在眼前的郑和！

梁亦清双脚停止了踏动踏板，微微闭了闭疲倦的眼睛，笑笑说：“这活儿，越到画龙点睛的时候越费眼啦！”

韩子奇默默地看看师傅的眼睛。那双眼睛，深深地陷在眼眶之中，上下眼睑重叠着刀刻一般的三四层纹路，眉毛和睫毛上被玉粉沾染，像冰雪中的树挂，像年代久远的古迹上的霉斑，几十年的琢玉生涯，师傅把自己琢成了一个苍老瘦硬的玉人！那一双眸子，从原来的清亮、乌黑而变得像雾霭山岚一样黯淡；托着瞳仁的眼白，已经布满了鲜红的血丝，像两颗玛瑙！

韩子奇为师傅感到痛惜，为自己感到惭愧：师徒如父子，我为师傅分了多少忧愁和辛苦呢？

“师傅，您歇着吧，这活儿，明儿再接着做……”

“明儿？明儿就八月十二了吧？咱不能将米将牙儿地等到十五才交货，我想，早一天是一天……”

“那，我来接着做，您歇会儿，瞅着我就成了。”

梁亦清坚决地摇了摇头：“不成！自古以来，都是徒弟画龙，师傅点睛，不能乱了章程。”

“师傅，我乱不了您的章程，”韩子奇说，“我先替您做一会儿，到裉节儿，还让您做……”

师傅看着这个自信而又逞强的徒弟，犹豫了一下，还是没有松口：“子奇，不是师傅信不过你，这三年，你的手艺已经学成了，比师傅我差不到哪儿去，这宝船其实就是咱爷儿俩做的，只不过你做得少点儿，我做得多点儿。以往，不当紧的地方，我不也放手让你做了吗？可眼下，这活儿到了画龙点睛的时候了，怕万一有个闪失，还是由我来做完了它吧！我这辈子琢了多少玉，最可心的也就是这个大件儿，这是我的压轴戏，唱完了这出戏，我梁亦清也就称得上一个琢玉高手了！往后，我就光支支嘴儿，瞅着你也唱成个名角儿！子奇，再等等……”

人心，毕竟不是靠语言可以完全表达的，师傅还是没有透彻地理解徒弟。说到“闪失”，韩子奇默默地缩回了跃跃欲试的手，他不想再分师傅的心，让师傅安安静静地施展出积几十年经验而炉火纯青的绝技去点睛吧，那是一个艺人赢得创造的快乐和荣誉的关键一搏！

“要记住，”梁亦清歇息了片刻，似乎觉得眼睛从疲倦中得到了恢复，心境也更加平和、安定，“一个艺人，要把活儿当作自个儿的命，自个儿的心，把命和心都放在活儿上，这活儿做出来才是活的。人寿有限，‘无常’到来，万事皆空；可你留下的活儿，它还活在人间。历朝历代的能工巧匠，没有一个能活到今天，可他们琢出的玉器呢，不都一个个还活着吗？”

砣子又转动起来，梁亦清此时完全忘却了自我，把他的命、他的心都和宝船和郑和融为一体了。那宝船上的风帆鼓胀起来，旌旗漫卷起来，舵工、水手呼喊起来，浑厚深远的号子和汹涌澎湃的风浪声在琢玉坊中震天撼地地响起来，“马哈吉”郑和站在船头，魁伟的身躯随着风浪的颠簸而沉浮，双目炯炯望着前方，随时监视着前途中的不测风云……

突然，这一切都在刹那间停止了，梁亦清两手一松，身躯无力地倒了下去，压在由于惯性还在转动的砣子上……

“师傅！师傅！”韩子奇像在梦中看见了天塌地陷，灵魂都被惊飞了，他呼喊着扑倒在地，扶起四肢松软的师傅……

梁亦清在徒弟的怀抱中吃力地睁开了双眼。“宝船，宝船!”他气力微弱地呼叫着。在这一瞬，他的眼睛是清亮的，炯炯有神，他在搜索那生命与心血化成的目标！当那双眼睛接触到宝船时，他的一双晶亮的瞳孔立即像燃烧的流星，迸射出爆裂的光焰，随即熄灭了……

宝船！在渡过漫长的航程即将到达彼岸的时刻，宝船遭到了意外的灭顶之灾！“马哈吉”郑和遥指远方的右臂被摔断了！这是《郑和航海图》中至关紧要的一笔，整座玉雕的核心部位，七下西洋的方向所指，一臂断裂，前功尽弃，即使丘处机、陆子冈再世也无可挽救了！

“啊!”梁亦清发出一声撕裂肺腑的惨叫，一口鲜血飞溅出来，染红了那雪白的宝船！生命在迅雷不及掩耳的一瞬中结束了，他倒在那残破的宝船上，滚热的鲜血把琢玉人和碎玉连成一体!

“师傅，师傅啊!”韩子奇疯狂地扑到师傅身上，琢玉坊中回荡着凄厉的呼唤。

梁亦清僵卧在他耗尽了生命的水凳儿前，无声无息地告别了他为之奋斗的事业。遗憾的是，这事业终于没有能够完成，出师未捷身先死，他和他的宝船同归于尽了！他的粗糙的双手紧紧抱着那艘未曾问世就已损毁的宝船，一双血红的眼睛定定地圆睁着，大张着嘴，仿佛在呼喊：真主啊，再给我时间!

月光下，静静的小院纷乱起来……

第四章 月清

初秋的清风送走了难耐的暑热，西厢房廊前的海棠红了。

全国高等院校统一招生考试已经在一个多月前结束。对新月来说，那场激烈的争夺战已经成为过去。但她还时时觉得那森严的考场上书写考卷的“沙沙”声仍萦绕耳畔，像蚕儿在争食桑叶。天灾人祸造成的吃食短缺，刺激着体质柔嫩的学生们的食欲，也刺激着他们的求知欲和上进心，或许正是因为瘦得皮包骨，那一双双初涉世事的眼睛才显得更大、更可爱。为了明天，他们在拼搏，这意味着超过别人，击败别人，使自己胜利。在那庄严的时刻，每个人都是平等的、坦诚的，在命运的抉择面前，任何伪装、虚饰和自欺欺人的侥幸心理都变得毫无意义，唯一可以使自己镇定的是真才实学。一开始，新月也难免有些紧张，甚至怀有一种莫名的恐惧，但当试卷在她面前展开，她以最快的速度浏览一遍，失控的心律就跳动正常了。她想起哥哥说过的话：“你就当那儿不是考场，跟平常在班里做作业一样！在班里拔尖儿，出去还是拔尖儿，都是脖子上挑着一个脑袋的人，又没有三头六臂的，谁怕谁啊?”哥哥没考过大学，可他这话倒挺有道理，使新月踏实下来了：自己确定的目标，朝着它走去就是了，现在没有任何人来帮助你，你也不需要任何人帮助，让自身的力量来接受检验、接受筛选吧！而你，又必须胜利地通过这人生的一道大关，因为你没有第二志愿，没有退路！她忘记了周围的一切，眼前只有试卷。仿佛走进了一座浓密的森林，黛色参天，苍茫无际，没有鸟鸣，没有人迹，只有月光照耀下的一条羊肠小道，明晃晃地显现在脚下，她蹚着带露的小草，踏着清凉的石板，拾级而上……

她胜利了。邮递员高叫着："韩新月的信！"把北京大学的录取通知书送来了，是爸爸抢先撕开来看的，读着上面简短的公文式的字句，他激动得嘴唇都在颤抖。在一旁洗耳恭听的姑妈撩起围裙擦着眼角的泪花："主啊！托靠主，知感主！"哥哥把通知书接过去，仔仔细细地看了好几遍，才郑重地还给新月："你算是行了！"而妈妈则只是不动声色地"噢"了一声，那声音真是耐人寻味，是因为女儿将从此摆脱她的管束而遗憾呢，还是因为女儿的远走高飞而留恋？

整个暑假，新月几乎都在准备自己的远行。姑妈为她拆洗了被褥，改做了秋冬的衣裳。她自己到东安市场新买了一条素花条床单，一只白色补花枕套，还有一双新皮鞋，用的是哥哥给她的钱，她不能辜负哥哥的好意。妈妈递给她十五块钱，是开学第一个月的饭费和零用，而爸爸却又如数另外给了她一份，还嘱咐她说："这，就别叫你妈知道了！"那表情，尽管极力装得轻松，却也显得严峻而神秘，仿佛他在背着妈妈做一件坏事，使新月感到纳闷儿：父母之间究竟为什么要这样？又为什么会这样呢？她本想拒绝接受这额外的"私房"钱，可是，爸爸那一双慈祥而忧伤的眼睛看着她，她就什么也不敢说了。爸爸把一只半旧的棕色皮箱给了她，她接过来，竟有接受"遗产"的那种味道。她在心里说：爸爸，您已经把我送上了人生的道路，这就足够了，除此之外，我还需要向您索取什么呢？

她把自己的衣服、书籍、文具装进皮箱，阖上又打开，打开又阖上，反反复复，生怕遗漏了什么必需的东西。

"你呀，恨不能把整个西厢房都搬了去！"妈妈有一次闲着没事儿，踱进女儿的房里，瞅着她收拾东西。

"可不，就跟要出门子似的！"姑妈一边帮她叠衣裳，一边说，"到了那儿，热啦，凉啦，都得自个儿照看自个儿了。在家千日好，出外一时难，什么都得预备齐喽！"

“连这也带走?”妈妈问。她看见新月正在把那张镶在小镜框里的照片往皮箱里装。

“横是怕在外头想家，带上你们娘儿俩这相片儿。没离开过妈呗!”姑妈替她解释。她的解释显得多余，当妈的应该是更理解女儿的。

其实，新月的想法很难说清楚。妈妈在照片上是慈祥而温柔的，和她亲密无间，而不像在生活中那么难以捉摸。她希望妈妈的形象永远像照片中那样，带在身边，她觉得亲切。但妈妈显然不希望她把照片带走。

“那就……给您留下吧?”她犹豫地把镜框又从箱子里拿出来，看看妈妈。

“甭给我，我没地方搁，”妈妈却淡淡地说，转过身去，踱出女儿的卧室，到了西厢房门口，又叹了口气，“这么大岁数，连镜子都懒得照喽，还瞅年轻时候的相片儿?”像是自言自语，又像是向新月做解释。

解释！生活中需要这么多解释吗？母女之间还用得着什么解释吗？而妈妈和她却常常需要互相解释来解释去，很少可以直率地交谈，好像双方都在小心翼翼地相处，唯恐被对方误解，而结果却只能加深那一层无形的隔膜。她了解妈妈的脾气，却不了解妈妈的思想。许多事儿，妈妈的态度往往变化很大，那不加掩饰流露出来的感情和冷静下来之后的解释简直判若两人，而妈妈真正的想法是什么，她却把握不住。她报考北大是经过妈妈同意的啊，现在她考上了，妈妈为什么却并不显得高兴？那种漠然的、无可奈何的神态是掩饰不住的，使新月困惑、不安，她觉得妈妈又变得使她不可理解、不可亲近了。她听着妈妈远去的脚步声，手里还拿着那张照片，不知如何是好。想了想，只好又重新把镜框放在原来的地方，一切照旧吧。她和妈妈的情感不知不觉又疏远了，甚至对这个家也不觉得特别留恋了。她就要走了，离开这狭小的天地，沉闷的空气，开始崭新的生活，北大西语系那神圣的殿堂在等待着她！她盼望着暑假早一点儿结束，早一点儿走向新的学校，像即将离巢的乳燕，跃跃欲试地向往着蓝天！

现在，这一天终于到了，她该走了！

西厢房里，新月已经把自己的行李准备完毕：一只旅行袋，一只皮箱，一只装着脸盆、牙具的网袋。她在梳妆台前再照照镜子，装束也已经齐整：上身是一件白府绸长袖衬衣，下身穿一条毛蓝布工裤，掐腰，长背带，前胸呈弧形的边儿，把衬衣束在里边，显得身材更高了些，也更精神；脚上穿着那双新买的皮鞋。她再照照自己的脸，由于兴奋，洁白细腻的面颊泛起了淡淡的潮红。发辫是精心梳理过的，没有一丝乱发。再也没有什么可以耽搁的了，她可以动身走了。

姑妈又在擦眼泪，好像新月这一去，是远走异国他乡，永不回来了似的。

“姑妈，您哭什么？我星期六就回来了，回来看您。几天的时间，一眨眼就过去了，您等着我，啊？”新月也觉得心里一阵酸楚，对这个家，她还是有些依恋，尤其是对姑妈。唉，姑妈！姑妈诚心诚意地打发她走，又舍不得她走；她走了，姑妈会寂寞的！

“哎，哎……”姑妈答应着，脸上做出笑容。

哥哥闷声不响地走进来，把她的行李提到院子里，捆在自行车的后座上。

本来，她中学时的同学陈淑彦说好了要来送她的，她不等陈淑彦了。高考的时候，陈淑彦报的是轻工业学院，两人拉过钩儿：但愿都能如愿以偿；万一只有一个人考上了，没考上的就送考上了的，考上了的就等于“代表”两个人上大学了。结果，陈淑彦落榜了！新月去看她，她流着泪说：“新月，我的命不好！但是我为你高兴，真的！我还是要去送你，说过的话得算数！八月三十一号上午，说定了，你在家等着我……”可是，新月怎么能忍心这样做呢？命运，让青年们去互相争夺，就已经够残酷的了，再让失败者为胜利者送行，那简直是在她的好友的伤口上撒盐！“淑彦，别骂我，”她在心里说，“咱俩报的不是同一个学校，也不是同一个专业，我相信不是我抢了你的位置！但是，你是无法分享我的幸运的，我不愿意刺激你了！”她把离家的时间暗暗提前了一天，“淑彦，原谅我的不告而辞吧！”

“走吧！”哥哥已经把行李捆好，站在院子里等她。

新月走出西厢房，院子里铺满阳光，微风吹拂着海棠树，沙沙作响。爸爸已经上班去了，走之前只对新月说了句："我放心了，你好自珍重吧！"而妈妈，这会儿却还在上房卧室里，没露面儿。她不打算也对女儿说一句什么吗？

"妈，我走了。"新月走到上房廊下，朝着里面说。

"走吧，走吧，早晚有这么一天……"妈妈的声音从里面传出来，真像打发女儿出嫁似的那么不大情愿而又无可奈何。

新月的脸上又蒙上了一层阴云。她默默地站了片刻，妈妈没有出来，她也不好再进去了，就转过身来，跟着哥哥朝外面走去。

姑妈把她送出了院门，又跟着走到胡同口，看着兄妹俩上了大街，她还站在那儿，朝这边望着。

他们一直走到十九路公共汽车站，哥哥把她先送上汽车，才上了自行车。

"十九路坐到头儿，你在动物园下车，再倒三十二路，在北大南门下车。我打听好了，报到在南门，我在那儿等你！"他对新月说。

"说不定我先到了呢！"

"不会，我比汽车跑得快！"

"为什么？"

"因为……因为骑车逢站不停嘛！"

这倒是大实话！汽车在和哥哥的自行车赛跑，几站过去，她就在马路上找不到哥哥的影子了……

车窗前，凉风习习，路旁的国槐树、白杨树向后面退去，新月的心像鸟儿在飞，啊，湛蓝澄净的初秋晴空！

……

"北大南门到了，去北京大学的同志，请下车！"售票员高声报着站名，在新月听来，这是专门说给她听的。其实，她已经提前好几站就离开座位，等在车门口了。车一到站，就迫不及待地跳下车来，哥哥已经等在路边，正向她招手呢！

一辆印着"北京大学"字样的大轿车从他们身旁开过去，那是学校迎接新同学的专车，从北京站开来的。外地来京的新生们，都新奇地挤在车窗口，伸着脖子往前看，都想早一点儿看见那所全国最高学府。

天星推着车，他们随着这辆大轿车朝前走去，北京大学的南大门赫然出现在马路北面，彩旗招展，人群涌动，就像在欢度盛大的节日。北京的新生都是自己来的，带着沉甸甸的行囊，挂着兴奋的笑容，互相询问着，招呼着。一些人在帮助他们拿行李，分不清哪些是来送亲人上学的，哪些是接待新生的。

天星把自行车停在门口，把行李解下来，立即就被接待的人接过去了，新月还没跨进学校大门，就已经感受到了这个大家庭的温暖和亲切。

“那……我就回去了。”天星扶着车子，对新月说。

“进去呀，哥！看看我们的学校！”新月兴奋地拉着哥哥，并且不知不觉地用了“我们”这两个字，仿佛这所学校早就是她的了。

“不了，我这就走！”天星梗着脖子，把自行车掉过头去，就真的匆匆走了，也忘了向接待的人道谢。

新月有些不好意思，但她突然明白了：哥哥不愿意踏进大学的门，因为他这辈子和大学无缘了，送妹妹上学，对他其实也是一个刺激！唉，我不该让哥哥来送我，他的心情和陈淑彦一样！可是，父母为什么没有让哥哥考大学呢？我相信，只要他参加高考，也是绝不会落榜的。

北京大学像慈母一样张开双臂，迎接新来的儿女，报到处挂着巨大的横幅标语：“欢迎新同学！”一排长长的条案前，挤满了签到的新生。

“同学，请签到！你是哪个系的？”

“西方语言文学系，英语专业。”新月郑重地回答，新来的人总怕出了什么差错。

“噢？是我们班的？”她低头签到的时候，听到有人在身后说。

她好奇地回过头来，说话的是一位个子高高的青年，显然是她所见到的第一个新同学了。该跟人家打个招呼吧？刚说了声“你好”，突然迟疑了一下，改用英语说：“你也是英语专业的？”

对方点点头，也用英语说：“同学，你叫什么名字？”

“我叫韩新月。”

“噢，你就是韩新月。”

新月一愣，听他那语气，显然已经知道这个名字，怎么回事？噢，也许是先到的同学看过全班的名单吧！

“你呢？”她本能地反问。

“我？我姓楚，楚雁潮。”他介绍自己时似乎不大自然。

这使新月觉得有些奇怪，她不觉打量了一眼这个楚雁潮。这是个很朴素的青年，穿一条灰卡其布长裤，白衬衣，面孔显得文质彬彬，戴一副玳瑁边眼镜。新月不明白，为什么这个男同学在别人问起他的名字时竟然会显得有些羞涩，你刚才不是先问我的吗？

也许正是为了掩饰这一点，楚雁潮伸手去提新月的行李，“来，我帮你拿东西，我们班的女生宿舍在二十七斋。”

“谢谢你。”新月说，自己提着皮箱，旅行袋和网袋都由他拿着，跟着他向前走去。心里为这位新同学的热心帮助而感动，但又觉得有些拘束，因为毕竟素不相识。

他们从签到处一直往东走。楚雁潮一边走着，一边说：“我们班的同学差不多都已经来了……”

“噢，”新月觉得自己来晚了，应该再提前一点儿就好了，“我们班一共多少人？”

“十六个。”

“女同学呢？”

“四个。”

“你是从哪儿考来的？”新月问他。

“我……”楚雁潮犹豫了一下，才说，“噢，我的家在上海。”

他们一路用英语交谈着，走进了宿舍楼，踏上楼梯。

“韩新月同学，”楚雁潮这时改用汉语说，“你的英语发音和语感很好啊！”

“是吗？”新月脸红了，她虽然对自己的英语口语水平也很自信，但当面被别人赞扬，还是有些不好意思。

“而且你很勇敢，”楚雁潮又说，“入学第一天，就敢于在公众场合用英语会话！”

“勇敢？哦，不……不是学校有规定吗？”新月忙说，“我听说，英语专业的学生，在学校必须说英语……”

“哪有这样的规定？”楚雁潮奇怪地笑了，“你的英语课程还没开始呢！”

“就是嘛，”新月为自己的班门弄斧感到难为情，不过……“你不也是一样吗？刚才也一直在说英语！”

“我是习惯了。”楚雁潮腼腆地为自己解释。

“我也习惯了……”新月不由自主地接过了同样的理由。

“你是归国华侨？”

“不是啊！我怎么像华侨？”

“你的语感很像是从小在国外长大的……”

“哦，这倒不是，”新月说，不由得反问他，“你的语感不是也很好吗？是在国外学的？”

“不，”楚雁潮说，“我完全是在这儿学的。”

新月听得一愣，怎么……

“哦，宿舍到了！”楚雁潮放下旅行袋，敲了敲门，没有人应声，这才把门推开，说，“她们可能都出去了，进来吧！”

新月跟着他走进宿舍，把行李放在地上，心里还在疑惑他刚才说的那句话，就问：“你是在这儿学的？你不是我们班的新生吗？”

楚雁潮显得有些尴尬，红着脸说：“我……我是这个班的班主任……”

啊！新月太难为情了，刚才一路上她都把楚雁潮当成了新同学，哪儿想到他是自己的老师？她本来以为北大的老师都是花白头发的老教授呢！

“楚老师，真对不起……”她羞愧得低着头，脸发烫，“我不知道……我还以为……”

看见她那难堪的样子，年轻的班主任很觉不安，因为误会是由他引起的，他太年轻了，很容易被别人误以为是学生，而一旦被误会他又不好意思说破，结果……想到这里，他觉得很对不起这位女同学，使她刚进学校就受窘。

“韩新月同学，这没什么，”他不好意思地解释说，“其实我也是才毕业一年的学生，你叫我老师，我还不大习惯呢，我倒是希望班上的同学把我看成你们当中的一员，你们的同学。”

新月不知该说什么才好，她不敢看老师了，低着头摆弄自己的行李。楚雁潮为了打破这拘束的气氛，就去提新月的旅行袋：“来，收拾一下吧！”

“老师，您去忙吧，我自己来……”

“好吧，你先住下来，一会儿到伙食科去换饭票，或者先用我的……”楚雁潮伸手去掏自己的衬衣口袋。

“不用了，老师，我自己去换吧，待会儿同学来了可以告诉我地方。”

“也好，你休息一下吧，下午有一个班会，郑晓京会通知你的，我走了。”楚雁潮说完，就匆匆离去了。

“谢谢您，老师！”新月等他走了，关上了宿舍门，这才轻松地舒了一口气，刚才楚雁潮在这儿，她连呼吸都感到拘束。

现在，房间里只有她一个人了，紧张的心情就松懈了，她开始收拾自己的行李，在这个房间里找个床位住下来。

她打量着这个房间，在这里，她将住下去，一住五年，也等于是一个新“家”了。房间不大，中间一张四面带抽屉的方桌，旁边摆着两张床。床是双层的，上下各有一个铺位，看来这里要住四个人，跟她一人独处的西厢房是没法儿比了。她观察着这四个铺位。左边：上铺铺着一条淡紫色提花床单，叠着一条绸面薄被和一条淡绿色的毛巾被，床头摆着一只绣花枕头；下铺却只铺着一条网套棉絮，没有床单，上面盖着竹编凉席。被子的质地像是帆布，很粗，印着奇奇怪怪的花纹，枕头也是竹编的。右边：上铺码着还没打开的行李，用一条军毯裹着；下铺还空着，露着光光的床板。看来，这儿就是她无可选择的位置了。她把旅行袋放在空床上，打开，取出被褥和床单，打算安排自己的“家”了。刚刚抖落开，她又停住了手。她发现这个铺位既挨着窗户，又挨着桌子，将来谁都可以坐在这儿看书、吃东西、聊天儿，说不定还有人打扑克……她希望能有一个安静些的地方。可是，一共只有两个上铺，一个已经住了人，另一个也已经摆着行李。她后悔自己没有早点儿来，这小小的不愉快已足够让一个十七岁的女孩子感到遗憾了。她忽然想趁现在没人的时候改变一下自己的命运，对，上铺的行李不是也没打开嘛，也许它的主人也刚到不久，随便搁上去的，并不一定打算住在这儿，也许人家更愿意住下铺呢！理由想充分了，新月便踩着下铺的床沿，伸手把上铺沉甸甸的行李包、书包都搬下来，然后，吃力地把自己的东西举上去。她脱了鞋，攀上去，取出旅行袋里随身带来的小“扫炕笤帚”，把床板上的浮土扫净，就开始整理床铺了。她在做着这一切的时候，止不住有些气喘，心脏怦怦地跳。等到布置就绪，她才感到这儿已经确确实实是属于她的了，在四个人的天地中她有了一个小角落。她躺在枕头上试了试，很好，整个房间都在她的视线之内，想和谁说话都能够得着，不想说话谁都打扰不了她。“正合我意！”她得意地自言自语。

楼道里传来一阵参差不齐的歌声，都是女生的声音：“……穿森林过海洋来自各方，千万个青年人欢聚一堂。拉起手唱起歌跳起舞来，让我们唱一曲友谊之歌！……”伴随着轻快的脚步声，像是朝这儿走来了。

新月刚刚折身坐起，门就被推开了，一阵风似的闯进了三个女同学，猛然看见正居高临下惊奇地望着她们的新月，三个人都不约而同地一愣。

“哦，走错啰？”其中一个梳着小辫子的姑娘惊慌地嚷了一声，就要往后退。

“没错儿！”走在她前面的穿着旧军装的姑娘看了看门上的号码，又看看新月，“你是新来的吧？”

新月赶紧下了床：“刚到，我叫韩新月。”

“欢迎你！我叫郑晓京。”穿军装的姑娘说，一口纯正的北京口音。她身材瘦小，面色苍白，和那件男式军上衣，和她那爽快的语调，都显得并不太协调。

“我叫罗秀竹，湖北宜昌地区的。”梳小辫子的姑娘怯生生地说。她长着一张圆圆的脸，红扑扑的，眉眼都很秀气，身上穿的却都是土布衣裳，肥肥大大，连身材都显不出来了。

“你来了，咱们班的女生就齐了，一共四个人!”郑晓京说着，拉着新月在床沿上坐下。

新月看着最后进来的那个女同学，小巧的身材，姣好的面孔，身上穿着黑裙子和淡紫色长袖衬衣，头上烫着蓬松的鬈发。她刚才只对新月微微点了点头，没说话。新月猜想她肯定是对面上铺的主人了，那装束气质和她的行李是一致的。果然，她进了门就径直攀到那上边去了，好像不大愿意坐在别人的床上聊天儿。这会儿发现新月在看她，便笑笑说：“我叫谢秋思，上海来的。”她把“上海”说成“丧海”，普通话里夹杂着黄浦江味儿。

新月把目光收回来，望着郑晓京：“看来只有咱们俩是同乡了!”

“哎，我们都是来自五湖四海，为了一个共同的革命目标，走到一起来了!”郑晓京说着，伸开两手，做了一个环抱一切的姿势，仿佛她是什么大政治家，几乎一字不差地引用毛泽东主席的原话，“一切革命队伍的人，都要互相关心，互相爱护，互相帮助!”

新月立即就发现了郑晓京的组织才干，似乎是个天生的学生领袖，未来的班长可能就是她了。

“来，韩新月，我帮你安排好住的地方!”郑晓京果然以领导者自居，当她转身要动手时，却一愣，“嗯？谁把我的东西搬到下边儿来了?”

新月一惊，心想：糟了，在太岁头上动土了！便红了脸：“是我……”

郑晓京抬头看了看上铺，那里早已鹊巢鸠占，换了主人。其实刚才新月就是躺在那里，她大概一时没反应过来。这时，便用食指冲着新月说：“想不到你后来居上，抢了我的位置?”

新月不好意思了：“我……我觉得住上铺挺好玩儿的，所以……”她吞吞吐吐地解释，却又不便把自己不愿意住下铺的真正原因说出来。看来她只好打退堂鼓了，“如果你不同意换，我可以再搬下来。我刚才也不知道这是谁的……”

眼看着刚刚认识的新同学要为争一个铺位而闹僵，胆小的罗秀竹急得脸通红：“你们不要争啰，郑晓京，要不你就跟我调换，我这里也是下铺……”

上海姑娘谢秋思却冷眼旁观，不动声色。

“算了，算了！”郑晓京哈哈大笑，转脸对新月说，“我是跟你开个玩笑，当什么真啊？我呢，以为这儿也像坐火车似的，谁都愿意要下铺，省得上‘楼’、下‘楼’，图个方便，才特意给晚来的同学留着，谁知道你不领情。那么，‘楼’下就归我喽！”

她说起话来是那么自信、自如，仿佛对别人的照顾和忍让也是一种享受，像个大姐姐似的，使得新月对这个相貌平庸的同学产生了好感，觉得亲切了。

郑晓京这才开始布置自己的床铺，她的被褥、床单几乎都是清一色的军绿。新月猜想她的父母一定是当兵的，也不便问。

郑晓京一边铺床，一边说：“其实呢，我的行李扔在这儿好几天了，晚上都是回家睡的，我家离这儿近！”却又没说她家住在哪儿。

“笃，笃，笃！”有人敲门。

“谁呀，请进！”郑晓京朝房门看了看说。

门外的人既没回答她，也没进来，敲门声停了，响起了一个上海口音的男声：“谢秋思在哦？阿拉一道去白相相好不啦？”

“好格，就来！”正在这儿没话说的谢秋思高兴地答应了一声，溜下床，就往外走。

“等一等！”郑晓京却叫住谢秋思说，“谢秋思！出去玩玩儿没关系，别忘了下午的班会！”

谢秋思抬起腕子看看手表：“时间还早，到时候我同他一道去就是了。”说完，拉开门就走了。等在门外的上海男同学只晃了一下，门就被带上了，新月没看清楚。

“我们也到校园里去走走吧？我昨天晚上来的，还不知道整个学校是个什么样子呢！”罗秀竹显然受到了人家的启发，试探地发出提议。

“也好！”新月就站起身来，询问地看看郑晓京，“走吧？”

郑晓京却说：“你们俩去吧！待会儿我还得跟楚老师准备准备下午的班会——记着三点钟开会噢，在三十二斋，咱们班的男生宿舍！”

果然她是个学生领袖！新月想，这种人对开会的兴趣比别的大，总是很忙的。就不再邀请她，和罗秀竹一起走了。

她们下了楼，新月这才回过头来，仔细地看看这名字挺古雅的“二十七斋”：这是一座三层的“冂”形西式楼房，灰砖墙，上面盖着中式的大屋顶，中西参半，类似协和医院的建筑，只是没有琉璃瓦，而是和砖墙一色儿的灰瓦。楼前的草地上，青松苍翠，垂柳扶疏。她想记住这儿的特点，免得回来时走错了。不料再看看旁边，同样格局的“斋”连成一排，难分彼此，而且松树、柳树哪儿都有，记住这些等于没用。幸好，她发现了这一排“斋”的墙上都写着号码，她住的这座楼上标的是“27”，才放心地招呼罗秀竹，顺着楼前的路往北走。

路旁，绿树成荫，花木掩映，簇拥着一座又一座的楼房，大都是那种中西合璧式的建筑，但比二十七斋更显高大、典雅，大屋顶上装着兽吻，檐下绘着油漆彩画，走在这里，可以感受到宫廷、寺庙的庄严肃穆，同时又有园林别墅的清新淡雅。

“我们的校园真美、真大呀！”罗秀竹目不暇接，惊奇地张大了嘴巴，“我们的整个县城也没这么大，城隍庙也没这么漂亮！”

“是啊，”新月也由衷赞叹，她当然无法把北大和罗秀竹家乡的县城啦城隍庙啦进行比较，但也有强烈的感受，“我也是第一次到这儿来，除了故宫和颐和园，没有比这儿更美的地方了！听说，这儿原来是清朝的皇家园林，跟圆明园是连着的，真万幸，英法联军放的那场大火没烧到这儿来，给我们留下了这美丽的校园！”

罗秀竹对这些都一无所知，但这个乡下姑娘却不禁发出了天下兴亡、人世沧桑的感慨：“唉，英法联军！可是，我们还要学习人家的语言！”

“语言？语言有什么罪过？”新月却对此不以为然，“你不喜欢学英语吗?”

“唉!”罗秀竹又叹了口气,“我在中学学的是俄语,报志愿填的也是俄语,谁知道怎么把我分到英语专业来了。”

新月第一次听说还有这样的怪事儿,“那你的俄语考试成绩一定是很好了?”

“嗯,我敢说!”看来挺胆怯的罗秀竹对此却表现出了自信。

“你打算要求改专业吗?”

“哦,不,我不敢,”罗秀竹又胆怯了,“能有大学上就不容易了,我还敢挑三挑四?嫁鸡随鸡、嫁狗随狗吧!”

新月为她这不甚贴切的比喻和那种农民式的忍耐而暗暗觉得好笑。但她不能取笑人家,只能安慰:“没关系,从头儿学英语吧,一年级嘛,咱们都得从零开始!”她没好意思向罗秀竹显示自己的优势,但心里却在想:看来,录取了的也未必都是尖子!

也许是她的安慰发生了效力,罗秀竹的烦恼暂时退去了,脸上出现了笑容:“我有困难,请你多帮助啰!但愿我到期末考试的时候,不给家里写那样的信!”

“哪样的信?”新月不明白她的意思。

“你不知道那个顺口溜?”罗秀竹兴致来了,随口念道:

Father mother 敬禀者:
儿在学堂读 book,
门门功课都 good,
唯有 English 不及格!

这真是一首绝妙的怪歌!普通话里混合着乡音,汉语里夹杂着英语,罗秀竹念得抑扬顿挫,摇头晃脑,幽默诙谐,妙不可言!这个小湖北佬原来并不总是那么怯生生的,她打开了话匣子,还真有独到的语言风采!

新月忍不住捧腹咯咯地笑。

“你看,你嘲笑我了!”罗秀竹羞红了脸。

"不，我不是笑你，是觉得这个歌儿好玩儿！"新月强忍住笑说，"其实，你刚才用的几个单词：'父亲''母亲''书''好''英语'，发音都挺准的，你能学好！"

"那就谢天谢地啰！"

她们走进了一片松林，起起伏伏的土坡上铺满了绿茵，一条弯弯曲曲的黄土小路引着她们往前走，曲径通幽，也不知是什么地方，几经转折，豁然开朗，前面出现了一片烟波浩渺的碧水！

在长江边长大的罗秀竹看见水就觉得无比亲切："啊，我们到了昆明湖啰！"

"不对吧？"新月说，"昆明湖在颐和园，我听说这儿是叫未名湖！"

"管它叫什么！'未名'还不是和没有名字一样？"罗秀竹欢快地蹦跳着下了土坡，她们沿着湖岸，不明方向地朝前走去。

碧水涟涟，杨柳依依，远处一座不知名的宝塔，把倒影映在湖心，摇曳生姿。新月的心醉了，啊，北大，我的第一志愿，我的家！

"你看，湖上还有一条船！"罗秀竹遥指远处，报告她的又一新发现，她对船是怀有独特的感情的。

"咱们过去看看，那船旁边好像是一个小岛，从那儿可以上船！"新月说。

湖岸崎岖，小径宜人，她们信步走去。小岛北面，临岸一株古柏，旁边倚山立着屏风式的四条石碑。碑上镌刻着四行字：

画舫平临蘋岸阔，
飞楼俯映柳荫多。
夹镜光澄风四面，
垂虹影界水中央。

这四句话，虽然排列整齐，却不大像一首诗，更像是两副对联，不知为什么拼在了一起。

新月还要细看，罗秀竹急着要上船，两人便再往前走，从一座挂着“备斋”牌子的楼前拐弯儿，跨过小桥流水，踏着石级，上了小岛。岛上树木环抱着一座尖顶小亭。她们从亭边绕过去，湖上的船就在眼底了，原来是一条石头雕成的船。这使新月联想起颐和园的石舫，对，刚才看见的石碑上也有“画舫”两字，也许就是指这儿，只是这“舫”没有顶，模样就像是一条船了。

罗秀竹一个箭步跳上船去，回过身来又伸手接新月。新月本能地害怕船翻，小心翼翼地踏上去，其实那船纹丝不动。

“哈，原来是一条永远也开不了的船！”新月感叹道。

“不，让我们用想象来推动它吧！”罗秀竹说，情不自禁地摆出渔家女的娴熟姿势，“客人坐稳，开船啰！”

这弄潮儿的豪情感染了新月，她仿佛觉得自己真的跨在白浪滔天的长江上，一叶小舟带着她，箭一般地驶向远方，驶向她理想的目标！

两人在船上谈谈说说，天南海北，流连忘返，不觉日已平西，小岛的阴影覆盖了这条石舫，这两个被美景、被理想所陶醉的女孩子，乐不思蜀，把什么都忘了。

“糟糕！”罗秀竹突然从美梦中惊醒，“三点钟还要开班会，现在几点了？”

新月也立即记起了郑晓京的嘱咐，三点钟！谁知道现在是什么时候？她们两人都没有手表！

“快走吧！”这是唯一的办法。

两人舍舟登岸，匆匆而去。

“男生宿舍在什么地方来着？”新月问罗秀竹。

“哎呀，是什么斋记不得啰！”罗秀竹张口结舌，“你刚才没听清吗？”

“我……我以为你们先来的都知道呢！”

这一下麻烦了，两个迷途的羔羊互相埋怨，却无济于事。新月只好说：“那……咱们先回宿舍去，‘二十七斋’我还记得，也许女生宿舍里还有人！真是的，班会干吗非要在男生宿舍开？”

这种牢骚也没有多大意义，她们只好依照原路，先找那座石碑，再朝着远处的塔影往前走，记得刚才就是从那儿过来的。好容易跑到塔前，再找来时的那条黄土小路，却不知哪里去了，两人在湖岸团团转，这儿的小路多得很，哪条都有点儿像，可又都不大像。

夕阳无情地向下沉去，西边升起晚霞，映在湖中，水天一色，几条鱼儿欢快地跳出湖面，溅起一串串珍珠。现在，再美的景色也无心观赏了，连回“家”的路都找不到了！她们几次拦住行人，询问二十七斋在哪儿，有的干脆回答：“我也是新来的，不大清楚！”有的比比画画地说：“往东去，再往南，一直走到路口，往西拐弯儿，从图书馆东边儿的那条‘丁’字路一直往南，就到了！”她们哪里记得住这么啰唆的路标？绕来绕去，竟然连刚才的出发地点未名湖都找不到了。

“糟糕，糟糕，真是糟糕透顶！”罗秀竹一口气“糟糕”了一大串，“耽误了开会不说，今天晚上连觉也没得睡，饭也没得吃！”

新月也才想起到现在还没吃午饭呢，肚子已经饿空了。可是，当务之急已经不是吃饭了！

两人正在垂头丧气，突然听到一个声音在叫：“罗秀竹！韩新月！”

“你听，谁在叫我们呢？”罗秀竹惊喜地说。

新月转过身，循声望去，一个似曾相识的身影正朝这边走来，那是一位个子高高的青年，穿着灰长裤，白衬衣，戴着一副方框眼镜……

“楚老师……”新月不禁激动地叫起来。

燕园之夜，安详静谧。未名湖上升起的水汽，如烟似雾，缭绕着湖心小岛、岸边宝塔；清亮的一轮明月，在湖面投下长长的倒影。

东方熹微，二十七斋女生宿舍里，新月还在梦中，她梦见了那湖水，那石舫，还有远处的巍巍宝塔。听楚老师说，那座塔的名字叫“博雅”，哦，真是太巧了，竟然和新月的家同名！

这时，“博雅”宅中，她的母亲已经醒来了。

和所有的虔诚的穆斯林一样，韩太太每当破晓日出之前，就听到了真主的呼唤："礼拜强于昏睡！"虽然她的家和清真寺还有相当的距离，根本听不到礼拜之前专司此职的"阿赞"登上"邦克"楼的喊声，而且实际上近年来这种登楼呼唤的形式也已被简化，她还是本能地被"唤"醒了。她每天要做五次礼拜，而第一次的"榜答"（晨礼）是最为重要、万万不可免去的。

她并不惊动在西间卧室睡眠未醒的丈夫，自己轻轻地起身，到卧室东边的"水房"去，在清凉的晨曦中，默默地做晨礼前的"小净"：洗手，净下，漱口刷牙，净鼻，洗脸，洗手连肘，摸头，摸耳，摸颈，洗脚。穆斯林的信仰和洁净不可分离，在礼拜之前必须沐浴，这沐浴是神圣的，它让人纯洁心灵，消除杂念，悔过自新。伊斯兰教先知穆罕默德曾经问他的弟子：如果你们每天五次沐浴，身上还会藏污纳垢吗？弟子们齐声回答：不，那就一尘不染了！

韩太太仔仔细细地清洗着自己那洁白细腻的面颜，连发际、耳后、脖根都不容许有任何污垢残留。她那白玉一样光洁的肌肤已经松弛，皱纹悄悄地从眼角向额头和两腮蔓延，眼泡儿也明显地下垂了。老了，老了！她抚摸着自己的脸，想起已经逝去的昔日风采，想起新月那花瓣儿似的脸，怎么能比呢？母亲永远也不要试图和女儿相比！一想起新月，遥远的往事就又像沉渣似的从心头泛起，带来一连串无法摆脱的烦恼：母女，骨肉，亲人，却又永远拦着一道隔膜，若即若离，难亲难疏，时时搅扰着她……

她叹了口气，不再想这一切了，把尘世的烦恼从心头拂去，专心做晨礼。这是她从九岁开始就每日必做的晨课，以后就从未间断，无论是家业兴旺的鼎盛时期，还是遭逢变故的艰难岁月。随着年岁的增长，她越来越笃信万能的真主，那是指引她的人生之路的唯一的神，在肃穆的祈祷中，她感受到"一心敬主"的宁静与深远。

在铺了席子的地上，她面对圣地麦加的方向肃立，两手举到肩膀，表达自己的诚意；鞠九十度的躬，感念安拉；叩头，前额和鼻尖着地，表示五体投地地拜倒在安拉面前；然后，长时间地跪坐，并从头循环数次。在她一丝不苟地完成这些动作的同时，还轻轻地念诵着阿拉伯语的赞辞：

一切赞颂，全归安拉，全世界的主，大仁大慈的主，报应日的主。我们只崇拜你，只求你佑助，求你指导我们上正路，你所赐福的路，不是受谴怒者的路，也不是迷误者的路。

主啊！你是调养我的主，除你而外，再没有主，你造化了我，我是你的仆人，我尽力地遵守你的旨意。……我承认你对我的恩典，我供认我的罪过，你饶恕我吧！除你而外，无人能饶恕罪过！

主啊！你以雪水、冰水洗涤我的罪过吧，犹如你使油污的白布复归为洁净；你让我和我的罪过远离吧，犹如你让东方和西方那样分开！

……

这个时刻，作为肉体的“人”仿佛不存在了，只有一个赤诚袒露的灵魂，和宇宙间主宰万物的真主直接对话，怀着对罪恶的恐惧，对至善至美的向往，非礼勿言，非礼勿视，非礼勿听，心中思念着冥冥之中的安拉。安拉时时监视着穆斯林的一切动机和行为。“伊斯兰”——阿拉伯语的“顺从”；“穆斯林”——顺从真主的人！

韩太太沉浸在庄严静穆的祈祷之中，她的灵魂仿佛在空中无所羁绊地飘浮。大半生的岁月像烟云似的一掠而过，有幸福，也有苦难；有甜蜜，也有怨恨；她曾经惩罚过邪恶，却又懊悔自己的无情；她热烈地追求和谐与安宁，而这些又像水中之月、镜中之花，可望而不可即；她极力维护自己端庄、威严而又不失温柔、宽厚的形象，但生活中始料不及的枝节旁生却使她难以保持理智的冷静；她生就一张无遮无拦、畅所欲言的利嘴，经过半世生涯的磨炼却变得常常“逢人只说三分话”，甚至对丈夫和女儿也不得不言不由衷；她的性子本来藏不住半点儿秘密，人生的颠簸却让她的内心成了一个封闭的世界，只有对万能的主才能敞开……好吧，歹吧，善吧，恶吧，主是一清二楚的，一心敬主，就一切都抵消了。托靠主！知感主！愿主慈悯她吧！

……

姑妈则是在南房卧室里独自进行晨礼，面对共同的主，各自反省着过去，祝福着未来。她们做完了晨礼，太阳还没有出来。韩子奇和天星起床后，各自默默地洗漱。他们有工作的男人，早出晚归，往往难以做到每日五次的礼拜。

姑妈买回了豆浆、油饼儿，一家人照例到餐厅吃早点。也许是因为餐桌上少了新月，像少了半个天下，谁也不说话。天星垂着头，三口两口吃完了两个油饼儿，没等咽下去，便梗着脖子推起自行车走了。韩子奇则连油饼儿也懒得吃，只喝了一碗酽酽的盖碗茉莉花茶。喝一口，就放下，咂着嘴唇，长长地吸一口凉气，再缓缓地呼出来，又端起碗喝一口，接着长吁短叹，像是在咂摸茶叶的苦味儿。茶续了两遍水，他就站起身出门上班去了。

韩太太和姑妈却都还没吃完，两人细嚼慢咽，她们的心思都不在吃饭上。

“啪，啪，啪！”是拍大门门环的声音。

姑妈正在想心事，一个激灵站起来，一边走着，一边问：“谁呀？”

“我呀！”一个柔和的女声。

姑妈慌得手一哆嗦：“主啊！是新月回来了？”

这边餐厅里的韩太太却一愣：“嗯？她昨儿刚走，今儿就跑回来干吗？”

“说得是呢……”姑妈也紧张起来，连门都开不利索了。

门一打开，进来的却是新月的同学陈淑彦！

“姑妈！”陈淑彦以前来过好几次，认得她的，就随着新月也叫她“姑妈”。

姑妈的紧张情绪这才放松了，又有些失望地说：“淑彦，你吓了我一大跳！”

陈淑彦根本没注意她的表情，进门就问：“新月都准备好了吗？”

“新月？她昨儿就走了！”

“走了？”陈淑彦的神色立即变得十分沮丧，“她怎么偷偷儿地走了？我们俩说好了的……”

"嗨!"姑妈也觉得挺对不住这姑娘的，就替新月解释说，"是啊，你们俩都定好了约会嘛，我听她说来着。按说是该等你来送她，好几年的学伴儿，眼瞅着要分手了，说说话儿伍的。可又一寻思……"

韩太太听到这儿，赶紧扔下手里的半张油饼儿，从餐厅里走出来，打断姑妈的话茬儿说："是淑彦啊？新月学校里来了通知了，说让她提前去，也没法儿等你了，我叫她哥送她去了。你瞧，还叫你白跑一趟!"

"伯母,"陈淑彦勉强笑了一下，说，"我倒没什么，只要有人帮她拿行李，谁送还不都是一样？新月总算实现她的愿望了，她上了大学，我也高兴！新月比我强，比我强……"

说到这里，她的感情一时难以自制，嗓子像被什么噎着了，眼眶里涌出了两汪泪水，话就说不下去了。

韩太太以前见过陈淑彦几次，都没太留意，今天才算正式打了个照面儿。她仔细端详着这位姑娘：个子也像新月那么高，身材刚长开，不胖，秀秀气气的。脸盘儿挺端正，没新月那么白，可也不算黑，眉眼儿都四称，这会儿含着泪，显得水灵灵的。头上没梳新月那样的辫子，剪着齐耳短发，本分，利落。身上穿的虽然比不上新月，一件素花衬衣，一条青布长裤，白袜，布鞋，也是个齐整的姑娘。如果她和新月都考上了大学，今天来邀新月去报到，韩太太未必会对她有什么特别的好感，可是她现在是个失意的人，可怜巴巴地站在韩家的院子里，韩太太便是铁石心肠也不能不动情了。刚才她拦住姑妈说的那番假话，就是怕这姑娘伤心，结果，也还是没能避免。她由本能的恻隐之心，又觉得似乎欠了陈淑彦点儿什么。

"淑彦，你吃了早点了没?"姑妈也被陈淑彦的情绪所感染，就有意岔开话题。"吃了吗?"本是北京人见面的口头语，但在粮食困难的年月，这句话倒显得珍贵了。

"我在家吃了。"陈淑彦止住泪，依然站在影壁旁边的藤萝架底下说。既然新月已经不在家了，她便无心停留，就说："伯母，姑妈，那我就回去了。"

姑妈觉得挺不落忍："别价，哪儿能刚来了就走哇?"

韩太太说：“可不嘛！新月不在家，你就不来玩儿了？淑彦，进屋坐会儿，咱娘儿俩说说话儿。”

陈淑彦犹豫了一下，觉得这么转脸就走也不大好，就跟着韩太太往里走。韩太太回头说：“姑妈，劳您驾给淑彦沏碗茶！”

陈淑彦以前来找新月，都是等在前院里的藤萝架底下，姑妈把新月叫出来，两人就在这儿说话，或是到外边玩儿去，从没有进过韩家的里院；不知为什么，她也不大愿意到里边去。现在第一次跟着韩太太进了垂花门，看到里边还有一个这么大、这么好的院子，她不由得在心里和自己家住的那两间在大杂院中的小屋相对照，更有一种落魄之人无法和新月攀比的凄凉之感。

进了上房客厅，韩太太招呼陈淑彦坐下。陈淑彦不觉有些拘谨，那镶着大理石面儿的硬木桌椅，凉森森的，和她家里的那吃饭、做功课都在一个地方的旧桌子、小杌凳很不相同了。她装作不经意地浏览着韩家的客厅，那硬木雕花隔扇，大条案，紫釉大瓷瓶插着斑斓的孔雀羽毛，墙上的字画……心里不禁感慨：新月真是生在福地里了，她什么都有，我什么都没有。人和人多么不同啊，这一切，我本来也应该有的！

姑妈送来了茶，那小巧的青花盖碗儿，透出一股清新的茶香。陈淑彦揭开盖儿轻轻抿了一口，慢慢咽下去，还觉得满口余香，跟她家喝的茶叶自然不是一个味儿了。

“淑彦，你们家的老人家都还好哇？”韩太太问。

“好……”陈淑彦低声说，“他们倒都没病没灾的，反正家里的什么事儿都交我妈一人儿张罗，我爸爸天天儿早出晚归，厂里活儿忙。手艺人，就这样儿，养家糊口呗！”

“嗨，可不家家儿都是这么样儿嘛！”姑妈插嘴说。她送过来了茶，离做午饭还早，闲着没事儿，就站在旁边，陪着说话儿，“就说我们这儿吧，新月她爸、她哥，也是起早摸黑的，月月儿就指望着他们爷儿俩这一百六十块钱进门！”

“我爸爸可比不上韩伯伯啊！”陈淑彦把心里的话脱口而出。

“瞧你说的！”姑妈客气地笑着说，“都是玉器行里的人儿，老年成，你爸爸也是……”

她还要说下去，韩太太半截儿拦住了：“姑妈，您瞅瞅东屋里，天星早起来走的时候又扔下脏衣裳了没？这孩子，自个儿又不会洗，也不言语声儿！”

“哎，我瞅瞅去！”姑妈责任心极强地就往东厢房走去了。

韩太太支走了姑妈，对陈淑彦说：“你韩伯伯早就说要看望你爸爸去，也是因为工作太忙，老抽不出工夫儿。他们公司里，虽说人手也不少，可是领导啦，同事啦，还都敬着他；收购的，经销的，要是不经经他的眼，还真是不放心，说他是什么‘权威’‘专家’！”

陈淑彦说：“这倒是一点儿不假，玉器行里都公认韩伯伯没人能比，又会手艺，又会鉴定，还精通外语，样样儿都拿得起来！哪儿像我爸爸，只知道埋头干活儿，离开水凳儿什么都不会！”

韩太太笑了笑：“你韩伯伯虽说把手艺扔了几十年了，跟你爸爸也算是大同行，他对手艺人还是看重的，常对我说：在北京的玉器行里头，不算摆件儿，要论做素活儿的功夫，陈老板是数得着的！”

她说的是行话。“摆件儿”指的是摆在案上欣赏的玉雕，“素活儿”则是光面琢磨不带纹饰的戒指、耳坠、手镯之类的首饰。也是玉器世家出身的陈淑彦自然是听得懂的，韩太太这样夸奖她爸爸，她感到欣慰。却没听出来那话里还有话：在玉器行里，动口的和动手的是不平等的，你爸爸拿手的手艺也只是一种而已，当然不能和韩子奇相提并论。其实，陈淑彦本来也就是这么看的，韩太太为了摆正关系而做出的这个暗示是完全多余的。

“啧，”陈淑彦不自然地咂了咂嘴，她听到韩太太用“陈老板”这过时的尊称来称呼她爸爸，感到刺耳，“我爸爸的手艺再好，又有什么用啊？他一辈子算是瞎混！又没置下房子，又没攒下钱，最后还落了个‘小业主’的名儿！”

韩太太正色说：“哟，这可是国家的政策！我记得公私合营那会儿，但凡有点儿底子的，可不都是资本家、小业主嘛！”

陈淑彦不禁愤愤然：“我们家哪儿有什么底子？就趁那么两间房，一张水凳儿，手里有那么两千块钱！我爸爸算什么‘老板’？他又没雇过人，自个儿到晓市上买点儿旧扳指啦伍的，零敲碎打地做点儿小首饰，再自个儿找地儿卖，一辈子连洋车都没舍得坐过，就指着两条腿跑！到了公私合营的时候，人家眼皮子活的，趁钱的，跑的跑了，散的散了，油花儿不漂在水面儿上。就我爸爸那个傻呀，俩眼一抹黑，人家让干吗就干吗。说要成立'玉器生产合作社'，要手艺人，家里的东西都不用交，我爸爸跟着开了两次会，半道儿碰见个河北同乡，对他说：你是做素活儿的，怎么不参加我们首饰加工厂？我爸爸就退了这边儿，入了那边儿，两千块钱也交了，凳面儿也交了。让自报成分，他心说：我好歹也算个'老板'，总比那些当伙计的强点儿，就自报了个'小业主'。嗨，他懂什么呀？后来一开会，发现和工人不在一块儿，开会的内容也不一样，什么'改造成为自食其力的劳动者'呀，'自己选择自己的命运'呀，他这才明白走错了门儿了，自找了倒霉的命运！……"

初来时拘拘谨谨的陈淑彦，动了感情，竟然说了这么一大套！其实，她说的这些，大半都不是她的亲身经历，但这是她家的大事儿，是爸爸一辈子后悔不及的经验教训，一不顺心，就只能回家当着老婆孩子叨唠，她都听得会背了。这会儿牵动愁肠，便当着和善可亲的韩太太一吐为快。她和新月既然是同窗好友，当然也就不把新月的母亲当外人。说到这里，她又不禁暗暗在心里把自己的家庭和韩家相比：人家韩伯伯过去做那么大的买卖，到如今还住着这么好的房子，摆着这么大的谱儿，怎么既不是资本家，也不是小业主，倒是挺直了腰杆儿的国家干部？唉，命运哪，命运，你不公平啊！

"我爸爸哪儿有韩伯伯这么精明！"这句由衷的感叹也就自然而然地流露出来了。

"他精明？"韩太太淡淡地说，"头二十年他就把家毁光喽！要不然，国家能叫他当'无产阶级'？"

这话音儿分不清是褒是贬，也没说出韩子奇是怎么把家"毁光"了的，韩太太绝不会像陈淑彦那样胸无城府，把家里的事儿抖搂个一干二净的。她说这话，正是给自己的家庭定个调子，不让陈淑彦再胡乱猜疑，她看出了这姑娘对韩家的羡慕和好奇。

陈淑彦也没再追问，人家好是人家的，也没有她的份儿，她只能自叹投错了胎，生在那样的家庭，空顶着个背时的“小业主”牌子，日子却比人家这“无产阶级”差远了去了。要是能像韩家这么样儿，即使当“资产阶级”倒也值啊！“唉，新月多好！也不受家庭的连累，想考名牌儿大学，就考上了。哪儿像我啊，连轻工业学院都不要我这样的！”

绕了一圈儿，这才落到根本上，她的一切沮丧、牢骚都是因为没考上大学而发的。今天来送新月，本是碍于情面，迫不得已而信守前约，在路上就反反复复心里颠倒了好几个个儿才鼓足勇气来的，不料又扑了空，那种失落感就无形中增强了好几倍，不知不觉眼泪又要涌出来。

韩太太充满同情地看着这感情脆弱的姑娘，不知该怎么安慰她才好。看来，陈淑彦把考不上大学的罪过全推在她爸爸身上了，又似乎觉得新月的升学是因为出身比她好。韩太太尽管不懂得国家招大学生是不是凭着家庭“看人下菜碟儿”，但她本能地认为这样说屈了新月。上大学又不是花钱买的，那不是还得考嘛，学问不好，恐怕也不行。她凭着韩子奇对女儿的评价，确信新月是靠本事考上的。那么，陈淑彦也许在学问上就不如新月。但她不能这样点给陈淑彦听，叫人家脸上挂不住。至于陈淑彦那种对家庭的自卑感，韩太太却又不以为然，不管怎么说，你爸爸也是做过几十年买卖的人，手里还趁过两千块钱呢，比那些光靠两只手混饭吃的人总还是强多了。“瘦死的骆驼比马大”，论家底儿，也是比那些靠国家提拔起来的工人更趁，用不着这么瞅不起自个儿。可是，这话也不便明说。想了想，就另找途径宽陈淑彦的心：“姑娘，已然这么样儿了，你也别老是觉着委屈！依我说呀，一个姑娘家，念书念到高中毕业也就足矣，大学上不上的不吃紧！我们家天星不是也没上过大学嘛，在保密厂子工作，又能比谁差到哪儿去？你呀，甭跟新月学，在家好好儿地帮你妈几年吧！”

陈淑彦掏出手绢儿擦着眼角说：“我妈也是真难啊！下边儿两个兄弟都在上学，得吃，得穿，得缴学费，光指望我爸爸那八十块钱哪儿够？要不我妈就说了：‘你没考上大学是我的福！’”

“倒也是实话，”韩太太点点头，“早点儿工作，也给你妈省点儿心！”

“我爸爸也是这么说，这些天，他就在到处托人儿给我找工作，听说琉璃厂文物商店有个老师傅，过去跟他一块儿学过徒的，也许能帮点儿忙……”

“噢？要是能成，那儿倒是不错，也是咱古玩行里的！回头，我跟你韩伯伯也提提这事儿，行里的人儿他都熟，要是用得着的话，叫他去言语声儿！”

“那可就太好了，”陈淑彦感激地望着韩太太，“伯母，我要是能去了文物商店，可得好好儿地谢谢您！”

“嗨，说这话就见外了，都是回回亲戚！”

韩太太所说的“回回亲戚”，并非实指亲属关系，而是回回之间的通称，显示了这个民族同胞之间特有的情感。她拿起暖瓶，给客人的茶碗又续上水，好似漫不经心地问道：“淑彦，你今年十几啦？我记得你比新月大……”

“比她大两岁，十九了；我的生日早，到春节就整二十了。小时候上学晚，在班里挺大的个子……”

“二十了？到了该找婆家的年龄了，这可比念书更当紧！搞上对象了没？”

陈淑彦腾地羞红了脸：“伯母，我连个工作的地方还没找着呢，哪儿有这心思？在中学的时候，学生没有一个谈恋爱的……”

韩太太笑了：“瞧你臊的！男大当婚，女大当嫁，你妈也该给你操操心了。咱回回里头，好人家儿还是有的！”

陈淑彦就不再言语，低着头喝那碗茶。

被韩太太打发走了的姑妈，在东厢房里翻腾了一阵，抱着天星的一堆衣裳，泡在大盆里，坐到院子里石榴树底下，尽职尽责地揉搓。这会儿，正一边揉搓一边叨唠：“瞧瞧这领子上的泥！是怎么穿的？”

陈淑彦就放下茶碗，站起身，朝着院子里说：“姑妈，您歇着，我帮您洗！”

姑妈忙说：“那哪儿成啊？你是客人！”

陈淑彦下了上房的台阶，走过去说：“这有什么？我们家的衣裳都是我洗！今天我反正也没事儿……”说着就去抢姑妈手里的搓板。

韩太太却并不阻拦，只是笑吟吟地说：“是吗？你倒是比新月勤谨！长这么大，也没见她这么帮过她哥一回！”

姑妈争不过陈淑彦，就放了手，在围裙上擦着胰子沫儿，过意不去地说：“姑娘，今儿晌午别走啦，在这儿吃饭吧！”

韩太太却说：“家里又没准备，叫人家吃什么？我说呀，淑彦，说话就到礼拜天了，新月准回家，我叫她在家等你。”

“礼拜天我准来！”陈淑彦高兴地说，使劲儿搓那领子。

“姑妈，”韩太太又立即下达任务，“您给这小姐儿俩好好儿地做点儿可口的，啊？”

“哎，哎！”姑妈满心欢喜地答应着，一想到新月要回家，她心里就像喝了蜂蜜似的甜，“明儿一早，我上天桥的自由市场买活鸡去！上菜市口买活鱼去！”

老姑妈立即处于临阵状态，兴致勃勃地准备为新月接风而大战一场；韩太太却在心里谋划着另一件大事，这件事，现在还只有她一个人知道。

第五章 玉缘

梁亦清猝然惨死，奇珍斋如同天塌地陷！

正在后边陶醉于美好的梦境之中的娘儿三个，猛然听见异声，一起奔到前边的琢玉坊中，只见梁亦清直挺挺地僵卧在韩子奇的怀里，脸上、身上、地上都是鲜血！韩子奇仿佛和师傅一起失去了灵魂，双手紧紧地抱着师傅，眼睛定定地盯着师傅的脸，琢玉坊在这一刻，整个儿地凝固了，僵死了！

白氏和幼女玉儿猛地扑在梁亦清身上，号啕大哭，痛不欲生；年仅十五岁的璧儿却异常镇静，父亲刚才那一声绝望的叫喊，她奔进琢玉坊这一瞬间看到的惨象，立即使她明白了什么样的命运落在了全家的头上！她跪了下去，跪在父亲的身边，望着那张苍老、疲倦而又死不瞑目的脸，她的热泪唰地滚落下来。但是，她没有叫喊，没有摇晃着亡人诉说一切。她知道，父亲已经归去了，在他离开人间走入天园的时刻，是不应该打扰他的，让他静静地走，从容地走，带着"依玛尼"——崇高的信仰。她遗憾的是，自己作为长女、父亲的至亲骨肉，在他最后的时刻竟然没有守在身旁，没有提醒他念清真言，这是一个穆斯林最大的缺憾！现在，父亲的"罗赫"（灵魂）也许还没有走远，还在等着呢，你看他那圆睁的眼睛、大张着的嘴！她伸出手去，轻轻地抚着，合上父亲的眼睛，闭上父亲的嘴，衷心地为他念诵：

“俩以俩海，引拦拉乎；穆罕默德，来苏论拉席(万物非主，唯有安拉；穆罕默德，主之使者)。”她相信，父亲一定是听到了，带着亲人的祝愿，带着信仰，无牵无挂地去了。

母亲白氏完全乱了方寸，此刻哭得像一摊泥。玉儿没命地喊着：“爸爸，爸爸！……”

璧儿把妹妹拉起来，揽在怀里：“好妹妹，你要是爱爸爸，就让爸爸安宁吧！”

被突然事变惊呆了的韩子奇直愣愣地望着璧儿：“师妹，现在……该怎么办?”

璧儿神色严峻地说：“奇哥哥，爸爸的后事，就靠你和我了，你赶快到礼拜寺去取‘水溜子’(尸床)！”

“玉器梁”的死讯，惊动了街坊四邻、阿訇、乡老、同行友好，纷纷赶来，感叹唏嘘，连教外的汉人也跌足叹息：“唉，可惜了他那一手绝活儿！”

尸床取来了。其实，穆斯林的尸床，只不过是一块木板而已，但这块被称为“水溜子”或“旱托”的木板，却不是任何木板可以代替的，它是亡人入土之前做圣洁的洗礼所必备的，平时由清真寺保管，哪一个穆斯林去世，都要躺在这块板上做今生今世最后一次清除一切污垢的洗浴。

梁亦清无声无息地躺在“旱托”上，头顶北，脚朝南，面对麦加所在的西方。他现在什么也不知道了，什么也不用管了，奇珍斋的大事小事，永远都不会再麻烦他了。这个祖祖辈辈传下来的琢玉作坊，到他这一代已经完成了历史使命，以后的兴、衰、存、亡都与他无关了。他不知道家中的惊恐和混乱，不知道亲人的悲痛和泣涕，他的灵魂，踏上了另一次路途遥远的跋涉，追赶着真主安拉，追赶着先知穆罕默德，朝着所有穆斯林应有的归宿走去了。

葬礼定在亡人咽气的第三天，阴历八月十四。依白氏和玉儿的心愿，她们恨不能把亡人的遗体永远留在家中，至少要多留几天。没有了梁亦清，她们不知道将怎样再在这个倒了顶梁柱的家中活下去。但是，璧儿不肯：“妈，这不行，‘亡人以入土为安’，‘亡人入土如奔金’，送爸爸走吧，让他安心地走……”

阿訇和众乡老都连连称是：“梁太太，大姑娘说得对！”

其实，一生虔诚诵经的白氏又何尝不知道啊！但是，让理智战胜感情，却不是每个人都做得到的，她只会哭，完全没了主意，把两肩上的责任，统统都交给女儿和众位乡老了。

如果没有乡老的帮助和阿訇的主持，璧儿也许无法胜任这平生第一次遇到的丧葬大事，把一切都安排妥帖。不，十五岁的璧儿已经是个大姑娘了，母亲的无能、父亲的本分，在她身上起了奇特的反作用，助母持家这些年，练出了一个刚强、稳重的璧儿，她相信，即使父亲丧生在荒郊野外，她也会把父亲的遗体背到祖坟上，按照穆斯林的葬礼，把亡灵送入天园；她相信，只要她还有一口气，就不会让老母和弱妹成为无依无靠的孤寡，这个家就不会垮！何况，家里还有顶门立户的男人——她的师兄韩子奇！

八月十四，阴冷的一天，秋雨淅沥的一天。为什么？在一世清白的梁亦清离开人世的日子，真主不给他最后看一看明朗的晴空、和煦的阳光？也许是，他的生前欠着太多的宿债，他的死后留下了太深的悲哀！

秋雨打湿了奇珍斋小院，白氏和璧儿、玉儿跪在水淋淋的泥地上，心思全在洗“艾斯里”（亡人大净）的亡灵身上，默默地祈求为他洗“埋体”（遗体）的人的手轻一点儿，再轻一点儿……

白幔里，韩子奇跪在师傅的身旁，手持汤瓶，由清真寺专管洗“埋体”的人履行神圣的职责，为他洗“艾斯里”，洗去身上的玉屑粉尘和汗迹，让他干干净净地去见真主。梁亦清没有兄弟，没有儿子，两颗掌上明珠纵使有无尽的孝心，也不能亲自为父亲清洗“埋体”，和师傅情同父子的韩子奇便是当时在场的唯一亲人。望着师傅清瘦、憔悴的遗容，韩子奇的心在流血！过去的三年，一幕一幕清晰地重现在眼前，他怎么能够想到这么早就和师傅分手，他还没有出师，师傅的心愿还没有实现！现在，师傅撇下他走了！师傅一辈子琢了无数的美玉宝石，到最后两手空空，赤条条来去无牵挂，三十六尺白布裹身，就是一个穆斯林从这个世界上带走的全部行装！

梁亦清安卧在“埋体匣子”之中，圣洁的白布覆盖着他的全身，濛濛细雨冲洗着亲人们的泪眼。

阿訇和众穆斯林面朝西方，站在亡人的身旁，为他祈祷。葬礼虽然简朴，却肃穆庄严。

“埋体”出动了，八个穆斯林小伙子抬起梁亦清，送他出门。一个穆斯林死后，他的同胞们会自动前来送行，绝不需要“雇用”殡葬人员。哪怕是一个饿死在途中的乞丐，只要穆斯林在他的遗体上发现“割礼”的痕迹，就会怜惜地感叹一声：“哟，是咱们回回！”责无旁贷地把他埋葬。按照教规，抬亡人的圣行是四个人，各抬一角，每十步轮换一次。但是，久居北京的穆斯林又有自己的风俗，为了显示亡人的身份和葬礼的隆重，将这个数目大大增加，最多可达四十八人，最少也不得少于八个人，梁亦清生前既不富贵又不显赫，他的葬礼已经是最简单的了。

送葬的队伍快步行走。速葬、薄葬，是穆斯林的美德，伊斯兰教的葬礼是世界上各种族、各宗教中最简朴的葬礼，没有精美的棺木，没有华贵的寿衣，没有花里胡哨的纸车、纸轿、纸人、纸马，没有旗、罗、伞、扇的仪仗，没有吹吹打打的乐队，也没有漫天抛撒的纸钱……一心归主的穆斯林怀着虔诚的信仰，不需要任何身外之物来粉饰自己。

韩子奇眼含热泪，扶着师傅，每一步都像是走在刀尖上。师傅啊，您没有儿子，徒弟替师妹尽孝了！一路泥泞，他步履踉跄，过度的悲痛使他头昏目眩，不辨方向。但是，他跟着师傅走，师傅的头朝着西方，那是祖坟的方向！师傅！您不想家吗？不留恋奇珍斋吗？不挂念师娘和两个因为是女儿之身而不能送行的师妹吗？师傅，您为什么走得这么急？再过片刻时光，我们就永生永世再不能相见了！

秋雨淋湿了墓地，淋湿了那一座一座古老的坟茔。现在，又一个新坟要加入这个行列，“玉器梁”的最后一代也将在这里长眠了！

穆斯林实行土葬。在信奉伊斯兰教的许多国家和地区，由于地理、气候的不同而葬法各异：有的将遗体用沙土轻轻一埋，任其自然消失；有的将遗体埋好后，上面盖一块石板。中国穆斯林根据自己土地的特点采用洞穴葬法，虽然有所变通，但仍然不失其土葬原则。真主用泥造了人的始祖阿丹，他的后代来自黄土，也复归于黄土……

坟坑已经挖好了，这是一个长方形的深坑，南北走向，挖到底部，再从一壁向西挖半圆形的洞，称为“拉赫”，是亡人安息的地方。穆斯林是不用棺木的，只允许用竹子和没有烧制的土砖封闭“拉赫”。也许是因为北京缺少竹子吧，北京的穆斯林为他们的亡人增添一块“拉赫板”，小小的一块薄石板而已。“拉赫”的门，底部平直，上面做成券门的圆形。韩子奇望着师傅将永久栖息的地方，他的泪水扑簌簌洒下去，混合着雨水，浸湿了那深褐色的新土。师傅的身材高大，“拉赫”里容得下他的身躯吗？师傅毕生躬身在水凳儿前，死后应该舒展一下腰肢了，“拉赫”里平整吗？按照习俗，在亡人下葬之前，应该由他的亲人下去“试坑”，可是，送葬的人群中没有师傅的亲人，现在，和他鱼水相依、不忍分离的亲人不就是他的徒弟吗？和儿子一样的徒弟！韩子奇立即跳了下去，躺在阴暗、潮湿的“拉赫”里，以自己和师傅相当的身材，代替师傅去“试”这个与人间隔绝的居室，用自己的手，抚摸着每一寸土，唯恐有任何地方使师傅不适。

当他完全放心了，才站起身，伸出双臂，迎接师傅的遗体。乡老和送葬的朵斯提们把梁亦清抬出“埋体匣子”，缓缓地下葬，韩子奇双手托着师傅，稳稳地安放在“拉赫”之中，在他的颈下枕上了用白布包着的香料。深情地再望望师傅，师傅仿佛安详地睡去了。泪水模糊了韩子奇的双眼，最后告别的时候到了，他摸索着，庄重地垒上土砖，封上石板……

黄土无情地埋下来，掩没了“拉赫”，填平了深坑，一座四面呈梯形的新坟，出现在梁家的墓地上……

经声诵起来，那是对亡灵最后的送行，对死者亲属最后的安慰，随着凄厉秋风、飒飒秋雨，飘荡在昏暗的天地之间。

韩子奇久久地跪在师傅的坟前，用那双粗糙、瘦硬、在水凳儿前磨炼了三年的手，拍打着“玉器梁”坟上的湿土……

家里念完了“下土经”，璧儿给阿訇、乡老和帮助料理殡葬的穆斯林们送了“乜帖”，伺候他们吃了饭，孝女的责任就全部完成了。

穆圣说：人一旦归真，所有的工作都断了，只有三件不断：川流不息的施舍，使他人受益的知识，为他向真主祈祷的清廉子女。梁亦清清苦一生，没有留下钱财，璧儿是个女孩儿，也没有传给她手艺，川流不息的施舍和授人以知识，对她来说，都是纵然有心也无这份儿力。璧儿所能做到的，就是严守斋戒和一日五时的拜功，面向至慈至恕的主，为父亲祈祷。

天近黄昏，雨停了，云彩破处，现出一轮臻于浑圆的朦胧明月。不公平的天啊，它以凄风苦雨送走了一世坎坷的梁亦清之后，才肯向人间洒下澄澈的清辉！

汇远斋老板蒲寿昌，穿着一件新做的礼服呢长衫，头戴礼帽，手提着一包月饼，来到了奇珍斋，一进门就兴冲冲地高叫："梁老板，我给您贺八月节来了！"

给他开门的是韩子奇，眼泪汪汪地说："蒲老板，您来晚了！我师傅……他已经不在人世了！"

蒲寿昌大吃一惊："哎呀呀！多会儿的事儿？我怎么一点儿信儿都没听着呢？子奇，凭着跟梁老板的交情，无论如何也得告诉我一声儿啊！"

梁亦清的遗孀白氏哭着迎上去："蒲老板，咱们隔着教门，就没打扰您……您说说，谁能料到，正好好儿的，他就走了……"说着说着，嗓子就被泪水噎住了，仰望着蒲寿昌，好似见了救命的恩人，"撇下我们……孤儿寡母……"

她一哭，幼女玉儿也跟着大哭，拉着母亲的胳膊，一声声喊着："爸爸……爸爸……"

璧儿冷冷地看了蒲寿昌一眼："我爸爸可是为您死的，为您那宝船！"

"那宝船……"蒲寿昌掏出帕子抹着泪说，"我也是壮着胆子、舍出血本儿为他揽的这件活儿啊，一件出手，抵得上他平日的十件、百件！这不，"他提起手中的那包月饼，"为了庆贺他宝船完工，我特意买的清真月饼！"

"蒲老板，您的心意，我们领了！可是，亦清他……他对不住您啊，那宝船……毁了！”白氏泪水涟涟，替亡夫充满了愧意。

“毁了？”蒲寿昌吃惊地说，“怎么能毁了呢？这……简直令人难以置信！”

他匆匆走进琢玉坊，望着那停止转动的水凳儿，望着地上的一摊暗红的血迹，望着带血的残破宝船，呆看了片刻，突然跪了下去，用颤抖的手抚摸着宝船，泪流满面地说：“可惜！一代琢玉高手，功亏一篑，玉殒人亡，千古遗恨！”然后，放下宝船，抱拳长揖，泣不成声，“亦清兄，你我多年知交，今日永别了！虽未能完璧，也请受愚弟一拜！”

这完全有别于伊斯兰教的拜法，却也不能不感动白氏，她流着泪搀起蒲寿昌：“蒲老板，我们娘儿几个，替亡人感谢您了！”

蒲寿昌缓缓地站起来，抹着泪说：“梁太太！人死不能复生，碎玉不能重完，毁了就毁了吧！我能说什么呢？”

白氏感动不已，请蒲寿昌到堂屋里坐，吩咐璧儿沏茶。

蒲寿昌抿了一口茶，叹了口气，缓缓地说：“梁太太，梁老板一殁，家里成了这个样子，让我不忍心啊！依我的心，应该尽着力帮您一把才是！可是，常言道‘心有余而力不足’，我也有我的难处……”

“那可不！”白氏说，“您开着那么大的字号，树大阴凉儿大，哪儿哪儿都得花钱！蒲老板，有您这句话就成了，您不必……”

“世窄无君子啊！”蒲寿昌又是连连叹息，“就说这宝船吧，依我的意思，过去的事儿就一笔勾销了，什么定钱吧，条款吧，都不提了；可是不成啊，我不跟您提，还有人朝我提呢！我当初跟梁老板签了合同，跟人家亨特先生也签了合同，这不，三年到期了，人家问我要货，我拿不出宝船，得赔人家钱哪，这……这叫我该怎么办呢？”

白氏的脸霎时变得煞白：“蒲老板的意思是，要我们……”

“说起来也真不好意思，我跟梁老板的账还没清啊！当初合同上写得明白：依图琢玉，三年为期，全价两千，预付三成，任何一方中途毁约，赔偿对方的经济损失。”他从衣兜里掏出那张合同，“恕我不恭，现在这合同，就算被梁老板毁了，按照双方签字画押的条款，他得交还那六百定钱，三年累计，连本带息一共是现洋一千八百五十九元整！”

白氏一听这个数目，顿时目瞪口呆！

蒲寿昌望着她说：“这还没算毁了的那块玉料钱，里外里，我得赔多少钱哪！梁太太，买卖行里有句老话：交情归交情，买卖归买卖；人死了，账不能死！不然，恐怕梁老板的在天之灵也会不安吧？我呢，要不是亏空太多，万般无奈，也不会觍着老脸朝您开口！”

蒲寿昌手里紧紧攥着那张合同，静等着白氏的答复。这是他今日此行的真正目的。其实，宝船的损毁，梁亦清的暴卒，他都早已知道了，他是干什么吃的？耳朵真那么不管事儿？刚才所做的一切，都不过是逢场作戏而已！

白氏泪如雨下，朝着索命天仙似的蒲寿昌苦苦哀求：“蒲老板！您知道，亡人没给我们留下家业，那六百定钱早就填到日子里去了，我上哪儿去给您凑这一千八百多块大洋去？您发发善心吧，可怜可怜我们这孤儿寡母吧，我求您了！”

璧儿早就忍不住了，这时擦着眼泪说：“妈！甭这么告饶儿，拿自个儿不当人！父债子还，该多少钱咱还他多少钱，哪怕砸锅卖铁、典房子，咱娘儿几个就是喝西北风，也得挺起腰做人！”

“嗯，您家大姑娘倒是个痛快人！”蒲寿昌笑笑说，“不过呢，我蒲寿昌绝没有那么狠的心，往后抬头不见低头见，都是玉器行里的人，我哪儿能把你们扫地出门、斩尽杀绝呢？梁太太，这么着吧，您一时拿不出现钱来，我也不让您为难，您就凑合着拿东西顶账吧，我瞅着前边儿还有些活儿，甭管是完了的，没完的，还有那些还没动工的材料，两张水凳儿，归里包堆就这些，够不够的，咱们账就算清了！”

一直陪在旁边不言语的韩子奇心里一盘算，蒲寿昌的这笔账算得可够狠的！他要把奇珍斋的全部存货、存料都洗劫一空，再赚回来的钱可就不是一千八百多块大洋了！

璧儿把牙一咬：“就这么办吧！可是那两张水凳儿您不能拿走，这是我们‘玉器梁’传家的东西，吃饭的家什，我师兄还得用它做活儿呢！”说着，看了韩子奇一眼。

韩子奇低下头，却不言语。

蒲寿昌说："梁大姑娘，要是都想自个儿合适，这账，咱可就得好好儿地算一算了……"

白氏连忙央求他："蒲老板，您甭跟个孩子家一般见识，只要能留下我们娘儿几个住的地方，我就念'知感'了！就照您说的，能用的，您都拿去，人都没了，我瞅见那水凳儿就……"

"拿走吧，拿走吧！"璧儿赌着气说，"奇哥哥，没有了水凳儿，咱们卖大碗茶去！"

韩子奇还是没有言语。

蒲寿昌见话已说到这儿，就起身告辞，说明天带着车来拉东西。临走，到琢玉坊中，小心地收起那幅《郑和航海图》，并且把已经摔断了郑和右臂的宝船也捧起来，说："这件东西，你们留着也是废物，我拿去做个纪念吧，看见它，就好像看见梁老板了！"说着，又掏出帕子来擦泪。

这些假惺惺的举动，再也不能蒙蔽璧儿了，她从堂屋里提出蒲寿昌刚才搁下的那包月饼，追上去说："奇哥哥，把这也还给他！"

韩子奇接过月饼盒子，默默地送蒲寿昌出去。

"这……"蒲寿昌出了门，也觉得有些尴尬，可当着韩子奇，也不好说什么，只笑笑说，"你这个师妹，将来可是个没人敢娶的主儿！"

"璧儿年幼无知，您多包涵吧！"韩子奇随在他的身后，低着头说，"蒲老板，我有一句话，不知当讲不当讲？"

"嗯？你想干什么？"蒲寿昌警惕地站住了，他担心韩子奇说出让他不能容忍的话来，那，他就不会像刚才对待一个女孩子那样客气了！

"您先答应我，"韩子奇盯着蒲寿昌那双怀有敌意的眼睛，"您答应了，我才说。不过，这件事儿对您，对我的师傅，都没有妨碍……"

"好事儿？我答应你又能怎么着！"蒲寿昌狐疑地审视着他，"要说，你就痛快点儿！"

"我想……"韩子奇考虑再三，还是说出了口，"我想求您给我一条生路，让我随着水凳儿进您的汇远斋！”

“啊?!”蒲寿昌万万没有想到，在奇珍斋面临倒闭的危难之际，梁亦清的得意门徒韩子奇竟然急于要改换门庭，而且投奔的不是别人，正是把奇珍斋推入绝境的他！他不可理解，太不可理解了！在他眼里，韩子奇已是一个无路可走的丧家之犬，汇远斋人丁兴旺、财源茂盛，要这个韩子奇干什么？有什么必要收留这个小小的琢玉艺徒？汇远斋只做买卖，不设作坊，那两张水凳儿拿去是准备卖的！何况，蒲寿昌心里明白，从今以后，自己实际上就成了梁家的仇人，纵然梁亦清膝下无子，可那两个水灵灵的大姑娘迟早总要嫁人，要繁衍子孙，看璧儿那架势，这个仇只怕几辈子也完不了！精明无比的蒲寿昌可不愿意在仇上加仇，落一个“毁家夺徒”的恶名，他的心，就像“咔嚓”上了一把锁，把韩子奇拒之门外了！

世上有各式各样的锁，同时也配好了各式各样的钥匙，一把钥匙开一把锁。谁能料到，韩子奇这把不起眼儿的钥匙，偏偏能插进蒲寿昌那老谋深算的心里去，捅开他那把沉甸甸的大锁呢？

“蒲老板！我知道您心胸大、度量宽，肚子里能撑得开船，跑得开马，要不然，能掌得了那么大的家业？大人物，心能容人，手能用人。戏文里唱的汉刘邦，文用张良，武用韩信，轻易取了天下；楚霸王虽有一范增而不用，终究难逃十面埋伏，四面楚歌，兵败乌江，别姬自刎！蒲老板！我知道您是胸怀大志的人，不像我师傅，人说‘艺高人胆大’，他手艺高强，可胆儿不大，没能成就一番大事业。我为他养老送终，总算尽了孝道，往后的路就得自个儿走了。您收下我，也是对亡人的徒弟的一点儿照应，这对我师傅没有什么损害；对您，却让街坊四邻、买卖同行瞅着您仗义！”

蒲寿昌沉吟半晌，心说：这小子还满腹经纶，讲古论今，心里有点儿道道！梁亦清手下有这么个徒弟，却窝在琢玉坊里，没有施展的机会，可惜！要是真让他进了汇远斋，说不定……

“蒲老板！我是个落难的人，在北京无亲无故。梁师傅去世之后，我既没处投靠，也没路谋生了！念您是同行长辈，才斗胆向您开口，求您高抬贵手，赏我一碗饭吃！常言说：滴水之恩，也当涌泉相报。日后，我决不会忘了您的恩情！不瞒您说，这三年，我好歹也跟梁师傅学了点儿手艺，那件宝船要是让我来做，恐怕也就不至于落到今天这地步了。蒲老板，您再给我三年的时间，我保证能按图、按期把宝船交到您的手里，这样，您既在洋人面前圆了面子，汇远斋也避免了亏损，无论您卖多少钱，我概不过问，分文不取，权当孝敬您老人家，报答您的收留之恩了！”

这番话说出去，蒲寿昌的神色缓和了许多。他权衡一切的准则，无非是“利”“弊”二字，偏偏韩子奇投其所好，尽述其利，竟无一弊，这就使他不能不动心了。原来，蒲寿昌根本不曾和洋人沙蒙·亨特签订什么合同，也没接受具有任何条款的协议，只是接了亨特的那张图，答应依图琢玉，几时完工，几时面议价钱。梁亦清船破人亡，倾家荡产，并未损害蒲寿昌一根毫毛，甚至还得到了一大笔“赔偿”，这宗买卖是再合算也不过的了。至于宝船，原图还在，偌大的北京城有几千名琢玉匠人，还怕无人敢接吗？即便梁亦清比别人的手艺略高一筹，已是人亡艺绝，也无法较量高下了。刚才他装作无意中带走残船，目的便是为下次的制作提供一个绝大部分尚且完好的范本！现在，梁亦清的真传弟子竟主动上门，继续师傅未竟的事业，这真是天赐蒲寿昌一名巧匠、一条宝船！

韩子奇观察着蒲寿昌的反应，知道事成有望了，就说：“您答应了？从今以后，您就是我的师傅！”

“别忙！”蒲寿昌伸手拦住韩子奇，以为他急着要行师徒之礼，“子奇啊，你知道，我是个心肠最软不过的人，走道儿碰见蚂蚁都绕过去，唯恐伤了它们的性命，更何况你是个人，走投无路的人！你这么开口求我，我不冲你，也得冲已经过世的梁老板！汇远斋虽说是生意做得紧紧巴巴，我也不能眼瞅着你饿死，凭着我和梁老板的交情，他的徒弟就是我的徒弟，有我蒲寿昌的一碗干饭，就不能叫你喝粥！可有一样儿，子奇，你让我为难啊，”他吸溜着嘴，迟疑地说，“咱们可是隔着教门的人！玉器行里，这一点是泾渭分明，回回的铺子里只收回回学徒，汉人的铺子里只收汉人学徒，你们回回的禁忌很多，我不能为了你一个人单开伙啊，还怕别的人跟你不合群儿……这事儿，恐怕还是不成！”

“师傅，这不要紧哪！”韩子奇已经管他叫“师傅”了，“我到了您那儿，只管做这一件活儿，任谁的事儿都碍不着；至于伙食嘛，窝头、咸菜您总供得起吧？我有这就行了！”

蒲寿昌无话可说了，又寻思一阵，突然朝韩子奇的肩膀一拍：“好，一言为定，你明儿就跟我走！”

韩子奇送走了蒲寿昌，回到奇珍斋，默默地清点账目，把平日的流水明细账一一理清，托着账本和库存的现钱，来到后边堂屋，往桌上一放：“师娘，师妹，请过目，奇珍斋的家底儿都在这儿了。这些现款，万幸蒲老板没有拿走，师娘和师妹就应付着过日子吧……”

璧儿愣了：“奇哥哥，你这是什么意思？”

韩子奇的两行热泪滚落下来：“我……该走了！”

白氏一惊，忙问：“走？你上哪儿去？”

“跟蒲老板走，接着做师傅没做完的活儿。师娘，您多保重吧，原谅我不能再尽孝了，我……不能离开水凳儿，不能扔下师傅的半截子宝船不管啊！等到有一天……”

不等他把话说完，璧儿已经气得打颤：“好啊，你要投奔我们家的‘堵施蛮’（仇人）？你这个无情无义、认贼作父的东西！我爸爸当初真是瞎了眼！你走吧，这就走，永远别登我们家的门儿，只当我们谁也不认得谁！”

“师妹，你听我说……”

“别说了，省得脏了我的耳朵！”

韩子奇有口难辩，既然这儿已经没有了他说话的权利，他就什么都不说了，一横心，扭头就往外走。

七岁的玉儿从屋里追出来，抱着他的腿：“奇哥哥，奇哥哥，你别走……”

一把钢刀在剜韩子奇的心！他俯下身去，亲亲玉儿的小脸，两人的热泪交流在一起，“玉儿，好好儿地，在家好好儿地……”

“玉儿，甭让他亲你！”璧儿冲过去，一把拉过玉儿，抬起手，就要抽打韩子奇的脸，但是，她举起来的手又放下了，眼里涌出愤怒、屈辱的泪花，“你算什么东西，不配脏了我的手！你走吧！”

韩子奇一转身，大步走出奇珍斋去，到了门口，又回过头来，望了望这座曾经生活了三年的小院，忍不住朝着里边痛哭失声：“师傅，我走了！师娘、师妹，你们一定要保重啊！”

韩子奇从此归于蒲寿昌门下。

汇远斋位于东琉璃厂路北，在众多的书店、纸店、字画店、文房四宝店、古玩玉器店当中，并不特别引人注目。铺面不大，当街两间门脸儿，修饰得古色古香，悬着黑底金字的匾额，也是当年“博雅”宅老先生的手笔。他本是个“惜墨如金”的人，最厌恶一些附庸风雅的人请他题字，因为与玉有缘，才肯赐墨宝。因此，“玉魔”的题匾便也大大提高了历史并不长的汇远斋的身价。汇远斋虽是新店，但店主蒲寿昌经营玉器古玩却不是新手。他本来资产甚微，是个“打鼓的”旧货商。但他又不同于那些肩挑八根绳、两个筐“打软鼓”的，那些人只收些破铜烂铁、估衣旧器，油水不大；蒲寿昌是“打硬鼓”的，穿着长衫，戴着礼帽，谈吐文雅，口齿伶俐，专门深入民间，收购玉器古玩。他的眼光相当敏锐，一件东西拿在手里，立即能大体推断出年代，以此作为衡量价值的主要标准，其次才是质地和做工，赝品很难蒙蔽他的眼睛。他的主要搜求对象，是那些家资雄厚、以玩儿古董为点缀而又不大懂行的各业商人，以及那些没落的贵族、官僚、富商的后代，即所谓“破大家”。前者喜新厌旧，常常“换换口味”；后者坐吃山空，只好变卖祖业。这两种人都爱面子，又说不过蒲寿昌那张行家的利嘴，所以，蒲寿昌收购的货物，基本上都是由他说价，哪怕是稀世珍品，他也可以以极低的价格弄到手，这便是“打鼓”的最大乐趣。买到的东西，他并不急于出手，往往要细细考察，追根寻源，直到确切地弄清年代、来源，掌握了它的实际价值，才待价而沽。当时，崇文门外的东晓市、德胜门外的果子市、宣武门外的黑市，都是买卖旧物的场所。因常有盗物出卖，于拂晓时营业，称为“晓市”，又称“鬼市”“小偷儿市”。交易的人不说“买”“卖”，而说“给你”“给我”；不说价钱，而在袖筒里用手指捏来捏去，讨价还价，直至成交。蒲寿昌常常出没于晓市，但他主要是从“二五眼”的卖主儿手里捞好东西，而很少在这里卖出。他的东西，要卖给那些爱玩儿玉又不懂玉的阔商，卖给那些识宝又肯给好价儿的收藏家，并且到各国驻华使馆、各大饭店去游说，卖给那些对中国文物垂涎三尺的洋人。一件东西出手，蒲寿昌就把一年的本钱都捞回来了。十几年的工夫，就有了相当的资本，在琉璃厂“倒”了两间门脸儿，挂起了“汇远斋”的匾额。“汇”者，汇精集粹也；“远”者，源远流长也。

汇远斋买卖不小，人却不多，现在只有三个徒弟，大师兄已出师留用，另两个尚未出师。还有一位账房，负责管理账目。加上蒲寿昌，五个人便管好了一切。蒲寿昌对徒弟的选用，要求极严：一要相貌端正，二要口齿伶俐，三要忠诚老实；收徒的手续也极严：一要有引荐人，二要有铺保，三要立字据。学徒期限为三年零一节，在此期间，不给工钱，衣物自理，只供饭食。逃跑、病死，店主概不负责。不守铺规，随时辞退，只许东辞伙，不许伙辞东。“东辞伙，一笔抹”，分文不给，赶走了事；“伙辞东，一笔清”，要付清一切赔偿方可走人。条条绳索，把四个人紧紧地捆在汇远斋，每天不等天亮，徒弟们就已起床，先拿笤帚把儿，把店堂内外打扫得干干净净；再拿掸子把儿，将货物掸得一尘不染。开门之后，必须做到“笑、招、耐、轻”四个字，即对顾客笑脸相迎、主动招呼、耐心伺候，对货物轻拿轻放，右手还未拿起，左手已在一旁护着了。营业时间每天长达十几个小时，直至夜半时分才上门板。古玩行业，历来是“夜里欢”，趁钱的主顾，往往是酒足饭饱之后，从饭店、酒楼、舞场出来，到这儿来遛遛，不管能否成交，来的都是客，都得好好待承。而这古玩行业又不像饭店、商场那样大敞店门，任客往来，而是将店门虚掩，外行人以为已经关门，只有行家才长驱直入，这样省了许多兜儿里无钱的人瞎看热闹，专候财东上门。古玩行业从来没有门庭若市的时候，顾客像零星碎雨，点点滴滴，往往都是熟客。见有客来，小徒弟连忙去开门相迎，热情招呼：“您来啦？您里边儿请！”客人在柜上流连忘返，东挑西拣，得一直伺候着。遇有贵客，还得请坐敬茶，或是让到里面招待。待客人要走，无论买卖做成与否，小徒弟都得满面笑容，恭恭敬敬开门送客。一天下来，人困马乏，腰酸腿疼，还要在店堂搭铺才能睡觉。汇远斋可不比奇珍斋那样的连家铺，蒲老板另有住家，每晚回去歇息，店里有价值连城的买卖，自然得有人看守，所以包括大师兄和账房先生在内，都与小徒弟一样，在店堂搭铺睡觉，天明再拆。这样，一则防盗，二则也防家贼。至于一日三餐，又和奇珍斋的师娘、师妹亲手调制的饭菜无法相比，这里常年是窝头、咸菜，正应了韩子奇的要求！这样苦的日子，徒弟能忍受，为什么连大师兄、账房先生也能忍受呢？他们的命运，也是牢牢地掌握在蒲寿昌的手里，这两个人的工钱，全由蒲寿昌按照他们的表现而定。蒲寿昌半年一说“官话”，根据每人的优劣，决定去留。一到这时，便人人提心吊胆，唯恐被“东辞伙”。说“官话”的时候要吃一顿比平常好些的饭，还有酒、有菜。小徒弟把酒斟满，大伙儿向老板祝酒，老板就说上“官话”了，生意好，自是说些吉利话；生意不好，或是瞅着谁不顺眼，就说些难处，要“辞伙”了。酒后端上来一盘包子，老板要是亲手夹了包子递给谁，谁就知道吃了这只“滚蛋包子”该走人了。鸿门宴吃得胆战心惊。要想保住饭碗，就只有兢兢业业、忠心耿耿了。

韩子奇来到这里，便加入了这个行列，早晨跟着打扫，夜里挤着睡铺板，正所谓“同床异梦”，谁也不知道谁心里想的是什么。大伙儿站柜台的时候，他就到后边的一间小屋里，蹬起水凳儿，开始干他的活儿。

账房和师兄们开始议论了：

“咱们是做买卖的，弄个匠人来干什么？”

“哼，还是个小回回！”

这些，本都在韩子奇的预料之中，他决定到汇远斋来，便是准备忍受一切屈辱，完成他要完成的事。但是，一旦真正领教他人的白眼和微词，心中仍然要翻腾起怒火！账房和师兄，已经是蒲寿昌的奴仆，但在他面前却又俨然是二等主子。这些人不会琢玉，只会卖玉，却看不起琢玉艺人，在他们眼中，艺人只不过是下贱的“匠人”，和他们这些“买卖人”是不能比的，言谈话语之间，时时流露出不屑，他们最常说的一句话就是：“你知道什么？”好像他是个什么都不懂的野孩子，谁都可以嘲笑他、羞辱他，却没有义务帮助他，哪怕是举手之劳，哪怕只是一句话的提醒，都不肯施舍。每当这种时候，韩子奇就更加怀念失去了的人间温情，师傅，师娘，师妹，小小的连家铺，他和师傅一起干活儿，和师傅、师娘、师妹一起吃饭，粗茶淡饭也充满欢乐，那是他的家呀！离开了奇珍斋，韩子奇仿佛重新沦为孤儿，举目无亲，欲诉无人。当他又一次遭受大师兄呵斥的时候，一气之下，他想大吼一声："不伺候了！"然后转脸走人，离开这个自己跳进来的牢笼！但是，理智让他忍住了，他不能走，他要这里待下去，做他要做的事！他想起吐罗耶定巴巴告诉他的一句话，先知穆罕默德说过："忍耐在于第一次遭受打击之时。"这句话简直就是为今天说的，为韩子奇说的！师傅梁亦清之死，宝船的损毁，是他有生以来所遇到的最大的、致命的打击，把他推到冰火两重天的境地，这正是命运对他的考验，也正是他"忍"的开始！忍吧，先知说："假设忍耐变成一个人，那么他是一个最宽容的男性。"韩子奇，你这个男子汉，有这样的容人之量吗？他把一切屈辱咽在心里，以"奴仆的奴仆"的身份，小心翼翼地和蒲寿昌以及账房、师兄相处；他把自己摆在全店最低的地位，除了琢玉的时间以外，抢着做小徒弟应该做的一切，用勤劳的双手、恭顺的笑容、和善的言语，求得自己的生存和别人的容忍。按照店规，最小的徒弟负责做饭，这差事便落在了他头上。窝头、咸菜是不需要什么技术的，但这却为他带来了极大的方便和心理安慰。他在心里说：师傅、师娘，离开了你们，我并没有破坏清真教规，我是干净的！至于逢年过节，别人要"开荤"，他就一任他们为所欲为，自己仍然躲在一边吃窝头、咸菜。他想："马哈吉"郑和在宫里能忍，难道我就不能忍吗？一想到郑和，想到师傅没有完成的宝船，韩子奇就觉得肩上压着千斤重担，他只有挺起身来，走下去，走下去……

三百六十五个日日夜夜在磨炼中过去了……

这一年，他不仅在琢玉，而且在留心汇远斋的买卖。账房和师兄在汇远斋厮混多年修炼出来的"生意经"，被他在递茶送水、无意交谈之间偷偷地学去了；蒲寿昌本来并不想教给他的，他已经耳濡目染、无师自通；而且，磨刀不误砍柴工，他提前两年完成了那件宝船！

蒲寿昌仔细对照《郑和航海图》和梁亦清留下的残玉，不能不承认韩子奇为他创造了奇迹，那宝船尽得原画神韵，又酷似梁亦清的范本，沧海横流，星月齐辉，旌、帆漫卷，桅、楼巍峨，人物栩栩如生，器物刻画入微，简直是梁亦清又复活了！

蒲寿昌呆看半晌，没有言语。韩子奇却心中有数：他之所以能够以一年的时间完成原定三年的制作，就是因为他面前有师傅的范本啊，复制比创作毕竟要容易得多了！

验收完毕，蒲寿昌点了点头，说："把这两件儿，都送到我屋里去！"

"嗯……"韩子奇试探地问，"师傅，这原来的宝船已然残了，您也……"他多想把师傅的遗作留在自己身边，做个念想！

蒲寿昌却笑笑："什么'原来的宝船'，从今天起，世界上只有一件宝船，没有两件儿了，梁亦清的残玉，永远也不能见人了！"

"啊?！您要把它……"

"这，你就甭管了，都送到我屋里去！"

从此，梁亦清的范本不知去向，韩子奇的宝船卖给了沙蒙·亨特。至于价钱，韩子奇就不得而知了。

宝船取走之后的第二天，沙蒙·亨特又来了。见了蒲寿昌，指名要见梁亦清、韩子奇。

蒲寿昌一愣，不知道亨特从哪儿打听来这两个名字。他做买卖，从来不露琢玉人的姓名，也从来不让他们和买主儿直接见面，唯恐被戗了行，这一次却不知是哪一个环节出了纰漏？心里这样想着，脸上做出笑容，说："亨特先生，您说的这位梁亦清先生，他已经过世了！您找他，有什么事啊？"

"嗯？死了？"沙蒙·亨特半信半疑，"宝船刚刚做完，怎么就死了呢？那么，另一位，韩子奇先生总不会也死了吧？"

蒲寿昌心里打鼓。他不知道沙蒙·亨特这是什么意思。做玉器古玩买卖的人，最怕是买主儿事后找出毛病、退货，都是熟主顾，一旦出了这种事儿，就很难办，汇远斋的声誉就要受影响。现在，沙蒙·亨特居心叵测地找上门来了，是要算账吗？好，那就来个顺水推舟，把责任都从自己身上卸干净，推到匠人身上去，拿韩子奇说事！想到这里，他放下心来，声色俱厉地朝后边喊了声："子奇，你过来！"

韩子奇应声来到客厅，一眼瞥见那儿坐着个洋人，约摸四十多岁，黄头发、蓝眼珠儿，留着小胡子。他认出是沙蒙·亨特，心中就明白了八九分，却并不向洋人打招呼，只朝蒲寿昌说："师傅，您叫我？"

蒲寿昌正要发作，沙蒙·亨特却站起身来，热情地伸出手去："您好！我们好像在柜上见过面。没想到您就是韩子奇先生！"

"Good morning，Mr. Hunt！"韩子奇握住他的手，不卑不亢地打个招呼。

蒲寿昌心里纳闷儿：嗯？这小子从奇珍斋作坊出来的，怎么还会说英国话？平时也没见他露过，今儿个到这儿跟洋人显摆来了！其实，他根本不知道，韩子奇的这点儿应酬英语，都是来到汇远斋之后偷偷儿地学的，正是这个专做洋庄买卖的汇远斋，给韩子奇打开了初窥外部世界的一扇窗口。

两手相握之际，沙蒙·亨特当然能感受到这位年轻人用并不熟练的英语向他表达的善意。

"你好，韩先生！"他微笑着做出回应，用的却不是英语，而是一口相当流利的汉语，这当然也是出于对对方的尊重，并且借此显示自己对中国的精通，"您和梁先生共同制作的宝船，技艺之精，令人钦佩！鄙人今天特来拜望，一睹先生风采，没有想到先生却是这样年轻！"说到这里，又转脸看看蒲寿昌，"蒲先生，贵店不仅珠玉盈门，而且人才济济啊！"

蒲寿昌这才回过味儿来，知道了沙蒙·亨特今天不是来算账而是来道谢，连忙接过去说："过奖！亨特先生一定知道中国有这么一句俗语吧：'没有金刚钻，哪敢揽瓷器活儿？'先生对小徒的夸奖，也是鄙人的光彩，日后还要请您多多赏光了！"

沙蒙·亨特大笑："我就是来找'金刚钻'啊！"

一场虚惊在蒲寿昌心里平息下来，这个结局使他十分高兴，只是仍然不明白：沙蒙·亨特怎么会得知宝船出自韩子奇之手，而且还带出了梁亦清？一定是柜上哪个多嘴的不慎走漏了风声，回头他得好好儿地查问一下，严加教训。所幸的是，梁亦清和奇珍斋都已经不存在了，韩子奇成了他的人，这小小的疏忽倒也不至于留下后患。

只有沙蒙·亨特和韩子奇知道这个秘密。蒲寿昌完全冤枉了他那几个忠心耿耿的奴仆，走漏风声的不是别人，正是韩子奇自己！

就在宝船竣工的那个晚上，韩子奇抚摸着自己心血的结晶，心中默默地说：师傅，我们的宝船终于完成了，您看一看吧，现在，您总算可以瞑目了！

昏灯如豆，琢玉坊里没有任何声息。韩子奇仿佛看到了师傅那清瘦、憔悴的脸，眉眼之间挂着笑容，朝他点了点头，就不见了。韩子奇朝着师傅的墓地方向，轻轻地舒出了郁闷于胸中已久的一口气。这时，他又感到了一个极大的遗憾，正如梁亦清在最后的时刻也曾想到的一样：他遗憾这艘宝船在“驶”出汇远斋之后，沙蒙·亨特和将来所有观赏宝船的人都根本不会知道它的作者是谁！

韩子奇不打算就这样放走自己的宝船。他痛苦地思索着，想起了过去“博雅”宅老先生偶尔谈起的一个故事：明代万历年间，苏州琢玉大师陆子冈应御用监之召，进京服役。神宗皇帝早已听到陆子冈精于琢玉的美名，也听到他有一个“恶癖”：常在自己制作的玉器上署名。作为一名工匠，这是“越轨”举动，制作御用的器物，则更不允许如此。神宗皇帝既要搜尽天下珍奇，又要维护自己的尊严，便决心以陆子冈一试，诏谕他用一块羊脂白玉琢成玉壶，但不准署名。不日，陆子冈便把琢好的玉壶呈上，神宗皇帝细细把玩，果然是名不虚传，那玉壶做得“明如水，声如磬，万里无云”。神宗将玉壶通体查遍，并没有陆子冈的署名，才露出了笑容，夸奖一番，赐了金银财物，放他回去。事后，神宗又生疑心，唯恐陆子冈做了什么手脚，便把玉壶反反复复仔细察看，此时，一线阳光从窗口射进寝宫，正好照在玉壶上，神宗猛然发现，在壶嘴中隐隐有“子冈”二字！神宗大怒，但又不能对已经褒奖过的陆子冈出尔反尔，也不忍损坏这把精美绝伦的玉壶，便只好作罢。陆子冈冒着身家性命的危险，维护了琢玉艺人的尊严，赢得了落款署名的权利，这也许正是在古往今来众多的琢玉高手之中，陆子冈独享盛誉、名垂后世的原因吧？

“博雅”宅老先生说，这个故事只能当作“稗官野史”，无从稽考，那把玉壶也已了无踪迹。但陆子冈传世的作品，常常在某个不引人注意的角落刻上“子冈”二字，这却是事实，它给人以许多联想，用以印证那个流传的故事……

一个清晰的念头在韩子奇的脑际出现了，他毫不犹豫地将已经完成的宝船再添上至关重要的一笔：在玉的底部端端正正地刻上：梁亦清、韩子奇制。

现在，中国通沙蒙·亨特正是被这几个字引到了韩子奇的面前，而自认为聪明绝顶的蒲寿昌却被蒙在鼓里了！有意思的是，无论韩子奇还是沙蒙·亨特，都不会在蒲寿昌面前揭穿这个秘密，因为他们心中都有自己的打算！

沙蒙·亨特喝过了茶，又和蒲寿昌、韩子奇说了一阵无关紧要的话，就起身告辞，临走，似乎又想起了一件事，微笑着对蒲寿昌说：“蒲先生！今天见到您的这位高徒，敝人不胜荣幸，如果我邀请他到寒寓吃一顿便饭，您不会反对吧？”

“这……”蒲寿昌当然不便反对，只好说，“那我就替小徒谢谢亨特先生的盛情了！”又嘱咐韩子奇，“你早去早回吧，关于和亨特先生生意上的事，我已经清账了，你只去玩玩儿就行了。”实际上，这是封住韩子奇的嘴，不许他说一句不该说的话，韩子奇当然心领神会了。

韩子奇跟着沙蒙·亨特进了位于台基厂的六国饭店。

沙蒙·亨特的房间几乎看不到什么“洋”味儿，简直是一个中国古董店，除了硬木桌椅之外，空余的地方摆满了大大小小的百宝格柜子，陈列着瓷器、铜器、砚台，更多的是玉器……韩子奇制作的那件宝船，则单独装在桌上的一个玻璃匣中。

韩子奇不待就座，在这些柜子前面浏览着，不禁脱口说：“亨特先生，您收藏了这么多中国东西，真是个‘中国通’啊！”

沙蒙·亨特站在他的背后，谦逊地说：“不敢当，我只是喜爱中国的艺术，还不能说‘通’，用中国的成语来说，是‘班门弄斧’！今天请韩先生光临，就是要向您请教的！”他走到桌子旁边，指着那件装在玻璃匣中的宝船，“这件大作，是我收藏的现代玉器中的珍品。先生匠心独运，以圆雕、镂空和浮雕结合的手法，成功地体现了《郑和航海图》的气势和意境，并且克服了玉雕的局限，吸收了绘画和木雕、砖雕、石刻的长处，集中了中国艺术的精髓，充分发挥了乾隆年间琢玉全盛时期的技巧和风格，这在当代的艺人之中，是不多见的！看来，我的五万大洋，您的四年心血，都非常值得啊！”

韩子奇心里暗暗吃惊：他没有想到蒲寿昌在计算工期时把两次的制作都合在一起了，凭空赚了五万巨款；也没有想到宝船得到沙蒙·亨特这么高的评价，而且这个人的确相当内行，把梁亦清和韩子奇心里虽有却又说不出的理论讲得头头是道！韩子奇不禁为梁亦清惋惜，脱口而出：“可惜，您的话，师傅已经听不到了！”

“什么？您的师傅不就是蒲寿昌先生吗？”沙蒙·亨特奇怪地问。

“不，您误会了，蒲寿昌只不过是我的老板，我的师傅是梁亦清！”

“啊，就是您的合作者？”

“不是合作，我的手艺，都是师傅手把手教的！”

“原来是这样！很遗憾我没有能在梁先生在世的时候见到他，但是能认识您，我也感到荣幸了！请问，您的师傅一共有几位徒弟？”

“就我一个。过去，‘玉器梁’是从不收外姓徒弟的。”

“那好极了，我相信，我们以后的合作将是令人愉快的！”

“跟您合作？”韩子奇并没有听懂这句话的确切含义。

沙蒙·亨特点点头，也不再解释，却转过身去，从柜子上取下一个锦盒，打开盒盖，小心翼翼地取出一个小小的玉件儿：“这件东西，请韩先生过目。”

韩子奇接过来，捧在手中，仔细观看。这是个马蹄铁形的玉件儿，不知是什么器物，圆不合规，方不合矩，厚薄不匀，刀法简单，表面似乎没经过抛光。受过严格技艺训练的韩子奇当然看不上这样的活儿，而且奇怪沙蒙·亨特为什么还要把它作为藏品，就笑了笑，把那东西递回去："这是哪位高手做的？"

"您问我吗？"沙蒙·亨特诡秘地笑着说，"请不要考我，我无法回答！此人并没有像您那样刻上名字，而且已经死去了三千多年……"

韩子奇大吃一惊："三千多年？"

沙蒙·亨特收敛了笑容："您没有看出来吗？"

"没有。"韩子奇老老实实地承认，"您如果刚才不说，我还觉得这活儿做得太糙了呢！您怎么知道这是三千年前的东西？"

"这，我是从玉质、器形、纹饰和制作技巧这四个方面观察的。"沙蒙·亨特说，"据我所知，中国早在距今四千到一万年前的新石器时代，就已经有了玉制的兵器、工具和装饰品，当然，那时候的制作技艺还是很粗糙的；到了商周时代，除了玉刀、玉斧、玉铲、玉钺、玉戈、玉璋、玉璧、玉环、玉觿、玉簪、玉琮、玉璜……还有了单体器形的鱼、鸟、龟、兽面、人首珮等等玉件儿，造型已经比以前精细了。就说现在这一件儿吧，它是我所见到的最早的夔纹玉器，做工上，直道多，弯道少；粗线多，细线少；阴纹多，阳纹少，并且用的是双钩阴线；夔首部分的穿孔，外大里小，呈'马蹄眼'形状。这些，都是商代的玉器特点……"

"这东西，是干什么用的？"韩子奇听得呆了，望着这个还没有半个巴掌大的东西，没想到沙蒙·亨特能说出这么多名堂。

"这是玉玦呀！"沙蒙·亨特拿起那件东西，放在自己的耳朵下面比画着说，"在制作的当时，是作为耳饰的，哈，这么大的耳环！大概古人也觉得它太重了些，秦汉以后就改作佩玉了。不过，我的这块仍然是耳环，因为它毫无疑问是商代的东西！"

韩子奇出神地望着那只小小的"玉玦"，他又看到了那条在心中滚滚流淌的长河，四年来，他一直在苦苦地追寻它的源头！他崇敬地伸出手去，再次接过制作粗糙但历史悠久的"玉玦"，长河的浪花在撞击着他的心，他猜想着，三千年前的祖先是怎样用简陋的工具凿开这条源远流长的玉河……"亨特先生，您能告诉我，我们玉器行第一代祖师爷是谁吗？"他又提出了这个在心中萦绕了四年的问题。四年前，师傅梁亦清没能回答他；他也曾经想请教"博雅"宅的老先生，可惜老先生去世得太早了！

“第一代祖师爷？”沙蒙·亨特遗憾地叹了口气，“这就很难说了，中国的历史实在太长了，在历史上留下名字的人又太少了，尤其是民间艺术家！明代以后，像陆子冈、刘谂、贺四、李文甫等等都还可以查考；明代以前，最著名的好像就是丘处机了，那也只是金、元时代。如果再仔细追溯上去，那么，还可以找到一点蛛丝马迹。根据中国的史书记载，秦始皇帝在得到价值连城的和氏璧之后，曾经命丞相李斯写了‘受命于天，既寿永昌’八个鸟虫形篆字，然后命玉人公孙寿镌刻成‘传国玉玺’。又有：始皇二年，骞消国献给秦国一名叫裂裔的画工，这个人也擅长琢玉，曾经为始皇用白玉雕了两只虎，连毛皮都刻画得十分逼真。这位裂裔和公孙寿就是我所知道的中国最早的琢玉艺人了，但显然他们还不是祖师爷。如果真有一位‘祖师爷’，那就比他们还要早几千年，可惜没有留下姓名！”

沙蒙·亨特没有能够解答他的问题。但是，这已经足可以让他惊叹了：“亨特先生，您有这么深的学问！”他本来想说：您简直是个外国的“玉魔”，但没好意思说出口，担心那个“魔”字让亨特产生误解。

“不，我只是一知半解，”沙蒙·亨特耸耸肩，又有些奇怪地问，“韩先生，您的师傅没有对您讲过这些吗？”

韩子奇脸红了，不是因为沙蒙·亨特伤了他和师傅的面子，而是惭愧自己的无知。作为一个中国的琢玉艺人，竟然不如一个外国商人更懂得中国的玉器，这不能不说是极大的耻辱！

沙蒙·亨特看出了他的愧意，却并没有加以嘲笑，感叹道：“创造历史的人，应该懂得历史！韩先生，请原谅我说一句也许不大恭敬的话：在我的收藏当中，任何一件的价值都要远远超过您所做的宝船，因为它们代表着历史，而历史本身就是无价珍宝！”

韩子奇亲手制作的宝船，刚才还被沙蒙·亨特捧入云霄，而现在却又一落千丈，韩子奇像随着他在长河大浪中颠簸起伏，他并不感到受了侮辱，只是觉得自己懂得太少了，他多么愿意跳出雕虫小技的局限，遨游于那浩浩荡荡的激流！他默默地在那一排百宝格柜子前徘徊，双眼闪烁着如饥似渴的光辉。

沙蒙·亨特跟在他的身后，兴致勃勃地和他一同观赏，十分乐意为他担任这次“航行”的向导：“……商代的双钩线，是琢玉工艺史上的一大成就；周代以后，曲线增多，工艺和造型不断改进，精细程度超过以往，日趋美观；到了春秋战国，已开始使用解玉砂，工具也进一步发展、定型，从开片、做花到上光都有了层次，可惜我这里没有这一时期的实物；这一件是汉代的东西，汉代的大件玉雕，琢工比较粗糙，但小件很细腻，您看这只玉带钩，造型小巧灵活，刀法简洁有力，就是所谓的‘汉八刀’；旁边的这件是唐代的，缠枝花卉图案明显地受到佛教影响，典型的唐代风格；宋元时代的东西，可惜我这里没有，那时的作品也是小件多，大件少，像渎山大玉海是绝无仅有的了；这件青玉镂雕洗子是明万历年间的东西，您看，壶底有‘子冈’二字，毫无疑问是陆子冈大师的作品了。陆子冈所处的时代，高手如云，佳作如林，但那时的东西也有一些微瑕，往往在最后的碾磨阶段求形不求工，未臻完美；清代的琢玉技艺又推向新的高峰，出现了分色巧做和镂空、半浮雕种种琢法，您的宝船正是这种风格的体现。但我手头的这几件清代的东西都不是最好的，我是把您的宝船作为继承清代风格的典型作品收藏的，您这样的技艺，在北京我还没有看到第二个啊！”

韩子奇仿佛从迷雾中走出来，看见了前面的亮光，连声感叹：“惭愧，惭愧！在祖先的遗物面前，我觉得自己还刚刚开始学徒啊！亨特先生，您从哪儿学到了这么深的学问？”

“从中国！”沙蒙·亨特谦逊地说，“中国的文物，中国的艺人，中国的商人，中国的学者，都是我的老师！韩先生一定知道北京有一位‘玉魔’吧？”

“您是说‘博雅’宅的老先生？”韩子奇被唤起了无限怀念之情，原来沙蒙·亨特也是这样崇拜“玉魔”啊！“他是您的老师？”

“是的，”沙蒙·亨特十分景仰地说，“老先生在世的时候，我曾经拜访过他几次，他的学识，他的谈吐，他的收藏，都像大海，我在他面前只不过是一粒尘沙！可惜，老先生过于珍爱他的收藏，许多东西都不肯拿出来见客，更不要说转让了！直到他去世之后，我才想方设法、几经周折买到了他的几样东西，您刚才已经看到了。这，就得感谢我的另一位老师了……”

“他是谁?”韩子奇迫不及待地想知道谁是继老先生之后的另一位“玉魔”。

“蒲寿昌!”沙蒙·亨特微微一笑，“您的老板。”

“他?”韩子奇疑惑地望着沙蒙·亨特，“他并没有学过琢玉啊!”

“中国有句老话：久病成医。蒲寿昌先生见得太多了，这是最好的学习、研究。一件玉器拿在手里，他不借助任何仪器，仅仅用肉眼观看、用手抚摸，就能断代和鉴别真伪。他看玉，从造型、纹饰、技法、玉色、玉质许多方面着眼，并且把握每个时期比较稳定的风格特征，断代很少失误。有些常常被人忽视的细微之处，他决不放过，比如战国的蟠螭纹，有一个重要的时代特征，就是在双线细眉上面有一道阴刻线，若隐若现，如果看得粗心就容易忽略。蒲先生的眼力，恐怕琢玉多年的老艺人也未必能比啊!”

“哦……怪不得!”韩子奇对蒲寿昌也叹服了，“可是，在汇远斋里，我很少听到他的这些谈论，也很少见到柜上有古物啊!”

沙蒙·亨特笑了：“货卖识家，蒲老板最重要的买卖并不是在门市上做的！比如这件商代玉玦，”他转过身去，又走到摆在柜子中的那块“马蹄铁”形的玉器前面，“就是在他家里买到的，而他，又是从‘博雅’宅的子孙手中以极低的价格买来的，当时一共有三件……”

“三件？您都买下来了?”

“很遗憾，没有。当时有几位美国的、法国的、意大利的朋友，都慕名去看那三块玉玦。蒲老板旁征博引，证明是商代玉玦无疑，我和朋友们一致同意他的推断，并且估价每件五万元，三件嘛，就是十五万了……”

“十五万?”韩子奇听到这个数目，忍不住惊叫起来。

沙蒙·亨特却不动声色地接着说：“当时，我们好几个人都想从蒲老板手中把东西买下来，可谁也没料到蒲老板说，他只卖其中一件……”

“剩下那两件呢？他自个儿留着?”

"不，毁掉！他当时就抓起了两件，'啪！'摔在地上，变成了碎片！"

"啊！"韩子奇仿佛心脏被人摘下来摔裂了，"为什么？"

"为了钱！"沙蒙·亨特从肺腑中发出了一声叹息，说，"他毁掉了那两件，剩下的这一件就成了无与伦比的珍宝，身价立时猛涨，最后我以五十万的高价买到了手！"

韩子奇惊得张着嘴，半天都没出声儿。蒲寿昌那张高深莫测的脸浮现在他的面前，那张脸，是那么地可敬、可怕而又可恨！

沙蒙·亨特冷静地观察着韩子奇，等着刚才那番话的反应。他相信，金钱对任何人都会有强烈的诱惑力，当一个人被这种诱惑力所驱使时，聪明才智和计谋胆识才能得到充分的发挥。

韩子奇呆呆地站在陈列着稀世珍宝的柜子面前，躁动不安地攥着两只被汗水浸湿的手。

沙蒙·亨特认为他等待的时机已经成熟了。他盯着韩子奇的脸，一双淡蓝色的眼睛闪闪发光："韩先生！您没有想到，被蒲寿昌先生打碎的那两块玉玦还可以复原吗？"

"复原？碎玉怎么能复原？"韩子奇根本没有想到，也根本不相信有这个可能。

"怎么不能？通过您的手！"沙蒙·亨特激动地指着他。

"我的手？"韩子奇茫然地伸开那双汗湿的手。

"照现存的这件仿制，做得一模一样！"沙蒙·亨特终于点出了他的目的，"这样，对我，对您，都是一件非常有意义的事情！"

"造假？"韩子奇吃了一惊，几乎不假思索，回答道，"奇珍斋没卖过假货，这种缺德的事儿，不能干！"时至今日，他仍然恪守着已经不存在了的奇珍斋的店规。

沙蒙·亨特眯起眼睛，端详着这个年轻人。"您是一个诚实的人。不过，我并不是让您去造假，去行骗，而是仿制文物，您可以刻上自己的名字，让天下人都知道这是仿品。因为原件极其稀有，极其珍贵，即便是仿品也价值不菲。不知道您有没有兴趣？"

"您已经没有理由拒绝我。"看着默默不语的韩子奇，沙蒙·亨特微笑道，“我之所以选中您作为我的合作者，除了您的非凡技艺，还有：我发现您和蒲寿昌先生并不是一条心！我说得对吗？朋友！”

韩子奇的心中，像海面上风暴骤起，浪花冲天。他似乎感到，一直在等待的这一天，就要到来了！

“亨特先生，谢谢您把我当成朋友。至于合作，请您原谅，现在还不是时候，您再等我两年，咱们后会有期！”

两年之后，在汇远斋忙里忙外、既做活儿又照应买卖的韩子奇突然向蒲寿昌提出：原来为做宝船而约定的三年期限已满，宝船早已交活儿，他该走了。

蒲寿昌大吃一惊，阴沉着脸说：“什么？走？你……你这个忘恩负义的东西！当初梁亦清对你那么好，他一死，你翻脸不认账，就急着投靠我；我瞅着你可怜，才收留了你，没想到，到头来你又对我来这一套？我真后悔当初瞎了眼，没看清你是个反复无常的小人！人，得讲良心啊，这三年里头，我没有亏待你吧？想走就走？不知道汇远斋的规矩吗：‘只许东辞伙，不许伙辞东’！”

韩子奇却出人意料地平静，一双清澈的眼睛望着蒲寿昌说：“师傅，您对我的恩典，我一辈子也忘不了！三年的饭钱，我用宝船、用三年干的活儿还清了；我本来就是只答应为您做一件宝船，求您给我一碗饭吃，并没有卖给您终身为奴啊！您要留我，也行，可有两条：第一，您把宝船拿出来，指出我哪儿做得有差错；第二，您把咱们的师徒契约拿出来，重订还是再续日子，都可以商量。我以后的月薪多少，您也说个数！”

蒲寿昌被他问得无言以对。宝船，早已在沙蒙·亨特之手，钱货两清，不能自己再闹反复；至于师徒契约，根本没有！蒲寿昌这个精明盖世的商人怎么偏偏留下了这样的疏漏？唉，利令智昏，三年前，他完全被贪心给弄糊涂了！现在，眼看着韩子奇要讹他，要像正规出师的学徒那样理直气壮地领一份月薪，哼，你配吗？一个半拉子臭匠人，买卖行里的事儿你还一窍不通呢！

“滚！”蒲寿昌大吼一声，了却了说不清道不明的旧账，断绝了这一段莫名其妙的“师徒”情谊，“韩子奇，你做得太过分了，天不能容你！”

韩子奇出了汇远斋，大步流星地扬长而去。

现在，他又成了一个身无分文、无家可归的人，但是觉得像腰缠万贯那样踏实，他已经不是六年前的流浪儿了，也不是三年前的小艺徒了，他有足够的能力、足够的勇气走自己的路了。

他没有钱雇洋车，徒步从琉璃厂往东，进延寿寺街再往东拐，沿着过去走过的路，直奔一个他永远也不会忘记的地方，那里，有他日夜牵挂的师娘和两个师妹！三年来，他虽然得不到机会去看望她们，却时时刻刻把她们记在心里！现在，他又回来了……

奇珍斋琢玉坊已经改成了茶水店，端着一摞碗的玉儿正要招呼这位急匆匆赶来的客人，韩子奇伸手抓住了她的胳膊，激动地叫了一声：“玉儿，师妹！你长高了……”

玉儿惊喜地望着他，“啊？奇哥哥！”一声催人泪下的呼唤，把一摞碗全扔了，摔碎了！

姐姐璧儿手里提着茶壶，闻声从里边出来，猛然看见韩子奇，她的两眼就忍不住冒火：“你来干什么？我们不认得你！”

两串热泪从韩子奇的眼中滚落下来，他深情地望着这印留着无数记忆的旧居，望着像仇人似的璧儿，说：“我回来了，永远也不走了，这儿是我的家啊！”

“哼，你的家？这儿没你的地儿！你算什么东西？是我们家的‘堵施蛮’，是蒲寿昌的狗！奇珍斋毁就毁在你们手里！”璧儿杏眼圆睁，发出愤怒的呐喊，这个年仅十八岁的弱女子显示了震慑须眉的血性，“你睁眼瞅瞅，梁家还没死绝呢，仇，还没报呢！”

“师妹，君子报仇，十年不晚！”韩子奇的心中仿佛巨浪冲腾，“师傅‘无常’的时候，是睁着两眼走的，他死不瞑目！为什么？”

“你说为什么？宝船、宝船！”璧儿的两眼在冒火，在喷血，“宝船毁了，奇珍斋也毁了！”

“我就是为这个走的，也是为这个回来的！这三年，我替师傅把宝船做成了，洋庄买卖也摸着门道了。现在，我要把奇珍斋的字号重新打起来，要让世人知道：梁老板的家业没垮，他还有女儿呢，还有徒弟呢！”

璧儿愣愣地看着这个变得无法理解的韩子奇。不，他没变，他还是当初的奇哥哥，是她的奇哥哥又回来了！一瞬间，她突然明白了师兄三年前离开奇珍斋的古怪举动，明白了他这三年的苦心！喜悦和愧疚同时猛烈地撞击着少女的心，热泪夺眶而出：“奇……奇珍斋，我们的奇珍斋，还有这一天啊！”

“当然有！”韩子奇那宽阔的胸膛剧烈地起伏，那里边跳动着一颗怀有远大抱负的心。他夺过璧儿手里的茶壶，扔在一边儿，“别卖茶了，以后的奇珍斋也不开琢玉作坊了，咱要做像汇远斋那样的大买卖，跟姓蒲的比试比试！”

璧儿的脸上终于绽开了笑颜，三年来那种无依无靠的空落落的感觉烟消云散了，韩子奇的男子汉气魄，使她看到了足以托付一切的力量。她没想到师兄的心胸竟然有这么大！“师兄，可咱们……没有钱啊！”

“不要紧，钱是人挣的！我有趁钱的朋友先帮咱们一把，转眼就能见利，我不是还有两只手嘛！”韩子奇伸出一双大手，攥起拳头，骨节儿“咯嘣咯嘣”地响，他相信这双手可以创造一切，能够摘下来天上的星星、月亮！

璧儿动情地抚摸着师兄的手，啊，这双粗糙瘦硬的琢玉人的手，多像父亲的手，却又比父亲的手更有力量！突然，一股羞涩感烧红了她的面颊，这是一双男人的手啊，师兄毕竟不是父亲，也不是哥哥！她缩回了自己的手，喃喃地说：“师兄，你不能光顾了我们，往后，你自个儿也得……成家啊！”

“我？”韩子奇觉得这话说得真奇怪，“奇珍斋就是我的家啊！”

“奇哥哥！”璧儿轻轻地叫了一声，心中的激情使她不能自已，扑在韩子奇的肩上，“奇哥哥，我帮着你干！你……你娶了我吧！”

第六章 月明

新月：

当我给你写这封信的时候，难以抑制心中的激动之情。多年来，我很少这样，生活当中，似乎很少有什么事情能让我大悲大喜，我对一切都已经习惯了。几乎从童年时起，我就不知道什么叫欢乐。还没有来得及享受父爱和母爱，就长大了。在家里，早早地分担父母的烦恼，我听惯了他们对生活的抱怨，看惯了他们彼此都把对方当作发泄的对象，甚至波及子女。我原以为所有的家庭都是这样，其实不然。有一位外国作家说过：幸福的家庭都大同小异，不幸的家庭则各不相同。这是我最近才懂得的。我正是生在一个不幸的家庭，我的父母都是弱者，互相发泄是弱者对付不幸的唯一手段。我是一个不幸的人，但我不相信自己是个劣等的人，我也有摆脱不幸、争取幸福的权利，正因为这样，在命运的考验面前，我才敢于和你攀比，相信属于我的一切，我都应该得到，也能够得到。但是，我还是错了。有人曾经给我算过命，说是：奇奇海市，缈缈蜃楼，一派佳境，却在浪头。说得真是太准了！我正是在满怀希望地向蜃楼飞去的时候，被迎头大浪打了下来！

我在激流和旋涡中绝望地挣扎，这时候，向我抛下救生圈的，是你——我的朋友，和你的父母！那个星期日丰盛的午宴至今还温暖着我的心，你知道，我并不是陶醉于那一顿美餐，而是被你们的盛情所感动，从你们身上，我感到人间并不是冰冷的，人和人还有美好的情感！和蔼可亲、令人尊敬的韩伯伯、韩伯母那样关心我的前途，甚至超过了我的父母！新月，你有这样理解人、体贴人的双亲，有这样和谐、美满的家庭，真是个幸运儿，真让我羡慕！

现在，你正在全国最高学府深造，那里聚集着全国青年的精华，你作为他们当中的一员是当之无愧的！新月，当你在敞亮的讲堂聆听名师授课的时候，当你在学术之路不懈攀登的时候，也记着你的朋友吧，我陪伴着你，你代表着我，就像我们当初说过的一样！

明天，韩伯伯还要再去文物商店催我的事儿，我等待着他带来好消息。你看，我又在幻想未来了，但愿我的面前并不总是海市蜃楼！

祝你

前途无量！

你永远的朋友　　淑彦

新月手里托着饭盒从食堂里出来，一边走一边迫不及待地看这封刚刚收到的信。偌大的燕园，到处都是学生食堂和教工食堂，而清真食堂却只有这一个，藏在勺园之南、燕南园之北的“二院”背后，既小且旧，供占全校人数极小比例的穆斯林就食。餐厅地势很低，遇雨就积满了水，很少有人在这里吃饭，总是装在饭盒里带走，各找地方。食堂门口的小路好像从来就没有修理过，是穆斯林们自己踩出来的。与校园中四通八达的柏油路不同，这条路至今裸露着黄土，高高低低，坎坎坷坷，留着穆斯林的足迹，晴天飞尘，雨天泥泞。秋风吹散落叶，飘在土路上，踏过去发出窸窣的响声。新月读着信的开头部分，心头觉得一阵凄凉。上中学的时候，陈淑彦的作文并不是最好的，可是这封信却写得让人动心，那是因为她有真情实感。上个星期日，陈淑彦应邀到“博雅”宅来吃饭，大家都沉浸在欢乐之中，她也并没有流露出这种伤感与幽怨。现在从她的信里，则明显地感到她在抱怨命运的不公平，这是新月从不敢当面和她谈及的问题。但是，新月想到班上的谢秋思，听班长郑晓京透露，她的父亲是上海有名的大资本家，开一个什么印书馆，现在还拿定息。这样的出身不是比陈淑彦还要差劲吗？可她还是照样考上了北大，郑晓京还暗示同学们不要歧视她，要“体现政策”。那么，陈淑彦呢？也许是因为她爸爸那个“小业主”太“小”了，如果索性当个资本家、大资本家，倒反而令人不可轻视？……对于这个颇为深奥又无处请教的问题，新月自然没法儿回答，只能归咎于命运了，陈淑彦自己不也相信她那“奇奇海市……”的命运吗？……

她看着信，心情像随着陈淑彦在风里浪里颠簸，一会儿被抛进水底而几乎窒息，一会儿又露出水面看见了希望，处境不同的朋友，也会有共同的喜怒哀乐！直到看完最后几行，她才觉得心头稍稍平稳了。她为了陈淑彦而感谢自己的父母，希望淑彦能够如愿以偿，并且保持这种通家之好，不然，环境的变迁会使朋友疏远以至离去的，她永远也不愿意失去淑彦！淑彦的羡慕和勉励好似在她的背上加了一鞭，她在心里说：淑彦，我不会使你失望；我不仅“代表”着你，还“代表”着我哥哥呢！过去，我们回族人在某些人眼里只能靠经商糊口，上大学的、成为学者的，太少了，似乎我们不能、不配！哼，让这种偏见成为历史的陈迹吧！

回到二十七斋门口，正碰上谢秋思从宿舍里出来，手里拿着一听凤尾鱼罐头。新月不经意地往楼前一瞥，果然看见上海籍同学唐俊生在松树底下等她，手里托着两个饭盒。从到校第一天起，谢秋思和唐俊生就并不避讳他们的同乡之谊或者还有更深一层的关系，课余时间常常形影不离，连吃饭也是一块儿来一块儿走，买了饭就到校园里找个僻静的地方吃。

谢秋思朝新月点头笑笑就过去了。新月回到宿舍，只有罗秀竹一个人在，正趴在方桌上吃饭。

“郑晓京呢？”新月随便问问。

“Monitor?”罗秀竹笑着说，她喜欢以职务称呼郑晓京，而且还尽量把这个英语单词念得很富有语感，其余的话就只好用混合着湖北腔的普通话了，“不晓得她是到楚老师那里，还是到男生宿舍去了？人家在吃饭时间还要‘做工作’！”

新月并不理会她这话里到底含的是褒还是贬义，就攀上自己的床铺，坐在上边吃饭。

罗秀竹那张闲不住的利嘴却不甘心只用来吃饭，还接着往下说：“我们 monitor 可真会团结人噢，尤其是对男生，慷慨得很，端着饭碗，拨给这个一点，拨给那个一点，好像救苦救难的观音菩萨，她一个人可以养活大家！这一位呢，”她用筷子指指上铺，“恰恰相反，小气得不得了，刚才偷偷摸摸拿了个鱼罐头出去，好像还怕我看见，连句客气话都不敢讲！哼，我们在长江边上长大的人什么鱼没有吃过？鲜鱼都吃腻了，连武昌鱼都是家常便饭，谁还稀罕她那小小的凤尾鱼！啧啧……”她扒拉着不见荤腥的饭盒，却大过“精神会餐”的瘾，恐怕也只是瞎吹。如今哪儿有那么多的鱼吃？借此撒撒气罢了。

新月由于民族生活习惯的不同，自己总是单独吃饭，从不留意同学们在吃饭问题上哪个大方，哪个小气，没有切身体会，本不想加以评论，但看罗秀竹还为此大做文章，便笑笑说：“也许就是因为你不稀罕，人家才不跟你客气。”

“去！她是不舍得，上海人就是这么小气！你不相信？”罗秀竹却越说越来劲儿，索性放下饭盒站起来，拿着筷子比比画画，“我中学时候的代数老师就是上海人，我亲眼看见的嘛！有一次，她家来了客人，一见面，女主人简直热情得不得了：‘喔哟，侬来哉！阿拉屋里厢为了迎接侬这位贵客，早浪厢四点钟就到市场上排队买小菜！’你以为她要摆什么盛宴？唏！等到吃饭的时候就领教了，桌上倒摆得不少，小碗小盘比酒盅大不了多少，菜可怜得像猫食，两块豆腐干也算一盘，一小撮豆豉也算一盘，几条笋丝也算一盘，还挥舞着筷子连连叫人家‘勿要客气，勿要客气’！一会儿，好容易端上来一只热腾腾的鸡，客人还没动手，女主人先拿筷子夹一块尝尝，”罗秀竹煞有介事地即兴表演，就手用自己的筷子在差不多已经吃光的饭盒里比画，

"'喔哟，糟糕，呒没蒸透！清蒸鸡火候不到，腥得咾！'笑嘻嘻又对客人说：'对勿起，等一息噢，阿拉再去蒸一蒸，侬慢慢吃！'就端回去了。哪晓得黄鹤一去不复返，直到客人吃完了饭，也没有再看见'阿拉'这只鸡的影子！"

罗秀竹连说带表演，声情并茂，绘声绘色，活灵活现，把上海话模仿得竟有几分谢秋思那嗲里嗲气的韵味。她说的这段单口相声且不管是亲眼所见还是纯属艺术虚构，却已使新月忍俊不禁，几乎喷饭！

笑声正要随之而来，恰恰这时候谢秋思拿着空饭盒推门进来！新月急忙掩口，低头强忍住笑继续吃饭，罗秀竹却张口结舌地愣在房间中央，手里做道具用的筷子还举在半空，手一松，"哗啦"掉在地上！

"讲啊！怎么不讲了？"谢秋思冷冷地问。

罗秀竹不尴不尬，没法儿下台，只好讪讪地为自己圆场："讲完了！我刚才给她讲了一段家乡的野史，说的是猛将张飞奉军师孔明之命，做了当阳县令……"

"算了，勿要做戏了！"谢秋思瞟了她一眼，从她身后走过去，爬上自己的床。其实，谢秋思刚才已经在门外听到了罗秀竹的表演中最后也是最精彩的段落，此刻便要报复，居高临下地坐在上铺，索性颇有优越感地用上海话说："侬格表演交关精彩！可惜侬是个乡下人，不然可以进阿拉上海格滑稽剧团做丑角！"这话说得相当刻薄了，罗秀竹连做"丑角"的资格都没有，因为她是"乡下人"！见罗秀竹接不上话，谢秋思又乘胜追击，高傲地说，"Miss 罗，侬格语言天赋蛮灵格嘛，用到课堂浪厢去好勿好？免得一上英语课，老师提问一问三勿知，立嘞浪像支棒冰！"

这一下击中了要害！罗秀竹的中国文学、政治、世界历史以至体育，"门门功课都 good"，最怕的就是英语，而不幸英语又是主课！班上的同学，无论男生、女生，绝大多数都是从中学就学英语的，而且都是各地选拔出来的尖子，唯独她是"俄转英"。虽然一年级第一学期从语音开始，但别人已是轻车熟路，烫烫剩饭而已，她却等于是学童发蒙，格外吃力。楚老师上课全用英语讲课，她如同听天书，直发愣，楚老师才不得已夹杂了汉语，反复讲解发音要领，几乎仅仅为了照顾一个罗秀竹。这就使得一些急于赶进度的同学如谢秋思、唐俊生……为之侧目，嫌罗秀竹拖了大家的后腿。现在，哪把壶不开，谢秋思专提哪把壶，揭了罗秀竹的短，得意地笑了。罗秀竹气得脸色发紫，却无言以对，刚才还谈笑风生的那张利嘴失去了用武之地，憋了一阵，突然“哇”的一声，趴在桌上委屈地哭了起来。

这局面让旁观者新月感到为难，本来罗秀竹背后说说笑话也未必有多少恶意，谢秋思杀的这个回马枪却太狠了点儿。新月朝对面的上铺摆摆手，谢秋思也就不再言语，稀里哗啦翻腾自己的东西。

罗秀竹却哭个不停。

郑晓京回来了，进门一愣：“嗯？罗秀竹，闹什么情绪啊？刚到北京两个月就想家了？”说着，放下自己的饭盒，扶着罗秀竹的肩膀，像个大姐姐似的安慰她，“学校就是家嘛！”

这么一劝，罗秀竹反倒真的想家了，哭得更凶：“我要回家！我……根本就不该来，我不是学英语的材料！”

郑晓京明白了，和颜悦色地说：“说什么傻话？遇到困难就当逃兵？这可不是革命者的态度！我们谁也不是天生就会说英语的，在游泳中学游泳嘛！功课跟不上，同学们可以帮助你，今天下午没有课，要不我就……可惜还有一个会……”

“我帮她复习，我们俩说好了的！”新月说。

“那好！罗秀竹，别哭了，啊？”郑晓京拍拍她的肩膀，就走到自己床边，从枕头底下拿出一个小本子，又匆匆走了，她老是那么忙。临走还回头对这三位又说了声，“注意劳逸结合，晚上都到礼堂看电影去！”

郑晓京走了。罗秀竹抹着眼泪，弯下腰去捡刚才掉在地下的筷子，她饭盒里的残局还没收拾干净，也无心再吃了。

谢秋思换了一身新衣服，从床上爬下来，嘴里嘟哝着：“哼，只会吃饭，功课勿来事，还不如人家少数民族来得个灵！”一摔门，走了。

“你……资产阶级，才专门讲吃、讲穿、讲享受！”罗秀竹等人家走了才找到了词儿撒她胸中的窝囊气。

“罗秀竹，别说这种话！”新月从床上下来，把空饭盒放在方桌旁边属于自己的抽屉里。她本想像郑晓京那样给罗秀竹讲一点儿大道理，“一个人的出身是不能选择的……”之类，但是她讲不出来。谢秋思身上的那股自视高贵的凌人之气，不仅针对“乡下人”罗秀竹，而且把她也捎带着扫了一下，听听那语气：“还不如人家少数民族来得个灵”，什么意思？谁都听得出来，“人家少数民族”指的是韩新月，因为在这个班里少数民族再没有第二个人。这句话表面上是贬损罗秀竹“功课勿来事”，赞扬韩新月“来得个灵”，而弦外之音却是，罗秀竹连她都不如，也太没面子了，好像韩新月本来应该排在罗秀竹后面才正常，这是什么逻辑？

谢秋思当面撂下这样的话，显然并不想回避韩新月，甚至是有意说给她听的。新月每个字都听得清清楚楚，刺着她的耳膜，刺着她的心。她不明白，自己为什么会招来谢秋思如此的嫉恨？扪心自问，挚爱英语专业是她的天性，甚至在高考的时候都没有填写第二志愿；努力学习是她的本能，从来也没想过这会给别人造成什么威胁和伤害，更不会想到谢秋思会以这种方式对她报复！

现在，任何大道理都不能表达新月的情感，她要说的只能是她心中非说不可的话：“罗秀竹，你可要争气啊！如果别人一说你不行，你就回家不干了，那恰恰证明你真的不行！你难道就这样无囊无气吗？回去有脸见江东父老吗？”

“我哪里想真的回家？”罗秀竹刚刚擦干的眼泪又冒了出来，“我离开家的时候，爸爸送我上船，千叮咛万嘱咐：‘竹妹子，莫想家，把书念好！我家祖孙八代，才出了你一个大学生！’我不能回去，好歹要拿到毕业文凭！可是，还有五年呢，好难熬啊！”

“怎么能说是‘熬’？上大学是我们争得的权利，来之不易，要珍惜！你们家乡的人一定很羡慕你，好多像你一样大的‘妹子’都没有你幸运，你要想着她们，好像她们都站在你背后，眼睁睁地看着你，你是替她们大家来上学的，没有理由学不好！”新月对罗秀竹说。其实，她也是在对自己说，她心里想的是陈淑彦和过去的许多穆斯林同学。

“这道理我不是不懂得，可就是……唉!”罗秀竹懊丧地拍着自己的脑壳，两根短撅撅的小辫子支棱着，好像也在跟着她怄气，“人家说：‘天上九头鸟，地下湖北佬’，可我这‘九头鸟’硬是学不会英国话!”

罗秀竹的自嘲自讽，并没有使新月觉得好笑，相反，倒感到悲哀，“任何地区、任何民族的人都不会是天生的劣种，更不应该自己看不起自己。你把自己看成黄土，就没人把你当黄金！最要紧的是自尊，自爱，加强实力，让实力说话，哼，有本事就比一比好了!”

罗秀竹胆怯地望着她：“比英语？你当然敢和他们比，我不行，我脑壳笨、舌头笨……”

“你哪儿笨啊？过去能学好俄语，现在也一定能学好英语！你的舌头很灵巧啊，学什么像什么，连谢秋思都不得不承认你很有语言天赋！……”新月不觉又提起了刚才的事儿，怕罗秀竹不高兴，就停住了。

不料罗秀竹不但没生气，反而“咯咯”地笑起来：“是吧？她不能不佩服，我学上海人请客，是够传神的吧？”

这个有口无心的小“九头鸟”啊!

新月又好气又好笑：“那就把你的语言天赋用到学英语上吧！这也是谢秋思说的。”

“我记住了。”罗秀竹说，“将来我要是真的学好了，还得感谢她的鼓励呢!”

这话又听不出是正话还是反话了，也许她是在暗暗地立志吧？但愿她不像针线荷包那样，怎么刺都无所谓。

新月坐在她旁边：“请拿出你的书，现在开始复习!”

“Thank you!”罗秀竹像在老师面前那样，顺从地取出英语课本、笔记本，准备“上课”，并且不甘寂寞地用英语向新月的热心帮助表示感谢。

“对，一边学，一边用，会一句就用一句，会得多了，就能说大段的对话了，要大胆地进行口语练习，这是楚老师说的!”新月知道她爱听赞扬，就先鼓励一番，然后说，“你在语音方面的问题，其实就是有少数几个音发得不准，比如你刚才说的‘thank you’，开头的‘th’就没念好。‘th’一共只有两个读音：〔ð〕和〔θ〕，在这里发〔θ〕音……”

“〔θ〕!”罗秀竹跟着她念，仍然没有念准。

“不对，不要发‘嘶’的音！注意发音要领：舌尖轻轻地接触上齿背，让气流从舌头和牙齿之间的窄缝里挤出来，发出舌头和齿背的摩擦音。舌头要往前伸一点儿，看着我!”新月为她示范。

“哎呀，这个音真讨厌！为什么一定要吐舌头呢？挺难看的!”罗秀竹屡试不成，感到为难。

新月笑笑：“你不要用中国人说汉语的习惯来‘纠正’英语，每一种语言都有它自己的规范语音，彼此不能代替。如果外国人学汉语，读‘丝绸’‘桑树’这种词儿的时候吐着舌头，我们一定会觉得很好笑，像是天生的‘大舌头’；反过来，我们学人家的语言，就得按人家的标准，读‘th’的时候就非吐舌头不可，不然，人家也会觉得好笑。楚老师不是说过嘛，这个音发不好，就一辈子不会说‘thank you’……”

“那我就一辈子不说‘谢谢’，不感谢任何人!”罗秀竹赌气地说。

“嗯？这倒够绝的！可是，还有很多词儿里都发‘th’的音，你能都躲开吗？像‘that’‘this’‘these’‘there’‘they’‘three’‘thing’等等都是‘th’开头的，又都是最常用的基本词汇，你能遇到这些词儿就跟人家打手势、说‘哑语’吗？再比如你吃饭、说话的‘mouth’(嘴)，也是‘th’结尾的，要是也躲开它，那就连‘嘴’也张不开了!”

“啊?!”罗秀竹张口结舌，“那可受不了，人活着，不能没有mouth啊!”

“好极了!”新月高兴地指着她的嘴，“你这张嘴是很可爱嘛，刚才的‘mouth’就把发音念准了!”

“是吗?”罗秀竹兴致大发，“我念准了?”

“Yes，very good！(是的，很好!)”新月说，“再来一遍！记住发音要领！往前伸舌头!”

罗秀竹试着再说，那舌头却又躲躲闪闪，发音不准了。

新月起身从自己的枕头底下拿出一面小镜子，递给她：“看着自己的 mouth，读[mauθ]！注意舌头！”

罗秀竹接过小镜子，全神贯注地看着自己的嘴，那样子竟像是个摩登女郎在搽口红！“[mauθ]……[mauθ]……”她把全身的力气都用在“嘴”上了……

“Excellent!”新月盯着她的嘴说。

“你说什么?”罗秀竹没有反应过来。

“我说你做得非常好!”新月笑着说，“这个单词你还不会，我来教你，‘excellent’就是非常出色的意思。”

“非常出色?”罗秀竹疑惑地问道，“那不是‘very good’吗?”

“英语的同义词、近义词也很多，想表达一个意思有很多方法，”新月耐心地给她解释，“其实，英国人在生活中也不是只会说‘very good’，就像咱们说汉语，也不是总说‘好极了’，还有‘好’‘不错’‘太棒了’好多种说法儿，英语里的‘good’‘well’‘great’，还有刚刚教给你的这个‘excellent’，虽然语义相近，但是层次不同，我们都应该掌握。来，现在再说一遍刚才那个‘mouth’，这次不许看镜子。”

罗秀竹调整了下呼吸，生怕刚才努力的成果再丢掉了，小心翼翼地张开嘴：“mouth!”

“好极了!”新月满意地拍了拍巴掌，“这个音，你已经 pass(通过)了!”

罗秀竹像是得到了极大的荣誉，红扑扑的脸上现出了光彩：“这么说，英语也并不难学啊！为什么我在课堂上两个月都没学会发这个音？楚老师还不如你教得好呢!”

“你瞎说什么！我怎么能跟楚老师比?”新月微微一笑，这个罗秀竹，一会儿自卑得不得了，一会儿又胡吹一气，你哪儿知道，不仅是你，也包括我，对英语都是刚刚入门啊！不要只在沙滩上听到涛声就忘乎所以，在我们的面前，是无边无际的大海！“罗秀竹，其实这些最简单的、最初步的东西，楚老师都给咱们反复讲清楚了，大概还是因为你胆子太小，不敢在课堂上当着大家的面儿练习，怕别的同学笑话。本来你就比别人基础差一些，自己再往后缩，就‘欠账’越来越多了。楚老师不是说过吗：‘不怕慢，就怕站’，你可千万别‘站’!

努一把力，赶上去！你看，摩擦音〔ð〕、[θ]不是攻下来了吗？”

“Thank you，这要谢谢你呀！”罗秀竹把刚才发誓不说的话又说了出来，不过，她这次说得好多了。一边说着，一边站起来，朝新月恭恭敬敬地鞠了一躬。这有些滑稽的举动绝不是在开玩笑，而是真诚地感谢新月帮助她摆脱了或者说开始摆脱困境，使她有可能在谢秋思和许多同学面前直起腰来，也不必一上英语课就害怕楚老师提问了。这一躬，意味着她向昨天告别，向自卑和屈辱告别……

望着若有所思的罗秀竹，新月的心情也并不平静，她感到自己肩头的压力也不比罗秀竹轻松多少。五年的时间，将是一场路途遥远的马拉松赛跑，每个人都要经受耐力和意志的考验，争夺仍然是激烈的，名次是无情的。从小学到中学，她都是班上的第一名，现在进了大学，能不能保持这个地位，还很难说。将要来临的期中考试，就是全班新生第一次较量，实际上同学们已经在不宣而战，各自暗暗发愤。像谢秋思，别看她在为人处世上不大合群，有些小毛病让人背后议论，对待学习却相当勤奋，每天都早早起床到未名湖边去背英语，新月常常和她不期而遇。她像是很“笃定”地要夺魁呢！而新月则是决不甘心屈居第二的，她要让谢秋思的名字排在她的后面，尝一尝“还不如人家少数民族来得个灵”的滋味儿！

新月的思绪又像扬帆奋桨的船儿似的飞远了。罗秀竹却伏案埋头，一边念，一边写，神情认真得不得了。

“你在写……你写的是什么呀？”新月听着她口中念念有词，又断断续续，就扫了一眼罗秀竹的笔记本，那上面有图画，有英文，又有汉字，密密麻麻，像一本英汉对照的“看图识字”。

“这是我的笔记，你看不懂！”罗秀竹发觉新月在看她，连忙用手捂住本子。

“噢，有什么秘密吗？”新月倒被她的这一捂撩起了好奇心，俯下身去非看不可，“你不是在写……什么什么书吧？”她的意思是指“情书”，也很想窥探别人这方面的秘密，却又不好意思说出那个词儿。

“嗨，我又不是谢秋思！”罗秀竹叹息着，索性把手挪开了，“你看好了，我记的都是语音！”

罗秀竹没有撒谎，她刚才写的就是“thank you”，在旁边画着一张嘴，露着牙，牙缝儿里还用红铅笔画上一点舌头尖儿。“唔，你这样记，也是个办法。”新月感到罗秀竹的确在用心学。可是，再看下边，却发现英文底下注着一行汉字：“三克油。”

“这就不行了！”新月指着这行汉字说，“‘三’和‘than’发音是不一样的，没有任何一个汉字能代表这个音！学英语的时候最好把母语忘掉，不要用汉语的发音方法去读英语，更不能用汉字注音，这样就容易念歪了，以后改都改不过来！”

“啧，”罗秀竹又烦恼了，“我不让你看，你偏要看，结果把我的辛勤劳动都否定了！我是没有办法的办法，这是我的拐棍儿，离了它不好走路，我一直是这样记笔记的！”

“这个拐棍儿，恐怕要误你的事儿的！”新月伸手拿起那本笔记本，往前翻翻，尽是这玩意儿。

罗秀竹茫然地望着她。

“这又写的是什么？”新月翻到一页，停住了，手指着其中的一行，问罗秀竹。

“这……这是我记的日常用语‘明天见’啊！”罗秀竹说。

“啊？这是‘See you tomorrow’？”新月读着罗秀竹写的那一行汉字，无论如何也忍不住要放声大笑了！

罗秀竹的笔记本上，端端正正地写的那一行汉字是：“谁又偷猫肉”！

夜幕降临了秋色浓重的燕园。

未名湖北岸，并列着雕梁画栋的德、才、均、备四座“斋”，是教工宿舍的一部分。备斋中，西语系英语专业一年级班主任楚雁潮的房间，锁着门。他并没有去礼堂看今晚的电影《父与子》，下午到燕东园看望他所敬重的严教授去了，现在刚刚从那儿回来。

严教授是他的恩师，他是严教授最喜欢的学生。自从他进了北大，五年读书、一年见习，直到今年的任教，一直在严教授的手下。老师对他简直像一位父亲对待儿子，或者说他在老师的身上才认识了

“父亲”的含义：爱得那么深，教得那么细，管得那么严。“一日为师徒，终生如父子”，老师对学生的一生所起的作用，实在比父母还要重要。严教授二十世纪二十年代毕业于牛津大学，回国后一直致力于英语教学，不知培养了多少学生。至今楚雁潮的学生还是他的学生，使用他主编的教材，由他来主讲，楚雁潮做他的助教。严教授的口、笔语都是第一流的，他本来可以在译著上取得相当高的成就，早年也曾有一个庞大的译著计划，却由于几十年的教学而耽搁下来，直到晚年仍难得余暇。因此，楚雁潮尽量让自己多承担一些工作，严教授的一整套教学体系，他也已经驾轻就熟了，老师完全信任他。渐渐地，授课基本上由他独立进行，他只需在每个教学单元向老师做一些汇报、求得一些指点，就可以了。他希望这样能为老师挤出在晚年愈加珍贵的时间，再留下一些译著。但现在严教授已经力不从心，年迈多病，视力衰退，连看书写字都很困难。刚才楚雁潮去看望他，他就连连哀叹：“唉！人生苦短，我恐怕连秉烛夜游都来不及了……”

一想到老师的这句话，楚雁潮的呼吸和步伐都加快了。

他从南大门走进燕园。晚饭的时间已过，校园里很安静，路灯下几乎看不到行人。他想，可能大家都到礼堂看电影去了。他本来也很想看一看《父与子》，他对这个命题怀有难以言说的复杂情结，可惜，他没有这个时间，他有比看电影更重要的事。

他沿着这条通往未名湖的路往北走，这条路很长呢！

经过二十七斋的楼前，树木掩映的二十七斋，绝大多数的窗口都关着灯，只有几个亮着。现在还刚刚八点多钟，不到熄灯就寝的时间，噢，不是有电影吗，许多人可能都看电影去了。他下意识地看了看一个临路的亮着灯光的窗口，发觉那正是他们班女生的宿舍。怎么？这几个女生都不去看电影，还在灯下用功，准备期中考试吗？其实，不必这么紧张，同学们多数都有很好的基础，语音阶段不会有什么困难，像谢秋思、韩新月都是不错的。郑晓京的社会工作多一些，学习上可能受些影响，但也还过得去。只有罗秀竹吃力一些，要帮她赶一赶……

像他的老师严教授一样，教师的责任心使楚雁潮不得不暂时搁下自己的原定计划，改变方向进了二十七斋，他要到女生宿舍去看看他的学生们。

他轻轻地敲了敲门。

“请进!”里面在回答，女同学的声音，他从外面分辨不出是谁。

楚雁潮推门进去，房间里却是空的，小方桌旁边没有一个人，并不像他所想象的那样四个女生在围坐苦读。

他诧异地把视线从方桌上移开，缓缓地抬起头，这时，才在窗口右边的上铺看到了一双明亮的眼睛！

“韩新月?”

“哦，楚老师……”

楚雁潮突然感到自己有些紧张，却又不知道是为什么。也许是下意识地想起了两个月前的那个小小的误会，当时刚刚做班主任的楚雁潮在新来的学生面前还不好意思说出自己是老师，就是在这个地方，弄得两个人都很尴尬。两个月来，楚雁潮渐渐和班上的十六名学生熟悉了，并且习惯了课上、课下和学生们的相处，他也确实把自己看成他们当中的一员，他的年龄比他们大不了几岁，青年人是容易很快融洽起来的。但是，他和韩新月之间，除了课堂上之外，并没有过更多的接触。当他走进这间女生宿舍，发现只有韩新月一个人在这里，就仍然免不了有些不自然，而且觉得韩新月似乎也有些紧张。

“别的同学都不在?”他好像很随便地问问，想把气氛缓和一下。

“她们……都看电影去了。”新月仍然是拘谨地问一句答一句。

“你怎么没去?”

“我……趁这会儿安静，自己看看书。”

新月突然意识到自己还高高在上，这样和老师说话，太不礼貌了！心里一急，脸就红了，赶紧下来，手足无措地说：“楚老师，您请坐……”

看到她那样的窘态，楚雁潮很快把自己的视线移开，坐到她对面的罗秀竹的床上，似乎漫不经心地问：“你刚才在看什么书呢？小说？还是英语课外读物?”

“哦，不是，我在复习英语课本。”新月转身从床上拿下来自己的书，回答说。一说到学习，她刚才的慌乱就不知不觉地平息了。

“噢?”楚雁潮感到很吃惊，他没有想到在别人都去看电影的时候，这个独自在宿舍复习英语的同学不是罗秀竹，也不是郑晓京，而会是韩新月。如果说，他第一次见到新月的时候，感到的只是她的自信，那么，现在则似乎找到了她自信的原因了，“你这么刻苦啊?”

“老师，我怕万一考不好……”新月说，又显出不那么自信。其实她心里想的是：我不能当第二名!

“噢？你还有这样的担心?”楚雁潮微微一笑。

“老师，您觉得这样的担心没有必要吗?”新月反问他，她很想知道老师怎样评判她在全班十六名同学中的位置。

“你能够这样激励自己，很好。”楚雁潮并没有直接回答她的问题。他看出了这个女孩子不甘居于人后的竞争心理，并且由此看到了学生时代的自己，那时他也是这样，把失败作为警钟，时时想到可能会被别人超越，才会用双倍的时间和精力去超越别人。“如果一个人感觉到自己已经饱和，已经胜券在握，就麻烦了!”他接着说，“不过，这次期中考试并不难，你的基础也比较好，不必过分紧张。在开学第一天，我就听了你的口语练习了嘛!”

说到这里，本来很严肃的话题，却把他自己逗笑了。

一提起那件事儿，新月脸就红了。她不好意思地看看楚雁潮，发现老师的脸上浮现着善意的笑容，并没有嘲弄她的意思，也就不觉得难为情了。

“你的口语完全是在中学里学的吗?”楚雁潮又问，他总是觉得新月与班上其他同学有一种不同的东西，她的英语口语很像那些以英语为母语的孩子。

“不全是，”新月说，“小时候我就跟爸爸学过一些。”

“你父亲在国外吗?”

“不，他是做外贸工作的，在特种工艺品进出口公司，工作当中，常用英语……”

“噢!”楚雁潮终于找到了答案，是父亲的影响、家庭的环境，从小培养了她的流畅自如的会话能力、不带斧凿痕迹的语音和语感，这是造就外语人才很难得的条件！楚雁潮心中一动，他不由自主地想到了自己的父亲。他本来也曾经有并且应该有这样一个父亲，可惜，却只能从母亲千遍万遍的感叹中认识他："侬格阿爸，文章写得交关好，英语讲得交关好！"……曾经有的、应该有的却没有属于他，当别人并非有意地流露出充分享受父爱的幸福感时，在他心中唤起的是一种隐隐的惆怅并且伴随着羡慕。韩新月的确太幸福了，天时、地利、人和都集中在了她身上，包括秀美的外貌和优雅文静的气质，她简直是为外语事业而生的！年轻的英语教员不禁产生了爱才之心。其实，早在两个月之前他第一次见到新月的时候，她就已经引起了他的注意：这个姑娘的性情是那么腼腆，没有说话之前脸就先红了；但又是那么大胆，刚刚入学就敢于用英语交谈，而且讲得那么流利！这似乎矛盾的二者却统一在一个人身上，给他留下了深刻的印象，当时，他的心头就悄然掠过了某种东西，只不过还不可捉摸、未能正视罢了。两个月过去了，韩新月的形象日渐清晰地呈现在他面前，得天独厚的素质，自强不息的毅力，将会使这个姑娘前途无量，这几乎是可以肯定的了，作为她的班主任，他感到激动与欣慰。

"你将来也准备和你父亲一样，做外贸工作吗？"他不知为什么，竟想进一步知道这个学生的志趣。

"不，我爸爸把大半生的精力都花在研究文物古董上，我对那些东西并不懂，我有我自己的事业，"新月说，当她说到"事业"这个词儿时，又觉得有些惶恐，在老师面前谈"事业"似乎口气太大了点儿，脸不觉微微红了，试探地说，"老师，我喜欢文学，将来打算做这方面的翻译工作……"

啊，楚雁潮的心中又是一动，这正是他在学生时代选定的志向，可惜，毕业之后还没有来得及有所建树，却走上了基础英语的讲台！新月的话，使他不能不激动："很好，你所选择的，在我看来是一项最有意义的事业！把外国文学介绍给中国，把中国文学推向世界，我们在这方面做的工作太少、太少了，许多名著都还没有译本！"他不由得发出了一声叹息。

新月隐隐感到楚老师有一颗强烈的事业心，和她有着共同的追求，忍不住问：“老师，您毕业之后为什么没有……”话说了一半又咽住了。

但是，楚雁潮已经完全听懂了，他笑了笑，说：“这就很难说了，历史常常和人开玩笑，本来想走进这个门，结果却进了那个门！我本来可能分配到外文出版社做翻译工作，可是，北大需要教学人员，我就留下来了，我也是北大培养出来的啊！”他似乎很感慨，停顿一下，又说，“不过，教学工作也很有意义，和你们在一起，我觉得自己还是个没有毕业的学生！”

新月的心中升起一股难以说清的情感，为有这样一位老师而庆幸，又为他未能施展抱负而惋惜，“老师，我们会珍惜这个宝贵的学习机会的，主动、自觉地把功课学好，让您腾出一些时间，还可以……”

“谢谢你，新月同学，”楚雁潮诚恳地说，好像面对的不是他的学生，而是一个知心的朋友，“我是在做啊，尽自己的能力，在教学之余做一些事……”他没有继续再谈自己的事，看了看新月，“你们呢，也不要局限于课本上的东西，要多练、多读，图书馆里有许多英文原版的名著，那都是我们无声的老师，冷峻的狄更斯、悲愤的哈代、幽默的马克·吐温、忧郁的夏洛蒂·勃朗特……都在等着你呢！”

……

楚雁潮走了之后，电影《父与子》还没有散场。新月回味着老师的话，推开了窗户，遥望着满天闪烁的星斗，她觉得天又升高了！

这学期的期中考试结束了。

又是上英语课的时间，全班十六名同学都比以往更早地来到教室，急切地想知道自己的成绩。因为这毕竟是入学以来的第一次考试，虽然没有正式的名次，但分数的高低却标志着每个人的水平，显示着他们各自在十六个人当中的地位。这都是从全国成千上万名考生中强拼硬打得以进入北大的“天之骄子”，谁愿意承认自己低人一头？尽管这次的试卷并没有超过升学考试的难度，但大家都做得相当认真，唯恐偶有疏漏，丢了分数，也丢了面子。

可是，谁又都不愿意公开表露自己的不安，只有罗秀竹心怀惴惴，东张西望，似乎在寻找同伴。她希望别人也像她一样没有把握，甚至希望，如果她的成绩不能及格，最好也不是班上唯一的一名，好歹有几个，也免得她补考的时候太难为情。她看看新月，新月平静得什么也看不出来。她看看谢秋思，谢秋思正在和唐俊生窃窃私语，脸上露出诡秘的笑容，唐俊生扳着手指头叽叽咕咕，不知在议论谁呢？罗秀竹本能地意识到他们是在议论自己呢，天哪，再让谢秋思抓着把柄、当面奚落，她可受不了啦！她看看郑晓京，郑晓京的视线正好和她遇上，还朝她笑笑呢！郑晓京发现她很紧张，就并不针对她一个人地对大家说："同学们安静一下，这次考试，只是摸摸底，考好考坏都没有关系！即使个别同学的成绩不够理想，也不要气馁……"

罗秀竹听得出来，郑晓京这是在安慰她呢，她一定是考坏了！

郑晓京的安抚还没说完，上课铃响了，英语老师楚雁潮走了进来，教室里静了下来，罗秀竹的心提到了嗓子眼儿上！

楚雁潮把手中的一叠试卷放在讲台上，微笑着说："同学们的这次期中考试，成绩都不错！我们上半个学期，主要学习了语音部分，并且接触了一些初步语法，看来同学们基本掌握了。考虑到多数同学都有一定基础，我征得了严教授的同意，在出试题的时候并没有局限于课堂讲授的内容，也增加了一些后面课文的习题和课外阅读材料，目的是想了解一下同学们的潜力。令人高兴的是，我们班的同学，这次考试全部及格了！……"

课堂上有些轻轻的私语声，并没有引起太大的震动，这个起码的水平线，在许多人眼里是算不了什么的，他们等待着下面的内容。只有罗秀竹心中掀起了剧烈的风暴，两行热泪夺眶而出，她终于也可以在英语课堂上挺起腰来了！

楚雁潮看了她一眼："我要特别表扬罗秀竹同学，她是第一次接触英语，能取得这样的成绩，一定是克服了别人难以想象的困难！……"

"老师，是韩新月帮助我的……"罗秀竹突然站起来说。从小县城来到北京不久的她，一举一动还像个中学生。

“别人的帮助很重要，你自己的努力也不能抹杀。你坐下吧！”楚雁潮继续说，“这次全班当中得满分的同学，一共有九名，占半数以上。今天，我想以其中的一份考卷，进行课堂分析。这份考卷，是真正的五分，可以作为标准答案，一会儿同学们拿到自己的卷子，不妨比较一下，看看差距在哪里……”

楚雁潮拿起最上面的一份考卷，坐在前边的同学伸长了脖子，很想知道那是不是自己的。

正在拿起粉笔准备板书的楚雁潮发现同学们的猜测，才想起刚才还没有说出姓名，就面对大家说：“哦，得到这个真正的五分的，就是……”

谢秋思突然羞涩地低下头来，她当然知道老师说的是她，除了她不会有第二个人！被老师当众表扬虽然是荣誉，也总让人不好意思，即使是仅仅为了表示自己的谦虚，她也不能不做做姿态……

坐在她旁边的同学唰地把视线投射在她身上，羡慕地望着这个从性情到学习成绩都高傲得让人无法接近的佼佼者。

楚雁潮的声音清晰地震动着每个人的耳膜：“……就是韩新月同学！”

课堂骚乱了，被谢秋思吸引过去的目光迅速地转移，夹杂以小声的议论，谢秋思的心碎了！

楚雁潮停了一下，发现了谢秋思的反常神态，补充说：“当然，谢秋思同学的成绩也是五分，但是，个别词语的选用还有推敲的余地，虽然在文法意义上已经合格，而在文学色彩上略逊一筹。当然，这是高标准的要求了。现在，我们来分析一下韩新月同学的这份考卷……”

此刻，新月的心里却在躁动不安。超过谢秋思，夺取全班第一名，这是她为自己规定的目标，而且充满了信心，取得了意料之中的成绩，并不值得沾沾自喜，她现在反而在替谢秋思惋惜：你还可以考得再好一些！

未名湖上，晚霞满天。沿岸的垂柳、国槐、银杏，一片金黄，湖心岛上的那一丛枫林，红得艳紫，与黛青色的松柏交相辉映，在静静的湖水中垂下色彩斑斓的倒影。

小岛中心的亭子旁边，石阶上坐着新月。她穿着米色长裤和白色的毛衣，一本中文版《简·爱》摊开在膝头。她是那样凝神专注地阅读，久久地一动也不动，像一座安放在树丛之中的汉白玉雕像。

> ……你以为我是一架自动机吗？是一架没有感情的机器吗？……你以为，因为我贫穷、卑微、不美、矮小，我就没有灵魂，没有心吗？你想错了！

不，新月并不能把注意力完全集中到书上，集中到简·爱和罗切斯特的纠葛上，她的耳旁，老是回响着别的声音，那是在期中考试的成绩公布之后，谢秋思在宿舍里旁若无人地发牢骚："哼，有啥了勿起？楚老师是照顾照顾人家少数民族！"当时，郑晓京马上一本正经地制止她："哎，要注意民族政策噢……"新月正躺在床上，面对着墙，没有应声，也没有动身，她们以为她睡着了，其实，她听得清清楚楚！什么叫"照顾少数民族"？什么叫"注意民族政策"？难道她天生是一个弱者，永远应该处于卑微的地位而不允许超过别人吗？难道她连自己取得的成绩也是别人的施舍和怜悯吗？

> ……我有和你一样多的灵魂，一样充实的心！……我不是凭着习俗、惯例，甚至不是凭着可朽的躯体来和你说话，是我的灵魂在和你说话，就像我们都从坟墓里复现，站在上帝的脚旁，两人平等，因为我们是平等的！

书页久久地没有翻动，她仿佛听到简·爱在和罗切斯特——不，是在和谢秋思、郑晓京争吵！

一片枫叶飘落在书上，她似乎被惊动了，缓缓地阖上书，站起身来，嘴里喃喃地："人的灵魂是平等的……"

她走下石阶，转过身去，却突然发现身后站着楚雁潮，正默默地看着她!

“新月同学，你遇到了一点儿烦恼，是不是?”楚雁潮轻轻地问。

“楚老师!”新月委屈地望着老师，“我不明白，为什么……”

“你不必说了,”楚雁潮平静地说，“罗秀竹已经告诉我了。可是，我并不希望听到她向我转述那些说法，也不准备去批评谢秋思和郑晓京。”

“为什么?”新月觉得这个老师太软弱了，“难道她们说得对吗?少数民族的同学就低人一等吗？人的灵魂是平等的!”

“是的,”楚雁潮说，“种族没有高低，人没有贵贱，灵魂和灵魂之间是平等的，这，你已经用事实证明了。诗人拜伦说过：‘真有血性的人，决不曲意求得别人重视，也不怕别人忽视。’别人的误解、偏见并不可怕，可怕的是失去了自信；如果你是自信的，就什么话都不用说了。真理从来都是最简单、最朴素的，除了它本身之外，并不需要额外地加以解释，正如一个真正美的人，任何附加的首饰都是多余的!”

啊，新月觉得心中像吹进了一阵清风，把那些烦恼都吹散了。和老师相比，她觉得自己的心胸太狭隘了，让那些嘁嘁喳喳的闲言碎语搅扰自己，太不值得了！望着水天一色的未名湖，她感到心清神爽，不由得说：“老师，您使我想起了维克多·雨果的话：比大海宽阔的是天空……”

楚雁潮接下去：“比天空更宽阔的是人的胸怀!”

新月笑了：“谢谢您，老师!”

“不,”楚雁潮说，“我的话你能听得进去，这让我很高兴!”他瞥了一眼新月手中的《简·爱》，“噢，我跟你们说过，读外国文学名著，最好直接读原著。”

“是啊……”新月解释说，“可是，图书馆的英文版《简·爱》借出去了，得等人家还回来……”

“不必等了，我那儿正好有一本，我明天带给你吧!”

“明天?”新月有些急不可待，“老师，我想今天就看，能到您那儿去取吗?”

"哦……"楚雁潮似乎有一丝犹豫，但随即便打消了，"当然可以，我的宿舍就在旁边，到我那儿坐坐吧？"

他们绕过亭子，沿着小路，跨过石桥，走上岸去，前面就是德、才、均、备四"斋"的最后一幢——"备斋"了。

楚雁潮的宿舍非常狭小，本来是要住两个人的，现在只住他一个人，仍然显得十分拥挤，因为他的书太多了，除了一张单人床和一张书桌，其余的地方几乎都摆满了书，书架上摆不下，有些就只好摆在小凳子上、箱子上。

"请坐吧，我这里太简陋了……"楚雁潮自谦但并不自卑地笑着说，把仅有的一张椅子让给新月，自己坐在床上。

新月并不急于坐，她好奇地打量着这个凌乱却很充实，并且也不乏生活情趣的小房间。

"老师，您还养花儿呢？"她指着书架上的一只紫釉瓷笔洗，那竟被楚雁潮当了花盆，嫩绿的叶片从里面伸展出来，在深秋季节为这小小的书斋增添了盎然春意，"老师，这叫什么花儿啊？"

"噢，这叫'巴西木'，是严教授的儿子出国带回来送给我的，"楚雁潮说，"我没有本事养花儿，施肥啊，剪枝啊，都不懂，也没有那么多时间。这种巴西木生命力很旺盛，不需要特殊管理，只需要清水！我拿来的时候还只是一截木头，现在已经长出好几丛叶子了，这完全靠它自身储备的力量……"

新月走过去仔细看看那盆"巴西木"，果然花盆里面只有一汪清水，这一截木头浸在水里，竟然就能够发芽、长叶！又有一个新芽冒出来了，那粗硬的树皮鼓出一个小丘，顶部裂开了，吐出米粒大小的一点儿嫩芽。

"老师，这个小嫩芽好大的力气啊，把树皮都穿破了！"

"这就是生命的力量，"楚雁潮走过来，珍爱地看着这刚刚露头的嫩芽，"它在树桩里孕育了那么久，准备了那么久，已经积蓄了必备的力量，一旦爆发出来，就能冲破一切，倔强地伸出枝条，长出绿叶，展现着自己的个性！"

"噢！"新月被这神奇的生命所吸引，所感染。使她吃惊的不仅是那无声的生命，还有老师那沉稳有力的语言。这个楚老师，并不总是腼腼腆腆，他不经意地流露出来的情感，还相当有“个性”哩！

新月的视线从“巴西木”移开，旁边都是重重叠叠的书，几乎完全遮住了墙壁，在这些无生命的纸张、铅字中间，生活着一个蓬蓬勃勃的生命。

在书堆中，她发现了一把小提琴。

“老师，这是您的琴？”她欣喜地问，“我还真不知道您会……”

“哦，”楚雁潮有些不好意思地说，“我谈不上会，只是喜欢罢了。怎么，你也喜欢拉小提琴？”

“不，我根本不会拉，但是很爱听……”

“噢？你爱听哪些曲子？”

“我对音乐可是个外行！”新月笑笑说，“什么帕格尼尼、莫扎特、贝多芬，都似懂非懂，不过，我非常喜欢我们中国的一首曲子，小提琴协奏曲《梁祝》……”

“你也喜欢这首曲子？”楚雁潮遇到了知音似的。

“嗯，我一听到这首曲子，就把一切烦恼都忘了，觉得人的灵魂被净化了，世界被净化了，没有尘埃，没有嘈杂，没有纷扰，只有一条长长的小溪，静静地流，流到人的心里……”新月出神地描述着自己的感受，耳边仿佛听到了那首曲子，“这大概就是文学作品中常说的‘拨动了心弦’吧？”

“你形容得很有意思！”楚雁潮深表赞同，望着这个纯洁天真的少女，听着她那毫无矫揉造作的语言，他觉得自己的灵魂也被净化了，也看到了那条长长的、静静的小溪。

“老师，请您拉一个好吗？”

“哦，不，不，”楚雁潮脸红了，“我这点儿本事，登不得大雅之堂，从来还没敢在别人面前拉过……”

“您不是说最重要的是自信吗？”新月忽然想到以子之矛，攻子之盾。

“我……在音乐上可一点儿也不自信！”楚雁潮不无遗憾地自嘲说。不能满足新月的要求，他感到歉疚，但也实在没有勇气当着她的面来演奏被她视为仙乐的那首曲子。

似乎是为了掩饰自己的不安，楚雁潮指着那把椅子说："坐吧，谈谈你最近的学习，又读了什么书？噢，读了《简·爱》，有什么心得啊？"

新月不好意思地笑了："心得？您不是都给我总结出来了吗？从这本书里，我学到的是：自信、自强！"

她坐下来，坐在老师的椅子上。小小的书桌上，台灯旁边，堆满了书和一沓稿纸，是用英文书写的。她突然想到了，这就是老师在每天的教学之余所做的"自己的事"，一股新奇和景仰之情油然而生："老师，您在翻译文学作品？"

"哦，"楚雁潮腼腆地笑着说，伸手去收拾那一沓稿纸，刚才，他是写到中途出去的，并没有想到会有客人来，所以还散乱地摊在桌上，"这一篇还没有弄完……"

"老师，我可以看看吗？"新月伸手按着稿纸，询问地望着楚雁潮。这是她第一次看到写在稿纸上而不是印在书上的翻译作品，是她第一次看到别人是怎样从事她所神往的翻译工作的，在她心中唤起的是一种宗教般的虔诚；老师的手稿，她要先睹为快，这也是一个学生难以遏制的心情。

"还没有弄完，还没有弄完……"楚雁潮喃喃地重复着这句话，手却放开了，他无法再拒绝学生的要求，这不是拉小提琴，是他的作品，他的事业，对此，他是自信的。

新月浏览着稿纸上流畅娴熟的英文手写体字迹，冷峻的笔调、深沉的情感洋溢在字里行间，汉字转换成了英文，但仍然准确、传神地体现了原著的中国风格，那是她所景仰的大手笔……新月来不及细看，急急地翻到稿纸的首页，译文的标题果然写着：

FLYING TO THE MOON

"鲁迅的《奔月》？"新月缓缓地抬起头，看着她的老师。

"是，"楚雁潮说，"他的《故事新编》，我刚译完了《补天》，现在才是第二篇。"

"您打算把那八篇都译出来吗？"

"不仅这些，我的计划是把鲁迅的全部小说都译成英文，可惜……时间太少了！"

窗外渐渐地暗了，新月巴不得听老师多谈一些她所羡慕的翻译工作，却又意识到自己把老师宝贵的时间耽误得太多了，歉意地站起身说："哦，老师，您忙吧，我就不打扰了！"

楚雁潮懊悔刚才不该感叹"时间"，尴尬地说："我……并没有下逐客令啊……"

"不，天已经快黑了，我该走了！"新月说，"老师，英文版《简·爱》……"

"噢，在这儿。"楚雁潮从满满的书架上抽出这本书来，递给新月。

"谢谢老师！"新月接过了书，轻轻地走出去，替他掩上了房门……

一轮明月在未名湖上空升起，楚雁潮书斋窗口的灯光亮了。

冬天到了，一年级第一个学期结束了。

二十七斋的女生宿舍里，谢秋思和罗秀竹都在忙着打点行装。明天就要放寒假了，她们都急着要回家去过年，第一次离开家乡、离开父母这么久，谁不想家啊！

罗秀竹珍惜地把成绩册装进书包里，这里面是她半年来奋斗的记录。期中考试，她的英语得了个三分，就已经使她激动得心跳了，而期末考试她竟然夺得了四分，还不热泪盈眶吗？她现在总算有面目见江东父老了，憧憬着父母姐妹围坐在灯下听她讲述北京的一切新鲜见闻……唉，真想家！

她把英语课本也装进去，寒假里，她还要好好儿地再复习这本书呢。她从枕头旁边取出一盒"花生蘸"，珍惜地看了看，装到书和成绩册旁边。这是她省了一个星期的菜金并且好不容易排着队才买来的，作为带回家的一点儿礼物吧，几千里路，总不好意思空着手回去。

"哎，谢秋思，"她朝头顶上说，"你又不是没有钱，为什么不带点儿北京特产回去？”

“北京特产有啥稀奇？”谢秋思一边整理着衣服，一边不屑地说，“吃格物事（吃的东西）阿拉上海样样有！”

罗秀竹心里暗笑，她最爱听谢秋思吹嘘“阿拉上海”！

郑晓京回来了，进门就脱下军大衣，抖搂着肩膀上、绒领子上的雪。

“哎，monitor，你怎么还不收拾行李，准备回家过年？”罗秀竹叽叽喳喳地问她。

谢秋思在“楼”上说：“人家笃定，屋里厢会派车子来接的！”

“接倒不用接……”郑晓京扔掉大衣，脱下皮靴子，躺在自己床上，心里不大高兴，她听出谢秋思是有意点她的干部子弟特殊身份。虽然她平时总是不希望别人忘记她的身份，但是，谢秋思的那种讽刺意味使她反感。在战争年代也是战士步行、首长骑马嘛，革命胜利了，坐小汽车也是革命需要。何况我也没有经常坐爸爸的车，只是偶尔顺便接我一趟，你也不舒服？绝对平均主义！看来，对资产阶级意识的改造的确是很难的，她想。但考虑到那装得满脑子的种种政策，她又不便当着罗秀竹的面去批评谢秋思，就淡淡地扯开话题，“我离家近，明天再准备也来得及，韩新月的行李不是也没收拾吗？”

一提到韩新月，谢秋思就不再说话了，触到了她心里的一个禁区。本来，谢秋思自我感觉像一个高傲的公主：她漂亮，天生的娇柔娟秀；她富裕，家里有足够的钱让她打扮自己，保养自己；她聪明，任何一门功课都不在话下，尤其是自幼接受洋家教严格训练的英语。她满以为来到这个班里，是笃定的佼佼者，可惜，却偏偏碰上了这个韩新月！她不能不承认，虽然韩新月不讲究穿戴，不化妆，也很美；她不能不承认，韩新月在学习上有相当好的天赋，是她的竞争对手。这一点，她早就意识到了，但不愿意承认，第一次较量，第二次较量，她都被韩新月击败了，现在，韩新月已经牢牢地占领了全班第一名的位置，她只能屈居第二，寒假里，她怎么好向望女成“龙”的父母说呢？只有不提她，根本不提我们班还有一个韩新月！谢秋思跪在床上整理着南归的行装，心里一片哀怨和凄凉，简直要发出“既生瑜，何生亮”的感叹了！

此刻，被她嫉恨的那个人，正冒着漫天飞雪，独自走在未名湖边。

新月穿着她那件灰卡其布的大衣，却没有拉上帽子，让它垂在后边。雪花落在她的额头上、脸颊上，凉丝丝的，她感到一种沁人心脾的清新。她伸出手去，接着雪花，看着那六角形的小白花在她的掌心融化，变成一颗颗小小的露珠。她沿着湖边小路走着，天气的变化，使她的膝关节隐隐作痛，但这点儿疼痛妨碍不了她心中的快乐。这个学期，她取得了全班最好的成绩，可以问心无愧地告诉爸爸、妈妈、哥哥和姑妈了，今年的春节，她会过得最舒畅！为了迎接期末考试，她已经有好几个星期没回家了，多么想念家里的亲人啊！还有陈淑彦，现在已经在文物商店上班了，真应该回去祝贺她！明天，明天就可以见到他们了，新月给陈淑彦写了信，给爸爸打了电话，告诉他们，她明天下午四点多钟就准到家了！

现在，新月是到楚老师那里去。楚老师恐怕也要回家去过年吧？从现在到下学期开学，他们将有一个月的时间不见面，她想去向老师告个别，并且跟老师谈谈她在寒假中的读书计划。

前面就到了，新月从那刻着四行字的石碑前走过去，已经看见了那幢雕梁画栋的备斋。皑皑的白雪覆盖了楼顶，覆盖了楼前的草地和小径，使得朱红的廊柱和油漆彩画有一种“红装素裹”的韵致。

她踏着脚下软绵绵的雪，向备斋走去。这时，她的耳边仿佛听到了一个声音，像一条长长的小溪在没有尘埃、没有嘈杂、没有纷扰的山林间静静地流出来的声音，啊，是她所喜爱、所盼望的琴声……

她站住了，那琴声是从备斋里传出来的，徐缓、轻柔地绕过那白雪中的雕梁画栋，在雪中的清冷的空气里，慢慢飘过来，向她飘过来，琴弓在舒展，丝弦在震颤，扣人心扉的节奏和旋律，如泣，如诉，如梦，如诗，从容不迫地讲述着东方一个古老的、生死不渝的故事……

她的心被俘虏了，轻轻地走过去，走过去，怕踩动脚下的雪发出一丝杂音，破坏了那纯净如水的韵律。她又停下来，她不忍心去叩响那小小书斋的门，去打断那宁静的世界中的天籁之声……

她从备斋前走开了，踏着被白雪覆盖的小桥，沿着粉琢玉砌的石阶，走上湖心小岛，站在小亭的檐下，静静地谛听着，琴声在她耳畔回旋，回旋……

雪花静静地飘落，岸边的博雅塔，水中的石舫，都披上了一身轻柔的白纱。垂柳，国槐，银杏，红枫，枝叶都早已落尽了，如今被白雪挂满了枝头，忽如一夜春风来，千树万树梨花开……

洁白的燕园，洁白的未名湖，洁白的小岛，漫天飞雪中，伫立着一个少女的身影……

瑞雪把纷纷扬扬的飞絮均匀地撒向千年古都的每个角落，宫殿和民房，大街和小巷，都铺上了一层松软的白毡，把本来高低参差、色彩斑驳的城市统一了，连穿梭奔走的公共汽车上的大煤气包也变成了白色，仿佛驮着个巨型玩具气球来来往往。临近春节，街上人流比往日还要拥挤，披着一肩风雪，在一家家商店门口进进出出，极有兴致地选购年货，充分发挥手中的票、证的作用。

韩子奇坐在王府井大街东安市场北口东来顺饭庄的楼上雅座，无心欣赏窗外的雪景，眼睛只盯着紫铜火锅中沸腾的开水发愣，仿佛在研究那小小的波涛。愣一阵，便懒懒地抬起筷子，夹起一片薄薄的羊肉，伸到沸水里一涮，两涮，三涮，在最准确的火候捞出来，放进面前的作料碗里一蘸，然后送进嘴里，慢慢地咀嚼着。他其实很饿，但仍然保持着多年的习惯，决不狼吞虎咽，也不发出“吧唧”“吧唧”的粗鄙响声。吃东西不只是为了充饥，而是一种享受，不能把好东西糟蹋了。即使在这吃食奇缺、物价奇贵的年代，他也没要白菜、粉丝那种只配做填充料的东西，只要了两盘肉片和一小碟糖蒜，吃一片肉，再咬一点糖蒜，慢慢地品评辣中含甜、甜中含辣的滋味。他没有要酒，酒是穆斯林的禁忌，他恪守着。和许多穆斯林一样，也不抽烟。即使在愁肠百转的时候，也决不喷云吐雾、借酒浇愁。他平生的嗜好，除去倾注了满腔心血的美玉珍宝，便是清真饭庄的美味佳肴了。他是东来顺常来常往的“吃主儿”，熟悉这里的一切几乎像熟悉他所献身的奇珍斋和后来供职的特种工艺品进出口公司。……他咀嚼着鲜嫩可口的肉片儿。“涮肉何处嫩？要数东来顺。”这里的羊肉之所以为别处无法比拟，自有其独到之处：一律选用内蒙古西乌珠穆旗的阉割绵羊，经过一段时间的精心圈养，再行宰杀，只取“磨裆儿”“上脑儿”“黄瓜条儿”和大小“三岔儿”，一只四五十斤重的羊，可供涮用的肉只有十三斤左右；冰冻后，以极精的刀工，切成匀薄如纸的肉片，放在盘中，盘上的花纹透过肉片清晰可见。东来顺的一斤羊肉要切八十片以上；提味的作料又极讲究，有芝麻酱、酱豆腐、腌韭菜花、辣椒油、虾油、葱花儿、香菜末儿以及东来顺特制的“铺淋酱油”，锅底汤中加以海米、口蘑……这涮肉就具有清、香、鲜、美的独特魅力，入口令人陶醉，犹如赏玉名家韩子奇细细把玩一件稀世珍品。但此刻，看的艺术和吃的艺术却都没有占据他的神思，他心中犹如那翻腾的沸水，说不清在想些什么，从东来顺到奇珍斋，他咀嚼着别人的和自己的历史。东来顺的第一代老板丁德山，号子清，河北沧县人氏，后来移居东直门外二里庄，想当年，他也并不比两手空空的流浪儿小奇子阔绰多少，用手推车推着黄土进京，以低廉的价格卖给摇煤球的做黏合剂，挣口饭吃。大约在一九〇三年，他看中了东安市场这繁华地面，便借了本钱在此摆摊儿，从荞面扒糕到贴饼子、米粥，逐渐发展成“东来顺粥摊”，十几年惨淡经营，增添了爆、烤、涮肉，而以后者最为著名，几经扩展，终于位居同行之首。当年的丁子清从穷回回一跃而成为京城富豪，这在穆斯林当中是屈指可数的，与奇珍斋主韩子奇并驾齐驱……往事如烟，如今的东来顺虽早已公私合营，但那金字牌匾还在，丁老板开创的事业还在，而韩子奇艰苦创业的奇珍斋却销声匿迹了，二十岁上下的年轻人甚至都不知道北京的玉器行中还有过这个字号！奔波了大半生，他韩子奇所得到的究竟是什么呢？对事业的追求，对幸福的希冀，都像梦境一样消散了，五十七岁的他，已经感到衰老在无情地侵蚀着自己的肌体和意志，像一匹伏枥的老马，那纵横驰骋的天地已经不再属于他了，只能惆怅寂寥地打发余生。在消沉的暮年，使他聊以自慰的只有两件事：一是在他卧室西边锁着的珍宝；二是他的女儿终于熬过了十二年寒窗，考进了她所理想的大学，走上了她所选择的也是父亲所极力赞成的专业。女儿已经开始了真正属于自己的人生，她的面前前程似锦，任何人也无法改变这一轨道了。韩子奇终于偿还了心中的一桩夙愿，他甚至觉得，即使自己在某一天突然撒手而去，也可以对女儿放心了……

一想到女儿，他的心里便宽慰了好多，食欲也增强了，把两盘肉片全部涮光，还觉得胃里尚有余地。正待再要点什么，从上衣口袋里掏出那只老式怀表看了看，已是两点十五分，便打消了念头，起身付了账，匆匆下楼去了。

他走到王府井大街南口，在风雪之中上了十路公共汽车，回家。一路上，还在顺着刚才的思路往下想，设想着将来新月毕业了将如何如何。妻子说："你还想把她送到外国去是怎么着？"哼，韩子奇心说，你懂什么？外语人才是国家的宝贝，会有出国留学或工作的机会，到那时候，新月将真正认识世界，了解她本不了解的一切……

白广路车站到了，他下了车，却并没有立即回家，而朝着十九路车站走去。他知道新月今天下午要回来，他希望早一点儿见到女儿，便在这儿等等她。

两辆车过去了，没有新月。他在风雪中毫不动摇地等着。终于，第五辆车车门一开，他看见了那张梨花似的笑脸，惊喜地朝着他喊："爸爸！"

他迎上前去。

"爸爸，您等我半天了吧？"新月拍打着老父亲肩上的积雪。

韩子奇只是慈祥地笑笑。做父亲的心是用语言难以表达的，无论是哪国语言。

新月挽着爸爸的胳膊，父女两人踏着满街的凌琼碎玉，携着一股春风，朝家里走去。

西厢房温暖如春，正等着新月回来。

姑妈赶在新月到家之前，就把西厢房里的炉子点上了。新月不在家的时候，这屋不住人，空着，自然是不用生火，但她还是每天照旧里里外外打扫一遍，床上的被褥叠得整整齐齐，床栏杆和梳妆台、桌子、椅子以及那镶着照片的小镜框，都擦得干干净净。她好像根本不承认新月并没在家，在她的心目中，新月永远是这个家庭中最重要的成员，她的感情寄托。她在收拾西厢房的时候，就觉得新月伴随在她的身边。她担心久居学校会冲淡新月对家庭的感情，尽一切力量牵住新月的心，她要让新月每次回家都感到温暖。

父女俩一进门，姑妈就慌着拿扫炕笤帚扫新月身上的雪，一边兴奋地叨唠着："得！平平安安地回来就得啦！瞧这雪哟……"

"当然是平平安安喽！一场雪怕什么？还有老爸爸保护着我呢！"

新月嬉笑着往里院走，先到上房跟妈妈打个招呼："妈，我回来了！"

韩太太正在喝茶，没理睬和女儿一起进来的韩子奇，笑盈盈地看了新月一眼："嗯。待会儿淑彦还来找你玩儿呢！"

"我知道，我们俩在信上说好了的！"

"那就等她来了，一块儿吃晚饭！"

新月就回西厢房去，脱掉外边的衣裳，换鞋。

回到自己的房间，新月像阔别已久似的感到亲切。"开我东阁门，坐我西间床"，一切都是原来的样子，仿佛她不曾离去。这意味着自己在家里有一个牢牢的位置，任何人也不可争夺，不可替代。青春期的少女是极为敏感的，哪怕一张纸片被别人挪动了，也会引起一种不稳定感。陈淑彦果然一下班就冒着雪来了，韩太太心疼地说："瞧这孩子冻的！快暖和暖和，换上新月的鞋！"

陈淑彦和韩伯伯、韩伯母说了会儿话，无非是说亏得两位老人家帮了她的大忙，上班的地儿这么好，离家又近，等等，都是重复过好几遍的。韩子奇连说："我也只是垫了一句话儿，这么点事儿，不必老是客气！"韩太太则是爱听的，拉着陈淑彦冻得冰冷的手说："我呀，就是爱心疼人！别说上辈子的交情，就说你和新月，还不跟亲姐儿们似的？哪儿能眼瞅着你在难处不管呢？……"

一团和气，皆大欢喜。新月让陈淑彦换鞋，陈淑彦就跟着她进了西厢房。

她们两人并排坐在床沿上，都迫不及待地各自叙说着新鲜的感受和见闻。新月说楚老师的教学如何严格，谢秋思怎么“抠门儿”，还有罗秀竹的“谁又偷猫肉”；陈淑彦则急着要描述外国人在文物商店买东西怎么愣头愣脑地不会挑选，怎么说夹生的中国话，以及她有幸见到了文物商店的常客、精通字画古董的市委书记邓拓，等等。看来，高考落榜在她心中留下的阴影已经逐渐淡化了，新的生活图景填补了那个缺憾，人生向她打开了另一扇通往未来的大门，由于生活清苦和感情压抑而黯淡的脸上出现了过去难得一见的光彩。

新月为她高兴：“你得把咱们在高中学的英语再捡起来，有外宾来的时候……”

“不行啊，我那会儿没好好儿学！”

“没关系，我‘辅导’你嘛！真没想到，你倒比我先用上了！”

……

老姑妈在厨房里又开始了士气高昂的孤军奋战。新月还没到家，她就买好了瘦牛肉，剔去筋头马脑儿，用快刀剁得细细的，撒上葱末儿、姜末儿，拌好馅儿，搁在那儿“醒”着。这会儿，又忙着揉面，揪剂儿，擀皮儿。一手捏着面剂儿，一手搓擀面杖，那面剂儿就风车似的转，眨眼间案板上就摆满了银圆似的一片。就又一手托皮儿，一手填馅儿，十指一捏，就是一只菱角似的饺子。她要让新月饱饱地吃一顿薄皮儿大馅儿的净肉饺子，把住校的亏空都补回来。佐餐的小菜是拍黄瓜，拌着蒜泥，虽然简单，却爽口、提味，况且在这隆冬季节，“四季青”温室里的黄瓜，价儿也是可以的了，一般人家儿谁舍得买？不就是为新月嘛！饺子码满了案板，锅里的水也已沸腾了。姑妈撩起围裙擦擦手，走到垂花门前，朝着里边问：“饺子煮不煮哇？”

韩子奇已经把自己关在卧室里，隔着门对韩太太说：“你跟她说，我在外头吃了，你们吃你们的吧！”

韩太太“嗯”了一声，走到廊子底下，抬头看看天。

“妈，我已经饿了！”新月在西厢房里说。

“那就……”韩太太犹豫了一下说，“再等等你哥吧？他还没回来呢。”于是正式回答姑妈，“大姐，等天星回来再煮！”

天上那雪，鹅毛似的下个不停，院子里已经积了老厚，把刚才的脚印又填上了。天，差不多黑定了。

锅里又点了两回水，沸腾了又平静，平静了又沸腾，也没听见天星拍大门的声音。姑妈眼瞅着她精心炮制的杰作迟迟不得展示，如坐针毡。等得不耐烦了，就走到里院，站在廊子底下朝里边嚷："饺子老是这么晾着，可就坨了！煮吧要不介？丫头饿得那样儿了，淑彦不也是没吃呢嘛！"

她这么一说，韩太太也就不好再让大家都等着天星，赶紧说："是啊，哪儿能让人家姑娘跟着饿肚子？"

姑妈领了圣旨，忙不迭地去煮饺子。敞着煮皮儿，盖上煮馅儿，这饺子在锅里折几个跟头，就熟了……

饭桌上，姑妈张罗着照应新月和客人，自己却顾不上吃。陈淑彦直夸姑妈的手艺好，新月则狼吞虎咽，不像在学校里吃饭那么斯文。一边吃，还一边说："在我们学校的清真食堂可吃不上这么香的饺子！"

姑妈怜爱地看着她："食堂？唉，食堂里哪有你的姑妈哟！正是身子骨儿嫩的时候，吃食跟不上可不成，等赶明儿开学，带上点老腌鸡子儿，我给你腌了一坛子呢！"

"这倒是，"韩太太接茬儿说，"让天星也见天带俩仨的上班儿去，中午饭光指望食堂是不成！"

韩太太心神不宁，惦念着天星。她听到天星回来的声音，叫姑妈去开门，姑妈却扑了空，回来说是风刮得门"哐当哐当"响。

韩太太无心再吃饺子了，没等客人吃完，先站起了身，嘱咐姑妈听着门口的动静，就沉着脸回上房去了，走到餐厅门口，又回头说了声："这么晚了，天儿又不好，淑彦也就甭走了，睡新月那屋吧！"

"哎，"陈淑彦甜甜地应声说，"我跟我妈说了，要是雪大，就住这儿了！"

快到半夜了，天星才进家，一身的雪，冻得跟冰棍儿似的，姑妈问他上哪儿了，他也不言语。

这时，新月和陈淑彦早已经躺下了，却还没有入睡。她俩一起上了六年学，还是头一次同榻而眠，陈淑彦长这么大，也还没在外边过过夜，都觉得十分新鲜，说不完的话儿。韩家没有什么近亲，从没留外人在家住过，这也是头一回。韩太太本来打算，等天星回来，一起吃完了饭，让他送淑彦回家，谁知道他回来得这么晚？

听见院子里自行车响，又听见妈妈从上房里出来和哥哥说话，新月说："你看我妈对我哥多好，这么晚了，还不睡，等着他！"

"那当然了，"陈淑彦说，"你哥是家里的长子，将来什么都得指着他。我们家就不行，两个兄弟还小，我是头大，样样儿都得走到前头，可没你的命这么好，什么都是现成的。我要是也有个哥哥，就舒心了，家里的什么事儿都不用我管了！"

"我哥也没操过家里的心，心都搁到印票子上了，好像他印的票子都归他似的！累得臭死，才回家来吃饭、睡觉，这儿像他的旅馆！"

"男的可不就是这样儿嘛，还能让他做饭、洗衣裳？他连自己的衣裳都不会洗，上回，我好心帮姑妈洗洗吧，哎呀，那领子就跟膏药似的！"

"你洗了，他也不知你的情！我哥呀，蔫得跟个哑巴似的，见了谁都不带搭理的。那回你在我们家吃饭，从头到尾都没跟你说句话，我都觉得挺不好意思的，你是我请来的客人呀，不允许别人不尊重！"

"嗨，我倒没这个感觉。一个男人，要是贫嘴寡舌的，见什么人说什么话儿，倒让人讨厌。你哥是个老实人，他对你多好啊，上回吃饭的时候，他把盘子往你那儿推了好几回，怕你够不着似的。你报到的时候，不也是他送你去的吗？那么老远！"

"这倒是，"新月并没忘了哥哥对她的好处，"我考上北大，他就像自己上了大学那么高兴。可到了学校门口，又犯拧了，说什么也不进去！我想也许是……"

"你不理解啊！"陈淑彦打断她的话说，"要是我去送你，我也会这样儿的！我那会儿，连死的心都有，觉得自己一切都完了！"

话说到这儿，新月就谨慎起来，不愿意再触及陈淑彦心中的痛处。从陈淑彦的话里，她也更理解了哥哥，他们都没上过大学，对新月有类似的情绪：羡慕，却又不能妒忌。屋里早就关了灯，新月看不清陈淑彦的脸，但从她说话的语气可以感觉到，那是以过来人的情感说到已经成为过去的痛苦，不那么折磨人了。新月希望哥哥也能像陈淑彦那样想得开，心里有什么不痛快的事儿，就对家里人说，别闷着。

东厢房里，天星脱下湿漉漉的棉衣裳，把沾着雪水泥泞的棉鞋往地下一扔，爬上床，倒头便睡。"啧，啧，瞧瞧这双鞋，跟淘沟的似的！"韩太太皱着鼻子，给他搁到炉子跟前烤着，"你跑了五百里地是怎么着？到底上哪儿去了？"

天星只当没听见。

"饿到这会儿，也没吃饭？还给你留着饺子呢，叫姑妈拿饼铛熥熥，吃了再睡？"韩太太又说。

"得了，得了，我早就吃了！"天星终于开口了，嘟嘟囔囔地背对着她说。

"在哪儿吃的？"

"同事家里头。"

"哪个同事？"韩太太一步跟着一步地追问，"天星，跟那些汉人来往，甭管多厚的交情，可不能吃人家的饭！我记得，你跟我说过，你们车间里头除了你，不是再没有咱们回回了吗？"

"嘁，您认得谁？"天星极不耐烦地说，"小容子不是回回吗？"

"小容子？哪个小容子？"

"容桂芳！知道了吧？"

"噢！"韩太太想起来了，刚才，她只是在男的里头盘算，没把她打到数里，"女的啊？你在她们家吃饭？"

"怎么着？不许吃啊？"天星像是吃饱了枪药回来的。

韩太太大吃一惊，无论如何，她没法儿想象这个倔儿子还会和女同事有来往，而且还在人家家里吃饭！

"你几点到她们家去的？"

"下班儿就去了。"

“就一直待到这会儿?”

“您可真是的！还不许在外头遛遛啊?”

“遛遛?”韩太太不禁打了个冷战，“就这天儿，三更半夜的，你遛个什么劲儿?”

天星红着脸说：“妈，您……怎么还没明白?”

韩太太一个冷战，她明白了：“天星！你跟容桂芳是不是搞上对象了?”

天星没回答，表示默认。

“多会儿搞上的?”韩太太小心地追问。

“半年啦!”天星往上揪了揪被子，像拒绝审问似的。

韩太太在这个时刻是决不会中途退场的。儿子的终身大事一直在牵着她的心，却万万没有想到她的一切操心都是多余的。早在半年前，天星就已经蔫不唧儿地找到了意中人，发展到今天，已经登了人家的门了，吃了人家的饭了，而且还冒着风雪，俩人在街上“遛”，当妈的竟然事先连一点儿风都没听着，还为他着急呢！一股做母亲的骄傲感滋润着她的心：儿子大了，长成个男子汉了，有主心骨了，也招人喜欢了。人家姑娘看上天星，说明儿子不窝囊，不“雏儿”，在外边像个人儿似的，这让当妈的高兴！但她又觉得有一丝凄然：儿大不由娘，这么大的事儿，她要是不主动问，儿子都不对她说，一瞒就是半年，把妈搁到什么地方了？好心问问，儿子还这么横，你对待人家姑娘敢这么横吗？“八”字还没一撇儿，就把妈不当回事儿了，那以后呢？“娶了媳妇忘了娘”，多少男人都是走的这条道儿，天星也会这样儿吗？你可不能啊，妈为你不容易，你眼里可以没有你爸爸，不能没有你妈！韩太太心里一会儿倒退十几年，一会儿又往前跑十几年，思前想后，她像是预先测知了天星将摆脱她的控制，她将被儿子冷落、抛弃，而这是决不能允许的！韩太太并不是一个软弱无能的女人，她曾经成功地把丈夫纳入她所规定的轨道，也必将更加出色地亲手缔造儿子的未来。儿子的婚姻大事，毫无疑问地应该掌握在她的手中，选什么样儿的人家，娶什么样儿的姑娘，你得跟妈商量商量！你准知道妈能容那个“小容子”吗?

“容桂芳，不就是‘切糕容’家的二丫头吗?”她明知道，还要进一步准确无误地证实。

“是，又怎么着?”天星见她纠缠起来没完没了，就干脆说，“她跟我一个车间、一个班组，印票子的，不卖切糕！她爸爸在国营饭馆里当工人，又不是资本家、小业主儿，‘切糕容’怎么了?”

果然是她。韩太太的眼前立即浮现出容桂芳的爸爸当年的模样儿：小矮个儿，眯缝眼儿，眉毛老长，没胡子，见人面带笑。每天戴着小白帽儿，推着小车儿，走街串巷。他有家传的手艺，用江米面、芸豆、大枣儿蒸的盆儿糕，又黏，又香，又甜，又爽口，他吆喝得又好听：“哎——刚得的盆儿糕咪，想吃黏的甜的您可就快来买！……”在这一带很有人缘儿。只是本小利薄，“切糕容”一直没发展起来，连个铺面也没有，见天儿推车上街叫卖，寒冬腊月也能听见他那清脆悠扬的吆喝声，其实苦得很。直到公私合营，才算有了个铁饭碗，如今是工人阶级。这正是容桂芳的骄傲，也是天星的骄傲，他怕他妈误认为容桂芳出身不好。其实想岔了，韩太太不是这个意思。娶儿媳妇又不是招兵、发展党员，她不管这些档案里才写的东西。她心里还怕“切糕容”配不上“玉器韩”呢。老年成有话：“回回手里两把刀，一把卖羊肉，一把卖切糕。”韩家梁家，是玉器世家，在回回里头就拔了尖儿了，像“切糕容”那样儿的街头摊商，是混得最不济的。虽说现如今老皇历一笔勾销，论起来，也还是不那么门当户对。容桂芳在娘家起小儿穷惯了，吃过什么？见过什么？进了韩家的门儿，恐怕一样儿也拿不起来，韩太太最瞅不上的是那种八辈子没见过世面的戚戚索索小家子气。再者说，容桂芳也是在不点儿大的时候，韩太太有过一点儿印象，不起眼的黄毛丫头，穿得踢里踋拉，没正眼瞧过她。谁知道她如今长成什么样儿了？可别随她爸爸，也那么矬……

韩太太收住了信马由缰的思绪，拉到非常现实的问题上来：天星既然已经把话挑明了，当妈的无论如何得应一声儿。她当然不能把心里想的都端出来，那样，儿子准得跟她翻儿，娘儿俩要是撕破了脸儿，好话他也听不进去了。可是，要是让她现在就对天星说“那敢情好”，她也做不到。如果允许这个家庭里的任何成员可以先斩后奏，以既成事实强迫她批准，那她这个一家之主的位置就等于是摆设了，这个头儿一开，以后谁都可以信性儿所行了，那还了得？想了又想，她这才缓缓地对儿子说：“天星，妈没旁的意思，只是问问。你都二十五了，自个儿知道操自个儿的心了，妈高兴；怕的就是我这傻儿子不会搞对象，还得让妈给你托媒人。容二姑娘要是成了，也好；设若不成呢？也不碍事的，家有梧桐树，还愁凤凰不来吗？跟容二姑娘你们先谈着，好了，歹了，都别对不起人家。像这大冬天儿，齁儿冷的，领着人家娇娇的大姑娘瞎遛，就不是个事儿！赶明儿你约她上咱们家来玩玩儿呀，妈还想见见她呢！”

天星听着听着，不觉坐了起来，他没想到妈妈的这场审问收场却这么和风细雨。和容桂芳交往了半年，他好几次想把这事儿告诉妈，可是话到舌尖儿，却张不开他那厚嘴唇。别看他跟妈说话那么倔，一句话能撅人一个跟头，其实心里很虚，总怕妈知道了这件事儿，万一不同意，他就“坐蜡”了。就瞒着，一直瞒了半年。其实，他是一直等着妈问，问起来就说，见干见湿反正豁出去了。今天他也没打算和容桂芳耽搁那么长时间，哪知道一聊起来，两人海誓山盟的，把一辈子的事儿都规划到了。别以为倔小子永远拙口笨舌，见人就憷，在容桂芳面前也情意绵绵呢，不觉到了半夜，才依依而别。遛了好几个钟头，其实一直在容桂芳家附近转悠，人家回家不远，他可费了事儿了。到家自然免不了受盘问，他就索性一不做二不休，对妈亮了底儿。话一说出去，他反而觉得痛快了，何况妈妈也并没有让他难堪，话说得还挺通情达理的。他从心里感激妈妈，并且为自己半年来瞒着妈妈、刚才又粗野地对待妈妈而感到愧疚。就傻笑了笑，用尽量温和的腔调说：“妈，我和小容子说好了：赶明儿结婚时候，不让妈操心、费钱，各人把现成的铺盖合到一块儿，就行了。妈拉扯我不容易，我得让妈舒心……”

韩太太微笑着打断了儿子的话：“那哪儿成啊？妈这辈子就这么点儿望兴，等我儿子结婚的时候，得好好儿地办一办！钱不用你着急，妈给你准备着呢！”

天星听得高兴，说：“妈，哪天我带她来看看您？等过年的时候吧，我们放四天假呢！”

儿子憧憬着美好的未来，躺下了。韩太太给他熄了灯，轻轻地退出了东厢房。

这一夜，她通宵无眠。爱子天星意外地给她出了一个大难题，她得好好儿地寻思寻思。二十五年了，自从天星呱呱落地，她的心就分成了两半，一半给丈夫，一半给儿子，这是她生命的两大支柱。当年，一场剧烈的动荡几乎毁灭了她的一切，丈夫使她失去了希望，但幼小的儿子却维系着她的信念。为了儿子，她必须活下去；有儿子在，她就有未来。她盼啊盼啊，这一天终于盼到了，儿子要成家立业了，为她撑起门户、传宗接代。可是，寄托着她无限期望的这件大事到了眼前却是平平无奇，儿子自作主张要娶“切糕容”家的姑娘！这把她大半辈子的兴头全打掉了，把她心里谋划的一整套打算全搅乱了！唉，这半年来怎么尽是赶上不顺心的事儿？新月的升学，本来是违背她的意愿的，她希望新月也像陈淑彦现在这样，有个地方挣钱就得了，也了了当妈的一桩心事，谁知身上这根拉纤的绳儿紧绷下去，还得再供她五年！老头子的固执使她让了步，打了个平局，也是为儿子！现在，难道对儿子也得让步吗？春节就在眼前了，天星还要带容桂芳来吃饭，这出戏该怎么唱？她必须自个儿拿主意，不能跟任何人商量，越商量就越不好办了！

整整一夜，她在黑暗中思前想后，把“虎伏滩”(宵礼)和“榜答”(晨礼)都连在一起了。主啊……

一入了腊月下旬，春节说话也就到了。北京城里，渐渐显出节日气氛，临街的商店油饰了门面，橱窗里、货架上，把平常见不到的东西也摆出来了，引得人们到处排大队。越是在困难时期，人们过年的瘾头越大，世代沿袭下来的风俗，还是念念不忘：“小孩小孩你别馋，过了腊八就是年。腊八粥，过几天，哩哩啦啦二十三。二十三，糖瓜儿粘；二十四，扫房日；二十五，炸豆腐；二十六，炖羊肉；二十七，杀公鸡；二十八，把面发；二十九，蒸馒头；三十晚上熬一宿；大年初一去拜年：您新禧，您多礼；一手的面不搀你，到家给你父母道个喜！……”这歌儿一直唱到大年初一吃饺子，居家团圆，普天同庆。老年人还要给儿孙们描述一番：往年到这时候，嗬，该到东岳庙、白云观进香啦，赶庙会啦！别处的庙会只有几天儿，唯独琉璃厂的厂甸儿，正月里连开它十几天，你瞅吧：有唱戏的、玩儿杂耍的、踩高跷的、卖东西的，什么都有，你瞅都瞅不过来！小姑娘买朵绒花儿，小小子儿买个风车儿，“哗啦啦”地转，大糖葫芦有五尺长的！到了晚半晌儿，玩儿灯，放花，嗬！……

春节是华夏族的新年，按说没有穆斯林的事儿，《古兰经》里找不到这个词儿。依照穆斯林的传统，过“节”不过“年”，他们最重要的节日，是每年斋月结束时的“开斋节”和朝觐结束时的“宰牲节”，其规模之盛大、气氛之热烈，绝不亚于汉人的春节和西方的圣诞。在那喜庆而庄严的日子里，穆斯林们美衣美食，居家团聚，亲友互访，并且举行隆重的宗教典礼……然而，北京的穆斯林毕竟长期生活在汉人占绝大多数的燕京古都，说汉语，用汉字，甚至连衣着也已经和汉人没有多少差别，他们不仅过自己的节，而且渐渐地对汉人的节日也不再漠然旁观了，五月端午，八月中秋……尤其是春节，也就当成了他们的节日。节日总是愉快的，人不会拒绝愉快，特别是和汉人子女一起长大的孩子们。但是，穆斯林过春节又与汉人有所不同：鞭炮是不放的，年初一是不吃饺子的，改为年糕和卤面，取“年年高”和“长寿”之意。这些，都是在逐渐“汉化”而又唯恐“全盘汉化”的艰难状态中，北京的穆斯林约定俗成的自我调整和自我约束，也并无经典作依据，到了宁夏、新疆、云南、河北大厂等穆斯林聚居区，则又不同了……

腊月二十六，已是立春过后第五天。街上的雪早就化干净了，天晴得很好，微风吹来，已含春意。

姑妈忙着采购，票、证上有的、没有的，她都想尽一切办法买到手。买江米面，准备炸年糕；买红胡萝卜，炒“豆儿酱”；买豇豆、小豆、芸豆、青豆、黄豆；买带鱼、黄鱼；买鸡……她的计划十分庞大，总嫌原料不足。如今是什么年月？上哪儿买那么全乎去？韩太太对儿子说：“天星，光靠票儿上的那点儿肉，怎么做都不够支派的，叫你姑妈为难。我想着要是年初二……"

天星惦记着年初二请容桂芳来家吃饭，这话正打在他的心上，就说："那怎么办?"

韩太太这才说："请人吃饭，怎么着也得像个样儿啊！可我的心就买只整羊，炒的、爆的、涮的、吃饺子的，都有了!"

"那当然好了，整羊? 哪儿买去?"

"我不正寻思着吗? 听你姑妈说，她有个亲戚在张家口，虽然多年不走动了，地址倒还记着。要不，你就去一趟，头年儿，还赶得回来!"

"那等我放了假吧，年三十厂里就没多少事儿了，只是打扫卫生。"

"等到年三十就晚了，初二让人家吃什么? 依我说，你明儿一早就去!"

"那……我也得请个假呀!"

"嗨！大年根儿底下，谁没点儿家里的事儿? 反正也快放假了，你走你的，明儿我给你们厂里打个电话，就说你病了!"

天星咂着嘴，挺犯难。犹豫了一阵，终于决心为了爱情而撒一回谎吧！可惜来不及跟小容子打个招呼了，不过……也没关系，反正已经告诉她初二上家来了!

第二天一早，天星兜儿里揣着妈给的钱，带上姑妈说的地址，兴致勃勃地奔张家口去了。

韩太太却并没打电话替天星请"病假"。她要静观容桂芳的反应，让她猜这个谜。二十七，二十八……二十八这一整天，韩太太都在耐心地等容桂芳。昨儿天星没上班，容桂芳不能没反应。是病了? 还是有事儿? 她得寻思。今儿天星还是没露面儿，她准得嘀咕上了，不踏实了，急着要见天星，要上家来。昨儿没来，今儿准来，超不过三天去。来了，我可要好好儿地待承她！当然，这事儿不能掺和第二个人，我一人儿就给办了。

早晨起来，韩子奇上班走的时候，韩太太就嘱咐他了："天星不在家，晚饭就凑合了。你要是嫌'素'，就在外头吃了再回来。路上就手儿看看哪儿有卖冻柿子的，带一兜子来！”这就保证老头子下午回来得早不了。新月呢，上午在家温习她的功课，吃过午饭，韩太太像是顺便想起来似的对她说：“放假了还没完没了地念书？也不出去逛逛？”

这还是妈妈头一回劝她出去玩儿，新月当然高兴：“那我就上琉璃厂参观参观淑彦的商店，看看她怎么做买卖。一定很好玩儿！”就走了。临走还找补一句：“妈，我可能晚点儿回来，啊？”

韩太太心里正是这个意思。

日落黄昏，眼瞅着就是下班的时候了，容桂芳今儿要是来，也就是在这个时候来。她想着，还得把姑妈也支出去，省得她到时候瞎插嘴，或者再跟别人学舌，都不好。事不宜迟，就到前院问姑妈：“咱过年的东西还缺什么？”

姑妈正算计着这事儿，就说：“缺好几样儿呢！黄花儿、木耳、饹馇，都没买，黄花鱼哪儿都没有！”

“我听说菜市口正排大队买黄花鱼呢，可惜远了点儿！”

“远不碍事的，我这就瞅瞅去！”

姑妈当真就奔菜市口排大队去了，管她买得着买不着黄花鱼，倒不是韩太太所关心的了。她关上大门，踏踏实实地坐在外客厅里，喝着盖碗儿茶，轻轻地哼着老年间听熟了的《穆桂英挂帅》：“……我一剑能挡百万兵！我不挂帅谁挂帅？我不领兵谁领兵？……”

一曲未终，就听见有人敲门了。

“谁呀？”韩太太连忙走上前去，问了一声，没等外边回答，就打开了门，门外站着个二十来岁的姑娘。

见了端庄清雅的韩太太，那姑娘竟腼腆得一时不知该怎么称呼：“您是……韩……韩大妈吧？”

韩太太一听这称呼，就觉着土，文雅一点儿该称“伯母”才是。没回答她，倒反问：“同志，您找谁呀？”

“我找……韩天星，跟他一个厂子的。”

“您贵姓啊？”又明知故问。

“姓容。”姑娘脸一红。

韩太太心说：我早知道你是容桂芳，等的就是你！说话之间，她略略打量了打量天星的这位意中人：个儿倒不像“切糕容”那么矬，脸盘儿、眉眼儿都平常，倒也还算看得过去，就是那做派差点儿事儿，一瞅就跟韩家不是一层水里的鱼，身上穿着工作服，里边套着棉衣裳，鼓鼓囊囊的，一个姑娘家，怎么那么不会打扮自个儿啊？还是没得穿的？

……心里这么掂量着，韩太太面带微笑，说：“噢，容同志！请里边儿坐吧！”

容桂芳挺不自然地跨进了高门槛，韩太太随手又关上门，就带着她往里走。她并不打算就在倒座儿南房里接待她，踏着台阶进了垂花门，进了里院，一直领到上房客厅里，在招待最重要的客人的地方，请她落座，还没忘了给她也沏上一碗盖碗儿茶。容桂芳一路上心里七上八下，一道门、两道门，前院、后院，又侧眼瞟了瞟院子里的廊子、东西厢房，就觉得韩天星他们家怎么跟她想象的不一样啊？跟一处古迹似的，没个家庭的热乎气儿。再看到堂屋里这摆设，天星他妈那么客客气气，让座、递茶都有板有眼，心里就想：要是进了她家的门儿，这儿媳妇可够难当的！捧着茶碗不见天星出来，只好开门见山：“大妈，天星呢？”

韩太太笑笑说：“他没在家，出门儿了，头年儿还不定回得来回不来呢！”

“啊？”容桂芳一愣，“他上哪儿去了？怎么也没请假？”

韩太太耳不惊，心不跳：“我正说替他去请个假呢，可巧容同志今儿来串门儿，既然你们是同事，就托您给领导带个话儿得了：天星哪，有点儿自个儿的事儿，到上海去了。他的那个表妹不正在上高中嘛，趁人家放寒假，去看望看望，兴许还接她到北京来过年呢！”

“表妹？”一种不祥之感袭上容桂芳的心头，连声音都变了。

“嗨，”韩太太却平静得如同跟街坊聊家长里短，“说是表妹，其实呢，也是起小订的娃娃亲。平常也没工夫见面儿，老是信上说话儿。这不，天星都二十五了，他表妹也就要高中毕业了，老大不小的，就不能再耗着了，该办，就得抢早办！容同志，您说是不是？”

容桂芳傻眼了！一股电流刺激着她的神经，从脚心一直麻到头顶。她无论如何也不敢相信老实巴交的韩天星还会玩儿这一套，一边恋着个上海姑娘，一边又拿她来填补空虚！可是，红口白牙的，这是他妈亲口说的呀，还会有假吗？要不然，韩天星为什么没跟她说一声儿就走了呢？准是他心里有鬼！男人哪，心真是猜不透！如果现在不当着天星他妈的面儿，不是坐在韩家的堂屋当门儿，容桂芳肯定会号啕大哭！可是，这不是她哭的地方啊！

不管容桂芳心里怎么翻腾，韩太太明白刚才那一番八不沾边的瞎话已经发挥了预定的效力。现在，她还不能就此罢休，得进一步加强、巩固这一效力，并且防止可能产生的后遗症。她像是根本没留意对方的情绪变化，继续娓娓而谈："容同志！其实呢，甭管多好的亲事，也不能都十全十美。我就觉着，他表妹虽然又标致，文化又高，可是两口子不在一个地儿也不是过日子的来派！倒不如本乡本土的，北京又不是找不着对象！可是天星认头，说结了婚再想法儿把表妹调到北京来。他爸爸也说：当初订的亲，哪儿能一句话就退了？再者说，在北京要真想找个门当户对的亲家，也不那么容易，不能剜到篮子里就是菜！容同志，您说，我还能说什么？"

用这样的问题向容桂芳提问，真是再绝妙不过了。容桂芳这会儿连嘴唇都是白的，她能说什么？她只能在心里暗暗把自己和天星他妈说的每一个字相对照，尤其是那句格外刺耳的"门当户对"！听到这里，她已经完全清楚了自己在韩家眼中的地位，自尊心受到了致命的打击，并且由此使自己从麻木状态中清醒了：韩天星，过去的事儿就算我瞎了眼，从今天起，咱们各走各的路吧！你从来也没爱过我，你怎么能爱我？

自制、自强使她逼迫自己斩断了心中的乱麻，站起来说："大妈，我该走了。"

"哟，刚来了就走哇？容同志找天星有什么事儿吗？"韩太太也站起身来，准备送客。

"没事儿，我下班儿顺路来瞅瞅，"容桂芳极力把来意说得淡而又淡，她希望自己的第一次也是最后一次拜访不要在韩家留下任何痕迹，“大妈，等韩天星回来，您甭跟他说我来过。他个人的事儿，恐怕也不想让同事知道。”

“还是容同志心细！”韩太太赶快把这话接过去，“那您也就甭替他请假了，明儿我打个电话。”

容桂芳怀着一颗冰冷的心走出了垂花门。临出大门，韩太太又嘱咐了她一句，这一句是最要紧的，留在最后说：“容同志，我没把您当外人，什么话儿都搁不住。天星那表妹的事儿，您可别当面儿问他，也别跟旁人说，天星这孩子脸皮儿薄，脾气又倔，怕有个言差语错的，对不住您！”

“您放心吧！”容桂芳头也不回地迈出了韩家的高门槛，沿着来路走回去了，她决心把什么话都烂在心里，不说了！

韩太太慈祥地微笑着送走了这位“贵”客，关上了大门，她觉得累了，倚在门上，长长地舒了一口气，五脏六腑都感到少有的畅快。

大年三十，天星扛着一只整羊，从塞外古城张家口赶回来了。到了家，刚把羊撂下，连口水都顾不上喝，就又奔厂子去了，他急着要见容桂芳，要向她表述这远道采购的真挚情感，要再次叮嘱她年初二一早就来，他所做的一切都是为了她！

可是，容桂芳却对他出奇地冷淡，淡得像路人，像一般的同事，只说：“我不想去了。初二我们家要来客人，我得招待。你有什么话，就在厂里说吧！”说完，竟然就走过去了，在他面前停留的工夫都不到一分钟！

一股无名火憋得天星的脸发紫，他想追上去，问问她这是什么意思？怎么三天没见面就冷得这样儿了？但是，他没有这样做，一梗脖子，朝相反方向走了。厂子里人多眼杂，他怕让别人看出什么来，笑话他。他和容桂芳的交往，至今小心翼翼地不愿让厂子里同事知晓。他瞅不起那些在女人面前软得连骨头都没有的小伙子，打扮得油头粉面，有话没话儿地跟女工瞎搭咕、逗闷子，无论人家怎么连损带挖苦都不急不恼，脸皮比城墙拐角还厚。韩天星不是那样的人，是个铁铮铮的男子汉！和容桂芳搞对象，本不是他强求的，那是因为他干活儿地道、为人正派，两人谁都瞧得起谁，觉得合适，才渐渐地透露了心迹。那是今年夏天的事儿，天儿正热，心也正热。现在，天儿凉了，心也凉了吗？这怎么可能呢？要不，等下了班儿上她们家去谈谈？不，那么样儿低三下四，韩天星做不出来。长这么大，腰没弯过！

他回到家，幸好妈妈也没问他，只顾忙着和姑妈一起准备过年。他不敢对妈说，怕打了妈的兴头。唉，真对不起妈，妈还什么都不知道呢，满面春风地瞎准备，一心一意等着年初二“儿媳妇”上门儿呢。他说声儿容桂芳要来，妈就像迎接贵宾似的！愧疚、痛苦撕咬着这个闷汉子的心，他想告诉妈妈实情，转念一想，算了，痛苦就让我一人忍了吧，别搅得全家都过不好年！还有父母和姑妈呢，还有妹妹呢，过年了，应该让全家人都高兴，我是长子，得撑起来这个架子！再说，今年家里还是有喜事儿嘛，妹妹考上了北大，这是她考上大学的第一个年，我不为自己，也得为她高兴！

爆竹声中一岁除，
春风送暖入屠苏。
千门万户曈曈日，
总把新桃换旧符！

北京沉浸在除旧布新的节日气氛之中，农历辛丑年以预定的步伐来临了。尽管在远离北京的寒冷的北方刚刚展开了一场足以影响世界局势的中苏两党大论战，尽管中国大地上经济萧条的阴霾还有待时日方可驱散，尽管大千世界的芸芸众生无论在什么日子也免不了有生离死别的悲哀和绝情失恋的痛苦，一岁之始还是把欢乐带给了人间。

正月初二，韩家的节日盛宴照原计划举行，只是应邀前来的客人不是容桂芳，而是陈淑彦。陈淑彦已经不把自己当客人，和新月的情感如同姐妹，也就把和蔼可亲的韩太太、老姑妈当作亲人了。为了感谢韩伯伯、韩伯母对她的相助之恩，她用自己的工资买了两盒高价的清真细点心，更增添了彼此感情的融洽。

姑妈已经把一切都准备停当，眼瞅着就要开宴了，韩太太才走到东厢房，对儿子说：“天星，容二姑娘怎么还没来啊？”

天星知道拖不过去了，就强制着自己，装作平静地说：“她今儿有事儿，不来了。”

“啊？不来了？瞧我这都预备好了……”韩太太似乎非常地遗憾，“那……改在哪天呢？”

“以后再说吧！”天星不敢看妈妈的脸，心里的话没法儿跟妈说，耷拉着脑袋嘟哝道，“我们俩的这事儿，还不定成不成呢……”

“这是怎么个话儿说的？你们抬杠拌嘴了？”

“没有。人家说，家里初二来客人……”

“什么客人能比你还当紧？那不过是个推辞话儿，你就当真？”

天星不语。他觉得妈说得不是没道理。明摆着，是容桂芳自个儿不愿意来，别的，都是瞎扯！

韩太太进一步分析：“是她又攀上什么高枝儿了，瞅不上你了？”

“她瞅不上我？我……我还瞅不上她呢！”天星被激起了火，气得脸红脖子粗，不是冲他妈，是冲此时根本不在场的容桂芳，“有什么了不起的？这么样儿玩弄别人的感情！”

“说得是啊！”韩太太愤愤地说，“我儿子哪点儿不比她强？论家庭，论人品，她配吗？为了跟她一般高，我们得蹲着，她倒嫌我们矬了！这叫不识抬举！”

娘儿俩各有各的气，这会儿都撒了出来。天星经过妈妈的指点，回过点味儿了，心里的那团乱麻理出点头绪来了。容桂芳！既然你眼睛瞅着别处了，我韩天星决不硬巴结你！他在心里暗自慷慨激昂，但看着妈妈也跟着他生气，又不落忍，就安慰说：“妈，这事儿就是吹了，也不碍事的，您别往心里去。我们厂子里光棍儿汉子有的是，不丢人！”

韩太太冷笑着说：“我儿子还能打得了光棍儿？哼，金镢头不缺柳木把儿，我们怕什么？天星，走，吃饭去！为这种人生气伤身不值得，身子可是自个儿的！”

韩太太精心准备的这顿年饭，开始了。席间，韩太太和姑妈不断地给陈淑彦搛菜，韩伯伯和新月则跟她聊着文物商店工作上的事儿，说起古玩和外贸，三个人找到了共同语言，甚是投机，更像是自己人了。唯独天星闷着头，梗着脖子，默默地吃饭，谁都不搭理。反正他从来就是这样，却也并不引人注意，只有韩太太知道儿子心里想的是什么，或者说，真正了解天星此时的心情的，其实只有他自己，他正在吞咽着有生以来最大的痛苦！

新月完全不知道哥哥的痛苦，她那无忧无虑的欢声笑语使天星伤感，也使他多少得到了一点儿安慰，觉得这种亲密无间的居家团圆还是可贵的。他胡思乱想：人，为什么要有那么多的感情？有骨肉情、手足情，这就足够了，干吗还要添上个男女恋情来折磨自己？

他极力不再去想那个容桂芳，可是每道菜都是为容桂芳而准备的，他一动筷子就看见了那张脸，想忘个干净也是不容易的！他本来没有一点儿胃口，却强迫着自己吃，吃饱点儿，别让妈难过；慢慢儿地吃，别早早地扔下碗就走，让全家扫兴，特别是今儿家里还有妹妹的客人，他得耐着性子让这顿饭圆满结束。他不愿意让除了妈妈之外的任何人看出他是个失恋的人，他认为“失恋”是一种耻辱，并不像一些大知识分子那样还能从中寻找出什么诗意。他尽量使自己平静、自然：我还是原来的韩天星，一点儿没变。是一点儿没变，依旧是徐庶进曹营——一言不发！不过，这个又蔫又拧的主儿，在他最不顺心的时候，能做到这一步，就已经很不容易了！

下午，新月和陈淑彦出去看电影，是席勒的作品《阴谋与爱情》。新月还邀哥哥一块儿去，天星一听这个片名就浑身起鸡皮疙瘩，再说，他现在哪儿有这份儿闲心？就摇摇头，没事儿找事儿地去擦他那辆自行车。泥里雪里骑了一冬天，也该利落利落了，人倒霉，别让“马”也跟着垂头丧气的，打起精神来！

吃过晚饭，天星就一头扎进东厢房，没再出来。他早早地躺在床上，寻思着剩下的两天假该怎么打发？等初五上了班，见了容桂芳，还说点儿什么吗？嗨，不说了，什么都不说了，这一篇儿就算翻过去了！他暗暗埋怨自己怎么这样儿反反复复？大丈夫做事，得拿得起，放得下，决不能让容桂芳看扁了！那么以后呢，抬头不见低头见，怎么相处？随她去，你不理我，我就不理你；你找碴儿跟我说话儿，我还装听不见呢！什么？你又后悔了？你哭？哼，眼泪也泡不软我的心，谁叫你折磨我呢？……

人哪！每个人的心都是一个宇宙，阴阳造化，相克相生，深奥隐秘，无有穷尽，即使像天星这样感情很少外露的铁汉子，也不能例外。要摆脱情网的缠绕，他必须战胜自己。这也许很快，也许还要很久。

他闭上眼，却并不关灯，不愿意让家里的人知道他这么早就筋疲力尽地躺下了，免得窥见他心中的秘密。

此刻，韩太太正在女儿的房里。

新月坐在写字台前边的椅子上，胳膊肘儿支在桌上，一手托着脸，和妈妈说话儿。屋里的炉子烧得很热，她没穿棉袄，只穿着那件白色的毛衣，在柔和的台灯照耀下，更显得娴静、优雅，洋溢着无忧无虑的青春气息。韩太太坐在女儿的床上，手里捏着一个嫩黄的香蕉苹果，熟练地削了皮，放在桌上的小碟里，切成六瓣儿，用牙签叉起一瓣儿，递给女儿，再叉一瓣儿，才送到自己嘴里，慢慢儿地吃着，和女儿说话儿。新月很少有机会这样跟妈妈亲近，她觉得自己又回到童年了。

“新月，”韩太太说，“你总算走上阳关大道了，不用妈操心了……”

新月心里一热，妈妈这一句话，把过去所有的不愉快都抵消了，妈妈毕竟和女儿连着心。她看着妈妈那日渐苍老的脸，那不就是为她操劳的见证嘛！她想：妈妈，您等我五年大学毕业之后吧，女儿要让妈妈过一个最舒心、最幸福的晚年！

韩太太继续说：“……往后，妈就得着你哥的急了。”

“我哥？我哥怎么了？他现在不是挺好的吗？”新月不明白妈妈的意思，她觉得这个家庭现在什么烦恼也没有。

“你没觉得，你哥这些日子心里有事儿吗？”韩太太朝东厢房那边努努嘴，轻声说。这话，自然不能让儿子听见。

“没有啊！”新月眨眨眼睛，脑子里闪过一个念头，猜测着说，

“是不是他看着我上大学，心里……”

“不是，他现在没那个心了。都二十五了，还上什么学啊？他如今该想想自个儿的事儿了，哪儿能老这么跟孤雁儿似的！”

新月的脸腾地红了，她没有想到，哥哥的婚姻大事妈还会跟她商量。她算什么呀，一个小孩子，还没有接触过爱情的少女！

“这事儿呀？您跟爸爸和姑妈商量商量吧，我……我哥的什么忙我都愿意帮，可是这事儿——我总不能跑到街上嚷嚷：哎，谁愿意嫁给我哥？”

“悄不声儿的！”韩太太笑着，朝新月的手上打了一下，“我跟你说正经的呢！哎，我瞅着，他好像是对淑彦有那么点儿意思？”

“是吗？”新月一惊，差点儿跳起来，这消息对她来说简直太突然了！看见妈妈直摆手，才压低了声音，兴奋地说：“我怎么早没想到呢？太好了，实在是太好了！”

韩太太笑眯眯地瞅着她：“就是不知道人家姑娘乐意不乐意？”

“没问题！”新月竟然敢打这个保票，“前几天她还夸我哥实在呢，就是不冲我哥，冲我，她也愿意！”

韩太太的眉眼儿都笑开了：“她又不能嫁给你！”

“要不，我就把话挑开了，问问她？”新月抑制不住心头的冲动，恨不能连夜就去找陈淑彦。

韩太太稳稳当当地按住女儿的肩膀说：“不能这么着！你要是先把你哥兜出来，问人家乐意不乐意，就跌了咱的份儿了。即使成了，以后也是低人家一头。居家过日子，要是女强男弱，这爷们就得受难为。得给你哥留一步！再者说呢，现如今儿女亲事，也不兴父母包办，你也甭拿我的话跟淑彦说事儿。顶好是让淑彦勤来着点儿，慢慢儿地熟了，让他们自个儿搞。咱们娘儿俩呢，就‘去’那个拉胡琴儿的、敲边鼓儿的。因话儿提话儿，没准儿那边就先开口了！”

韩太太爱子心切，为了得到她所相中的儿媳而运筹帷幄，不知不觉地对女儿进行了一番有智有谋、有声有色、独具风格的关于恋爱、婚姻、家庭的演讲。而新月，一心想促成哥哥和陈淑彦的这段良缘，竟然对妈妈的这番老谋深算没有丝毫的反感。爱情，这对她来说，还是一个充满神秘色彩的新课题。小说、电影里的爱情故事，离她太远了；现在，现实生活中的一个爱情故事以奇特的方式在她身旁发生了，她不是当事人，但也不是可有可无的旁观者。

韩太太定下战略，步履轻盈地回房安歇去了。

新月还在灯下幻想着未来：陈淑彦，她的挚友，又将成为她的嫂子，这简直是真主的特意安排！以后，在这个家庭里，她将增添一个最知心的伙伴，爸爸、妈妈、哥哥、嫂子，还有姑妈和她，将连成一条和谐紧密的纽带！啊，多么美满的家，多么令人愉快的寒假！在假期里，她要履行妈妈的嘱托，为创造家庭的美好未来而努力！

她看看桌上的日历，寒假已经过了一半，再过十几天就该开学了，那时回家过年的同学都回来了，大家又要见面了，她倒是真想同学们呢！楚老师的那个小小的书斋中，一定又多了一摞稿纸吧？他寒假根本没回上海，说要利用这段时间多翻译点儿东西，这个人，事业上抓得可真紧！想到这里，新月又想提早几天到学校去，好拜读楚老师的新作……

“博雅”宅中，东、西厢房都亮着灯，新月和哥哥都失眠了。

第七章 玉王

伊斯兰教鼓励婚姻，因为它关系到种族的繁衍延绵。伊斯兰教认为，成年男女出于天性的正当需要而结婚是“瓦直卜”（当然），以共同生活、生儿育女为目的的婚姻是“逊奈”（圣行）。伊斯兰教禁止淫乱，但同时也反对违反人性的禁欲。

韩子奇和璧儿的婚事，在劫后重逢、悲喜交集的时刻决定了。

即将做岳母的白氏且喜且悲且惧。喜的是梁家从此有了依靠，有了希望，璧儿的终身有了托付，奇珍斋的死灰竟然也得以复燃；悲的是梁亦清走得太早，没有看到这一天；惧的是无力打发女儿出嫁，喜事临头，却是一道难以渡过的大关！

按照回回的习俗，男婚女嫁，不是自由恋爱、私订终身就可以了事儿的，任何一方有意，先要请“古瓦西”（媒人）去保亲，往返几个回合，双方都觉得满意，给了媒人酬谢，才能准备订婚。订婚通常要比结婚提前一年至三年，并且订婚的仪式也不是一次就可以完成的。初次“放小订”，在清真寺或者清真饭馆或者“古瓦西”家里举行，男方的父、兄预先订下一桌饭菜，备了用串珠编织成的聘礼，前去行聘。女方的父、兄带着一只精巧的玻璃方盒，里面放着“经字堵阿”和刻着待嫁女子的经名的心形银饰。双方父、兄见面之后“拿手”，互换礼物，然后聚餐，“小订”即算完成。过了一年半载，再议“放大订”。“大订”比起“小订”，就要破费得多了，男方要送给女方一对镯子、四只戒指、一副耳坠儿、一块手表、一对镯花儿，装在玻璃盒里，连同“团书”(喜柬)，由“古瓦西”送到女家，“团书”上写了两个日子，供女方任择其一。“古瓦西”讨了女方的口信儿，再回男方通知。“团书回来了吗？订的是几儿呀?”“回了，×月×日。”这个日子就是预订的婚礼日期，所以称为“大订”。“大订”之后，男方就要依据婚期，早早地订轿子、订厨子，并且把为新娘做的服装送去，计有棉、夹旗袍，棉袄棉裤，夹袄夹裤……共八件，分作两包，用红绸裹好，外面再包上蓝印花布的包袱。至此，订婚就算全部完成，只待举行婚礼了。

喜期来临，排场当然更要远远超过“放订”，当那十抬嫁妆浩浩荡荡出了门，人们才知道嫁女的父母要花多少钱！看那嫁妆：头一抬，是二开门带抽屉的硬木首饰箱(官木箱)，箱上搁着拜匣；第二抬，一件帽镜、一只掸瓶、两只帽筒；第三抬，四个宗罐；第四抬，两个盆景；第五抬，鱼缸、果盘；第六抬，两个镜支；第七、第八抬，是两只皮箱，盛着新娘的陪嫁衣物，箱上搁着对匣子和礼盒；第九抬，又是一只小皮箱；第十抬，是新娘沐浴用的木盆、汤瓶以及大铜锅、小铜锅、大铜壶、小铜壶。这十抬嫁妆，是断不可少的，如果女方家境富裕，还可以加上炉屏三色和大座钟，便是十二抬。若要摆阔斗富，再增加几倍也没有止境，多多益善，但少于十抬便觉寒酸了。有的穷家嫁女，凑不够十抬，又无钱打发抬夫每人两块大洋，便廉价雇几个人，头顶着嫁妆送过去，称为“窝脖儿”，那是相当现眼的事儿，谁家谁家四个“窝脖儿”就聘了姑娘了，往往要留下几十年的话把儿。

再说男方。迎亲当日，男方要备上一块方子肉、两根卷果、两只鸡，都插着“高头花儿”；五碗水菜、四盘鲜果、四盘干果、四盘点心、四盘蒸食、一对鱼，装在礼盒里，分作两抬，称为“回菜”，给女方送去，一俟花轿出门，这“回菜”就回来了，女方的亲友大吃一顿。新娘上轿，婆婆要来亲自迎娶，娘家妈也要亲自把女儿送上门去，随着去的还有娘家亲友，更是浩浩荡荡，喜气洋洋。按照传统，回族人的婚礼习俗，无鼓乐，禁鸣炮，不事喧嚣，却洋溢着古朴纯真的喜庆祥和。花轿进了婆家的门，早已有请好了的“齐洁人”或者由婆婆迎上前去，挑开轿帘儿，给新娘添胭粉，然后迎入新房，却不像汉人那样“拜天地”。

这时，宗教仪式的婚礼才真正开始。

八仙桌上，摆好笔砚，由双方请来的两位阿訇写“意札布”（书）。婚书上写着双方家长的姓名，新郎、新娘的姓名，以及八项条款：一、这是婚书；二、真主订良缘；三、双方家长赞同；四、夫妇双方情愿；五、有聘礼；六、有证婚人二人；七、有亲友祝贺；八、求真主赐他们美满。阿訇写毕，向新人祝贺，这时，新娘含羞念“达旦”（愿嫁），新郎念“盖毕尔图”（愿娶），婚礼达到了高潮，来宾们哄声四起，手舞足蹈，抓起桌上的喜果向新郎、新娘撒去，祝愿他们甜甜蜜蜜、白头偕老！

婚礼以再次“拿手”结束，但欢宴和笑闹还要持续到午夜，第二天一早，新婚夫妇就要成双成对地到娘家“回门”了……

白氏深深地叹息，她当年就是这样嫁到了梁家，而如今却无力为爱女举办这人人都有权享受的婚礼！

“子奇，璧儿，妈不能对不起你们，我去求回回亲戚们帮我一把，要‘乜帖’也给你们办……”

“妈！”璧儿为母亲擦着泪，“咱免了吧，都免了！奇哥哥没有家，您就是凑够十抬嫁妆，往哪儿抬呀？从今儿起，他就是您的亲儿子，您又聘姑娘又娶儿媳妇了！明儿一早，咱举意提念爸爸，念平安经，我就算有了家了！”

第二天，星期五，穆斯林的“主麻”（聚礼）日，璧儿和韩子奇双双来到清真寺，请阿訇为他们写“意札布”，在肃穆的清真殿堂，当着聚礼的朵斯提，阿訇为他们兼任了“古瓦西”和证婚人，向他们道“哞吧拉克”（恭喜）。

“达旦。”璧儿说。

“盖毕尔图。”韩子奇说。

没有人为他们撒喜果，但是，他们觉得来参加聚礼的穆斯林都是他们的婚礼的宾客！

按照伊斯兰教规，穆斯林的婚礼，最重要的条件是当事人双方自愿结合，并且必须有穆斯林中的两个男子或一男二女在场作证，此外一切繁文缛节都可有可无。韩子奇和璧儿的婚礼，该具备的都具备了，就不必遗憾了吧？

走出清真寺，璧儿没有为自己的婚礼的寒酸而悲伤流泪，她心里觉得从来也没有像今天这样充实，从现在开始，她成为大人了，成为“韩太太”了。《古兰经》说：“妇为夫衣，夫为妇衣”，她和奇哥哥将融为一体、互为表里、相依为命、永不分离，共同走向面前那漫长的路……

十年之间，奇珍斋名冠北京玉器行。这时，北京已经不叫北京，由于国民政府迁往南京而改称“北平”，叫了好几年了。

韩子奇把奇珍斋扩展到五间门面，他从某家破落贵族的后人手中买来一批从老宅子里拆下来的优质汉白玉石材，雇了手艺高强的石匠精雕细刻成浮雕大门脸儿，正中挂上了当年由“玉魔”题写的黑漆镏金大字牌匾“奇珍斋”。门脸儿以上，磨砖对缝，清水脊的门楼两丈余高。大门两侧，汉白玉墙面上分别镌刻着两行大字：“随珠和璧”“明月清风”，原是当年“玉魔”老人题在家门上的楹联，用在这里，竟珠联璧合。

近年来，韩子奇把奇珍斋交给账房老侯和徒弟去照看门市生意，他自己则把主要精力用于寻访天下美玉，观赏把玩，并从琉璃厂的旧书店搜求大量古籍，凡与玉有关，都不惜重金买来，对照自己的收藏，披阅攻读，潜心研究，孜孜不倦，如醉如痴，俨然又一个“玉魔”……

不久，连“玉魔”老人的藏玉之所“博雅”宅也“货卖识家”，归于韩子奇之手！

搬入新居，韩子奇仿佛回到了阔别已久的故地，仿佛又看到了那位充满智慧的龙钟老人。他抚摩着大门上的“玉魔”遗墨，抚摩着庭院中老人手植的花木，抚摩着老人生前藏玉读书的上房西间书房，心中不禁涌起无限思念，默默地呼唤着“魂兮归来……”

某夜，月朗风清，万籁俱寂，韩子奇久思无寐，中夜长坐，忽然隐隐地听得一个叫声：“我可扔了，我可扔了！”

韩子奇一惊，那声音似乎有些像故去十余年的老先生的语声，便疑心是自己思之甚切，造成幻听，不敢当真。但由此更加勾起感伤之情，毫无睡意了，于是信步走到院中，徐徐踱步，若有所思。此时，天上一轮明月，像一只羊脂白玉盘，洒下银白色的清辉，院中的石榴含苞待放，西府海棠正开得灿烂，香气袭人，微风拂过，枝叶沙沙作响，犹如当年的琢玉之声。突然，刚才那叫声又响起来：“我可扔了，我可扔了！”

这一次，韩子奇听得真真切切，仿佛就在头顶，就在耳畔。他诧异地茫然四顾，只见皓月当空，树影婆娑，没有一个人影儿，立时打了个冷战，便壮着胆子，向着空中说：“是人，是鬼，是福，是祸，我韩子奇都不怕，要扔，就只管扔吧！”

这番话说罢，他自己也觉得毛骨悚然，精神恍惚，这时，只见从上房西北方向，一颗流星划破天井，光灿灿落入院中！韩子奇暗暗称奇，蹑足向前，那一团亮光还未熄灭，明晃晃地在砖地上滚动，犹如用月光宝石琢成的一颗明珠。韩子奇见玉则迷，伸手就要去捧，那明珠却突然不见了，好像钻入了地下，而刚才滚动之处，砖墁甬路却完好无损！

韩子奇呆立院中，回想刚才情景，若有若无，似真似幻，仿佛是做了一个梦……

西厢房里，急匆匆奔出师妹玉儿，把韩子奇从梦中惊醒：“奇哥哥，你快来，姐姐恐怕是要……早产！”

“啊？”韩子奇忘却一切，赶快向西厢房跑去。妻子正在妊娠期，分娩已近，夜晚便和玉儿同住西厢房，求个照应，不料产期提前了！他刚刚踏进门里，已经听到了响亮的婴儿啼哭声！

梦一般的喜事降临了“博雅”宅。韩太太结婚十年，三次怀胎，都流产夭折，这一次又是七个月分娩，却安然无恙，为韩子奇生了一个肉墩墩的胖小子！

韩子奇三十二岁得子，抱在怀里，凝视良久，热泪纵横，猛然想起那颗从天而降、来去无踪的明珠，脱口道："这孩子，就叫他'天星'吧，天助'博雅'宅，星落奇珍斋！"

天星出生七日，韩子奇请阿訇为孩子起经名，由玉儿替姐姐抱着孩子，隔着产房的窗户，阿訇口中念念有词，吩咐里边将孩子右耳朝着他，轻轻地吹去一口气；再掉过方向，朝左耳吹一口气；然后接"堵阿以"，命名仪式完成，赐名为"赞穆赞穆"，汉字的字面有赞颂伊斯兰教的先知穆罕默德之意，阿拉伯文的原意则是"吮"，是圣地麦加城中泉水的名字，每年伊斯兰历十二月，前往朝觐的穆斯林都要痛饮"赞穆赞穆"泉水，如同吸吮着母亲的乳汁。这名字简直是太好了：圣泉的水，天上的星！

韩太太有了孩子，里里外外便格外繁忙，母亲白氏已经在七年前"无常"，妹妹玉儿正在燕京大学念书，也不能总让她因为家里耽误功课，"博雅"宅中的一切事务，当然都要韩太太一个人照料了。她过去勤谨惯了，事无巨细，都愿意自己动手。韩子奇曾经想把店里的伙计叫一个来管家，韩太太说："什么脏男人，能让他进我的家？吃的、穿的、用的，哪一样儿他能插上手？"韩子奇又说要雇个女佣人，韩太太也不肯："小偷好躲，家贼难防，谁知道谁的心啊？可别像蒲寿昌似的，找了你这么个胳膊肘儿往外拐的奴才！"

夫妻两个都笑了，这话也就搁下不提。

天星出生满百天，韩子奇当然要庆祝一番。这次庆祝，不是大摆筵席，他却独出心裁地在新居搞了个"览玉盛会"，以玉会友，把东厢房三间打扫一净，摆上一式二十四件硬木百宝槅柜子，将十年来苦心搜集的奇珍异宝陈列其中，供玉业同仁、社会名流、文人墨客观赏品评。这次盛会，不在奇珍斋店堂而在"博雅"宅内举办，韩子奇自有一番用意：店办是为了销，家办则只是为了展，展而不销，足见藏品之珍贵、主人之清高。为了这次盛会，韩子奇让店里的账房先生老侯和伙计们来布置了好几个通宵，到开幕之日，却都让他们回去照应店里的生意，这里由他亲自主持，并让在燕大读书的玉儿请了三天事假，为他做助手。

展期只有三天。三天之内，来者不拒，展期一过，恕不接待。这三天，没把北平城里的古玩玉器业、文物字画业闹翻了个儿，凡数得着的人物，都来观看，一为大饱眼福，二为庆贺韩老板喜生贵子，车水马龙，门庭若市，与当初“玉魔”老先生居住时的“博雅”宅门可罗雀的光景大不相同了。更有一些大学教授、知名学者也造府观宝，赞叹之余，还留下不少墨迹题咏，其中最引人注目的莫过于一副楹联：“奇技惊天，一脉青蓝称圣手；珍藏冠世，千年璀璨聚名庐。”上、下联以鹤顶格巧嵌“奇”“珍”二字，对奇珍斋主的非凡技艺和丰富收藏都给予极高的评价；横批是两个斗大的字：“玉王。”来宾纷纷称道：“博雅”宅昔有“玉魔”，今有“玉王”，当之无愧啊！

来宾中还有不少洋人，英国的、美国的、法国的、意大利的，都是奇珍斋十年来的老主顾、韩子奇的老朋友。沙蒙·亨特握着韩子奇的手，无限感慨：“韩先生，这次盛会，我等了十几年了！”沙蒙·亨特一口流利的汉语，不必翻译，在场的人都听得明白，但其余洋人则都用英语，韩子奇便让玉儿从中翻译。这倒不是因为韩子奇自谦英语不如玉儿，而是有意在社会公众面前显示显示小师妹的才华。十九岁的玉儿，正是青春妙龄，犹如一朵含苞待放的玉簪。上身穿一件青玉色宽袖高领大襟衫，袖筒只过臂肘，露出玉笋般两只手臂，腰束一条黑绉纱裙，白色长筒袜紧紧裹着一双秀腿，脚穿青布扣襻儿鞋。白润的面庞衬着一头黑发，两旁齐着耳垂，额前齐着眉心。朴素大方，楚楚动人。洋学堂的学生不怯场，一口纯正的英语，与来宾侃侃而谈，那些金发碧眼的绅士、淑女、阔佬、富婆，围绕在她身旁，好似众星捧月。土财主们不懂英语，则听得目瞪口呆，心中纳闷儿：怎么物华天宝、人杰地灵，都集中在“博雅”宅了呢？

这正是韩子奇所希望得到的结果。他十年奋斗，最值得骄傲的，除了富甲古都的收藏和新添的爱子天星，就是这位才貌出众、上得了台面的小师妹了。且莫说奇珍斋祖祖辈辈都是识不得几个字的手艺人，到如今才出了这么一个大学生，即使整个北平的玉业同仁，也鲜见有如此高学历者，何况玉儿还是个女孩子。她的出场，给奇珍斋，给玉器界，给她的奇哥哥增了光，长了脸，使览玉盛会平添了一股温馨儒雅的文化气息，让韩子奇感到由衷的欣慰和自豪。

韩子奇对客人不分中外，无论穷达，一律以礼相待——却也只是清茶一杯。有要借此和他洽谈生意、签订合同的，都请他们改日到柜上接洽；有要恳请他将展品转让的，一概婉言谢绝。

韩太太对此深为不解，望着那乱哄哄的人群，埋怨说："你呀，真是魔怔了！买卖人不谈买卖，瞎热闹个什么劲儿？"

韩子奇亲亲她怀中的天星，笑笑说："不可食兮不可衣，连城价讵如穷奇！"

这是大清乾隆皇帝题碧玉盘诗中的两句，韩太太自然听不明白，只是觉得丈夫变得和过去大不相同了，尽迷恋于不当吃、不当喝的"闲篇儿"，越来越不像个过日子的样儿了。当着满院的客人，她也不好再说什么，怀里的孩子哭了，便抱着回西厢房去喂奶。

韩子奇和玉儿送客人出门，走到垂花门外，迎面被一个妇人挡住去路，那妇人低着头，一手抚着胸口，一手胆怯地往前微伸着，低声说："撒瓦卜，出散个乜帖（谢谢您给点儿施舍）！"

一听这言语，就知道她是个穆斯林，是望见大门上的"经字堵阿"才进来要"乜帖"的。"乜帖"本义是"举意"，但在北京的穆斯林口中几乎成了"施舍"的同义词。韩子奇想起自己十多年前的流浪生涯，心中不忍，便从衣袋中掏出几个光洋，放在她那粗糙的手上："拿着，去吃顿饱饭吧！"

那妇人接了沉甸甸的光洋，吃了一惊，抬起头来，感激地朝韩子奇屈膝行礼。

韩子奇这才注意地看了看她，那妇人虽然形容憔悴，却并不丑陋，年纪约莫三十四五，蓬松地挽着个发髻，面庞消瘦，眉目倒还清秀，神情羞羞答答，不像个长年以乞讨为生的"撒乞赖"（乞丐）。身上的衣服也不太破旧，但被撕裂了几处，衣不蔽体，那妇人虽然用手遮挡，还是露着肌肤。韩子奇转身对玉儿说："你去拿几件旧衣裳，让这位大姐换上再走！"便偕同客人，走出大门。

玉儿让那妇人在倒座南房的外客厅等着，进去拿了一身韩太太穿剩下的裤、褂，给妇人换上，立时改变了那乞丐的模样儿，倒像是个俊俏的媳妇。妇人换了衣裳，手里攥着钱，感激得了不得，朝玉儿便拜："撒瓦卜，善心的小姐，为主的祥助您！"

玉儿赶忙拦住，说："大姐，今天我们家天星正好满一百天，谢谢您来道喜了！"

那妇人本来要走，听了这话，却一愣："啊，一百天？满一百天了？"

一阵婴儿的哭声隐隐从里院传来，那妇人突然发疯似的朝里面跑去，嘴里叫着："我的孩子！我的孩子……"

韩太太正在为天星喂奶，她因生育过迟，奶水不足，天星哭个不停，她正在着急，忽然看见闯进来这么个风风火火的妇人，便恼火地问跟着跑来的玉儿："这……这是怎么回事儿？"

不等玉儿解释，那妇人已经跑到她面前，伸手就去抢天星："撒瓦卜，好太太，您把孩子还给我吧！这是我的孩子啊！"

"什么？疯子！"韩太太惊惶地躲闪，天星却被那妇人抢在手中！

韩太太急得要哭，伸手想夺回来，又怕吓着孩子，一时不知如何是好，喊着玉儿说："快关上门，别让她把孩子带跑了！"

那妇人却没有要跑的意思，抱着天星，疯狂地吻了一阵，就解开衣襟，为他喂奶，胸前的衣裳已被奶水浸湿了一片。天星正饿得发慌，此时遇到了充足的奶水，便不管是谁，叼着就猛力吸吮，哭声也就立时停止了。真是"有奶便是娘"。

韩太太愣在一边，问玉儿："她……她……"

"是刚才在门口要'乜帖'的……"

那妇人胀鼓鼓的乳房被天星吮了一阵，渐渐松软下去，她自己的神志也清醒了，泪眼凝视着怀中的天星，喃喃地说："小少爷，多像我的孩子！我的孩子……"

玉儿疑惑地问她："哎，你是怎么回事儿？"

妇人抬起泪眼，声音颤抖地说："小姐，太太，我不是要'乜帖'的！我有家，有男人，也有孩子！"

……

这妇人本是吉林长春人，娘家姓马，夫家姓海，丈夫海连义，继承祖业，开一个小小的饭馆儿，在当地回、汉居民中都颇有一点名气，人称“海回回”。九一八之后，东北三省沦亡，海连义不甘忍受日本人的凌辱，和妻子逃难入关，流落到平东通州，无力再操祖业，便在通州东关赁了一间铺面，卖茶水为生。

民国二十二年，日军侵占热河，越过长城，进占通州，直逼平津。五月三十一日，国民政府与日本签订《塘沽协定》，中国军队西撤。海连义夫妇辗转千里，仍然没有逃出日军的魔掌！民国二十四年五月，日本借口中国破坏《塘沽协定》，进一步提出统治华北的要求。六月，国民政府派何应钦与日本驻华北日军司令梅津美治郎谈判，达成秘密的《何梅协定》：撤退中国的河北驻军，取消河北省和平津两市的“党部”，撤换河北省主席和平津两市市长，禁止一切反日运动，将河北、察哈尔两省的大部分主权，拱手让给了日本……

她记得那一天，她正在给还没有满月的孩子喂奶，海连义在前边照看生意。天将黄昏，过路的人很少，海连义准备早点儿收了茶摊儿，和妻子一起吃晚饭，这时，从城里开出了一辆汽车，跳下来几个日本兵，比比画画地要喝茶。海连义连忙给他们沏了茶端上来，日本兵又嫌茶不好，从车上拿出酒、肉，坐在店里又吃又喝。

海连义忍气吞声，赔着笑脸儿说：“诸位能不能另找个地方？我们家……是清真教门哪！”

日本兵瞪着眼说：“什么的清真！”当胸就给了海连义一拳。

海连义没敢还手，几个日本兵又一拥而上，掀翻了桌、凳，把海连义扭住，反剪了胳膊，推推搡搡就要带走，海连义急得大叫：“放开我！”

海嫂顾不得害怕，抱着孩子追出来：“他爸，他爸！”

日本兵哈哈大笑，丢下海连义，朝海嫂扑去，夺过她的孩子，摔在地上，抱起她扔进汽车，一溜烟开走了！

“畜生！”海连义怒吼一声，抱起哭号的孩子朝汽车追去！

海嫂疯狂地哭喊着，丈夫的惨叫、孩子的哭声撕裂了她的心，突然，她挣脱了日本兵，扑向槽帮，纵身跳了下去……

她醒来的时候，汽车早已没有了踪影，她的家、她的茶棚，熊熊大火在燃烧，她的孩子和丈夫都不知去向！

……

天星吃饱了奶，在她怀里甜甜地睡着了。

泪水浸湿了韩太太的手绢儿，这位母亲的悲惨遭遇，使她不忍心把孩子夺回来，把这个妇人赶走。让她抱一会儿吧，抱一会儿，当妈的都和孩子连心，让天星暖一暖她的心吧！

“海嫂，”玉儿垂着泪说，“您一个人，准备上哪儿去呢？”

“不知道，”海嫂两眼一片茫然，“我要‘乜帖’，走了好多地方，找我的男人，找我的孩子……”

玉儿叹了口气：“唉，上哪儿找去？说不定……”

韩太太瞟了玉儿一眼，不让她再说出使海嫂伤心的话，让她留着一点儿念想吧，人没有念想就没法儿活了。“海嫂，您别着急，投亲靠友找个地儿先住下来，慢慢儿地等着，您家大哥和孩子兴许能有个信儿……”韩太太这么说着，心里已经有了主意。

“太太！我一个要‘乜帖’的女人家投奔谁去啊？”海嫂的眼泪又涌流不止，“太太，小姐！善心的恩人，求你们收留了我吧，我舍不得这位小少爷！”突然，她抱着天星就要下跪，“留下我吧，我什么都能干哪，当牛作马报答你们！”

“咱回回不兴这样儿！”韩太太连忙扶起她，“看起来，这孩子跟您有缘啊！我这儿正好也得有个人儿帮忙，您就住下吧，我跟我们先生说说，跟柜上的伙计一样，按月给您工钱……”

“我什么也不要！只求跟这位小少爷做伴儿，伺候你们一辈子，等着我们家的信儿！”

韩子奇送客人回来，就碰见玉儿去叫他来商量这事儿。他来到西厢房，既然太太已经决定了的，他就不再说什么，一切都由太太安排。他惦记着东厢房里的“览玉盛会”，站了站就要走，临走，又嘱咐说：“既然住下了，就是自己家里的人了，别把她当佣人待！我也是要‘乜帖’的出身哪，受贱遇的滋味儿可受够了！往后，别这么‘先生’‘太太’地叫了，我看……就只当咱们又多了个姐妹吧，让天星管她叫‘姑妈’！”

两颗泪珠从姑妈的眼眶中滚落出来，她紧紧地抱着熟睡的小天星，泪水打湿了他那粉红色的脸庞。

览玉盛会已经是最后一天。

黄昏时分，韩子奇送走了最后几位贵客，想等看热闹的人们散尽，就该收摊儿了。这时候，汇远斋玉器店的老板蒲寿昌来了！

奇珍斋和汇远斋已有十年的不解之仇。不仅仅是梁亦清为宝船而死，也不仅仅是韩子奇从汇远斋“出号”，而在于他出号以后重振奇珍斋。同行是冤家。韩子奇刚出号的时候，蒲寿昌根本没料到他还会回梁家去，没料到他有挑起一杆旗的气魄，更没料到他在汇远斋三年学了这么些个能耐。在蒲寿昌眼里，他只是个小匠人，而根本不是买卖人，买卖上的事儿还一窍不通呢！哪知道，没出三年，汇远斋的买卖就被奇珍斋抢了一半，不到十年工夫，汇远斋摇摇欲坠，欧美各国的主顾都纷纷蜂拥向奇珍斋，始作俑者便是沙蒙·亨特，这几年他跑得勤，从奇珍斋赚了不少钱，当然，奇珍斋也从他身上赚了不少钱。韩子奇风头越出越大，还沽名钓誉，搞什么“览玉盛会”，竟然有这么多人捧场，甚至送给他“玉王”之称，让蒲寿昌简直不能容忍！他明令本店的一切人等都不许去看韩子奇的什么“展览”，但是，却挡不住风言风语往汇远斋传来，越传越邪乎，人家“展览”三天，门庭若市，他这里却冷冷清清，无人问津，柜上的伙计们无事可做，就叽叽咕咕地大谈韩子奇，羡慕之情溢于言表。蒲寿昌受不了、坐不住了！商人，最不能忍受的就是在竞争中自己落败、他人领先，最不能容的就是对手的兴旺发达，犹如赌场上红了眼的赌徒，他认为别人的一切都本应该属于自己，每输一次都激起更大的野心，东山再起，力挽狂澜，转败为胜，制强敌于死命，是最大的享受！何况，蒲寿昌又不是一个仅仅为盈利而活着的一般商人：他有一双识宝的慧眼，却眼睁睁地看着奇珍异宝源源流入奇珍斋；他有一双聚宝的巧手，却束手无策地听任韩子奇大显神通……这一切，都是他不堪承受的耻辱！他宁可在竞争中死去，也不肯在冷落中偷生！妒忌，这种被人诅咒的东西，却又是人赶不走的朋友，当你失意的时候，它悄悄地来了，凭空使你产生自信和力量。痛苦已极的蒲寿昌就是这样突然有了极大的动力，哼，俗人们，汇远斋还没有一败涂地呢，奇珍斋也未必就此独领风骚，我蒲寿昌倒是要去领教领教！

于是，在“览玉盛会”最后一天的最后时刻，他出人意料地雇了辆洋车，来了！

进了“博雅”宅大门，迎面碰上韩太太。韩太太把天星交给姑妈去管，就没有什么缠手的事儿了，心说出去松宽松宽，刚走到垂花门外头，就瞅见了“堵施蚕”，仇人相见，分外眼红，猛地想起家破人亡的往事，心里的一股血涌到脸上，脱口说：“哟，太阳打西边儿出来了，这不是蒲老板吗？少见啊！我记得，自打我爸爸‘无常’，都有十年没瞅见您登过我们家的门儿了，横不是您走错地方了吧？”

蒲寿昌本来就是不甘寂寞，憋着气来的，怎么能受得了她这样的冷遇？正待还嘴反击，又没有词儿，人家确实没邀请他，是他自己要做不速之客啊！可是，既然已经进门，又不好转脸就走，一时尴尬地僵在那儿，进退两难。这时，韩子奇迎出来了。

“噢，师傅！”韩子奇刚才在里边听说蒲寿昌来了，赶紧出来迎接，紧走几步，笑眯眯地伸手搀住蒲寿昌的胳膊，“哎呀，我展览这么点儿小玩意儿，没料到惊动了师傅的大驾！原先，我内人倒是说来着，该请师傅来指点指点，我寻思您忙啊，保不齐不肯赏我这个脸，就没敢麻烦您。看看，您老人家自个儿来了，这叫我多高兴！有您这位德高望重的长者来压轴，我这出戏唱得才算圆满！师傅，您里边儿坐！”

这几句话，及时地给了蒲寿昌一个台阶儿，把刚才被韩太太激起来的怒气消了大半。不管怎么着，我蒲寿昌曾经是你的师傅，“一日为师，终生如父”，你韩子奇走到天边儿，敢不承认是我的徒弟？名师才能出高徒，随你有多大的能耐，上边还有我呢，水高漫不过山去！这么一想，就不再和韩太太一般见识，“好男不跟女斗”，何况自己还是个长辈！

韩子奇一边搀着蒲寿昌往里走，一边琢磨着：这老家伙早不来，晚不来，偏偏这个时候来，来者不善！三天的“览玉盛会”，眼看着大功告成，圆满结束，谁料到临了儿来了这么个丧门星，他安的是什么心呢？依韩子奇的心，要是当众把蒲寿昌奚落一顿、羞辱一番才解恨！但是不能，在这个节骨眼儿上，不能让蒲寿昌把这个展览给搅了，如果那样，就正好遂了蒲寿昌的心愿！现在，得哄着，忍着。十几年来，韩子奇别的本事不说，光这个“忍”字，就练得可以，“韩信能忍胯下辱”“小不忍则乱大谋”，这是自古来兵家经验之谈啊，不然，韩子奇岂能有今日？奇珍斋又岂能有今日？

院子里的一些将要散去的看客，见韩子奇毕恭毕敬地搀着蒲老板来，便随波逐流，复又跟着回来。蒲寿昌昔日在玉器行里的名气、地位，人们不是不知道，韩子奇这么尊重他，谁还敢冷落？认得的，不认得的，都上前拱拱手，问个好，蒲寿昌的自尊心得到了满足，不觉飘飘然起来，大模大样儿地随着韩子奇朝东厢房走去。众人都跟在后头，想听听这位行家对韩子奇的“览玉盛会”有何高见。

迎门便看见那副楹联：“奇技惊天，一脉青蓝称圣手；珍藏冠世，千年璀璨聚名庐。”蒲寿昌默读了一遍，觉得很不是滋味儿：哼，太过分了，太过分了……

心里这么想着，蒲寿昌的眼睛又移向上面的横批，看见“玉王”二字，便按捺不住了，瞥了瞥韩子奇说：“子奇，你竟然敢称‘王’啊？”

韩子奇谦逊地笑笑：“我哪有这样的胆子！这不过是朋友们的过誉之辞，希望我不要辜负梁师傅、蒲师傅的栽培，也不要断了‘博雅’宅老先生的遗风，我想这也是一番好意。师傅如果觉得不妥，那就……”

蒲寿昌当然不能让他当众取下来，听他这样解释，也不好反驳，就宽宏大量地笑了笑：“那就留着吧，让我们玉业同仁共勉！”其实他心里想的是：千里逐鹿，还不知鹿死谁手呢，既然“博雅”宅能换主人，焉知日后“玉王”的荣誉就不能易手吗？他倒是想得很远！

韩子奇请蒲寿昌落座，吩咐玉儿沏茶，又连忙拣蒲寿昌爱听的话说：“我知道师傅的眼界高、心胸大，想的不是自个儿的买卖，是玉业同仁。子奇不才，但师傅的教诲永不敢忘啊！”

蒲寿昌也就手儿送个人情：“我带出的徒弟，你算是最有出息的一个了！当年亦清兄在世的时候，我就说过……”

这时玉儿捧上茶来，蒲寿昌接过茶，看了玉儿一眼，感叹道：“喔！梁二姑娘也已经这么大了？亦清兄的在天之灵可以安息了；我呢，这颗老友的心也总算放下了！”

玉儿听他这么厚颜无耻地为自己贴金，心中暗暗好笑，但她不像姐姐那样当面揭人家的短，只是温和地笑笑说：“奇哥哥经常念叨您呢！蒲师伯今天肯来捧场，我们做晚辈的也觉得光彩！蒲师伯，就请您过目吧！”一个邀请的手势，就把话题引到展品上去了，希望他早点儿看完早点儿走，省得言多语失，再生出什么枝节。

蒲寿昌微笑着说：“好，好！”

他本来就是来看玉的，现在，韩子奇和玉儿把面子都给了他，该看看了。抿了一口茶，就从桌旁站起来，倒背着手，目光在屋子里扫了一圈儿，确有些权威派头。他不知道韩子奇的展品是按年代陈列的，就先奔离他最近的、颜色也最惹眼的柜子去了，其实这是整个展览的尾巴。

这儿陈列的是：一只翡翠盖碗，一只白玉三羊壶，一只玛瑙杯，一挂青金石数珠，一挂桃红碧玺珮，一只玛瑙三果花插。那翡翠绿如翠羽，白玉白如凝脂，玛瑙赤比丹霞，青金石蓝似晴空，碧玺艳若桃花，交相辉映，灿烂夺目。这些玉、石本身就已经是珍宝，世界习俗中把翡翠和缠丝玛瑙称为“幸运、幸福之石”，青金石为“成功之石”，碧玺被唐太宗称为“辟邪玺”，在清代作为朝珠、帽正，慈禧太后的殉葬品中，脚下的一枝碧玺花，价值七十五万两白银！何况这几件东西，制作刻意求工、精巧细腻、玲珑剔透，蒲寿昌刚刚看到这儿，已经暗暗吃惊：这小子还真趁东西！嘴里不说，头却点了几点，又凑到跟前，细细看了一遍，目光最后停留在那件花插上，呆呆地看了半天。那花插雕着三样儿果子：佛手、石榴、桃，意为多福、多子、多寿。琢玉能手充分利用了“幸福之石”缠丝玛瑙红白相间、丝丝缕缕的色彩，分色巧用：纯白处，雕成佛手，真如一只玉佛之手；退晕处，琢为桃子，好似用画笔层层渲染，到桃尖一点鲜红；斑驳处，制成石榴，果皮裂开，颗颗籽实像一把红宝石！

蒲寿昌喃喃地说："难得，难得！这……恐怕是从宫里流落出来的?"

韩子奇笑了笑，并不回答，却说："师傅，您往下接着瞅！清朝的东西，我倒是有一些，挑了又挑，拣了又拣，才摆出这么几件像点样儿的。其余的，像什么金镶玉树啦，珍珠桂花啦，东西是真东西，就是俗气太盛，就算了！大清的东西就是有这个毛病，您说是不是?"

这话说得让蒲寿昌心里咯噔一震，脱口道："你小子口气忒大！"

韩子奇还是笑笑，引着他往前走。

明代的又占了好几个柜子，有：青玉竹节式杯，青玉缠枝花卉镂雕杯，青玉"万"字耳乳丁纹杯，白玉缠枝花卉牡丹珮，茶晶梅花花插。

蒲寿昌瞅着那件花插，茶黑色像只笔筒，周身缠着一根梅枝，朵朵梅花却是白色的，完全是巧用黑白二色，匠心独运，精工巧制。

"这是……"蒲寿昌忍不住伸出手去，手触到了玻璃。

韩子奇拉开玻璃门，左手在外边接着，右手掀起花插，露出底部，让他看个明白。那上面，赫然刻着两个字："子冈"！

"陆子冈！果然是陆子冈！"蒲寿昌就像见到了明朝琢玉大师陆子冈复活，充满崇敬地呼唤着这个数百年来在玉器行业中视为神圣的名字。

韩子奇又在前边等着他了。

蒲寿昌简直不敢再往下看了，前边是元代的青玉双耳活环龙纹尊，白玉双耳礼乐杯，青玉飞龙纹带板，虽是仿古制品，却不泥古，碾工细腻精美，自有元代风貌；宋代的玛瑙葵花式托杯，白玉龙把盏，青玉狮子坠，在玉料的选择和对天然色彩的处理已经相当巧妙，正是清代"分色巧用"的先河初开。

历史浓缩于咫尺之间，蒲寿昌随着韩子奇在琢玉史的长河中溯流而上，转眼间从宋跨入了唐。唐，是中原和西域频繁交流的时代，那几枚带板上的人物和玉珮上的飞天使人眼花缭乱，仿佛听到了盛唐宫廷中的笙箫鼓乐、丝绸之路上的鼙鼓驼铃。蒲寿昌像进入了梦境，脚踏了云雾似的在艺术珍品前飘荡，任凭飘荡到哪里吧，一切都让他陶醉！

青玉镂雕螭凤纹剑鞘饰，青玉涡纹剑首饰，青玉夔凤纹鸡心珮，在他眼前缓缓地游过去，像一片片古老而又充满活力的云彩。他一时还不能明确判定身处于什么时代，直到一件四面形的立柱白玉出现在面前，他才像被一棒击中似的叫出声来："刚卯！汉朝的刚卯！"

"不错，师傅好眼力！"韩子奇不无佩服地望着蒲寿昌说，"这是我用十袋洋面换来的！"

"唔！"蒲寿昌从胸腔中发出一声痛惜的长叹，"我平生只见过一次刚卯，那是在一位……"

韩子奇接过下半句话说："是在一位私塾老先生家里？"

"嗯？你也去过他家？"蒲寿昌倒吸了一口凉气。

"不，我至今也不知道他姓甚名谁，家住哪里，"韩子奇说，"这事儿说起来也是凑巧，有那么一天，一位小脚老太太找到我柜上，要卖一块'镇尺'，说是她家老头子活着的时候用的东西。老头子早先教过私塾，兴了洋学之后就没事儿做了，喝点儿闷酒，画几笔竹子兰草，写写字。到老了，家产也都花光了，只留下几管秃笔和这把压纸用的'镇尺'……"

"不错，他是用这当'镇尺'！"蒲寿昌急得眼睛里像要伸出一只手来，"怎么，他舍得卖了？"

"舍不得！一直到临终，他都舍不得！躺在炕上，奄奄一息，像有什么话说，却又出不来声儿。老太太一边儿哭，一边儿问他：'你还有什么事儿要交代给我吗？'老头子很费劲地抬起手，指指桌上的'镇尺'，又指指饭碗。老太太猜测着说：'噢，你是说，这东西能换碗饭吃？'老头子点点头，手垂下来，就咽气了。他死后，因为没有留下遗产，儿女们都不来送葬，老太太央告了邻居，把老头子草草掩埋了。发送完了老头子，老太太一个人日子就更艰难了，连饭都吃不上，这才想起亡夫的遗言：'镇尺'可以'换饭吃'，拿着找我来了：'掌柜的，您瞅瞅这个东西……'我拿在手里，粗粗一看，颜色白中杂有绿斑，但不是翡翠，像是'独山玉'。独山玉因为硬度高，德国人称它为‘南阳翡翠’，但毕竟不是翡翠。现在咱们玉器行里，一般都不把独山玉看得特别珍贵，可是我查过河南《南阳县志》，上面记载说：‘豫山在县东北十五里，又曰独山’，‘山出碧玉’，指的就是这种像翡翠的独山玉。现在独山的东南山脚下，还有个叫‘玉街市’的地方，相传是汉代玉器作的旧址，独山上还有许多古人采玉的矿坑，可见独山玉在汉代是很驰名的……”

蒲寿昌急不可待地打断他的话：“独山玉的历史恐怕还要早！我年轻的时候曾经见过一块用独山玉琢成的薄片儿，因为残破，弄不清是什么器物，从做工看来，像是五六千年前的东西！子奇啊，看玉，质地和做工还在其次，断代是最要紧的……”

韩子奇说：“师傅说得好！可我当时拿着老太太送来的这件东西，看了半天，一时不能断代。看这样子，不像‘镇尺’，四方形立柱，规规矩矩，倒像块图章料子。说是‘图章’，又不太像，中间还穿了一个孔，而且该刻字的地方又没刻字，不该刻字的地方却刻满了字，四面都有，每面八个字，分作两行，篆书，带点隶书味儿，心里觉着像汉代的东西，又没有把握。就问老太太：‘您想要多少钱呢？’老太太没谱儿，问我：‘能换一袋洋面吗？’我说：‘不止，我给您十袋洋面。’当时就让伙计给她买了十袋洋面，还雇了辆车，给她送家去。老太太千恩万谢，连声说：‘多谢了！尽我想也没想到能换这么些面，掌柜的真是个实诚人儿，不欺负我这不识字的老太太！’我当时心说：到底值多少钱，我也不知道！东西买到手里之后，我闭门审看了三天才终于弄明白了：这根本不是什么‘镇尺’，也不是‘图章’，是一件‘刚卯’！……”

蒲寿昌双眼熠熠生辉：“好眼力！你知道这‘刚卯’是做什么用的吗？”

“这‘刚卯’嘛，”韩子奇不慌不忙地回答，“是古人挂在革带上的一种护符，通常用玉、金或者核桃制成，中间有孔，可以穿线悬挂。因为制于正月卯日，所以称为‘刚卯’。刚卯最早出现大约在西汉后期，王莽篡朝时禁止使用，东汉时又恢复了，但时间不长，东汉之后又被废除，就再也没有了。所以，现今流传世上的刚卯，如果不是赝品，必是汉代的无疑。”

蒲寿昌逼问他：“那么，你的这一件呢？”

韩子奇手中把玩着“刚卯”，胸有成竹地说：“从玉质、形制、刀工、字体来看，后人没有能力仿制到这种程度，我可以肯定它的年代在两汉之间！”

蒲寿昌咄咄逼人的目光黯淡了，韩子奇说的每一个字都像锤子打在他的心上！“当初那位私塾先生就是这样说的，从他那儿，我才认识了‘刚卯’，就是这块‘刚卯’！我求他转转手，出价一万。他只是笑着摇了摇头。后来再去找他，他已经不教书了，不知去向，‘刚卯’也就无影无踪。我追寻了好多年，哪知道落到了你的手里？价值连城的宝物，你却只花了十袋洋面，踏破铁鞋无觅处，得来全不费工夫！”好像已经到了自己手里的东西被韩子奇抢走了似的，他茫然地望着那块“刚卯”，设想韩子奇当初轻易到手之时的快意与满足。蒲寿昌最大的享受就是攫取，现在，却眼睁睁地看着别人向他炫耀而不能抢、不能夺，这是一种什么样的痛苦！

韩子奇轻轻地把“刚卯”放回原处，却说：“我其实是事后诸葛亮，如果一开始就认出来，也绝不会亏着那位老太太。可是，后来想找也找不着她了，我就只好愧领了。也许是命该如此吧，让这块‘刚卯’有个可靠的着落，免得毁于他人之手，师傅，您说呢？”

蒲寿昌说什么？话都让韩子奇说全了，他只有气！

韩子奇全然不理会他的神色，搀着他继续接着看。

前边竟是几件西周时期的东西：扁圆形的玉璧，外方内圆的管形玉琮，上尖下方的玉圭，“半圭为璋”的玉璋，弧形的玉璜，虎形的玉琥……看得蒲寿昌太阳穴霍霍地跳，眼睛都快要瞪出血来！强烈的占有欲折磨着他，他的“玉瘾”上来了，几十年“玩”玉，他养成了一种古怪的性格，凡是经了他的眼儿的、他认为有价值的东西，就应该归他所有，不惜倾家荡产，哪怕豁出性命也要弄到手，他才解气！在这一点上，韩子奇多么像他，甚至比他走得更远、陷得更深，十年之中，竟然搜罗了这么多宝物，整个展览虽然规模不大，却尽是精华，仿佛摄取了古往今来那条玉河的灵魂，浩浩荡荡，奔流不息，让人惊心动魄、叹为观止！而且越往前走，越令人肃然起敬，简直像进入了旷古深山，汩汩如闻那玉河的源头！

蒲寿昌感到一阵晕眩，他不敢随着韩子奇再往前走，担心自己承受不了这种强烈的刺激，想到此为止，打道回府了。不看了，不看了，再看就受不了啦！

“师傅，您……是不是有点儿累了？”韩子奇发觉他有些立足不稳，连忙扶着他，“先歇会儿，喝点儿茶，我让内人准备便饭，咱们爷儿俩好好聊聊！”说着，掏出怀表看了看时间。

“不必了，不必了！”蒲寿昌怏怏地摆了摆手，他只想早些离开这个使他眼馋的地方，其余什么心思都没有了，“我想回去……”

就在他转过脸的一刹那，紧挨窗户的那只柜子又陡地吸引了他的视线，他不能走，那儿还有让他更动心的东西！

玉玦！青玉螭形玦！

他怀疑自己的眼睛，掏出帕子来揉了揉，再看，还是玉玦！那马蹄铁形的东西，大模大样地摆在柜子里！

“这东西……你也有啊？”蒲寿昌向玉玦走去，痛苦地回忆着自己也曾……可惜，已经变成钱了，钱，无论如何也不能和玉相比！而韩子奇竟然拥有他蒲寿昌一旦失去永不复得的东西！

“我也只有这么一块，师傅！”韩子奇搀着他说，轻轻地发出一声感叹。

“你知道这是什么吗？”蒲寿昌的声音在颤抖，弱者的心此刻还挣扎着想逞强，他想再考考韩子奇，如果仅仅拥有宝物却不识宝，他还可以以师傅的身份来指教一番，这样，在围观的众人眼里也就不失他的面子了。

韩子奇谦逊地说：“我只是略知一二，古人管这东西叫玉玦，其实和璧、环、刚卯差不多，也是身上佩戴的一种饰物。秦朝末年，刘邦、项羽并起，楚汉争雄，在鸿门宴上，项羽碍于情面，犹犹豫豫地不肯杀掉刘邦，谋臣范增好几次拿起腰间佩戴的玉玦，示意项羽要下‘决心’，‘决’和‘玦’是谐音，范增用的就是这种东西……”

“唔！”蒲寿昌痛心疾首地点点头，“霸王不听范增语，鸿门宴上坐失良机，放虎归山，遗患无穷啊!”话一出口，却又有些后悔，唯恐在众人面前失态，便定了定神，以长者风度微笑着反问韩子奇，“你认为这东西是秦汉时代的?”

“不,”韩子奇马上回答，“我只是拿秦汉的同类东西举个例子。这块玉玦比范增那块还早得多，据我看是商代的。”

蒲寿昌又失算了。但他不肯承认自己的失算，仍想胜韩子奇一筹，就提出了一个实际已无任何意义的问题：“你大概不知道，同是商代的青玉玦，我那儿也有吧?”

“知道!”韩子奇回答得十分肯定，“而且不止一块!”

蒲寿昌伸出了右手的食指、中指和无名指：“是三块……”

“不错，是三块，当年‘玉魔’老先生收藏的三块玉玦，他过世之后，都让您给买去了,”韩子奇的双眼突然放射出一股咄咄逼人的寒光，“可是，那两块被您打碎了，只留下这一块稀世珍宝，高价卖给了沙蒙·亨特先生！我大概没说错吧？师傅!”

周围围观的人，异口同声发出“啊”的一声惊叹，好像空谷中的回声。

“怎么？这……就是我那一块?”蒲寿昌在众目睽睽之下，脊背发冷，舌根发硬，一双充血的眼睛瞳孔突然缩小，痴痴地盯着那块玉玦。

“师傅再仔细看看，五十万现洋卖出去的东西，总还记得它的模样儿吧?”韩子奇冷冷地说。

蒲寿昌眯起了眼，细细看了一阵，突然问道：“这东西，怎么会落到你的手里?”

“很简单,”韩子奇坦然地说，“我用更高的价格从沙蒙·亨特手里又买回来了!”

“啊！……”蒲寿昌那一双锐利的眼睛迸射出一片爆裂般的光芒，随即，黯淡了，熄灭了！一个踉跄，他险些跌倒，韩子奇急忙上前扶住。

蒲寿昌无力地坐到太师椅上，全身的筋骨像一堆糟朽的木柴，死灰的眼珠愣愣地望着前面，喃喃地说：“又回来了，‘博雅’宅的东西，又回来了……”

“览玉盛会”以蒲寿昌的惨然败北、韩子奇的大获全胜宣告结束，“玉王”的称号不胫而走，传遍北平的玉器行业。正当韩子奇雄心勃勃、奇珍斋前途无量之际，一场巨大的灾难却压顶而来，这是韩子奇未能预料也无力避免的！

这一年的夏天，在《何梅协定》《秦土协定》签订之后，日本控制了河北、察哈尔两省。十月，日本侵略者指使汉奸在河北香河举行暴动，占领香河县城。十一月，又策动汉奸进行“华北五省自治运动”。十一月二十五日，国民政府冀东行政督察专员殷汝耕在通州成立“冀东防共自治政府”，河北省东部二十多个县的大片领土沦于日本手中。十二月七日，国民政府指定宋哲元成立“冀察政务委员会”，以满足日本“华北政权特殊化”的要求，华北危急已达极点！十二月九日，北平的六千多名学生举行声势浩大的游行示威，高呼：“打倒日本帝国主义！”“打倒汉奸卖国贼！”“反对‘华北自治运动’！”“停止内战，一致抗日！”大批军警惶惶出动，对手无寸铁的学生残酷镇压！

与此同时，国民政府正在推行由蒋委员长夫人倡导的“新生活运动”：“不要随地吐痰；安全第一；路要修得好；走路要小心；车辆行人靠右走；等车要排队；经常呼吸新鲜空气和沐浴阳光；见苍蝇要消灭；天天刷牙；经常服用维他命；要爱邻居；要做事；要奋力进取；用钱要节省；行动要慢；停一停，看一看，听一听；要让婴儿长得更健康；要搞大扫除；屋内要粉刷一新，家具要保持完好。”童子军和警察走上大街，禁止随地吐痰，禁止喝烈性酒，禁止烫发，禁止穿“奇装异服”……

难道韩子奇不希望有更美好的“新生活”吗？他多么希望奇珍斋更加完好，初生的婴儿更加健康，事业更加奋发进取！但是，无情的战云像恶魔一样压在头顶，北平、华北和整个中国，都已经危在旦夕！他所痴情的玉器行业历来只不过是太平时代的装点，在残酷的战争即将来临之际，这些雕虫小技、清赏古玩，便显得太微不足道了！

奇珍斋将何去何从？

第八章 月晦

四月的燕园，春意正浓。清明时节的迷蒙烟雨，浸润了苍莽秀丽的勺园、蔚秀园、镜春园、朗润园、承泽园和环抱着未名湖的淑春园，波光潋滟，芳草青青。龙钟国槐、婀娜垂柳、亭亭白杨都吐出了嫩叶，碧桃、山杏、迎春、玉兰、榆叶梅竞相怒放，西府海棠也绽开了红蕾……

楚雁潮已经在寒假里译完了鲁迅的《奔月》，几经修改，才算定了稿。接着又赶译了《理水》和《采薇》，开学之前有了一个草稿，还没有来得及推敲，他想干脆先放一放，等把《故事新编》中的八个短篇都译出来，然后再从头做一番通盘的加工、润色。于是又动手译《铸剑》，但是开学之后，进展就大大地减慢了，因为他的时间，绝大部分要用在教学上。他不但是一年级的英语教师，而且还是他们的班主任，他得对这十六个学生负责，就像他做学生时，严教授对他们这些孩子负责一样。他早在上小学时，就曾在作文里写过这样的话："我们是祖国的花朵，老师是辛勤的园丁……"但是直到现在，才真正懂得了"园丁"二字的含义。十六个青年，就是十六株花木啊，是从全国千万名竞争者中严格筛选出来的，是否都能够成才，除了他们本人的天赋和勤奋，还要靠他这名"园丁"！松土、施肥、浇水、灭虫、修枝、剪叶，需要他付出精力和时间，付出一片真情。他希望在五年之后，这十六名学生个个成才，不出一个废品，这不仅仅是为了向国家输送急需的外语人才，也不仅仅是为了满足他作为教师所具有的职业性的荣誉感，也是为了学生们自己。不然，他就会觉得对不起这些学生，对不起把子女的前途和命运托付给他这名“园丁”的家长。刚开春的时候，他在备斋门前看见花木班的师傅把一棵瘦弱的榆叶梅拔出来扔掉了，说：“这棵不行了，反正也长不大，扔了算了，省得在这儿争养分，换一棵吧！”他看着心疼：它也是一棵树，也有生长的权利，开花的权利，换一棵？谁能够代替它啊？等那位师傅走了，他把这棵被命运抛弃的小树苗捡了起来，栽在他宿舍窗外的空地上，不但活了下来，而且现在也开花了，虽然开得瘦小，开得稀疏，但它毕竟没有辜负春天，春天也没辜负它，也许到了明年春天，它就开得更娇艳了。这使他想起班上英语基础最差的罗秀竹，经过半年多的努力，她已经跟上来了，并且雄心勃勃地宣称要在二年级时争取赶上拔尖儿的韩新月和谢秋思。而韩新月和谢秋思当然也不会原地踏步等着她赶上或者超过，她们不仅对功课抓得很紧，而且在课余时间苦读英文原版的文学名著。这些，都使楚雁潮感到欣慰。

每天上午的四节英语课，对于楚雁潮的精力、体力都是很大的消耗。泛读，精读，分析课文，讲解语法，练习口语，他一个人要供给十六棵小树水分和营养，四节课下来他常常感到声嘶力竭、疲惫不堪……

在教工食堂匆匆吃了午饭，他沿着湖边小路往备斋走去，蒙蒙细雨中，岸上烟柳，眼底繁花，使他的精神为之一爽，把倦意驱散了。

回到他那小小的书斋，一眼就看到那棵榆叶梅探在窗口的嫩枝，小小的绿叶，小小的花朵，挂着晶莹的水珠，他似乎听到了生命的歌唱。他回过身来，小心地端下书架上的笔洗，为里边的巴西木换了清水。这段神奇的木桩上的绿叶已经葱茏一片了。现在，他在桌前坐下来，要伏案工作了。下午没有英语课，他可以做自己的事了。他是从来不午休的，从现在开始，他将一直工作到深夜，晚饭就不到食堂去吃了，刚刚带回来两个馒头。他翻开桌上的《鲁迅全集》。一翻到《铸剑》，他的心便即刻沉了进去，面对那纯青、透明、寒光闪闪的宝剑，他感到如临神圣。鲁迅的《铸剑》，他本是在十多岁时就曾经读过的，干将、莫邪铸剑的故事，也早就从小人书中熟悉，但那种魅力却不因熟读而减退，反而随着年龄的增长而越来越强烈。鲁迅在小说里着力写的是眉间尺和那个神秘的“黑色人”，而更激起楚雁潮渴望一见的却是那个未曾出场的父亲干将，那个铸了剑又死于剑的人。他应该是怎样的气质、怎样的形象呢？他给儿子留下了剑也留下了遗恨，留下了永难满足的愿望。儿子需要父亲。眉间尺的心中有一个真切的父亲吗？也许仅仅凭母亲的描述而猜想？正如他楚雁潮一样，从童年时代便无数次地测想自己的父亲！唉，父亲……

也许，鲁迅塑造那个“黑色人”就是要还给眉间尺一个父亲？那是一个无形的人，隐没在黑暗里，声音像鸱鸮，眼睛像两点磷火……

> “你么？你肯给我报仇么，义士？”
>
> “啊，你不要用这称呼来冤枉我。”
>
> “那么，你同情于我们孤儿寡妇？……”
>
> “唉，孩子，你再不要提这些受了污辱的名称。”他严冷地说，“仗义，同情，那些东西，先前曾经干净过，现在却都成了放鬼债的资本。我的心里全没有你所谓的那些。我只不过要给你报仇！”
>
> ……
>
> “但你为什么给我去报仇的呢？你认识我的父亲么？”
>
> “我一向认识你的父亲，也如一向认识你一样。但我要报仇，却并不为此。聪明的孩子，告诉你罢。你还不知道么，我怎么地善于报仇。你的就是我的；他也就是我。我的魂灵上是有这么多的，人我所加的伤，我已经憎恶了我自己！”
>
> ……

他竟是这样一个只有鲁迅才写得出的“父亲”！

楚雁潮肃然摊开稿纸，英文译稿刚刚写到眉间尺的头颅坠落在地面的青苔上，他把手里的剑交给黑色人，“他一手接剑，一手捏着头发，提起眉间尺的头来，对着那热的死掉的嘴唇，接吻两次，并且冷冷地尖厉地笑……”

昨夜就是在这里停住的，接下来他要译的是：

> 笑声即刻散布在杉树林中，深处随着有一群磷火似的眼光闪动，倏忽临近，听到咻咻的饿狼的喘息。第一口撕尽了眉间尺的青衣，第二口便身体都不见了，血痕也顷刻舔尽，只微微听得咀嚼骨头的声音。
>
> ……

这一段是全篇文字的精华，楚雁潮早在第一次读《铸剑》时，便惊骇地看见了那“一群磷火似的眼光”，以后便再也难忘了。把这段文字转换成英文并不难，但是要传神地再现鲁迅的风骨、鲁迅的文采，却也非易事。中国翻译界的老前辈、北京大学的第一任校长严复说过：“译事三难：信、达、雅。”即文辞准确、通顺、优美；赵景深则主张“宁错而务顺”；鲁迅和赵景深针锋相对，提出“宁信而不顺”……这已是几十年来争论不休的问题，可见翻译之难！如今面对的是鲁迅的作品，要达到“宁信而不顺”就很不容易了，何况“信、达、雅”！楚雁潮手里拿起的笔又放下了，他要费一番斟酌。

“笃，笃，笃……”有人敲门。

“请进！”他回答着，仍然在思索。

来人是郑晓京，穿着那身男式军装，走进来的时候唰唰地响，雷厉风行，手里握着一卷文件似的东西，那神态使人联想起电影里的女电报员“报告首长”时的劲头儿，不知是她骨子里继承了父母的遗传基因，还是有意要模仿。郑晓京喜欢把自己装扮成一个“战士”模样，这，大家也都习惯了。其实，楚雁潮知道，她的父母也并不是扛枪打仗的，父亲是部队的政治干部，母亲是文工团的导演。

“哦，郑晓京同学！”楚雁潮从书桌旁站起来。

“楚老师，您在备课？”郑晓京看了一眼桌上的英文稿纸，匆匆一瞥，并不知道写的是什么，也没有为打断老师的工作而表歉意，就只管说明她的来意，“我想跟您谈谈班上的情况……”

“噢，好的，好的。”楚雁潮收起了稿纸，装进抽屉里。他没有准备让郑晓京像韩新月那样翻看他的译文，甚至根本不打算让她知道他在业余时间所做的事情，在他的译著正式出版之前，没有必要让更多的人来关心这件事，因为在一些人眼中，似乎写作和“成名成家”有一种必然的联系。“哦，请坐吧！”他又让出了那把仅有的椅子，自己坐在床上，极力把思想从“磷火似的眼光”和“信、达、雅”中拉回来，专心致志地听取郑晓京的工作汇报。

“最近我和班上的大多数同学都个别谈了话，看来大家通过形势教育，基本上都能对国家暂时的经济困难有正确的认识，”郑晓京坐在椅子上，一板一眼地说，“特别是那些享受国家助学金的工农子弟，谁也不去买自由市场上的东西。这些看起来是小事儿，也是个感情问题、立场问题。看我们在困难的考验面前，能不能和党同心同德，能不能‘以革命的名义想想过去’！”

郑晓京一向苍白的脸上由于激动而有些涨红了，那双不大的眼睛闪烁着大义凛然的光彩。她虔诚地相信，在革命需要饿肚子的时候，饿肚子当然是革命的，是光荣的，正如一切宗教信徒都坚定地相信的那样：如果能够忍受超乎常人所忍受的艰难困苦，距离自己所追求的终极目标就更进了一步。

“形势很严峻啊！”她用手指轻轻地敲着桌子，那神情确有几分大政治家的味道，“我们所面临的不仅仅是自然灾害，更重要的是和赫鲁晓夫同志的原则分歧……”

楚雁潮大大吃了一惊！在此之前，他从没有听到任何人敢于对苏联领导人说出任何不恭之辞。在中国人心目中，赫鲁晓夫和列宁、斯大林一样神圣，这本来是顺理成章、毋庸置疑的，怎么突然有了“原则分歧”？他无法掩饰自己的惊异，茫然地望着这位年轻的“布尔什维克”。郑晓京是学生当中为数极少的党员之一，她说的这种话恐怕不是个人的创造，也许党里面传达了什么新的精神？也许她从父母那儿获得了某种信息？

郑晓京却没有再说下去，“哦，这一点，您知道就行了，不需要向更多的同志……”她突然打住，留下一个意味深长的间歇。

楚雁潮不知道她为什么要向他泄露这不可向凡人所道的天机，并且又似露不露、欲言又止。是奉了使命向担任班主任的楚雁潮“下点毛毛雨”呢，还是她自己也仅仅知道“这一点”又忍不住炫耀呢？但是，他不能向她询问，她那严峻的语气和神情都在告诉他：作为一名党外群众，这已经是对你的信任和礼遇，你好好儿听着，没错儿！

“总的看来，我们班上的情况还比较好，”郑晓京在椅子上挪动了一下，改变了刚才直板板的身姿，语气也柔和了一些，把话题从国际共产主义运动拉回到她所在的那个小集体，“连资产阶级家庭出身的谢秋思、地主家庭出身的白守礼，都没有发现什么原则性的不满言论，他们对政治问题都很谨慎，但对学习抓得很紧……”

“这就好，”楚雁潮也不知不觉谨慎地说，“同学们都是不到二十岁的青年，思想还是很单纯的，我看大家都很懂得用功……”

“但是也出现了一些问题……”

“什么问题？”

“男同学当中，有些不健康的情绪，”郑晓京表情又变得很严肃，甚至有些忧虑，“他们背后随便议论女同学，起外号，打分儿，谁最漂亮，可以打五分啦；谁‘形象困难’，只能打三分啦；甚至把谢秋思和韩新月两个人进行‘竞选’，说什么：韩新月的美是天然的，谢秋思的美是打扮出来的。一个像清高淡雅、一尘不染的白荷花；一个像雍容华贵、富丽堂皇的红牡丹。虽然都是名花，但两相比较，牡丹就显得俗了……老师，您听听这乱七八糟的！”

楚雁潮却没有说话。郑晓京今天的谈话，开头是那么宏大，落到实处却又这么细琐，使他感到无味了。他想起自己在学生时期，班上的男同学在宿舍里也有过类似的话题，他当然是不参加的，觉得把女同学作为“花儿”比来比去，有失对人家的尊重。现在，他的学生也会这一套了，可见二十岁左右的男孩儿很容易对这类问题产生兴趣，无师自通。当他听到郑晓京刚才点到韩新月的名字时，心中微微一动，他不希望这个在全班最突出、他也最器重的学生受到伤害，当然也不愿意别人随意贬损另一名高才生谢秋思。但他听到后来的“评语”，却也觉得其中并无什么恶意，而且这种议论基本得当，他也就不想发表什么意见了……

“坏就坏在唐俊生把这话告诉了谢秋思，”郑晓京接着说，“他们两人的恋爱关系早就是半公开的了，谢秋思一听连唐俊生都参加了这种议论，伤害了她的自尊心，一气之下就把唐俊生甩了，唐俊生现在剃了光头！”

“剃了光头？”

“上午的英语课您没看见吗？哦，他戴着帽子呢……”

“噢，我没注意，”楚雁潮说，“剃光头是什么意思？”

“您没想到吧？”郑晓京用手指敲着桌子说，“他这是表示要出家当和尚了！”

楚雁潮不禁噗地笑出声来，没想到他的这一对儿上海小同乡竟演出了这么一场闹剧！

话说到这里，气氛却变得轻松起来。

“可笑吧？”郑晓京苦笑着说，“这种事发生在20世纪60年代的大学生身上，简直是可悲！更有甚者，”她收敛了脸上的笑容，“唐俊生因此变得十分颓废，昨天下午，他邀集了别的班的几个男同学，都是失恋的，他们身上披着床单、麻袋片，头上戴着巴拿马草帽，手拉着手在西校门华表前头合影留念，还高唱着……”

“唱什么？”

“全世界无产者联合起来！”

郑晓京说到这里，脸上愤愤然，楚雁潮却忍不住放声大笑！

“这没有什么大不了的，”他说，“青年人的情绪不稳定，很容易冲动，只要加以引导，就能够健康成长，我可以找唐俊生谈一谈，哎，对了，你们可以调动他的积极性嘛，把表演才能用到正当的文娱活动中去！‘五四’校庆日就要到了……”

“是啊，我也是这么想的，想让他为校庆晚会出点儿力，可是他又跟我摆架子、拿劲儿……”

“你们准备出个什么节目啊？”楚雁潮饶有兴致地问。

“呃……”郑晓京把左手握着的那一卷纸放在桌子上，“想发挥我们的专业特色，用英语演出话剧，就是莎翁的《哈姆雷特》的片断……”

“噢？这很有意思啊！”楚雁潮为学生们敢于这样大胆地进行口语实践感到兴奋，他充满期望地看着郑晓京，“是由你来导演了？”

“嗯，”郑晓京当之无愧地点点头，“这几天的课余时间一直在做案头准备工作……”她摆弄着手里的那卷纸。

“角色都分配好了吗？”

“唉，难哪！”郑晓京摊开两手，真像一个大导演或者指挥千军万马的大首长似的，要谈她运筹帷幄、调兵遣将的艰辛了，“看来十六个人都得上场，群众演员还得‘特邀’别的班的同学帮忙，好在台词少，他们不说话都行，问题是主角，主角的难度很大啊！”

“你准备让谁演哈姆雷特？”

“是啊，首先就遇到了这个难题！我把那十二个男生扒拉过来扒拉过去，不是这个个子太矮、缺乏风度，就是那个台词不行……”

“但这又不能去‘特邀’别的班的，总不能让哈姆雷特说俄语啊！”

楚雁潮觉得也是，郑晓京确实选了个难题。“要么，我和系里商量一下，找二、三年级借个学长过来给你们？”

“我早就想过这个主意了，根本没有合适的，”郑晓京愁眉苦脸地说，“这可是哈姆雷特！咱们系的男生，要么是手无缚鸡之力的书生，要么就是一副工农兵形象……”说到这里，她突然意识到自己语失，很容易被人抓到把柄，赶紧补充道，“哦，我并不是说工农兵形象不好，主要是气质不合适，哈姆雷特这个人物很独特……对，革命导师恩格斯就提出‘真实地再现典型环境中的典型人物’嘛，哈姆雷特是一个从外部形象到内心世界都极其复杂的，多层次、多侧面的角色，很不好把握！您说是不是？”

“是啊，一百个观众心目中有一百个哈姆雷特！”楚雁潮并没有挑剔郑晓京刚才的话中有什么毛病，倒跟着她的思路，认真地琢磨起哈姆雷特了，“这个人物，虽然表面上看起来优柔寡断，但是实际上非常深沉，非常坚强，他身上蕴藏着一股巨大的爆发力，连他那些装疯卖傻、颠三倒四的言语，都可以惊天地、泣鬼神！……”

“说得太对了!”郑晓京兴奋地两眼放光,“他那段儿疯话,多精彩啊,您记得吧?”

“当然记得!”能把莎翁剧作倒背如流的楚雁潮,不假思索地随口说出那段经典台词,“你会哭吗?你会打架吗?你会绝食吗?你会撕裂自己的躯体吗?你会喝一大缸醋吗?你会吃一条鳄鱼吗?我都能做到!……”莎翁剧作的巨大爆发力竟使他呐喊起来,连他自己都感到吃惊,没有想到在学生面前有些失态了。

“好,太好了!”郑晓京拍着巴掌,兴奋地喊道,“我已经找到了哈姆雷特的最佳人选,而且是我们班的!”

“嗯?”楚雁潮一愣,“你说谁?”

“就是您哪,楚老师!”郑晓京诡秘地一笑,她的面孔也有不板着的时候。

“啊?你怎么会想到我?”

“您刚才不是已经试过戏了吗?非常好!”

楚雁潮这才意识到,郑晓京设下了一个小小的圈套,而他却毫无防备之心,这么轻易地跳了进去!

“哦,不行,不行,”楚雁潮连忙推辞,“我可不行,我从来没登过舞台,就连上讲台,一开始给你们上课的时候,还脸红呢!”

“您现在不是已经习惯了吗?您的英语水平是没得说的,形象、身材、气质也非常合适。”郑晓京已经把自己摆在伯乐的位置上,以欣赏的眼光端详着楚雁潮,颇有几分像一位大导演在考察演员的时候当场“拍板”的架势,“就这么定了!”

“不,不……”楚雁潮还是觉得自己不行,他这个人,大概除了他的专业之外,对一切都缺乏自信。“你还是再考虑考虑,从我们班男同学当中选择一个更合适的人选……”

“哪儿有哇?”郑晓京伸开两手的十指,表示已经别无选择。

“要不,让唐俊生……”楚雁潮刚说出这个名字,就又咽住了,他明知所荐非人,所以也底气不足。

“不行,不行!”郑晓京果然一口否定,“瞧他那个小白脸儿、水蛇腰,根本就不行,现在的情绪又那么坏,口语也不够利落,我顶多让他演那个倒霉的波格涅斯，戏不多，被哈姆雷特一剑刺死，就可以下场了……”

“噢……”楚雁潮很无奈，只好暂且搁下哈姆雷特这个话题，又问，“那，别的角色都有了吗?”

“大体上都有了，”郑晓京扳着手指头说，“丹麦王准备让白守礼演，他出身不好，不好意思争演英雄人物，就自报演坏蛋，跟他平时那种闪闪烁烁、欲言又止的气质也很接近；王后嘛，就只好由我来演了，找罗秀竹，她不干，找谢秋思，她也不干，都嫌演那个又坏又不幸的女人没意思，其实这有什么？演戏嘛！我知道谢秋思的心思，她想演莪菲莉娅……”

“你打算让谁演莪菲莉娅?”楚雁潮突然问。两人谈论了这么久，这个重要角色似乎是不应该被遗忘的。

“当然是韩新月了!”郑晓京毫不犹豫地说，“她的形象、气质都很好，纯洁、天真，又很含蓄，带有几分羞涩和淡淡的忧郁，很像莪菲莉娅，很像!”

“噢，她来演莪菲莉娅?”楚雁潮喃喃地说，听不出是赞同还是反对。

“我已经跟她说定了，她同意，”郑晓京说，“现在就看您的了，我想，您跟她配戏，一定可以配合得很默契……”

“为什么?”楚雁潮突然吃了一惊，他不知道郑晓京为什么选用了“默契”这个词儿。

“这很简单，”郑晓京坦率地说，“两位主要演员的口语都是整个剧组中最好的，是大家公认的，根本不用担心‘打啵儿’‘吃字儿’，你们可以把主要精力用在人物内心情感的发掘上，可以把戏做足……”

“嗨……”楚雁潮在沉吟，仿佛已经进入了角色，“不，不，太苦了，这戏太苦了，让我在她的葬礼中上场，跳下她的墓穴？‘哪一个人的心里装载得下这样沉重的悲伤？哪一个人的哀恸的辞句，可以使天上的行星惊疑止步？那是我，丹麦王子哈姆雷特!’这……这太苦了!”

“Very good！要的就是这种情绪，越苦越好！”郑晓京脸上绽开笑容，享受着自己点燃演员创作热情的成就感。她把桌上的那一卷纸往前推了推：“剧本已经印出来了，您先熟悉熟悉，不过这对您来说不成问题，莎翁的作品您都能背下来了！抽个时间，跟韩新月合一合……”

楚雁潮一时无语。自己身为老师，却听命于他的学生，心里多少有些不是滋味。况且他刚刚从学生变成老师，正在努力适应两种角色的转换，要是再掺和学生的文娱活动，那就更不像老师了。所以，这演戏的事儿，最好能脱身。可是，他还脱得了身吗？

“楚老师，这不仅仅是一次文娱活动，这是我们班第一次在全校师生员工面前亮相，这个集体不仅仅是我们十六个学生，也包括您啊！”面对犹豫不决的楚雁潮，郑晓京循循善诱，语重心长，“北大不仅是您的工作岗位，也是您的母校，在校庆那天还会有许多老校友、老首长来看我们的演出，只许成功，不许失败。楚老师，重任在肩，希望您不要让全班同学失望，更不要让全校师生失望啊！”

这番话分量好重，仿佛校庆晚会的成败全系于这一个节目，未免过于夸张，难以服人。但是，当楚雁潮听她说到“不要让全校师生失望”，不知道为什么，突然想到那个将由韩新月扮演的莪菲莉娅，如果自己执意拒演哈姆雷特，会让她失望吧？

“看来，你这是硬性摊派了？”楚雁潮拿起油印的剧本，看了看，说了这么一句模棱两可的话，像是质疑，又像是应允。

“对，”郑晓京很干脆，“我对每个演员都明确交代：这是政治任务，为了班集体的荣誉，给我好好儿地演！”

楚雁潮无可奈何地嘘了一口气，既然是“任务”而且“政治”，从西语系党总支委员郑晓京口中说出来，也就没有什么商量的余地了。这就是郑晓京跟他兜了一个大圈子、大谈了半天政治的真正目的？而有意思的是，郑晓京选择的剧目并不是眼下很时髦的《以革命的名义》而是《哈姆雷特》，倒也看不出有什么特别的“革命”之处。这个稚嫩的小政治家！

郑晓京得胜回朝，雷厉风行地赶到宿舍。宿舍里只有韩新月一个人，她正拿着导演给她的剧本，煞有介事地练台词呢：

姑娘，姑娘，他死了，
一去不复来；
头上盖着青青草，
脚下石生苔。
嗬啊……

郑晓京一步闯进来："哎，美丽的莪菲莉娅！"

韩新月回头看了她一眼，接着下面的词儿：

殓衾遮体白如雪，
鲜花红似雨；
花上盈盈有泪滴，
伴郎坟墓去。

郑晓京一拍她的肩膀："嗨！我不是在跟你对台词，是要通知你：哈姆雷特有了！"

"有了？"新月的情绪突然被她从剧情中拉回来，男主角的人选也是她十分关心的问题，虽然一切都只不过是做戏，但是，她很难设想让一个獐头鼠目的人在舞台上对她说："我的确曾经爱过你。"而她还必须照剧本回答："真的，殿下，您曾经使我相信您爱我。"那会使她很别扭的。她迫不及待地问郑晓京："哈姆雷特是谁？"

"你猜猜！"郑晓京却要卖个小小的关子，为的是显示她这个导演物色演员的标准之高、工作之难、权威之大，"这个哈姆雷特是最有风度的，最有文学修养的，气质最内在的，英语也是最好的，刚才试了试戏，好极了，我想，美丽的莪菲莉娅一定会满意！"

新月倒被她这天花乱坠的一通吹嘘弄得很茫然，她在脑子里把班上的十二个男同学都过了一遍，也想不出谁是那个"最、最、最"！她不耐烦了："到底是谁呀？不合适我可不干！"

“楚雁潮!”郑晓京突然宣布，并且在老师不在场的时候大胆地直呼其名，这有什么？在剧组里他也得归导演管。

“啊，楚老师!”新月惊喜地叫起来，“哎呀，我怎么就没有想到是他呢？只考虑同学……”

“他不是自己说愿意当我们的‘同学’嘛,”郑晓京扬扬自得，“出其不意，攻其不备，让我的革命战略打了他一个措手不及!”

“他答应了吗?”新月担心地问。

“答应了，答应了!”郑晓京兴奋地说，“我这台戏现在就已经成功了一半儿！哎，‘五四’很快就要到了，你可得抓紧时间把词儿都背会，最好能和楚老师一块儿练，这样，就有个感情的交流，容易进戏……”

“你放心吧，导演!”新月愉快地答应着，“我一定尽自己最大的努力，完成你交给的‘政治任务’!”

楼道里传来一串急切的脚步声，门“哐”的一声被推开了，罗秀竹风风火火地闯进来，差点儿撞到新月的身上!

“哎，罗秀竹,”郑晓京冲着她说，“你就只好委屈委屈，跟在我旁边儿演个宫女了，嗅?”

罗秀竹却根本顾不上理她这个茬儿，气喘吁吁地嚷着：“快，快！韩……韩新月……”

新月一愣：“什么事儿？把你急成这样儿……”

罗秀竹越急越说不清楚，脸憋得通红，大口大口地喘着气：“电话……叫你快回去！你爸爸……重伤……”

“啊?!”新月突然像被雷电击中，脸上顿时失去了血色，剧本《哈姆雷特》落在了地上！她的两手冰冷，瑟瑟发抖，慌乱地抓住罗秀竹的胳膊，“怎么……怎么……”

“具体情况……我也没来得及问……电话很急，是你爸爸单位里打来的……”

“我爸爸……现在在哪儿?”

“已经送同……同仁医院了!”

郑晓京当机立断：“韩新月，你赶快去吧！不管发生了什么情况，一定要沉住气……”

新月不顾一切地冲出宿舍，向楼下跑去！重伤？爸爸怎么会受了重伤呢？是烧伤？轧伤？撞伤？爸爸的工作是没有这些危险的，怎么会呢？‘不管发生了什么情况’……这句话意味着什么？她连想都不敢想下去，会发生什么情况呢？爸爸的重伤会到什么程度？……啊，一切都有可能，命运从来不怜惜任何人！可是，她不能失去爸爸啊，她自幼依赖的慈父，第一个英语老师，最坚决地支持她上北大的人，全家的顶梁柱……啊，爸爸，爸爸！

她奔出二十七斋，奔出南校门，奔向三十二路车站，脑子里老是闪着那两个不祥的字：重伤！重伤！啊，她什么也不想了，让头脑变成一片空白，只希望赶快见到爸爸！

韩子奇悄无声息地躺在同仁医院的急诊室里。他感到自己的头部、胳膊、腿、胸部……到处都在火辣辣地疼。两只手在他的身上摸索，冰凉的听诊器在胸前游动。他闭着眼，无力睁开。

“清理创口，注射止痛针、破伤风，”他听到大夫的说话声，是在命令护士，“然后做X光透视，确定肋骨骨折的情况……”

“主啊！肋条骨都折了？”这是大姐的声音，慌慌的，夹杂着哭泣声。

“病人家属请保持安静，不要激动……”

“我们怎么能不‘激动’啊？”这是妻子的声音，“大夫，我们一家子的命都攥在他手里，他要是有个好歹，我们可怎么……”她说不下去了，悲切地哭泣。

“瞧您，又哭，又哭，哭有什么用啊？”这是儿子的声音，“别在这儿裹乱，让人家大夫踏踏实实地治……”

“天星，你不知道妈的心！”又是妻子的声音，“你爸爸哪天上班儿，我这心不跟了他去？怕他累着了，怕让车给碰着了，都快六十的人了，什么都搁不住，得留神，留神，可他偏偏还是没听到心里去！今儿这是怎么的了？……”

韩子奇的胸口猛地一阵刺痛，他发出一声痛苦的呻吟，心说：你哭吧，埋怨吧，我毁就毁在听了你的话！他记起了灾难发生之前的一切……

今天上午，他和往常一样，坐在自己的办公桌前，泡上杯酽酽的茉莉花茶，打开桌上卷帙浩繁的资料，这是自从1951年他在特种工艺品进出口公司参加工作以来，所经手、过目的珠宝玉器的完整的记录。当然不包括他家里的“密室”中那些个人的收藏品，同行都知道，他的奇珍斋早在解放之前就破产倒闭了，他所有的收藏品都散失了。他是由于在玉器鉴赏方面的久负盛名而受聘于解放后成立的国营公司的，成为国家干部。而在这之后的公私合营运动中，那些家产远远不如他的店主、作坊主则都成了资本家、小业主，入了另册。一些人不由得感叹：“韩先生真是识时务的俊杰，破产也破得及时！”而他自己心里明白，这只不过是一个历史的误会而已，并不是有意投革命之机。但是，他那些价值连城的珍宝却因此而保存下来了，轰轰烈烈的社会主义改造没有拔掉他一根毫毛。他为此而暗自庆幸，但也留下了无穷的忧虑，他知道，一旦他的“密室”公之于世，他的厄运也就要到来了……他时时如履薄冰，兢兢业业地工作，总觉得自己是一条“漏网之鱼”，又不知道那张“网”什么时候把它也装进去。到了那一天，他的一切伪装都将被剥去，还怎么做人呢？他害怕那一天的到来，却又像在随时等着它到来。他在“网”外自觉地扮演被“利用、限制、改造”的角色，和那些正式戴着“资本家”帽子的人一样。这样小心翼翼地等待的结果，是把这种等待拖得更久、磨得更苦。就在这心惊肉跳的十年中，他竟然积累了厚厚的一摞资料，这也是特艺公司的一份珍贵文献。近几年来，由于他年纪大了，领导上就不再让他参加门市收购、洽谈外销等方面的繁重的工作，而让他摆脱日常事务，把几十年来丰富的鉴赏经验整理出来，以作同事们业务上的借鉴，并且留给后人。他便搬出了那一大摞资料，选择其中有代表性的、有较高艺术水平和文物价值的，逐条加以记载、分析，这部书总名为《辨玉录》，他已经完成了将近一半了。但他并没有真正脱离业务，他的办公室和业务室仅有一墙之隔，遇有新鲜东西和疑难问题，同事们仍然常常向他请教，他也乐于放下手头的工作，和他们一起观赏、研究一番，这是他平生最大的嗜好，最大的乐趣，也为他目前所做的工作不断提供新的资料。

他拿着放大镜，细细地观赏一张“墨玉衔莲鳜鱼”的照片。这件玉雕，原件是五年前他亲手在门市上收购的，如今已是故宫博物院的藏品了。那鳜鱼通体墨黑，唯有口中所衔的一朵莲花，洁白无瑕，分色巧用，刀法洗练，造型古雅。他翻开原始的记载，上面写的制作年代是宋，他反复看了照片，认为当初的判断无误，可以列入《辨玉录》了。他郑重地落笔：墨玉衔莲鳜鱼，宋……

“‘二五眼’，你的本事是跟师傅学的，还是跟师娘学的？”

门外边，传过来经理的声音，他知道，爱开玩笑的经理又在拿“二五眼”开心了。“二五眼”是一位营业员的外号，虽然年纪也有了一把，眼力却不甚高明，有时在对玉器的鉴定中不免闹一点儿“关公战秦琼”之类的笑话，便被同事们尊称为“二五眼”。但此人虽然眼力欠佳，脾气倒还好，当面叫他，也不急不恼，像刚才经理所说“是跟师娘学的”这句话，就等于明打明地嘲笑他当年的学艺一无所获，白白地拜了师。这话如果落在别人头上，准得翻脸，可是“二五眼”却不在乎，听得他在那边说：“怎么了，经理？‘冷眼观炝绿’，我这眼不含糊！”

“什么‘冷眼观炝绿’？这是炝绿吗？”

“我也没说是炝绿啊，这是碧玉，我昨儿不就告诉您了嘛！”

“这哪儿是碧玉？明明是翠嘛！‘二五眼’，你可真是二五眼！”

“二五眼”却不服气：“告您说，翠活儿可容易掺假噢，绿料石、绿玛瑙、绿澳洲玉，人家都拿来当翠卖，您可别把什么都认成是翠！这只玉珮，还就是碧玉，不是翠！”

“你这叫‘假作真来真亦假’，被人家拿假的蒙怕了，连真东西都当成假的了！”经理说，“你仔细看看嘛，这里面有色筋，碧玉能有色筋吗？”

“二五眼”说：“‘试玉要等三日满’，咱搁火里烧烧试试？假的一烧，绿就褪了……”

“去吧，你！越说越不沾边儿了，这又不是炝绿、石蜡、面松，烧个什么劲儿?”

一帮子小年轻发出一阵哄笑。

韩子奇听到这里，就不知不觉隔着敞开的门搭上话了：“在灯底下看看不就得了嘛！翠在灯下更绿，碧玉在灯下发灰!”

“二五眼”在那边就接上茬儿了：“来，来，咱请权威鉴定鉴定，如果真是翠，我把真名儿勾掉，户口本、工作证上都填上‘二五眼’!”

说着说着，就过来了。经理把手里的东西放在桌上，说：“老韩，您给看看！外宾等着买这只翠珮，‘二五眼’在标签上写的是碧玉珮……”

“二五眼”抢着说：“做买卖就得货真价实，是什么就是什么，也不能瞎说啊!”

韩子奇饶有兴致地接过那块环形的珮饰，晶莹碧绿，纯净无瑕，一见之下就觉得可爱，一股亲切的情感从手掌流入肺腑，滋润着他的心，这东西……这是一只翠珮，冰种，满绿，琢工精巧，从制作风格上看，必是乾隆时期的东西无疑！正待说出，他心里一动……

“这是从哪儿收的?”他突然问。

“二五眼”说：“是人家上门儿来卖的……”

“是个什么人?”

“哎哟，记不清了……”

“什么时候?”

“去年呀，去年夏天!”

去年夏天？韩子奇急切地拿起放大镜，再仔细观看那只翠珮，刹那间，他的眼睛像被烈火灼伤，心脏猛地收缩，刚才的判断被证实了！就在去年夏天，他永远也不愿意回忆的那个晚上，妻子逼着他打开了“密室”的门，强迫他拿出一件东西去变卖，以作儿子的结婚费用。韩子奇看着那些以生命和心血换来的藏品，哪一件也舍不得。但是，妻子逼得他没有退路，为了让女儿得到升学的权利，他不得不忍痛割爱！商、周、秦、汉、唐、宋、元、明……他实在不肯出手，那是他的眼睛，那是他的心！选来选去，他从中选了一件年代较近的清代玉器，便是那件乾隆翠珮，在手中玩摩再三，最后还是一闭眼递给了妻子：给你，你拿去吧！只当我没有过这件东西，并且永远也不想见它了，就等于它已经毁了，不存在了，我也就不必为失去它而伤心了！……他哪会想到，妻子不知委托了一个什么样的笨蛋、蠢材，北京城有那么多收购古董文物的商店你不去，偏偏送到他工作的特艺公司来卖，还被“二五眼”错当成了碧玉，廉价收购！现在，这件东西在他的眼皮底下冒了出来，拿在他的手里，他在“鉴定”自己的心头肉，却又不能相认！

韩子奇的心里忍受着像失去亲生骨肉、切掉自己的手足一样的痛苦，而这痛苦，他又不能向任何人诉说，不能让任何人发现！他默默地放下了放大镜，放下了那块翠珮，伸出冰凉的、颤抖着的手指，轻轻把它推开，一句话也没说。

“二五眼”急着问他：“韩先生，您看清楚了吗？到了儿是碧玉，还是翠？”

韩子奇没有答话。现在，说它是石头、是泥土都无关紧要了，重要的是，这件东西已经不属于他了！既然如此，为什么还要折磨这个爱玉如命的人啊！

经理愣了：“老韩，您当年可是名满京华的‘玉王’啊，怎么会连翠和碧玉都分不出来？不可能！您再仔细看看，外宾还等着买呢，今天下午就来取！”

像一把利刃刺入了韩子奇的心脏！他现在还算什么“玉王”？天底下有这样窝窝囊囊、忍气吞声的“王”吗？他连当个玉“奴”的份儿都保不住了！

“不能卖！乾隆翠珮怎么能卖呢？”他的手重重地落在桌子上，这怒而拍案的突然举动把经理和“二五眼”都吓了一跳！是的，韩子奇参加工作十年来，从来没有发过脾气，这一次，他在人前失态了！

“二五眼”怏怏地把桌上的翠珮拿走了。经理却并没有因为韩子奇的发火而生气，他走出去的时候，兴奋地对“二五眼”说：“怎么样？姜还是老的辣！要不是老韩，这只翠珮就保不住了，你听见没有？是乾隆的！”

业务室那边又响起了笑声，是那几个小年轻又在帮着经理围攻“二五眼”，逼着他当真在工作证、户口本上更名改姓。在那轻快的笑声中，韩子奇感到自己的全身都松垮了！

他没有等到中午下班，就推说身体不舒服，向经理请了假，经理关切地让他回去好好休息，还说本来就不必天天来上班，在家里整理整理资料也是一样的。

他恍恍惚惚地走出办公室，外边正下着毛毛细雨，他没带伞，就冒着雨回家，反正雨也不大，他甚至希望下一场瓢泼大雨，冲一冲心中的憋闷，才痛快！他闷着头走在楼梯上，裸露在室外的水泥楼梯被雨水淋湿了，很滑，他扶着栏杆，慢慢地走下去。细雨朦胧了他的眼睛，他总觉得那只翠珮在眼前晃动，晃动，脚下像踩着浮云，踩着棉花……

“老韩，您等等！”身后突然传来经理的喊声。

他在恍惚中猛地一惊，还没等回过头去，脚下踩空了，他身不由己地一头栽下去……

“老韩，老韩！”

他顺着湿漉漉的、坚硬的水泥楼梯往下翻滚，头晕目眩，就什么都不知道了！

……

现在，他清醒了，明白了自己出了什么事。

他听见妻子痛哭着，在埋怨，在责问：“都是让你们给逼的、赶的吧？这么大岁数了，还能这么狠着使他吗？”

“没有啊，韩大嫂，”这是经理的声音，经理也在这里！“我让他回去休息，见他没带伞，就追着给他送伞，谁知道就在这时候……唉！韩大嫂，领导交代了，不惜一切代价，也要把老韩的伤治好，他是国宝啊！您放心，千万别太着急……”

不着急，已经到了这个地步，我就什么急也不着了，韩子奇在心里说。谢谢你到这时候还能送我一个“国宝”的雅号。其实我这个“国宝”早就该打碎的，打碎了也许就一钱不值了。我这一辈子都在拼着命地往前奔，往前赶，紧绷着的弦，终于断了，早晚也是这样吧？也许这个跟头就把命栽进去了，我……会死吗？唉，活着太艰难，心里装着那么多的痛苦，嘴里又什么都不能说，跟死了又有什么两样？死，也许就了却了忧愁，结束了烦恼，就什么都不管不问了！可是……不……不能死，我怎么能丢下那些玉？怎么能丢下女儿？女儿还有四年，才能大学毕业！

下了汽车，新月就朝着同仁医院没命地奔跑，她面色苍白、呼吸急促，身上的衣服都已经湿透了，是那绵绵的细雨，是那浑身的汗水，是那顺着脸腮流淌的眼泪……

她跑着，顾不上在冰冷的雨水中膝关节的刺痛，顾不上肺部的憋闷难忍，顾不上心脏慌乱地狂跳，她从来也没有跑得这么快、这么急、这么远，路太远了！

她奔进医院的大门，奔向那刺目的三个大字："急诊室"！

一个什么人，拦腰抱住了她？噢，是姑妈！

"姑妈……姑妈……爸爸呢？"她问，剧烈地喘息着。

"新月啊，你可来了！"姑妈放声大哭起来，"你爸爸……肋条骨……"

"啊？！"新月挣脱姑妈，向急诊室里扑去！

门里边挤着一群人，妈妈、哥哥，穿白大褂的大夫、护士，还有爸爸单位的领导，爸爸呢？

爸爸躺在床上，闭着眼，一动也不动，那张平时黧黑的脸，现在白得像一张纸，头上、胳膊上、胸脯上都裹着绷带，雪白的床单上，沾着鲜血！

"爸爸！"一阵剧痛把她的心撕裂了，她扑倒在地上，失去了知觉！

"是……新月？"韩子奇猛地一震，发出沙哑的呼唤，"新月！"

"不要动，安静！"护士按住了他。

"新月，新月！"她的亲人们都慌了！

新月听不见他们的呼唤，她那湿漉漉的肢体倒在地上，没有发出任何声响 。

"新月！"天星扑过去，跪在地上，抱起了妹妹的头，"新月，你醒醒，爸爸没事儿！你醒醒！”

新月没有醒来，她那洁白的面颊涨得紫红，发青的嘴唇流出粉红色的血水……

大夫、护士急匆匆跑过来，又投入了一场紧张的抢救！

听诊器在新月的胸部游动，血压计显示出指数：60/40……

“大夫，大夫……”姑妈紧张得浑身哆嗦，泪流满面，连话都不会说了。

“大夫……这孩子……”韩太太慌乱地挤在旁边，“她跟她爸爸连心啊，准是急坏了！”

“心律不齐，有杂音，满肺水泡……”大夫的面孔严峻得吓人，摘下听诊器，对护士说，“急性心力衰竭！把她抱到床上去，呈半坐位，立即输氧，静脉注射毒毛旋花子 K，0.25 毫克……”

“啊？心力衰竭？”天星把妹妹抱上病床，他的胳膊在抖，嘴唇也在抖，妹妹的病把他吓傻了，“她还不满十八岁，怎么会……衰竭？”

大夫、护士顾不上解释，紧张地抢救新月！

“主啊，要了这孩子的命了！”姑妈急得跺脚，抱着韩太太，姐儿俩都吓得哆嗦。

韩太太抓着姑妈的手：“瞧瞧，这是怎么个话儿说的，一天病倒了俩，这叫我是死是活啊……”

“新月……新月……”韩子奇挣扎着，呼唤着。

“不要说话，不要动，”护士按住他，“你要主动和我们配合，避免断骨刺伤内脏……”

此刻，刺伤韩子奇五脏六腑的不是断骨，而是掌上明珠的突遭不测，而这，正是为了他！

新月半卧在病床上，毫无知觉。

像炮弹似的氧气瓶推过来了，护士为她插上吸管，“咝咝”的气流缓缓进入她那极度缺氧的胸腔。护士紧张而镇定地为她注射，在四肢轮流扎止血带……

天星紧紧地盯着妹妹的脸，连眼都不敢眨一眨。男儿有泪不轻弹，这个惯于在心中忍受一切的老蔫儿、拧种，却流下了热泪：“干吗要告诉她？爸爸的事儿找我就成了，新月受不了这样的刺激！你们真浑啊，谁给她打的电话？”

“是我……我让打的，”特艺公司的经理沮丧地说，“当时急着要通知家属，在你爸爸的记事本儿里只找到这么一个电话号码，就……唉！谁知道这姑娘心脏有毛病？”

“胡说！”痛彻肺腑的天星六亲不认，谁都敢骂，“我妹妹没病！谁说她有病？”

经理自然不敢再言语，不幸的是，大夫说话了：“根据现有的症状，病人的心脏很可能早就有严重问题……”

天星、韩太太和姑妈都惊呆了！

“病人的家族有心脏病史吗？她的父母有没有……”

“没有啊！”韩太太说，“我跟她爸爸哪儿有心脏病啊？”

“没有，”姑妈又补充说，“我们这一家子人，压根儿就没有一个人得过这样儿的病！”

“那么，病人过去有风湿病史吗？就是说，是不是经常关节疼？”

“没有啊！”韩太太回答。

“哎，这倒是有过，”姑妈说，“她小时候，我跟她一屋睡，一变天儿她就说腿疼，我给她揉揉、焐焐，过几天也就好了，没当回事儿。大夫，这碍事吗？”

大夫没有明确回答，只说：“先观察观察吧，她恐怕需要住院做系统的检查和治疗。”

新月渐渐地苏醒过来了，睫毛闪动着，像是要睁眼，却睁不开；嘴唇嚅动着，像是要说话，却说不出，只轻轻地吐出低得几乎听不见的两个字：“爸爸……”

“主啊，缓过点儿来了……”姑妈惊喜地抹着眼泪。

“新月，甭惦记你爸，你自个儿觉得好点儿了吗？”韩太太把嘴凑到女儿的耳边，“新月，妈在这儿呢，你睁眼瞅瞅妈……”说着，话就被泪水噎住了。

“不要跟她说话，病人必须保持绝对安静！”大夫说，朝护士一挥手，“把病人送观察室！”

病床的胶皮轮子缓缓地移动，连同那像炮弹似的氧气瓶，一起陪伴着新月，出了房门……

亲人们的心也跟着她去了……

祸不单行，两场大难同时降临了韩家，而不管这些心灵饱经创伤的人能不能经受得住！

春天的夜晚，清凉而静谧。绵绵细雨已经停了，空气中饱含着水分，浸润着路旁的树木，楼前的花坛，浓郁的花香混合着绿叶的清新气息慢慢地飘散。

薄云在夜空流动，隐隐现出朦胧的月亮。那是半璧下弦月，清清的，淡淡的，弓部的轮廓清晰可见，弦部已是一片迷蒙，渐渐溶进天空。月半已过，盈满的玉轮匆匆地度过了大放光明的短暂时刻，迅速地亏损了，像被潮水一点一点地浸没……

淡淡的月光照着同仁医院的大门，门楣上，已经早早地装饰了红底金字的横幅："迎接五一。"救护车、小汽车匆匆地出出进进，车灯在湿润的柏油路上闪烁着流动的光影。急诊室门口亮着刺眼的红灯。宁静的夜，医院却从来也没有安然入睡，几乎在任何时刻，它都在接待突如其来的伤员和病号，器械在奔忙，药剂在流动，新生婴儿在啼哭，垂危病人在呻吟。医院，生死场；医院，天使和死神搏斗的战场；医院，交织着科学的无情和人类的多情……

月光透过薄薄的窗帘，洒进外科病房，和门旁地下的脚灯微弱的光亮交相辉映。

病房里静静的，同室的病人都早已入睡了，发出均匀的鼾声。只有韩子奇还醒着，被痛苦所煎熬。

他的伤势并不像原来想象的那么重，经过多种手段的仔细检查，他的头部没有造成脑震荡和颅内出血，四肢也没有骨折，只是肋骨断了一根，而且是封闭性的，既没有刺破皮肉，也没有扎伤内脏和胸膜。他的休克是由于精神过度紧张造成的，头破血流也只是划伤和擦伤。清理了血污之后，护士轻而易举地就把伤口处理了，包扎好，完事儿了。肋骨的骨折，幸好折而未断，加以固定措施之后，并不妨碍他的正常呼吸、进食和轻微的活动。大夫说："您把家里的人都吓坏了，其实并没有什么危险。如果不愿意住院，可以拿些药物回家去休养，过几天再来复查，估计也不会出现什么问题。"但公司经理还是要求让他住院，怕发生意外，损失了这位"国宝"。于是，韩子奇被送进了外科病房。

应当说，他摔伤之后能有这样的结果，已经是万幸了，应该高兴了；但是，他现在焦虑的根本不是他自己，而是女儿！谁能够想到水灵灵、活泼泼的新月会突然倒在他面前？谁又能想到由于这意外事故才突然发现新月身上早就存在了那种病？太可怕了！在急诊室突然听到大夫说出"病人的心脏很可能早就有严重问题"那句话的时候，他几乎要昏厥！怎么会？怎么会？……现在，女儿被送到观察室里，他被送到外科病房来了，心连着心的父女被隔开了，在这种息息相关的时候！他不知道这儿离观察室有多远，他想听到女儿的声音，轻轻地叫一声"爸爸"，哪怕是一声呻吟呢，也对他是一点儿安慰，但是，听不到，一点儿也听不到！

他悔恨自己，身为父亲，为什么过去对女儿的病没有一点儿察觉？他埋怨妻子，身为母亲，心应该比男人更细一些，你都想什么呢？把孩子给耽误了！妻子在他床前垂泪，说压根儿就没想到新月会得这种病，也不懂啊！……是的，她不懂，家里的人谁也不懂，这不能光怨她一个人。"唉，你走吧，别守着我哭！我这儿你们谁都别管，都去给我看着新月去！"他把妻子赶走了，他希望在女儿需要亲人的时候，当妈的一定要守在她身边，让她感到温暖。

现在，他一个人躺在病床上，折磨着自己那颗伤痕累累的心。十八年的岁月在他眼前倒流，他看见女儿又回到了那饱含着苦难也饱含着欢乐的童年。女儿出生在不幸的年代，但她理解不了那么多的不幸，一双明亮的大眼睛闪烁着欢笑。稚嫩的童心，金子般的童心，本能地认为世界是美好的，人生是美好的……

凉风从窗缝中透进来，窗帘轻轻地晃动，月光也轻轻地晃动，他又看见了那个难忘的月夜……

那一年，他正好"四十而不惑"。他在月光下徘徊，心中却惶惑不安，心被窗子里面的呻吟紧紧地揪住。十月怀胎，一朝分娩，新生命就要诞生了，他心怀忐忑，默默地祝愿母子平安。

终于，他听到了婴儿娇美的啼哭声，他疯狂了！

“噢，是个女儿！”他听到接生的人在向他报喜，他陶醉了！

“女儿？就叫她‘新月’吧！”他喊道。

那时候，天上的一弯新月正朝着他微笑。

第十八个年头到来了，他的新月突然倒下了！

脚步声，轻轻的脚步声，衣裙摩擦的窸窣声，是谁来了？他睁开眼，在朦胧的月色中，他看见一个窈窕的身影，穿着白色的衣裙，正向他款款走来……啊，新月！不，他没有喊出声来，这不是他的新月，是查夜的护士！

小护士捏着手电筒，轻盈地在病房里转了一圈，正要悄悄地退出去，“同志……”韩子奇叫住了她。

“三床，什么事儿？”小护士折身向他走过来。

“同志，我想问问你，”韩子奇急切地说，“心脏病是怎么得的？”

“心脏病？”小护士有些不耐烦地看着这个幽幽的黑影，“你全身都检查过了，没有心脏病，好好儿地睡吧，都半夜了！”说着，就要走开。

“哎，不是我，”他吃力地叫住她，“我只是想问问……”

“你没事儿问这干吗？”小护士觉得这个老头儿骨头伤得不重，神经倒似乎不大正常。

“我……我有一个女儿，也跟你这么大了，可是她……她得了心脏病……”韩子奇望着这个身材娉婷的姑娘，泪水噎住了他的嗓子。

小护士沉默了，她没有走开，在昏暗的光线下，她看到了一颗慈父的心。“哦，那要看什么情况，”她说，“比方说，遗传的可能有没有？”

“没有。”韩子奇肯定地回答，“我和她妈妈都没有心脏病。”

“嗯。”小护士思索着说，“父母没有心脏病，子女也可能会有的，如果母亲在妊娠期得了传染病、营养不良或者心情压抑，都有可能使胎儿患有先天性的心脏病……”

“噢?”韩子奇茫然地答应着，他极力追忆着新月出生之前的情况，和小护士说的可能性相对照，似是而非，若明若暗。因为在新月出生的那个年代，孕妇“营养不良”“心情压抑”是很难避免的，但这就一定会造成先天性心脏病吗?“不，不像，”他说，“我女儿在幼儿时期曾经接受过很严格的身体检查，并没有发现心脏有问题，而那家医院是以治疗心血管系统疾病著称的，不会有这样的疏忽!”对了，他到现在还记得清清楚楚，当时那位老专家用英语对他说：祝贺你，有这样一个又美丽又健康的女儿!

“那……也许是后天性的了，”年轻的小护士努力搜寻着所学过的那一点儿基础知识，很难圆满地回答这个老头儿的提问，但她很快就找到了解脱自己的困境的办法，“不见到病人，这不好判断，您最好带您的女儿到医院来……”

“来了，她已经来了!急诊!”韩子奇悲哀地叹息。

“哦，那就相信大夫吧，心内科的卢大夫是有名的心脏病专家，他们会把您女儿的病治好的，您就别这么瞎着急了，快点儿睡吧，您也是病人哪!”

小护士步履轻盈地走了，韩子奇看着她那俊秀的身影消失在门外，暗自感叹：为什么偏偏让我的女儿摊上这种病……

他根本无法入睡，心飞出了病房，去寻找女儿……

急诊观察室的窗口，还亮着灯光。

电镀金属支架上挂着盐水瓶，一根胶皮管垂下来，中间的玻璃观察管里，药水以比时钟的秒针慢得多的节奏，不慌不忙地掉下一滴，一滴，又一滴……

胶皮管连着新月的手臂，这只手臂静静地搁在床沿上，五指无力地半张着，苍白，纤弱，一动也不动。

输氧的胶皮管连着她的鼻腔，她的上半身仰靠在半支起的床上，脸侧向一边，面部的青紫已经有所减退了，呼吸也已经均匀，她像是安详地睡着了。

天星坐在妹妹的床前，眼睛紧盯着玻璃观察管里的水滴，那每一次无声的滴落，仿佛都打在他的心上。

他已经这样坐了好几个小时。天黑以后，他就把妈妈和姑妈都赶走了。“走吧，你们都回家去，省得在这儿哭哭啼啼的，什么忙都帮不上，还尽添乱！这儿留我一个人就成了，你们走吧！”他显得对两位老人很无礼，但也没有人挑剔他，这是什么时候？谁心里都乱。他那粗鲁的言语里，不仅有烦恼，也有爱，他怕妈妈和姑妈也病倒了，都是五六十岁的人了，家里经不起再增加新的打击了。爸爸倒下了，妹妹倒下了，他知道他这个长子的肩膀上已经压上了多重的分量。

陈淑彦坐在他的身旁。下班之后，她没有直接回家，却绕道儿到韩家去看看，事先她并不知道韩家出了这么大的事儿，只是因为想新月，想问问韩伯母，五一节新月回家吗，谁知一进韩家的门，就听到了这可怕的消息，她连家也没回，就匆匆赶来了。

“新月，新月……”她轻轻地喊着挚友的名字，看着她那怕人的脸色，似睡非睡的衰弱神态，两眼就被泪水模糊了。新月，她天天想念着的新月，充满青春活力的新月，生活得比任何人都幸福的新月，怎么会突然病成了这个样子呢？她简直不敢相信！她抚着新月的手，把脸贴在她的耳旁：“新月，我来了，我是淑彦……”

“你别叫她，她好容易睡着了，别叫！”天星俨然是妹妹的守护神，他不希望任何人来打扰妹妹，对陈淑彦下了逐客令，“你瞅瞅她就得了，走吧！”

“天星哥，我……我怎么能忍心走呢？”陈淑彦擦着泪说，“你就让我在这儿看着她吧，看着她……”

看起来，要把她赶走是困难的，天也已经晚了。天星梗着脖子，没说话。陈淑彦默默地搬过一张凳子，坐在新月的床前。这是她第一次单独和天星在一起，大概也是第一次正式面对面地说话。以往她去找新月，天星总是视而不见似的，没什么话可说。寒假里，新月曾经悄悄地向她透露了妈妈的意愿，希望她能够和天星……她当时一愣，脸就红了。奇怪得很，随着她和韩家的交往越来越密切，几乎经常见到天星，但她却从来也没有往这上面想过，只觉得新月的哥哥就等于自己的哥哥罢了。她沉默了一阵，问新月：“你哥还没有对象吗？”

“当然没有，要不，我还问你干吗？”“这是他的意思吗？”“差不多，他听我妈的，我妈就等你一句话。”她又沉默了，开始认真地把天星当成个“对象”来考虑。她对天星了解得其实很少，想来想去，觉得这个人除了脾气蔫儿、不爱说话，倒也是个老实人，没什么不好。她想起韩伯伯、韩伯母对她的恩情，没齿不能忘；想起和新月的友谊，也算得上是莫逆之交了；想起韩家的幸福、和谐的家庭气氛，不由得爱屋及乌，叹了口气说：“唉，这也许是真主的安排！”后来，新月就把她的口信儿告诉了妈妈，妈妈又告诉了天星，这两个人之间就有了一条无形的、似有似无的红线，她再到韩家去，一见着天星就觉得脸红了，也就更不敢说话了。……现在，她破天荒地叫了一声“天星哥”，并且大胆地要求留在他身边，这都是为了新月，新月的病使她顾不得一切了！

他们就这样坐着，坐着，谁都不说话，两双眼睛都在盯着新月。为他们牵了红线的这位小小的“月老”，怀着美好的愿望、单纯的热情，替他们谋划着幸福的未来，她自己却突然跌入了灾难！

输液瓶里的药水缓慢地滴着，陈淑彦和天星腕上的手表指针匆匆地走着，已经是凌晨两点钟了。他们两人谁也没有倦意，心里只有新月。患难使人的思想单纯了，友谊把人的灵魂净化了。

值班护士又来了，默默地察看了新月的脸色，听了心肺，量了血压。

“大夫，她怎么样？”陈淑彦站在旁边，轻轻地、急切地问。为了能听到一点儿详细的回答，她有意尊称护士为“大夫”，就像她在文物商店，为了谨慎地搞好关系，对哪怕只比她早来三天的年轻人也尊称“师傅”。

“好一些了。”护士只说了这几个字。

陈淑彦和天星同时舒了一口气，“好一些”就是好消息啊！

护士又给新月打针。

“大夫，这是什么针？”天星问。

“洒利汞。”

“是特效药吗？您可一定要用最好的药啊！”

"这就是特效药，是利尿的。"

两人又舒了一口气，他们虽然都不明白利尿和心脏有什么关系，但听到"特效"二字，就充满了希望。

"大夫，看这样儿，她明天就能好了吧？"天星迫不及待地追问，两眼炯炯有神。

"明天？明天你们得给她办住院手续呢！"护士毫无表情地说。

"啊？还要住院？您不是说她见好了吗？"天星愣愣地问。

"这只能暂时缓解一下她的心力衰竭，病还得住院治疗，全面检查：透视、验血、做心电图、查基础代谢……以后的事儿还多着呢！心脏病哪儿能这么容易好？弄不好就是一辈子的事儿！"

天星颓然跌坐在椅子上！

护士检查完毕，都记在病历上，看看输液瓶里还有小半瓶药水，就走了。

"一辈子的事儿？一辈子的事儿……"天星喃喃自语，两只大眼睛充满了恐惧。他本来是一个不知道什么叫恐惧的人。

"天星哥，"陈淑彦扶着新月的床栏，悲戚地擦着眼泪，"新月她怎么会得心脏病啊？"

"心啊，"天星痛苦地抬起头来，茫然地看着吊在顶棚上的日光灯，发出悲愤的感叹，"人的心能有多大的地方？能装得下多少苦？她太苦了，太苦了……"

他本能地认为，给妹妹带来心脏病的，一定是——苦！

"苦？"陈淑彦疑惑地说，"新月没有受过苦啊！在我们同学里头，没有一个人能像她生活得那么幸福，家庭、学校，物质、精神，别人没有的，她都有了；一个人该得到的，她都得到了……"

"不，你不知道，你什么也不知道！"天星垂下头，两手抱着他那留着刺猬似的短发的脑袋，"她也不知道！我的苦妹妹，她自己也不知道为什么那么苦……"

陈淑彦听不明白他这一串莫名其妙的"苦"经到底是什么意思，语无伦次！她心疼地看着天星，显然这个做哥哥的是心疼妹妹疼糊涂了，新月有这样的好哥哥，也值啊！

“也许，这是命吧？”她无可奈何地只好这样安慰天星，“新月的命太全了，主才降给了她这样儿的痛苦……”

“你说什么？”天星突然抬起了头，愤愤地说，“你还嫌她的命‘太全’？”

“我希望她全啊！”陈淑彦的眼睛在灯下闪着泪光，“要是真主能把这个病给我，让我来替新月受苦，我也心甘情愿！”她轻轻地俯下身去，抚着床沿，深情地注视着安睡中的新月，泪珠滴在洁白的床单上！

输液管中的药水，不停地坠落，一滴，一滴……

新月在安睡。她不知道在这个宁静的夜晚，她的知心朋友是怎样为她虔诚地祈祷。

“淑彦……”天星不安地站起来，站在她身边，轻轻地叫了一声。这个要自愿代替妹妹受难的人，使他的心灵震颤了，在他最困难的时刻，这个人分担了压在他肩头的重量。

傍晚，两个年轻的姑娘走出了“博雅”宅那阴沉沉的大门，这是郑晓京和罗秀竹。她们脸上笼罩着阴云，依原路再赶回燕园。来时，带着全班师生十六个人的十六个问号；去时，带回韩太太交给她们的一个惊叹号。

楚雁潮正在二十七斋楼前徘徊，显然是在等着她们回来。

“怎么样？”他急切地迎上去，“韩新月的家里到底出了什么事？她父亲……”

还没有任何一个学生的家长使他这样焦灼地关切！也许是因为他从韩新月的口中所感知的那位父亲太好了吧？新月千万别失去父亲，千万别遭受那种痛苦！人，不能没有父亲，不能……

但是，郑晓京和罗秀竹的回答却完全出乎他的预料！

“心脏病？她自己心力衰竭？”楚雁潮简直不相信自己的耳朵。

“她妈妈亲自告诉我们的嘛！”罗秀竹说，擦着满脸的汗。

“你们为什么不到医院去看看她？”楚雁潮觉得这两个学生头脑太简单了，跑了那么远的路，竟然只带回来这么几句话，他需要知道的比这还要多得多！

“她妈妈说，”郑晓京气喘吁吁地向老师解释，“韩新月已经送到病房住院了，今天不是探视时间，根本不让进！”

“什么时候可以探视？”

“每周二、四、六下午，其实明天就可以，”罗秀竹抢着说，“我们真赶得不凑巧，要是明天去就好了！”

“噢！”楚雁潮说，“你们已经跑得很辛苦了，快去吃晚饭吧，食堂都快关门了。今天的晚自习，你们两个要放下一切功课，好好休息，一定要休息！”

楚雁潮默默地走回备斋。

他在自己的书桌前坐下来，打开台灯。

桌上还摆着鲁迅的《铸剑》，没有译完。他最近太忙了，面临“五一”和“五四”，从学校到西语系到他所负责的那个班，都有许许多多的会要开，他既是英语教师，又是班主任，哪一件事儿几乎都要挂上他，而凡是他参与了的工作，他都本能地认真去做，这就把业余时间全占上了，一篇万字左右的小说，就拖到现在还没有译完，到“哈哈爱兮爱乎爱乎……”就停下了。

他摊开稿纸，想继续译下去。这首歌很不好译，它的节奏感很强，歌词却扑朔迷离、恍恍惚惚，令人似懂非懂。小说里边就称它是“胡诌的歌”，鲁迅生前也曾在给友人的信中说过：“那里面的歌，意思都不明显，因为是奇怪的人和头颅唱出来的歌，我们这种普通人是难以理解的。”鲁迅当然绝不可能不理解自己的作品，这首歌悲壮、苍凉又充满了炽烈的感情，让读者不禁击节而和，感叹唏嘘。但它的外表却又是荒诞的，鲁迅把深意藏在荒诞之中，造成一种介乎可解与不可解之间的强烈的艺术效果，也许正像莎翁笔下的丹麦王子那颠三倒四却又撼人心魄的“疯话”。

油印的剧本《哈姆雷特》就摆在他的面前。他放下稿纸，随手翻开剧本。自从郑晓京送来，他还没有来得及仔细地、从头到尾地看一遍。随便翻到一页，刚刚看到“莪菲莉娅”这个名字，他的手就停下了。剧本上浮现出新月的形象，静静地看着他，脸上蒙着一层淡淡的哀愁……不对，她不应该是一个悲哀的形象！不应该！……她离开学校已经三天了，三天来，他没有在英语课上看到她那专注听讲的神情，也没有在未名湖畔看到她那一边捧读一边徐徐踱步的身影，更没有听到她叩响这间书斋的小门，叫一声："楚老师……"这三天，显得很长，甚至比那一个月的寒假还长。放寒假时，她是高高兴兴地走的，他知道她在寒假里读什么书，做什么事；而这一次，她是匆匆离去的，一去不回。他曾猜想，她一定是遇到了什么严重的困难，不然，她不会三天不来上课，也没有打来电话。他把所有的可能性都估计到了，包括她的父亲也许伤重病危……唯独没有想到是她自己病了，而且是这么严重的病！新月竟会有心脏病吗？平常她的身体不是很好吗？体育锻炼和课余的劳动也都是参加的，只是有时候看见她有些气喘，这在一个女孩子来说，并不让人觉得奇怪。但现在，她却突然病倒了，真是无法解释啊！

楚雁潮很难再像往常那样安静地投入夜读和译著了，他烦躁地站起来，在书桌和房门之间的那点空地来回地走，茫无目的地看着满壁图书，看着书架上那盆绿叶葱茏的巴西木，看着闲置在书堆中的小提琴，眼里却都是新月，仿佛到处都有新月的身影！他看到的是一个健康的、充满生命力的新月，不，她不可能病倒！楚雁潮想，也许这是大夫的误诊，或者病情并不像郑晓京和罗秀竹形容得那么严重，因为她们毕竟没有见到新月本人。

第二天早晨，他像往常一样镇静地走向英语教室，在那里，还有他的十五名学生在等着老师。

下午三点钟，郑晓京和罗秀竹提着一网兜儿不知用什么神通买到的水果，匆匆赶到了同仁医院，住院处门房的老头儿毫不客气地拦住了她们。

"你们找谁啊？"

"心内科一〇九病房，韩新月。"罗秀竹回答，她牢牢地记着昨天韩太太告诉她的号码。

老头儿慢条斯理地看着那挂满小牌牌儿的木板，找到韩新月的名字，说："哦，牌儿没了，有人在里边儿探视，一次只能进俩人，你们瞅，俩牌儿都没了……”

“那……我们白跑了一趟？”罗秀竹大失所望。

“等着吧，”老头儿慢悠悠地说，“等里边儿的人出来……”

“老同志，”郑晓京掏出军装口袋里的学生证，“我们是北大来的，代表全班……”

“你代表谁也没用，这是医院的规矩！”老头儿并不买账。

郑晓京的脸气得发白，她平时出入××大院，只需要对警卫点个头，哪儿遇见过这样挡驾的！

“老大爷，能不能通融通融哟？我们跑了好远的路……”罗秀竹想用软办法来感动对方。

“我说不行就是不行！”老头儿行使他那点权力毫不含糊，不再理她们，戴上老花镜看起报纸来了。

她们就只好等着，心里埋怨着那两个探视新月的人，为什么迟迟地不出来？

此刻，坐在新月病床前的是陈淑彦和楚雁潮。

楚雁潮刚才进来的时候，陈淑彦刚刚给新月喂完了二百毫升去脂牛奶。她吃得很慢，陈淑彦一勺一勺地送到她的嘴边，让她慢慢地咽下去。喂完了，用热毛巾给她擦了脸，让她静静地躺着休息，什么也别想。

同室的病人，有一个在睡觉，另外两张床都空着，床头柜上摆着一些药瓶和食品，也许是病情较轻的病人出去散步了，病房里很安静。

这时，楚雁潮来了。

新月闭着眼睛，半坐位靠在枕头上。她脸上的紫红已经褪去了，又恢复了那纯净的象牙色，嘴唇微闭着，呼吸舒缓而均匀。一只手贴着脸腮，另一只手平放在床上。像是经过了艰难的跋涉，她累了，在做片刻的小憩，那睡姿是安详的。

楚雁潮的敲门声很轻，进门的脚步声也很轻，但新月还是听到了。“淑彦，是哥哥来了吗？”她喃喃地问。

陈淑彦没有回答，询问地看着这个陌生的人。楚雁潮向她摆摆手，他不愿意惊动新月。

新月睁开了眼，眼中闪烁着兴奋的光彩：“哦，楚老师……”

“新月同学……”楚雁潮充满了歉意，“我把你惊醒了……”

“不，老师，我根本没睡，”新月说，脸上泛起了笑意，“我正在想班上的事儿呢，您来了，我太高兴了……”

“新月，同学们也在想你啊，”楚雁潮俯身站在她的床前，“听说你病了，大家都急坏了……”

“不要紧，不要为我着急……”新月微微地喘息着，停了停，“我是看见爸爸的伤，吓坏了。现在知道爸爸的伤势不重，没危险，我就放心了……”

“你自己感觉怎么样？”

“我好多了，您看，我不是好多了吗？”

“噢……”楚雁潮轻轻地舒了一口气，“这就好，这就好……”

“楚老师，您请坐吧！”陈淑彦为他搬过来椅子。

楚雁潮有些拘谨地看看这个姑娘，并没有坐。

“我是新月的同学，”陈淑彦解释说，“早就听她说起过您……”

“哦……”楚雁潮在椅子上坐下来，“谢谢你，这样照顾她……”

新月欣慰地笑了：“淑彦就跟我的亲姐姐一样，您看，我有这么好的同学……”

门房外，那两位远道而来的同学还在焦急地等待。

来探视的人多了起来，挤在窗口上，抢着向老头儿说出病人的名字，领取那种小牌牌儿。

罗秀竹突然挤上去，探头望着挂牌牌儿的木板，伸手指着说：“心内科一〇四，张国梁，两个人！”

两个写着“张国梁”的小牌牌儿递出来，罗秀竹伸手接过来，拉了郑晓京就往里跑。

“哎，这个张国梁是谁？”郑晓京不明白这是什么意思。

“管他是谁呢，咱们去看韩新月！”罗秀竹为自己这个成功的小伎俩颇为得意。

“这不合适吧？”

“有什么不合适的？你的战术也得灵活点儿！”

两个人如同漏网之鱼，赶紧朝内科病房跑去。

她们可没有楚雁潮那么沉稳，在门外就喊起来了：“韩新月！”

屋里一听就知道是谁来了，楚雁潮去拉开了门，罗秀竹大惊小怪地嚷起来：“呀，楚老师！”

“我比你们先来了一步……”楚雁潮说。

罗秀竹和郑晓京这时的注意力已经不在楚雁潮，她们急急忙忙地奔到新月的床边，抢着说：“韩新月，你可把我们吓坏了！”“你好点儿了吗？”

“我好多了……”新月兴奋地看着她们，对陈淑彦说，“淑彦，这是我们的 monitor，这个就是‘谁又偷猫肉’……”

陈淑彦会意地笑了。

“我现在已经不‘偷猫肉’了！”罗秀竹笑着说，“唉，韩新月啊韩新月，想不到你还能跟我们说笑话！我还以为你的心脏……”

“哦，她的心脏没有什么，”陈淑彦打断了她的话，说，“大夫说，是因为受了突然的刺激，心跳过速，现在已经好了！”

“这太好了！”罗秀竹回头向郑晓京吐吐舌头，“一场虚惊！”

“我代表全班同学向你慰问，向你祝贺！”郑晓京把手里的那一网兜儿水果放在床头柜上，朝新月说，“你的病好了，就保住了我们班集体的荣誉！你知道，我真怕影响了《哈姆雷特》的排练呢！”

女同学到了一块儿，楚雁潮就插不上嘴了，他犹豫了一下，说：“你们谈吧，我就先回去了！新月同学，希望你安心养病，学校的事情就先不要考虑了。你们两个……”他回头看着郑晓京和罗秀竹，“谈话时间也不要过长，要保证她的休息……”

“知道，知道，三分病，七分养，放心吧，老师！”罗秀竹巴不得楚老师快点儿走，这样，她们就可以更随便了。

“老师，您要走？”新月望着楚雁潮，“您抽时间再来看我……哦，不，您不要来了，您很忙……”

“忙总是难免的……我一定再来看你。”楚雁潮看了看新月，转身轻轻地走出去，带上了房门。

新月目送着老师的身影消失在门外，心中升起一股怅惘之情，她还没有来得及问一问老师的译文进度如何了，老师就走了。这一点儿怅惘，很快就被两位女将淹没了。郑晓京坐在刚才老师坐的椅子上，接着说她最关心的事儿："你知道，现在同学们正在忙着做道具、借服装，台词也都背得差不多了……"

"楚老师准备得怎么样？"新月问。

"他没问题，莎翁名著早就倒背如流了，我对他绝对放心，"郑晓京满打保票，"现在就看莪菲莉娅的了，有人建议我做两手准备，安排个 B 角，让谢秋思也练练莪菲莉娅的台词，实在不行的话……"

"我能行，"新月说，"我很快就出院了，来得及……"

"是啊！我今天一看你的精神状态，就放心了，"郑晓京果断地一挥手，"我现在下决心了，不搞 A、B 制！虽然莪菲莉娅别人也能演，谢秋思条件也不错，但我不能降低标准哪！《哈姆雷特》全世界都在演，一个莪菲莉娅一个味儿，我要的就是你这个味儿！韩新月，希望可就都寄托在你身上了！"

新月的脸上泛起了微微的潮红，同学的信任使她激动："放心吧，monitor，我不会让你失望，你们怎么不把剧本给我带来？我在这儿还可以……"

"剧本？有，我是随身携带！"郑晓京从军装兜儿里掏出一册折了好几折的油印剧本，展开来，那上面密密麻麻的尽是她画的各种符号和随时想到就写上去的"舞台提示"。

新月接过这个剧本，放在胸前，欣慰地笑了，她的心张开了翅膀，想象着在学校的大礼堂里，她将怎样在众目睽睽之下登场，她扮演的莪菲莉娅是个什么样子。这将是她第一次登上舞台，第一次演出英语话剧，自己会不会紧张？不，不会，楚老师说：最重要的是自信。对了，楚老师也在台上嘛，有老师在，跟老师配戏，还怕什么？

少女的心中，一片明媚的阳光，一道七彩的虹霓……

楚雁潮并没有立即赶回燕园，他离开了新月的病房，就去了医生办公室，要求拜访主持对韩新月治疗的医生。护士带着他，见到了心脏病专家卢大夫。

这是一位五十多岁的女大夫，面目端庄，神色和蔼。

“你是韩新月的亲属?”

“哦，不，我是她的老师，我很想知道她具体的病情……”

“嗯。”卢大夫戴上眼镜，在桌上一摞厚厚的病历中寻找属于新月的那一份，“我们没有把病情如实地告诉病人，并且请亲属也给予配合，因为病人太年轻了，她还是个孩子……”

“这，我已经想到了，”楚雁潮心里一动，喃喃地说，“我并没有完全相信她本人讲的情况！大夫，她究竟是……”

“她患有风湿性心脏瓣膜病，”卢大夫已经打开了那份病历，“二尖瓣狭窄兼有轻度闭锁不全，看来已经很久了！”

“这种病很严重吗?”楚雁潮急切地问，他对于医学是个十足的门外汉。

“很严重，当然很严重了，”卢大夫说，“心脏在人的所有器官当中，具有举足轻重的地位，是全身血液运行的大本营。二尖瓣是左心房和左心室通道上的一扇门，因为二尖瓣狭窄，这扇门就开关失灵，血液运行就不正常了，急性发作时如果得不到及时抢救，将会造成死亡!”

“啊!”楚雁潮的心里遭受了重重的一击！“这么严重的病，为什么我们在招生体检中没有发现?”

“那种大拨儿轰的体检，常常是靠不住的!”卢大夫神色严峻地说，“你们做老师的、做家长的也太粗心了，像这个孩子的病，早就应该有所觉察，早些来治，就好得多了!”

“是啊!”楚雁潮感到深深的愧意，自己作为一名“园丁”，太失职了！“幸亏你们医院抢救得及时……”他对卢大夫充满了感激之情。

“她这次只是一次急性发作，我们的抢救，也只能暂时缓解心力衰竭，但她的病还在，并没有根除啊!”

“那么，大概需要多长时间才能治好呢?”

“这个问题，我现在还不能回答你，因为她正在风湿活动期，手术治疗显然是不可能的，我们只能做保守治疗。现在，她的病情很不稳定，许多必要的数据也还没有出来，需要较长时间的观察，恐怕要用一至两个月的时间住院治疗……”

“一两个月？她还在上学啊！她不能扔下功课……”楚雁潮急了。

“功课先不要考虑了吧？你们做教师的，不是常对学生说‘身体是革命的本钱’嘛，她现在必须绝对卧床休息……”

“我担心她……她受不了，她离不开学校，离不开她所热爱的专业！”

“这就需要你们老师和家长跟我们配合了，药物治疗和精神治疗同样重要，必须绝对避免任何事情刺激她的情绪，过度的悲伤、思虑或者兴奋都会给我们的治疗带来麻烦……”

“这，我们一定保证做到！”楚雁潮恳切地望着卢大夫，“韩新月是我们班上最出色的学生，她具备成为一名优秀外语人才的最好的条件，我不能让她掉队！大夫，请接受一名教师对您的恳求，请您无论如何一定要……”

“这些都不必说了，”卢大夫的一双慈祥的眼睛透过水晶镜片凝视着他，“请相信一个医生爱孩子的心吧，我也做过教师，也有学生，也有孩子！”

楚雁潮怀着一颗沉重的心，告辞了卢大夫。

他特地又走过新月的病房门前，静听了一阵，里面已经没有了说话声，就缓缓地走开了，他不愿再打扰她。

他走到街上，天已经暗了，周围亮起了路灯。东南方向，一弯下弦月透过浮云，现出朦胧的光，虚虚的，淡淡的……

第九章 玉游

民国二十五年(一九三六年)春天，又是海棠如雪、红榴似火的时候，韩子奇一家在沉闷惶恐的气氛中庆祝爱子天星的周岁生日。没有邀请任何客人，也没有举行任何仪式，只让姑妈做了打卤面，一家人默默地吃，祝愿这个生在多事之秋的孩子健康成长，长命百岁。去年的“览玉盛会”，像一个美好的梦，韩子奇不知道这个梦还能持续多久，他辛辛苦苦创下来的家业，还能够完好无损地传给儿子吗？

一辆洋车停在门口，沙蒙·亨特出人意料地来了。

“亨特先生，今天是犬子周岁生日，谢谢您的光临。”韩子奇把沙蒙·亨特迎进客厅，“您吃一点儿面怎么样？庆祝生日的长寿面！”

“噢，很好！”沙蒙·亨特歉意地说，“很抱歉，我没有给令郎带来任何生日礼物！”

韩子奇笑了笑：“今年不敢像去年那么张扬了，朋友们都没告诉，您也不必客气。何况，多年来的友谊，比什么礼物都珍贵啊！”

这番话是十分真诚的，他们两人都心里清楚其中包含的内容。当初，如果没有沙蒙·亨特的鼓动，韩子奇还不敢那么贸然地脱离汇远斋；而如果没有沙蒙·亨特预付了一大笔货款，他也绝没有能力那么快地重振奇珍斋，公开亮出金字招牌。创店之初，他仍然自己琢玉，自产自销，积累了资本之后，便将作坊撤销，成为以做“洋庄”买卖为主的、敢于与汇远斋争雄的玉器店。为了信守当初的协定，他把沙蒙·亨特的玉玦依照原样仿制了三块，做得惟妙惟肖，几可乱真，满足了沙蒙·亨特“古物复原”的心愿，而韩子奇则要求沙蒙·亨特将玉玦的原件转让给他：“亨特先生，我可以为您做十件、百件仿制品，但希望这件国宝能留下来！您知道，我要做的事是无论如何也要做到的，为此，不惜任何代价！不然的话，我总觉得对不起这旧宅的主人。他一生的收藏，我不能眼睁睁地看着流散，我要尽我所能，把它们都收回来！”一片痴情，感动了沙蒙·亨特，韩子奇和那个毁宝、卖宝的蒲寿昌多么不同啊！一言为定，他把玉玦转让给了韩子奇，为了友谊，韩子奇给了他高出当初买价的价格。十年工夫，便令人刮目相看，韩子奇终于以其收藏的富有、鉴赏力的高超，成为北平的“玉王”，这当中不能不说包含着沙蒙·亨特的一份力量！

姑妈送上来一小碗打卤面，沙蒙·亨特一边津津有味地吃着，一边说：“这长寿面简直太好了！可惜呀，韩先生，明年的今天，我就吃不到了！”

“这……什么意思？”韩子奇一愣。

“我要回去了，”沙蒙·亨特放下了筷子，“中国的局势令人不安！有消息说，贵国政府向东京表示，愿意和日本签订友好条约，并且答应迫使所有的西方利益集团离开中国，把西方的商业权利和租界地转让给日本。日本的外务当局倒是欣然同意，但是遭到日本‘皇军’的拒绝，他们的胃口是以武力征服整个中国！现在，就连那些宁愿忍受独裁统治的中国人，也感到恐慌了！”

韩子奇默默无语。沙蒙·亨特说的这一切，正好切中他的心事，他这个向来不问政治的人，却无法摆脱政治的困扰，近几个月来，越来越不能安宁地潜心于他的买卖和收藏了。

“现在，许多西方人士都打算撤离这个是非之地。”沙蒙·亨特继续说，“我这次回国，就不知道什么时候还能再来了，也许我们之间的合作很难继续了呢，韩先生！”

韩子奇无可奈何地叹了口气：“这不是您、我所能够掌握的，只好听之任之。我们的命运掌握在……”

“不，韩先生，”沙蒙·亨特说，“您为什么不把自己的命运掌握在自己手里呢？”

“这……怎么可能？”韩子奇轻轻地摇了摇头。他本不是一个听天由命的人，这十来年，他所做的一切都是和命运搏斗，忍受了艰难困苦，终于击败了强大的对手，得到了他所想要得到的一切，自己主宰了自己。但是，他现在面临的威胁不是一个小小的蒲寿昌，而是整个北平、整个中国岌岌可危，在“莫谈国事”的年代，他作为商人、匹夫，又有什么能力和命运抗争呢？

“韩先生没有想到《孙子兵法》上说的‘三十六计，走为上’吗？”沙蒙·亨特眨着蓝眼睛。这个精明的英国人引证起中国的经典，简直如数家珍。

“走？我不能像您那样一走了之！我是中国人，往哪儿走？”韩子奇眼前一片茫然。

“和我一起到英国去，继续您的事业！”沙蒙·亨特伸开两手比画着，“山重水复疑无路，柳暗花明又……又……”他一时忘记了下面的词儿该怎么说。

“又一村！”韩子奇苦笑着说，“这‘又一村’恐怕我去不得！我这儿有商店，有家，有老婆孩子……”

沙蒙·亨特不以为然：“不，对一个商人来说，最重要的是有资本！只要有资本，一切都会有的！您可以把夫人和令郎带走，把家搬走嘛，英伦三岛的二十四点四万平方公里的土地，难道没有您立足的地方？”

“哦，我从来……没这么想过，”韩子奇觉得沙蒙·亨特向他描述的景象只不过是海外奇谈，根本不可行，“我离不开这块地方，您知道，奇珍斋能有今天，是多么不容易，这里面有我们两代人的心血——也是祖辈的心愿！刚刚有了点儿起色，我怎么能毁了它？还有这所宅子，我对它的感情，别人也许无法理解，我离不开它！”

沙蒙·亨特无可奈何地耸耸肩：“中国人的乡土观念太重了，太恋家了！岂不闻‘覆巢之下，安有完卵’？贵国政府面对日本的蚕食，步步退让，今天的东三省和察哈尔、河北，恐怕就是明天的北平！请问：又有谁会想到北平有一个奇珍斋和‘博雅’宅而手下留情呢？一旦战火烧到北平，您的心血结晶也就难免玉石俱焚！”

韩子奇打了个寒战，痛苦地闭上眼睛，手指掐着眉心，仿佛已经看到了那不可避免的凄惨景象！“您大概还不知道吧？”沙蒙·亨特低声说，“故宫博物院的珍宝，已经秘密地运走了二十四万件，整整装了六列火车！”

“唔？运到哪儿去？”

“上海。为防不测，现在存在英、法租界里，这是我的朋友透露的可靠消息！根据战局的发展，这批东西可能还要转移。看来，贵国政府已经对北平不抱希望了，那么，您呢？韩先生，现在看来，您去年的‘览玉盛会’很不是时机啊！您把自己的收藏公之于众，已经尽人皆知，一旦局势有变，您连转移都来不及，恐怕就难以保住了！”

韩子奇愣住了。赏玉的内行，政治的外行，他办了一件多么糊涂的事！去年踌躇满志的“览玉盛会”，赢得了“玉王”的美称，却把自己推向了绝境！“亨特先生，我该怎么办呢？”

“防患于未然，转移！”沙蒙·亨特说，“如果您信得过我，我愿意为朋友效劳！北京饭店就有英国的通济隆旅行社的办事机构，车票、船票、客运、货运都可以委托他们办理，您和我一起走，会方便得多！您要是觉得合适，我就等一等您……”

“唔……”韩子奇动心了，“谢谢您的友谊，亨特先生，请让我再想一想，对我来说，这件事毕竟太大了。”

沙蒙·亨特起身告辞，又叮嘱说：“我不能等您太久，要早下决心啊，老朋友！不要忘了鸿门宴上项羽的教训，我现在扮演的是范增的角色，您要‘决’啊！”他抬起右手，拇指和食指的指尖相对，弯成一个英文字母“C”，像一块玉玦。

送走了沙蒙·亨特，韩子奇默默地走回来，在院子里那棵海棠树下站了半天。海棠的繁茂花期已是尾声，微风吹来，落英缤纷，天井中撒得满地，像铺了薄薄的一层雪。韩子奇踏着落花，心中不由得升起一股伤感：万物都有代谢，花开之后便是花落！不知明年花开之日，“博雅”宅主身在何方？

韩太太见他那闷闷不乐的样子，就问："孩子的生日，一整天都耷拉着脸，这是怎么了？那个洋人来找你，有什么事儿啊？"

韩子奇一言不发，只是连连叹息。他不知道该怎么样把心里想的事儿向妻子说清楚！

天快黑的时候，玉儿突然回来了。她好像在路上赶得很急，脸上冒着汗珠儿，毛背心脱下来拿在手里，身上只穿着那件月白色旗袍，还不停地把毛背心当扇子扇。

"今儿又不是礼拜六，你怎么回来了？"韩太太看她那气喘吁吁的样子，以为一定有什么急事儿。

"咦，不是天星要过生日吗？我特意赶回来的！明天没什么重要的课，不碍事的！"

"哟，还是小姨疼我们天星！"韩太太笑着说，"姑妈，您快着把小'寿星老儿'抱过来呀！"

"哎！"姑妈答应着，从东厢房里抱着天星到上房里来，刚刚满周岁的天星，长得虎头虎脑，个头儿像个两三岁的孩子，挣扎着要下地。姑妈扶着他的腰，他伸着胖胖的小手向玉儿跑去，嘴里亲切地叫着："姨，姨……"

"哎，好天星，乖天星，小姨想你都快想疯了！"玉儿伸手把他抱起来，在那粉红色的圆脸上亲个没够，"天星，小姨还给你带来了生日礼物呢！"

玉儿从衣兜儿里掏出一个精巧的小锦盒，取出一只碧绿的如意，给天星挂在脖子上。

"好看，好看！这一打扮，我们天星就更俊了！"姑妈喜得合不拢嘴。

韩太太撩起那只如意看了看："翠的？你呀，给他买这么贵的东西？"

"这不是买的，就是我考上燕大的时候，奇哥哥送给我的那块！给天星吧，他是我们奇珍斋的小主人，一切都是该属于他的！"玉儿又亲着天星，"绿色象征和平和生命，小姨祝你幸福成长、万事如意！"说着，她那双大眼睛突然潮湿了，涌出了泪珠。

韩太太伸手把天星接过来，嗔笑着说：“你看，你看，疯子似的，说哭就哭，说笑就笑！”

玉儿却忍不住泪，掏出手绢儿来擦，眼睛红红的。

韩子奇疑惑地看着她：“你今天是怎么了？”

玉儿强作笑容说：“没什么……就是心里憋得慌，看见天星，就好多了。就盼着下一代能幸福，别再像我们……”

“你们学校出了什么事儿吗？”韩子奇发觉她好像有些不正常。

玉儿抬起泪汪汪的眼睛说：“我们班的一个同学，失踪了……”

“噢！是投河了？还是上吊了？”姑妈插嘴问。

韩太太挺硌硬地瞅了她一眼。在儿子的生日，谈论这种不吉利的话题，是令人不愉快的。

“都不是。让警察抓走了！”玉儿说。

“因为什么？”姑妈又问。

“因为他宣传抗日……”

“这帮子挨刀儿的！”姑妈愤愤地骂道，“胳膊肘儿朝外拐，向着日本人！我也骂过日本人，叫他们来抓我吧！”

“得了，别这儿裹乱了，”韩太太心烦地说，“您还不张罗做饭去？到这会儿了，大伙儿都还饿着呢！”

姑妈嘟嘟囔囔地走了，韩太太沉着脸问玉儿：“你说的那个人，是男的？是女的？”

“男的，我们班成绩最好的同学。”玉儿擦着泪说。

韩太太心一动：“跟你没有什么连扯吧？”

“什么连扯？都是中国人！”

“我是说……”

“你说什么？你什么也不懂，尽瞎猜！人家是个正派的人，同学们都敬重他！就因为他散发过传单，就被抓走了！”

“没你的事儿，就好。”韩太太放心地说，“一个大姑娘家，在外头可别惹事儿，踏踏实实地念你的书……”

“念书？”玉儿鼻子里哼了一声，“人心都乱成这样儿了，还怎么念书啊？真像那句话说的：华北之大，已经安放不下一张平静的书桌了!”

“那你想怎么着?”韩太太不高兴地瞪了她一眼,“家里省吃俭用供你念书,你倒身在福中不知福!要不,就甭念了,回家来帮帮我,也省得……”她本来想说:就是因为你帮不了我,才收留了姑妈,养着个外人。可是,话到舌尖儿又咽住了,姑妈是个苦命人,这一年来给她带孩子、做饭、洗衣裳,什么活儿都干了,却没要过一个子儿的钱,把这儿当成自个儿的家了,她不忍再说什么,让姑妈听见,准得难受。

玉儿却冷笑着说:“燕大的大笼子还不够我受的?你还要把我关到家庭的小笼子里?够了!”

“说什么疯话呢?”韩太太听她说话没谱儿,心里就有气,“家是笼子?赶明儿我给你找个好‘笼子’!请‘古瓦西’给你打听个人家儿,早早儿地把你聘出去,省得你这么没事儿找事儿!”

“算了吧你,我才不会像你似的当管家婆呢!我这辈子决不会嫁人,当做饭、生孩子的机器,我谁也不爱!谁也不爱!”玉儿像是和姐姐赌气,又像是在借题发挥地倾吐她胸中的怨气,说着说着,眼泪又像断线的珠子似的滚下来,“不用你赶我,我走!”

韩太太脸一沉:“越说越邪乎,你上哪儿去?”

玉儿擦着泪说:“你甭管!这里的空气太沉闷了,要憋死人,我要离开这个世界,躲到世外桃源去!”

韩子奇一直插不上嘴,玉儿的话,他听得似懂非懂。近一年来的局势变化,使他也感到沉闷和压抑,但是,玉儿的情绪反常似乎还不仅仅是因为这些,会不会和那个男同学的“失踪”有什么关系?玉儿不是小孩子了,她是个大姑娘了,在大学里,男女生相处在一起,会不会她和那个同学有了某种情感,这个突然变故刺激了她?如果是这样,那将是很麻烦的事儿,这不但会影响她的学业,甚至会给她今后的人生道路罩上阴影。他作为兄长,该怎么帮助她呢?

想到这里,就说:“傻妹妹,你太爱幻想了,天底下没有世外桃源,人,都得在现实中挣扎!今天中午,亨特先生还劝我到英国去呢……”

"英国?"玉儿突然不哭了，睁大了眼睛看着他，"英国没有日本人吧？没有抓学生的警察吧？去，咱们去！你和亨特说定了吗?"

"还没有，"韩子奇没想到她会对此感到这么大的兴趣，"我还没跟你姐商量呢，我觉得……"

不等他说完，韩太太就打断了他的话："什么，什么？这一个还没哄好呢，你又出来了新鲜的？我说那个洋人大晌午地跟你嘀咕个什么呢，闹半天出了这么个馊主意！英国？我们在中国好好儿地待着，干吗上英国?"

"还'好好儿地'呢？也许到了明年，你就连炸酱面都吃不上了！愚昧呀，北平眼看就是日本人的了！"玉儿为姐姐的目光短浅而叹息。

韩太太不知道"愚昧"是什么意思，只当她是着急，就说："我就不信，中国养着那么多的兵，能让日本人打过来？不会跟他们打吗?"

"听你的?"玉儿鄙夷地说，"连个抗日传单都不许发，还打呢?我们的军队要是真打，大姐的丈夫和孩子也就不至于……"

姑妈端着面送上来，玉儿就不再说下去了，但她还是听见了，勾起了满腹心事，从韩太太怀里接过天星，絮絮叨叨地说："我那孩子也满周岁了，他的生日比天星还早三天呢！唉，这一年，跟着他爸，爷儿俩也不知道是怎么过的。"说着说着，眼泪就流下来了。

玉儿说："得了！您还等着他们？日本人杀人不眨眼……"

话说了一半，见韩子奇给她使了个眼色，就又不说了。

姑妈抬起袖子擦着泪说："不能吧？日本人也是爹娘生养的，能对个月窠儿里的孩子下毒手？我老是做梦梦见他，长得胖乎乎的，也跟天星这么样儿！我盼着，盼着，不知道娘儿俩多咱才能见面儿？要是日本人进了北平城，我……我就问他们要人！"

面坨在碗里，谁也没心思吃了。本来，一家人已经在中午为天星吃了"长寿面"，现在是因为玉儿回来，又"找补"的。玉儿挑了一筷子面，她已经很饿了，吃起来却觉得一点味儿也没有，就把筷子放下，对姑妈说："您啊，真是个贤妻良母！我也祝您的孩子长命百岁……"这话说出来，她自己都感到羞愧，明明是一点儿希望也没有的事儿，却还要用假话欺骗这个执迷不悟的女人，人生是多么残酷！

姑妈却感动得了不得，又忙着擦泪，那眼睛里竟然饱含着希望："哎，哎，就盼着孩子、大人都好好儿的，我等着他们的信儿！"

"那您就好好儿地等着吧，"玉儿苦笑着说，"我们可要走了！"

"走？上哪儿去？"姑妈一个激灵。

"上天涯海角、世外桃源，不在这儿当亡国奴！"玉儿说着，站起身来，拉着天星的小手。

"天星，走不走？"

天星噘起粉红色的小嘴，含混不清地模仿着小姨的话音儿："九(走)！……"

玉儿笑了，眼睛里闪着泪花："走吧，咱们走！"

姑妈顿时像丢了魂儿似的，心里空空荡荡，没有了着落："这是怎么个话儿？"

韩太太赌气地端起碗吃面，对姑妈说："大姐，您甭听她瞎咧咧！天塌砸众人，又不是咱们一家儿的事儿，甭怕！哪能拍拍屁股走人？"又朝韩子奇瞥了一眼，"你也是，三十多的人了，一点儿谱儿也没有，听洋人的！你有家、有业，有老婆、孩子，有一大家子人呢，你能走？"

"是啊，我也是这么说来着。"韩子奇神色抑郁地说，"亨特先生的意思，是劝我把全家都搬走……"

"什么？你疯了吧？"韩太太侧眼儿瞅着他，"奇珍斋你能搬走？这房子你能搬走？还有你满屋子的玉，也能搬走？"

韩子奇不言语，把手里的筷子颠过来倒过去地摆弄，心里七上八下。

"哼，守财奴！"玉儿撇撇嘴，就要回自己的房里去。

"你回来！"韩太太厉声说，"玉儿，别以为你大了，想说什么就说什么！要是没有你哥，咱们这个家早就散了架子了，还能供你念书，上大学？这个家，是他一个子儿一个子儿地攒的，是他的血汗挣的！你如今连他都敢骂了，反了你！"

玉儿站住了："我可没说奇哥哥，你别给我们'拴对儿'！我说的是你，守财奴，守财奴！抱着元宝跳井，舍命不舍财的守财奴！”

韩太太火了，“啪”地把筷子扔在桌上：“好哇你，蹬着鼻子上脸了！你拍拍良心想一想，你姐哪点儿对不起你？”

韩子奇心烦意乱，一怒之下把面碗扔在地上：“吵什么？吵什么？”

天星被大人的争吵吓得“哇”地哭起来，姑妈“嗷嗷”地哄着他，却不知该劝谁才好，急得团团转：“瞧瞧，这是怎么个话儿说的……”

夜深了。这是一个阴沉的夜，没有月亮，没有星星，春天的大风在昏天黑地之间抖着威风，卷着落花和尘沙，打得窗纸哗哗响。

东厢房里，姑妈搂着天星睡着了，只有在睡梦中，她才有属于自己的生活。她真真切切地看到了自己的丈夫，他还是那么壮实，那么安分，脸上挂着让妻子心里踏实的笑容。她问他：“你到哪儿去了？日本人打你了吗？折磨你了吗？”他笑笑说：“他们抓我到日本国给他们干活儿，还没等开船，我就偷偷地跑出来了，你看，我这不是好好儿的吗？我们爷儿俩到处找你啊，哪儿想到你住在这么体面的地方？柱子，快叫妈，这是你妈！”她这才注意到丈夫的手里还领着个小小子儿呢，这么大了？我的柱子这么大了？“柱子，妈想你都快想死了！”她把柱子紧紧地搂在怀里，沉浸于人间最美好的天伦之乐……熟睡中，手还在下意识地拍抚着天星。

西厢房里，还亮着昏黄的煤油灯光。玉儿最怕北平的春天，或者说，北平的春天根本就不配叫春天，这里没有江南的杏花春雨，只有大风，刮得尘土飞扬，叫人心里没着没落。可怜北平的花儿，还要苦苦争春，抢着时令开放，在干燥的空气里，没有一点儿水灵气儿，像无家的孤儿似的。一阵风吹来，就被卷走了，白白地糟蹋了青春！她躺在床上，听着窗纸哗哗地响，无论如何也睡不着，忽然想起院子里的海棠，猜想那一树残花在大风里挣扎，心中无限伤感，不正是乱世沦亡的女词人李清照笔下的意境吗？

昨夜雨疏风骤，

浓睡不消残酒。
试问卷帘人，
却道海棠依旧。
知否？知否？
应是绿肥红瘦！

好一个“绿肥红瘦”，易安居士把花儿的不幸、人的愁苦都说尽了！她从床上翻身起来，走到那件硬木雕花的梳妆台前，镜子里映出了她自己的脸，她竟然觉得不认识了，那么苍白，那么消瘦，那么凄苦！那是李清照，还是她——梁冰玉？一年前的“览玉盛会”上，你还容光焕发，怎么现在变得这么可怜、可叹？啊，你的烦恼、你的愁苦太多了，又没人可以诉说！

她不忍再看镜子里的自己，恹恹地转过身来，茫然地望着那盏昏黄的孤灯。啊，这灯太暗了，像阴霾笼罩着人，压迫着人，让人受不了！她伸出手去，把灯捻亮一些，再亮一些……

煤油灯旁边，书桌上堆着一些过时的书报，她懒懒地坐下来，漫不经心地翻看着，又几乎像什么都没有看见。一段文字映入她的眼帘，上面还被她用红铅笔画了一片断断续续的线。那是蒋委员长的文章：

> 今天绝大多数中国人的态度是随波逐流和无动于衷。……我们的官员伪善、贪婪、腐化；我们的人民一盘散沙，对国家的利益漠不关心；我们的青年堕落，不负责任；我们的成年人有恶习，愚昧无知。富人穷奢极欲，而穷人则地位低下，肮脏，在黑暗中摸索。这一切使权威和纪律完全失效，结果引起社会动乱，反过来使我们在自然灾害和外国侵略面前束手无策。

唉！玉儿拿起桌上的红铅笔，在旁边的空白上画着一连串的惊叹号和问号，发出无声的叹息。这就是委员长眼中的中国人，可是，人们还不自知呢！历史又要重复北宋沦亡的时代，我除了像李清照那样落荒而逃，还能做些什么呢？可怜，愚昧无知的姐姐，你完全不知道妹妹是怎样爱你、爱这个家，你眼里只认得钱！

上房的卧室里，也亮着灯，韩子奇夫妻两个相对无寐，还在说着白天吵得不亦乐乎的话题。

“你别跟玉儿一般见识，都是我把她宠成了这个样儿。爸爸‘无常’得早，妈又没能耐，玉儿起小儿就跟个‘耶梯目’(孤儿)似的。我比她大八岁，她在我跟前儿就跟在妈跟前似的，由着性儿地撒娇儿，想说什么说什么。如今妈也没了，玉儿还没聘个人家儿，就得靠我、靠你，她有什么错处，你甭往心里去！”韩太太傍晚对玉儿发了半天的火，现在又心疼妹妹了，反过来开导韩子奇。韩子奇和玉儿虽说是兄妹，可毕竟不是一母所生啊。

“你想到哪儿去了？我根本没把这当回事儿！”韩子奇说，“我进这个家的时候，她刚三岁，眼瞅着她长大的，就跟我的亲妹妹一样。记得师傅‘无常’的时候，正是头着八月节，我还答应带你们去逛颐和园、照相呢！到现在，一晃十七年了，我一直忙啊，忙啊，到底也没带你们去成，心里还觉得对不起她呢，她毕竟还是个孩子！”

“嗨！这么点儿事儿你还记着？这算什么？颐和园她自个儿不知道逛了多少回了呢，现如今又想逛外国了，你也依她？”

“她哪是要上外国逛噢，”韩子奇寻思着说，“燕大里头，什么消息都能得着，读书人的见识宽，她说的恐怕有些道理。”

“有什么道理啊？”韩太太翻身转过脸去，“一个黄毛丫头说的话你也当真？我瞅着，她非得把这个家都拆了才踏实呢！我们为这个家，十几年就跟拉磨驴似的，容易吗？”

“唉，人哪！有一口气儿就挣啊，挣啊，没命地挣钱，挣了钱又怎么样呢？人成了钱的奴隶，就把什么都忘了！等到老了，回想这一辈子是怎么过来的？咦，什么趣味也没有，好像到人世上来走一遭，就是来当一头驮钱的驴！”

“瞧你说的，你这是让钱烧的！钱是人的血脉，没有钱，人就寸步难行，我可真是穷怕了！当初要是有钱，咱俩能那么样穷凑地成了亲？连四个‘窝脖儿’都没有，比人家要‘乜帖’的都不如，唉！……”

韩太太说起往事，忍不住自怜自叹，过去的岁月，她受了多少委屈！“想想那会儿，瞅瞅这会儿，我知足着呢！要是没有钱，你能供玉儿上大学？能买下这房子？还能买下那么多值钱的玉？”

这话又点到了韩子奇的心病上，他烦躁地从床上坐起来：“这些玉是我的迟累！要是没有它们，我还怕什么？哪儿也不想去了！”

“嫌迟累，你不会卖了哇？”

“卖？我哪儿能卖啊？”

“不卖，留着不当吃，不当喝，还得担惊受怕的，倒不如卖了钱，揣在腰里踏实！那个洋人不是喜欢你这些东西吗，干脆都卖给他得了！”

“嗨，你呀！”韩子奇连连感叹，生长在玉器世家、和他患难与共的妻子，却根本不能理解他！“这些东西，是我花了十几年的心血、一件儿一件儿地买到手的，我怎么能卖呢？这是我的命！要是没有这些玉，我活着都觉得没有趣味了！这……连你都不明白吗？”

“不明白！”韩太太干脆回答，“我们梁家祖辈就是小门小户、小本生意，没有闲玩儿的瘾，只知道能卖钱的才是好东西，我巴巴、我爸爸，一辈子做了那么多的玉器，不都卖钱养家了吗？也没给儿女留下一件玩玩儿！到了你这一辈儿，谱儿比谁都大了，搁着好东西不卖，等着它们给你下金子？”

韩子奇不想再和她争论，只发出一串痛苦的呻吟。

韩太太却说：“别这么唉声叹气的，你不想卖就不卖吧，反正是玉越老越值钱，我懂！都给我们天星留着，我才不怕旁人说我是‘守财奴’呢！”

“怕的就是想守都守不住啊！要是日本人打到了北平，秀才遇着兵，有理讲不清！”韩子奇咂着嘴，“如今，故宫里的宝物都腾空了，防的就是这啊！”

“噢！”韩太太也含糊了，愣了一阵，说，“那……咱也把东西挪个地方？”

韩子奇说：“往哪儿挪？我没权没势，没亲没故，哪儿有我容身的地方？打起仗来，谁还能顾得了我的东西？看起来，只有走亨特指的这条路了！"

"上外国?"韩太太喃喃自语，她不得不认真考虑考虑洋人亨特出的这个"没谱儿"的主意了，"我的主啊！带着吃奶的孩子上外国？扔下买卖、扔下家上外国？这……这算什么事儿啊！"

外面的风越刮越大，窗纸像风箱似的呼扇呼扇。韩太太闭着眼，听着那可怕的呼啸声，仿佛自己正抱着天星，在海船上颠簸，苦海无边，风雨飘摇……

"不成，这不成啊！"她恐惧地睁开眼，紧紧地抓住丈夫的胳膊，好像一失手就会落进汹涌的波涛，"咱不能走，天星忒小，受不了这样的惊吓；再说，他正吃奶呢，又得带上姑妈；又有那么多东西……不成，在家千日好，出外一时难，咱哪儿也不走了，就认命吧！"

"命?"韩子奇抚着妻子的手，却找不出什么言语来安慰她，"谁也不知道自个儿的命……"

"但行好事，莫问前程，求真主祥助吧！"韩太太把脸贴在丈夫的肩头，那男子汉的坚实的肌肉好像给她壮了胆子。十年前，这副肩膀挑起了梁家的千斤重担，使她有了依靠；现在，她多么希望这副肩膀不要松、不要垮，继续顶起奇珍斋的大梁，让娘儿几个踏踏实实地过日子！"奇哥哥，"她轻声呼唤着这个渗透着兄妹情谊和夫妻情分的亲昵称呼，"咱不走，听我的，不走！这儿有咱的祖坟，有咱的根基，有咱的店；真主祥助咱们回回，没有过不去的坎儿；真主给了咱们天星，咱的路长着呢！你还记得头年的今儿个吗?"

"怎么会不记得?"韩子奇抚着妻子的头发，心中充满了柔情。他们结婚十来年，日夜的繁忙之中很少有暇这样地温存。他常常觉得妻子是个琐琐碎碎、唠唠叨叨的管家婆，却忽略了妻子对他的爱，这爱是多么真挚，多么难得；而儿子天星，是连接他们的情感的一条牢牢的纽带。说到儿子，他的心就酥软了！"去年的今天，也是这半夜光景，天上掉下来一颗星星，我们就有了儿子……"

"是真主的慈悯……"韩太太欣慰地露出笑容。

"也许是吧?"韩子奇喃喃地说，"我总觉得那位'玉魔'老先生没有走，他在这儿等着我，给我玉，给我房子，给我天星……"

“吉人自有天相，这房子是块宝地，咱不能走，不能走啊！”韩太太陶醉在幸福之中，忘记了窗外的狂风呼号，忘记了韩子奇向他描述的迫在眉睫的危险。

“不走，不走了……”韩子奇抚着妻子，温柔的感情、美好的憧憬，把他离乡去国的远大设想悄悄地融化了！

他们偎依着，进入了梦乡……

风停了，天晴了，“博雅”宅里的藤萝、海棠、石榴又开花了，花团锦簇，灿烂夺目！天星长大了，长成了像爸爸一样高大的男子汉，穿着整洁的长衫，戴着崭新的礼帽，年轻的奇珍斋主，比爸爸更英俊、更潇洒！他悠闲地在院子里漫步，观赏着满树繁花。他伸手攀着花枝，花枝大放毫光，晃得人睁不开眼睛，啊，那不是花，是一串串的珠宝玉石！绿的翡翠，红的玛瑙，白的羊脂玉，紫的紫晶，还有月光石，蓝宝石，红宝石，猫眼石，勒子石，欧泊，紫牙乌，芙蓉石……像天上的繁星，闪闪烁烁，挂满了藤萝架，海棠树，石榴树！天星伸出手去，摘取这些天赐的珍宝。突然，一股飓风从天而降，飞沙走石，树木在摇晃，房子在摇晃，“轰”的一声巨响，一切都化为乌有！

“啊……啊……”韩子奇从梦中惊醒，剧烈地喘息着，头上、身上都大汗淋漓。

“你……这是怎么了？”韩太太猛然睁开眼，看着丈夫惊慌失措的样子，不知道发生了什么事。

“走！还是得走！”韩子奇失神地喊着。

北平的春天在风沙中逝去了，炎热的暑季又熬煎着人心惶惶的百姓，像热锅上的蚂蚁。一些资金雄厚的商店、银号、洋行，在为自己准备后路了，有的南迁上海、香港，有的远走海外。

当年九月十八日，华北的日本驻军强行侵占了丰台，直逼卢沟桥；十一月二十二日，上海爱国人士沈钧儒、章乃器、邹韬奋、李公朴、沙千里、史良、王造时等“七君子”被政府逮捕入狱；十二月十二日，张学良、杨虎城在陕西临潼向蒋委员长进行“兵谏”，发动了震惊中外的西安事变……

沙蒙·亨特不能再等了，他急于要离开这个内忧外患都已到了顶点、大战一触即发的国家！

韩子奇终于下了决心，要和沙蒙·亨特一起踏上遥远的征途，他的固执的本性再次显露出来，使得和他同样固执的妻子的一切唇舌都白费了。

韩太太无论如何也不肯离开她这个家，韩子奇不得不决定只身抛妻别子，护送他那些比性命还要珍贵的宝贝，远走异国他乡。他把奇珍斋的生意托付给多年共事的账房老侯和伙计们，这几个人都是他的患难之交，是他的忠实奴仆，交给他们，是可以放心的。他把十几年来精心收藏的珍品，选了又选，从中选出体积小、便于携带、价值又最高的一百件，装在五个木箱里（比故宫博物院运走的上万个木箱少得多了），并且从奇珍斋选了一批供出售的玉器，一起随着他漂洋过海。

玉儿要跟着他走，韩太太执意不肯："我都不去，你跟他干吗去？"韩子奇就安慰玉儿，让她安心地把大学念完，要是北平出了什么事儿，就赶快回家，和姐姐互相照顾。玉儿一转身就回西厢房去了，扑在床上闷着头地哭。

姑妈抱着天星来和爸爸告别，将近两岁的天星已经会说很多话了，他搂着爸爸的脖子，奶声奶气地问："爸爸上哪儿去？给我买吃的吧？我等着你……"

韩子奇亲着儿子热乎乎的胖脸，眼泪止不住地流下来："天星，等着我，爸爸很快就会回来的……"这决不是哄孩子的空话，他确确实实是这样打算的：但愿仗打不起来，顶多一年半载，他就可以回来和家人团聚了；如果局势有变，他也许会把东西存在英国，再赶回来照料这个难分难舍的家……

"院子里太冷，别抱着孩子出来了，我……走了！"韩子奇回过头，再深情地望望儿子、妻子，望着牵挂着他的心的"博雅"宅，一狠心，走了。刹那间，他猛然想起李后主"最是仓皇辞庙日"那令人断肠的词句，心中无限悲怆！他不敢再回头，怕一瞬的回顾会改变了他的决定——现在也已经无法改变了，伙计们已经把货物、行李都送去托运，账房老侯正站在旁边等着送他上火车呢！

“踏踏实实地走吧，别挂念家！昨儿晚上，我给你念了平安经了，为主的祥助你，平平安安……”姑妈的叮嘱声从身后传来。

“老板，您放心走吧，家里的事儿有我呢！”老侯说着，随手带上了大门。

韩子奇伸手抚摸着“玉魔”老人留下的那两行大字：“随珠和璧，明月清风”……

走了，走了……

沙蒙·亨特在正阳门火车站门口等着他。他们将从这里乘火车前往上海，然后，再搭轮船，经东海、南海，绕过东南亚，穿过孟加拉湾、阿拉伯海，经红海、苏伊士运河，入地中海，在欧洲登陆，此一去，岂止千万里！

火车上的乘务员对金发碧眼的沙蒙·亨特非常客气，把他们引上预订的软卧包厢。老侯把手里的皮箱递给韩子奇：“老板，一路平安，早去早回啊！”

“老侯，你回去吧！”

现在，韩子奇什么也不看、什么也不想了，他只希望上了火车就倒头睡去，免得车窗外的正阳门城楼再折磨得他心碎！

走进包厢，韩子奇疑心走错了地方：那里，已经有一位穿着旗袍的小姐，提着行李坐在铺位上，脸朝着窗外。

韩子奇正想转身退出，那位小姐转过脸来——

“啊，梁小姐？沙蒙·亨特快活地喊道，“很高兴在离别中国的时候，还能和您见面！”

韩子奇愣住了！是玉儿！他知道，玉儿现在的突然出现，绝不是来送别，而是要跟他走！

“你怎么这么任性！该说的话我不是都对你说了吗？你和我不同，我是商人，你是学生！现在刚上二年级，应该……”

“我不是不想上学，可是……”玉儿眼睛红红的，说着说着眼泪就流出来了，“奇哥哥，我在燕大一天也待不下去了！救救我吧，带我走吧，我只能靠你了！”

“那……”韩子奇的口气软了，早在春天的时候，他就觉得玉儿的情绪有些异常，他猜测可能是遇到了什么感情上的麻烦，作为兄长，却又不好问。他也曾设想让玉儿改换一个环境，而带她出国显然又不太实际，加上韩太太的坚决反对，他也就只好作罢了。现在，玉儿不和任何人商量，来了个“捷足先登”，他又怎么忍心赶她下车呢？他知道玉儿的任性绝不亚于姐姐，却又远远不像姐姐那样刚强，如果逼得她走投无路，很难预料她会做出什么事！“你事先也不和你姐说清楚，她找不着你，能急死了！”

“没事儿，”玉儿听出了韩子奇已经默许的意思，擦擦眼泪，诡秘地一笑，“我在天星的衣裳里头藏了一封信，姐姐早晚会发现的！”

蒸汽机车头发出猛兽般的吼叫，铁轮滚动了，一切争论都无济于事了，韩子奇颓然坐在铺位上，什么也不说了。

沙蒙·亨特倒很高兴，对玉儿说：“梁小姐，有你和我们在一起，漫长的旅途将不会觉得沉闷！到了英国，我的太太和儿子会像迎接女王一样欢迎你！”

“谢谢，”玉儿说，“您的太太一定像女王那样漂亮吧？”

“漂亮？称不上漂亮吧？”亨特耸耸肩说，“和我一样平庸！但是我很爱她，她很贤惠，哦，她的眼睛和头发很好看，黑的——她是中国人啊！”

“噢？那太好了，”玉儿兴奋地说，“我们可以他乡遇故人了！”

“是的，我的太太最希望在英国见到中国人，你们是‘娘家人’嘛！”

“亨特先生，您简直也快成了中国人了，听您说话，简直不像个‘约翰大叔’！”

“不，很遗憾，我的鼻子太高了点儿，并且怨恨上帝没有赐给我黑头发和黑眼睛，”沙蒙·亨特一刻也忘不了英国人的幽默，似乎取笑自己也是一种乐趣，“不过，这点儿遗憾在我的下一代身上得到了补偿，上帝赐给了我一个漂亮的儿子，他屏除了父母的短处，集中了长处，不像我这么丑陋，也不像他妈妈那么矮小，而是高个子、宽肩膀，却又有满头青丝和一对黑宝石似的眼睛！”

玉儿被他这半开玩笑半认真的话逗得咯咯笑起来：“他现在在英国干什么？在上大学吗？”

“大学已经毕业了，他本来要去当律师，可是我把他留在店里了，帮我照料生意，我经常在外面，‘亨特珠宝店’总要有人管的，”沙蒙·亨特津津有味地说起他的一切，“他现在是我的雇员——您觉得奇怪吗？我们那儿可没有‘少掌柜的’，亲生儿子也要接受我的雇佣，领取我付的工资，除非我去见上帝了，他才能继承我的遗产！不过我还是希望活得长久一些，让他耐心地等待！”

沙蒙·亨特说起生啊死啊，依然谈笑风生，使郁郁寡欢的玉儿也忘却了烦恼，她向沙蒙·亨特提出各种各样的问题，迫不及待地要提前了解那个陌生的世界，比令人窒息的燕大要有意思多了。

韩子奇却闭目假寐，似乎对这一切都不感兴趣，亨特在谈着亨特的儿子，他却在想着他的儿子。唉，天星毕竟还太小了，如果能像“小亨特”那样管起父亲的生意，韩子奇将会省去多少烦恼！

火车的铁轮碾着冰封的大地，发出单调枯燥的“隆隆”声向南奔驰，北平越来越远了。

在满目萧索、死气沉沉的上海，沙蒙·亨特为玉儿补办了护照、签证和船票，三天之后，汽笛一声长鸣，英国客轮“海豹”号(Seal)载着他们离开了上海外滩。旅客当中，有不少人是从上海去香港或南洋的，亲友们赶到码头上来送行，一片声地互道“再会”，依依不舍地流着泪，船走了好远，岸上的人还在招手。韩子奇凄然地把视线收回来，那里没有为他们送行的人，他的家，他的妻儿，都留在北平了！

船过了香港，径直向南驶去，中国大陆渐渐地看不见了，轮船航行在苍茫的大海中，分不清何处是此岸，何处是彼岸。碧绿的海水泛出盎然春意，沙砾似的小岛在阳光下熠熠生辉，像嵌在翠盘上的一颗颗宝石。成群的海鸥在头顶盘旋，对这只漂浮海上的庞然大物一点儿也没感到威胁。大海是海鸥自由翱翔的乐园，而人却是借道遁迹的避难者！

两天之后，船在新加坡靠岸，下南洋的旅客兴奋地下船，喊着："到家了，到家了！""回家过年去了！"

韩子奇猛然想起中国的春节在即！这些流落南洋的华人，在异国他乡也要过中国的"年"啊，而他，却把"年"忘记了，今年的除夕夜，他只能在船上过了，"博雅"宅将是多么冷清！

新加坡岛上碧绿的草地，高大的椰子树、棕榈树和凤尾般的旅人蕉，吸引着好奇的玉儿，她一定要上岸去看看，韩子奇毫无兴致，沙蒙·亨特却乐于陪同，他们出去转了半天，回来说这儿和中国没有什么两样，到处都是中国人，说中国话，穿中国服装，商店的招牌写的是中国字，好像船走了这么久，还没离开中国似的。并且买来了许多南洋水果：榴梿、山竹、凤梨……"听卖水果的人说，榴梿是南洋的'万果之王'，山竹是'万果之后'，多有意思！还说，要是不吃榴梿，等于没来过新加坡。这儿的人最迷榴梿：'榴梿出，纱笼脱'，纱笼就是当地马来人的裤子，为了吃榴梿，不惜卖了裤子！"玉儿嬉笑着述说她的新鲜见闻，无忧无虑地像个孩子。

"噢，是吗？"韩子奇望望那活像刺猬似的榴梿，摇摇头，"不敢领教，对我来说，只有玉才有那么大的魅力！"

玉儿新奇地剖开榴梿，先尝为快，牙还没沾上，就一阵恶心，把那东西扔在甲板上："唔，什么味儿？像延寿寺街王致和的臭豆腐！"

沙蒙·亨特恶作剧地大笑起来，他原是领教过榴梿的怪味儿的，却故意不说，等着看这开心的场面！这个英国佬！

船又开了，穿过马来半岛和印度尼西亚之间的马六甲海峡，进入孟加拉湾。接近赤道的洋面上，气候酷热，太阳像一颗当头悬挂的火球，追逐着"海豹"号，投下灼人的烈焰，终日不停地转动的电扇和留声机反复播放的爵士音乐也难以解除人们的烦恼。韩子奇一行乘坐的头等舱，在船上已经是最舒适的了，有洁净的房间，宽大的餐厅，一日四餐，对无所事事的人来说，显得太多了。饭后，有一杯浓浓的黑咖啡，多花几个钱还可以随时叫侍者送来冷饮。欣赏音乐和看电影都不需要另外缴费。但天天如此，也会使人乏味。沙蒙·亨特是个坐惯了海船的人，他一点儿也不觉得烦，总是笑容满面地在船上到处逛，无论遇见哪国的人都能说上话，几十年来他几乎跑遍了全世界，只要有买卖可做的地方就留下过他的足迹，他会说好几种语言。玉儿有这么一位向导，简直如鱼得水，她英语说得很好，和各式各样的人自由地交谈。韩子奇却没有这么好的兴致，很多时候，他都躺在舱里想自己的心事，即使到甲板上走走，也只是一言不发地望着大海，听那无休无止的涛声。

经过科伦坡，轮船在这里有事务要办，停一天一夜才走。这对于玉儿来说，又是观光的好机会，吵着要上岸去玩儿。出乎她的预料，这一次，韩子奇也有了极大的兴致，要和他们去游览“宝石城”。

锡兰以盛产宝石著称，世称“宝石岛”，距科伦坡六十四公里的“拉特纳普拉”的意思就是“宝石城”，韩子奇慕名已久了。玉器商人沙蒙·亨特自然也有极大的兴致，于是三个人舍舟登岸，急匆匆赶去观光。

“宝石城”果然名不虚传，沿街几乎找不到别的商店，卖的都是宝石！彩虹般的尖晶宝石，浅绿、中绿的海蓝宝石，大红的石榴宝石，乳白色的长月宝石，紫罗兰、金黄、粉红的绿柱石，柠檬黄的闪光水晶……应有尽有，据说锡兰岛上寸土皆有宝，随便在什么地方开矿，都可能挖出宝石！最引人注目的要算紫翠玉和猫眼儿了。紫翠玉通体碧绿，夜晚在灯光下则变为紫红色，奇特的光彩使它具有高昂的价值，每克拉竟达一万美元以上；猫眼儿的稀奇之处则在于它在阳光的照射下会反射出一条耀眼的活光，并且随着光线的强弱时明时暗，微微摇动时还灵活闪烁，酷似猫的眼睛，由于锡兰是它的主要产地，被称为“锡兰猫眼儿”。沙蒙·亨特是“宝石城”的常客，他从这里廉价买了原料，带到中国去加工制作，然后再到欧洲经销，过去，汇远斋和奇珍斋替他做的许多活儿都是从锡兰买的宝石。现在，韩子奇置身于宝石之都，目不暇接，好似进入了仙境，爱不释手，流连忘返，如醉如痴，恨不得把“宝石城”买光，但又怎么可能呢？

赶回科伦坡港，开船的汽笛已经拉响了。大胡子船长看着这三位飞跑着上船的客人，跟他们开了个玩笑：“如果你们晚到一分钟，就被扔在锡兰了！”

韩子奇却似乎一点儿也不后悔这次冒险，回答说：“如果船上没有我的东西，我真愿意到此为止呢！”

船继续向前航行，沿着印度半岛的南部边缘向北，经过孟买又左转向西，进入阿拉伯海。

夜深沉，黑色的浪涛载着一叶孤舟、载着人们各自不同的希冀和抑郁，载着不可知的关于未来的梦幻，向天涯走去。

舱里一片沉寂，韩子奇辗转反侧，难以入睡，轻轻地走出舱门，来到空荡荡的甲板上，手扶着栏杆，看那黑色的海水在船舷旁边翻腾，忽而涌起雪浪，忽而又把泡沫击得粉碎，拉成一条条藕断丝连的网线，像大理石的纹路，变幻无穷。偶然从波浪里跳出一串串飞鱼，展着像翅膀似的长鳍，泼喇喇画出优美的弧线，像海的精灵，在月光下转瞬即逝。抬头看天上，一弯新月像一只玉玦，满天星斗如同撒满了珍珠。海上的天空，没有风沙，没有烟尘，好似一块巨大的墨玉，晶莹，幽深，仿佛高不可测，又仿佛伸手可以触摸，一尘不染的星月，比在陆地上空更贴近人间。

望着静穆的星月，望着天际隐隐可见的阿拉伯半岛的淡影，他想起了五百年前中国人的声势浩大的航行。“马哈吉”郑和的船队正是沿着这条海上航线，乘风破浪，跨过小半个地球，将中国文明和友谊传布天下；如今，不肖子孙却乘坐着外国的轮船仓皇出逃。历史无意嘲弄人，人却不得不直面无情的历史！

他又想起了另一个人，身无分文走天下的吐罗耶定巴巴。十八年前，他追随着祖先的踪迹走去了，朝着圣地麦加！他那老迈的身躯，穿着草鞋的双脚，将怎样走完这茫茫征途？他现在在哪里啊？

船驶过也门南端的岬角，驶进了狭长的红海，抚着右舷看去，就是沙特阿拉伯了。沙特阿拉伯，这片燥热、贫瘠的土地，大部分面积被灼热的沙砾覆盖，没有秀丽的风景，也没有繁华的都市，甚至全境没有一片湖泊，没有一条河流，但是，这里却诞生了一个伟大的人，全世界穆斯林心目中的圣人穆罕默德，在七世纪初以极大的感召力统一了他的国家，把真主的旨意远播天下，使伊斯兰教传遍世界，信徒人数达数亿计，不能不说是一个奇迹。一千三百多年以来，麦加一直是穆斯林日夜朝拜的圣地，干燥的麦加涌流着汩汩不绝的“赞穆赞穆”泉，啊，“赞穆赞穆”，这正是韩子奇的爱子天星的经名！

船达吉达港，正是太阳平西、穆斯林做晡礼的时刻，满天红霞映在红海上，天上人间是一个金子做成的世界，宣礼的声音响起来，港口上的一切工作人员都放下了忙碌的事务，匆匆地抚摩着地面沙土以“代净”，然后朝着东方虔诚地礼拜。现在，麦加是在他们的东方了，穆斯林总是从自己所处的地方辨认麦加的方向。一股奇特的魅力把韩子奇和梁冰玉召上岸去，望着夕阳中清真寺金色的尖顶，他们默默地肃立，诵读着前辈人传下来的经文。这些年来，无论是为玉奔忙的韩子奇，还是寒窗苦读的玉儿，都没能做到像璧儿那样坚持每天五次礼拜，把拜功荒疏了。此刻，面对着麦加的方向，他们像游子眺望回家的路，一股温暖的电流传遍全身……韩子奇的两眼湿润了，他觉得吐罗耶定巴巴正在一个无法追寻的地方召唤着他，期待着他！

吉达港距离麦加还有三百公里的路程，他不可能前去了，何况现在也不是朝觐的时节。当天夜里，“海豹”号又载着他继续前进了。主赐福给您，吐罗耶定巴巴！如果您还活着，您一定是最幸福的人；如果您已经“无常”，也一定进入了神圣的天园！我走了，也许会让您伤心失望，您的易卜拉欣没有跟着您把路走到底，这十八年来，我着了魔，成了玉的奴仆，已经无法摆脱！

漫长而艰难的航程还在继续，“海豹”号不知疲倦地向前驶去，穿过平静而荒凉的苏伊士运河，穿过由众多的活火山环抱的地中海，穿过西欧的“生命线”直布罗陀海峡，进入浩瀚的大西洋，转而向北，船尾的“米”字旗在英吉利海峡的扑面凉风中欢快地飘舞，大不列颠岛终于遥遥在望了。

“到家了！到家了！”沙蒙·亨特兴奋地喊着，拉着他的朋友走上甲板，手舞足蹈地指点着，滔滔不绝地讲述着他的祖国。“海豹”号响起悠长的汽笛，缓缓驶进泰晤士河滚滚的浊流，伦敦的塔桥向两侧升起，为远道归来的游子敞开家门，薄薄的晨雾中，挺立着威斯敏斯特教堂七十米高的尖顶，雄浑深沉的钟声响了，这是作为全世界标准时间的格林尼治钟声！伦敦，零度子午线贯穿的地方，地球的起点，世界时间的起点！

身穿中国长衫的韩子奇，默默地随着沙蒙·亨特，踏上这陌生国度的土地，雾中的伦敦，使他不辨东西，恍若置身于梦幻之中。摩肩接踵的英国人向这两个与众不同的东方人投去好奇的目光，他突然意识到，在这里已经很难看到自己的同类了。但他不愿意在大庭广众之间显露自己的惶惑，故意做出轻松的样子，问玉儿："怎么样？你终于如愿以偿了！"

玉儿却没回答他，伸手拉着他的袖子，羞答答地跟在后面，像个初次进城的乡下姑娘，没有在船上那么谈笑自如了。

"你是不是不舒服？"韩子奇小声问她。

"不是，"玉儿眼睛红红的，"我……想北平！"

韩子奇顿时觉得全身都松懈了，长长地叹了一口气："既然这样，又何必要来呢？"

亨特一家以极大的热情迎接中国来的客人，虽然不会像亨特所说的那样如迎接女王般热烈，却也已经惊动了全家——其实，他们全家加上亨特也只有三个人。

亨特太太，一位挺"富态"的中国妇人，年纪约莫四十五六岁，胖墩墩的，穿着一条肥大的长裙，更显得身材矮一些，但并不像亨特形容得那么"平庸"——也许是他在中国学会了自谦。亨特太太的肤色浅褐，柳眉杏眼，眉弓略高，一眼可以看出是中国闽、粤一带的血统。她匆匆地跑出门来，望着远道归来的丈夫，惊喜地叫着："噢，上帝，你总算回来了，没有死在袁世凯的手里！"她对中国了解得太少了，不知道袁世凯已死了二十年，现在中国的战争和他没有什么瓜葛了。

"爸爸！"年轻的小亨特抢在妈妈的前边，钩着沙蒙·亨特的脖子，说着不太熟练的中国话，"为什么不打个电报？我好去接您！"

"我自己也不知道哪天到家！"老亨特慈爱地笑着，对儿子和太太说，"这就是我尊贵的朋友……"

"我知道，"小亨特快活地嚷道，"一定是韩太太和韩先生！"

玉儿的脸红了。

韩子奇连忙解释："不，这是我的师妹梁冰玉……"

"师妹？什么是师妹？"小亨特仍然听不明白。

"她是韩先生师傅的女儿，同时也是韩太太的妹妹，"沙蒙·亨特只好这样详细解释，并且埋怨儿子，"你莽莽撞撞地，弄错了，应该向梁小姐道歉！"

"很抱歉，梁小姐，韩先生！我父亲的信里没有说清楚，"小亨特并不觉得尴尬，还是那样谈笑自如，"不过我是衷心欢迎你们的，特别是这位美丽的小姐，上帝可以作证！"

他热情地向玉儿伸出手去，玉儿勉强地和他握了一下，这个白皮肤、高鼻梁、黑头发、黑眼睛的小伙子，第一次见面却没有使她感到亲切。

"我叫奥立弗，"他又殷勤地和韩子奇握手，"欢迎您，中国的'玉王'！"

一声"玉王"，使韩子奇心中一震，刚才的小小的不愉快立即被抵消了，他突然感到经过两个多月海上旅行之后的一丝快慰。

亨特太太这才插上嘴和客人说话："请进去吧，韩先生、梁小姐！"

韩子奇觉得她的口音有些耳熟："亨特太太的府上是……"

"祖籍漳州，"亨特太太说，"不过我是出生在伦敦的，从来也没有回过老家，中国字认得也不多，只是小时候跟父母学说一点国语……"

"您的国语还是带闽南口音啊！敝乡原是泉州，我们还是乡亲呢！"

"是吗？那就是我'娘家'的人啦！"

这意外的同乡之谊，使亨特太太和韩子奇都唤起对故乡的深切情感，"请坐，请坐，家乡人！"亨特太太格外兴奋。

亨特家的客厅是个中西参半的"混血儿"：西式的大壁炉、枝形吊灯和维多利亚时代的沙发，与明式的硬木桌椅、多宝槅硬木柜并存，很像沙蒙·亨特在北平的住所。韩子奇和玉儿坐在硬木椅上，觉得还有几分像在中国。亨特太太捧上茶来，竟也是中国的青花瓷盖碗儿，韩子奇端起来，亲切地抿了一口，里面泡的是福建的茉莉花茶，正是北京人最爱喝的，而且还来自他的家乡。

亨特太太凑过来，端详着他碗里水面上漂浮的茶叶，韩子奇不知她这是何意，便礼貌地说："谢谢，很好！"

亨特太太细看了一阵，说："真的很好，您看，这茶叶正好组成一个'V'字，你们的到来大吉大利啊！"

韩子奇莫名其妙，沙蒙·亨特笑着说："她在给你们算命呢！恐怕她搞的这种名堂，是中国古代用蓍草占卜的巫术在西方的变种！"

韩子奇笑了，玉儿也忍不住笑起来，这是她自从踏上英国的土地第一次露出笑容。

客人用过了茶，亨特太太端上了早餐。英国人是很讲究早餐的，和晚餐并重，午饭则很随便。早餐一般吃麦粥、煎鸡蛋、面包、熏咸鱼和果子。今天为了迎接远道而来的客人，亨特太太特意做了清蒸海鲜、蚝油鲜菇、威化牛扒、香酥鸡脯等等英国菜，摆得桌子上满满的，餐具有刀叉，也有筷子。餐桌中央摆着一只雉鸡形银器，四束紫罗兰飘散着清香。韩子奇犹豫了一下，说："很抱歉，亨特太太，刚才我忘了告诉您，我们是……"

"穆斯林！"亨特太太接过去说，"沙蒙已经告诉我了，请放心用餐吧，我们家是从来不吃火腿、猪排之类的，也不用荤油！"

"您也是穆斯林吗？"玉儿问。

"不，"奥立弗笑了笑，"我的父母都怕胖！"

亨特夫妇都笑了，看得出，他们是很宠这唯一的爱子的。

"请吧，女士们，先生们，为父亲的朋友、母亲的同乡、我们全家的客人的到来，干杯！"

奥立弗说着就要举杯，桌上却没有酒，也是因为沙蒙·亨特的事先吩咐，亨特太太注意了穆斯林的禁忌。

韩子奇不愿意让主人扫兴，端起了茶碗，大家也都学着他的样子，四只青花盖碗举起来，碰在一起，发出清脆的响声。

"梁小姐是打算到伦敦来上大学的吧？"奥立弗突然问玉儿。

"呃……"玉儿不知该怎么回答，她这次固执地跟着韩子奇到英国来，自己也弄不清要干点儿什么。

“她在国内正在读燕京大学，这次是……出来玩玩儿。”韩子奇替她回答，只能用“玩玩儿”作为借口。

“燕京大学？”奥立弗不以为然地摇摇头，“没听说过这所大学。我还以为你是来考剑桥或是牛津的呢！我就是牛津毕业的，过几天我带你去看看我们的母校，嗬，你一定会大吃一惊的！牛津大学本身就是一座城市，有‘世界上最漂亮的街道’——高街，两旁的建筑代表了从十二世纪创办到现在的各个时代的建筑风格，你去看看十六世纪建成的梅苔伦钟楼，八座尖塔直插云霄，挂着十口古老的大铜钟，登上塔顶，整个牛津的景色都在眼底了！牛津是最好的文科大学，培养了许多名人呢……”

沙蒙·亨特瞟一瞟夸夸其谈的儿子，跟他开了个善意的玩笑：“其中也包括你吧？大名鼎鼎的奥立弗·亨特先生！”

奥立弗耸耸肩：“这样说也未尝不可！我总不会一辈子做您的雇员，也许有一天，我的名字会为牛津增添一份荣誉！”

玉儿听得很不舒服，她想说：哼，有朝一日，我请你领教领教我们的燕大！我们的校歌多有气派：燕京燕京事业浩瀚，规模更恢宏；人才荟萃中外交流，声誉满寰中！……你见了那富有东方园林风味的燕园，见了未名湖上的烟波塔影，也会大吃一惊的！但是，她没有说，燕大，留着她的爱，也留着她的恨，留着她深深的、难以向人诉说的痛苦，正因为如此，她才离开了那里，再也不想回去了。现在，奥立弗·亨特也许并不是有意刺激她的自尊心，但他那不由自主溢于言表的自豪感却让玉儿难以忍受，好胜的本能使她不甘沉默，更不甘退却，她突然说出了从未有思想准备也从未与韩子奇商量的决定：“我就是来考牛津的！”

韩子奇暗暗吃了一惊，对他来说，玉儿出国的动机一直是个谜，也许这就是谜底？上牛津……这样，韩子奇的担子就更重了！

“是吗？那太好了，欢迎你！”奥立弗兴奋地说，好像他是牛津的校长似的，“不过，考牛津是很难的，每年，英国全国最好的高中毕业生都涌向牛津，而牛津却从不参加全国的统一招生，自己单独考试，必须是经过一个学期辅导的学生才有资格报考，录取的标准是非常严格的！”

“我相信我自己，我一定能考上！”玉儿说。

奥立弗向她竖起大拇指：“我钦佩梁小姐的胆量，祝你成功！等到你毕业的时候，跪在名誉校长面前领取学位证书，我一定到市政厅向你祝贺！”

玉儿笑笑：“我等着你！”

餐桌上的气氛被两个年轻人的谈话活跃起来，韩子奇心里却七上八下，现在，未来的一切都还是未知之数，玉儿却已经先决定了她的事儿，韩子奇不得不被任性的师妹所牵制了，唉，真后悔带了她来，这牛津大学高昂的费用，他这个流亡者将怎么支付啊？

“韩先生，你们两位都是雄心勃勃的人啊！”奥立弗又兴奋地端起茶碗，跟韩子奇“碰杯”。

“我？我有什么雄心？”韩子奇苦笑着说，“初来乍到，人地生疏，我还不知道该怎么样活下去呢！”

“爸爸来信不是说，您要在伦敦办中国玉展吗？”奥立弗问。

“玉展？”韩子奇莫名其妙地看看沙蒙·亨特。

“是这样，韩先生，”沙蒙·亨特脸上浮现出神秘的微笑，“我是有这样一个想法，还没有和您商量：如果我在伦敦为您举办一个玉展，一个国际性的‘览玉盛会’，您觉得怎么样？”他得意地看着韩子奇，说出这个酝酿已久的计划。

奥立弗接着进一步鼓动：“我将调动伦敦的新闻界，让整个伦敦、整个英国都认识中国的‘玉王’！”

刹那间，韩子奇仿佛失去了知觉，他没有想到仓皇出逃的“玉王”还会在远离故国的土地上重新戴上桂冠！他抑制住怦怦的心跳，站起身来握住沙蒙·亨特的手：“谢谢您，我的朋友！”

现在是一九三七年的春天，烟笼碧树的伦敦一派和平景象，似乎在地球的另一半的日本对中国的威胁，近在咫尺的意大利对埃塞俄比亚的占领，德、意联合武装干涉西班牙内战，都和英国没有什么关系。由于第一次世界大战的灾祸染上恐战后遗症的英国人正沉湎于和平主义的梦想，集中力量应付新的经济危机，把除此之外的一切都置之脑后了。

客人就在亨特的府上下榻，在这座哥特式尖顶的红砖瓦小楼里，主人为韩子奇和玉儿分别安排了房间。由于沙蒙·亨特对中国的偏爱和亨特太太的乡情，房间里都布置得带有东方色彩，除了床铺是西式的，其余桌椅家具几乎都是中国货，墙上挂着卷轴字画，架上摆着瓷、玉古玩，连窗帘都是中国的丝绸，令人感到“宾至如归”，只有那爬着常春藤的百叶窗、磨花玻璃壁灯和蒙着蓝丝绒面的沙发、铺着厚垫的弹簧床在提醒他们：这儿不是北平。

亨特父子陪着客人游览了闻名遐迩的“大伦敦”。白金汉宫、国会大厦、威斯敏斯特教堂、特拉法加广场、皮卡迪里闹市……都使远道而来的客人感到耳目一新。王宫门口，御林军戴着水桶似的黑熊皮高帽子，穿着镶金边的鲜红军服，郑重其事地举行换岗仪式，吸引着各种肤色、各种语言的来自世界各地的游客，仿佛置身于童话之中。大街上的英国女士、男士，衣着庄重、彬彬有礼，很少听见有人大声吵嚷。伦敦不像亚洲人心目中想象的那么威风凛凛、不可一世，那么奢靡豪华，金碧辉煌，即使在最繁华的地方，也极少有摩天大楼，连白金汉宫的外部也只是红砖和巴斯石灰，并没有特别耀眼的装饰，街头的那些雕像展示着无言的历史。伦敦朴素无华，庄严、凝重而不失亲切之感，使来自东方古都北平的客人并不觉得有天壤之别。大英帝国的无限扩张，并没改变它的本土那给人以固守传统的印象，这一点又和北平有着某种相似之处，所不同的是，东方的古都无数次地被异族侵略者闯入，却极有耐性地“消融”侵略者，而没有换上征服者的奴仆的装束。北平的上空飞舞着塞外卷入的风沙；伦敦的天上弥漫着大西洋吹来的水汽，泰晤士河两岸似乎永远在缥缈迷蒙的雾霭之中，偶尔云开日出，架起一道七彩长虹，成千上万的英国人都仰起脸来，说一声总是挂在嘴上的“今天天气……”这是操任何语言的人都可以意会的，何况韩子奇已经在十年前就跟沙蒙·亨特学会了最实用的会话英语，而燕大的高才生梁冰玉早已把英语谙熟得不亚于她的汉语了。他们进入了一个陌生的世界，而这个世界却也并不完全陌生。

最使韩子奇着迷的是一个又一个的博物院。那里展示着“大英帝国”曾经称雄世界的历史，也展示着全人类文明的精华。埃及王拉米塞斯第二的花岗岩雕像，巍然如山，是公元前一千多年的遗物；罗塞他石，是公元前一百九十五年用埃及文和希腊文刻成的，学者们从这块石头上对照希腊文才读通了埃及文字；建成于公元前四百三十五年前的希腊巴昔农庙，一六八七年被威尼斯人炸毁，而上面精彩的雕像和石刻则从雅典辗转流落到了伦敦，又依巴黎国家图书馆藏的巴昔农庙图复原了；更有荷马史诗贝叶，巴格莱夫、格雷、哈代的文稿，莎士比亚的房契……尤其使韩子奇惊心动魄的，是在这里看到了无数中国的珍宝：战国漆器、汉代石刻、东晋顾恺之的《女史箴图》、北魏的敦煌壁画、唐代的工笔人物、宋元山水、清代的乾隆宝座……还有他最为钟情的玉器，这里几乎拥有从商周到明清各个时代的精品，并且包括了他和他的师傅梁亦清以两代人的心血琢成的宝船！是欣喜呢，还是感伤？北平的故宫博物院已经空空如也，中国的“玉王”在故土没有了立足之地，却只能在异域欣赏祖先的遗物和自己的作品！

遍览名胜古迹之后，他们又参观了“亨特珠宝店”。

坐落在闹市区的这座三层楼房，外表看来是灰暗朴素的，并不特别引人注目。但是，他却已有百年历史，由沙蒙·亨特的曾祖父创办，曾经为英国国王制作过王冠，为法国总统夫人制作过项链，为泰国王储制作过订婚戒指，为欧洲许多博物馆提供过稀世珍品。“亨特珠宝店”成功的诀窍之一是店主对中国玉器的偏爱，当年的创始人老亨特就是个中国通，东方艺术使他的商店披上了一层神秘的色彩，在众多的同行中独树一帜，而逐步成为佼佼者。诀窍之二是他善于发现埋没于民间的奇物和奇人，而由他来显露其价值，用他的话来说，就是“亲手拂去明珠上的尘埃”，这往往会获得一鸣惊人的成果，而花费的资金又是相当低廉的。诀窍之三是他的商店力求使商品尽快地流通，待价而沽的奇货一旦遇有良机便及时出手，不像韩子奇那样执迷于收藏，这样，资金的积累就急剧增长。相比之下，韩子奇就未免显得“迂腐”了。

现在，亨特父子开始为“中国玉展”而忙碌了。日本对中国的侵略切断了他们的一个重要货源，而他们却请来了中国的“玉王”，运来了一批稀世珍品，这不能不说是一个“不幸中的万幸”，韩子奇的到来，对亨特珠宝店声誉的进一步提高和销路的继续扩展，都将具有举足轻重的作用。为此，他们将不遗余力地为韩子奇大造舆论，使他在英国站住脚跟，成为亨特珠宝店的“财神”。

他们所做的一切，都使韩子奇由衷地感动，使他在异域感到了温暖和安慰，他中断的事业又复苏了。他愿意与亨特珠宝店通力合作，向西方人士展示古老而神秘的东方文明，实现他多年的夙愿，也是他师傅梁亦清和“玉魔”老先生所未能实现的遗愿。展览的成功将会为他赢得荣誉，也将获取相当的财力以供给玉儿的学业进取之需。玉儿未经和他商议便自作主张要报考牛津大学，本来使韩子奇觉得意外，但他又觉得不应该阻拦她。师傅在世时，对进了学堂的幼女寄托了多大的希望啊！师傅去世后，他在艰难创业中不遗余力地供师妹念中学、念大学，也是为的争这一口气：奇珍斋里不光出匠人、商人，还要出个女学者！可惜，玉儿在燕大刚上了两年就辍学了，是很令人遗憾的，弥补上这个遗憾，韩子奇也就无愧于恩师的亡灵了。

为了报考牛津大学和举办玉展，玉儿和韩子奇各自投入了紧张的准备工作。

在忙碌中，韩子奇也在焦虑地挂念着妻子和天星，他不知道在天的尽头、海的彼岸，中日之间的战事前景如何，韩太太带着幼子将怎样牵肠挂肚地度日。他写了一封长信，寄回遥远的家乡，信上说：他将在安排好这里的一切之后，把韩太太和天星接出来，这离别之苦，双方都不要再忍受了！

这封信，顺着韩子奇来时的路线，漂洋过海，辗转蹉跎，不知要等多久才能送到“博雅”宅中？

当年七月七日夜晚，日本华北驻军在北平西部的卢沟桥进行居心叵测的“军事演习”。十一时许，日军翻译官来到紧闭城门的宛平城下，喝令中国驻军二十九军二一九团开门，声称要进城搜索日军逃兵，遭到守城官兵的拒绝。日军翻译官说："如不开城，就要发兵炮击！"

这时，日军的登城云梯已经悄悄地搭上了宛平城墙！守城卫兵发现了登城日军，立即开枪，清脆的枪声震破了北平沉睡的夜空，一场血与火的残酷搏斗，开始了……

七月二十九日，北平沦陷。

"烽火连三月，家书抵万金。"韩子奇春天寄出的那封长信，从天的尽头来到正在燃烧的中国国土上，没等到送进家门就不翼而飞了。韩子奇一去全无消息，玉儿也不见踪影，韩太太只在他们走后的第三天见到了一张纸条，是姑妈为天星换衣服的时候发现的，两个不识字的妇女谁也不知道这张浸着奶渍和尿迹的纸是账单还是药方，让奇珍斋的账房先生老侯一看，才知道是玉儿小姐的临别留言："姐姐，别生气，我没听你的话，跟奇哥哥走了！"

韩太太气得两眼发黑，她在这个家说话太不占地方了，连亲手拉扯大的玉儿都没能管住！一个姑娘家，跑到外国去干什么呢？真是的！

老侯直纳闷儿："我一直把老板送到火车站，怎么没瞅见小姐呢？唉，我太粗心了！"

韩太太哭了骂，骂了又哭，姑妈却劝她说："已然走了，说什么也没用了。依我说，她跟她哥就伴儿走，也好，省得天星他爸在外头吃饭啦换洗个衣裳啦作难。"

这么一说，韩太太倒也觉得心里闪开了点儿缝儿。走吧，走吧。

托靠主，让他们平平安安地到达那个远得没影儿的英国，路上别出什么岔子！丈夫留给她的是思念：她日日夜夜坐卧不宁，猜想韩子奇今儿到哪儿了，明儿到哪儿了，尽管她全然不知英国的地理方位，那颗心却像游魂似的跟了丈夫去，在天地间飘荡。

她让老侯写封信，问问老板到了英国没有，老侯说："信好写，可往哪儿寄啊？"

"奇珍斋跟那个洋人亨特做了这么多年的生意，你没他的地址吗？"

"还真没有，他在北京的时候，长住六国饭店，账都从那儿走。现如今人家走了，哪儿找去？再者说，我又不懂英文……"

唉，这可就没法儿了。

思来想去，她又担心那个亨特，要是把韩子奇骗了，把他的宝物吞了，弄得他穷困潦倒、有家难回，这可怎么好？北平沦陷之后，这种恐惧感就更增强了，她寻思：韩子奇会不会在路上让日本人给截住？要是落到了鬼子手里，那还不是和姑妈的丈夫海连义一样的命运？她不敢把这种猜测跟姑妈明说，仅仅心里闪过了这个念头就已经觉得不吉利了。而姑妈却一直坚信她的丈夫和孩子还活着，只要自己一天不死，就一天等着他们回来。人无权改变命运，而命运却在无情地改变人，这两个本来贫富悬殊、家境各异的女人，如今处于同样的境地，眼巴巴地度日如年，盼望着亲人早日归来！日军进城的时候，姑妈几乎要疯了，她没命地跑上大街，要找日本人算账，讨还她的丈夫和儿子，讨还她那被烧毁的茶水店。老侯拦腰把她抱住，拼了命地拖了回来，告诉她：早晨起来一开城门，日本人的队伍就如狼似虎地涌进来了，一个挑担卖菜的小贩在街上被"试刀"，肚肠子流了一地！跟他们能讲理吗？连清真寺都被日本兵占了，在院子里架起锅，煮大肉！真主啊……

为防不测，韩太太让老侯搬进了"博雅"宅，连同他的媳妇侯嫂和五个台阶儿似的孩子，都住在倒座南房里。孩子们成了天星的玩伴儿，侯嫂帮姑妈洗衣裳做饭、料理家务，老侯白天去照应奇珍斋的生意，晚上看家守宅，正应了他在韩子奇临走时所许诺的："老板，放心吧，我就是您的看家狗！"

第十章　月情

“花褪残红青杏小”，春天匆匆地过去了。医院病房区楼前的小院，一片浓重的绿荫。微风中，白杨树欢快地拍打着油亮的叶片，合欢树摇曳着孔雀羽毛般的枝条，垂柳摆动着轻柔的长裙，几乎拂到了花坛旁边的路椅。绿色世界里，已经早早地响起了第一声蝉鸣。

斜阳西照，树影覆盖了林荫小径。两个女性的身影，沿着小径徐徐地踱步，一个穿着蓝条纹的病员服，另一个穿着洁白的长罩衫，她们的衣襟在微风中轻轻地摆动。

这是新月和卢大夫。

“为什么还不让我出院？爸爸都已经出院了，我还在这儿养啊，养啊，养什么？”新月慢慢地走着，心绪不宁地在手指上缠绕着病员服上的带子，缠上了又打开，打开了再缠上，“我已经养了一个多月，把功课都耽误了，校庆的演出也耽误了！”她深深地叹息，“多可惜啊，我把莪菲莉娅的台词都背熟了，却让您……给毁了！”

“让我给毁了？”卢大夫慈祥地微微一笑，新月对她的嗔怪，并没有使她生气，她觉得这很像自己的女儿在妈妈面前“撒娇”时的劲儿。经过一个多月的相处，她们之间已经培养起了类似母女的情感。“我是为了让‘莪菲莉娅’变得更健康，更美！以后还有机会，孩子，不要为这点事儿烦恼，不要老想着那个莪菲莉娅，把她忘了！我觉得，你也不适合演这个角色，那么悲悲切切的……”

“什么？我不适合？导演都说我是最理想的人选，我觉得我把莪菲莉娅的那种纯真、恬静、忧伤而又无可奈何的情调把握得很好，内心世界挖掘得很深……”新月很不服气，要和卢大夫争辩，说了一半，却又不想说了，忧伤地垂下眼睛，“算了，反正已经耽误了，说也没用，您又不是搞文科的，不理解文艺作品中的人物细腻的感情！”

“也许是吧？我们这些科学工作者，常常被人们认为冷酷无情，”卢大夫温和地笑着说，“不过，我和文学艺术倒也没有因此而绝缘，多少也算知道莎士比亚，而且和你念念不忘的那个莪菲莉娅还有过一点儿瓜葛，在大学里的时候，有一次，学生剧团竟然派给了我这个角色……”

“噢？您也演过莪菲莉娅？”新月的脸上掠过了一丝愧色，刚才的话有点儿大言不惭了，她不知道这个老太太在年轻的时候也是学生剧团的积极分子。但这点儿愧意立即被好奇心冲淡了，她像遇见了知音，“那是在哪儿？”

“在伦敦，剑桥大学……”卢大夫喃喃地说。人老了，回忆往事，总是怀有深情的。

“噢，也是用英语演出？太好了！”新月非常羡慕。

“在英国，当然要用英语。不过，那次并没有演成……”

“为什么？也是因为生病耽误了吗？”

“不，这倒不是，我的身体一直是很好的。”卢大夫慢慢地说，“当时导演对我说，这是剧中的女主角，十分重要，能由一个东方姑娘来演，更是别开生面了。我也跃跃欲试，因为我是个很逞强的人。可是，一口气读完了剧本，我的热情就减退了……”

“为什么？”新月完全不可理解，对这样的好事儿，竟然还会有不热心的人？

“……我觉得，这个莪菲莉娅不是我心目中的理想人物。你看，她那么爱哈姆雷特，却连表达的勇气都没有，只会说，‘嗯，殿下’，‘不，殿下’，面对宫廷里的阴谋和哈姆雷特的悲剧，她唯唯诺诺，忍气吞声，委曲求全，这完全不符合我的性格！尤其令人遗憾的是，莎翁对她的结局无计可施，就让她疯，让她死，这也是使我不能接受的！她死得倒是很别致，漂在明镜似的水上，头戴奇异的花环：毛茛、荨麻、雏菊、长颈兰，轻轻地唱着古老的歌……是的，很有诗意，很美，可是，这美还有什么意思呢？我不能欣赏这病态的美、死亡的美，我要看到的是健康的人生，那才是真正的美、生命的美！”五十而知天命的卢大夫，被二十多年前她生活中的一段小小的插曲而激动了。不，这正是她一生所思索的、所追求的东西。

“啊，您是这样看莪菲莉娅的？和我们楚老师的见解倒很接近，他也这样对我说过，我还以为是因为没有演成才故意安慰我呢！”新月喃喃地说，她觉得卢大夫的话似乎也不无道理，“那么，后来呢？”

“后来我就没演啊，我对导演说，去你的吧，我不干！就把剧本扔给他了！”卢大夫甩了甩手臂，仿佛真的扔掉了什么东西。

“这倒是很痛快！”新月不禁咯咯地笑了，“后来呢？他们又找别人替您了吗？”

“没有，后来战争局势越来越紧张，连上课都困难了，这件事情就吹了。我一点儿也不觉得遗憾！没有演成那个哭哭啼啼的莪菲莉娅有什么可遗憾的？你说呢？”

“我也没有什么遗憾了，”新月说。她完全不了解卢大夫所经历的那场战争，也并不真正关心远在伦敦的、早已成为历史陈迹的那个学生剧团，她说的是她自己。由于她因病缺席，《哈姆雷特》没有了女主角，临时让谢秋思顶替也来不及了，郑晓京不得不放弃了演出计划，这使得全班同学都非常非常地遗憾！但新月现在倒也不觉得怎么遗憾了，不知不觉地接受了卢大夫的观点，“反正我以后还有机会呢，”她说，“可以演一个坚强、勇敢的人物，比如简·爱！”

“我希望是这样，希望你自己也成为一个坚强、勇敢的人，不向命运屈服的人，”卢大夫说，“现在就应该稳定情绪，增强毅力，战胜疾病，争取早日恢复健康！”

“我现在不是已经好了吗？您为什么还不让我出院？”

“我巴不得你早点儿出院！”卢大夫脱口而出，这是她的心里话。

没有一个医生愿意挽留病人，医院的床位也不是为健康人准备的，但是，新月的情况……该怎么对她说呢？思索了片刻，她只能说，“根据你的情况，我也不想让你在这里待得太久了，如果没有什么新的变化，一周以后可以让你出院。”

“还要再等一个星期啊？我已经忍受不了啦！”新月着急地说，“您不知道，我们七月份就要期末考试了，我得补课，迎接考试，暑假之后就该升二年级了，这可是一次非常关键的考试！我还从来没有……”

“从来没有当过第二名，我知道，所以你就不必那么着急了，暑假还早着呢，”卢大夫有意把话说得慢慢腾腾，轻描淡写，指指旁边的路椅，“来，你坐下，我们休息一会儿，什么都不要着急，慢慢地来。”

新月顺从地挨着她坐在那张墨绿色的路椅上，心里却忐忑不安：“不着急怎么行啊？我恨不能明天就回学校去！”

“这可不行，”卢大夫微笑着说，“你出院以后，也不能马上去上学，还要在家里继续休养，每个月接受我一次复查……”

“为什么？我已经好了！”新月急得要站起来。

卢大夫按着她的肩膀：“坐下，不要激动。你的身体比刚住院的时候是好多了，但现在还有点儿贫血，营养不良，体质太弱，需要较长时间的休养，不要急着上学……”

“贫血……体质太弱？这算什么病啊？”新月疑惑地望着卢大夫，“您没跟我说真话，一定有什么事儿瞒着我，你们都瞒着我！卢大夫，请您告诉我，难道我的……心脏真的有很重的病吗？”

卢大夫的脸色突然变了：“你这是听谁说的？”

“我妈……可是我不信，不信！”新月恐惧地问，“大夫，这是真的吗？”

“你妈……”卢大夫喃喃地说，她的手忍不住有些颤抖。一个多月来，她精心设计的治疗方案，已经取得了明显的效果，她费尽唇舌稳住了患者的心。却被轻轻的一句话给打乱了，而说这话的人竟然是患者的母亲！这是一个什么样的母亲啊？卢大夫从胸腔、鼻腔中泄出长长的一股气，她愤怒了！

一股冰冷的寒流传遍新月的全身，妈妈的话被证实了，她缓缓地抬起手，擦去鼻尖上的冷汗，茫然地望着这位有着慈母心肠的老大夫："这么说，是真的了！如果是这样，妈妈应该告诉我，您不要埋怨她，她是……心疼我，一时忍不住，才说出来的。您也不应该瞒我，我是多么相信您……"

泪水在卢大夫的眼眶中打转，但是，她不能让泪水流下来，一个医生不需要这种毫无医疗价值的液体！她强迫泪水止住，强迫自己做出轻松的笑容，抚着新月的手，说："好吧，我都告诉你。孩子，你不是对我说你过去常有关节疼的毛病吗？这是一种风湿症，并不可怕。可是，它却给你的心脏带来了一些麻烦，你患有二尖瓣狭窄和轻度闭锁不全……"

"啊？我的心脏……"新月惊恐地睁大了眼睛。

"这也不可怕，"卢大夫说，"我准备用外科手术来矫正它……"

"啊！"新月脸色苍白，双手瑟瑟发抖，"手术？对心脏做手术？……"

"你不要这么紧张，"卢大夫握着她的手，轻轻地抚摸着，"这种手术，国内外都已经有很多成功的先例，我本人也做过多次，是很有信心的！手术之后，你的病就根除了，就是一个健康的姑娘了！孩子，你的前途是光明的，不必顾虑重重！你不是相信我吗？"

"我……相信您……"新月静静地听着卢大夫的话，惊惶的心渐渐平稳了，"那……什么时候做这个手术呢？大夫，既然非做不可，我就希望能……快一点儿！"

"好孩子，谢谢你的配合！"卢大夫的脸上露出了笑容，"我也希望早一些做啊！可是，你的风湿症目前还没有完全控制，而手术必须在风湿活动停止六个月之后才能进行，我希望你——能够给我这个时间！"

"六个月？那我不能参加期末考试了？不能升二年级了？"近在眼前的希望，又变得遥远了。

"不能了。不要慌，沉下心去，听我的话，必须听医生的话！为了保证手术的成功，你应该和我密切配合，养精蓄锐，以逸待劳。我已经和你的班主任商量过了，为了你的长远利益，你应该……”她停顿了一下，却不得不说出了下面两个字，“休学！”

“不，我不休学！”两颗泪珠从新月的一双大眼睛中滚落！

“新月同学……”她的身旁突然响起了一个熟悉的声音。

她抬起头，“啊，楚老师！”

新月和卢大夫都不知道，楚雁潮已经站在她们身后很久了。在规定的探视时间，他早早地领了小牌牌儿，病房里却不见新月，正在为新月收拾饭盒的姑妈告诉他，新月跟着卢大夫“遛弯儿去了”，他才找到了这里。

“楚老师，我不休学，我不休学！”新月仰望着自己的老师，泪水就像断了线的珍珠！

刹那间，楚雁潮被这从心灵深处发出的呼声征服了，他没有力量拒绝这样的请求，在心中酝酿已久的话不忍再说出口而只能收回去了！不，现在无法收回了，卢大夫已经把话说出去了，而她无疑是完全正确的！

“新月同学，”楚雁潮坐在新月的旁边，强迫自己镇静下来，尽量让语调和缓、轻柔，“没有一个教师愿意看到自己的学生中断学业，何况你是一个……很好的学生，”他本来想说：何况你是最优秀的学生，却临时改换了一个词儿，“但这不是我所能够决定的，我们应该尊重科学，科学让我们冷静地看待自己……”

新月沉默了。她的老师还从来没有用过这样严峻的语言和她谈话，她觉得自己仿佛正面对着X光透视荧屏，任何情感也无法影响那上面显示的图形。

“要相信你的老师，他和医生一样对你负责。”卢大夫站起身来，“不要激动，你们慢慢地谈一谈，考虑考虑我的建议。”

卢大夫轻轻地走了，怀着对教师的信任，她自己也做过教师。

“卢大夫比我更了解你，”楚雁潮望着卢大夫远去的背影，对新月说，“过去，我只看到你的长处，你聪明，勤奋，有强烈的事业心，这都是你的过人之处，我忍不住曾经多次赞扬过你；但是，卢大夫使我发现了你的短处，或者说是弱点，那就是：脆弱。你的身体脆弱，情感也脆弱。正因为这样，我们才决定暂时不告诉你真实的病情，等待时机成熟。这是一种善意的欺骗，而欺骗总是不能持久的，现在终于被揭穿了。我觉得，一个人了解了自己的真实情况，不管是长处还是短处，都应该感到幸运，这使我们自知！古往今来，有成就的人首先是自知的。清清楚楚地看到自己的弱点，然后才能克服它，战胜它，把命运掌握在自己手里！这样，不论前面将有什么样的打击和挫折，都不怕了。人生的道路，总是充满了打击和挫折，回避是不可能的！”

初夏的傍晚，已经有些炎热了，楚雁潮的白衬衫卷起了袖口，手臂和脸上渗出了一层汗珠。新月穿着厚布病员服，却觉得浑身发冷，她从来还没有这样冷过，即使在隆冬季节。过去她一直把楚老师看成是一个宽厚的兄长，现在才真正觉得他是严师。严师使她自知，自知使她心冷。她突然感到自己在老师面前显得矮小了。他是那么冷静、沉稳，出色地读完了大学，一面教学，一面执着地投入自己的事业，他成功地缔造了自己，同时也在缔造别人；而她自己，刚刚读到一年级，就……她感到自己和班上的十五名同学相比，也显得矮小了，郑晓京、罗秀竹、谢秋思……这些同学虽然各自都有弱点，但毕竟都是健全的人，有着平坦的前途；而她自己，却是一个病残的人，全力拼搏的比赛刚刚开始，就要在竞技场上落伍了，那个本来已经牢牢地占据的冠军位置，要让给别人了……

“不，我不能退，”她说，“我从来就不给自己留退路！”

“退路当然不太可爱，”楚雁潮笑了笑，有意活跃一下她的情绪，“但也不可避免，有句古语说：‘尺蠖之屈，以求伸也’，退是为了更好地进。比如我，放弃了做专业翻译的机会，当了教员，但焉知我不能在翻译上做出成绩？只是比别人难一些、晚一些罢了。你还年轻啊。

现在还不到十八岁，晚一年有什么？明年你就做完了手术，就自由了，一切从头开始，轻车熟路，会走得更快，更有信心超越别人，而在毕业的时候才只有二十四岁，人生的路很长，你才刚刚开始啊！为了手术的成功，为了将来的事业，牺牲这一年，是值得的！”

“我……我舍不得离开我们的班集体，真舍不得!”新月喃喃地说。仿佛现在就已经和大家告别，觉得依依不舍，她多么羡慕那些命中注定将要跑在她前面的人，多想继续站在他们的行列中，彼此争个高下，但是，却不能了！她还想说舍不得她的老师，但话到舌边，又咽住了，这是她心中极为重要的话，却找不到适当的词句准确地表达。

“当然，同学们也舍不得离开你，”楚雁潮说，似乎有意地把自己排除在外，虽然他一向把自己当成同学当中的一员，特别在此时此刻更是不可或缺的、至关重要的一员，但他仍然不愿意提到自己，这样，他才感到安定、自如，“一起相处了将近一年，大家和你建立了很深的感情，像……兄弟姐妹！特别是那三个女同学，没有你，她们会感到寂寞。”说到这里，楚雁潮突然发觉自己的情绪过于凄凉了，看见新月的眼中闪着泪花，他便立即控制了感情，改换了一种语调，“不过不要紧，分别是暂时的，明年不就又见面了吗？而且，在你休学的时间里，同学们会经常来看你的，经常来！他们会给你带来快乐，一定会的!”

新月眼中的泪花还是垂落了下来，无疑，她相信同学之间的友谊，但是……她望着楚雁潮：“您呢？老师……”

“我当然也会的……”楚雁潮知道那双眼中闪烁着的是信任，是友谊，他的肩上实实在在地感到了它的分量，并且相信自己能承担起来。

“可是，明年呢？明年……”新月的心中有太多的话要说，但要把它完全说清楚，又是困难的。

楚雁潮却完全听懂了，他立即回答说：“明年，我可能还是教一年级，还当你的班主任!”其实，一年以后的工作安排，在他自己心中也是一个未知之数，但他毫不犹豫地这样说了，然后，又补充了一句，“因为我的教龄太短，教一年级比较合适……”

这个补充毫无必要了，前面的回答已经让新月得到了极大的安慰，这也许正是促使她违背自己的性格、做出“以屈求伸”的决定的根本原因，她擦了擦眼泪，露出了不加掩饰的笑容：“老师，我听您的……”

“不，是听大夫的！新月，你变得坚强了，老师喜欢这样的学生!”楚雁潮激动地伸出手去，有力地握了握新月的那只小手。这在新月，在他自己，都有些出乎意料。

这是他第一次握着这只做出了“真正的五分”的试卷的手，这只憧憬着译著生涯的手。这只手纤小，轻柔，显得还太软弱了些……

夕阳衔山，影漫东墙，一刚一柔的两个身影离开了墨绿色的路椅，向病房大楼走去。合欢树的一排排对生叶片，随着暮色的来临，悄悄地合拢了。

一个星期之后，新月出院了。

在家休养的韩子奇，亲自到医院来接女儿，坐着特艺公司的小汽车。看到已经痊愈了的爸爸，新月流下了欣慰的眼泪。爸爸脸上、胳膊上的绷带都拆除了，只留下一点儿浅浅的疤痕，她放心了，把自己的病也忘了。

楚雁潮特地从北大赶到医院。他当然不必为新月收拾东西、办理出院手续，这些事儿有天星和陈淑彦就行了。他是要亲自听一听卢大夫对新月出院之后的医嘱，看一看新月的情绪，一切都按部就班，他才能放心。

楚雁潮和卢大夫一直把新月送上汽车。卢大夫的脸上挂着慈祥的微笑，该交代的都交代了，新月很听话，情绪很稳定，这使她对以后的治疗方案充满了信心。

“卢大夫，再见!”新月跨进车门的时候回过头来对她说，这声音中有依恋，也有欢乐。出院，毕竟是欢乐的，虽然以后还要再来。

“再见……”卢大夫缓缓举起那只曾经挽救过许许多多颗心脏的手。作为一名医生，并不希望和病人“再见”，她愿意所有的病人都健康地和她分手，不再打交道才好，但这个姑娘的事儿还没有完，她等着她，等着她来做一次比一次好的复查，等着那次有可能在明年春天进行的手术，手术成功之后，就可以不说“再见”了。

楚雁潮替新月关上车门。

"楚老师，上来呀!"新月在座位上往旁边闪了闪。

"楚老师,"韩子奇感激地望着楚雁潮，"小女给您添了很多麻烦，请您到舍下……"

"韩伯伯，您不必这么客气,"楚雁潮第一次见到新月的父亲，不知不觉地就显出了腼腆甚至有些慌乱，老人家对他这个晚辈还尊称"您"，使他很不安。但是，现在不是向这位长者表达仰慕之情的时候，他只能说些客套话，"我看着新月顺利地出院，就放心了。回去之后，她需要安静地休息，今天我就不到府上去打扰了，改日再……"

"过几天，您可一定来，噢?"新月说。

"哦，一定，一定，在翻译当中遇到什么问题，我还要找你商量呢！……"楚雁潮扬起手，轻轻地挥了挥。

车子开走了，穿过林荫小径，开出医院大门，往左拐，经东单驶上了宽阔的长安街。

天气好极了，碧空澄澈如洗，紫禁城的红墙黄瓦在骄阳下熠熠生辉，天安门城楼上红旗招展，马路上空悬挂着一道道彩绸的长链，不知刚刚迎接了来访的哪位外国元首。

如果说，新月入院的时候太仓促，太凄惨了，那么，这次的出院却很安然而又很有气派，小汽车在彩旗下飞驰，像迎接贵宾似的。

车子沿着长安街一直开到宣武门，然后拐入槐柏树街，向南驶去……

"博雅"宅门前，韩太太和姑妈已经望眼欲穿。

"新月，我的命根儿！你可回来喽……"姑妈的欢迎仪式是抱头痛哭，好像久别重逢。其实，这一个多月，她三天两头往医院跑，娘儿俩常见面。这个家庭的其他成员也轮番去探视、去照顾新月，家里倒比医院里冷清。

新月俯在姑妈的肩膀上，也哭了，她实在是想家了!

"得，甭哭,"韩太太抹着泪说，"孩子好容易平平安安地回来了，是喜事儿!"

一家人高高兴兴地进了门。

韩子奇出于礼貌，得陪着司机在上房客厅里喝茶，说话儿，别的人就都簇拥着新月进了西厢房。

西厢房里窗明几净，方砖地精心地擦洗过，雕花隔扇纤尘不染，床单是刚换的，天热了，换了薄被子，叠得整整齐齐。为了迎接新月归来，家里是花了一番工夫的。

“还是家好啊!”新月坐在自己床上，发出深情的感叹。

“这都是淑彦给你收拾的!”韩太太笑盈盈地说，“这些日子，家里躺着一个，医院里躺着一个，淑彦两头儿跑，把这孩子累坏了!”

“嗨，这算什么?”陈淑彦扶着新月的肩膀说，“新月把我当成亲姐姐，我还不什么都是该做的? 伯母，您老是这么客气……”

“好，不跟你客气!”韩太太爽快地说，“淑彦啊，你往后就把这儿当成自个儿的家，下了班儿就往这儿来，跟新月住这屋，夜里吃个药啦，试个表啦，好照应着她点儿，比我们这两个不认字儿的老太太强!”

“这太好了，”新月拉着陈淑彦的手，“妈想得真周到，我就愿意让淑彦陪着我!”

“淑彦今儿就甭走了，我这就做饭去，给新月换换胃口，在医院老吃不搁盐的东西，哪儿成啊?”姑妈又要开始奔忙了，说着说着就要往外走。

“哎，姑妈，”陈淑彦叫住她说，“现在您还得少搁盐，大夫嘱咐了……”

韩太太笑着说：“瞧瞧，说话儿真跟个护士似的!”

“我一定当好这个护士，”陈淑彦说，“伯母，您就放心地把她交给我吧!”

“交给你，”韩太太答应得很痛快，“我老了，什么事儿都管不好了，真想把整个家都交给你!”

“伯母，您……”陈淑彦自然听得出这话的意思。

“那就别再‘伯母’‘伯母’地叫了，还不改改口?”姑妈笑着说。

新月会意地笑了，拉着陈淑彦的手说：“快，快叫‘妈’!”

陈淑彦脸一红，低下了头，她现在还叫不出来。

大家都忘了外间屋里还站着个“徐庶进曹营”的天星，这时他扭头就往外走，红着脸，耷拉着脑袋，丢过来一句话：“刚出院，扯什么淡！”

西厢房里的这娘儿几个，忍不住全笑了！

当天晚上，陈淑彦就跟新月住在西厢房了。

新月吃过了药，两人就躺在床上，说着悄悄话。

“哎，淑彦，你跟我哥谈得怎么样了？”

“谈……谈什么呀？”

“谈你们俩的事儿呀！”

“没……没谈过，我跟他总共没说过几句话，谈的都是你的事儿。今天去办出院手续，他把药、收据都递给我，说：‘拿着！’我就接过来。他说：‘走吧！’我就跟着他走。”陈淑彦平静地回忆着，她和天星之间，似乎也仅此而已。“在观察室守着你的时候，说的也都是你……”

“说我什么？”新月问。她还从没听过哥哥谈论她，哥哥是个内向的人，什么话都不说，可他心里什么都有数。新月很想知道自己在哥哥心中到底是什么形象。

“哦，也没说什么，”陈淑彦说，她想起那天晚上天星的反常情绪，反复地说“苦”啊“苦”的，让人也听不明白，显然不宜如实告诉新月，就收住了嘴，随便扯开去，“他说你从小又聪明，又可爱，是父母的掌上明珠……”

“嗨，你们说这些干什么？”

“那你说，我们还能说些什么呢？”

“说说你们之间的……爱情呀！”新月压低声音说。如果不是只当着知心女友的面儿，而且屋里没开着灯，那个词儿她是羞于出口的。

“爱情？”陈淑彦喃喃地说。如果开着灯，新月一定会看到她的脸是红的，“长这么大，还没有人跟我谈过……爱情，你倒是跟我说说，到底什么是爱情啊？”

“我……我也说不清楚。”新月轻声说。的确，让一个少女对她缺乏亲身经历的人生大事下一个明确的定义，是困难的。“大概，就是两个人有共同的爱好、共同的追求，相互了解，相互信任，相互依靠，相互支持，谁也离不开谁吧？”

“哦。这么说，我和你哥，好像又有又没有……”

“嗯？”

“你想，他印他的票子，我站我的柜台，这有什么共同的爱好和追求啊？何况，我们虽然早就认识，真正接触、了解却很少……可是，我一看他对你那么亲、那么疼，就又觉得：怎么这个人跟我一样啊？两人就好像又靠近了一层似的……”

“那是我把你们两颗心连在一起了？我真高兴！淑彦，我们以后永远生活在一起，多好啊？告诉你，我哥这个人呀，天下少找，他要跟你好，就把心掏给你！”

“嗯，我也看得出，他是个好人，大好人！”

……

上房东间的卧室里，韩太太和衣躺在床上，也在思考着儿子的这档子事儿。陈淑彦的那一声“妈”虽然没好意思叫出来，韩太太的心里已经尝到了那份儿滋润。

“他爸，你还没睡着吧？”她坐起来，朝那边儿问。

“没呢！”韩子奇在西间答话，有气无力。

他们俩还是各据一室。自从韩子奇出院回家，这个规矩其实就已经打破了。那天，儿子和司机把他搀下汽车，进了家，就把他扶上了上房东间的大铜床，他无法争辩，就没说什么。况且，开头几天，妻子根本就不让他下床，服侍得极为周到，姑妈、天星和陈淑彦也进进出出，吃药、吃饭、喝茶都在床上，公司里还不断有人来到床前问候，他需要照顾，也需要面子，当然不可能躺到书房里的沙发上去养伤。这使韩太太很为欣慰，十几年中拉开的距离，仿佛又靠近了。她又挨在丈夫的身边了。“少年夫妻老来伴儿”，这把年纪，当然也只是“伴儿”了，人本能地害怕孤独，需要伴侣，韩太太绝不可能例外。这场无妄之灾，使她更加深切地感到丈夫在这个家庭的重要性，感到对一旦失去丈夫的恐惧，也就唤起了她对丈夫的深情；这场灾祸也成全了她，使她朝夕守在床前，尽一个“老伴儿”的责任，而不必躲躲闪闪，老是怕儿女窥见他们之间的裂痕了。但这种局面没有维持多久，当韩子奇停了药，并且完全不需要别人服侍的时候，他就又固执地搬回西间的书房了。韩太太的阻拦毫无作用。“我清静惯了。”“我听见你打呼就睡不着。”“我晚上爱躺着看书，不愿意影响你。”这些当然都是托词，韩太太还能不明白吗？“唉，到底还是暖不过你的心来，夫妻情分是一点儿都没有了！”她哀叹，但也仅仅是哀叹而已，于事无补，一切又恢复了原状，甚至连原状都更不如了，除了今天接女儿出院，他没见过丈夫的笑脸儿。

唉，随他去吧，反正十几年来，甚至几十年来，韩太太已经摸透了他，这个韩子奇，也并不是她事事处处都可以掌握的。管得了人，也未必就能管得了心啊！

现在，韩太太不再去想这些了，她有事儿得跟老头子商量，叫了一声，听听没有过来的意思，就只好主动走过去，进了他那书房的门。心说这回可不像你上那边儿求我，是我反过来求你了！

“什么事儿啊？”韩子奇心不在焉地问。他并没躺在沙发上，而是坐在椅子上，就着台灯看书，手里拿着一本《内科概论》。

韩太太当然不认得那是什么书，就坐在沙发上，赔着笑脸儿说：“女儿回家了，你也有心思瞅闲书了？”

“哼，闲书？”韩子奇神色抑郁地说，“我以后可就再也闲不了喽！”

“嗨，可不？我这心里头也不是一档子事儿，”韩太太顺着话音儿说，“我想跟你商量商量，天星跟淑彦的事儿，早点儿办了得了！”

“什么？”韩子奇把书放在桌子上，“新月还病着呢，刚出院，你倒急着要办喜事儿？你哪儿来的这么多喜啊？闲心倒真不小！”

“说得是啊，新月的病，我也是着急，”韩太太说，“可是，这病来如山倒，病去如抽丝，就慢慢儿地养着吧，急也没用。不是说，那手术得明年才能做吗？难道她哥的事儿也非得等到那时候不成吗？天星都二十六了，明年就二十七，也不能老耗着。按说，我心里也是乱，今年是太不顺，你摔着，新月又得病，咱们怎么这么大的‘鼠霉’(不幸)呢？我是想破破这个灾，喜事儿办得热热闹闹的，把晦气都冲干净!”

韩子奇阴沉着脸，默默不语。他不知道妻子想出这个“冲喜”的招儿，是出于愚昧，还是真浑?

韩太太见他不说话，以为这话他听到心里去了，就说：“我看，就这么办吧，该准备的，就得及早准备了，省得到时候抓瞎，反正钱是预备出来了，我算计着，够花的……”

“钱，钱!”韩子奇心中腾起一股怒气，把拳头砸在桌子上！这钱，是什么钱啊？那只乾隆翠珮又在他眼前晃动，十几级水泥台阶也在眼前晃动，一场灾难就是由此而起！他甚至怨恨自己为什么摔而未死，还要亲眼看着用他的命换来的钱大办喜事？但是，这些，他不能说，不能让妻子知道更不能让任何人知道他这次摔伤和那只翠珮有着多么直接的关系，他必须永远保住这个秘密，而这又让他太痛苦了！“钱，你只认得钱!”他无力地说，但这并不是他的本意。夫妻之间到了不能说真话的地步，他也就不想多说了。

“没有钱，那还不是什么事儿都办不成?”韩太太自然只是认为他心疼钱，倒又对他劝解，“钱是你的，花在你儿子身上，也是该当的！为儿女嘛，有什么法子?”

“为儿女?”韩子奇冷冷地看着她，“你的心全在儿子身上了，哪儿还想着女儿？新月现在正是什么时候？你不是不知道，刚上了不到一年学，就让病给拉下来了，下一步是好是歹还不知道，你倒跟没事儿似的，把娶儿媳妇看得比人命还当紧!”

“什么？你说这话屈心不屈心，为主的知道!”韩太太一脸的委屈，“我把淑彦娶过来，也是为了新月啊!”

“为了新月?”韩子奇觉得这简直是天方夜谭，“是给她娶的?”

“嗨呀，男人的心就是粗！你没想到，新月休了学，在家待着，多闷得慌？淑彦是她多年的学伴儿，往后俩人常在一块儿，说说话儿，宽宽心，早晚的有个照应，可比咱们强得多！……”

“这倒也有道理……”韩子奇的口气不觉也缓和了。

“这不，我今儿一说把淑彦留下，姐儿俩都高兴……”

“唔!”韩子奇沉吟着说，“不过，这样也不是长久之计，人家是个没出嫁的姑娘，也不能长住在我们这儿……”

“说得是啊，天星也是这么说！”

“天星？他是什么意思？”

“他呀，”韩太太现在不慌不忙了，“刚才，吃过晚饭那会儿工夫，我到东屋里问天星：‘你瞅，有淑彦陪着你妹妹，多好？’他说：‘好是好，就怕外头说闲话，对不起人家。’我就又说了：‘反正你们俩也认识不是一天了，又都瞅着顺眼，咱就不耗着了，早点儿把她娶过来倒踏实！’……”

“天星说什么？”韩子奇现在倒着急了。

“他呀，不会说个话，红着脸，磨磨叽叽，半天才说：‘您跟我爸商量商量，要是你们都觉得合适，就看着办吧！’……”

“这不成，”韩子奇说，“得听他本人的意思……”

“是啊，我也是要他这句话，他脸皮儿薄，可我也瞅出他的意思了，再三追问，他就跟妈说了实话儿了：‘她对我妹妹挺好的，我……愿意娶她！’你听，这不就齐了吗？”

“天星真是个好孩子！”韩子奇长长地舒了一口气，“既然都说好了，那就不要拖！先让他们登了记……”

“那是当然的，”韩太太认真地说，“还得照老规矩正经地‘放订’，赶明儿我就去跟她妈合计合计，虽说是自个儿搞上的对象，也得找个‘古瓦西’，明媒正娶！”

韩子奇清瘦而疲惫的脸上，微微露出了一些笑意，他感谢妻子的这个一举两得的设想，娶了陈淑彦，既了却了天星的终身大事，也使得新月在寂寞难耐的休学养病期间有了知心的朋友陪伴，对她是会大有好处的，这正是《内科概论》里所说的极为重要的“精神疗法”！

可怜天下父母心，这一对老夫妻经过了长期的感情隔膜，经过了前面的一场大难，心灵中似乎又找到了某种一致的东西。为了儿女，两位年近花甲的老人又开始奔忙了，买“订”礼，买衣物，买家具，买婚礼必备的一切。古老的“博雅”宅，已经冷清了那么多年，没有办过一次喜事儿，现在忽然喜气盈门了。这件大喜事儿一定要办好，办得热闹、红火，把晦气都冲走，愿真主赐给韩家的儿女以健康和幸福！也许这是一个吉庆的、美好的开端，往日太多的不幸，都从此结束了！

哈哈爱兮爱乎爱乎！
爱青剑兮一个仇人自屠。
伙颐联翩兮多少一夫。
一夫爱青剑兮呜呼不孤。
头换头兮两个仇人自屠。
一夫则无兮爱乎呜呼！
爱乎呜呼兮呜呼阿呼，
阿呼呜呼兮呜呼呜呼！

燕园备斋的那间小书斋里，楚雁潮还没有译完这首难懂的歌。难懂并不是不懂，不懂便无动于衷，难懂则诱惑着你去思索，去理解，欲罢不能。他似乎理解了，那青剑的冷光，那头颅的热血，攫住了他的心；那手执青剑、飘忽不定的黑色人——他想象中的“父亲”，“我的魂灵上有这么多的，人我所加的伤，我已经憎恶了我自己！”那古怪的话语搅扰着他的心；那苍凉悲壮的歌，正是从心中发出的，却又说不出，唱不出，写不出！

“写不出的时候不硬写”，他记起了鲁迅的话。这篇稿子，他已经放下很久了，两个多月来，他很难再在业余时间集中精力投入译著，很难“硬写”了。可是，外文出版社的编辑却像索命似的催稿，说不必等他把鲁迅的小说全部译完，只要赶快把八篇《故事新编》完成，就可以先出一个单行本了，大三十二开，布面精装，请名画家配上精美的插图。这是外文出版社今年的重点书目，发行全世界！对一个立志于笔墨耕耘的人来说，还有什么能比这更富有诱惑力和煽动性吗？楚雁潮做了多少年的梦，就要开始变成现实，这是他第一次接受出版社的约稿，是他的第一本书，在漫长的译著生涯中，这将是他的第一个里程碑，他将从这里走向未来。他所倾心的事业，正以辉煌灿烂的光环，吸引着他拼尽全力向前扑去，他还会有丝毫的犹豫、片刻的停顿和一向为他所鄙视的畏葸不前吗？还会对热心地为他做嫁衣的编辑进行推托和设置任何障碍吗？但是，等米下锅的编辑又哪里知道，正在艰难地“铸剑”的楚雁潮是怎样的心境！

他还在铸着另一把剑。和干将、莫邪一样，铸剑的人，是爱剑如命的，精心地锻造，精心地淬火，精心地拂拭，炽烈的眼睛注视着手中的剑，盼望它炉火纯青，成为天下第一剑，所向无敌。干将、莫邪铸剑，三年而成，可是他呢？还不到一年，却……

“哈哈爱兮爱乎爱乎！……”

新月离开学校已经两个多月了，休学也已经一个月了，在这些日日夜夜，她的老师心中，经历了怎样的感情风暴！新月是接受了他的劝告才决定休学的，并且由他亲自到教务处为她办了休学手续。新月是他这个班里最优秀、最有前途的学生，而从今之后，却再也不属于这个班了。去年，迎接她的是楚雁潮；今年，送走她的也是楚雁潮。一迎一送，有天壤之别，作为一名教师，他要忍受怎样的痛苦！新月休学之后，他每个星期都要抽出时间去看她，让她感到，她并没有离开老师，并没有离开学校，并不是一只离群的孤雁，鼓励她安心休养，积蓄力量，以待明年飞返燕园。每次去看新月之前，他都要像备课一样仔细想好谈话的内容，避免万一言语不慎，刺激了她的情绪，引起病情变化，这在习惯于直抒胸臆的楚雁潮是很困难的。他决心这样继续做下去，直到明年的手术成功，新月重新回到学校。等待是漫长的，必须小心翼翼地走过去，走过去。从目前的情况来看，虽然新月的情绪还比较稳定，出院后的第一次复查，几项主要指标也趋于正常，风湿活动已得到控制，但卢大夫却并不是很乐观，她需要的是长期的稳定，为施行手术准备好必要的条件，在这之前，如果病情出现反复，将是极为不利的。谁又能绝对保证避免可能出现的反复呢？谁也不能，再高明的医生也不敢向病人做出百分之百的许诺，病魔是无情的，它不遵守任何协定，随时都可能肆虐逞凶，况且它现在附着在一个缺乏抵御能力的女孩子身上！

楚雁潮的思绪跑远了，他不能再安心译著了，关上了桌上的台灯，让疲劳的眼睛和头脑避开这强光的刺激。

窗外，榆叶梅的枝叶在夜风中摇曳。啊，这就是那株小树，它曾经因为病弱瘦小被连根拔掉，弃置路旁，濒临死亡，现在又活得多么健康，多么富有朝气了。为什么经过严格挑选的好苗韩新月却遇到了那样的灾难？蓓蕾还没有绽开，花枝就被折断了；折断了还能不能重新接上？问谁？问“园丁”？“园丁”能回答吗？

屋里太闷热了，他打开门，走出宿舍，走出备斋，在混浊的夜色中，沿着楼前的小路，跨过石桥，踏上小岛。小岛默默不语，未名湖默默不语。天空一片昏暗，没有星星，没有月亮。空气是湿的，夜风是热的，让人透不过气，也许是夏天的暴雨就要来临吧！夜色中，苍翠的树木，璀璨的花草，都失去了光彩，像重重黑云压在湖岸上，向他包围过来。在闷热的夏夜，他突然感到一股冷气侵砭着肌骨，不再看周围那些黑幽幽的怪物，低下头，步履迟缓地走回去。黑暗中，一块坚硬的东西挡住了他的去路，他蓦然站住了，辨认出那是一块石头，是小亭旁边的石阶。这是石阶最低的一层，要登上小亭，纵览全湖景色，踏上这块石阶是第一步。漫长的事业之路，新月已经迈出了第一步，可惜，也只是第一步，就停下来了。记得去年秋天，她曾经坐在这块石头上，思索着事业，思索着人生。她倔强地说：“人的灵魂是平等的！”是的，一点儿没错，人和人是平等的。人和人的区别，在于为发掘和体现自身的价值所做出的努力，而不在人的本身。基督徒相信：在上帝面前人人平等；唯物主义者认为：在真理面前人人平等。但是，现在又钻出来一个病魔，为什么人和人在病魔面前却不能平等？在这个世界上，不乏尸位素餐的人，穷凶极恶的人，阴险伪善的人，醉生梦死的人，为什么病魔却偏偏绕开他们，去加害一个纯洁、善良而又柔弱的姑娘？

黑暗中，他看见了那双纯真无邪的大眼睛，在看着他，问他：“楚老师，我的生日那天，您可一定来哦？”他回答：“当然，一定来！”她笑了，又叮嘱：“把译好的《铸剑》也带来……”啊，《铸剑》……

又见新月，弯弯的，尖尖的，不等落日余晖完全隐没，已经出现在西南方向绯红色的天空中了。

一家人都集聚在餐厅里。

餐厅的正中，摆着一个精致的圆形纸盒，韩子奇慢慢地打开盒盖，一只雪白的大蛋糕出现在新月面前，上面用红色的奶油沥成一行英文字：

Happy Birthday!

“哦，爸爸……”新月喃喃地叫了一声。

“这是爸爸特为你从友谊商店订做的，专供中东外宾的清真蛋糕。去年的生日，唉……今年一定补上，这样，爸爸才安心。”韩子奇垂着眼睑说，并没有炫耀地看着女儿。做父亲的，永远也不必向儿女炫耀恩惠，何况，他做得还太少了。对于新月，他总是充满了愧意，而这种愧意，他不能用语言表达，也不能用眼神流露，所以，他不敢让女儿看他的眼睛，怕她透过父亲的笑容，看到埋藏在里面的深深的痛苦。他低着头，把小小的蜡烛一支一支插在蛋糕的边沿上，那神情，仿佛是年轻的时候精雕细刻一件心爱的玉活儿。每插一支，他嘴里都轻轻地数着：“一，二，三……”最后一支插完了，“十八，”他收回了手，两只手攥在一起，喃喃地说，“我的女儿，十八岁了！”

韩太太笑笑说：“瞧你爸爸，跟老小孩儿似的，哄着你玩儿呢！”

姑妈从厨房里跑过来，瞅了瞅说：“嗨，你们弄的洋玩意儿？我那边儿把吃面的卤都打好了！”

“就甭管洋的、土的了，都是讨个吉利，只要孩子喜欢，咱们就两样儿都掺和着来！”韩太太宽容地说，和去年今日相比，她似乎想得开多了。这当然是因为新月的病，但还有一个原因：既然是特为订做的清真蛋糕，虽是“洋玩意儿”，也能够接受了。

“哎，姑妈，”陈淑彦从桌旁站起来，跟着姑妈往厨房走，“那卤，您搁的盐多吗？”

“放心吧！”姑妈笑着说，“我就是把自个儿姓什么都忘了，也忘不了新月忌盐！这卤啊，我做了两样，新月的口轻，大伙儿的口沉！我还特意把卤多做了好些，街坊四邻，甭瞅平常日子没什么来往，我这回也得都给他们送点儿去，让他们都吃吃我们新月的长寿面！”

新月的心里升起一股暖流，姑妈的心和她是紧紧地连着的。

坐在旁边的天星，还一直没吭声儿。他今天回来得比哪天都早，还特地理了发，进门就钻到东厢房去，换了件新的白衬衣。这会儿，他抬起头对妹妹说：“新月，我送你一样东西……”

“哥，你可别再给我钱了，”新月想起上次过生日，哥哥给了她二十块钱，就说，“我现在反正……”话说了一半，忽然又住了口，现在不上学了，用不着钱了，这是她不愿意正视、不愿意说的。

“不是钱，”天星赶快说，妹妹心里想的是什么，脸上就能带出来，他一看就明白，生怕她再说出伤心的话来，就把兜儿里的东西拿出来，递给新月，“给你个小玩意儿！”

“啊，这倒是真好玩儿！”新月接过去，爱不释手，“淑彦，你看！”

陈淑彦凑过来，“呀！这真是好东西呢……”

韩太太一愣，韩子奇也一愣！那是一只青翠欲滴、晶莹剔透的翠如意，是天星小时候挂在脖子上的吉祥物，它让人一见，猛地就像倒退了二十多年！不，二十多年早就过去了，天星都已经二十六了嘛！

“这东西……你还留着呢？”韩子奇喃喃地说。

“留着，我给新月留着呢！”天星说，“今儿就给她了！”

韩太太不悦地看了天星一眼，说：“你送她什么不成啊？偏把这个给她？这是你小时候过生日戴上的‘长命锁’，得留着传宗接代呢！”

“什么‘传宗接代’？”天星瞪着眼说，“我宁可断子绝孙，也希望新月万事如意！”

陈淑彦在旁边红了脸，这话让她没法搭茬儿。

“你胡说什么？”韩太太生气了，“你凭什么‘断子绝孙’？”

姑妈赶紧跑过来：“哎，哎，天星这孩子，好话也说得不中听，他的意思……”

“哥，我不要了！”新月把那只翠如意又递回去，妈的话刺了她的心了，听听，妈过去给哥哥过生日多隆重啊，还有“长命锁”，我怎么没有啊？既然是哥哥的东西，就还给哥哥吧，我可什么都不想跟哥哥争，更不能让他断……

好好的一个生日，眼看着搅得不成样儿了，韩子奇心乱如麻！

“拿着，拿着！”姑妈比谁都着急，又比谁都善于圆场，她不等天星说话，就按住新月的手，笑呵呵地说，“听见没有？你哥盼着你万事如意！好，好！这话顶是吉利了，你呀，就借你哥的那个皮实劲儿，瞧他，壮得跟头牛似的！”又瞅着韩太太说，“新月她妈，你说是不是？”

“呃，我倒没往这上头想，”韩太太见姑妈已经说到这儿，就只好下台阶儿，“新月，你就接着这个如意，赶明儿也长得像你哥这么壮，妈才高兴呢！”

陈淑彦听着不禁笑起来，她弄不清楚那只翠如意该属于谁，也不便插嘴，只是觉得如果新月壮得像天星，简直不可思议，可乐！这一乐，餐桌上的不愉快气氛就被冲淡了，重新活跃起来。

韩子奇唯恐在今天败兴，就打起精神，说：“新月，拿着吧，你哥给你的，也就是你爸、你妈给你的！瞧瞧，老坑儿，玻璃种，水汪汪的，难得！最可心的是‘如意’这俩字儿，正是全家对你的心愿啊！”

新月捧着那只翠如意，感激地看着爸爸，看着哥哥。

韩子奇欣慰地笑了：“来，点上生日蜡烛！”

“哦，等一等，”新月说，“楚老师还没到呢……”

“噢？”韩子奇沉吟着，“老师那么忙，不一定来了吧？”

“不会的，”新月执意要等，“他说来，就一定会来！”

“这……眼瞅着天就要黑了，面得等到多会儿才能煮哇？”姑妈急于显示她的手艺，有些沉不住气了，她甚至在心里埋怨这个老师怎么什么事儿都来裹乱？当然，这话不能说，她可不打算在这个时候招新月不高兴。

门响了，陈淑彦跑去开门，来的正是楚雁潮。

“楚老师！”新月快活极了。

“楚老师……”所有的人都叫他“楚老师”，好像他是大家的老师。

“韩伯伯，韩伯母……”楚雁潮彬彬有礼地和所有的人打招呼，没有为人师表的架子，好像他只是新月的一名普通的同学。现在不是在英语课堂，也不是在他的小书斋，而是在新月的家，面对着新月的父母和亲属，他不像平时那样自如，而有些拘谨，“新月同学，祝贺你的十八岁生日！同学们都……”

“谢谢楚老师，您请坐！”韩子奇对他十分客气，陈淑彦赶紧把椅子往他跟前挪了挪。

这一让座，就把楚雁潮说了一半的话给打断了。他本来想说：同学们都在准备期末考试，不能来参加你的……现在一想，不妥，考试的事儿最好不要提。他把手里的东西放在旁边的空椅子上，说：“我代表全班同学来看你，同学们还让我带给你一点心意……”

他拿出一个纸卷儿，新月实在想不出那是什么。

楚雁潮把纸卷儿展开，那是一张从荣宝斋买来的洒金笺，上面用毛笔字工工整整地写着：

> 既来之，则安之，自己完全不着急，让体内慢慢生长抵抗力和它做斗争直至最后战而胜之，这是对付慢性病的方法。
>
> 恭录毛主席为王观澜同志题词，赠韩新月同学。

下面是十五位同学的签名，郑晓京签在第一个。一看那熟悉的字迹，新月就知道这是 monitor 的手笔，也只有她才会想出赠送这样的生日礼物，不知从哪儿抄来了没有收入《毛泽东选集》的这段话。

一家人都围过来看，新月轻轻地读着上面的字句，为同学们真诚的心意激动了。

“噢！”姑妈听了，颇感到荣幸，“敢情毛主席也在惦记着我们新月呢，都捎信儿来了？瞧瞧！”

这话把大家都逗笑了。

楚雁潮把一个大硬纸盒小心翼翼地放在桌上：“新月同学，这是我给你的……”

“楚老师也给我带来蛋糕了？”新月高兴地问。

“这怎么好意思？还让您破费了……”韩太太连忙表示谢意。其实，如果这蛋糕不是清真的，还得请他拿回去，但客气总是需要的。

“不，”楚雁潮腼腆地说，“我这东西，不是买来的……”

他打开那个大硬纸盒，是养在笔洗里的那棵巴西木。

“啊，太好了！老师把他最心爱的东西送给我了！”新月的兴奋远远出乎韩太太的意料。

大家都来观赏这株绿色植物。噢，是一盆花儿呀？是的，一盆并不娇艳的“花儿”，而且不是用钱买来的，严教授送给了楚雁潮，楚雁潮又送给了韩新月。各人都可以凭自己的眼睛去估量它的价值，但要估量得准确，恐怕也很难。

紫色的瓷笔洗里一汪清澈的水，一段被齐齐地锯断的短木，没有土壤，没有肥料，它竟然神奇地活下来了，活得那样好！柔嫩的幼芽，它的力量能够穿破粗硬的树皮，倔强地往上长，往上长，一股蓬蓬勃勃的朝气，谁也不能阻挡。现在，新枝更茁壮了，绿叶更葱茏了。巴西木，生命的神木；巴西木，青春和力量的化身。楚雁潮全部的心意，都在这里面了，他不必做任何解释了。

“谢谢，谢谢楚老师，”韩子奇说，他感到了这位年纪轻轻的学者不愧为人师，给新月带来了力量和希望，“韩退之说：‘师者，所以传道授业解惑也。’新月得遇这样的良师，真是不胜荣幸了！”

“不，韩伯伯，”楚雁潮谦逊地说，“是您的家教好，新月同学将来一定会做出成就的，她很自强，心中有远大目标……”

新月抚着瓷笔洗，双眼望着她的老师，在老师身上，她看到了自己的明天！“老师，《铸剑》的译文带来了吗？”她突然问。

“哦，带来了，昨天晚上才赶出来的！”楚雁潮从提包里取出一个牛皮纸大信封，递给新月，“你是我的第一个读者……”

新月迫不及待地就要抽出里面的稿纸，楚雁潮微笑着拦住她：“以后再看吧，现在，先给你过生日啊！”

“好，快点蜡！”陈淑彦快活地嚷道，把火柴放在桌上。大家都围坐在餐桌周围，一片欢乐气氛。

“嗯……”新月拿起火柴，“那就请……”她激动地看着那一张张熟悉的脸，最后，目光停住了，“楚老师是今天最尊贵的客人，请您给我点燃生日蜡烛，好吗？”

“我？”楚雁潮犹豫了一下，但并没有推辞，他伸出手去，接过了火柴，轻轻地划着了，一朵火焰在他眼前跳动，跳动，他的手微微有些颤抖，举着这朵跳动的火焰，点燃了第一支蜡烛，然后，再用它去点第二支，第三支……

第十八支蜡烛也点燃了，十八朵火焰在跳动，在闪烁，十八颗金星映在新月黑亮的眼睛上。新月望着燃烧的蜡烛，望着向她祝福的亲人，望着她的老师，眼中闪烁着晶莹的泪花。十八岁了，过去的十八年，就这样送走了，她生命的第十九个年头，又开始了。在她的面前，有黑暗，也有火光；有灾难，也有希望。

服过了临睡前的药，陈淑彦就催着新月躺下了，她怕新月太累。本来她想把新月换下来的衣服趁晚上洗了，可是都被姑妈收走了，连她的一块儿收的。姑妈对她们俩一样地疼。陈淑彦无事可做，就熄了灯，躺在新月身边。

淡淡的月光透过窗纱映射进西厢房，朦朦胧胧可以看见写字台上的那盆巴西木。新月把它摆在这个房间里最重要的位置上，还换了清水，青翠的叶片散发着清香，仿佛给七月的夜晚带来了一缕凉风。

“这会儿，楚老师已经回到学校了吧？”新月像是问陈淑彦，又像是自言自语。

“早该到了，你就别替他着急了，一个男人家，怕什么？”陈淑彦说，“哎，你们这位楚老师，对学生可真好！”

“那当然，他是我的老师嘛！”新月喃喃地说，心中充满了欣慰与自豪。

“得了，老师跟老师也不一样，瞧我们在中学时候的那个班主任，没给过我一回好脸儿，也不知我哪辈子该了他的账……”

新月没说话。她想不起来过去的班主任对淑彦怎么不好，也许是淑彦因为出身不好总在疑心别人歧视她？对这个问题，新月愿意避开不谈，她不想刺激淑彦再想过去的烦恼。

陈淑彦却只顾说下去："本事不大，架子不小，哪儿能跟楚老师比啊？瞧瞧人家，说出话来就显得那么有学问！"原来陈淑彦也并非和过去的老师有多大的仇，只不过是拉出来和楚雁潮做一番比较，同是班主任，这一比就差远了，"人比人，气死人！"

"不能这么比，"新月笑笑说，"楚老师是北大的高才生，严教授的得意弟子，名师出高徒啊！"

"哦，看得出来，一定是个尖子！年岁不大，就那么沉稳、成熟！他今年二十几啊？"

"二十……"新月一口答不上来，想了想说，"他二十四毕业的嘛，今年二十六了，呀！"她突然大惊小怪地拍了陈淑彦的手一下，"他跟我哥同岁！"

"跟他同岁？"陈淑彦一愣，不觉又在心里把天星拉来和楚雁潮比较，"这两个人，可太不一样了！"

"我不是跟你说了嘛，不能乱比！"新月不愿意把哥哥和楚老师比较，这两个人，都是可亲、可敬的，都对她非常好，在她的心目中，有很多的共同之处，如果一定要找他们的不同……"其实他们只是气质不同罢了，要是论长相，我哥也可以算是美男子！"

陈淑彦扑哧一笑："瞧瞧向着他劲儿的，我又没说你哥长得丑！急什么？有这样的妹妹护着，谁也不敢说韩天星半个'不'字！你倒是跟我说，这俩人气质怎么不一样？"

"我哥朴实、憨厚、倔强；楚老师深沉、文静，还有一股外柔内刚的韧劲儿！"新月说。她还是第一次对别人的气质下评语，但对这两个人，她自认为都很了解，因而评语也很得当。

"这气质……"陈淑彦琢磨着她的话，朴实、憨厚之类虽然也都是褒义词儿，但又总觉得不如深沉、文静更令人神往，这在一个待嫁的姑娘心中引起的躁动，别人也许是难以觉察的，即使像新月这样的知心女友，也未必完全知道她在想什么，因为新月毕竟是天星的妹妹，而且兄妹之情是那么深。陈淑彦自己也说不清楚心中是一种什么情绪，竟说了一句无可奈何的话："人为什么会有不同的气质啊！"

"这恐怕是天生的，"新月说，"'江山易改，本性难移'，人的气质是与生俱来的，当然，家庭、学校和社会环境的影响也很重要，从小被遗弃的王子也会成为一个熟练的农夫。”

“楚老师家里是干什么的?”

“他妈妈是个教师……”

“噢，怪不得，人家是教育世家、书香门第!”

“不过，他当老师倒不见得是受了家庭的影响，而是因为学校留他，我们这些学生需要他,”新月说，“他本来是要去从事专业的文学翻译工作的！不过，这并不妨碍他照样能成为一个出色的翻译家，他有恒心，有毅力，又有那么渊博的知识，深厚的文学修养！……”

“哦，刚才拿来的稿子，就是他翻译的吗?”

“是啊，他的书，今年年底或者明年年初就可以出来了。”

“啊，真了不起,”陈淑彦不禁赞叹，“我以前还从来没有认识过著书立说的人!”

“你现在不就认识了吗?”新月说，“等书出来，我请他送你一本儿，怎么样?”

“哦，不,”陈淑彦却说，“我又不是……我不要，他送给你，我看看就行了。”

“你可真是的,”新月笑了笑，“用不着对他敬而远之，他这个人挺随和的！课上是老师，课下和同学们就像朋友，什么都谈，谈他的老师，谈他的学生时代，谈戏剧、电影、音乐，当然，谈得最多的是文学，他最爱的是文学，许多中外文学名著，他都熟悉极了，有的甚至能背下来！……”

“能背下来?”

“嗯，你不信?”

“信，我哪儿能不信呢，你说的，我都信……”

新月好像唯恐她不信，还是滔滔不绝地说起来，因为说起这些，她心中十分愉快，好像又回到了燕园……

“有一次，我的一本英文版《拜伦诗选》，被同学们传来传去，找不到了，我真是可惜死了，这本书是好不容易才买来的，书店里都没有了，那几天心里烦得很，正在湖边转悠，碰到了楚老师。他一听我丢了书，惋惜地说：‘我这儿也没有了，不然就可以送给你了。怎么办呢？还是让我想办法给你补偿吧！’……”

“补偿？他怎么补偿？”

“背给我听！”

“啊？”

“你不要觉得奇怪，他是完全做得到的。因为拜伦是他所偏爱的诗人，他太熟悉了。他说：拜伦的诗和拜伦本人一样，是天地精灵的化合，是造物主对人类的特殊赐予，读他的诗，就可以感到他胸中的激情，就像炽热的熔岩从火山中喷发，像汹涌的波涛冲击着海岸！他佩服拜伦的‘才气大，力气大，口气大’，说没有这三‘大’，就不可能成为大家！……”

陈淑彦听傻了！

“我们就在湖岸上慢慢地走着，走着，他把那本书里的诗一首一首地背给我听，”新月闭着眼睛，仿佛真的正在未名湖畔漫步，“他先用英语，然后再用汉语，是我们的严教授翻译的。他已经不是背诵，那是诗句的泉水自然地涌流：

海黛没有忧虑，
也不要对天盟誓，
因为她从未听过
谁会欺骗一个纯情少女，
或者
结合还需要诺言的仪式；
她像一只小鸟真诚而无知，
快乐地飞向自己的伴侣，
从未曾梦想到中途变心，
所以不必提忠贞二字。
……
天地和大气是这样舒适，
海黛和唐璜没有想到死，

不要抱怨时光，
只怕时光流逝，
他们是一对无可指责的情侣；
相对而视，
每人就是对方的镜子，
蕴藏在眼底的无限深情，
化作闪闪发光的宝石。
……

“他就这样给我轻轻地朗诵，把我心里的烦恼冲走了，把遗憾弥补了，我甚至庆幸丢了那本书，才意外地得到了这么丰厚的补偿！……”

新月喃喃地诉说着，往日的情景，清晰地浮现在眼前，那不是梦，那是真真切切的现实，是她亲身经历过的，永远也不会忘的。十七八岁少女的心，纯净得像一面镜子，印在上面的影像，将会记一辈子……

陈淑彦听得醉了！

不知道在什么时候，这一对知心姐妹的娓娓夜谈停止了。陈淑彦睡着了，她梦见了天星，她逼着天星给她背诗，两人差点儿打起来……

深夜，韩子奇一觉醒来，发现西厢房窗口那早已熄灭的灯光现在竟然又在亮着，就走出上房，来到西厢廊下，轻轻地问里边：“新月，淑彦，你们怎么还不睡？别熬夜，千万别熬夜！”

里边灯光亮着，却没有人应声。

韩子奇不安了，脸上冒出一层冷汗，担心会出现不测！他的心怦怦地跳，推开门走进去……

新月在安然熟睡之中，脸上挂着淡淡的微笑，手靠在枕边，拿着展开的译文手稿《铸剑》。

韩子奇舒心地笑了。他轻轻地把稿子从女儿手中抽出来，关上了台灯，然后走出西厢房，回到自己的书房兼卧室，睡意全无，迫不及待地打开书桌上的台灯，摊开那份手稿——那位青年学者的译著，韩子奇继女儿之后，极有兴致地做第二个读者。

春华秋实，廊子前的石榴熟了。这棵石榴树，今年结果特别密，长得特别大，霜降之后，青铜色的石榴皮胀得裂开了，露出一颗颗宝石似的子儿。“榴开百子”是个大吉大利的好兆头，天星和陈淑彦的喜期到了。

是日，曙光初露，姑妈已在洒扫庭除。她怀着满心的喜悦，尽自己既是仆人又是主人的职责，自从她来到“博雅”宅，二十五年来，还是头一次操持喜事儿。她不是为自己喜，这位年近六十的老人，今生今世再也没有喜事儿可办了，她那亲生儿子不知流落何方，如今也像天星这么大了，也该娶媳妇了，当妈的却没有这个份儿。不，姑妈在这个大喜的日子，不去想海家的、马家的伤心事儿，她把梁家、韩家当成自己的家了，把吃她的奶长大的天星当成自己的儿子了，这些日子她也深深地感到，陈淑彦把她和韩太太一样都看成“婆婆”了，她为此激动不已。今天，她比往常起得还早，做完了晨礼，把厨房里的肉案子、菜案子、刀、笊篱、锅、碗、瓢、勺都归置得利利索索，就去打扫院子了，其实，那也已在昨天就扫得干干净净了，再扫一遍，她心中就多一分愉快，她高兴啊！

书房兼卧室里，韩子奇也已经穿戴齐整，一身藏青色呢制服，呢帽，穿惯了的布鞋也换上了皮鞋，还仔仔细细地刮了脸，显得年轻了不少。他有意把呢帽戴得低一些，让帽檐遮住额头上那块伤疤，在这大喜的日子里，他不愿意让任何人想起不愉快的事，让喜气把晦气冲得干干净净！

西厢房廊下，走出了梳洗已毕的新月，她穿着咖啡色上衣，黑色长裤，都烫得笔挺，脚上的黑皮鞋擦得锃亮。

“新月，天儿还早，你还不多睡会儿？”姑妈跟她说，满脸的笑容。

“今天是什么日子？我怎么还能睡得着呢！”新月笑着说，伸手就去抢姑妈手中的扫帚。

“去，去，哪能让你扫?”姑妈推开她的手，“累坏了你，可怎么着？你歇着，好好儿地看喜就成了!”

“我不能袖手旁观哪!”新月说着，就奔东厢房去，敲着窗户喊，“哎，新郎官儿，快起来喽!”

里面传出天星瓮声瓮气的声音：“我还困着呢……”

新月快活地擂着窗棂，嚷道：“人逢喜事精神爽，你还困？快起来吧，我给你贺喜了!”

天星慢腾腾地下了床，开开门，睡眼惺忪，嘟嘟囔囔：“大早起来，就折腾我……”

韩太太笑盈盈地从上房廊下走过来，伸手揪着儿子的耳朵：“新鲜！不折腾你，折腾谁呀？瞧你这个德行！儿啊，从今儿起，你可就真成了个男子汉了！还不快点儿漱口、洗脸，把新衣裳换上!”韩太太嘴里呲儿着儿子，可每个字儿都是那么甜!

“快点儿吧,”新月催着哥哥说，“待会儿我负责好好儿地打扮打扮你!”

这时，韩子奇从上房里拿着一叠“喜”字出来，新月一看就迎上去：“爸爸，我来贴!”

“好！让你姑妈打点儿糨子，咱把它贴到门上去!”韩子奇笑眯眯地对女儿说。

大红“喜”字贴上去了，上房，东、西厢房，垂花门，倒座南房、厨房，所有的门上都贴上了，韩子奇要进门见喜，出门见喜，抬头见喜，让“博雅”宅满院是喜。最后到了大门外，韩子奇不去覆盖“玉魔”老人的遗墨，在大门两旁的门脸儿贴上一对斗大的“喜”字，又踩着凳子，在门楣上贴上了一大排“喜”字，连成了一串。古往今来，没有这样的贴法儿，是韩子奇贴糊涂了吗？不是，他就是希望喜上加喜，喜气盈门；心中的悲太多了，愿从今以后，都换成喜!

阿訇请来了，是韩家的“门头师傅”——婚丧嫁娶时节固定前来的阿訇。

喜棚下，阿訇以抑扬顿挫的优美音韵，高诵“平安经”，这是婚礼的第一项仪式：为梁家提念亡人，祈求阖府平安，穆斯林永远不忘祖先。

韩太太虔诚地跪在喜棚下，心中悲喜交集。她想起先父梁亦清，一辈子清苦，为玉而生，为玉而死；想起先母白氏，心地善良而又懦弱无能，在贫病中早早地结束了生命。他们在世的时候，没有享过一天的荣华富贵，没有料到奇珍斋会有日后的复兴和鼎盛。如今，奇珍斋虽然不在了，但是“玉器梁”的后代还在，父母生前见都没见过的满室的藏玉还在，藏在这座父母没有住过的“博雅”宅里。现在，“玉器梁”的子孙又长起来了，天星要成家立业了，子子孙孙将在这里一代一代地传下去，这是大喜啊，她要向父母、向祖辈亡人报喜！她想起三十六年前自己的婚礼，那是灾难中的婚礼，一贫如洗的婚礼，没有嫁妆、没有宴席、没有宾客的婚礼，那时她什么都没有，梁家的女儿，两手空空地嫁给了韩子奇，韩子奇两手空空地做了梁家的上门儿女婿！这些往事，韩太太从不向任何人提起，包括天星、新月和他们的姑妈，都不让他们知道，但她自己却永远也不会忘记，那是她的伤痛，她的耻辱，她的遗憾。正因为如此，几十年来她从不去参加任何人家男婚女嫁的喜事儿，“随份子”，随就随吧；送礼，送就送吧，她打发别人去，自己不去，她不愿意把自己那连要“乜帖”的都不如的婚礼和人家的相比！五十多岁的老太太想起终身大事的遗憾，还和年轻时候一样动心，不禁潸然泪下！几十年来，她一直怀着强烈的愿望，要把这个遗憾补上，当然不是补在自己身上，而是补在儿子身上，现在，这一天终于到了！

但是，偿还夙愿却也是不容易的。不是因为穷，韩太太这个“无产阶级”有足够的财力办好儿子的喜事。是因为时代的改变。如果依照韩太太的愿望，她要把自己多年没办到的全补上，给儿子置办全新的、全套的“百年牢”硬木家具，从儿媳妇的娘家浩浩荡荡地抬过来十二抬、二十四抬嫁妆，让儿媳妇戴着大红盖头，坐着八抬大轿，风风光光、热热闹闹地嫁到韩家来……好好儿地体面一番，把儿子的终身大事办了，也就把自己心中的遗憾弥补了，这样，她才能安心。但是，中国已经进入二十世纪六十年代，要按照三十多年前的规格、习俗来办这件事儿，不可能了。首先，要给儿子置办全新的硬木家具，已经没地方买去了，即使能买到，儿子也不喜欢，家里现在使用的硬木家具，天星就早已“腻味”了，凡是在东厢房里的，这次都让他给“请”出去了，按照他的意思，买了新式的大衣柜、五屉柜、双人床、床头柜，一律是米黄色的，水曲柳的骨架，三合板包镶，刷清漆。这哪比得了榆木擦漆百年牢又结实、又是样儿？可是儿子喜欢这样儿，有什么法子？在东厢房外间，过去摆着八仙桌的地方，也换上了米黄色的独腿圆桌和蒙上灯芯绒靠背的椅子，比硬木雕花的“太师椅”便宜得多，可儿子偏要这样儿的！其次是迎亲的花轿，那也是老年成的东西，现如今都没地方赁去了，即使能赁来，儿子、媳妇也根本不要！再其次是女方的陪嫁，如今的风气大变，娶媳妇花钱都是男方的事儿，光听说谁家谁家送给了女方手表、自行车、缝纫机，甚至是多少多少现款，哪儿还能指望从女方“贴”进来多少多少“抬”的嫁妆？连想都别想了！何况，韩太太爱的是陈淑彦模样儿标致、心眼儿厚道，爱的是她的“玉器世家”出身，明知她如今家境不佳，人口多，进项少，她爸爸顶着个“小业主”的成分儿，不敢铺张，韩太太也就不忍心难为亲家了。面临着这种种不利因素，她不得不一样儿一样儿地退让。按照时下很流行的说法：“新事新办”，但“新”到什么份儿上呢？总不能没有边儿，总不能让淑彦从西屋搬到东屋就算成了亲，总不能只买点儿糖块儿散众就算完了事儿。那样儿，钱倒是省了，可是面子也没了，面子得花钱买，花高价，“困难时期”样样都贵，面子也跟着贵了，韩太太不怕，该花的钱一定要花出去，她的退让是有限度的，她只能允许某些形式做适当的变动，原则却不可动摇。她还是在院子里搭了喜棚，老年成的棚匠早已洗手不干，被她央告来了，重操旧业，兴奋得什么似的。她要在喜棚底下设宴请客、举行婚礼仪式。几十桌席面，单靠老姑妈的两只手是应付不了的，她请了南来顺退休的两位老师傅，韩子奇是南来顺的常客，韩太太让他出面去请，一句话的事儿，人家就答应了：“赌好儿吧您哪，您把牛、羊肉，鸡、鸭，海味，青菜，作料……都预备好了，我们当天十二点之前准到！”报酬是每个人二十块钱，这是多大的面子！此外，她还请了懂礼仪、善言辞的好事者当“茶坊”，既像佣人又像司仪的角色。她要把迎亲的仪仗搞得热热闹闹的，没有花轿不碍事，用小汽车，除了借用特艺公司的，再花钱雇它几辆，早早地都打好了招呼，保证到时候误不了事儿。提前好几天，韩太太就不让陈淑彦住西厢房了，让她回娘家去，梳妆打扮，等着迎娶。咱得正经八百地娶！……

念完了平安经，韩太太满面春风地站起来，由她担任总指挥的这场战役，开始了。

喜气溢满"博雅"宅，贺喜的宾客纷纷来临。特艺公司的，五四一厂的，文物商店的，韩子奇在玉器行里的知交故旧，还有一些远房亲戚。韩家在北京没有任何亲戚，都是梁家的，而且是八竿子打不着的，久已不来往的。"贫居闹市无人问，富在深山有远亲"，他们都乐于为"博雅"宅锦上添花。韩家敞开大门，欢迎所有的客人，这可不仅仅是花几块钱贺礼来"吃"的，是来"长脸"啊！

来宾中的穆斯林，进门便向主人道"嗨吧拉克"，教外的人，说声"恭喜"，这意思是一样的，主人殷勤招待，各屋里都坐满了，说话儿，喝茶，吃喜糖。困难时期的"酸三色"高级糖，五块钱一斤，韩太太买了一百斤，尽着客人连吃带揣在兜儿里，毫不吝惜。唯独不预备酒，待会儿的喜宴上没有酒，穆斯林的规矩不能破，等客人走了，汉人用过的那碗啊筷子啊还都得使碱水透透地煮呢。

天星穿着一身崭新的中山装，显得反不如过去穿工作服自如。新月让他把上衣脱了，只穿件驼色毛衣，上面露着白衬衫的硬领，倒显得精神。天星红着脸照应客人，话也不会说，吞吞吐吐地，连自己都觉得别扭，是在受"折腾"。倒是新月文文静静，大大方方，招得那些女宾看不够，拉着她的手说话儿。

这个说："哟，这就是新月啊？我横有十几年没见着了，都长成这么大的姑娘了？瞅瞅，模样儿这个俊，跟你妈当姑娘的时候一个样儿！新月，你还记得吗？你小时候对我说：最喜欢吃姨奶奶给的大冰糖葫芦！"

那个说："新月，你还记得吗？我们小三儿来串门儿，你非要他的那个蝈蝈笼子，他呢，要听你说一句洋文才肯给，你就说了……"

"不记得了……"新月微笑着回答这些弄不太清辈分又很少见面

的老亲戚。她为自己记不起那些童年的趣事而遗憾，似乎也对不起这些一直记着她的老人。

“她那会儿才不点儿大，哪儿还能记得?”韩太太笑着说，“吃糖，吃糖!”

“那可不……”客人嘴里嚼着糖，还没忘了绕着舌头、吸溜着口水跟新月说话，“女大十八变，越变越好看……听说你前些日子……”

“噢，她头年就考上大学了，”韩太太忙说，所答非所问，原是有意的，她听得出来，客人问的是新月生病的事儿，她却愣给打岔打过去了，“这不，因为她哥结婚，她还请了几天假呢!”这么一说，就把新月不愿提的事儿全挡过去了，在这大喜的日子，韩太太可不愿意让任何人说到任何令人不愉快的话题，“嗨，你们还没见过我们那没过门儿的新媳妇吧？等着吧，回头娶过来，让老亲少眷都好好儿瞧瞧，淑彦哪，也跟她妹妹赛着地俊!”

议论中心就转入今天的正题，客人们争着夸韩太太的命好，一儿一女一枝花，这又要娶进来一个如花似玉的儿媳妇，就好上加好了！

这么样儿云山雾罩、热热闹闹地说着话儿，那边儿厨房里，特邀的“厨子”和姑妈则忙着大显身手，不亦乐乎。中午时分，在喜棚底下大摆筵宴。嗬，你看吧！每桌上五个冷荤：金鸡报晓大拼盘、酥腱子、酱口条、香菇腐竹、拌肚丝；四个大件：红炖牛肉、扒羊肉条、糖醋鱼、南煎丸子；四个炒菜：醋熘肉片、辣子鸡丁、酱爆里脊、鸳鸯卷果；两个饭菜：二筋(面筋、蹄筋)、砂锅鸡块；一道点心：炸羊尾；一个汤：西红柿甩果汤……尽是南来顺的拿手菜，吃吧！若不是凭借昔日“玉王”的余威，若不是韩太太拼了老命要摆一摆排场，在这“困难时期”，这顿饭你上哪儿吃去？至于韩太太是以怎样的神通在货源奇缺的情况下采购了这么丰富的原料，比如再次动用姑妈在张家口的远房亲戚买了三只整羊，通过外贸系统的种种关系买来了供应外宾和华侨的东西，等等，吃的人也就不得而知并且无暇打听了，反正是一般人根本难以办到就是了！如果是贫寒之家，或依一般惯例，这顿午宴本来是可以免去的，只待“花轿”进门，吃一顿也就足矣。但是，事主是韩太太啊，她不为省钱，只求个热闹，求个竟日狂欢！院子里吃兴浓郁，大门外小汽车、自行车摆成一片，这景象比当年的"览玉盛会"都有过之而无不及呢！

韩太太在日理万机的繁忙之中，仍然抽出时间做了晌礼，下午三点钟，就该"发轿"去迎亲了。

按照规矩，男方前去迎娶的领头人物是"娶亲太太"，由新郎之母或女主婚人担任，这一角色必是韩太太亲自扮演无疑了，她盼了二十六年，就是盼的坐上"花轿"去迎娶儿媳妇。可是，事到临头，不料这个人选问题却发生了争执，有多嘴的来宾说：既然如今不兴花轿了，好些人家儿也就不再去"娶亲太太"了，派几个大姑娘、小媳妇就把新媳妇接来了。这么一说，新月就自告奋勇，要去接陈淑彦！

韩太太嗔怪道："你？一个小姑娘家，哪儿能办这么件儿大事？"

新月却笑着说："我和淑彦最要好，我去接她，她才高兴呢！按理说，我还算是他们的'古瓦西'呢！"

"听听，这丫头多不知道害臊？哪儿有小姑子当媒人的？"韩太太也笑了，"我们请了正经的'古瓦西'！"

女宾们却说新月去合适，模样儿又体面，又是新郎的亲妹妹，再好不过了。这么一说，似乎显得韩太太的资格倒差了点儿似的。

"妈，让我去吧？"新月央求她。十八年来，新月还很少在妈面前这么"撒娇"。

女宾们当中也有老派的，坚持说，"娶亲太太"还是不能免，至于谁跟着去，倒也随便。这就使韩太太让了一步，做出了双方都可以接受的决定："唉，那就咱们娘儿俩都去！"

"噢，太好了！"新月兴奋得手舞足蹈。

韩太太率领着新月和迎亲队伍，出门上了"花轿"——以小汽车为代用品，车上扎着红绸，贴着"喜"字，不用轿夫，开起来风驰电掣，倒也另有一番风味，未见得就不如花轿。韩太太和新月并排坐在车里，车子"嘀，嘀，嘀"长鸣三声，就开走了，一共好几辆，长长的一串，倒是相当威风！

陈淑彦家门口，自然也贴着大红"喜"字，站了一大片人，迎接车队，领头的人物是“送亲太太”，便是陈淑彦她妈，韩太太的亲家母。

亲家母不等车子停稳，便急急地向韩太太见礼，韩太太接拜之后，走下车来，拜见亲家母和众位亲友。新月不懂这些规矩，只红着脸，跟在后头，心里偷偷地乐。

亲家母引着客人进门。陈淑彦家住的是大杂院，根本不可能搭喜棚，客人就直接请进屋里。陈家一共就住两间房，进了外屋，就看见陈淑彦正坐在里屋呢。

“淑彦！”新月迫不及待地叫了她一声。

“哦……”陈淑彦抬起头，脸上挂着笑容，眼里却含着泪。

“新月，悄默声儿的，跟着我，别言语。”韩太太悄悄地嘱咐女儿。在这种时刻，不比往常同学之间串门儿，现在该说什么话，都有规定。新月就住了声，隔门望着陈淑彦，陈淑彦此刻也依娘家妈的嘱咐，正襟危坐，并不出来招呼客人。

亲家母请韩太太一行坐定，取出缎鞋一双献上，韩太太双手接过。这双缎鞋，自然不是供陈淑彦真穿的，古色古香的样式，原是一种礼仪。这时，随着来娶亲的男客就该告辞了，只留下女宾。亲家吩咐两个小子上菜、上汤，招待亲家，谓之“坐果子”。韩太太只是敷衍一番，并不拿起筷子真吃，这也是礼仪的规定。

然后，韩太太偕同新月，进了陈淑彦的“闺房”。陈淑彦穿着韩家赠送的一身新衣裳，低眉端坐，韩太太走上前去，捋起淑彦头上的一绺头发，扎上一束五色丝线。若按旧规，这丝线的两头还要各系一枚铜钱，“娶亲太太”还要为新娘梳纂儿、开脸儿，这些当然都只好免了，连红盖头也免了。韩太太扎好丝线，便取出一枚戒指，给陈淑彦戴在右手无名指上。

亲家母静静地看着这一切，忍不住泪如雨下，此时，对女儿说：“淑彦，你有了好人家儿了，妈放心了！”

“妈！”陈淑彦眼泪汪汪，抬起头来，望着即将分离的生身之母，悲从中来，不禁双手搂着妈的脖子，娘儿俩抱头痛哭。

新月原以为这大喜的日子到处都是欢笑，却不料见到这种情形，那母女二人哭得哀哀切切，难分难舍，使她也感到一种难以抑制的感情，眼泪不知不觉地垂落下来，掏出手绢儿去擦，擦也擦不尽，却不知为什么。

“嗨，你哭什么?”韩太太轻轻地捏了女儿一把，心说：这个新月，不叫你来你偏来，还上这儿来哭！人家淑彦是舍不得离开亲妈，你凑个什么热闹呢?

新月就忍住泪，她也不愿意在这儿哭，是让淑彦给引的。

淑彦她妈搂着女儿，话说得叫人感叹：“淑彦！妈对不起你啊，在娘家这二十一年，你又顾老的，又顾小的，没享过一天福，把你的兄弟都拉扯大了，你又该走了，妈什么嫁妆都没给你准备，不是妈不疼你，是妈没这个力量啊！淑彦，别怨妈……妈盼着你到那边儿，好好儿地过……”

“妈，您别说了，什么都别说了……”陈淑彦伸手给妈擦着泪，自己的泪却又滴在妈的脖子上。

“得，娘儿俩说话儿没个够，往后常来常往，不在这一时，”韩太太笑吟吟地说，“亲家，您把淑彦交给我，就什么心都甭操了，我把她呀，就当成自个儿的女儿，跟新月一个样!”

“为主的祥助！托靠主，我们淑彦遇着了这么好的婆婆!”淑彦她妈擦着泪说，“淑彦，从今往后，你就把婆婆当成亲妈！来，叫声‘妈’吧!”

“妈……”陈淑彦深情地叫了一声，扑到韩太太的怀里。

站在一旁的新月，热泪不觉又滚落下来。从今以后，她有了一个知心的嫂子，也等于添了个亲姐妹，这个家，绝不会对不起淑彦！

新人“上轿”的时刻到了。按照习俗，此时要传花轿到闺房门口，由新娘的父兄“抱轿”，或是以红毡铺地，由双双对对的少妇或女郎搀扶新娘，踏着红毡上轿，足不沾尘，红毡不够则两三步一倒换，谓之“倒毡”。奈何小汽车进不了院门，这些只好作罢，由新月和女宾搀扶着陈淑彦，走出“闺房”，走出院门。淑彦她妈理当是“送亲太太”，陪同女儿上了小汽车。

自从迎亲队伍进门，淑彦她爸一直没有上前，只像个随从似的站在众人后头。他并非不懂礼仪，并非不登大雅之堂，女儿的婚事，他比谁都高兴，何况亲家又是韩子奇，同行中的佼佼者，这为他增添了极大光彩。但这位前半生不曾发达、后半生又不走运的琢玉艺人、“小业主”，又深深感到与亲家相比，自愧弗如，相形见绌。由于自身的种种局限，他对女儿出嫁，只能尽心，难以尽力，心中隐隐作痛。依他本意，就悄悄后退，不去韩家了。但是，韩子奇和韩太太早就请“古瓦西”递过了话儿来：既然结了姻亲，就不分彼此了，不用两处破费，到了那天，都过来，一处热闹热闹就是了！况且，在婚礼之上，他作为“女亲太爷”，也是必须到场的。难拂盛意，难却己责，他怀着感激而又不安的心情，也跟着上了小汽车。

车队鸣笛启动，鱼贯驶出胡同，驶上大街。天朗气清，金风送爽，红绸飘拂，欢声笑语，引得两旁世人都投以钦慕、惊叹的目光。

车窗的玻璃落着，秋风拂面，使新月感到一股凉意，但她心里却觉得非常愉快，看看坐在身旁的陈淑彦，那脸上的泪痕，也被风儿吹干了。

陈家、韩家，相隔并不远，韩太太却嘱咐司机，不抄近，偏绕远儿，沿着清真寺周围，足足兜了一个大圈子，让认得的、不认得的，都看个够，这才打道回府，缓缓地驶向“博雅”宅。快到家门口，韩太太又吩咐司机，别的车子慢慢儿地开，她坐的这一辆得快点儿，先到家，她好指挥迎娶进门的仪式。

车队来临，“博雅”宅前，观者如堵。

“茶坊”高叫迎接，先行到家的韩太太率众迎出，朝“送亲太太”奉拜，淑彦她妈回拜之后，下车，由韩太太导引，进了院子，男方的众女宾在大门内拜迎，然后簇拥着“送亲太太”到喜棚下的拜毡前落座。新娘陈淑彦即由新月和众女宾搀扶，进了新房。这本来要稍候一会儿，“花轿”直接抬到新房门口，既然以车代轿，就免了，由大家簇拥着，早早地得其所哉。

喜棚底下，男女来宾依次向“送亲太太”见礼，请新郎见礼，礼毕，“送亲太太”入席“坐果子”，唤菜上汤，开付“总赏”之后，“送亲太太”便到新人房去。

这时，女方送亲的宾朋均已告辞，但又并不真的离去，而是暂借邻家小坐，谓之“会齐儿”，等待男家来请。接到三次请帖之后，方整衣冠，来到“博雅”宅前，由男家来宾揖拜延入，女方“茶坊”交份子，谓之“总拜见”。

这繁繁复复的迎送之礼，却还只是婚礼的序幕而已，下面，请阿訇，写“意札布”(婚书)，穆斯林的婚礼才算真正开始。

老阿訇头缠“泰斯台”，身穿长袍，胸前银须飘拂，由韩子奇延请，步入喜棚，坐“你喀”席首座，由“古瓦西”和新亲宾朋陪坐，男方亲友皆入余座。第一桌上列炉屏三色，炉内燃起芸香、檀香，前面摆着大红全帖、文房四宝、盛“喀宾”(聘礼)的木匣和果盘，盘内盛着桂圆、红枣、花生、白果，谓之“喜果”，放“你喀花”(迎宾花)数束。喜棚下金碧辉煌，庄严肃穆。

诸事齐备，婚礼开始!

首先，两亲家见礼。韩子奇和淑彦她爸行“拿手”礼，念诵：“哎主啊，你慈悯穆罕默德和他的全体眷属吧!”当这两位遭际不同的玉业同行的手握在一起时，淑彦她爸爸感慨万千，老泪纵横，亲家的“不弃”之情使他深深地感动了。韩子奇双手取过桌上的“喀宾”，交给亲家，那是《古兰经》中明文规定、必不可少的聘礼。淑彦她爸恭恭敬敬地接过，转交“茶坊”，又传递进新房，交与新人。“茶坊”高叫：“男亲太爷韩子奇，谢女亲太爷陈玉章!”又指挥帮忙的人往女家送“回菜”，喊道：“本宅有寒席一桌，请女亲太爷，谢谢!”

两亲家见礼毕，女方来宾依次向韩子奇见礼，这工夫，阿訇已将“意札布”从容写就，即高声用韵语念诵，新郎韩天星跪在拜毡上听经。经曰：男女结婚是天命，是圣行；这个成年的女人，是俊美的，是贤惠的，你要接纳她，要善待她，你们的婚姻是合法的……东厢房里，韩太太、新月和众位女宾陪着陈淑彦，听得外面“茶坊”高叫：“请姑爷!”韩太太便知道该宣读婚书了，便指挥着把陈淑彦搀起，再安置到座椅上静听。阿訇朗诵的祝词和婚书上的八个条款，全系阿拉伯文，在场的人虽未必都能听得懂，但那气氛却是庄严的，表明这美满姻缘是由真主决定的，双方家长通过，夫妇情愿，有聘礼，有证人，有亲友祝贺，真主将赐给他们幸福！

阿訇庄严地问新娘新郎是否愿娶、愿嫁，此亦系阿拉伯语，年轻人和未经过这种场面的人也不知该怎样回答，东厢房里，韩太太便提醒陈淑彦："说呀，说'达旦'！"喜棚下，也有人提醒天星："说呀，说'盖毕尔图'！"于是，这一对新人便红着脸，学说"达旦"和"盖毕尔图"，表示他们一个愿嫁、一个愿娶，神圣的婚书，便由此而生效了。在此之前，天星和陈淑彦已经双双在街道办事处领取了"结婚证书"，但对穆斯林来说，"意札布"也是必不可少的，他们的婚姻，既要受政府的法律保护，又要为真主认可。

阿訇宣读婚书已毕，众人接"堵阿以"，韩子奇和淑彦她爸再次"拿手"，以示姻亲已经圆满缔结，牢不可破。候在新郎旁边的"茶坊"将跪在拜毡上的天星搀起，向来宾道谢，"茶坊"高唱："今日躬两揖，明日到府成大礼！"这是说给女家听的，表示婚礼到此结束，明天一早，新郎新娘要去女家"回门"。这时，各桌上的宾客，纷纷抓起"喜果"，向新郎头上乱掷，天星抱头而逃，喜庆气氛达到高潮！韩太太备下的珍馐美味，依次上席，众人早已饿得发狂，馋涎欲滴，遂大吃特吃，风卷残云，好不快活！

夜阑人散尽，新人入洞房。

……

韩太太累了一天，筋疲力尽，内心却得到了极大的享受，极大的满足。今晚的宵礼，她跪拜在真主的面前，喜泪纵横，如醉如痴："主啊！……"

老姑妈劳苦功高，人困马乏，收拾了桌椅碗碟之后，全身的骨头架子都快散了，倒在南房的床上就爬不起来，鼾声如雷。

韩子奇也在书房的沙发上躺下了。他欠下儿女的又一桩债务也已经偿还了，他累了，该歇一歇了。这一天，比当年"览玉盛会"的三天还累人，也许是因为老了，年岁不饶人！

西厢房里，新月却还没有入睡。这一天，她太兴奋了。她还是平生第一次身临其境地参加别人的婚礼，在这之前，只是在小说里、电影中、舞台上见到过，却完全不同。《祝福》里，贺老六和祥林嫂的婚礼是那样的：坐花轿，吹喇叭，一个长袍马褂，一个蒙着红盖头，"一拜天地，二拜高堂，夫妻对拜"；《简·爱》里，罗切斯特和简·爱的婚礼是那样的：坐着马车去教堂，一个穿着黑礼服，一个披着白色的婚纱，穿着圣袍的牧师站在圣坛前的栏杆旁，用低沉而神圣的语调发问："你愿意娶这个女人为妻吗？……"《巴黎圣母院》里，在"乞丐王国"中举行的那场婚礼则荒诞离奇得近乎闹剧：差点儿被吊死的诗人格兰古瓦从绞刑架上放下来，乞丐王把两只手分别放在诗人和吉卜赛姑娘埃丝美拉达的额头上："兄弟，她就是你的妻子；妹妹，他就是你的丈夫。定期四年。去吧！"今天的婚礼又是另一种样子……分布在地球上各个角落的、不同种族的人们，为婚礼想出了多少花样儿啊！

今天的婚礼，使她感到新奇，又感到欣慰，因为她也参与缔结了这美满姻缘。一对新人，一个是她的哥哥，另一个是她亲如姐妹的朋友——如今该称"嫂子"了，他们本来并不是一家人，从今以后，便牢牢地连在一起了，彼此相爱，共同生活，在人生道路上，再也不是孤孤单单的一个人了。这是天意，造物主造就了男人和女人，也赐给了他们神圣的情感：爱。爱使一个男人和一个女人互相信任、互相理解、互相依靠、互相支持，爱使人有了双倍的血肉、智慧和力量，爱是神圣的；但她也感到困惑。她太年轻了，没有经历过爱，也就说不清爱究竟是一种怎样的情感。是小提琴协奏曲《梁祝》那动人心弦的旋律吗？是拜伦笔下那纯净如清泉的诗句吗？

海黛没有忧虑，
也不要对天盟誓，
因为她从未听过
谁会欺骗一个纯情少女，
或者
结合还需要诺言的仪式；
她像一只小鸟真诚而无知，
快乐地飞向自己的伴侣，

从未曾梦想到中途变心，
所以不必提忠贞二字。
……

她又似乎明白了，爱是纯情，是真诚，是永不变心、生死不渝，本来也不必“对天盟誓”“诺言的仪式”，更不必“提忠贞二字”，爱就是爱，爱萌生在人的心里，永驻在人的心里。

静听窗外，仲秋的夜晚，万籁俱寂。她不知道，东厢房里的兄嫂将怎样度过这个良宵，怎样谈论那个高尚、纯洁、神圣的字眼儿：爱情。

深夜，天真无邪的少女辗转反侧，难以入梦。从现在开始，西厢房里没有了陈淑彦陪伴，陈淑彦已经属于哥哥了。就像莪菲莉娅唱的那样，“她进去时是个女郎，出来变了妇人”。她为淑彦而祝福，又莫名其妙地为自己“失去”了淑彦而惋惜。

次日绝早，陈淑彦的兄弟来了，照老规矩来送“开门礼”。这礼，应装在食盒之内，或一架，或两架，每架由两人抬着送来。陈家诸事从简，便让大小子提着来了，进门道“哞吧拉克”，韩太太率领全家，热情接待。礼盒让姑妈收进厨房，里面装着子孙饽饽、长寿面、蒸食、红枣、茶叶、牛羊肉。姑妈将长寿面少许煮了，送入新房，请新人食用，其实并不真吃，摆设而已。陈淑彦梳洗已毕，便到喜棚下向公公、婆婆、姑妈以及小姑新月，一一奉献盖碗儿茶，并分送由娘家带来的“开箱礼”：送给公公一支笔，送给婆婆一双袜子，送给姑妈一条手绢，送给新月的是一块喷香的香皂……都欢喜得了不得。这礼不拘厚薄，但却不可免，即所谓“分大小”的仪式。其实陈淑彦在西厢房住了数月，把居家的“大小”早已分得清清楚楚了。

分完“大小”，天星和陈淑彦就该去“回门”了。

韩太太早已为他们准备好了“回门礼”：鲜鱼、活鸡、糖耳、蜜柿、红枣、栗子、油糕、月饼、茶叶、牛羊肉、来往卷、切面等等，一应俱全，交给天星，天星却面有难色，嘟嘟囔囔地说：“怎么今儿还不算完啊？”

“这叫什么话?”韩太太伸出手指头点着他的额头，“大喜的日子，不许说什么‘完’不‘完’的，好日子才刚刚开头儿呢！快去，快去，你岳父、岳母把娇娇的大姑娘给了咱们，该当的上门儿去道谢！人人两重父母，见了面儿要叫‘爸’，叫‘妈’，别这么样儿连句整话都说不出来，听见没有?”

“嗯，听见了。”天星低着头，瓮声瓮气地回答。

陈淑彦偷眼瞅瞅这位事事都发怵的丈夫，羞红的脸上，泛出一丝无可奈何的苦笑。

“哥，你怎么连这么点儿勇气都没有啊?”新月替哥哥着急，笑着说，“是不是怕见人？不好意思？没关系，我陪你去！哎，淑彦……嫂子，怎么样?”

“那好哇!”陈淑彦说，“有你陪着，省得我一路上闷得慌呢！可是，今天没有小汽车了，咱们得走着去，你行吗?”

“行，怎么不行?”新月兴奋地说，“我又不是没走过路!”

“得了，得了，姑奶奶!”韩太太不耐烦地打断了她们的话，“人家姑娘‘回门’，你跟着去算是干什么的？这里头有你什么事儿?”

“哦……”新月一愣。

姑妈忙笑着说：“新月呀，昨儿个，你不是去迎了亲吗？为你哥、你嫂子，也尽了心了，受了累了，今儿就在家歇着吧!”她似乎看出了新月不高兴，有意说了个笑话儿：“今儿这‘回门’是淑彦的事儿，赶明儿你出了门子，才该你‘回门’呢!”

新月脸一红，低下了头。

韩子奇毕竟是个男人，他没有留意妻子的话伤了女儿的心，也没意识到女儿心中想些什么，就说：“好吧，好吧，俩人快去吧！淑彦哪，见了你的父母，替我问候!”

“哎。”陈淑彦答应着，不无遗憾地看了新月一眼，就随着她的兄弟，偕同她的丈夫，带了“回门礼”往外走。天星穿着那一身不大自然的中山装，脸上说不清是什么表情，低着头，手里提着礼盒出门去，那倒挂在手里的两只活鸡，挣扎着，扑棱着翅膀。

一家人把他们送出大门外，看着他们走远了，才慢慢地回到院子里来。韩子奇回书房去拿他的手提包，他也该上班去了，那提包里，韩太太装了好些喜糖，让他分赠给特艺公司的同事。

送走了新人，韩太太满心欢喜地回到喜棚下，像还没有过完瘾似的坐在那儿，端起儿媳妇给她沏的那碗盖碗儿茶，拈起盖儿，拂了拂茶叶，香香地抿了一口，透透地舒了一口气："托靠主！这桩喜事儿总算办得圆圆满满，我这心事就全没了！"

说的人也许无意，听的人却有心。新月沿着廊子慢慢走回西厢房，看见妈妈那心满意足的神情，听见妈妈那脱口而出的话语，心里一动，不禁想到了自己：她在哥哥、嫂子的这场准备了数月之久的大喜事儿中，扮演的是个什么角色呢？是跟着"凑热闹"的局外人吗？现在，喜事儿办完了，她在妈妈的心中，还占据什么位置呢？

默默地回到西厢房，和衣躺在床上。她累了，困了。昨天的奔忙，昨夜的失眠，现在才突然感到了疲乏。她什么也不想了，昏昏睡去。在梦中，她看到了燕园，二十七斋、备斋、未名湖，那里才是她的世界。她看到了她的同学、她的老师……

不知在什么时候，姑妈把她叫醒了。醒来使她感到空落，感到孤寂。

"新月，该吃饭了嗨！"

"姑妈，我不饿。"

"你今儿的药吃了没？"

"哦，还没……"

"瞧瞧，没有淑彦提醒，你把自个儿的事儿都忘了。"姑妈唠叨着，伸过手，抚着她的脸，

"哟，你怎么这么烫啊？着凉了？"

"我……不知道……"新月懒懒地翻个身，又接着睡了。

姑妈风风火火地就往上房跑，"新月她妈！你去瞧瞧，这孩子脑门儿烫人，是不是……"

"嗯？"韩太太正靠在太师椅上打盹儿，打着哈欠站起来，跟着姑妈往外走，"瞧瞧，我怎么连一天的踏实都没有哇？甭着急，不碍事的，头疼脑热的，谁也免不了！"

可是，她哪里知道，对于一个患有风湿性心脏病的人来说，“头疼脑热”将意味着什么！

一对儿“回门”归来的新婚夫妇一前一后走在街上。所谓“回门”，便是古人所说的“归宁”“省亲”，用最通俗的说法，就是“回娘家”。这种礼仪，可以搞得极为隆重、繁复，花上五天、十天工夫的都有，但也可以搞得简便至极，仅到娘家吃一顿饭便可当天返回。陈淑彦的娘家便取了这最简便的形式。吃过了午饭，天星说：“走吧！”陈淑彦便告辞了父母兄弟，随着丈夫回婆家去。

天星走在前面，低着头，也不说话。陈淑彦跟在后面，两人拉开了两三步的距离。如果是不认识的人看见他们，恐怕想不到这二位已经在昨天动用了那么多人马、以那么大的声势办完了喜事儿，还以为他们是刚刚经人介绍、头一回儿见面儿的“对象”呢，你瞅，两人走在当街还不好意思说话儿呢。

陈淑彦一边走着，一边回味着昨天盛大的婚礼和洞房花烛夜，像梦一样来临，也像梦一样过去了。她的父母、兄弟，她的亲戚、邻居，对她的婚事都是极为满意的，那么，她也就应该满意了，一辈子的大事儿，圆满地交待过去了，以她的“条件儿”，能嫁到这样的人家，受到这样的欢迎，应该“受宠若惊”了。但是，她又有些糊涂。她在寻找过去的梦，经过了昨天的“热闹”之后，她过去在梦中期待的东西，似乎已经得到了，又似乎还没有到来。那是什么？她说不清。她想起在那个月色朦胧的夜晚，新月躺在她的身边，轻轻地给她背诵拜伦的诗，像夜风拂着她的面颊，像清泉流过她的心扉。在大海环抱的、隔绝尘世的一个美丽的小岛上，两个深深相爱的年轻人，每人都像一面镜子，照出了对方的心，两双贮满深情的眼睛，闪着宝石般的光辉……啊，那就是爱情，纯如水明如月深如大海坚如磐石的爱情。她就是怀着那样的憧憬，走进了韩家，寻找自己的归宿。“张三李四满街走，谁是你情郎？”她想起新月在住院期间反复背诵的台词，“情人佳节就在明天，我要一早起身，梳洗齐整到你窗前，来做你的恋人。他下了床披了衣裳，他开了房门；她进去时是个女郎，出来变了妇人……”是的，一番热闹之后，她“变了妇人”，她的童贞，她的心，她的命运，她的一切，都交付给了韩天星，天星就是她的恋人，她的如意郎君。从今以后，她要全心全意地爱他，和他共同生活，生儿育女，白头偕老。现在，他正走在她的前面，隔着两三步的距离。她回味着，东厢房里并不像拜伦笔下的海上小岛那样回荡着天涯牧歌，韩天星也不像唐璜那样充满柔情，但这就不是爱吗？也是吧？现实生活是千变万化的，恐怕爱情也不止是一种规格，前面的这个倔小子，也有他的可爱之处呢，新月不是说吗，“他要是跟你好，就把心掏给你！”是的，陈淑彦相信，瞧天星那个样儿，跟自己的妻子走在一块儿，还害臊呢，一看就是个过去从没搞过对象、从没接触过女性的老实人！

陈淑彦看着丈夫那梗着脖子、耷拉着脑袋的背影，不禁扑哧一声笑了。

“你，乐什么?”天星头也不回地问了一声。

“乐你那傻样儿!”陈淑彦说，“你跑那么快干吗？人家又不会吃了你!”

天星就放慢了速度，让她跟上来。他不傻，听得出来妻子的话是甜的，所谓“人家”就是指她自己，她当然不会吃了他，她是不愿意这么像路人似的离得老远地走，想挨得近点儿，慢慢儿地走着，聊着，像一对儿“情侣”。可是天星觉得不好意思，这一带离他的厂子不远，有些同事也住在附近，他怕被人家看见。其实，昨天的婚礼，厂子里来了不少同事，这明媒正娶的两口子还怕人家看吗？他还是觉得有些怕，也不知道是为什么。

“嗨，你也不跟人家说句话？就跟不认得似的!”陈淑彦跟上他，瞅瞅这个“徐庶进曹营”的拧种。

天星讪讪地笑了，他不是不想搭理妻子，淑彦对他好，对他真，他心里都知道，就是嘴里不会表示温存。“说……说什么？你说吧!”

陈淑彦等来的却是这么一句开场白，什么甜言蜜语也就很难跟他说了。但她知道丈夫的秉性，她不能跟他比着犯“拧”，就主动找话儿说：“嗨，你看过……”刚说了一半儿，就又停住了。她本来想问天星：你看过拜伦的诗吗？看过莎士比亚的剧本吗？可是一想，自己刚从新月那儿趸来的那点儿东西，还似懂非懂，天星未必比她知道得更多，就想了想，临时换了个内容："你看过《梁山伯与祝英台》那个电影吗？"

天星心里一动，他平时很少看电影，但这部电影他却是看过的，是和容桂芳一块儿看的。那是在去年夏天，他们正在热恋之中，容桂芳买的票，在"蟾宫"电影院看的，有意找了个离家、离厂子都很远的地方，怕碰见熟人。看完了电影，容桂芳还一路跟他说起来没完："电影里的那句词儿，记得不？'梁山伯与祝英台，前世姻缘配拢来'，咱俩就是这样儿，前世的姻缘，命中注定让我碰上你，就是两人变成蝴蝶儿也不分开！……"那话说得多好听！可是人心变得快啊，他辛辛苦苦从张家口买回了羊，等着容桂芳来过年，而她却突然冷淡了，不来了，不明不白地撤退了，把过去说过的话也忘了！……现在，韩天星离开了容桂芳也娶上了媳妇，婚也结了，门也回了，他赌了这一口气，过去受的屈辱似乎也已经雪洗了，他也就不愿意再想起那个负心的容桂芳了，平时在厂子里见面儿都不说话，就像根本不认识那个人，要把和那个人有关的一切记忆全忘掉！可是，偏偏陈淑彦今天问起那部电影，已经忘了的事儿就又翻腾起来了，这使他心里很不是滋味儿。他不想让陈淑彦知道在她之前还有一个容桂芳，甚至觉得自己在结婚之前和别人搞过对象就是对不起妻子，但那又是没法子抹掉的事儿！这个老实人脸红了，"看过，怎么了？"他问，似乎在担心妻子看破了他心中的隐秘。

"怎么了？你说怎么了？"陈淑彦笑笑说，她并不知道天星为什么脸红，更不知道容桂芳的半点儿影子，只是觉得自己的丈夫太老实，老实得近乎傻，"瞧你那个样儿，就是个傻梁山伯，十八相送，人家跟他说了一路，他全不明白！"

天星憨笑着说："你瞎扯什么？闲心倒不小！"

"我忙了二十一年，难得歇这三天婚假，倒真想闲一闲！"陈淑彦说，"哎，咱俩上公园逛逛去呀？"

"逛公园？"天星迟疑地站住了。

"嗯，咱去歇会儿，聊聊，划划船，"陈淑彦极有兴致地煽动他，"跟你认识这么长时间，你都没陪人家逛过一回公园，糊里糊涂地结婚了，等于没搞对象！天星，给我补上吧，啊？"

天星感到惭愧。妻子说得一点儿都没错，他把她娶过来，娶得太容易了，没有经过"追求"，也没有经过"热恋"，就轻而易举地做了他的妻子。但她也是个人，是个女人，也需要情感，需要温存，而他却做得太不够了。在结婚之前，两人除了一块儿为了新月的事儿往医院跑，就再也没有别的内容了，没看过电影，没遛过马路，没逛过公园。他真该补上！"你说，上哪儿去呢？"

"陶然亭近，就上陶然亭吧！"陈淑彦高兴了，她愿意陪着丈夫到公园里的柳荫下、花坛旁去走走，在湖水中荡一荡小船，谈一谈和家庭、和工作、和这个乱哄哄的世界上的人都无关的、只属于他们俩的事儿，体会体会那恬静幽雅的爱的情感，爱的乐趣，就像一对初恋的情侣。她匆匆地做了少妇，却还想追回失去了的少女时代，延长一些，再延长一些……

"陶然亭？"天星一愣。那也是他和容桂芳去过的地方！一想起那柳岸、那小船，容桂芳的脸就像个不祥之物浮现在眼前，真败兴，这个影子怎么老是赶不走？

"走吧！"陈淑彦兴致勃勃地扶着他的胳膊，就要过马路，去坐十路公共汽车，从这儿去陶然亭是很近的，只用买五分钱的车票。

"哦，算了吧，今儿就别去了，以后再……"天星嗫嚅着说。他的兴致全让容桂芳给破坏了。

"以后？以后就没闲工夫了，"陈淑彦还不甘心，"这会儿天还早，咱们回去还能有什么事儿？"

"也没什么事儿，"天星说，他没法儿说出不愿意去的原因，只好找别的借口，"我怕……怕新月在家闷得慌，回去你好陪陪她。改天，咱们带她一块儿到公园玩玩儿，不好吗？"

"那……也好。"陈淑彦不得不放弃了她的提议。她知道，天星在任何时候都忘不了他的妹妹！她当然也惦记着新月。这几天，她自己忙着当新娘子，就把给新月当"护士"的事儿往后放了，倒是让新月为她的婚事忙里忙外，还亲自去迎亲，上车下车地一直照顾着她，其实新月还是个病人呢，这让她太不落忍了。今天早晨，新月要跟着来“回门”，妈没让，那也是心疼新月，可是看得出新月不大高兴呢，回去得好好儿地谢谢她，安慰安慰她！

一提到新月，陈淑彦的“闲心”就没了，刚才关于“爱情”的充满诗意的念头就都烟消云散，两人径直朝着回家的方向走去，天星走在左边，她走在右边，两人挨得挺近，也没有再拉开距离。

出来开门的是韩太太。

“哟，这么快就回来了？他们居家倒是都好哇？……”韩太太脸上挂着笑容。

天星一眼就看出她脸上的笑容不大自然，没顾上回答她的话，进门就问：“妈，家里有什么事儿吗？”

“没什么事儿，”韩太太说，“就是新月有点儿发烧……”

“什么？”天星一惊，拔腿就往里面跑，陈淑彦也赶紧跟上去。

西厢房里，姑妈正坐在新月的床前，把水盆里的凉手巾轮番敷在新月的额头上，一边还擦着泪，唠叨着：“主啊，别叫我们新月受罪，这烧快退下来吧……”听见脚步声，回头见是天星和陈淑彦，“噢，你们可回来了！”

陈淑彦匆匆跑进来，伸手摸摸新月的额头，“呀！很烫！”赶紧拉开写字台的抽屉，取出温度计，插在新月的腋下，水银柱立即缓缓上升！

天星急得咆哮：“为什么不送医院？”

韩太太搓着手说：“可巧你们都不在家，我们两个老太太有什么主意啊？”

“急死人了！”姑妈哆嗦着说，“要人没人，要车没车……”

“车！”天星大吼一声，脑门上的青筋乱蹦，“车都在昨儿摆样子了，该用车的时候倒没车了！”

陈淑彦拔出温度计，“三十九度七！”她惊叫着，“大夫一再嘱咐：注意别感冒，别感冒……快，快走！”

“走吧，我背着她走！”天星说着，伸手扶起半昏迷中的新月，陈淑彦托着新月，让他背好了，天星不顾一切地往外跑去！

陈淑彦紧紧地跟在旁边，两手扶着新月，脚底下磕磕绊绊，也顾不得了……他们出胡同往北，街口就有十路公共汽车，可以一直坐到东单，从那儿到同仁医院就不远了。

这边儿，“博雅”宅门前，两个老太太心慌意乱地站在那儿，跟傻了似的。她们的头顶、门两旁、门楣上的大红“喜”字在夕阳下熠熠生辉，大喜事儿的喜味儿还没咂摸够，灾难却又早早地降临了！

韩太太站在青石台阶上还在愣神儿，不提防身旁的姑妈扑通摔倒了。

“大姐，大姐！”韩太太吃了一惊，转身来扶，却见姑妈身体蜷缩着靠在门旁的石鼓上，脸憋得紫红，闭着眼，咬着牙，左胳膊僵直地伸着，右胳膊弯在胸前，死死地捂着左边的胸口。

韩太太伸手去拉她，姑妈却像死了似的，拉也拉不动，韩太太顿时吓得脸色煞白：“主啊！……”

未名湖畔，紫红的枫叶在晚风中轻轻地飘落。

楚雁潮那间小小的书斋窗口，亮着灯光。

新的学年第一学期已经过了两个月，英语专业去年的新生，除韩新月之外都升入了二年级，更上一层楼了，谢秋思取代了新月的领先地位，成为同学们的竞争目标，连罗秀竹都想和她争个高下。楚雁潮还是这个班的班主任兼英语教师，系领导和严教授都希望他管到底，他当然也责无旁贷。这是他任教以来接触的第一批学生，一年来，他和他们建立了很深的感情，他希望能够通过自己的手，把他们都培养成才，五年之后，全部合格地送出学校，送上人生征途。那时候，他对国家、对这些学生和他们的家长，才能感到问心无愧。唯一让他遗憾的是，这个班本来有十六名学生，现在却只剩下十五名了，他们中间，少了一个韩新月，而且是最出色的一个！如果新月的病治疗顺利，她也得到明年的暑假之后才能复学，从一年级重新上起，而到那时，别的同学都已经升入三年级了，这个班将永远失去新月，是确定无疑的，她将比别人落后两年而不是一年，这也是无法改变的了。楚雁潮为了稳定她的情绪，曾经做出了难以兑现的许诺：等她复学，还当她的班主任。这也许促使新月下了决心休学，但楚雁潮却深深地感到不安，这明明白白的是欺骗。出于好心，他欺骗了自己的学生，欺骗一个对他十分信赖的姑娘！他知道，自己和新月的师生关系已经结束了，除非新月在康复之后能以优异的成绩连跳两班，追上那十五名同学。这样的情况，在北大的历史上是很少见的，但他相信，发愤的新月有潜力创造这个奇迹，他盼望着！可是，这能取决于新月吗？能取决于他楚雁潮吗？明年，明年的一切都还是未知之数，世界上没有任何科学手段可以预测人的命运，人只有怀着希望往前走，哪怕那希望是渺茫的。如果没有希望在前面诱惑着人，人也许就没有前进的勇气了。正因为他心中怀着一种似乎十分清晰又似乎十分渺茫的希望，他在做着一名教师所应该做的，甚至超出了教师职责的一切。每隔不久，少则一周，多则半月，他就要去看看新月；每一个月的复查，他都尽可能地陪新月一起去，并且和卢大夫做一次交谈；他让郑晓京在宿舍中保留着新月的床位，这也是新月本人要求的，不要把她的行李全部搬回去，除了日用品以外，留一些东西在那里，占住那个床位，等到她复学的时候，还住那儿，而不管将来能不能同班。这样，就好像她还生活在同学们中间。她不愿意离开这些同学。也许，明年的秋天，一切都能像预想的那样，谁知道呢？

台灯下，《故事新编》的译文又中断了。这些日子，他非常繁忙，要学习中央的“调整、巩固、充实、提高”的方针，要贯彻《高教六十条》，有各式各样的会，都是必须参加的。从越来越浓、越来越紧张、越来越神圣的政治空气中，可以感到郑晓京去年透露的信息正在被证实，中国已经和苏联分道扬镳，一切人都必须勒紧裤腰带斗志昂扬地经受考验；此外还有他本身的职责，二年级的教学，要花更多的时间备课。因为严教授的身体越来越差，他必须为恩师担当起一切。他的业余时间，能够用于译著的就更少了。忙，并不可怕，可怕的是他总是很难在宝贵的业余时间把心静下来，集中到稿子上去，常常是人在备斋中，心在“博雅”宅，愣愣地坐了半天，笔下竟不着一字。

《铸剑》完成之后，《出关》就译得更慢，那位骑着青牛恓恓惶惶地西出函谷关的老子，就总也过不了这道关。外文出版社的编辑非常着急，一再催促说：这本集子本来计划在今年出书，现在不得不推迟到明年，但如果不能尽快脱稿，连明年能否出来也就很难保证了，所以请他快、快、快！这实际上给了楚雁潮一个喘息的机会，推迟到明年，总是来得及的吧？没有完成的稿子，只剩下三篇了，就是《出关》和《非攻》、《起死》，他无论如何也要抓紧时间把这三篇译完，否则，他就不仅让责任编辑失望，也让新月失望了。每次去看新月，她总是急着向他询问稿子的事儿，这个对翻译事业入迷的学生，把老师的事业也当成自己的事业，把这部稿子作为希望和情感的依托，只要他们一谈起译著，新月的情绪就格外的好，因病辍学的寂寞、痛苦就被冲淡了，仿佛她没有离开自己的跑道，还跟着老师往前奔呢。是的，楚雁潮绝不能丢下这位小小的"同道"，未来的事业向他们展示着灿烂的前景，他一定要带着她往前闯，闯过横在面前的这道关口，新月就可以步入坦途，他瞩望她能取得比老师更好的成绩！

……他收住了时时纵逸的思绪，集中到面前的《出关》上。译文中断在开始的那个段落，孔子来见他的老师老子，老子给他讲"道"："……性，是不能改的；命，是不能换的；时，是不能留的；道，是不能塞的……"

他拿起笔，译下面的文字："只要得了道……"这时，房门"笃、笃、笃"响了三声。他烦躁地放下笔，用一张当天的《人民日报》覆盖住桌上的手稿，然后说了声："请进！"不知是哪位不速之客前来打扰了。

"楚老师！"郑晓京精神抖擞地走进来，身上的那套军装，已经洗得发白了，还不舍得换，胳膊肘上还显眼地打了一块补丁，好像刚从南泥湾回来似的，腕子上的手表却是崭新的"欧米茄"。

"噢，郑晓京同学，请坐！"楚雁潮站起身来，习惯地把仅有的一把椅子让给客人。

郑晓京并不谦让，稳稳地坐在那把椅子上，双肘支着桌面，两手的十指对叉着拢在一起，支着下巴，望着她的老师。那神情，像是静等着聆听老师的教诲。而楚雁潮却看得出来，这恰恰表明她自己有话要说。

他在猜测着她的来意。是又要分配什么角色呢，还是来向他“汇报工作”？

都不是。郑晓京此行的目的，是他所不曾料到的。

“我想跟您随便聊聊，楚老师，”郑晓京开口了，一只手从下巴底下抽出来，抚弄着桌上的那张《人民日报》，大概是想做出“随便”的样子，“本来早就想跟您谈的，最近事儿太多，班里一摊儿，还有系总支一摊儿……”

楚雁潮从老子、孔子的会见中回到了现实生活。他知道，郑晓京前不久当选了系党总支的宣传委员，这位身兼两“摊儿”工作的女学生刚才的开场白绝不只是为了“随便聊聊”，现在是中共北京大学西语系总支部的一位领导同志来找他谈话。这种谈话通常都是极其严肃的。

楚雁潮立即从心理上调整了师生之间的惯常位置，正襟危坐，等待下文。

“怎么样？”郑晓京微笑着，以一个问号开头，使人全然不知她所问的是什么“怎么样”、哪方面“怎么样”，因而也无从回答。其实这样的问话一般不必回答，仅仅是一种类似“叫板”的发语词而已，实质性的内容在后头。“最近，在咱们系的老师们中间，思想情绪怎么样？对党的工作，有什么建议和要求啊？”

“哦，”楚雁潮简直无言以对，“我……不清楚，很少和别人谈论这方面的问题……”

郑晓京宽容地看了看他，并没有一定要问出点儿什么来的意思，而只管继续说下去：“对于积极靠拢组织的同志，党是很注意培养的，特别是像您这样工作能力很强的青年教师，如果能吸收到组织里边来，会发挥更大的作用。楚老师，您对于组织问题……”

像一块巨石突然投进平静的湖水，楚雁潮心慌意乱了。尽管郑晓京极力摆出老练沉稳的架势，但她毕竟太年轻了，那近乎开门见山、单刀直入的工作方法，那过于明显的“暗示”，已经让楚雁潮心领神会。这是党在向他召唤，在启动他心灵的门窗！对于生活在20世纪60年代的每一个中国青年人来说，这都是求之不得的，闻之足可以热血沸腾！

但是，楚雁潮胸中的波澜却很快地复归于平静，他迟疑地望着郑晓京，说："我……并没写过入党申请书啊！"

"是吗?"郑晓京略略有些意外，在她所接触的人当中，组织上找上门来谈话而本人尚未提出申请的现象是少见的。但她很容易地便打消了这一点疑虑，"这有什么关系？随时可以写嘛，现在也为时不晚啊！写申请书、填表，只是个形式，更重要的是首先从思想上入党！鲁迅并没有在组织上入党，但他是真正的共产主义战士；毛主席的老师徐特立入党比他的学生晚得多，但他在革命最困难的时候加入了党的队伍，这是最可贵的！楚老师，现在国际、国内的形势对我们每个人都是一场严峻的考验，我们要为真理而斗争，为了心中的信仰不惜献出自己的一切！'疾风知劲草'啊！"

说起这些，郑晓京十分激动，使得任何人也无法怀疑她发自内心的虔诚。

楚雁潮不能不被她所感染。虔诚本身就具有感染力。一个真正的而不是伪装的信仰者，无论他的信仰是否与他人完全一致，当他在虔诚地宣扬、践行自己的信仰时，也足以使毫不相关的旁观者肃然起敬。何况，对于郑晓京不惜为之献身的信仰，楚雁潮并不是一个旁观者！自从红旗插上了上海城，他便和同龄的孩子们一起，毫无例外地接受了这一切。以后，他来到了北京，经历了反右派斗争、大炼钢铁……一个刚刚跨入青年时代的人不可能真正理解和评判这一切，但他宁愿相信，这都是天经地义的、毋庸置疑的，一直到饭越来越吃不饱，革命越来越艰难……

"是啊，人不能没有信仰，不能没有追求，不能没有归宿。"他说，声音有些颤抖，"共产党员，是一个崇高的称号，我也曾经想……可是……"

郑晓京认真地倾听着，她希望这位年轻的教员畅所欲言，像在英语课堂上那样，而不必吞吞吐吐。

楚雁潮却又迟疑地停住了。虽然他是个“党外人士”，但凭着常识也知道，发展党员应该是组织委员的事儿，而郑晓京却是宣传委员，况且毕竟还是他的学生，有些话，他有必要在这个场合对她说吗？

“也许我不该问，”他嗫嚅着说，“是组织上委托你……”

郑晓京被问住了。今晚的游说，完全是她的自发行动而并非组织派遣。但是，这和组织原则并不矛盾啊，在教师和学生中积极、慎重地发展党员，这是校党委和系总支都已经明确的任务，每个党员都有培养“发展对象”的义务和担任介绍人的权力，何况她本人还不仅是一个普通党员！她对楚雁潮的关心绝不是盲无目的的心血来潮，她敬佩自己的老师，并且希望能亲手把他吸收到党组织里来，这样，无论对于系里还是班里的工作都是极为有利的。现在，楚老师却似乎有些不“领情”，是对她郑晓京不够信任吗？还是想讨得更大的“保险系数”？

她没有正面回答楚雁潮提出的问题。自尊心使她不愿意承认自己在煞有介事地培养“发展对象”之前并未讨得明确的令箭，而组织纪律又提醒她不可假传圣旨，便索性放着胆子做了一个大得没边儿而又不留把柄的许诺：“楚老师，您不要有任何顾虑，对每个有入党要求又符合条件的同志，党的大门都是敞开的！党，是我们的母亲啊！”

楚雁潮又是一阵激动。他确信，郑晓京是代表着党组织来关怀他这个徘徊在党的门外的青年；那么，他现在所面对的就不是自己的学生而是“母亲”了。儿子对母亲有什么话不可以说呢？

但是，即便如此，他仍然觉得要倾吐心中的疑虑是那么困难！

“组织上……审查过我的历史吗？”他试探地问。

“历史？”郑晓京觉得奇怪，“一个在新中国成长起来的青年，还能有什么复杂的历史啊？”

“哦，我说的是……我的家庭。”

“您的家庭很简单嘛，职员出身，您的母亲是小学教员，还有一个姐姐在……在商店里做会计工作。就这些嘛！”

郑晓京回答得很准确，看来，她对班主任做过一番起码的调查研究。

但这并不全面，以致楚雁潮不得不提醒她："还有，我的父亲……"

郑晓京一愣："我印象中好像您没有父亲？"

"一个人怎么能没有父亲！"楚雁潮这句话几乎是喊出来的，从童年时期起他就不能忍受邻家的小孩和同学们认为他"没有父亲"的侮辱。但不知为什么，他现在"喊"出来的这句话却声音非常低，而且显得沙哑，"我有父亲，但是他的情况……比较复杂，我在履历表上都填过的，组织上不了解吗？"

他的脸涨得紫红，期待地望着党的代表。他希望郑晓京再仔细回想一下，给他一个肯定的答复：这些情况，组织上都掌握，并不成为你入党的障碍。那么，他会毫无矫饰地立即流下热泪，而不管最终能否成为一名共产党员，也为卸下一个沉重的精神负担而感到由衷的欣慰。

很遗憾，他等了一秒、两秒……一直等了很久，两眼直直地望着，却没有等到他所希望的回答。

权力虽不算大也不算小的郑晓京并没有看过楚雁潮的档案——那种被某些人称之为"生死簿"的东西。现在，她为自己准备不足而贸然采取的行动感到隐隐的恐慌，一种强烈的好奇心又促使她想探究未知的一切。

"您的父亲，"她预感到那一定是个不妙的角色，只能往坏的方面猜测，"是地主？资本家？"

"不是……"楚雁潮的声音低得几乎自己都听不见，也许仅仅嘴唇在嚅动。

"右派分子？"

"也不是……"

"那，到底是什么呀？"郑晓京有些按捺不住了。

楚雁潮痛苦地垂下了头，在当今社会中最坏的称谓轮番向他压过来，使他难于承受！看来，"母亲"并不了解他的父亲，他后悔自己主动地引出了这个话题。现在他想后退也已经不可能了，仅仅出于维护自我的尊严他也必须澄清这位举足轻重的郑晓京对他的种种误解，何况他要说的都已经白纸黑字记载在档案里，对党组织来说，也根本不成其为秘密！

他缓缓地抬起头来，脸上由突然的充血而涨成的紫红褪去了，玳瑁眼镜后面的双眼不再犹疑闪烁而恢复了平静。现在，郑晓京看到的仍然像在英语讲台上的楚雁潮，他镇定自若，侃侃而谈……

那已经是二十七年前的事了。

一九三四年的秋天，中国正处在国共两党之间“围剿”和“反围剿”的激战之中，上海则是在文化上两股政治势力你死我活的战场。

那时候，楚雁潮还怀在母腹之中。八月三十一日——母亲说过无数遍以至楚雁潮永远也不会忘记的日子，那一天傍晚，在一所中学教国文兼英语的父亲刚刚下班回家，还没来得及脱下长衫，听得楼下有人叫：“楚先生！”他以为是熟人来找，便应声走出亭子间下了楼。这时候，母亲无意中向窗外瞟了一眼，却看见两个身材高大的人猛地向父亲扑过去，一个用胳膊卡住他的脖子，另一个飞快地用毛巾堵住了他的嘴！母亲吓坏了，放下抱在怀中的姐姐就往楼下奔，但是父亲已经被拖进了一辆不知什么时候停在弄堂口的汽车，一溜烟地开走了！

母亲哭着，喊着，拼命地追呀，追呀，她根本不可能追上汽车。

她到处哭诉，到处打听，没有任何音信。她哀求校长为她做主，校长躲都躲不及：“学校出了这种事体，谁能想到？楚先生个人的所作所为，与本校无涉！你问你的丈夫去！”

到哪里去问？父亲无影无踪。一切都像是事先周密地策划好了的，他突然地消失了，永远地消失了。

第二年的春天，母亲在绝望中生下了他，按照父亲早已有的嘱咐，命名为“雁潮”。谁能够想象母亲在怎样艰难的境遇中带大了这姐弟俩？一个小学教师的薪水不足以养活三口之家，她还在星期天给人家洗过衣服，当过娘姨(保姆)。姐姐仅仅读完了小学就辍学了，可是母亲坚持让雁潮读书，因为他是这个家庭唯一的男孩儿。每天晚上，母亲在灯下仔仔细细地检查儿子的作业，逐字逐句地纠正他的差错，一边感叹着：“要是侬格阿爸还在，唉！侬格阿爸，文章写得交关好，英语讲得交关好！”

但是阿爸永远也没有回来。母亲希望雁潮快些长大，长成像父亲一样的男子汉，“文章写得交关好，英语讲得交关好”。楚雁潮从来没见过父亲，家里竟然连父亲的一张照片也没有留下，因为他不可能预先知道自己将突然地一去不回，没有任何准备。儿子就永远也无法认识父亲，只能千遍万遍地在想象中追寻。后来这个家被房东驱赶着搬了不知多少次，也就没能留下父亲的什么有研究价值的遗物。他的遗物也无非就是一些和母亲共用的书，一些旧衣服和一把旧雨伞，还有一函线装的《楚氏族谱》，母亲一直舍不得丢掉，因为那上面记载着楚家的血脉，多少多少代曾祖父做过“翰林待诏”，多少多少代曾祖父官拜“刺史”，成书时的最后一代则兴办了“学堂”。上面当然没有来得及印上父亲和楚雁潮的名字，但这条千古未绝的血脉正是由他们延续下来的。尽管母亲有千种遗憾万种感伤，但她觉得唯一对得起父亲的是给他生了个儿子，留下了根。

父亲恐怕早就死了，也许就在他被抓走的当天晚上。

是谁杀死了父亲呢？不知道。二十多年来，母亲、姐姐和楚雁潮都一直没有找到任何线索。父亲到底是个什么人呢？不知道。无论他是作为革命者被反革命所杀害，还是作为反革命受到了革命者的惩罚，都应该留下一点蛛丝马迹，供后人做一个结论。但是没有。也许是因为父亲的地位太低了，在哪一边都数不上，革命的和反革命的都没有记着他，没有留下哪怕只有几个字的记载。

这个谜，楚雁潮一直苦苦地猜了许多年，也没有找到谜底。

一九四九年五月，上海解放，楚雁潮十四岁。他错过了佩戴新中国第一批红领巾的年龄。进了高中，他和许多纯洁得像水一样的同学一道，虔诚地递交了入团申请书。但是，一次、两次、三次……直到他毕业，也没有得到批准。是他哪方面不如别人吗？不是，从校长到每一个同学都公认他是最优秀的学生。原因只是由于他那个不明不白的父亲。谁知道你是什么人的后代？也许你父亲是个罪有应得的特务、历史反革命。即使他曾经是个革命者，谁又能保证他被捕之后没有叛变投敌？总之，一切都没有人能证明。一个中学生就这样被翻来覆去地审查了许多次，而每次都是以问号开始又以问号结束，在这个清清白白的青年身上布满了迷雾，把一颗饱含热血的心扎得千疮百孔。

他百思而不得其解：我父亲是我父亲，我是我；我从来也没见过他，他是好是坏，和我有什么关系？即使他是功臣，我也不想分享什么荣耀；难道他是罪人，我就必须承担罪责吗？我为什么不能走自己的路？

谁也不能给他以透彻的解释，一股巨大而无形的力量像磐石一样牢牢地压在他的心上，使他几乎透不过气来。母亲总是流着泪开导他：没有资格问政治就不要问政治，好好读书，好好做人，这是最要紧的！他就是在这样的母训下凭着自己的力量考取了北京大学。他感激北大录取了他，表现了难得的宽容。他对北大怀着儿子对母亲那样的感情。但是，他一直不知道“母亲”对他的父亲到底持什么看法。北大把他留校任教，也许仅仅是因为他的专业水平，说不定对父亲的问题还有过争论。留校毕竟不同于入党，他一直没有勇气再在政治上做无谓的试探，因为那是徒劳无益的，只能再一次刺痛心中的创伤。在上海工作的姐姐却比他固执，坚持不懈地追求着党组织，任何一次党课都去听，每一个党员的发展会都去列席，申请书、思想汇报不知道写了多少份，被同事们讥笑为“党迷”，但至今也没有结果，快三十岁的人了，还整天流着眼泪、追着领导诉说。她是想用自己的一生来证明信仰的真诚，而又有谁能理解她呢？

楚雁潮不愿意让自己在北大也留下那样的笑柄。五年上学、一年见习和一年多的执教，他默默地做着自己该做的一切，却始终徘徊在党的门外，没有再向前迈出一步……

楚雁潮要说的已经说完了。吐出了胸中多年的积郁，他似乎应该感到一丝宣泄的快慰，一种如释重负的轻松，但是没有。他留下的仍然是一个没有答案的问号，仍然压迫着他。也许是因为压得太久了，他已经习惯了，并不觉得过分的沉重。只是在今天，在此时此刻，当他不得不重新审视这块巨石时，才格外真切地感到了它的分量。

他静静地望着郑晓京，等待她的反应。既然郑晓京是党派来的，他就不能拒绝组织的审查。既然他把党当作母亲，他就应该像儿子一样坦诚。既然他有勇气袒露自己的心，他就不必顾忌会不会得到已经重复过多次的后果。但是，“心如古井水”是任何人也不可能真正做到的，在他等待郑晓京的评判的时候，心中仍然泛起了希冀的微波。

郑晓京微微地张着嘴，双眼一片茫然。楚雁潮奇特的家史，她闻所未闻，甚至没有一点“似曾相识”的事例可供参照。简单至极，而又复杂至极，年轻的“布尔什维克”还没有遇见过这么令人烦心的事儿！

沉默。楚雁潮已经预感到，命运将再一次无情地重复。

郑晓京却突然说话了：“您父亲……他平时表现怎么样？”

“我不知道，”楚雁潮对这样幼稚的问题已经不愿意纠缠，“那是和现在完全不同的时代，很难谈什么‘表现’。人品好坏、学问高低也未必能说明什么问题。宋代的蔡京，个人生活是节俭的，书法还有很高的造诣，但在政治上却是个不光彩的角色。”他似乎并不想为父亲做什么辩解，竟举了这样的例子。

“我说的就是他的政治倾向，”郑晓京依然很认真地问，“您母亲和他一起生活多年，总不会没有觉察吧？”

“这也难说。如果他不是个政治人物，也就不会表现出什么政治色彩；如果他确是个政治人物，在那样的环境中也未必暴露给家里的人，”楚雁潮回答得模棱两可，“我母亲只记得，他读过不少鲁迅的书。”

郑晓京眼中放出了光彩：“这就是一种倾向性嘛！也许您父亲是个团结在鲁迅周围的革命文学青年，像柔石、白莽、胡也频……”她终于找到了对楚雁潮有利的因素，楚老师应该有这样一位父亲，一位抛头颅、洒热血的革命先驱！

“当然可以做这样的设想，”楚雁潮说，并没有由此引起什么兴奋，“但设想毕竟只能是设想，却找不到任何依据。父亲的文章并没有发表过，他只是一个中学教师，并不是作家。我查过鲁迅日记，查过所能找到的关于鲁迅的回忆录，都没有提到过他。他恐怕并不认识鲁迅，而鲁迅的书是任何人都可能读的。当时的知识界，阵线也不那么分明。”

郑晓京也犹豫了，“是啊，即使在鲁迅身边的人，情况也很复杂，像胡风、冯雪峰、萧军、丁玲……后来都成了革命的敌人！”

她眼中的那点希望之火复归于黯淡，放弃了那不仅毫无依据而且相当危险的设想。从“烈士”到“敌人”，楚雁潮的父亲转瞬之间翻了个一百八十度的大跟头，从天堂跌进了地狱。

楚雁潮完全感知了她的这种情绪变化，他自己心中的那一点希冀的微波也随之平息了。如果鲁迅本人能活到今天，谁又能保证他的结果如何呢？何况楚雁潮的那个名不见经传的父亲！一个死了的人，人们尽可以把种种干净的、不干净的“设想”加之于他，他却都得接受。如果人死了真的灵魂不灭，不知世间有多少冤魂！也许父亲正在冥冥之中痛苦地呼喊：“我的魂灵上是有这么多的，人我所加的伤，我已经憎恶了我自己！”

郑晓京默默无语，脑子里翻腾得厉害。好端端的一个楚老师，为什么偏偏生在这样一个家庭、有这样一个父亲？可惜，真可惜！这样的人，她能介绍他入党吗？党会接纳他吗？如果有一天查出来他的父亲有严重问题……多么严重的问题都有可能，那将比所有的已经有明确结论的人更麻烦！她的心情沉重了。自己真不该冒冒失失地把党的大门向他“敞开”，现在却敞也不是、关也不是了。如果楚老师把她的许诺当成了党的意思，越过她再去找党的组织，怎么办？那将会给她带来麻烦！不，他不会那样做，从他那低沉的情绪来看，他不敢！但她自己也绝不敢再提那近乎“请将出山”的关于入党的动员，只能不了了之。现在唯一的出路是撤退，乘兴而来，败兴而归！

“唉！”她无可奈何地叹息，以表示她对于楚老师的不佳身世深表同情但又爱莫能助，然后寻找适当的结束语，“不管怎么样，您还是应该相信党！一个人的出身是不能选择的，但是仍然可以选择革命的道路！”

楚雁潮不能领受这种居高临下的同情，不能忍受这种充满教训意味的安慰。他明白，在郑晓京的心目中，他现在已经被归入了哪些人的行列！“这，我懂，”他终于忍不住说，“你对白守礼、谢秋思不是经常这样讲吗？”

郑晓京疑惑地看了他一眼，她听得出其中包含的抵触情绪！她过去在白守礼、谢秋思身上也曾隐隐约约地感到过这种情绪！难道楚老师在思想深处果然和他们有某种共鸣吗？怪不得……

已经欠身准备告辞的郑晓京又稳稳地坐定了。“楚老师！党的阶级路线是十分明确的、坚定不移的，我们应该正确理解！一个人，无论出生在什么家庭，只要坚决跟着党走，就有光明的前途！您是我们的老师，我对您一向是非常尊重的，希望您能够把我们这个班带好，做我们的表率。对我们每个人来说，都应该自觉地抵制资产阶级、小资产阶级思想意识的侵蚀，在各方面严格要求自己，注意在同学们当中的影响……”

楚雁潮简直要怒而逐客！这样的教导，他已经反反复复听了十几年，却至今也不知道自己的家庭到底算什么阶级、他本人算什么阶级，又受了多少“侵蚀”！但是，当他听到那最后一句话，却又不像已经听惯了的老套，似乎在“暗示”他已经“影响”了学生。

“噢？我带坏了同学们？如果我是个不称职的班主任，那就请求组织上……”

“楚老师，不要激动，有则改之，无则加勉嘛！我这样提醒您，完全出于对您的尊重，为了维护您的威信。”郑晓京并没有因为空气的突然紧张而慌乱，她刚才含蓄的“提醒”原不是泛泛空谈。一个问号正在她脑际盘桓。如果说，在她刚才跨进楚老师书斋时对那个问号还是漠视的并且不屑于提出，那么，现在却变得重要了，答案也似乎可以触摸了。“楚老师，有件事，我本来不想跟您说的，也不相信。可是，既然班上对您有些议论，还是注意一点儿为好……”

果然是有的放矢！楚雁潮根本不知道她绕来绕去指的到底是什么，但绝不惧怕。在北大七年多，除了尊奉母训“好好读书，好好做人”，现在又加上“好好教书”之外，他自信没有可供他人攻击的口实！“有什么话，你就直说吧！”他打断了郑晓京的“和风细雨”，倒希望干脆“电闪雷鸣”，大不了就是不当这个班主任嘛，躲进书斋里安心译著更好！

事情哪里有这么简单呢？

“同学们当中流传着一个说法儿，”郑晓京不想回避了，咬了咬嘴唇，似乎在模仿电影里的哪位政治委员的神态，停顿了一下，两眼专注地望着楚雁潮，“说您——在和学生谈恋爱！”

楚雁潮愣了，一支箭突然从他根本不曾提防的方向射来！

他的脸不觉微微地红了。一个二十六岁的、未婚的青年，当别人直言不讳地点到他的婚姻恋爱问题时，不管所说的内容确实与否，他本人都是很难坦然自若的。世界上没有一个青年不曾想到过爱情，每人心中都有一颗爱的种子。它可能萌发得很早，也可能贮存得很久；它可能成熟于短短的一瞬，也可能经历漫长的磨难而最终凋落。爱情是一种神物，不遇到适当的时机，它并不显露明显的形态，以至于本人都觉得似是而非。而当他清醒地意识到它的存在的时候，它就已经成熟了。刹那间，楚雁潮回顾了在这个班执教一年多的历程，审视着自己的言行，仿佛他面对的不止是一个郑晓京，而是所有的认识他的人，无数双眼睛逼视着他，洞察了他心灵中的一切隐秘——如果他确有隐秘的话。他感到惶恐，好像一个被突然传到法庭的人，面对着神色森严的法官，面对着众目睽睽的旁听席，他一时弄不清自己是否有“罪”，却本能地首先自疑。年轻的班主任在 monitor 面前显得局促不安了。

郑晓京饶有兴味地观察着他。如果他一触即发、暴跳如雷，她也许立即打消了心中的那个问号；但情形并不是这样，他的窘态，他迟迟地不予答复，这就无疑证明已经被打中了要害！流言蜚语总是有原因的，平地上绝不会骤起风波……

“楚老师，要正视群众舆论！”她终于赢得了主动，但并不显出胜利者的自得，而是忧心忡忡地教导她的老师，“当然喽，爱情是人生的一个重要组成部分，每个人都有爱的权利、爱的自由。但总还有个原则嘛，对于青年人来说，首先应该投身于革命，而不是沉溺于谈情说爱！同学们当中半‘地下’状态的恋爱已经够让我们挠头的了，如果再牵扯到老师，我们的思想工作还怎么做？校党委很注意在这方面树立良好的风气，作为班主任，更应该以身作则啊！”

“我……没有以身作则吗？我在……恋爱吗？”楚雁潮喃喃地自

语。一个向来十分自信的人，竟然对自己失去了判断力！他希望在这个时候郑晓京能以旁观者的身份帮助他分析、辨别一些朦朦胧胧的意识，又担心自己难以承受过于明晰的结论，“你说……”

郑晓京自然是有话可说的。但是谁也没想到书斋的门此时被轻轻地敲了三下，一位不速之客使这场难堪却又应该继续下去的交谈不得不中断了。

楚雁潮猛然觉得那敲门的声音是韩新月！不是，当然不是，已经休学的韩新月怎么会来？一个袅袅婷婷的身影闪进门来，轻柔地叫了一声：“楚老师！”

是谢秋思。自从韩新月离开了这个班，谢秋思就已经理所当然地顶替了她在学习上遥遥领先的位置，老师的宿舍也是常来的。

“噢，monitor也在这里？”谢秋思微笑着看了郑晓京一眼，便转过脸径直朝班主任走去，手里捧着一本英文版的《红与黑》，改用她和楚雁潮共同的乡音说：“楚老师，的格小说里厢有个句型蛮复杂格，侬帮我讲讲清爽好不啦？”

全然不顾人家正在谈着多么紧要的事，长驱直入，后来居上而且还心安理得。你来得多么不是时候！现在楚老师连自己是红是黑都弄不明白，又怎么有心思给你“讲讲清爽”？

郑晓京紧锁着眉头站起来：“楚老师，咱们改日再谈吧，我的意见，也只是供您参考。”

她就这样走了，那神色异常的严峻。

谢秋思好像什么也没有觉察，顺势便坐在了那把刚刚空出来的椅子上，打开那本厚厚的《红与黑》。

“谢秋思同学，”楚雁潮心乱如麻，无论如何也不能把思绪拉回来投射到这本《红与黑》上去，尽管他对这本书极为熟悉，“你要提的问题，能不能到明天上午的英语课上谈？现在，天晚了，来不及分析，我……还有别的事……”

“好格，好格！”谢秋思随和地阖上了书，也许她本来就并不是非分析这本书不可，“楚老师交关忙噢！”

知道人家忙，却又不肯走；顺手拿起桌上的那张《人民日报》，却又不像要认真看报的样子。这个谢秋思，你闲着没事儿，来捣什么乱呢？

她自己也弄不清楚想干什么。报纸在手里拿了只有几秒钟，便又丢开了。没有丢在原来的位置，她不知道这张报纸铺在桌上的作用。一沓稿纸没有了报纸的覆盖，显眼地摆在那儿。她不经意地瞟了一眼，顺手拿起最上面的一页："楚老师在写文章？英文文章在中国啊有啥地方好发表噢？"

楚雁潮总不能把稿纸从她手里抢过来吧，只好说："这不是我的文章，译的别人的东西……"

"啥人格啦？"谢秋思立即表现出极大的兴趣，竟然把稿纸都拢在手中，大有不拜读完毕不罢休的架势，一边还感叹着："了勿起！楚老师了勿起！翻译家噢……"

……

好不容易应付走了这位热心的读者，楚雁潮扣上了房门，无力地和衣躺倒在床上，发出了一声长长的叹息。他第一次觉得，这间可爱的小书斋变得像座沉闷的囚笼，他想要冲出去，又不知道该冲向哪里？他本来想平静地生活，而生活却偏偏不肯让他平静！

他出神地睁着两眼，根本不可能入睡。窗外传来飒飒的响声，是急落的雨点在敲击茫茫夜色中的生命。

第二天，风雨如晦。他擎着那把从家里带来的、据母亲说是父亲曾经用过的棕色旧油纸伞，去上英语课。

在他踏进教室门的一刹那，猛然想起昨夜与郑晓京的谈话，不禁担心自己是否会在学生的心目中改变了形象？他有没有勇气面对郑晓京那双探究他的眼睛？还有对他进行"议论"的同学们……不，郑晓京还和平常一样，大家也都和平常一样，安静地望着他，等着听课。职业的自尊心使他立即镇定了，教师永远需要学生们尊重的目光。

他开始授课，按照预定的教程，分析学生们在精读中所遇到的疑难问题。谢秋思举手提问，和别人一样。她当然不可能把整部《红与黑》都搬到课堂上来讨论，实际上只是以几个典型句型举例，求得老师的具体分析。她读书读得是很细的，问题提得也很有代表性，使老师的解答具有普遍意义。

在熟悉的讲台上，楚雁潮完全是自如的……

他的讲解突然出现了停顿。因为他发现坐在后排的几个男同学似乎不太专注，而在关心别的什么事情。尽管他在过去曾经说过："学习的成功主要在于并非强制的兴趣"，但一旦发现自己并没有把学生的兴趣完全吸引到他的讲述中，还是感到了不安。他想以片刻的停顿和忍耐来提醒他们，却造成了课堂秩序的躁动，同学们纷纷回过头去，想知道是什么影响了老师的情绪。

目光最后都集中在唐俊生身上。起因是旁边的同学发现从他的课本中掉出了几张信笺，便在邻座间好奇地传看，一旦发现陷于众目睽睽之中，便忙不迭地又一个传一个，最终塞回他的手中。

郑晓京不能容忍了，忽地站起来："唐俊生，你搞的什么名堂？"

唐俊生咬咬嘴唇，低着头说："啥名堂？呒没啥名堂。"

态度如此恶劣，似乎根本没把班长放在眼里。郑晓京离开自己的桌子走过去，一把抢过那几张信笺："你们传的是什么？"

唐俊生既然已被"缴械"，也就不在乎了："侬自家看嘛好咪！"

楚雁潮站在讲台上，一言不发。他并不赞成郑晓京的做法，都是大学生了，没有必要在课堂上演出这种小孩子式的闹剧。但形势已经至此，他也无法控制。

郑晓京气呼呼地展开信笺，看见上面是分行写的英文。

她于是当众宣读，要让大家见识见识唐俊生的佳作。"'我的所爱'……"刚刚念了开头几个字，便愤然扔到唐俊生面前，"写的像什么玩意儿？你自己念！"

"自家读有啥了勿起？"唐俊生不以为然地接过来，当真朗读起来。

这竟是一首用英文写成的、韵律感很强的小诗。读毕，似乎唯恐人们听不明白，再用汉语朗诵一遍：

我的所爱在山腰；

想去寻她山太高，
低头无法泪沾袍。
爱人赠我百蝶巾；
回她什么：猫头鹰。
从此翻脸不理我，
不知何故兮使我心惊。

我的所爱在闹市；
想去寻她人拥挤，
仰头无法泪沾耳。
爱人赠我双燕图；
回她什么：冰糖葫芦。
从此翻脸不理我，
不知何故兮使我糊涂。

我的所爱在河滨；
想去寻她河水深，
歪头无法泪沾襟。
爱人赠我金表索；
回她什么：发汗药。
从此翻脸不理我，
不知何故兮使我神经衰弱。

我的所爱在豪家；
想去寻她兮没有汽车，
摇头无法泪如麻。
爱人赠我玫瑰花；
回她什么：赤练蛇。
从此翻脸不理我，
不知何故兮——由她去罢。

唐俊生读得流畅自如而又幽默风趣，引得同学们哄堂大笑！

“唐俊生！”已经回到自己座位上的郑晓京厉声说，“你闹得太过分了！”

坐在前排的谢秋思也按捺不住地举手起立，对她的同乡表示极大的不满：“楚老师！唐俊生把格种下流兮兮格物事弄到课堂浪厢来，简直——可耻！”

两个“阿拉上海人”公开反目，又给大家注射了兴奋剂。尤其是被谢秋思藐视的“乡下人”罗秀竹，她虽然还不能完全听懂唐俊生的朗诵，却对他们的“内战”抱有一种幸灾乐祸的浓烈兴趣。

“啥人讲？啥人讲？”唐俊生毫不示弱，气昂昂地针锋相对，“‘下流兮兮’？‘可耻’？讲格种闲话当心弄一顶反革命帽子戴一戴！对侬讲：这是鲁迅的诗！啥人敢反对？”

同学们全被这惊人之语震蒙了！——鲁迅？

“不可能！”郑晓京首先从震惊状态中做出了反应，“鲁迅是文化巨人、革命战士，怎么会写这种东西？”

“齷齪得咪，根本不像鲁迅写格！”谢秋思也立即表态。

罗秀竹忘了“坐山观虎斗”，也慌了：“不要糟蹋鲁迅噢，他是我最崇拜的作家！”

课堂上乱哄哄，楚雁潮不能不说话了：“这确实是鲁迅的诗，题目是《我的失恋》。”

只这一句话，课堂上便立即鸦雀无声。不管是惊讶还是沮丧，他们也相信楚老师绝不会拿鲁迅开玩笑。

他继续说：“不要以为革命作家就不会写有关爱情的作品，鲁迅也是人，也有七情六欲！不过，这首诗并不是直接写他自己的爱情生活的，而是有意讽刺当时流行的软绵绵的‘失恋诗’。他写得很幽默，但立意很严肃：没有志同道合为基础，也就没有爱情，不必‘阿呀阿唷，我要死了’，还不如‘由她去罢’。诗里所提到的几件奇特的礼物，大家也许觉得很古怪，其实是鲁迅从自己的生活中信手拈来的：‘猫头鹰’和‘赤练蛇’是他所喜欢的两种动物；‘冰糖葫芦’是他爱吃的食品；至于‘发汗药’，因为他有肺病，更是经常服用……”

见解本不相同的十五名学生都被他这种胸有成竹的阐述所吸引。

“我还要指出：鲁迅的诗是用中文写的；唐俊生同学把它译成了英文，译得相当不错，值得称赞！有个别句子，比如‘低头无法……’‘仰头无法……’等四个完全相同的句型，转换成英文时既要保持原作的风貌，又要适应英文的阅读习惯，还可以再推敲一下译文。下面，我们不妨以此为例，做句型分析……”

由于不期然临时增加了内容，今天的课拖堂了。下了课，已是中午十二点半。楚雁潮匆匆下了楼，撑起雨伞向教工食堂走去。

“楚老师!”郑晓京穿着一件草绿色的军用雨衣，从后边朝他追来。

他停住步。油纸伞张着的伞骨垂下一圈水柱。

“楚老师,”郑晓京已经来到他的面前，雨帽下面的额发挂着水珠，“今天下午的生活会……”

“哦,”楚雁潮记起了今天下午有一个班会——每个星期六在男生宿舍召开的全班例会，开展批评和自我批评。这种会历来都是由郑晓京主持，班主任可以参加，也可以不参加。既然现在郑晓京赶来通知他，显然是希望他参加了。“什么内容?”

“整顿班风啊!”郑晓京伸出一只手，抹着脸上的雨水，“您看现在班上都乱成什么样子了，不整顿还行吗?”

“仅仅是因为今天的课堂纪律?”楚雁潮倒不以为然，“这算不了什么，对大学生不必限制得那么死……”

“您以为只是个课堂纪律问题吗？一种极不健康的思想意识正在班上蔓延，原来还只是在下边儿议论，现在已经在课堂上公开化了!我真为您担心啊，楚老师!”

“为我……”楚雁潮猛地一个激灵，昨天晚上郑晓京那句令他震惊的话现在又回响在他的耳畔：“……说您……在和学生谈恋爱!”难道今天课堂上的事就是这种“议论”的反映吗?

他感到迷惘，并且不由自主地紧张起来。他立即意识到：在课堂之外，郑晓京不是他的学生，而是他的领导，她对于他有一种“审查”的天职，那双眼睛要穿透他的一切，从写进履历表中的家庭历史到内心深处的感情世界……

“您真的没有感觉到吗？”郑晓京对他这种迟钝的反应表示不满，不得不再点他一下，“班上的同学都在议论您和谢秋思！”

“什么？谢秋思？”楚雁潮莫名其妙，完全莫名其妙！这就是郑晓京昨晚没有揭破的答案？它搅扰得他夜不成寐，谁知道竟是这么一个结果！楚雁潮轻轻地舒了一口气，就像一个“被告”在法庭上听到宣布“无罪释放”，心里坦然了。他笑了笑，说：“太离奇了吧？怎么会有这样的说法呢？”

他的坦然使得郑晓京也不敢一口咬定了：“是啊，我也觉得奇怪，可是同学们都议论纷纷，说得有鼻子有眼儿……”

“嗯？”楚雁潮很难想象那个以自己为主角的恋爱故事会是怎样“有鼻子有眼儿”。

“他们说，谢秋思和您的接触比较多——呃，我昨天还在备斋碰上她……”

“我是教师，任何一个学生都可以来找我。昨天，你也在嘛！”

“我……”郑晓京无可否认，但她怎么能和谢秋思相提并论？谁知道谢秋思到备斋去是出于什么目的？“大概因为你们是同乡，所以感情就比别人近一些……”

楚雁潮微微皱起了眉头：“同乡？同乡能说明什么呢？人的感情能以地区划分吗？”

这倒是。郑晓京在心里说，按照列宁的教导，人是划分为阶级的。谢秋思和楚老师……是了，在这方面也是可以找到证据的！

“谢秋思有很强的资产阶级虚荣心，挖空心思地打扮自己。同学们说，她这样都是为了给您看，每次上英语课，她都穿得比平时更漂亮，这就是‘女为悦己者容’……”

楚雁潮哑然失笑：“我上课的时候，从来就没注意过同学们的服装！”

“是吗？”郑晓京喃喃地说，“他们还说……”

“郑晓京同学！”楚雁潮打断了她这些不厌其烦的叙述，“我不大相信同学们都这么说！”

“当然不是所有的人……”郑晓京有些不大自然，细细推敲起来，她刚才的话不知不觉地运用了文学中的夸张手法，于是有所收敛地说，“其实也只是在几个男同学之间这么传来传去，造谣的可能就是唐俊生！”郑晓京显然在悄悄地后退了，把“议论”这个词儿换成了“造谣”，“唐俊生不是被谢秋思给甩了吗？他就散布说：谢秋思本来已经跟他海誓山盟，就是因为看上了您，才背叛了他；您个子比他高，比他有风度，又是班主任，将来对谢秋思的毕业分配……这些，他当然都不是对手了；他还说……”

“你不必再说了！”楚雁潮生气了，“这些无聊的说法，无论是对我，还是对谢秋思同学，都是一种侮辱！”

“就是嘛，我也不相信会有这种事儿！”郑晓京觉得有必要洗清自己，免得在老师的眼里把她和那些制造谣言、散布谣言的人混为一谈，她是站在领导者的超脱位置上的！“为了弄清情况，我还找谢秋思谈过话，可是，她对这些谣言却没做任何解释，只说：‘我爱谁，是我的权利、我的自由！’好像是默认了！……”

楚雁潮皱起了眉头。想到谢秋思昨天晚上心神不宁的样子，不知道她葫芦里卖的什么药。他感到遗憾，在这个班里，他了解得最少的恰恰是这位小同乡！

“她的这种情绪，当然要引起连锁反应！”郑晓京又恢复了那种政委神态，“唐俊生今天竟然敢在课堂上那么胡闹，他公开念那首诗，就是向您示威嘛，您还表扬他！我看倒应该对他进行严肃的批评！在下午的生活会上展开一次思想交锋……”

“我表扬的是他的译文，而且也不认为是什么‘示威’。”楚雁潮再一次打断了她，“你准备怎么‘交锋’呢？”

“驳斥他散布的谣言！”郑晓京愤愤然，“既然他说的不是事实，我们就应该维护老师的名誉，端正师生关系，打击他的歪风邪气！并且也要教育谢秋思，树立正确的人生观，同时让全班同学引以为戒！”

“不必了！”楚雁潮说，“这么一件小事儿，我看用不着兴师动众，让它自生自灭就是了。事实本身就已经很清楚，无须再解释；只有谎言才拼命鼓吹，唯恐别人不相信。我不希望因为我而弄得谢秋思和唐俊生两位同学在大家面前都抬不起头来！你说呢?”

“哦,”郑晓京的昂扬斗志松懈了，她构思中的那场既有思想性又有戏剧性的“交锋”就这样被扼杀了吗？她似乎很觉惋惜，“那，下午的会……”

“我建议，是不是换一个内容?”楚雁潮说，“开展一些有意义的讨论，比如：团结、友谊，也可以讨论……爱情，但注意不要影射任何人，不要伤害任何人。这，由你来掌握,”他又看了一下手表，“我就不参加了，向你请假。”

“噢!”郑晓京无可奈何地叹了口气，又问，“下午老师有更重要的会议吗?”

“我有事。”楚雁潮并没有明确回答她，转身走了。

郑晓京愣愣地望着他那走进雨幕中的背影。对这位班主任，她还是没有看透……

楚雁潮擎着雨伞大踏步走去。冰冷的雨点被风裹着落在他的脸上，他倒感到一丝轻松的快意。

古旧的崇文门城楼在雨幕中显出一个淡淡的剪影。

城楼下的东单南大街现在简直像一条江南水巷，往来的车辆如同在河面穿梭的船只，大白天也开着车灯，垂下一条条流动的、色彩斑驳的倒影。同仁医院的大门前，救护车、吉普车、小汽车和蒙着塑料布的平板三轮车，以及戴着草帽的、打着伞的人，都急急如律令，奔向这救死扶伤的场所。到这儿来的人，历来都是风雨无阻。院子里，被风雨摇落的枯叶，随着路上的积水，汩汩地流向下水道，湿淋淋的白杨树干，睁着一只只忧伤的大眼睛……

卢大夫刚刚做完了一个二尖瓣分离手术，她疲惫地走出手术室，伸手扶住走廊里的长椅，刚想坐在那儿喘息一下，却发现楚雁潮正站在门旁等着她，手里倒垂着的雨伞，还在滴水。

楚雁潮吃过午饭就赶到“博雅”宅去，却意外地得知新月又住院了，他立即意识到情况严重了，便匆匆来到了医院。他没有直接去看新月，而是先来找卢大夫。如果不事先从卢大夫这里弄清情况，他简直怕见新月，不知道该对她说些什么。

"哦，楚老师……"卢大夫没等坐下去就又站了起来。

"卢大夫！"楚雁潮急切地叫着她，但看见她那疲惫的神态，又有些犹豫，"对不起……我现在打扰您，很不是时候……"

"不，你来得正好，"卢大夫振作精神说，"我很想和你谈一谈新月的情况……"

"新月怎么样？"楚雁潮急着问，"这一次……"

"这一次有些新情况，"卢大夫看了看走廊里的那些病人和家属，对楚雁潮说，"我们换个地方谈吧，到我的办公室去……"

穿过长长的走廊，又上楼，楚雁潮跟着卢大夫朝办公室走去。他惴惴不安地问卢大夫："我听她家里人说是扁桃体发炎，我想如果仅仅是扁桃体……"

"对，问题不在扁桃体炎本身，这是一种极为普通的病，"卢大夫推开办公室的门，请楚雁潮进去，坐在自己办公桌对面的椅子上，"麻烦的是，扁桃体炎极容易引起她的风湿热复发，反复发作对于心脏极为不利……"

"扁桃体不是可以摘除吗？这样就可以彻底避免风湿热的复发了！"楚雁潮说，极力运用他所知道的那一点儿可怜的医学知识。

"如果能够摘除，我早就做了。"卢大夫严峻地叹了口气，"有严重心脏病的人，不能做扁桃体摘除术！这样，她的身上就永远存有隐患，遇有风寒侵袭或者劳累过度，非常容易被链球菌感染，引起急性扁桃体炎，随之而来的就是一系列连锁反应：风湿热、关节炎，并且累及心脏瓣膜……"

"噢，"楚雁潮似乎听懂了，"这是不是意味着，她重新进入了风湿活动期，而原定在明年春天做的手术也就只好推迟了？"

"不仅仅是推迟的问题，"卢大夫脸色阴沉地看着他，"现在看来，这个手术已经难以实施了！"

"啊？！"楚雁潮自己的心脏仿佛遭到了致命的一击，"为什么？"

“因为……”卢大夫的目光避开他的视线，望着窗玻璃上流泻的雨水，说，“抗风湿的药物只有退热、消炎、镇痛的作用，可以控制风湿活动，但不能防止心脏瓣膜的病变。她这次的发病，使心脏受到了进一步的伤害，原来轻度的二尖瓣闭锁不全，现在变得严重了，并且左心室明显扩大。二尖瓣狭窄伴有这些症状，分离手术就不能做了！”

“那……她以后怎么办？”楚雁潮喃喃地说，心怦怦地跳。

“只有依靠保守治疗了，我们将努力保持和改善病人的心脏代偿功能，减轻心脏负担，并且尽量避免链球菌的反复感染。有条件的话，我希望她能够长期住院治疗……”

“这样，可以保证她明年暑假之后就能复学吗？”楚雁潮担心地问。

“不能保证，没有人可以做出这样的许诺！”卢大夫加重语气说，“不要再考虑那些事情了，她恐怕很难再回到学校去了！”

“啊？这怎么行？不！”楚雁潮冲动地站起来，慌乱地抓住卢大夫的手，“她不能离开学校，不能丢下所学的专业！您知道吗？她参加高考的时候根本没有填写第二志愿，她是为外语专业而生的，事业就是她的生命！卢大夫，我求您救救她！”

“你不要太激动，冷静一些，”卢大夫轻轻地抽回自己的手，站起来，看着窗外的滂沱大雨，“你的心情，我都明白，我多么希望她能够健康地重新回到学习岗位上，在事业上做出应有的成绩！可是，感情并不能改变科学，病魔对于任何特殊人才也都会毫不怜惜地摧残，而医学界目前还没有更为强有力的手段来降伏它。我将尽我所能，设法延长新月的生命……”

“已经到了这种地步？”楚雁潮不禁打了一个寒战。

“是的，‘美言不信，信言不美’，我必须告诉你真实的情况。既然她的心脏不能用手术治疗，病就永远无法根除，而只能维持，恐怕会一天天地严重，就像一架破损的机器，勉强地运转，随时都可能出现致命的故障。如果再发生上次那样的急性心力衰竭，而得不到及时抢救的话，后果将是不堪设想的！”

楚雁潮呆呆地站在那里，卢大夫的话使他觉得从头到脚，寒冷彻骨。新月，一个充满生命力、充满事业心的姑娘，已经被判处“死刑”了，她所痴迷的事业，与她无缘了；她所热爱的人生，为期不久了！命运，对她太残酷了，她那颗柔嫩的心，怎么能受得了这样的打击！啊，救救她，救救她！谁能够救她？谁？既然连心脏病专家都无能为力，还能够有谁呢？

窗外，大雨如注，密集的雨丝抽打着玻璃，又像瀑布似的朝下倾泻……

门被推开了，一位老护士托着饭盒走进来：“卢大夫，您的饭都凉了！”

“哦，谢谢，请放在那里，我这里有事情。”卢大夫说。

老护士放下饭盒，轻轻地退了出去，却没有带上房门，并且临走时埋怨地看了楚雁潮一眼。

楚雁潮意识到自己该告辞了，他朝卢大夫歉意地点点头，“您吃饭吧，真对不起……”缓缓地转过身，向门口走去，两条腿像灌了铅似的那么沉重。

“楚老师，”卢大夫跟着走过来，叫住了他，“我刚才所说的一切，都不能让病人知道……”

“我明白……”楚雁潮喃喃地回答。

“她这次住院，我觉得她的精神状态有些反常，好像有什么心理负担。是不是在家里有什么不愉快的事情，还弄不清楚，因为我不了解她的家庭……”

“我明白……”楚雁潮机械地答应着，朝前走去。其实，“博雅”宅中的一切，他并不明白。

他默默地走在楼道里，头脑好像被抽空了，眼前一片茫然。

他下了楼，向内科病房走去。雨浪疯狂地向他卷过来，他像航行的人突然翻船落水，险些跌倒在地，这时，才意识到应该把伞撑开。棕色的油纸伞在风雨中摇摆，像寒塘中的一茎残荷枯叶。

水淋淋的楚雁潮走进病房的楼道，值班护士像突然看到了一个鬼魂，惊得愣了一下。在这样的鬼天气，他是仅有的一个前来探视的人。

新月的病房的门敞着。因为气压太低，护士怕病人感到胸闷，又没有人来打扰，就敞着门。对面的窗子上，倾泻着雨水的瀑布。这间病房很空，只住着三个人。那两位，一个是中年妇女，一个是十几岁的小姑娘，她们的病显然不重，或者已经接近痊愈，正各自坐在床沿上，往一张椅子上摔扑克，排遣这雨天的无聊。看见有人走来，满带喜悦地往门边看了看，又失望地垂下头，继续摔她们手中的“红心”“黑桃”。

新月静静地躺着。她的床头翘起，垫着厚厚的枕头，半坐半卧，这是最适合她的姿势。白色的床单，白色的被子，白底蓝条纹的病员服，衬着一张白玉似的脸，病情使她的双颊泛出红润——典型的“二尖瓣面容”。小辫子没有梳起来，任其自然地松散着，柔软的黑发一直垂到胸前。这样一位美丽的姑娘，谁会相信她将不久于人世呢？毁灭这样一个年轻的生命，那将是怎样的罪恶？

她一动不动地仰望着天花板，天花板空洞无物，只是一片洁白。她也许什么也没看，在茫然的思索中，眼神凝住了，眉宇之间，一缕若隐若现的哀愁。她在想些什么呢？

楚雁潮愣愣地站在门边，雨伞和裤脚上的水，无声地滴落，在地上汇成一片浮出地面的水汪。他静静地望着新月，却说不出话来，喉咙里像被什么噎住了。卢大夫那可怕的预言，在他的脑际盘旋。他觉得那简直是巫婆的恶毒咒语，无论如何也不能让它落在新月的头上，人间的一切不幸都不应该属于新月！他想呼喊，想痛哭，想发泄胸中的不平……但他没有这样做，几秒钟之后，他强迫自己冷静下来。他为自己的冲动感到后怕，不，不能抱怨卢大夫，她不是巫婆，而是天使，正在竭尽全力和死神搏斗，争夺属于新月的时间；她对病人的爱，绝不亚于这个不懂医学的英语教员，她维系着新月的生命！不，绝不能向新月吐露半个字，这个十八岁的女孩子还没有足够的勇气面对那隐隐在望的死亡。岂止是新月呢，如果放在二十六岁的楚雁潮身上，甚至是年逾古稀的严教授，也难以做到平静地走向生命的终点，常常发出不能“长绳系日”的哀叹！楚雁潮突然意识到自己犯了一个过错：以前，他对新月责之过苛，残酷地让她“自知”，正视自己的“短处”“弱点”，用激励猛士的办法对待一个弱女，让她“掌握自己的命运”，而现在，她掌握得了自己的命运吗？楚雁潮，一个研究语言、文学的人，应该懂得语言的奥秘、文学的精髓，那就是“人”，人的思想，人的情感。人是多么复杂的一种生物，语言和文学的创造者，语言和文学中永恒的主角；几千年来，人用文字写着人的命运，却至今不能使它穷尽，或许命运之谜永远也无法揭开；从来也没有一个人能真正透彻地了解和掌握自己的命运，只不过以各不相同的方式和不可知的命运较量而已，或逆来顺受，或奋起拼搏，拼搏的动力不仅来自“自知”，而且来自幻想……美好的幻想，往往既是辉煌的人生的起点也是终极目标。啊，人需要幻想，幻想使人生变得美好，使有限的生命扩展到无限……

楚雁潮心中的麻木和凄凉被一股温情所消融，他捋了捋被雨水粘在额上的头发，脸上泛起微笑，向那张病床走去，轻轻地叫了一声：“新月！”

新月从沉思中被惊动，微微转过脸来，眼睛中放射出兴奋的光彩：“啊，楚老师！”

楚雁潮轻轻摆了摆手，示意她不要动，然后自己搬过了一把椅子，坐在她的床前。

“楚老师，想不到您今天会来，外面下着那么大的雨，连我家里的人都……”新月仰望着他说，眼睛里闪烁着泪花，话说了一半又停住了。

“我早就该来的，”楚雁潮发觉她的神情中的孤寂和悲哀，立即接过去说，“为了不打扰你的休息，我最近没到家里去看你，也不知道你又……”

“我本来是想写封信告诉您的，可是又怕影响您的工作，您那么忙……”新月的眼神中流露出一种复杂的情感，她渴望着和老师见面，又怀着唯恐连累了他的歉意，微微喘息着说，“就没写……不，写了，没发……”

“哦，你应该寄给我，”楚雁潮觉得遗憾，“好让我早一些知道。”

“我怕您知道，怕您为我着急，所以那封信重写了两次，还是没发。”新月有些自嘲地微笑着，脸上的红晕更浓重了，“反正我这次病得不重，只是感冒……”

楚雁潮的心像被一根鼓槌猛地敲了一下！新月只知道她患的是感冒，在她的心脏又面临新的威胁的时候，她担心的不是自己的身体，而是怕惊扰了她的老师；现在，老师来了，就坐在她的床前，老师什么都知道，却又什么都不能说！

“你怎么感冒了呢？”楚雁潮只能这样说，“天气凉了，你应该时时注意保重身体；大夫不是给了你预防感冒的药了吗，在家里没有按时吃吧？”

“哦，一忙就容易忘了……”新月不好意思地抿着嘴唇，像没有完成作业的学生面对老师的批评——她从没有丢下过作业的时候，而现在对待比作业还重要的事儿，却疏忽了。

“忙？你在家里还忙什么？”楚雁潮觉得奇怪。

“前些日子，我哥哥结婚，”新月微微一笑，“他和淑彦结婚了……”

“就是你那个女同学吗？她的年龄好像并不大，和你……”

“不，她比我大两岁多呢，今年都二十一了。我小时候入学早，比她早了两年……”新月忽然又伤感起来，“可是，现在又让病给耽误了，真是命中注定啊，正像我姑妈常说的一句俗话：‘起个大早，赶个晚集！’”

楚雁潮懊悔刚才提到她的年龄，赶快扭转话题，回到那件喜事儿上去：“你应该为你的哥哥、嫂子感到高兴，这为你们的家庭也增添了欢乐！”

“欢乐，是欢乐啊！我哥和淑彦都是非常非常好的人，我衷心期望他们永远欢乐、永远幸福！”新月的脸上又浮现出了笑容，“那天的婚礼好热闹，我还亲自去迎亲了呢！”

“唔！”楚雁潮的心中却蒙上了阴云，这个不幸的姑娘，对人间美好的事物，这么好奇，这么热心，充满了深情，为了别人的美满结合，她无私地去忙碌，却不知道，这一切和她都没有任何关系，人生中的黄金季节，她自己恐怕已经等不到了！“新月，你身体不好，怎么还能去操劳那些事情呢？恐怕这次……感冒，就是累的！”楚雁潮不能不埋怨她，“下次，可不许……”

“下次？没有下次了，我只有一个哥哥，家里难得热闹这么一次，以后我还能再为谁奔忙呢？”新月喃喃地说，“其实我也没有为他们做什么，一切都是妈妈在操劳，妈妈累坏了……”

说到这里，她闭上了眼睛，刚才被唤起的那点儿兴奋之情，又被什么给冲淡了，她的耳旁又响起了妈妈说过的话：“这里头有你什么事儿？”是啊，没有她什么事儿，哥哥的婚礼结束了，妈妈的心事全没了，她呢，躺在医院里。这半个月当中，哥哥和嫂子经常来看她，爸爸和姑妈也来过几次，唯独妈妈没有来。难道妈妈真的一点儿心事也没有了吗？不知道女儿在病中更需要母爱吗？

楚雁潮猜测着她此刻的思想，而猜测是困难的。

“你不要惦记家里的事了，要安心在这里养病……”他说。

“我知道，”新月说，“我现在感冒已经好了，大夫不让我出院，也许就是让我避免干扰吧？我……能做到，我……什么也不想了！”

晶莹的泪珠，漫出她那紧闭着的眼睑，从长长的睫毛中间滚落下来！

泪珠仿佛滴在楚雁潮的心上，四散迸射，发出冰凌碎裂似的响声，他似乎清晰地听到了那响声！他被新月孤寂的心境所感染，却并不清楚新月何以这般孤寂，又何以这般自甘孤寂？她不完全了解自己的病情，也就不至于这样悲观，难道果然如卢大夫所说，她另外还有什么心理负担，而这又来自她的家庭吗？楚雁潮曾多次去过她家，这个家庭给他的印象是和谐而安宁的，他认识这个家庭的所有成员，并没有感到在新月和父母兄嫂以及姑妈之间有什么矛盾，也许这个了解太肤浅、太空泛了吧？

“新月，你好像有什么心事，是不是在家里遇到了……”他谨慎地问，却又很难把问题提得太具体。

“哦，没有……”新月擦去腮边的泪珠，勉强地向他笑了笑，显然在掩饰刚才流露出来的情感，“家里的人都对我非常好，每到探视时间，他们都轮流来看我，这，我就很满足了。今天，雨太大了，他们……可是您来了，您看我多高兴啊，楚老师，我什么烦恼也没有了！”

楚雁潮不便再问，他的到来能给新月带来欢乐，他感到欣慰，但愿新月从此不再烦恼！“以后的每次探视时间，我都来看你，好吗？”

“真的？”新月的大眼睛闪耀着兴奋的光彩。

“当然是真的！”楚雁潮说，“我什么时候骗过你？”

“骗过，”新月说，“我记着呢！”

“唔？什么时候？”楚雁潮不安了，他担心他和卢大夫向新月隐瞒的病情，被新月看穿。

“我们第一次见面的时候嘛，您隐瞒了自己的身份！”新月笑着说。

“噢！那不是我故意隐瞒，而首先是你自己误会了嘛！”楚雁潮也笑了，说起一年前的往事，他心中升起一股怀恋之情，那时候，新月是那么健康，那么朝气蓬勃，那么无忧无虑！他和她，都不曾料到会有今天！楚雁潮多么想再一次帮新月提着行李，把她送回二十七斋！啊，也许真的不可能了！他抑制住自己的伤感，极力像闲谈似的说：“仅此一次，可以原谅，希望以后在我们之间连误会也不再有，好吗？”

“好……”新月轻轻地回答，注视着她的老师，她那双晶亮的大眼睛，像纯净透明的湖水，像纤尘不染的镜子，映出了心灵中的无限信任。

“那么，我要求你……”楚雁潮恳切地望着新月，“……要求你把心中的一切烦恼都告诉我，让我们一起来分担，烦恼被分开之后，它的分量就减轻了……”

“我……没有什么烦恼呀。”新月说。真遗憾，她刚刚做出的许诺，却不能完全兑现。人的内心深处总有属于自己的一点儿隐秘，新月也有，一种飘忽不定的思绪，常常搅扰着她的心，却又难以捉摸，难以把握，像一个猜不透的谜，常常在夜深人静之时缠绕在脑际，苦思而不得其解，久久难以入睡。这使她烦恼，使她痛苦，却又不能求助于任何人，包括她的知心女友陈淑彦。她只有把这个扑朔迷离、似是而非的猜测闷在自己的心里，永远也不去求得解答，不去试图证实，因为一旦被证实，不仅她自己难以承受，恐怕整个家庭也就不得安宁了。现在，她只有在心里暗暗地请求老师原谅她的隐瞒，让更重要的事情来压倒心中的烦恼了，“老师，我着急的只有一件事……”

“上学？你不要着急，明年暑假之后你才能复学呢，那时候，你的身体已经好了，完全好了！”楚雁潮违心地描述着一片幻景，竟然又觉得那么真切，也许不是幻景，说不定新月真的还有那一天！“到那时候，我来接你……”

“谢谢您，老师，我耐心地等着，”新月的嘴角挂着笑容，“我现在着急的，是您的译文……”

“哦，译文？”楚雁潮没有料到卧病的新月却在为他的事着急，就有意轻松地说，“出版社已经答应了，推迟到明年出书，这样，我就不必太赶了，反正时间还来得及。”

“推迟？最好不要推迟，我多么希望早一点儿看见它出来啊，这是您的第一本书！”新月殷切地看着他，“这次带稿子来了吗？译到哪儿了？”

“没有……”楚雁潮觉得背上像被猛抽了一鞭，新月在催着他加快进度，为了新月他也应该拼命往前赶，可是他却……他不能对新月说因为工作太忙，没有时间，也不能说因为她的病而无心译著，他只能说：“下次吧，下次一定带来！我想把译文推敲得严谨一些，所以就译得慢了，现在正在译《出关》……”

“噢，《出关》，”新月回味着她过去读过的原著，“鲁迅在一个短篇里写了两个大思想家，确是大手笔！可是又写得那么轻松、幽默，我记得，好像写到老子在上面讲《道德经》，听的人却在下面打盹儿，一句也听不懂！”

“老子的‘道’是很难懂的，人家以为他要讲自己的恋爱故事才去听的，结果大失所望，坐在那儿受罪！”楚雁潮笑着说，他想借鲁迅的幽默缓解一下新月的烦闷，“讲完了课，还让他编讲义，辛辛苦苦写了两串木札，才给他五个饽饽的稿费！……”

新月忍不住笑起来。

“……还不如孔子大方，见老子一次就送他一只雁鹅！”楚雁潮接着说，忽然想起了什么，问新月，“哎，你想吃点儿什么？下次探视我给你带来！”

那两位打扑克的病友羡慕地往这边看了看，她们听不明白这位来访者到底和新月是什么关系，只是觉得在这样的阴雨天气，能受到这样关切、体贴的探视实在太幸运了，强似打扑克百倍，况且还保证以后的每个探视日都来……

“不，哥哥经常给我送吃的，是姑妈做的，您什么都不要给我买，”新月说，“您只要把稿子带来就行了，这是最重要的。我虽然帮不上您什么忙，但是每次谈一谈翻译，就觉得在这里的生活也是充实的，没有虚度光阴……”

“好，这太好了！”楚雁潮感到，在新月柔弱的身体内，一颗热爱着事业的心在顽强地跳动，跳得那么有力！

这天下午，他们谈了很久。卢大夫来巡视，护士来送药，都没忍心赶楚雁潮走，似乎楚雁潮的到来，比她们的药物治疗对新月更起作用。给新月吃完了药，她们倒悄悄地退走了。

直到掌灯时分，窗外的雨还没有停，楚雁潮也没有告辞的意思。

“楚老师，您该回去了，”新月看了看黯淡的窗户，不安地说，“路很远呢，天又不好……”

楚雁潮只好站起身来，拿起靠在墙边的雨伞，叮嘱说：“记住，心要静，神要安，等着我，下次再见面！”

“嗯。”新月真诚地答应着，目送着他离去。

楚雁潮出了病房，撑开雨伞向前走去，夜色湮没了那风雨飘摇的一茎残荷……

楚雁潮此时哪能想到，在北大男生宿舍里召开的那个班会到现在还没有散。郑晓京根本没有听从他的建议，仍然发动了一场急风暴雨式的思想交锋，把唐俊生和谢秋思斗得一塌糊涂！

快半夜了，雨还在下，院子里汪洋一片。

“博雅”宅的倒座南房里，姑妈还没睡，惦记着住院的新月，等着深夜未归的天星。

那天，天星背着新月往医院跑，老姑妈一阵心疼，差点儿死过去！一会儿又自个儿缓过来了，也没当回事儿，又继续为别人忙碌、为别人操心了，家里人谁也没理会她身上带着病呢！

书房里黑着灯，韩子奇靠在那张大沙发上，坐也不是，卧也不是。在这个阴冷潮湿的秋夜，他那折断了又接上的肋骨隐隐地作痛，折磨得他难以入睡。这半年来，家里经历了多大的反复？悲而复喜，喜而复悲。仿佛是命运存心捉弄这个心高于天、命薄于纸的老人。你不是想"一福压百祸"吗？偏偏让你事与愿违，正在为儿子的百年之好而陶醉，女儿却突然又倒下了！他一闭上眼睛，就看见女儿躺在医院的病床上，每一声喘息，都扯着他的心！女儿离开家又已经半个月了，尚不知归来更待何时。

他买来的那本《内科概论》，已经翻得卷角，有几个章节，他反复看了许多遍，画满了杠杠，夹满了小条儿。但他毕竟是外行，研究了一辈子玉，却从来没有研究过人的心脏，那书他看不大明白，只好背着新月，去请教卢大夫。但他感到卢大夫相当谨慎，不仅一再嘱咐不要让新月完全了解自己的病情，而且还含蓄地问及是否家中有什么事情引起新月的情绪波动。对此十分敏感的韩子奇立即想到了很多很多，但他却不能向这个家庭的局外人袒露胸中的一切，只能说："哦，没有，没有，她是家里最小的孩子，父母都很宠她，决不会……"而在他这样回答的时候，心中却几乎已经找到了女儿的病因，并且恐惧地感到卢大夫的那双深邃的眼睛已经窥透了他的内心！长于雄辩的"玉王"，在情感领域却是一个不堪一击的弱者，嗫嚅着垂下了眼睑。卢大夫当然不会追问他的家事，只说："那就好。家属能和医生配合，在治疗和休养中让病人心情愉快，这是一个非常有利的因素。不过，考虑到目前正是风湿感染的多发性季节，我建议新月再巩固一段时间，先不要出院，您看好吗？""好……"他回答。他实在经不起女儿的病情再反复了！

半个月来，他几次去看新月。女儿躺着，他坐着，往往是对望半天，默默无语。他能和女儿谈些什么呢？谈心脏病？他讳莫如深，不敢涉及；谈玉？女儿不懂，他也没有心思；谈英语？他这个启蒙老师已经卸任了，女儿已经有了更好的老师；谈家事？最好还是不要谈吧，他心中已经五味俱全了，怎么还能再感染女儿！“好好儿地，你好好儿地在这儿休息……”他几乎每次都只是对女儿说些这种并无实际内容的话，而这些空泛的语言却根本表达不了老父的一颗揉碎的心！“爸爸，您不用老来看我，我很好……您要保重自己的身体，一定要保重，为了我！我还希望您……以后不要再和妈妈吵架，妈妈也很辛苦。为了这个家，你们要互相体谅……”女儿这样对他说，说得极温柔，极诚恳，而他却从中看到了女儿那病弱的心脏承担了怎样超载的负荷！他找不到任何语言来安慰女儿，找不到，找不到……只能惭愧自己枉为一个父亲！

院子里突然被闪电照得通明，窗纱上亮起耀眼的蓝光，转瞬又熄灭了，紧接着，沉雷在头顶炸响，隆隆地滚向远方，他的心一阵紧缩，仿佛又回到了二十年前伦敦大轰炸的日子，脑际充满了“毁灭”“崩溃”这些不祥的字眼儿！

他听到房门“吱呀”响了一声。

“谁？”他恐怖地问。

“我呀，”是妻子的声音，“我瞅瞅……”

他的语气缓和了：“瞅什么？雨没停呢！”

“天星到这会儿还没回来呢！”妻子焦躁不安。

“哦，我跟你说了，他肯定是去医院了，今儿是探视的日子。”

“探视？探视能探到这会儿？半夜了！”

“也许是瞅着雨大，就没回来吧？”他猜测着，并以此安慰妻子，“医院楼道里有长椅子，也能躺会儿，等天明了回来，你别着急……”

“我能不着急吗？自个儿身上掉下来的一块肉，一辈子扯着心！”妻子叹息着，声音从廊子下传过来，“唉，这样的天儿还非得去探视吗？一个人住院，搅得全家都不安生！”

妻子的话，毫无掩饰地流露了她的情感，声音不高，言语不多，却刺痛了韩子奇的心。一股怒气在他胸中冲腾，他翻身坐起，伸脚摸索着穿鞋，遏制不住地要去问问她：你说这样的话，还配当个妈？天星和新月都是一样的儿女，你是怎么对待的？十几年了，韩子奇忍啊，忍啊，可忍的结果是什么呢？自己的骨折，女儿的心碎，他还要忍到哪一天呢？在这个家，女儿已经成了累赘，成了多余的人！他不愿意再忍了，趁女儿现在不在家，他索性把胸中的郁闷一吐为快，哪怕闹个天翻地覆也在所不惜！

他下了地，在黑暗中摸索着走向书房的门，腿却撞在椅子上，“当”的一声，椅子被撞倒了。

“你怎么了？”妻子关切地问，惶惶地向这边走来。

忽地又是一道闪电，韩子奇看见妻子推开了书房的门进来，苍白的脸上充满了惊恐，半年前他的那次摔伤，使妻子心有余悸，担心他再出现什么意外！

闪电熄灭了，沉雷滚滚，把正要声讨妻子的韩子奇震得一愣，停住了。妻子那双关切的眼睛，使他那正要冲出喉咙的话又咽回去了，他猛然想起东厢房里还睡着过门不久的儿媳，想起女儿的恳求：“不要再和妈妈吵架……”他胸中的怒气，到底还是忍下了，“哦，没事儿，我睡不着，想坐一会儿……”他言不由衷地说着，把椅子扶起来，然后无力地坐下去，手捂着隐隐作痛的肋骨。

屋里一片黑暗。他听见妻子舒了一口气，慢慢地走了出去，好像又站到了廊子底下，感叹着：“唉，这个天星！怎么就不知道老家儿替他着急？”

东厢房里，陈淑彦和衣躺在床上，也还没有入睡。她惦记着新月，也为丈夫的深夜未归而不安。听见婆婆在上房廊下唉声叹气，就从窗户上冲着那边儿说：“妈，我等着他，前院儿有姑妈呢，一叫门就听见了，您就睡吧，别替他着急，他都二十好几的人了，怕什么？出不了事儿！”

嘴里这么说，心里却并不踏实，她也说不清楚天星到底上哪儿了。

此刻，天星正在风雨中遛大街，晃晃悠悠，行行止止，跟个疯子似的！而且只有他一个人！

他并没有疯，头脑清清楚楚。也许正因为太清楚了，人才容易发疯……

今天上午去厂里上班，他心里记着呢，下午该到医院去看新月了。但是出门的时候忘了告诉淑彦，也忘了告诉妈：下了班他得先奔医院，回家可能要晚点儿。这不要紧，她们也都知道今儿是探视的日子。他在车间里干活儿，外边下着大雨，看样子一时半会儿停不了。这也不要紧，他带着雨衣呢，就是天上下小刀子，他顶着铁锅也得去看新月，不能让新月盼亲人盼不着，失望。心里想着新月，干活儿的时候就老看表，希望时间过得快点儿。

中午，他到厂子里的清真食堂去吃饭。

一进门，就碰见容桂芳端着饭盒出来，他心里别扭，一低头就过去了。他跟她没话。

年轻的炊事员正在窗口卖饭，瞅见他进来，老远地就嘻嘻哈哈地说："哟嗬，小韩师傅婚假休得不短啊，今儿才冒影儿！怎么着，给我们带喜糖来了吗？"

天星猛然想起，自从结了婚，今儿是他头一回进食堂，这些天，家里吃的东西过剩，都是结婚时候富余的，姑妈就让他带饭，每天装满一饭盒。今天没带，是姑妈忘了给他？还是他忘了带来？早晨走得匆忙，想不起来了，反正是没带，肚子饿了才想起进食堂，却忘记了他还没请食堂里的师傅们吃喜糖！其实，天星婚假结束来厂里上班的时候，因为妹妹的住院，他心里的那点儿兴头早没了，本车间里的同事因为比较要好的都去吃了喜宴，他也就没再散发喜糖。可是，忘了别人不要紧，不该忘了清真食堂里的师傅，他们都是穆斯林，有着比别人更近一层的感情。可是他偏偏给忘了！

"哎呀，这……"实心对人的天星不好意思了，红着脸，站在买饭窗口前，感到犯了一个不可饶恕的过错，支支吾吾，"那什么……我明儿带来吧！"

没想到，里边儿掌勺的大师傅用铲子敲打着炒勺说："明儿你也甭带来了，这样儿的喜糖，我们不待见！"

天星一愣，觉得受到了侮辱！他这个人，历来吃软不吃硬，没受过这样的冷言冷语。和同事相处，他礼貌待人，你敬我一尺，我敬你一丈。结婚送喜糖，送是情分，不送是本分，他也不欠谁的，就是晚一天送，也不至于招人“不待见”，当面挨撅！心里憋不住火，就说：“师傅，您这是怎么说话呢？”

大师傅斜眼瞅着他，慢悠悠地说：“你没听明白是怎么着？那糖啊，变了味儿的，就没人吃了，吃了也得吐出来！”

天星的脸像猛地被人抽了一巴掌，憋得发紫，脖子上的青筋直蹦，他听得出来，这绝不只是挑他的礼，话里还有话！“师傅，明人不说暗话，您把话说清楚，我韩天星哪点儿对不住您了？”

“嘿，对不住我？我又没跟你搞对象！”大师傅把炒勺一撂，转过身来，两只胖胳膊往胸前一叉，冷着脸说，“你小子不地道！小容子哪点儿对不住你、比不上你？你翻脸无情，愣把人家给甩了！”

食堂里，吃饭的、卖饭的、做饭的，一片哗然！当着新郎提旧情，真是哪把壶不开专提哪把壶！人们轰地围过来，有的等着看热闹，有的急着去劝解，怕韩天星这个倔小子犯了拧劲，能把那个胖老头儿打扁喽！

天星心里咯噔一声，他本以为，他和容桂芳好也罢，歹也罢，厂子里无人知晓，谁料这种事儿是根本瞒不住人的，如今当众被抖搂出来了！如果这个胖老头儿今天因为别的事儿说他两句，也许他看在对方是个穆斯林长辈的面子上，还能忍；可是，一提起容桂芳，他的怒火就一冒三丈高，拳头攥得嘎巴嘎巴响：“老头儿，你屈心！到底是谁甩谁啊?!”

“新鲜！你说是谁甩谁？”大师傅两眼瞪着他，左胳膊抱着右胳膊，等着他来打，毫不畏惧，“哼，你小子不是瞅不起‘切糕容’，才甩了她，娶了‘玉器陈’家的姑娘吗？你可了心了，就不管人家小容子是死是活！你们家里大办喜事儿的时候，她在这儿眼泪啪嗒，谁瞅着不难受？问她什么，她也不说，端起饭盒就走……”大师傅动了感情，周围的人也安静了，显然受了这个胖老头儿的感染，人心所向悄悄地都往容桂芳那边偏了！大师傅的情绪十分激动，声音却低下来了，也许他本不想让韩天星当众丢丑，只是忍不住，往前走了几步，说：“因为你是个‘朵斯提’，我这几句话才不能不说，告诉你，韩天星，回回不能贱遇回回！你们‘玉器韩’没什么了不起，卖切糕的也不比你们低，我们‘勤行’凭手艺、卖力气吃饭，不丢人！我瞅着小容子对你太真、太实，你不识好歹！欺负这样的人，你昧了良心！”

天星听得直发蒙，紧攥着的拳头不知不觉松下来了。他瞅着大师傅，胖老头儿一脸正义；他望望周围的人，旁观者对他流露出鄙夷的神情。他今天算“栽”了，被人家这么样儿当着众人一场好骂！他嗓子里噎着一大堆话，要为自己辩解，不能受这样的侮辱！可是，他能在这儿详详细细地叙述他怎么样顶风冒雪去张家口买羊，他妈怎么样辛辛苦苦为容桂芳准备盛宴，容桂芳又怎么样临时变卦、断然拒绝吗？这些话，该跟容桂芳说去！是她，这个反复无常的女人，甩了他韩天星，还不算完，还在厂子里造谣，臭他！这个女人太不地道了！

天星也不买饭了，转脸就走，出了食堂就往车间跑！

车间里，中午轮番儿吃饭，停人不停机。这会儿，容桂芳已经上了机器了。

天星气呼呼地跑到她面前：“小容子，咱们说道说道！”

容桂芳脸上毫无表情，眼皮儿也没翻，手里的活儿也不停，冷冷地说：“韩师傅，别影响别人干活儿！”

天星瞅着她那假模假式的样儿，恨不能劈脸给她一巴掌！但他不能这样做，一个男子汉，怎么能跟女工打架？他是个好工人，怎么能破坏车间里的规矩？上班时间，和印票子无关的一切事情都是被禁止的！他梗着脖子，红着脸，讪讪地回到自己的岗位上，干活儿！旁边儿的那几个年龄和他不相上下的小伙子，瞅瞅他，没说话，可是那神色，显然是好奇之中又带着讥笑：怎么这小子娶了媳妇了还找人家小容子套近乎？这不是自找挨撅吗？

此时的天星，像一头捆住了四肢的公牛！他等待着机器停止转动，好去跟容桂芳“见干见湿”！

好容易等到了下班时间，他也顾不上洗澡、换衣服，就到车间门口——不，到厂子门口去等着，别当着同事的面儿，到外边儿谈去！

雨下得正邪乎，天星站在厂门外五十米远的一棵老柏树底下，两眼盯着走出来的人群。一个刚刚结了婚的人，等着和过去的对象见面儿，这叫什么事儿？不是旧情复萌，而是旧账还没有算清！

容桂芳终于出来了，穿着那件淡绿色的塑料雨衣，雨帽拉得很严，脸被遮住了大半，只露出一双大眼睛。出了厂门，她把雨衣裹得更紧了，侧着身子避开风头雨势，踏着地上的积水，快步拐上了旁边的马路。

她想也没想到，当她低着头走过那棵柏树旁边的时候，会有一个汉子厉声叫住她："小容子，你等等！"

她吓了一跳！但她立即反应过来，是天星。她站住了，猛地回过头来，瞅见那棵柏树，瞅见站在树下的、浑身湿淋淋的天星，她似乎颤抖了一下，眼中闪过一缕温情，但也只是一闪，就熄灭了，她垂下眼睛，睫毛上亮晶晶的，不知是雨水，还是泪花，压低了声音，说："韩师傅，咱们没话说了，好好儿地过你的日子吧！"

"不成！"天星的眼睛在冒火，他在这儿苦苦地等了好久，决不能就这样放她走了，"小容子，你不要看错了人！我韩天星不会贱遇人，也不受人贱遇，过去是这样，现在还是这样！我已经是成了家的人了，还会求着你、赖着你吗？你甭躲我，我只问你一句话：我跟你有什么仇啊？你不愿意跟我好，拉倒，犯不上前心扎我一刀，后心再射我一箭！咱俩到底是谁甩谁，别人不清楚，你还不清楚吗？"

容桂芳惨然一笑："韩师傅，算了，过去的事儿用不着再提了，都怪我糊涂，瞎了眼。我要是会耍明枪暗箭，也就不至于落到这一步了！"她转过脸去，不再看天星，冷冷地说，"韩师傅，这一辈子还长着呢，往后，做人得讲点儿起码的道德！"

"什么？我不讲道德？"天星伸出湿漉漉的手，猛地抓住她的腕子，"我不讲道德？"

"不是你，是我？"容桂芳甩开他的手，"我不讲道德？哼，瞅不上我，就明打明地吹吧，不碍事的，用不着从上海拉出个表妹来打马虎眼！"

天星完全傻眼了，容桂芳说的这些，他根本听不懂！

"什么'表妹'?"他莫名其妙地问。

"我哪儿知道谁是你的'表妹'啊?"容桂芳冷冷地说,"闹了半天,原来就是'玉器陈'家的姑娘!"

"你胡说八道些什么呀?"天星如入五里雾中,他模模糊糊地感觉到,他和容桂芳之间好像被什么人插了一杠子,弄拧了!容桂芳跟他吹的时候,他还根本没正眼瞧过陈淑彦,更谈不到什么闻所未闻的"表妹"!这到底是怎么回事儿啊?他的心怦怦地跳,嚷道:"造谣!你听谁造的这样的谣?"

"造谣?"容桂芳冷笑了一声,"我就不信,你妈还能造你的谣?"

"我妈?!……"天星惊呆了!一股冷风裹着急雨猛地扑在他的脸上,蒙住了眼睛,一个踉跄,他的头撞在身旁的树干上!

他扶着树干站稳了脚跟,抬起袖子擦去脸上的水,容桂芳已经走了,急风暴雨中,只看见一块淡淡的绿色在远处飘动……

天星没有再追上去,愣愣地看着那一点淡绿色消失在风雨中。容桂芳什么时候见过妈妈?妈妈为什么要对她编造什么"表妹"的谎话?啊,难道是妈妈有意要拆散我们吗?为什么?为什么!

他抱着湿漉漉的树干,剧烈地摇晃,老柏树不能回答他,只能被摇落满身的水珠,噼噼啪啪打在他的脸上,啊,这棵树,是他过去等着和容桂芳见面的地方,今天完全下意识地又站在这儿等她!这是一次什么样的"约会"?他心头的谜解开了,心却被撕碎了!他找回了失去的小容子,而她,却永远永远也不可能属于他了;他甚至连让她理解他都不可能了!明天,还有以后漫长的日子,他将怎样见这个被他伤害了的小容子?怎样见那些藐视他的同事?韩天星在厂子里没法儿做人了!而毁了他的,不是别人,正是他的妈妈!

一股难以抑制的怒火,使他朝前冲去!回家去,回家找妈妈算账!他踏着满地的水,披着一身的水,顶着风雨往前跑,把雨衣、自行车都忘在厂里了。

暴雨猛浇在这个发疯的人身上、头上、脸上,把他浇醒了。他猛然想起正月初二那一天,他为小容子的毁约而痛苦不堪,而妈妈招待起陈淑彦来却是那么兴高采烈;他想起春天的时候,他正陷入失恋的苦闷不能自拔，妈妈却喜滋滋透露给他，说陈淑彦对他“有意”，他茫然地看着妈妈，感激妈妈对他的关切。现在想来，那时妈妈早就有了主意了；还有，夏天，匆匆忙忙催着他和陈淑彦去办理结婚登记手续；秋天，声势浩大的婚礼……这一切，再清楚不过了，陈淑彦是妈妈早已相中的儿媳妇，为此，就必须搬掉容桂芳这块绊脚石，不惜使出任何手段！而他却从头至尾一切听从妈妈的摆布，一点儿都没有察觉，他太傻了！不，是太爱妈妈了，一个儿子怎么会怀疑自己的妈妈呢？可是，正是妈妈害了他！不然，他的婚姻不是这个样子，不是！他和小容子会永远生活在一起，生死不渝！为什么妈妈不能容忍他自己选定的爱人？为什么人不能爱自己所爱的人？为什么他必须接受别人指定的生活道路？为什么妈妈要硬塞给他一个陈淑彦？……

他在风雨中奔跑，不辨方向，不管马路上的任何标志，连疾驰的公共汽车都不得不急刹车，让开这个忘了自己性命的人！跑着跑着，他的脚步放慢了，不是身上的力气用完了，而是眼前越来越清晰地浮现出那个和容桂芳相对立的女人——陈淑彦！啊，陈淑彦是什么人？是他韩天星的妻子，正在家等着他呢！他回去能说什么？能说这个妻子是妈妈“硬塞”给他的吗？不，妈妈没有强迫他，是他点头认可的。他和陈淑彦虽然没有像和容桂芳那样的深交，没有那样的痴情，可是，要说淑彦怎么不好，他说不出来，那样太屈心了！他要是因为失去容桂芳、娶了陈淑彦而和妈妈大吵大闹，那就太对不起自己的妻子了！他不傻，他什么不懂？从婚前的有限接触和婚后半个月的共同生活，他完全感到淑彦的纯洁、温柔、善良，她把她的心都给了丈夫，给了这个家，他还能忍心去伤害这样的妻子吗？那样，韩天星就不单在厂里不是人，在家里也不是人了！

铁打的汉子被感情的重压击垮了，像一只被蛛网缠住的飞蛾，无法挣脱！他在马路上踟蹰徘徊，不知道该往哪里走。天早就黑透了，乌云压顶，暴雨倾盆，银蛇似的闪电撕裂了他的胸膛，重炮似的惊雷震昏了他的头脑，他失神地望着空中，宇宙间不是有一位无处不在、无所不知的真主吗？主啊，告诉我！人为什么要受这么多的苦难？主啊，救救我！您既然让我做了个人，就指给我一条人走的道儿吧！

夜深了，街上已经没有了行人，连公共汽车也绝迹了。风雨之中，天，漆黑；地，漆黑；路灯投下一片光亮，撕开了沉沉夜幕，照着幽灵似的韩天星，游游荡荡，形影相吊，像置身于一个阴森森的大舞台。

人生的舞台上，悲剧，喜剧，喜剧，悲剧，轮番演出，不舍昼夜，无尽无休……

第十一章 玉劫

北平沦陷后的第十五天，一九三七年八月十三日，日军进攻上海，发动“八·一三”事变，淞沪战争爆发。

十一月十二日，日军占领上海。

十二月十三日，日军侵占南京后，在全城进行长达四十多天的血腥大屠杀，三十万人血染秦淮河。

十二月十九日，日军进占合肥。

十二月二十四日，日军侵入杭州。

十二月二十五日，日军攻破济南。

一九三八年二月三日，日军侵占烟台。

……

与此同时，战火在地球的另一半迅速蔓延。

一九三八年三月，德国鲸吞地处中欧心脏的奥地利。

一九三九年三月，德军占领捷克斯洛伐克。

九月一日，德国诡称“自卫”，突然袭击波兰，波兰的盟国英、法，为保卫自身的利益，被迫对德宣战，第二次世界大战全面爆发。

一九四〇年五月，德国出动三百万军队、二千五百辆坦克、三千八百架飞机和七千门火炮，从北海到瑞士边境长达八百公里的西方战线上突然发动了空前规模的闪电攻势，迅速征服了卢森堡、荷兰和比利时，又越过阿登山脉，攻入法国，占领色当，沿圣康坦、亚眠一线直扑英吉利海峡……

一九四〇年六月，法国对德投降。英国孤悬海外，岌岌可危。踌躇满志的希特勒凭借空中优势，对英伦三岛展开空中闪电战，把六万吨炸弹向英国的土地上倾泻……

一九四〇年九月七日，星期六，灾难降临了伦敦。

清晨，格林尼治天文台报时的钟声照样敲响，亨特太太照样往餐桌上端来麦粥、面包、牛奶和鸡蛋。奥立弗一早就不知去向了，他常常不在家吃早饭。在牛津上学的梁冰玉每逢周末的晚上才回家。现在，餐桌旁只有亨特夫妇和韩子奇三个人。而韩子奇却一点儿胃口也没有，只对着摊开在面前的《泰晤士报》发愣。这是他三年来每天早晨急于做的第一件事，几乎要把报纸上的每个字都读遍，从中寻找来自中国的消息，“卢沟桥事变”“八一·三事变”“南京大屠杀”使他痛心疾首，“平型关大捷”“台儿庄战役”使他燃起了希望，但是，后来的消息又凶多吉少，外患未除，政府又在一次次地“剿共”，同室操戈，中国哪一天才能安宁？

“韩先生，您怎么不吃东西？”亨特太太轻声问，那浅褐色的脸上总是挂着安详的微笑，“您不觉得自己越来越消瘦了吗？这很让我不安，也许是我照顾得不周到吧？”

“不，亨特太太，我已经很过意不去了，”韩子奇歉意地看看她，“可是，我这心里头……哪儿还吃得下去饭啊？唉！原来根本没想到仗会打这么久，计划住个一年半载就回去的，但现在已经三年了！我哪儿会想到在这儿住三年？北平被封锁了，整个中国都与世隔绝了，我写了那么多信，却得不到一个字的回音，我的内人和孩子没有一点儿消息，我……我真后悔离开他们！”

“您当初就应该把他们一起带来嘛！现在麻烦了，想去接他们都办不到了！”亨特太太手里抚弄着她那只心爱的白猫，“我听见有人说，中国的战争是由国共两党的内战引起的，倒是日本人在拯救中国的妇女儿童……”

“这种话谁能相信呢?”韩子奇烦躁地合上报纸，扔在餐桌上，“难道日本人跑到我们的国土上，是为了用飞机大炮‘拯救’中国人?我家的一个大姐就是从关外逃难来到北平的，她的丈夫和没有满月的孩子，都被日本人杀害了！可是，她还在盼着他们回来，天天等着，等着……”

韩子奇的心飞到北平去了。那里有他的家：院子，妻子，儿子……

他懊悔自己的莽撞举动，不该不听妻子的劝阻，万里迢迢来到英国，如今想回去都不可能了！他不敢设想他的奇珍斋、他的家，现在是否还存在？他的共过患难的妻子、幼小的儿子，是否还活着？想到这些，他心灰意冷，不寒而栗，三年来他踏遍英伦三岛巡回举办“玉展”所取得的巨大成功也不能解除他的离愁别绪！

“不要悲伤，我的朋友!”沙蒙·亨特手里拿着小勺，耐心地敲碎煮鸡蛋的外壳，像在雕刻一件艺术品似的慢条斯理，“中国有句俗语：‘谋事在人，成事在天。’在我看来，您为您的事业已经尽力了，‘中国玉王’的名字已经传遍英国和欧洲，您所收藏的珍品安然无恙地远离中国战场，这可以说是一个极大的安慰了。至于战争，这是您、我所无法左右的，我多么希望全世界都是和平的绿洲，全人类都不必担心自己的命运，天天过圣诞，过中国的年，人人都佩戴着璀璨的珠宝，家家都陈列着精美的玉雕！但这只是梦想，在炮火轰鸣的时候，珍珠、钻石和粪土的价值就没有区别了。也许过不了多久，我们现在坐着吃早餐的地方会变成一片瓦砾，伦敦城从地图上消失，我和您的命运一样——无家可归!”

沙蒙·亨特描绘着他所设想的可怕的未来，就像讲述一个遥远的童话故事那么平静，甚至带有几分幽默。

“啊，上帝!”亨特太太在胸前划着“十”字，“不会吧？我不相信德国人会忍心毁了这么古老、这么美好的伦敦!”

“怎么不会呢?”沙蒙·亨特冷笑着，轻轻地用小勺敲着煮鸡蛋，“希特勒的胃口大得很，他要吃掉整个地球呢！我们的邻国一个接一个地被吃掉了，那么轻而易举，连我们的盟国法兰西也完蛋了，卖国政府向德国人奉献自己的国土时丝毫也不觉得可惜，好像那是属于他自己的首饰，可以随便送人！”

“唉！”韩子奇感叹着，他想到自己的祖国，不也是这样一步步被日本人蚕食的吗？

“而最富有讽刺意味的是，法国在贡比涅森林里火车上的一节车厢里签订了投降协定，而这正是在第一次世界大战中战败的德国签订投降协定的同一地点，历史真是善于翻云覆雨啊！”沙蒙·亨特嘴角挂着凄然的微笑，看着他的异国同行，“这，倒是很像我们所做的买卖！”

“嗯？”韩子奇一时不能理解这句话的含义。

“不是这样吗？老朋友！”沙蒙·亨特接着说，“价值连城的珠宝、举世无双的美玉，今天属于这个人，明天就可能会属于另一个人，千百年来就是这样在人们手里传来传去，每一个收藏者都希望自己是它们的最后一个主人，为了使自己拥有这个权利而互相争夺，从而使它们的身价倍增。而实际上，谁也不是它们的永久的主人，而只是暂时的守护者。玉寿千年，人生几何？高价抢购，精心收藏，到头来却不知落入何人之手！”

韩子奇默然。对于政治，他懂得太少了，还远远不如并非政治家而仅仅是个商人的沙蒙·亨特；但对于美玉珍宝，他的着迷程度丝毫不亚于沙蒙·亨特，甚至有过之而无不及。沙蒙·亨特把地球比作一堆珠宝，把如今遍及世界的侵略和掠夺形象化了，而他关于人生短暂的喟叹，又使得一切争权夺利都变得毫无意义。

“是啊！”韩子奇深有感触，“曹孟德说，‘神龟虽寿，犹有竟时；螣蛇乘雾，终为土灰’，百年之后，我韩子奇也只是一堆枯骨而已，和一切都无缘了！但是，不到那一天，人总是执迷不悟，我真不敢想象，当我要离开人世的时候，将怎样和我的玉告别！”

“总是要告别的，朋友，”沙蒙·亨特在说到这个令人不快的题目时，表情仍然是轻松的，“我的曾祖父就是个嗜玉如命的人，他临死的时候，好几次闭上的眼睛又睁开了，是那些玉牵着他的心，给了他回光返照的力量，但并没有留住他的生命，他终于走了，临终时握在手里的一块玉璧落在地上，摔碎了！他却躺在床上，一动也不动——他管不了啦！从此，他的继承人——我的祖父就戒除了收藏的嗜好，把兴趣放在商品的出售上。他告诫后代：如果商品不能在你手里创造出更大的价值，那它就等于没有价值！我的父亲和我本人，都继承了这一点，也许正因为如此，‘亨特珠宝店’才得以存在和发展，我才得以在全世界旅游，让自己生活得舒适而愉快，享受自己所创造的一切！而您，我的朋友，似乎走的是我已故的曾祖父的老路，何苦呢？如果我是您，就会把那五大箱东西卖掉它！”

“卖掉？”韩子奇吃了一惊。

“对，卖掉，大英博物院和苏富比拍卖行不是早就在注意您的东西嘛，他们会出很高的价钱的！大战在即，现在不卖，更待何时啊？一旦玉石俱焚，后悔就晚了！”

韩子奇茫然。沙蒙·亨特的这番话，他觉得似曾相识，跟劝他离开北平时说的一样。

“不，”他说，“亨特先生，难道我费尽千辛万苦把东西运出来，是为了卖吗？您帮助我来到英国，也是为了让我卖掉这些收藏吗？”

十多年密切交往、三年来朝夕相处的朋友之间，笼罩了一片阴影。亨特太太不安了，疑惑地望着丈夫：“沙蒙，你不会是这个意思吧？中国人最看重信义，我们可不能对不起朋友！”

“哦，”沙蒙·亨特收敛了笑容，对韩子奇说，“老朋友，误会了！我只是向您建议，并没有强人所难。如果我觊觎您的收藏，当初何必把自己的藏品向您转让？又何必请您到英国来？如果我像贵国的蒲寿昌先生那样唯利是图、见利忘义，那么我们之间就根本不会有今天的友谊了！”

“是的，是的，”韩子奇为刚才的唐突感到歉意，十几年间的往事从心头掠过，使他对沙蒙·亨特的怀疑冰释了，“‘人不知而不愠’，请您不要介意我的失言，您是我在危难中唯一可以信赖的朋友！”

“只怕是我帮了您的倒忙呢！”沙蒙·亨特说，“我劝您离开北平的时候，根本没有料到英国也会遭到战乱，现在伦敦危急，如果遇到不测，我就对不起朋友了！所以才……”

“果真如此，那就是命中注定了，怨不得天，尤不得人，患难之中，我们只好同舟共济、相濡以沫！”韩子奇无可奈何地叹息，“不过，那批东西，我是绝对舍不得卖的，那是我的心血，我的生命，我的一切！总有一天，我会带着它们回北平去，除非我死在这里……”

“上帝啊！今天是怎么了？你们把所有的不吉利的话都说尽了！”亨特太太不高兴地唠叨着，“战争？战争在哪儿呢？离伦敦还远得很，德国飞机飞不到这儿来，我给咱们算过命了！”

“又是看茶叶组成的图形？但愿你的占卜术灵验吧，保佑我们和我们的朋友！”沙蒙·亨特发出一串爽朗的笑声，“韩先生，您的东西不是还好好儿地存在楼上您的卧室里吗？只要这座楼在，谁也不会去碰它。既然如此，那我们就听天由命吧！走，我们到店里去看看，仗一天打不到伦敦，我们就做一天生意，听奥立弗说，这几天的生意还不错，买订婚戒指的人大量增加，看来爱神在和死神赛跑，小伙子们和姑娘们要抢在战争前面享受他们应得的爱情！”

奥立弗·亨特并不在店里，此刻，他正陪着梁冰玉在海德公园散步。

被闹市环抱的海德公园，清凉而宁静。迷蒙碧绿的草坪，像一片巨大的绒毯，点缀着洁白的绵羊，云朵似的移动着，啃食着鲜嫩的草叶，使人忘记了是在世界大都市伦敦，仿佛置身于澳洲的草原或是苔丝姑娘生活的乡间。西南角上，一条“蛇水”蜿蜒如带，苍鹭、天鹅、雪雁悠闲地戏水，几条游船斜靠岸边，“野渡无人舟自横”。一百二十年前，诗人雪莱的情人就是在这条“蛇水”里结束了自己的生命，如今，琴柱草花在岸边静静地开放，那花朵像炽热的爱情火焰。秋日的海德公园如烟似梦，很难让人相信战争的恶魔正在向这里逼近，如果不是岸边路椅上三三两两地坐着流落英岛的欧陆难民，和透过树丛可以看得见的那些银亮的、巨大的气球。这些气球是伦敦的空中卫士，它们使德军的飞机不敢低飞，以保护伦敦不至于成为第二个华沙。

天已经有些凉了，梁冰玉头上的白羽帽饰在秋风中抖动，她的脸也显得更加苍白。脚踏在落叶上，枯黄的碎叶连同她淡青色的裙子上的皱褶都在沙沙作响。她自己也不知道为什么要到公园里来，就像她最近常常毫无目的地做许多事一样：把所有的书都摊在地上，然后再一本一本地收拾起来；或是把所有的衣服都试一遍，最后穿的还是开头的那一件，宿舍里乱得像遭了抢，一直到晚上回来再花费半夜的工夫去整理。没有任何目的，只是因为心里烦。牛津大学的校园里已经堆起了沙袋，学生们花费很多时间去演习钻防空洞，夜里，可以清晰地听见高射炮部队奔赴防线的隆隆声。课堂上，讲授英国文学史的教授在头头是道地分析乔叟的长诗《善良女子的故事》，学生却在下面议论希特勒和墨索里尼的阴谋。课已经很难上了，这使梁冰玉不禁又想起她的燕大，想起当初同学们的感叹："华北之大，已经安放不下一张平静的书桌了！"

早晨，奥立弗·亨特打电话给她，她就出来了，像一个无依的幽灵，飘进了海德公园。

他们在诗人拜伦的铜像旁边慢慢地踱步。这座铜像是希腊政府赠送的，以纪念这位把自己的诗篇和热血献给为自由而斗争的希腊人民的英国诗人。青铜铸成的拜伦，年轻而英俊：浓密的鬈发，挺秀的鼻梁，充满智慧和激情的眼睛。他望着在死后才得以归来的祖国，似乎在回味着他拖着先天跛足的残腿走过的三十六年坎坷历程，似乎在默诵着他在度过最后一个生日时写下的绝笔诗：

我的日子飘落在黄叶里，
爱情的花和果都已消失；
只剩下溃伤、悔恨和悲哀
还为我所保持……

梁冰玉默默地从拜伦身边走开。

公园里的清道夫正在耐心地清扫落叶，每耙成一堆，便点起火，袅袅的白烟在寂静的树丛间盘旋，使她想起长城上的烽火台。在遥远的古代，塞上烽烟曾是抵抗侵略者的信号；现在，秦时明月汉时关又在燃烧吧？

银色的防空气球匀称地排列在碧蓝的晴空，秋风拂过，系着气球的钢丝发出铮铮的响声，清脆而悠扬。梁冰玉停下脚步，出神地凝望着空中。

“梁小姐是在欣赏那些气球吗？”奥立弗跟在她身旁站住，也仰起脸来看，“嗬，好大的一串珍珠项链！”

“不，它使我想起了北平的沙燕儿……”梁冰玉喃喃地说。

“沙燕，是一种鸟吗？”

“不是鸟，是风筝，我小时候最爱看也最爱玩儿的风筝……”梁冰玉目不转睛地盯着天上的气球，心却飞向了家乡。

“风筝？”奥立弗不解地重复着，梁小姐的想象力真让他吃惊。

“在这里看不到那样的风筝，风筝的故乡在中国，在北平！每到春天，你看吧，北平的天上飞满了风筝，我们叫它‘沙燕儿’，有比翼燕儿、瘦燕儿、双燕儿、蝴蝶、蜻蜓、喜鹊、鲇鱼、蜈蚣，还有哪吒、孙悟空、刘海……什么样的都有，最大的‘长脚沙燕儿’有一丈二尺长！在天空中飞起来，真像是百鸟朝凤，上面还装着弓弦，风一吹，铮铮地响，就像这气球上钢丝的声音！……”

“啊，不可思议的国度！”奥立弗被她这奇异的描述所吸引，“你也会放风筝吗？”

“不，那不是人人都会的，尤其是女孩子！”梁冰玉苦笑了笑，“放风筝也很需要一点本事呢，要看好风向，掌握好平衡，先让它兜起风来，一边放线，一边抖动，还要跑来跑去，很累人的，我常常只是跟着看热闹，也其乐无穷。厂甸的‘风筝哈’最有名，人说是根据曹雪芹记载的古法制作的，‘大沙燕儿’卖得很贵，我们小时候玩儿的是最普通的一种，奇哥哥花二十枚铜子儿买来，教我放。那样子跟‘沙燕儿’一样，只是小得多，画着黑色花纹，叫‘黑锅底’。奇哥哥先放起来，再把线交给我，他就忙着做活儿去了，我牵着线，不知道往哪儿跑，一不留神，风筝就突然落下来了，收线都来不及，那时候我们有一支儿歌，说的就是这种情形：‘黑锅底，黑锅底；真爱起，真爱起；一个跟头扎到底！’小伙伴们一边拍手一边唱，嘲笑的就是我!”梁冰玉说着说着，情不自禁地又像儿时那样笑起来，眼睛里却闪着凄然的泪花!

“你的童年真让我钦慕！有机会我一定要到中国去，亲眼看看那满天飞舞的‘大沙燕儿’，亲手放一放那一个跟头扎到底的‘黑锅底’!”奥立弗无限神往。

“没有了，美好的时光永远没有了!”梁冰玉垂下头，白色的帽檐投下的阴影，遮住了她忧伤的大眼睛，她转过身，用手绢儿擦着泪花，“现在北平的上空，恐怕只有日本的飞机在飞了!”

“刚才还高高兴兴的，现在怎么又哭起来了?”奥立弗正沉浸在美好的遐想中，看见她这个样子，不知如何是好，“梁小姐，你不要想那些令人不愉快的事了，这儿不是北平，是伦敦呀，日本的飞机飞不到这儿，德国的飞机也飞不到这儿，我们不是生活得很好吗?”

“我们?”梁冰玉在心里重复着这两个字，琢磨着其中的含义。自从三年前那个春天的早晨，她第一次见到这个黑头发、黑眼睛的英国小伙子，就已经隐隐觉得他在看着她的时候，眼睛里有着某种特殊的情感，青春妙龄的女孩子对此是极为敏感的。但她不愿意正视它，极力装作毫无觉察，冷漠和疏远是她唯一可以采取的态度。奥立弗关于牛津大学的夸夸其谈使她反感，为了在自我感觉上战胜对方，也为了避免在以后的时间里更多的接触，她才毅然地做出了报考牛津大学的决定。这使她在流亡的岁月重新赢得了读书的机会，并且可以在绝大部分时间住在学校，躲开奥立弗那一双黑眼睛的追逐。但是，完全躲开毕竟是不可能的，每到周末，她还是要回到亨特家里，亨特太太的热情招待，奥立弗不断变换花样地献殷勤，都使她无可奈何。她不是一个独立的人，她的生活和学习费用必须依赖韩子奇，从而也就必须依赖亨特一家。他们虽然是受尊敬的客人，但归根到底也仍然是寄人篱下，她不能得罪主人，那样，在亨特夫妇的眼里就成了“忘恩负义”的人。她只有将自己的情感封闭起来，让自己的言行都不越雷池一步，耐心地度过寄居海外的生活，等待从牛津毕业的那一天，也许到那时，她就可以返回家乡了。三年过去了，奥立弗对她的殷勤有增无减，他常常在假日里主动提出要陪她去游览风景区或是去欣赏歌剧和音乐会，那种热情使她无法拒绝；他还常常以种种借口到牛津去看她，送去一些吃的甚至是玩具，使她好气又好笑。她想明确告诉他以后不要这样做，但又说不出口，因为奥立弗向她表示的只是友谊，除此之外并没有多走一步，她总不能拒绝友谊啊！三年来的频繁接触，使她渐渐地改变了当初对奥立弗的印象，她发现这个小伙子在事业上无比精明，在生活上却相当严谨，她从未发现他同别的女孩子来往，从未发现他有那些公子哥儿的风流、放荡行为，也许是因为他有着一半中国血统，受了他那位慈祥温柔的东方母亲的影响？也许自从梁冰玉的到来，他的心就被这个东方姑娘占据了？不管是什么原因吧，她渐渐地不觉得奥立弗那么“讨厌”了，他们之间不知不觉产生了类似兄弟姐妹的情谊。现在，奥立弗在匆忙之中为了安慰她而说出的话，没有经过字句的斟酌，使她嗅到了某种信息，触动了她敏感的心弦。但是，她能说什么呢？不管奥立弗心里是怎么想的，只要他不出口点破他们之间的那一道微妙的界墙，她就永远“装傻”，三年来，她就是这样小心翼翼地度过的。

“梁园虽好，不是久恋之家。我总是要回去的！”她说，暗示奥立弗不要做任何不切实际的设想。

“唉，你对中国有那么深的感情！”奥立弗言不及义地感慨着，耸耸肩，说不上是遗憾，还是同情，“中午我们去吃中国馆子好吗？‘上海楼’的菜比我妈妈烧的要好得多了！”

午饭后，他们并排坐在环球剧院的观众席上，等待《雷岩》(*Thunder Rock*)的开演。这是奥立弗事先买好的票，为了和梁冰玉在一起，他把这一天安排得满满的。梁冰玉本来没有一点儿看戏的兴趣，奥立弗却百般煽动，说这个戏正在走红，不可不看，她也就随着他来了，无非是消磨几个小时的时间嘛，反正她的头脑空空，也没有更重要的事儿可做。戏还没有开演，她愣愣地望着那低垂的大幕。奥立弗没话找话，还在喋喋不休地议论刚才“上海楼”的那一顿美餐：“梁小姐的思乡之情多少得到一些安慰了吧？没出伦敦，你等于回了一趟中国！”

"不，这使我更想家了!"梁冰玉却说，"这里的中国馆子没有多少中国味儿，只不过徒有虚名，唬唬你们这些外国人罢了，远远不如我们北平的东来顺、南来顺……甚至还不如我们家里的家常便饭呢!"

"噢!"奥立弗对她所说的一切都是那么景仰，"可惜我没有这样的口福！如果人生真的有来世的话，下辈子我一定投胎到中国去!"

"何必要等到下辈子呢？等战争结束了，你就可以去了。那时候，请你到我家做客!"梁冰玉那神情仿佛是在北平作为主人邀请奥立弗，她有意把"我家"这两个字的语气加重了，以求得客居海外的人所特别需要的心理平衡，并且巧妙地提醒奥立弗，他们之间是有一条不容忽视、不可逾越的界限的。

无奈痴情的奥立弗根本看不出"眉眼高低"，他把梁冰玉的暗示朝着他所希望的方向去理解，脸上泛着幸福的红晕："啊，太美好了，那将是我终生难忘的旅行!"

梁冰玉在心里暗暗叹息：这个人怎么是个点不透的"傻小子"呢？他们之间，可以用英语和汉语自由地交谈，可是，他却根本不知道对方心里在想些什么!

……

大幕徐徐拉开，戏开演了。观众席鸦雀无声，人们被慕名已久的精彩演出所吸引，奥立弗也不再唠叨，注意力进入了剧情。戏的主角是两个管理灯塔的美国青年，写他们各自不同的人生追求和苦闷。一个消极沉沦，一个奋发进取，相互矛盾的性格发生撞击，迸射出火花，似乎使奥立弗得到了某种启示，他激动了！梁冰玉却茫然不知台上所云，无动于衷，美国人的生活和她有什么关系？她脑子里翻腾的是大沙燕儿、东来顺、北平、战争……

突然，剧情发生了奇特的进展，那个激进的青年不甘于碌碌无为的平庸生活，要动身到遥远的中国去投身反侵略战争！"生命？在中国才有生命，因为善和恶正在那里搏斗!"舞台上在呼喊，梁冰玉被震撼了，忘记了这是在伦敦的环球剧院，仿佛又回到了沸腾的燕大校园……

那时候，她和同班同学杨琛正处在热恋之中。当爱神的箭矢第一次向少女的心袭来的时候，她是毫无抵御能力的，风度翩翩、品学兼优的杨琛突然闯入了她平静的生活，在她心灵的湖水中荡起了梦一样的涟漪。她没有勇气告诉奇哥哥和姐姐，却无法躲过同学们的眼睛，因为她一直被众多的男生所瞩目，而她那冷若冰霜、旁若无人的高傲又使他们望而却步，一旦发现被杨琛捷足先登，这难以保守的秘密就公开地流传。她惶惑、羞涩地躲避人们的窃窃私语和探询的、挑衅的目光，却又被幸福所陶醉，“我为什么不可以爱?”她在心里质问一切人。如果没有后来的一切，也许她会和杨琛终成眷属，像世界上许多人一样，初恋的恋人就是终生的伴侣。但是，当战争的风云逼近北平，未名湖沸腾了，善和恶在搏斗，各种人物都在人生的舞台上显出了自己的嘴脸！突然有一天，一位曾经带头上街游行、散发抗日传单的同学被捕了，愤怒的同学们涌向警备司令部去请愿、抗议，却意外地在那里发现了杨琛，原来正是平时沉默寡言、不问政治的他，向自己的同胞投出了暗箭！屈辱和悔恨击碎了梁冰玉幼稚的梦，击碎了一个少女最初的、珍贵的爱，她不敢再面对那一双双愤怒的眼睛，无法向任何人表白自己的冤屈，她曾想投进未名湖了结一生，但清澈的湖水也洗不尽她蒙受的耻辱！结束吧，让过去的一切都结束，她怀着对爱的悔恨和对生的恐惧，朝着茫然不可知的目标，跟着韩子奇踏上了逃遁的路……

她哪里知道，哪怕逃到天涯海角，也无法逃避心灵的创伤，它将永远追踪着她，折磨那一颗破碎、冰冷的心。现在，那个被捕之后惨遭杀害的同学仿佛又复活了，站在环球剧院的舞台上向她呼喊，声讨那个罪恶的灵魂，而那正是她爱过的人！爱，那幼稚的爱、蒙昧的爱、错误的爱、毁灭了自己的爱……

痛苦和悔恨在撕咬着她，她不知道自己是在伦敦还是在北平？是活着还是死了？她的手下意识地抓住奥立弗的腕子，抓得紧紧的，仿佛是一个跌入深渊的人死命地抓住一根树枝……

“梁小姐……”奥立弗被这意外的举动弄得突如其来地兴奋，他轻轻地呼唤着她，把自己的手按在她那只清凉滑腻的手上，轻轻地抚摩……

梁冰玉突然被惊醒了，她意识到自己的失态，狼狈地把手抽出来，“奥立弗，别……”

“戏让人太激动了！”奥立弗讪讪地说，不敢转脸去看她，眼睛望着台上，心却在怦怦地跳。

“这戏太悲惨了，让人……受不了！”

“悲惨？我怎么没觉得悲惨呢？”

两个人此刻想的完全是不同的心事！

戏继续演下去，那个到中国去的青年一去不回，另一个青年留了下来，沉浸在无限的烦恼之中，自己折磨着自己的灵魂。啊，经受这种折磨的岂止是他呢？梁冰玉心想。她甚至无端地疑心这个戏是专门为她写的，让她远离燕大之后也不能逃脱心头的重压，把她已经麻木的伤口又重新割出血来！

一个美丽的姑娘出现在舞台上。九十年前，维也纳的一家人在沉船中遇难，他们的女儿成了落水鬼，舞台上的这个姑娘就是那鬼魂。算起来，她如果活着，已经是百岁高龄了，可是那鬼魂仍然是个娉娉婷婷的少女。她死得太惨了，太早了，还没有经历过真正的人生，还没有得到过她本应得到的爱，她“鬼鬼祟祟”地来到人间，向人间讨还爱！像中国《聊斋》里的许多鬼故事一样，这个女鬼化成人形，“缠”上了那个管灯塔的、沉沦的青年，逼着他献出热情，用爱去拥抱人生！

真主啊！梁冰玉在心里感叹着，为什么天涯海角也有这样的鬼故事，也有这样执迷于爱的冤魂？这个在水中早夭的维也纳女孩，为什么不在那个永恒的世界里让灵魂享受纯洁的静穆，偏偏眷恋这个令活人厌倦的人间？啊，你还没有尝到过爱的苦涩，爱的可怕，你根本就不知道爱是比死更令人恐怖的渊薮！

尖厉的警报声隐隐从剧场外面传来，被鬼魂勾住了心的观众似乎忘记了外边的世界，毫无反应。大幕却突然落下了，观众被从剧情中赶出来，不知道发生了什么事。大幕里面走出微笑着的剧场经理，他向着观众席深深地鞠了一躬，说：“女士们，先生们，请原谅我打扰了诸位！我不得不遵照官方规定报告大家：现在外面正在发布空袭警报，观众中如果有人要进防空壕，请即刻退席！”

观众席上纹丝不动，回答他的却是一阵自信而愉快的笑声。剧场经理微笑着退去，大幕重新拉开，维也纳鬼魂和管灯塔的美国青年又上台了，死去了九十年的鬼魂竟然能使活着的人忘却死亡的威胁，这简直是一个奇迹！

梁冰玉被这个鬼魂攫住了心，她的每一个字、每一句话，好像都是朝着梁冰玉说的，刺痛着她，折磨着她，煎熬着她，她陪伴着鬼魂，痛苦地走向戏的尾声……

爱毕竟是艰难的，维也纳女孩的幽灵终于没有得到她所向往的一切，恋恋不舍地离开人间，又回到她那冰冷、黑暗、永恒的鬼的世界中去了，临别之前，她深情地拥抱着她所爱的那个管灯塔的青年：“我多么羡慕你这个活着的人！你有权利生活，有权利爱……”

大幕沉重地落了下来，观众席上寂静无声，沉浸在最后一幕结尾的肃穆气氛之中。等到大幕再次拉开，剧场上灯火通明，鬼魂和她的恋人微笑着登台谢幕，观众才突然回到现实世界，爆发出热烈的、经久不息的掌声。

走出环球剧院，太阳还没有落，挂在伦敦的西方，像个温暖的、巨大的蛋黄，缓缓地下沉。暮霭升起来了，人行道旁的栗树轻轻地飘下落叶，一片，两片，在梁冰玉的脚下沙沙作响。空袭警报早已解除了，仿佛这个世界没有经受任何惊吓，伦敦还是那样安详，双层的公共汽车照旧沿着自己的路线奔去，胁下夹了公文包的男人照旧按昨天下班的时间回家去，推着婴儿车的妇女照旧踏着落叶，在斜阳下散步。不认识的人甚至在擦肩而过时还有闲心开个玩笑：“刚才的警报拉的时间太长了，这样的噪音有碍健康！”“是的，多此一举！”似乎是埋怨政府捉弄了他们，或者英国人个个都是那种“断头台上逗蛐蛐儿”的主儿，把死亡根本不当回事儿，和死神见面也乐呵呵的！

梁冰玉还在想着那个女孩，那个盘桓在她脑际的凄楚的幽灵。剧场里的三个小时，使她仿佛经历了一生，人生为什么这么艰难，这么痛苦？

奥立弗也还在为刚才看过的戏而激动，不过，他所受的感染不是分离的悲哀，而是爱的激情。

“刚才拉警报的时候，”他说，“如果剧院整个崩溃了，我粉身碎骨了，也会感到很幸福的！”

“啊？为什么？”

“因为……因为你和我在一起！”

“啊，不，奥立弗，不要说，我求你不要这样说……”梁冰玉突然被惊呆了。

“为什么不？我是一个活着的人，有权利生活，有权利爱！”奥立弗的一双黑眼睛迸射着炽烈的火焰，在他胸中积聚了三年的情感，一旦冲出了口，就再也收不住了，“冰玉，梁小姐，你知道吗？我爱你！自从你第一天出现在我的面前，我就被你征服了，我只属于你！从那一天起，我的生活才有了意义，有了欢乐，有了希望。在过去的二十多年里，为什么我对所有的金发碧眼的姑娘都不屑一顾？原来是命运让我等着你，它把你从地球的东方送来了，不管是上帝还是真主的安排吧，这是天的意志！”

这个小伙子！他既有东方人的含蓄，也有西方人的袒露，现在，也许是维也纳的鬼魂附了体，他的含蓄让位于袒露，面对这个使他爱得发狂的姑娘，他置一切于不顾了，一口气说出了这么一大串，也不管是在何时何地。夕阳的斜晖把他全身都染成了金黄色，像一团熊熊的火焰！一对老夫妇互相搀扶着从他们身旁蹒跚走过，含着微笑朝这边看了一眼。虽然他们听不懂中国话，但也完全可以理解这两个年轻人之间发生了什么事，那老头儿的目光仿佛在说：这小伙子太性急了点儿，唉，我们也有过这种时候！

奥立弗遮住了西边的阳光，他高大的身躯投下一片长长的阴影，娇小的梁冰玉整个被埋在这阴影之中，她那淡青色的衣裙、白色的帽子、象牙色的肌肤，在天光的反射下，像一块晶莹的冰，突然而来的感情风暴的冲击使她恐惧，使她冷得发抖，一双惊慌的大眼睛望着奥立弗：“不，奥立弗，不……”

狂热的奥立弗伸出那双铁钳般强有力的手，摇晃着她的肩膀：

“为什么不？为什么不？是‘亨特珠宝店’配不上‘奇珍斋’，还是我本人配不上你？”

“不，不……”

“那么，是因为我的血统吗？你总不会有西方人的那种陈腐的偏见吧？他们看不起黑人和黄种人，也看不起欧亚混血的人，就因为这一点，我的同学曾经吃过我的拳头！可是，你是中国人啊，和我母亲一样的中国人，我的身上也流着中国的血液，中国也是我的祖国！”

“奥立弗，我不是这个意思……”

“那你还有什么理由可以拒绝我呢？是因为这儿不是你的家吗？不愿意当黄种的英国人，我们可以一起回到中国去！”

梁冰玉突然感到全身酥软，仿佛血流凝滞了，自己变成了一片树叶，毫无抵御能力地在空中飘荡，只需一丝微风，就可能坠入深渊！奥立弗正向她伸展着双臂，他那张涨红的脸，辐射着炙人的男子汉的热力；那双黑宝石一样的眼睛，燃烧着爱情之火。拒绝这样一个为她献出一切的男人，需要什么样的力量？

“那么，你答应我了？”奥立弗目不转睛地注视着她，“我看得出来，你答应了，这是中国人表达爱情的方式：无言就是默许！”狂喜使奥立弗脸上的肌肉都在抖动，他的双臂紧紧地拥抱着软绵绵的梁冰玉，向她垂下头，送过热血沸腾的嘴唇……

梁冰玉突然觉得这张逼过来的面孔就是杨琛！也是这样燃烧的目光，也是这样狂热的语言，使一个少女无力抵挡、无处躲避，在茫然的“无言”中被他俘获了！啊，他又来了，追到英国来了，这个“爱”的魔影！梁冰玉战栗了，又一次灭顶之灾向她降临，要把她吞噬！

“不！”她那柔弱的手臂奋力反抗，把面前的恶魔推开！

毫无戒备的奥立弗一个趔趄，险些跌倒，他踉跄地站住脚跟，眼睛里迸射出无限的惊异和哀伤，“梁……梁……”

“啊，奥立弗！”梁冰玉惊叫一声，茫然地看着面前的这个人，啊，被她推开的不是杨琛，而是奥立弗，无辜的、可怜的奥立弗！杨琛的伪善和他有什么关系呢？他没有出卖自己的同胞，没有加害于任何人，他对于梁冰玉没有欺骗，只有爱！三年来，他一直在默默地爱着她，关怀着她，照顾着她，每当她回到亨特家楼上自己的房间，总是看到奥立弗给她送来的鲜花，三年如一日，她的窗台上开着不败的花朵。现在，奥立弗终于勇敢地向她表露了爱，难道这是什么罪过吗？他没有爱的权利吗？真遗憾啊，奥立弗，你为什么不把这种真挚的爱去奉献给别的姑娘，而偏偏要奉献给她？你决不会得到甜蜜的报偿，而只能会被拒绝；你并不理解这个中国姑娘，失败的初恋所留下的创伤使她把爱情看成罪孽，在心中筑起一道怨恨的墙，和爱情永别了！

“梁小姐……”奥立弗失神地望着这个难以理解的中国姑娘，“你拒绝了我，你……竟然拒绝了我！”

“奥立弗……”梁冰玉无力地靠在身边的栗树干上，慌乱的心跳使她微微喘息，“也许我伤害了你的自尊心，对不起！我感谢你们全家三年来的照顾和帮助，感谢你给予我真诚友谊，但是，我……不能接受你的爱情！”

奥立弗一愣：“为什么？”

“不要问我为什么，奥立弗，我们之间只能做朋友，也许是世上最好的朋友，却不可能成为恋人！”

奥立弗不禁打了个寒战，像是从烈火中突然跌入了冰河！为了这份爱情，他苦苦追求了三年，本以为已经水到渠成，却不料得到的是这样的回答！

但是，爱的烈火还在他胸中燃烧，片刻的静默之后，火焰又在冲腾：“不，我不接受！难道恋人不是从朋友发展而来的吗？难道我们只是朋友之间的友谊吗？难道世界上还有比我更爱你的人吗？没有！没有！这个人只能是我！”他像一个不甘败北、志在必得的角斗士，狂吼着卷土重来，朝梁冰玉扑过去……

梁冰玉惊呆了！一向和蔼友善、保持着绅士风度的奥立弗，激情爆发时竟然如此凶猛，使她感到陌生，感到莫名的恐惧！

“奥立弗，你不要逼我！”无处逃遁的梁冰玉声音嘶哑地呼喊，“爱，不能这样强加于人！……”慌乱地躲闪使她立足不稳，扶着树干的手抓空了，身体摇晃着倒了下去，像一只断了线的风筝颓然坠落！……

“梁小姐！”奥立弗惊慌失措地奔过去，扶住她……

在他们脚边啄食树籽的一群野鸽子，扑棱棱惊飞了，飞羽剪着秋风，发出一阵远去的嘶嘶声。

他们回到家的时候，亨特太太正在准备晚饭。

“晚上好，亨特太太。”

“你好，孩子。梁小姐，你的脸色好像不大好？”

“不，我很好，谢谢！”梁冰玉极力做出微笑。

“妈妈，下午我陪她去看了一场戏，是有关中国的，恐怕是看得太激动了，情绪受了刺激。”奥立弗解释说。

“噢！那应该好好地休息，读书就已经很辛苦了，还去看什么戏？奥立弗，你不应该出这样的主意！”

“是的，妈妈，都怪我，”奥立弗忏悔般地说，他答应梁冰玉不把下午不愉快的争论告诉妈妈，但无法掩饰他的痛苦，“妈妈，我以后再也不这样了，再也不……”

“请原谅，亨特太太，”梁冰玉苦笑着说，“我不能陪你们一起吃晚饭了！”

“你去休息吧，孩子。等一会儿我给你做一点儿你爱吃的东西：鸡丝面、荷包蛋！”

“谢谢您，我一点儿也不饿……”梁冰玉拖着疲倦的身体一步步踏上楼梯。

奥立弗想去搀扶她，却又胆怯地停住了。

韩子奇听见梁冰玉的脚步声，便从房间里迎出来：“玉儿，你回来了？”

梁冰玉无力地望了他一眼，就走回了自己的房间，把门关上了。

不祥的预感立即在韩子奇的脸上罩上了阴影，他急步走过去，轻轻地敲着门：“玉儿，玉儿！”

“进来吧，奇哥哥！”梁冰玉在里边说。

韩子奇推门进去，梁冰玉正和衣躺在床上，那苍白的脸和失神的眼睛，使韩子奇吓了一跳。

“怎么，你病了？”

“没，没有啊……”梁冰玉慌乱地坐起来。

“是不是在学校里有什么不顺心的事儿？”

“也没有……你别问了。”梁冰玉转过脸去。那些事，她怎么向他说啊！

“不对，你一定有什么事儿在瞒着我，”韩子奇越发不放心了，“是谁欺负你了吗？”

“奇哥哥……”梁冰玉惶恐了，好像韩子奇已经窥见了她内心的秘密，头也不敢回地说，“我……遇到麻烦了！”

“啊！”韩子奇吃了一惊，“什么麻烦？快说，到底出了什么事儿？”

“奥立弗，他……”

“什么？奥立弗？”韩子奇又是一惊，心脏怦怦地狂跳，仿佛周身的热血直冲头顶，“他怎么你了？”

“他……他向我求爱了！”梁冰玉终于艰难地说出了这句话，她感到自己的脸上滚过一层热浪！

尽管她的声音很低，但在韩子奇听来，却像一声惊雷，震撼着他的心灵！他突然意识到，玉儿长大了，这个从幼年起就在他的照料和保护之下的小师妹，已经是个大人了。花儿总要开放，玉儿人生道路上不可避免的一步已经到来了，今后，她将置身于别的男人的保护之下，和奇哥哥不再是一家人了！二十来年的相依为命，将要结束了，现在韩子奇身边唯一的亲人，将要离开他了！

窗台上，一束深红色的麝香石竹花正在静静地开放，那是奥立弗送来的，默默地传递着只可意会的花语：热烈的爱。三年来，无论玉儿在不在家里，她的窗台上总是摆着奥立弗从街上买来的鲜花。这当然不只是为了装饰房间、点缀生活，而是寄托着某种情感，敏感的玉儿不可能不明白，连韩子奇这个男人都有所察觉：这是奥立弗在向玉儿献殷勤。但意识到了，又能怎么样呢？他和玉儿住在人家家里，战乱之际，亨特夫妇收留了他们，庇护着他们，大恩未报，怎么能反而去管教人家的儿子？何况他也从未发现奥立弗有什么越轨的行动，如果玉儿不说什么，做兄长的又如何置喙？韩子奇倒是曾经隐隐地担心，如果亨特夫妇对此有意，怎么办？特别是爱子心切的亨特太太，她本身就是个远嫁到英国的中国人，在她的意识中，不同种族、不同国籍的男女相爱、通婚根本没有障碍，三年来对玉儿的悉心照料如同母亲疼爱女儿，也许更有一番用意？一旦她吐露出两家联姻的意愿，韩子奇该怎么回答呢？不承想，人家英国人无须父母开口，小伙子亲自出马了！尽管韩子奇对此并非毫无思想准备，但是，当这一天真的到来时，他仍然感到突然，感到震惊，让他一时不知所措。玉儿亲口告诉他"奥立弗向我求爱了"，这意味着什么？是征询他的意见，还是"知会"一声事情的结果，向他"告别"？他十几年来精心呵护的这朵花儿，就要被奥立弗摘走了？一种不可名状的失落感、孤独感从韩子奇心中陡然升起，玉儿将要离开他了，在远离北平的异国他乡，只剩下他孑然一身了！

"玉儿，你……是不是已经答应他了？"韩子奇急切地问，虽然已经估计到结果，他还是要得到确切的证实。

"没有，我……拒绝了他。"梁冰玉惶惶然。既然话已经说出来，她也急切地想知道奇哥哥的态度。

玉儿的回答完全出乎韩子奇的预料。他本以为，事已至此，无可逆转，却不料又陡然折回，他那颗被搅扰的心也随之大起大落，飘忽不定。奥立弗并没有得逞，玉儿没有被"抢"走，这让他感到释然。这种感觉，似乎只有在他视若生命的奇石美玉失而复得时才能体会到的。不，不，这两者怎么能够相提并论呢？玉儿并不属于他，不是他的收藏品，而是一个活生生的人，一个独立存在的人，他只是玉儿的监护者，总有一天，玉儿将会离开他，走向自己的人生之路，而现在，她就已经开始了自己的选择……

他默默地拉过玉儿书桌旁的那把椅子，坐下去。

"奇哥哥，你怎么不说话？"梁冰玉抬起头，充满期待地望着他。

"你拒绝了他，拒绝了他……"韩子奇喃喃地重复着，心里想着，下面的话该怎么说，"你……为什么要拒绝奥立弗？不喜欢他吗？"

“我……”梁冰玉欲言又止。她的内心正在经受着剧烈风暴的袭击，奥立弗和杨琛的两张面孔同时在她眼前闪现，一会儿重叠，一会儿分开，诱惑着她，威胁着她！她想统统忘掉这一切，却又做不到。面对着她所信赖的兄长，她多么想袒露无遗地倾吐长久以来积郁在心中的苦闷，以求得援助和安慰？但是，当她看着韩子奇那双清澈的眼睛，她又害怕了，羞愧了，不敢说出昔日的创伤、如今的彷徨，让这些话都烂在心里吧！

“谈不上喜欢不喜欢，”她只能这样说，“我……还没想过要嫁人，不，我根本不想嫁人，这辈子谁也不嫁！”

韩子奇一愣。玉儿怎么会这么想？如果不是少女的无知，那就分明是在说假话。玉儿不是小孩子了，到了这个年龄，在国内受过高等教育，到了英国又进了名牌牛津大学，竟然根本没想过自己的婚姻大事，谁能相信呢？唯一的可能是，她真的不喜欢奥立弗，而又不愿意明说，就只好寻找这样的托词了。

“说什么傻话呢？”韩子奇当然不能点破她，只是微微一笑，“如果你在前几年说这种话，倒也罢了，现在都二十多了，再这么说，就显得傻了，天下哪有不出门儿的闺女？男大当婚，女大当嫁，这是人生的必由之路，总有一天，哥哥得把你嫁出去，要紧的是，得寻个好人家，嫁个好人！至于奥立弗嘛……”他收住了那一丝有些勉强的笑容，沉吟着转过脸去，望着暮色苍茫中的百叶窗，窗外常春藤的枝叶葳蕤，窗内麝香石竹的花朵吐艳。当他的目光触到那束花，送花人奥立弗的形象立时浮现在眼前。他不得不面对现实，改换一种角度，以挑选“妹夫”的尺度来衡量奥立弗这个首先闯进来的人选了，“他虽然是个外国人，但平心而论，还是个不错的青年，这小子……除了刚跟咱们见面儿的时候有些夸夸其谈，倒也没有其他毛病，而且，这三年来他表现得越来越温顺、文雅了，似乎是在极力显示他的良好教养。这也让人无可指责。你……真的不喜欢他？”

他的身后，传来梁冰玉怯懦的回答：“不，我是怕……”

“怕？怕什么？怕奥立弗？”韩子奇转过脸来，不可思议地望着玉儿，“奥立弗有什么可怕的？我看你跟他相处得不是也挺好吗？”

“他是对我很好，在我面前总是甜言蜜语，百依百顺……”梁冰玉喃喃地说，脑际闪现着奥立弗平日那副殷勤、谦恭的神态，“男生为了讨好女生，用的都是这种伎俩，你喜欢什么，他给你什么，哪怕你要天上的月亮，他也能给你摘下来。可是，他越是这样，我越担心这一切都是假象，是为了达到某种目的而伪装的，一旦猎物到手，谁知道会发生什么事儿？哦，我……我真怕再上当……”

话说了一半，却戛然而止，她半张着嘴，僵住了！

“你说什么？”韩子奇陡然色变，“怕‘再上当’？你过去上过谁的当？”

梁冰玉愣在那里。她恨自己真傻，怎么一不留神露出了这样的破绽？那件事，那件刻意隐瞒了三年、不堪回首的往事，怎么能让奇哥哥知道？他一个铜板一个铜板地挣钱养家，供玉儿读书，从北平直到伦敦，哪知道玉儿早在燕大的时候就谈上恋爱了，而且输得那么惨！想到这些，梁冰玉不寒而栗！可是，现在后悔也晚了，她的心紧缩成一团，垂下头，等着奇哥哥大发雷霆，痛骂这个伤透了他的心的师妹！

韩子奇却并没有发作，没有责骂，只是从鼻腔里呼出一口气，那是无奈的叹息。

“玉儿，告诉我！我看得出来，你的心里有苦，有伤，别自个儿闷着，都告诉我吧！师傅、师娘走得早，把你交给我了，我对你担着责任哪，绝不能让你受一点儿委屈！你……还有什么话不能对我说啊？”

梁冰玉缓缓地抬起头来，她看见，韩子奇那双清澈的眼睛里，没有愤怒，没有威慑，只有焦虑的关切和真挚的怜爱。这让她无可回避，也无处退却，只有如实招认！难哪，当她亲自揭开心灵深处的那块伤疤，诉说那难以启齿的羞辱和悔恨，她的心在滴血……

玉儿的声声哀鸣，字字句句打在韩子奇的心上。他牙关紧咬，一双眼睛在冒火，恨不能一步跨到北平，找那个姓杨的伪君子算账！但是，这已经做不到了，此去故国几万里，何况在战争时期，他和玉儿有家难回，有愤难平！要恨，他只能恨自己，小师妹心里藏着如此深切的痛苦和委屈，在此之前他竟然毫无觉察，更无从抚慰，他失责啊！

“玉儿，你早就该告诉我！”韩子奇伸过手去，抚着梁冰玉那瘦削的肩膀，“可是，你为什么一直瞒着我？”

“我不敢……”梁冰玉垂着头，点点泪珠无声地坠落。

“唉！”韩子奇一声长叹，“你糊涂啊！人家伤害了你，我还能忍心再责怪你吗？你呀，还是太年轻，太年轻了，不懂得人间的险恶，识不破那种无耻小人，稍一不慎，轻则吃亏上当，重则毁了你的一生！”

“现在，我懂了……”梁冰玉长长地吁了一口气，把深藏了三年的苦和怨都告诉了奇哥哥，她感到背负的重压减轻了许多，她抬起胳膊，抹去眼泪，抓住韩子奇抚在她肩上的手，那只骨节瘦硬坚实的大手，为她分担了愁苦怨恨，还将拉着她，扶着她，去面对人生。“奇哥哥，你的话，我会记一辈子，再也不会相信任何人了！”

“不相信任何人？”韩子奇咂了咂嘴，“这就是你拒绝奥立弗的原因？”

“奥立弗……”

话题从伦敦绕到了北平，又绕回伦敦，仍然绕不开奥立弗。那是一个绳结，牵动了千回百转的一团乱麻；那是一块巨石，挡在梁冰玉人生之路的当口。

“不仅是奥立弗，还包括任何人，”她缓缓地说，每个字都吐得清晰而肯定，“我再也不相信什么爱情。唉，爱情，在那虚幻的海市蜃楼背后，是陷阱，是火狱！”

这斩钉截铁的断言使韩子奇感到震惊。也许，他不懂“爱情”，从一个流浪儿到奇珍斋主，到中国“玉王”，他一路奔波，一路奋斗，从未经历过花前月下的幽会，从未体验过卿卿我我的恋爱，但作为一个有血有肉、有情有欲的男人，他也本能地觉得，被中外诗人咏叹了千百年的“爱情”，总应该是美好的，而不会是罪恶吧？

“‘一朝被蛇咬，十年怕井绳。’你是吓破胆了！玉儿，别怕，这看人跟看玉一样，行家也难免有走眼的时候，往后多加小心就是了，咱也不能因为咬了一粒沙子就不吃饭哪！再者说，奥立弗也不像是个坑蒙拐骗的坏孩子，你毫无理由地回绝了人家，要是他的父母知道了，向咱们问起来……”

“这不需要理由，”梁冰玉轻声说。内心深处的风暴过去，她极力平静地梳理着思绪，“爱情又不是买卖，没有讨价还价。如果世间还有真正的爱情，那应该是一尘不染的圣物，是人和人心灵的相互感应，它像无线电波一样在空中自由地飘荡，寻觅‘心有灵犀一点通’的知音。我和奥立弗之间还没有这种感觉。他是我们的朋友，我以后仍然会把他当作好朋友，我们已经欠了他们一家太多的人情！但这些都只是友谊，而不是爱情，他也不是我心目中的爱人……”

“你想要的，是什么样的人？”韩子奇微微皱起了眉头。

“一个无须信誓旦旦地表白而心灵相通的人，”梁冰玉思索着，遐想着，描述着她心目中的爱人，“一个有责任感、为我撑起一方天的人，一个值得我信赖、在任何时候都不会怀疑的人，一个让我敢于托付终身、和我相伴终生的人！”

这在韩子奇听来，如同在说梦话，牛津大学的“洋”学生，未免太“浪漫”了。

“玉儿，你的眼光太高了，这样的人可不好找啊！”

“奇哥哥就是这样的人……”

“我？”韩子奇心里咯噔一声，“这是什么话！傻丫头，我是你哥！”

“我说的是心里话。只有在你身边，我才感到踏实，才有安全感……”

“那，你总不能跟着我过一辈子啊！”

“要是真能这样过一辈子，那该多好啊！”梁冰玉喃喃地说，“我再也不用担惊受怕了，远离那些防不胜防的虚伪和欺诈……”

韩子奇沉默了。他相信，小师妹的这番梦呓般的言语，说的都是心里话。许多女孩子对于顶门立户的父兄都有一种天生的依恋情结，何况幼年丧父的玉儿是由他一手抚养成人的，一半儿是师兄，一半儿是姐夫，玉儿一向把他看作唯一的依托，最可信赖的保护者。可是，要在茫茫人海中找到一个同样可靠的保护者，谈何容易？何况又是在远离北平的伦敦，想找到个中国人都很难，更不要说知根知底、以命相托了，他能把玉儿托付给谁呢？

一串熟悉的脚步声从门外传来，越来越近，那一定是亨特太太上楼来了。

韩子奇的无边思绪被打断了，立即从椅子上站起来，低声说：“你看，人家来了，还不知道要跟我们说什么！唉，别忘了，我们现在是寄人篱下，往后，跟这一家人恐怕很难相处了！”

话音未落，响起了敲门声，随之是亨特太太亲切的叫声：“梁小姐，下楼吃点东西呀，我给你做好了！”

韩子奇心烦意乱地走去拉开门：“亨特太太，她好像有些不舒服……”

“不，我现在好些了，”梁冰玉从床边坐起来，“我就来！”

“好的，好的，鸡丝面、荷包蛋，你一定爱吃的，”亨特太太脸上挂着慈爱的笑容，“韩先生，您也快去吃晚饭吧！”

亨特太太一路唠叨着，陪他们下楼。沙蒙·亨特正在客厅里微笑着等他们，坐在旁边的奥立弗一看到梁冰玉的身影，眼睑就不自然地垂下了。这个小伙子，他现在一定很难受吧？韩子奇想，看来，他的父母还不知道在两家人之间已经出现了裂痕。

大家怀着各自不同的心事围着餐桌坐定。

“天主降福我等，暨此将受于尔所赐之物……”亨特太太在胖胖的胸脯上画着“十”字，这位天主教徒饭前例行的开场白还没有说完，刺耳的警报声响了！“啊，上帝啊！是不是德国的飞机真的要来了？”

“恐怕是吧？它们飞遍了欧洲，终于光临我们的头顶了！”沙蒙·亨特叉起一块牛排，警报声也没有减退他那旺盛的食欲，“请吧，女士们，先生们，饭是吃一顿少一顿的，不要委屈自己！”

“熄灯，熄灯！”奥立弗突然从失恋的沉默中惊叫起来，和他那经历过上一次世界大战的父亲比起来，没有见过战争的年轻人就显得不够沉稳了。

他奔到墙边，把电灯熄灭了，客厅里顿时陷入一片黑暗。

警报声由远及近，由弱渐强，先是中心区在嘶鸣，随后四周纷纷响应，整个伦敦都笼罩在尖厉的噪音之中。窗外，万家灯火在同一个时刻消失了，像是从人间一步跨入了地狱。突然，黑暗中亮起了探照灯，一束束淡蓝的光柱射向夜空，交错晃动，为守卫伦敦的高射炮搜寻目标。照明弹也升起来了，灿烂的光华把天空染成一片淡黄色，教堂的尖顶和空中的银色气球闪闪发光。然后，照明弹徐徐落下，像拖了长尾巴的彗星，像节日的焰火。

“咚！咚！咚！”高射炮怒吼了，喷出一条条粉红色的火舌，在空中炸响时像一朵朵橘黄色的花。飞机上的炸弹丢下来，轰然而起的爆炸声如同成串的霹雳，地面上升起血红的火光，空气在燃烧，大地在颤抖，他们所居住的这座楼房像发了疟疾，不住地哆嗦，餐桌上的盘子跳起来，摔得稀里哗啦！盘桓已久的噩梦终于降临了，不管人们在此之前曾经怎样千遍万遍地谈论战争，还是被战争恶魔的突然到来震惊了。它是那么无情，根本不管哪里是绿地，哪里是鲜花，哪里是血和肉的生命，哪里是人类文明的精华，哪里有温馨的梦和美好的幻想……仿佛地球突然停止了转动，世界末日已经来临，生和死只隔着一道纸糊的墙！

梁冰玉坐着的椅子被掀翻了，她跪在地板上，紧紧靠着韩子奇，紧紧抓住他的胳膊，倚着他的胸膛。也许，一秒钟之后，一颗炸弹落在头顶，他们就这样死去了，难道这就是他们千辛万苦路途遥遥追寻的归宿吗？死，也许是心灵创痛的解脱、人生苦难的完结？可是，人为什么又偏偏在这个时刻充满了对死的恐惧、对生的依恋呢？人多么渺小、多么可怜、多么自欺欺人啊！剧烈的爆炸声湮没了一切，带着火药味的硝烟扑进窗户，在阴森森的客厅里弥漫，她仿佛要窒息了，头脑里变成了一片空白，战栗着，等待死亡，“啊，真主啊！”

黑暗里，她听到亨特太太虔诚的祈祷：“上帝，救救您的可怜的孩子……”

不同信仰的人呼唤着各自的主；在冥冥之中的真主和上帝，该怎样来共同对付人间的魔鬼呢？

……

钢铁和炸药制造的雷霆风暴持续了一夜。当晨曦揭开了伦敦上空的夜幕，死神含着狰狞的笑，随着希特勒的飞机暂时退去了，留下伤痕累累的古都在淡青色的黎明中呻吟。

客厅里的地板上，颠倒地躺着亨特父子，少的枕着老的腿，老的抓着少的胳膊，发出此起彼伏的鼾声，不知各自在做什么梦。一夜的炮声竟然成了他们的催眠曲，这简直令人难以置信！

亨特太太摇晃着从厨房跑出来，一脸晦气地埋怨着："煤气断了！我怎么给你们开早饭？上帝啊！"

飞机、大炮和炸弹的轰鸣都听不到了，窗外那些幸存的住宅的尖顶又被无异于往常的霞光照亮了，街上响起了汽车的喇叭声和送牛奶的马车的嘚嘚蹄声。伦敦没有在昨夜死去，它从伤痛的昏迷中醒来了……

"奇哥哥，我们还活着？"梁冰玉喃喃地说，她不知道现在是在梦里，还是已经变成了鬼魂。

"是啊，我们还活着……"韩子奇扶着她站起来，活动着被震得松散麻木的腿，"我还以为我们死在异乡回不了家呢！"

"家？家在哪里啊？"梁冰玉失神地望着嵌在窗口的那一块天空，"'故国不堪回首月明中！'……"

"问君能有几多愁？恰似一江春水向东流！"在世界的东方，德、意法西斯的盟国日本遥相呼应，发出同样的"由优等民族统治劣等民族"的叫嚣，从弹丸之地出发的"皇军"铁蹄，踏遍神州大陆并且扩展到太平洋大大小小的岛屿，为建立"大东亚共荣圈"而展开疯狂的"圣战"，向亚洲大地播种着死亡，也播种着仇恨。在中国的乡村和城市，惨绝人寰的"烧光、杀光、抢光"，使良田化为焦土，房舍焚为平地，千千万万的苍生包括无数的妇女、儿童甚至腹中的胎儿在日寇的皮靴和战刀下丧生，狂轰滥炸一点儿也不亚于伦敦。在北平，弃城而逃的国军把千年古都轻易地丢入强虏之手，任凭他们滥施淫威。在它的周围，七千六百余个碉堡和一万一千八百六十公里长的遮断壕绞成锁链！

“博雅”宅沉重的大门紧紧地关闭着，瑟瑟飘落的枯叶扫拂着暗红色门扇上那两行双钩镌刻的大字：随珠和璧，明月清风。数月前的一场暴雨中，门前那棵老态龙钟的槐树遭了雷殛，繁茂的树冠被劈掉了一半，断枝裸露着惨白的皮肉。门楼角上的鸱吻也被打落了一只。

阴霾笼罩着“博雅”宅，院中的海棠、石榴在朔风中摇晃着光秃秃的枝干，黑幽幽的房顶上空，星月无光。五年前那颗从天而降的星星，已经在东厢房里睡着了，而他的母亲还在经受着长夜的煎熬。自从丈夫离家远行，韩太太几乎总是彻夜难眠。她后悔当年没有能够阻止丈夫的西行，由于各执己见而造成的争吵，使他们谁也没有最终说服对方，一个好端端的家分成了两半，天各一方。为了免遭战火的劫难，韩子奇带走了他视若性命的全部收藏，却忍心丢下了无依无靠的妻子和当时不到两岁的儿子，一个男子汉怎么能这样无情？他走了，把这个家和奇珍斋玉器店都交给了韩太太，从此卸掉了本应压在他肩上的责任，却不想一想：一个女人的肩膀将怎样承担这一切？他怎么能说走就走了呢？男人的心肠真是硬啊！跟他做夫妻十几年，细细想来，却记不起多少夫妻间的温存和情爱，只知道他没日没夜地奔忙，为这个家创造了财富，撑起了日益发达的奇珍斋，充实了藏珍集萃的“博雅”宅，改变了“玉器梁”世世代代穷艺人的地位，夫荣妻贵使韩太太陶醉，但是，这就是一个女人要求于丈夫的全部吗？当他把能带走的都带走了，带不走的都扔下了，心里还剩下什么？临到分手时，夫妻情分竟然薄得像一张纸，没有多少分量了！

韩太太无从知晓在地球的另一侧她的丈夫正忍受着怎样的煎熬，更无从知晓那些在途中消失的书信写着些什么言语，当然，她的无尽思念和怨恨也同样无处表达：唉，自个儿心里的话，跟谁说去？

岁月并不因时局的艰难而停步不前，三年过去了。这三年中，奇珍斋的生意惨淡得如同沉疴不起、苟延残喘的病人，“博雅”宅也乱乎得像个几家人合住的大杂院了。

现在，天星睡了，侯家的三个淘小子、两个愣丫头也在南房里打上呼了。院子里黑灯瞎火，上房的客厅里却亮着一盏昏黄的煤油灯，挂着黑布窗帘，这是战时的特产，连一星亮光也被遮挡得严严实实。

侯嫂给韩太太沏上盖碗儿茶，凑在灯下做针线。韩太太半闭着眼睛坐在八仙桌旁，听老侯向她报账。

老侯拨了一阵算盘珠子，说："太太，这个月进项寥寥，刨去伙计们的工钱、饭钱、电灯钱、水钱、房产税、地皮税、营业税，一个子儿也入不了柜，还得往外赔法币一千二百六十七元五角！"

"啧，"韩太太不耐烦地睁开了眼，"我不懂得这个税那个税的，剪断截说，月月都得干赔？我不是让你在账上想想法子嘛！"

"这不用您吩咐啊，太太，"老侯赔着笑说，"老板在家的时候，我们也是两本账：一本是实打实的，自个儿存底儿；一本是给税务局打马虎眼的。这已然是打了一半儿的虚头了，要是实报，赔的就不止这个数了！"

"唉！"韩太太叹了口气，拈起一根牙签剔着牙，"你这还光说的是柜上呢，还没算上家里的开销，吃的、喝的、穿的、用的，姑妈就只知道朝我伸手，这花销也见风儿长……"

"那可不！"侯嫂插嘴说，"别瞅着吃不上喝不上，东西倒是赛着地贵！肉也吃不着，卖菜的也不敢进城了，混合面儿吃得孩子们拉不出屎来，倒比白面还值钱！洗衣裳没有胰子，买盒取灯儿都得……"

老侯打断她的话说："你跟着瞎叨叨什么？太太跟我说正经事儿呢！"

韩太太端起茶碗，"她说得一点儿不错，不当家不知柴米贵，家里的日子可都指着柜上呢，老侯，咱老是这么样儿光出不进算什么事儿？"

"太太，这可不是咱们一家的事儿！自打日本人一来，什么买卖不这样？东来顺饭庄、天义顺酱园、月盛斋马家老铺、全聚德烤鸭店、同仁堂药铺……连王麻子刀剪铺，都一天不如一天，眼瞅着要玩儿完。"老侯合上账本，扳着指头，一一历数，"再说咱们玉器行吧，宝珍斋、德宝斋、富润斋、魁星斋、荣兴斋……也衰败萧条了，有的铺子都想关门不干了。日本人什么都'封锁'，玉料没法儿进了，坐吃山空能糊弄几时？欧美的洋人都跑了，'洋庄'的买卖哪儿还有主顾？中国人连命都怕保不住，谁还有闲心玩儿珠宝玉器？唉，我瞅着这一行要完啊！……”

“完不了，完不了！”韩太太最怕这种让人听了连腰都直不起来的话，把茶碗往桌上一搁，老侯就不言语了。韩太太懒懒地站起身，打了个哈欠，想去睡觉，不再想这些烦心的事儿，又怕躺下反而睡不着，翻来覆去地想，越想越烦，就顺手从条案上取下那一盒象牙麻将，哗地倒在桌上，“来，来，来，试试运气！”

老侯笑笑说：“太太，您这可真是黄连树下弹琵琶——苦中作乐！”

“自个儿逗自个儿吧，要不，光听你报账，能把人烦死！”韩太太重又坐下来，“侯嫂，把姑妈也叫过来，谁‘和’（音 hú）了谁请客！”

“哟，我们可是输不起也赢不起！”侯嫂说着，伸嘴咬断了手上的线头儿，起身走到廊子底下，冲着东厢房喊：“姑妈，快来，赢太太一把！三缺一，就等您了！”

姑妈压根儿就没睡，揉着眼皮走进上房，叨叨着说：“嗨！我说话总是没人听，咱回回不兴赌博！”

“又不带彩儿，算什么赌博啊？”韩太太苦笑着说，“拿这占着手熬夜吧，省得做噩梦！”

把麻将搓得稀里哗啦响，颠三倒四地撒了一桌面儿，于是，四个人各安其位，码齐了，让韩太太掷骰子。

“五！我坐庄！”韩太太倒是一出手就是主将的地位。

“红中！”

“六饼！”

“两万！”

开始钩心斗角地较量，各人审视着自己的实力，互相保守着秘密，拼凑班底，组织武力，以击败他人为目标。牌桌上是一场没有枪声炮声刀光剑影的争夺战。姑妈纯粹是凑数，她不精于此道，老是探头去看人家的牌，侯嫂拦着她说：“哎，哎，您这叫怎么回事儿？各人撞各人的运气，不兴摸旁人的底！”姑妈就一次次地缩回去，正襟危坐。老侯为了给韩太太解闷儿，玩儿得挺认真，颇费心机地盘算着战局，欲知天下纷争，鹿死谁手。

其实韩太太的心思很难集中到牌桌上，她还是惦念着买卖的事儿，“老侯，你才刚说，谁的铺子关了？”

“噢，是抱玉轩，”老侯捏着一个“六万”说，“他们老板病得不行了，等着料理后事，得用钱，柜上又没什么买卖，老板娘就把店整个儿‘倒’出去了。”

“这个娘儿们，是个败家的货！”韩太太感叹道，又问，“‘倒’给谁了？”

“汇远斋啊！”

“蒲寿昌？”提起这个人，韩太太就恨得牙根儿疼，“他是专干这种趁火打劫的缺德事儿！哎，他‘倒’到手里不也是个包袱吗？别人的买卖玩儿不转，他能有什么咒儿？”

“他跟别人不同啊，”老侯说，“西洋路子一断，他就走东洋路子了，跟一个翻译官认了干亲家，如今一个什么‘株式会社’包销他的东西，往南发货，中国香港、新加坡、婆罗洲！他买了抱玉轩，东西都挪到汇远斋去了，这边儿把‘抱玉轩’的字号一摘，卖上日本的白面儿了！”

“啧啧，什么东西！好好儿的一个抱玉轩，叫他给灭了！”

“唉，这有什么法儿？如今是爹死娘嫁人，各人顾各人，谁也不知道走到哪一步！”老侯看着姑妈扔出来一个“五饼”，摇摇头，“咱们奇珍斋要是这么下去，也够呛！”

“够呛怎么着？”韩太太翻眼看看他，“你也想把它‘倒’出去？”

“哪儿能够啊？太太！”老侯赶紧说，“我是丫鬟拿钥匙——当家不主事，全凭太太的吩咐，能维持多久，我就尽力儿维持！”

姑妈又在偷看人家的牌：“哎，你这……”

跟她“对戳”的侯嫂伸手护着丈夫这边儿，“别让她瞅见呀！哟，”她自己倒去检阅老侯的阵容，不觉兴奋地叫起来，“光顾着说话儿，你怎么连自个儿‘和’了都不知道？”

“噢，我‘和’了！”老侯这才发觉自己的牌果然都凑齐了，刚才他嘴里说着买卖的事儿，手里瞎打一气，不料瞎猫撞上了死耗子！

侯嫂像赢了天下似的，“轮流坐庄，该你了！”

韩太太心烦意乱地把面前的麻将一胡噜都推倒，说："老侯，老板临走的时候，交给你手里的可是整个家当，你可别让他回来一瞅，奇珍斋改了姓！"

"太太！"老侯听出了这话的分量，打麻将的闲心全没了，"您把心放在肚子里，我老侯活着是奇珍斋的人，死了是奇珍斋的鬼！"

"得了，红口白牙的，赌咒发誓地干什么？"韩太太又把话往回说，"接着来，再打一圈！该谁了？噢，该你了，给你给你！"

于是又周而复始，直到都困得认不清麻将几是几。

第二天老侯还得到柜上去"维持"，姑妈和侯嫂陪着韩太太在家里"维持"，混合面儿的卷子搁上花椒大料芝麻盐儿，也不知道是个什么味儿。老侯晚上回来就带回一大堆和玉器买卖无关的新闻：老二酉堂存的过去给皇上印家谱用的御制"榜纸"，让日本人讹走了好几刀，那纸每一张都合四块银圆呢，这一家伙老二酉堂亏大发了；内一区警署的一个署员上东来顺吃饭，没伺候好，经理被警察抓去打了一顿；日本宪兵队到宝文堂搜查抗日的书画，把掌柜的给押起来了……这些事儿，让人越听心里就越烦，无处排遣，就搓麻将。人需要自己麻醉自己。

后来麻将从家里挪到了柜上。韩太太不放心柜上的买卖，隔三岔五地到柜上去瞅瞅，奇珍斋门可罗雀、架上生尘，伙计们实在想不出什么法儿讨老板娘的笑脸儿，就陪她打麻将。姑妈和侯嫂自然都不去的，韩太太跟那些小子们又没话说，就邀了张家的太太、李家的姑娘、刘家的姨太太，闲着没事儿在账房喝茶嗑瓜子儿打麻将。这都是些闲人，爷们或是有公务在身，或是出去张罗买卖，娇妻贵妾们百无聊赖，又没个地方花钱去，乐得陪韩太太扯闲篇儿，听她讲讲韩老板怎么从侦缉队长手里买了那所主贵的宅子，怎么瞅见半夜里从天上掉下来一颗夜明珠，真吧假吧，好似听戏一般，也怪有意思。一边儿聊，一边儿打麻将，只是拿这个解闷儿，无论输赢，都不动钱。可是，好胜之心人皆有之，赢了的就说："不在乎赢那点儿小钱儿！"输了的马上接茬儿："谁在乎啊？"一个比一个财大气粗，最近又添了什么衣裳首饰，难免要谝一谝。韩太太就有话说了："哟，您这副银镯子太单薄了点儿，还是翠的是样儿！”“您这串珠子是哪儿买的？瞧这成色，摆在我们柜上都觉得寒碜！”这些贵妇人于是就感叹韩太太的眼界宽、见识广，洗耳恭听她的忠告，该戴什么、插什么、挂什么、别什么，听得心里痒痒的，而这些东西又一定是奇珍斋都有的，于是精挑细选，拣好的买，价钱高低都不在乎，要紧的是得在人群里头拨尖儿，有面子。输了的人也不甘示弱，哼，你买得起，我就买不起吗？牌桌上的输赢引起了人们奇妙的心理反应，一个比一个出手阔绰。临了，各人都有了称心如意的首饰，还对韩太太千恩万谢，约好了明儿再来，甚至还要邀来七大姑八大姨。牌局一散，老侯就露出了笑容。韩太太疲惫地长出一口气，数落着老侯和伙计们：“你们呀，怎么学的买卖？还不如我一个妇道人家呢！其实这点儿眼面前儿的本事不算什么，买卖常是在饭桌、牌桌上做成的！”

奇珍斋的买卖本来已经微弱得像个眼看要熄灭的蜡烛头，韩太太竟然能使这火苗儿又闪了几闪，兴许能起死回生也说不定。

太阳懒懒地爬上半空，掩在灰蒙蒙的薄云后面，惨白如月亮。影壁旁边的藤萝架，叶已落尽，只剩枯藤横躺竖卧，像一窝冻僵的蛇。

垂花门里出来一群小将，为首的是侯家十二岁的大小子，躬着腰，手脚着地往前爬，天星骑在他身上，“嘚儿，驾！”原来是把他当马骑，二小子和愣丫头还有两个小的跟在后头乐。耳鬓厮磨的孩子们分不清高低贵贱，骑马的和被骑的都充满了兴致，大小子一边学着马跑，一边还摇头晃脑地唱着《颠倒歌》，那词儿好古怪，没有一句是真的：

东西街，南北走，
忽听门外人咬狗。
拿起门来开开手，
拾起狗来打砖头，
又被砖头咬了手！

天星听得十分开心，咯咯地乐：“你瞎说，砖头还能咬手？”

大小子又唱：

骑了轿子抬了马，
吹了鼓，打喇叭……

“博雅”宅的大门突然被擂鼓似的敲响了，这边正玩得高兴，没人搭理。那门接着响，天星吼道：“干吗干吗？”

外边嚷上了：“是我，快开门哪！”

大小子住口不唱了：“噢，是我爸！”

二小子上前拉开了门闩，老侯风风火火地闯进来。趴在地上的大小子抬起头来，呼哧带喘地问：“爸，您怎么刚走不大会儿就回来了？”

“哼，作死吧你！”老侯瞟了一眼满脸泥汗的儿子，就急急地往里走，“太太，太太！”

韩太太正在上房里喝茶，听得声音不对头：“什么事儿？”

老侯气喘吁吁地跑上台阶，直奔上房：“太太，柜上出事儿了！”

“到底什么事儿？”韩太太手一哆嗦，茶碗摔成了两半儿！

“东西……丢了！”

“什么东西？”

“是……是那只蓝宝石戒指儿！”

“啊？！”韩太太大吃一惊，她记得，柜上的戒指虽然不少，但蓝宝石戒指只有这么一只，白金的戒指镶着一圈儿碎钻，中间托着一颗三克拉的蓝宝石，晶莹剔透，天蓝色儿里头泛着紫罗兰，她听老侯说过，那是克什米尔的料，蓝宝石当中的极品，卖好几万呢！“什么时候丢的？”

“不……不知道，”老侯哆哆嗦嗦地说，“今儿早上发现的，原来搁在尽西头的柜子里的，旁边挨着一副碧玺镯子，一只玛瑙鸡心项链坠儿，现在别的东西都在，就是那只蓝宝石戒指没有了！”

“你查了账了吗？”

“查了，存货清册上记着呢，可是门市流水账上没有，卖是肯定没卖出去，我记得清清楚楚……”

“亏你记得清清楚楚！你倒是说呀，东西哪儿去了？”

上房里这么一嚷嚷，院子里的孩子们就都不敢言声儿了，正忙乎着拆洗棉衣裳的姑妈和侯嫂都惶惶地跑过来，听了这话，脸惊得发青！

“那什么……”侯嫂从后头扯着她男人的衣裳襟儿，“别这么毛毛糙糙的，那些伙计，你都问过了吗？”

“问了，问了！”老侯不耐烦地甩开老婆，“都说不知道，要不，我能跑回来问太太吗？”

“问我？”韩太太把脸一沉，“我还得问你呢，你是干吗吃的？这么贵重的东西从眼皮子底下飞了，你是聋子、瞎子、傻子？”

“是啊，是啊，”老侯气急败坏地拍着自己的脑袋，“我糊涂了，疏忽了，这叫怎么个话儿说的……哎，好像昨儿早起来我扫了一眼，那戒指儿还在呢，晌午……晌午前儿您不是在那儿打麻将呢嘛……”

“打麻将怎么着？我还在那儿做买卖了呢！卖的东西，你不是都有账吗？”

“那倒是，我查了，昨儿那几位太太买了一只玉香炉、一副碧玉镯子、一挂欧泊珠子，可就怕保不齐……”

“什么‘保不齐’？人家都是有身份的人，冲我的面子才来的，凭你？连请都请不动！人家会借这机会偷东西？你一个爷们儿家嚼这样的老婆舌，屈赖好人，人家知道了能告你！”

“我……我可没这么说呀！”老侯急得昏了头，不知道该说什么，“我是怕人多手杂……”

“什么，什么？你再说一遍！”韩太太火了，“我一去就人多手杂了？闹了半天你是多嫌我呀？”

姑妈急急巴巴地抢上前劝她：“天星他妈，甭这么咋咋呼呼的，老侯他不能够……”

“他不敢！太太，他不敢！”侯嫂吓得腿肚子转筋，两手拉着韩太太，“他绝不敢……”

“他怎么不敢啊？这不是指着鼻子说我呢吗？合着这东西是我偷

的！”韩太太嘴唇发白，手脚都在哆嗦，“闹了半天你是上家来抓贼追赃了？”

老侯吓坏了：“太太，太太……我哪儿有这样的心？东西是您的，奇珍斋是您的！”

“你还知道啊？”韩太太挣脱姑妈和侯嫂，伸手点着老侯的脸，“你眼里还有我这个东家啊？奇珍斋还没姓侯啊？前些日子，你绕着弯儿地鼓动我把奇珍斋‘倒’出去，你当我是傻子，听不出你葫芦里卖的是什么药？眼瞅着我不上这个套儿，你又玩儿新鲜的，把一盆脏水往我身上泼，指着鼻子说我是贼！姓侯的，你拍拍良心想一想，韩子奇待你怎么样？你口口声声说给他当‘看家狗’，他一走，你这只狗就翻脸不认人了，瞅着我们娘儿几个好欺负啊？”

“主啊！”老侯面如死灰，脖筋乱颤，“太太，我凭着‘伊玛尼’起誓……”

“得了，你还有‘伊玛尼’？满嘴的仁义道德，一肚子狼心狗肺！见财起意，你太狠了，你！”

“太太，您说……那戒指儿是……是我昧起来了？”

“那谁知道？说书唱戏我也不是没听过贼喊捉贼的！”

老侯急得蹦高儿：“我是贼？我是贼？”

侯嫂扑通坐在地下，一把鼻涕一把泪，手拍得砖地啪啪响：“太太！您这可是屈了他呀，他可没把您搁错了地方啊！我们一家七口吃着您、喝着您，他再浑也不能带头偷您的东西啊……在您这儿住着，戒指儿能往哪儿藏啊……”

“那谁知道？”韩太太看他们夫妻俩的那种紧锣密鼓一唱一和的样儿，更觉可疑，“只要有这个心，哪儿不能藏？一只戒指儿又不用车拉船载的！”

“您翻！您翻！”老侯像疯了似的踉踉跄跄往南房跑，把箱子、柜子、包袱、被窝都往外扔，“您翻！您翻！”

侯家的三个小子两个丫头一直吓得不敢出声儿，这会儿一看炸了窝，哭着叫着去拦老侯：“爸！这是干吗？这是干吗？……”

“不过了，不过了！”老侯一边扔，一边直着嗓子嚷，“我侯凤山两袖清风，不背这样的黑锅！”

姑妈慌得丢了那一头儿，又来劝这一头儿：“老侯，不能这么信性儿地闹腾，有话慢慢儿地跟太太说，啊？”

“说？还说什么呀！我跟着老板十几年，不敢说功劳也有苦劳，账目上没出过丁点儿差错，到头来谁能料到这一步？”老侯扔掉手里的东西，仰天长叹，“老板！老侯没有对不起您的地方！您可别怪我不等您了！”

“嗨，嗨，嗨！”韩太太从里边追出来，“我可没说辞你！你要走，我也不留你！可一样儿：账，咱得算清楚！”

“算吧，算吧！”老侯嗓子哑哑的，像在渗血，“戒指儿不管是谁偷的，我赔您！您说个数吧！”

“嘿，新鲜！”韩太太说，“柜上的价儿都是你定的，该多少钱，给多少钱，这还用问我啊？”

“标价‘联银券’三万……”老侯说着，心里直打颤。物价飞涨，钱不值钱了。他明知道，这么虚高的标价根本不可能兑现，但不能给自个儿打折儿啊，心一横，吼道，“我赔您三万！现钱不够，咱落上账，就是砸锅卖铁也还您！”

侯嫂哭天抢地地扑到韩太太跟前：“太太，您开恩，您可怜可怜我们娘儿几个吧！没有您的阴凉儿，我们可怎么活啊！”

老侯愤愤地踹了老婆一脚：“窝囊废，起来！走，咱走！”

五个孩子乱成一团，跺着脚：“不走，我们不走！”

老半天没人理会的天星泪汪汪地从藤萝架旁边跑到韩太太身边，拉着她的衣襟：“妈，不让哥哥姐姐走，我们还玩骑大马呢……”

韩太太抱起天星，脸贴着脸，“儿啊，妈盼着你长成个顶门立户的男子汉，看谁还敢欺负咱们！”

“走了！走了！”老侯哑哑地吼着，不知是招呼他的老婆孩子，还是在向天边的韩子奇告别，“走了……”

姑妈哆哆嗦嗦地拦着老侯：“不成，哪儿能这么样儿走了呢？说过闹过就算完了，店里的买卖还得指着你呢！”

韩太太冷冷地说：“大姐，您这是干什么？让他走，没有鸡子儿，咱还做不了槽子糕了？”

……

老侯终于走了。他就是当真砸锅卖铁，也凑不够三万块钱，把半辈子的积蓄、老婆结婚时候的首饰，都顶了债，又留给韩太太一张未清部分的账单，离开了奇珍斋，一家七口搬出了“博雅”宅。韩太太消除了心中的隐患，出了一口恶气。当侯嫂向她跪地求饶的时候，当她看着那给天星当马骑的孩子哭着走出大门的时候，她未尝没动过恻隐之心，但是，说出去的话，她不能收回，她必须以杀一儆百的手段给剩下的伙计们看看，在奇珍斋，到底谁是主人！

但是，韩太太万万没有料到，老侯的离去，动摇了奇珍斋的根基，和老侯一起跟着韩子奇创业的伙计们，愤愤不平：连老侯这样为奇珍斋立过汗马功劳的元老、忠心耿耿的“看家狗”她都不能容，我们还等什么好果子吃？他们前脚儿送走了老侯，后脚儿就联名向韩太太提出要“出号”，撂挑子不干了！看看你这个卸磨杀驴的老板娘怎么办？靠拉拢几个娘儿们家打麻将能糊弄住奇珍斋？有本事你就自个儿使吧！

伙计们一哄而散，奇珍斋顿时瘫痪了！

韩太太气得吃不下饭，姑妈急得团团转。

“天星他妈，这事儿可闹大发了！”姑妈说，“店里一个人儿不剩，怎么搓鼓啊？”

“不碍事的！又不是我请他们大伙儿吃‘滚蛋包子’，他们乐意走，我还不留呢！”韩太太敢作敢当，好马不吃回头草，她甚至庆幸这帮不识好歹的奴才来了个“伙辞东”，正好顺水推舟“一笔清”，还不用花钱打发他们走呢，倒省了一笔开销，“花钱雇人，还怕找不着比他们强上九成九的账房、伙计？只要我这儿言语声儿，说奇珍斋要用人，那些自个儿开不起铺子、夹包袱皮儿搂货的主儿，谁不愿意来？准得挤破门！”

这话说得太大了。韩太太把家交给姑妈，自己天天到店里守摊儿，放出话儿去要招账房、伙计，却没有一个上门的。不得已，她放下架子，按照平日零零星星听来的线索，张三李四一个个去请。那些主儿，过去见了韩子奇，就像徒弟见了师傅，伙计见了老板，现如今韩子奇不在家，奇珍斋出了岔子，他们倒一个个端起架子来了，好似隐居隆中请都请不动的卧龙诸葛，说出话来，叫你没法儿接：

“韩太太！不是我驳您的面子，这活儿，我实在是不敢应啊！现如今，玉器行的生意没法儿做，您瞅，除了蒲老板的汇远斋还能折腾一气，剩下的哪家铺子不是冷冷清清？货没销路，料没来源，好些个作坊都洗手不干了，北平的好几千玉器匠人，您挨着人头儿数数，只剩百十个了！这个节骨眼儿上您让我临危受命？这不是要我的好看儿嘛，设若您的买卖让我给砸了，赶明儿还怎么有脸见韩老板？”

这还算客气的。

“韩太太！您怎么赏我这么大的脸呢？我这两下子，跟老侯提鞋都够不着，既然连老侯都玩儿不转，我就更得掂量掂量了。得了，您另请高明吧！”

“韩太太！奇珍斋不是遭了抢嘛，您得报案哪！打官司，弄个水落石出！要不然，往后谁还敢进您的店门儿？出点什么事儿，跳到黄河也洗不清！”

还有比这更难听的。

“韩太太！我说话不怕您恼：老侯对待您，那真是‘忠心报国’！这样的忠臣老将，您都把他当贼防，翻脸无情，一脚踢开，我有几个胆子，敢顶这个缺？”

竟无一人肯出山。韩太太没辙了，跟姑妈商议：“要不然，咱们姐儿俩就先糊弄着？”

“哟，我可不懂这一行，又不是开饭馆儿！”姑妈说，“你虽说是门里出身，可到底也没管过柜上的事儿，成色啦，价钱啦，恐怕也弄不太准。咱们也不识个字，连账都没法儿落。再者说，家里店里两头儿跑，这可不是娘儿们家能成的，日本人在街上瞅见女人就嚷‘花妞妞’，吓死人了……”

“那……就先把门儿关了，再慢慢儿地想法子。留得青山在，不怕没柴烧！玉器行里有话：不怕三年不开张，开张就能吃三年！”

“不成，这可不是个事儿。店锁在廊房二条，里头有那么多贵重的东西，离家又挺老远，没个人儿看着哪儿成啊？赶上这样儿的年月，又是兵又是土匪，连锅儿端了都没准儿，就不单是偷个戒指儿了！”

“这倒是。这可怎么办呢？家里也没个主事儿的男人！”

事非经过不知难，没有韩子奇在家里当家做主，韩太太才知道了掌管一个大买卖是多么地不容易，才知道了韩子奇的十年创业费了多少艰辛。现在，家业落到她手里，竟连“维持”的本事都没有了！

这时候，倒有人上门来了，不是求她雇佣，是要买她的奇珍斋！卖？说什么也不能卖哪，奇珍斋是梁家的祖业、韩家的命根子，卖了店、砸了牌子，“玉器梁”“玉器韩”就算完了，在行里头，在两旁世人眼里，就一个跟头栽到底，威风扫地了！

“韩太太，话不是这么个说法儿！人走时运马走膘，谁也不知道自个儿的命到底怎么着，只能走一步说一步。眼下兵荒马乱的，韩老板又没在家，您不怕树大招风？大门脸儿不能光当摆设，趁东西不如趁钱，装到兜儿里踏实。我不是眼馋您的东西，自个儿的货还发愁找不着主儿呢；我是瞅着那个地界合适，兴许还能活泛点儿；人说同行是冤家，其实我倒是瞅着您在难处，不能不救这一步驾，价钱上不能让您吃亏，您出个价儿，我不还口，要不，赶明儿韩老板回来了，我也显着不仗义；哎，话又说回来，兴许那时候我的买卖不济，还得求韩老板高抬贵手再拉我一把呢，廊房二条还能没了‘玉器韩’的地盘儿？韩太太，您琢磨琢磨我这个意思，觉得合适，就这么办；不合适呢？就算我没说，咱别伤了和气！……”

这个主儿一连跑了好几趟，还给韩太太提溜了茶叶，给天星带了吃的。头一回，韩太太待答不理；第二回，婉言谢绝；第三回，沉吟不语。果真除此之外再也没路可走了吗？没有了。她不是怕驳人家的面子，是怕东西搁在外头招来更大的灾祸。要是店里遭了抢，她找谁告状去？找日本人？那不是自个儿找死吗？

万般无奈，韩太太向命运屈服了，到底走了那条过去连想都没想到的路：把奇珍斋“倒”出去了。她坚持留下了几件贵重的东西，其余的货物，连柜台、桌椅、货柜、房子统统作价归了人家，签字画押，一手交钱，一手交货。她流着眼泪收起了奇珍斋的大匾，心都碎了！

更令人心碎的事儿还在后头：出手之后的奇珍斋，三天工夫就在那高大的汉白玉门脸儿上挂起了新匾：“汇远斋”，成了蒲寿昌的一个分号！原来，出面的买主儿只不过是一个幌子，不识字的韩太太亲手在契约上按了手印，把奇珍斋卖给了有杀父之仇的“堵施蛮”；而被韩子奇击败的蒲寿昌，连价儿都不还地买下奇珍斋，也正是为了彻底毁掉韩子奇的家业和声誉，由他来取代“玉王”的地位，他成功了！

蓝宝石！一颗象征着慈爱、诚实、谨慎和德高望重的蓝宝石不翼而飞，断送了整个奇珍斋！

被韩太太辞退的账房先生老侯，穷困潦倒，走投无路。这时，韩家的仇敌蒲寿昌向他伸出了手。蒲寿昌深知老侯是个理财能手，又写得一手好字，不惜重金礼聘，请他出山，连老侯不懂英文也不计较，安排专人为他翻译，为了出这口恶气，值得！瞧，奇珍斋树倒猢狲散，叛将归顺我了！老侯迫于生计，怀着对海外未归的韩子奇深深的歉疚，出任汇远斋分号的账房。还是原来的地方，还是原来的身份，但是主人换了，字号变了。风水轮流转，竟是这般残酷。

某日，警察局的一名和汇远斋常来往的巡警又来喝茶、闲聊，老侯在无意中突然发现巡警的手上戴着一只蓝宝石戒指！

他心里一动，装作不太在意地问：“您这戒指儿……是哪儿买的？”

“您给瞧瞧成色，”巡警微笑着脱下戒指，炫耀地递给他，“这不是买的，是相好的送的……”

他并不讳言自己的隐私，他和某老板的第三个姨太太“相好”几乎已是公开的秘密。

老侯接过戒指，仔细一看，啊？惊得半天说不出话来！这正是从奇珍斋不翼而飞的那一只蓝宝石戒指，白金戒指镶着一圈儿碎钻，中间托着一颗晶莹剔透的蓝宝石，天蓝色儿里头泛着紫罗兰……他太熟悉了，决不会认错！那么，这戒指怎么会到了巡警的“相好的”手中呢？他苦苦地思索……哦，是了，奇珍斋发现失窃的前一天，陪韩太太到店里打麻将的，其中就有那个女人！

一切都清楚了！他抑制住怦怦的心跳，强装笑脸，对巡警说：“哎哟，这可是克什米尔蓝宝石，蓝宝石当中的极品哪！成色好，做工好，款式也别致，我想留下好好儿瞧瞧，明儿再还您，成吗？”

“哪有什么不成的？”巡警全无戒备，答应得很爽快，当警察的还怕他昧下不还？借他胆子！

送走了巡警，老侯攥着这只戒指直奔“博雅”宅！

“主啊！我可洗清了，洗清了！……”他跑到韩太太的面前，大叫一声，喷出一摊鲜血，昏倒在地上！

韩太太没有收下这只戒指，又奉还了巡警，她怎么敢惹警察局的人？她向侯嫂退还了当初的赔款和抵账的东西，痛哭流涕，说了无数好话。但她不可能把老侯再请回来，奇珍斋已经没有了。老侯洗清了不白之冤，却没有赎回性命，三天之后就与世长辞了，撇下了无依无靠的寡妇孤儿！

“侯凤山的信！侯先生，侯先生！”汇远斋门脸儿外头响起邮差的喊声。

里边儿的伙计们吓了一跳，老侯已是死了的人，这么样儿当街指名道姓地喊他，跟叫魂儿似的，好像店里藏着个活鬼，怪吓人的。喊了几遍，都没人敢应声。

“瞧你们这胆儿！”蒲寿昌从里边走了出来，“谁找老侯啊？”

“蒲老板！”邮差连忙踏着青石台阶迎上去，手里拿着一个信封，“这儿有侯先生的一封信……”

“噢，”蒲寿昌只字没提老侯的死，也不打算给邮差指道儿，告诉他老侯的老婆孩子住哪儿，伸手接过了那封信，“交给我吧！”

“得嘞！”邮差转身走了。

蒲寿昌扫了一眼手里的信封，中英文并用，从英国寄来的，嗯？这就有意思了！

他急匆匆回到办公室，毫不犹豫地打开了这封信。

信是韩子奇寄来的。自从一九三六年冬天离家远行，到现在已经三年有余了，这三年多，他写了不知多少封家信，急切地询问家里的一切，向亲人诉说他和玉儿在外面的境遇，却从来没有收到回音。为什么？不知道。战争期间，邮路不通，或者是家里出了意外，都有可能，啊，真不敢想象家里会出什么事儿！失望、焦虑之际，他突然想到，璧儿和姑妈都不识字，可别是她们把信给耽误了？于是，他换了个地址，把信寄到廊房二条的奇珍斋，侯风山先生收，至于能不能收到，只能试一试了。谁能料到，成功概率只有万分之一的这一试，居然成功了，奇珍斋虽然没有了，老侯也不在了，而收信人的姓名、地址却没有错，信仍然寄到了，只可惜晚了一步，落到了置奇珍斋于死地的蒲寿昌手里。天意乎？

看完了这封信，蒲寿昌不禁乐出了声儿。哼，韩子奇啊韩子奇，你也有今天！当初你仓皇出逃的时候，大概没想到奇珍斋会改姓蒲吧？恐怕更不会想到，远走伦敦还不如留在北平吧？你奔着天堂去了，不承想却下了地狱，炮火硝烟之中，断壁残垣之下，东躲西藏、心惊胆战的日子也不大好过吧？还有那个洋人亨特，帮着你拆我的台，如今自个儿身家难保喽，报应啊！等着吧，你们都得遭报应，没准儿哪天，一颗炸弹落到头顶儿上，就一命呜呼了！怎么，你还想回来？回来干吗？再从我手里夺回奇珍斋？再把我踩到脚底下，重当“玉王”？没门儿！你师傅我就那么不长记性？当年让你狠狠地咬了一口，还能再让你咬第二口吗？

蒲寿昌闷头想了两天，打定了主意：给韩子奇写一封回信。当然不能用自己的名义，他坐在老侯坐过的椅子上，用老侯用过的笔砚，替死去的老侯给韩子奇回信。桌子上的账簿，抽屉里的合同，到处都留下老侯的笔迹，可作模仿的样本，对于善于制假售假、鱼目混珠的汇远斋老板来说，伪造一封书信不过是雕虫小技。

子奇先生旅次：

一别三载，顷接来鸿，恍若隔世。得知先生在英伦经历种种艰险，固令人嘘唏，而于战乱中得以逃生，却也属万幸。殊不知今日之中国，烽烟遍地，民不聊生，百业萧条，北平玉业同仁多已倒闭，贵号奇珍斋亦未能幸免，此乃大势所趋，又可奈何！先生多年不归，又不得消息，令夫人难以维持生计，遂与姑妈携令郎天星离家出走，据说随姑妈投亲靠友去也。俗语云，“爹死娘嫁人，各人顾各人”，也不足怪。兵荒马乱之中，不知三人流落何方，亦不知是死是活。贵府“博雅”宅已被当局征用。我无所归，只好另谋生路，与乞丐无异，活一日算一日，真不知何日倒毙街头，了此残生。先生在外好自珍重，万勿再作返程之念，国破家亡，不足恋也！切记，切记！

含泪把笔，专此奉复，与先生永别了！

侯凤山敬上

民国二十九年西历九月十三日

蒲寿昌写毕，又看了两遍，对自己的生花妙笔颇为赞赏：好极了！不要看轻了这几页薄薄的八行信笺，此信一发，必将断了韩子奇回家的路！店没了，家没了，老婆孩子都没了，他还回来干什么？就在那儿好好儿地享受无家可归的难民生活吧，最后的结局只能是客死他乡，死无葬身之地！

信封是韩子奇事先写好了夹在信里寄来的，为的是方便不懂英文的老侯，现在倒省了蒲寿昌的事儿，直接把信装进去，封好了，亲自到邮政局寄出去，还要寄挂号信，求个万无一失。这些，都不用伙计们代劳，这件事儿他不想让第二个人知道。

无情的大轰炸还在继续。伦敦上空浓重的冬雾和威斯敏斯特教堂的祈祷并没能阻挡住柏林派来的飞贼，它们昼伏夜出，每天都给这座古城留下新的烙印。

又一个黎明到来了，荒凉如圆明园遗迹的街道旁，救火车在喷射水柱，抢险队员在挖掘瓦砾中残存的生命，双层公共汽车像摸索着前进的瞎子，在弹坑之间小心地绕行，每天的路线都在“随机应变”。千百名管子工弓着腰在抢修裸露着的煤气、自来水管道。产科医院的地下室里，接生婆犹如炮兵似的戴起钢盔，迎接刻不容缓要诞生在战争中的婴儿。地铁站成了市民的避难所，夜夜都黑压压挤满了人，多数是老人、妇女，还带着孩子，囚犯似的席地而卧，对于无家可归的人们，当局也就默许了。天一亮，他们各自卷着毛毯，提着装了牙刷牙膏的小包，去解决肚子问题。送牛奶的老头儿忠于职守，又赶着那匹幸而昨夜没被炸死的老马上路了。邮差也又出动了，对写信有着特殊的偏爱的英国人并不因为轰炸而少写一点儿，反而由于亲友的阻隔和圣诞的即将来临，而使邮件大大增加，许多邮差不得不携带了太太来帮忙，头一天当助手，第二天就独当一面了。

轰炸也无法阻止商品的流通，商店门口排起了长队，店员在清扫了门前的碎玻璃和残砖烂瓦之后，还得耐心地用劫后幸存的货物打发购货欲旺盛的顾客。许多人深为没有抢在十月一号开始征收“消费税”之前买足必备物品而惋惜，如今每购一物都要交货价三分之一的税，也只好拼命往前挤！闹市上冒出了许许多多的摊贩，卖那些在逃难时最有用的东西：电筒、电池、防毒面具。银匠也在街头服务，卖的不是银首饰而是“脖饰”：像狗牌儿似的，上面为顾客刻上姓名，现卖现刻，这种生意一时颇为兴隆，买者无非是为了自己一旦被炸死便于被亲属认领尸首！还有做不花本钱的生意的：能说会道的吉卜赛流浪女人给那些惶惶然不知何日归天的人们看手相，预卜在这场大难之中的凶吉。当然，还有乞丐，盲人音乐家激昂地拉着帕格尼尼的变奏曲《卡玛尼奥拉》，把这首在断头台上反暴政、争自由的名曲拉得悲悲切切，技巧是拙劣的，情感却是真挚的……

亨特家的那座哥特式尖顶的红砖瓦小楼在晨雾中苏醒了。连续几个月的轰炸，伦敦不知道被毁灭了多少建筑，死伤了多少人。汽车被震上房顶；炸弹把九层楼房一穿到底；压在房梁下的母亲强撑着身躯保护着怀中的婴儿等待援救，连续十几个小时背脊不曾弯曲；刚刚举行了婚礼的夫妇跨出教堂门便双双血肉横飞……这些新闻都已是平淡无奇的。而奇怪的倒是亨特家的这座百岁高龄的小楼竟然还没有轮上一颗炸弹，它只在无数次的哆嗦中甩掉了房顶的几块鳞甲，在饱经风霜的腰身上张开了几道裂纹，至今还挺立在东倒西歪的邻舍之间。奥立弗几次动员全家都到地铁站去过夜，沙蒙·亨特却懒得去，他半开玩笑地说这座房子有“灵”，上次大战就没倒，这次也可能挺得过去，实则是他认为躲避是盲目的，有的人就是在东奔西逃时送了命，倒不如干脆“听天由命”。韩子奇也不肯走，这座房子里存着他从中国带来的珍贵收藏品。中国人习惯于把宝贝藏在身边，而不愿存入银行的保险柜，何况现在哪儿都不保险了。韩子奇要守着这些东西，他也不可能每天带着到地铁站去过夜，天明再搬回来。他更不能丢下这些比性命还宝贵的东西去“逃命”。最后的一致意见是把这些藏品，连同日用物品都搬到楼下的地下室去，大家夜晚都囚禁到地下，白天再出来放风。只有把希望寄托于命运了，如果炸弹不把楼基下的厚水泥板敲碎，就别无所求了。奥立弗以足够的耐心把地下室好好儿地布置了一番，弄了几张铁床，双层的，单层的——有人在做这种生意，把炸毁的破房中的钢筋拆下来，制成简易却牢固的床，专门卖给人们住防空壕时使用。床上铺了垫子，罩了床单，把每个人的日用品都搬下来，地下室里倒也住得“舒适”。平时大家难得这样挤在一起，临时避难的集体宿舍反而使人和人更加亲近了。亨特照例是上床就呼呼大睡，韩子奇则常常彻夜难眠，睡不着的时候，就和梁冰玉谈中国，谈北平，故乡的一切都是那么难以忘怀，谈起来就更没有睡意。这样的漫谈对于亨特太太和奥立弗都有极大的吸引力，像听《天方夜谭》似的，想象着那个神往而又陌生的国度，寄托着对祖先故土的深情。奥立弗很快就习惯了并且迷上了这样的隐居生活，如果不是大轰炸的威胁，他怎么可能和梁小姐相距咫尺地躺在床上夜谈呢？他开始是静听，渐渐地就加入了议论，后来变成了各抒己见的讨论，议题又扩大，他给他们讲“亨特珠宝店”的百年历程，讲他为了经商在欧洲的游踪：罗马、佛罗伦萨、威尼斯、庞贝古城、日内瓦、海牙、巴黎……梁冰玉也听得入迷了，仿佛战争不存在了，她忘却一切烦恼，在世界游历……他们就这样打发漫漫长夜，无话不谈，却又小心地避开一个话题：爱情。自从几个月前奥立弗向她敞开了心灵并且遭到了拒绝之后，就再也不提起这事儿，他的父母也没有觉察，似乎这两个年轻人之间什么事情也没有发生，但她总觉得奥立弗是在克制自己的感情，奥立弗在身边的时候，她仍然可以感到一股被压抑的爱火在烘烤着她，但是奥立弗却不说，再也不说了。他仍然像过去那样，经常从外边买来鲜花，插在梁冰玉床边的花瓶里，过去在房间里，现在在地下室，从没有间断。梁冰玉的身边，总是有鲜花在开放。梁冰玉不能不对奥立弗继续保持着戒备心理，她担心他会再次进攻，却又迟迟没有发生。她没有想到奥立弗会真的让她安静，这安静又使她对奥立弗似乎怀着一种隐藏在内心深处的愧意，她不知道这又算是一种什么感情……

夜尽了，天亮了，地下室铁床上的五个人都爬起来了，惺忪睡眼对望着，都有一种莫名其妙的幸运感：又活过了一天。战乱时期也还没有丢掉那彬彬有礼的问候：

“早上好，梁小姐、韩先生！”

“早上好，亨特太太、亨特先生！”

“早上好，奥立弗！”

好像刚刚从五湖四海汇拢来似的。

上楼去洗漱。从地下室又回到人间，梁冰玉觉得比地下冷得多了。扶着栏杆上楼的时候，脚下绊着了一个什么东西，“叽哇”一声，惊得她险些摔倒。一看，是猫，亨特家的那只白猫。奇怪的是旁边竟有那么多猫，黄的、黧花的，大大小小五六只，都挤在楼梯上酣睡，一声惊叫，都醒了，乱哄哄叫起来，可怜巴巴地仰脸望着人。

“哪儿来的这么多猫？”她说。

“噢，噢，都是邻居家的！”亨特太太辨认着，“它们找不到主人，都跑到我这儿避难来了，上帝啊，这些可怜的生灵！”

梁冰玉顿时感到自己和那些猫也差不了多少，无处认家园，只有企求他人的庇护，猫儿也有这么强的求生的欲望！

“都来吧，这些小可怜！”亨特太太抱起那只白猫，招呼着猫的伙伴们，“跟我来，我不能看着你们饿死！”

猫儿们都追着她往厨房跑去，亨特太太那慈爱的声调和她身上那种家庭主妇特有的气息，刺激了猫儿们的辘辘饥肠。

一家人洗漱完毕，都到客厅里来吃早饭。亨特太太抱歉地请大家原谅，除了牛奶面包之外，她什么也拿不出来了，鸡蛋、牛肉都买不到。谁也没有埋怨她，为了维持五口人的吃喝，她已经尽力了。亨特太太表示，圣诞节一定要让大家吃好，她去想办法买火鸡，起码要买两只，圣诞吃一只，第二天"盒日"吃一只。这已经是马上就到了的日子，没几天了。沙蒙·亨特说仗打得这样儿还过什么圣诞，太太却说："咦，圣诞怎么能不过？希特勒那个魔鬼恐怕也得过节吧！"

匆匆吃了早饭，奥立弗就要出门，他的"亨特珠宝店"虽然已经不再营业，贵重的货物都已搬进地下库房，但他仍然每天要到店里去，留守的店员也需要他去管，临时有什么紧急的事儿得他亲自处理。

梁冰玉正在喂猫，奥立弗从她身边走过，站住说："梁小姐，你不想到街上看看节日前夕的景象吗？"

梁冰玉凄然一笑："我不敢！废墟上的节日只能让人感到末日的来临吧？"

"胆小鬼！末日不属于我们，人们都在准备过节呢，威斯敏斯特教堂在扎圣坛，剧院里还在演戏，地铁站里也有唱诗班！"奥立弗穿上大衣，戴上帽子，却不再勉强她，自己往外走去，到了客厅门口，又回过头来说："妈妈，过节的东西还缺什么？说吧，我想办法买回来！"

"什么也不用你买，这都是我的事儿，"亨特太太收拾着餐具说，"晚上要早点儿回来！"

"那好，晚上见！"又问梁冰玉，"梁小姐，你想吃点儿什么吗？我要不要买点儿水果？"

"水果？这个季节还有什么水果？"梁冰玉不经意地说，"要是在北平，现在街上该卖糖炒栗子了。"

"栗子？我们这儿也有啊，但不是糖炒的，恐怕味道不如你们的好吃，"奥立弗调皮地笑笑，露出一排洁白的牙齿，"好歹买点儿来尝尝吧，聊胜于无。晚上我们一边吃栗子，一边讲故事！对了，我还得给你带花儿来！"

"买不到花儿了吧？"

"找找看，能买到！冬天玫瑰也开花，鲜红鲜红的，像玛瑙！"

韩子奇又在仔细地阅读报纸，听他们这不着边际的闲扯，头也不抬地说："你们的闲心太大了，不知道战争是无情的吗？"

"正因为知道，所以才更应该珍惜生活！"奥立弗轻轻哼着《牧羊人夜间看守羊群》，出门去了，充满活力的双腿欢快地迈着大步，踏得地板咚咚响。

亨特太太出去采购，回来兴奋得了不得，因为她今天不知跑了多少路、费了多少周折，买到了两只火鸡和一篮子鸡蛋、牛肉、土豆、黄瓜，另外还有一瓶香槟酒、一瓶陈年"老窖"，"总算可以马马虎虎过圣诞了！"她说，那神情俨然是立了特等战功的英雄。

沙蒙·亨特对那瓶"老窖"垂涎欲滴，拿在手里，凑到鼻子跟前嗅着那酒香，对韩子奇说："难得，难得，中国酒啊！韩先生，让我们一醉方休！"

"您怎么忘了？我是不喝酒的。"韩子奇歉意地笑笑。

"哦，对不起，那我只好独自享用了！"沙蒙·亨特收起了酒，回过头去朝妻子喊，"喂，亲爱的老太婆，把你的好东西奉献出来吧，今天吃一顿丰盛的晚餐！"

"今天？离圣诞还有三天呢……"

"还等什么圣诞？提前过节也是一样的！"

"唉，真拿你没办法！"亨特太太妥协了，"好吧，我留出一部分过节，今天呢，也让大家吃个痛快！"她认真地盘算起来，"火鸡嘛，就做脆皮炸鸡好了；牛肉，最好是做牛扒……"

"我给您做中国风味儿的牛肉怎么样？"从未下过厨房的梁冰玉也来了兴致。

"梁小姐也会做菜吗？"亨特太太有些不大相信，"我看你只知道读书！"

"我也从来没吃过她做的菜，"韩子奇说，"在家里的时候，她是不干这些事儿的！"

梁冰玉笑笑："让我试试吧，在这儿想找个比我强的中国厨师，也没有啊！"竟很自信。于是兴致勃勃地跟着亨特太太进了厨房。

亨特太太的厨房里有一张很大的木案子，旁边挂着刀、铲子、勺子，还摆着一截短粗的圆木墩，切肉用的，倒很有中国餐馆里的大师傅的手艺案子那种味道。梁冰玉把牛肉放在案子上，操刀选肉。“煨牛肉在清真馆子里是一道宴席大菜，首先用料就很讲究，只选牛窝骨筋、弓扣眼、腱子头的地方，您看，这就够了，”选好的肉洗净了，切成了一寸见方的方块，“佐料，佐料有吗？”

“什么佐料？”

“葱、姜、桂皮、大料、冰糖、酱油！”

“桂皮、大料没有，冰糖也没有，只有蔗糖……”

“行，那就凑合吧，您帮我把葱切成段，把姜切成小块……”

亨特太太成了她的助手，依照吩咐，忙了起来。梁冰玉把切好的肉块放在温油中浸成金黄色，然后搁在锅里，加清水，没过牛肉，放在煤气灶上，“佐料，快点儿！”

亨特太太忙不迭地把杂七杂八的段儿啊块儿啊都送过来，梁冰玉把葱、姜、蔗糖加到锅里，盖上盖儿，用旺火煮。“哎，您这火不旺，还不如我们的煤球火！”

“有什么办法？煤气管道不是这儿炸断了，就是那儿炸断了，要不是煤气公司天天抢修，我们连饭都吃不上呢，这几个月从来也没有旺火，总是这么蓝莹莹的，像一堆小蜡烛头……”

“这就煮得慢了，好吧，让它慢慢儿地煨着吧，我们再做一个……再做一个牛肉扒吧！”梁冰玉放下锅，又回到案子旁，选了一块瘦牛肉，洗净了，剔去筋，用刀拍扁，再把刀倒过来，用刀背“略钉儿”。切成寸把长的大骨牌块，铲进盘里，上面撒上胡椒面儿，然后使炒勺在温火上煎，一面又对亨特太太说：“您把洋葱头切成丝！”

亨特太太赶紧剥洋葱头，细细地切成丝，“梁小姐真有两下子呢！你从哪儿学来的这么好的手艺？”

“您过奖了，”梁冰玉端着炒勺，煎着肉块，还没忘了翻动旁边锅里的煨牛肉，“其实我哪儿正式学过？都是看来的。我家管做饭的大姐，原来是开餐馆的，她才真有手艺！她有个习惯，总爱一边儿做，一边儿说，好像别人都是她的学徒。当时我还听得好笑呢，现在想学着做，倒是‘书到用时方恨少’了，还得一边做，一边想该干吗干吗了。嗯，我多少还记得一些，按照家里的做法，光牛肉就可以做出好几个花样儿!”

“噢，这可太好了！想不到梁小姐有这样的本领，是我们的福气呀，我家奥立弗，最喜欢吃牛肉!”

“等他回来，请他尝尝我的手艺吧!”梁冰玉说。她隐隐觉得，自己正是为了让奥立弗高兴高兴，才有兴致做这番烹调的。她心里总像是欠着他什么，许是欠着感情上的债吧？现在能为他做一点儿可口的菜，似乎多少也算一种弥补。

两个女人相处三年有余，还是第一次在厨房里合作，配合得非常默契，比比画画，说说笑笑，把每一道菜都当成一件工艺品去精心制作，似乎从中得到了莫大的享受。

繁复的烹饪花费了很长时间，四点钟喝下午茶的时候还没有完工，喝过了茶又继续做，这活儿一直干到黄昏时分……

晚饭摆上来了，亨特太太做的脆皮炸鸡、土豆鸡蛋沙拉。主要的成绩是梁冰玉的，她那煨牛肉端上来，颜色金黄又半透明，汤汁稠黏，闪着油光，冒着清香而微甜的诱人气息；牛肉扒紫红斑斓，鲜嫩滑润；干炸里脊，褐黄酥脆；葱爆肉片，红绿相间，香气扑鼻……摆满了亨特家的餐桌。自从大轰炸开始，这样丰盛的饭菜就没有过了，而梁小姐亲自下厨，献出这些杰作，也是破天荒的事儿，连韩子奇都觉得吃惊，他没想到玉儿还有这等本事。

“嗯，这简直像又回到了中国呢!”沙蒙·亨特竟然用了这个亲切的“回”字，让身旁的两个半中国人都为之感动，他馋馋地嗅着这些色香味俱全的佳肴，忍不住就要动手，“今天好口福!”

“哎,”亨特太太拦住他说，“奥立弗还没回来呢，这是梁小姐第一次大显身手，一定要让奥立弗品尝噢!”

“是吗?”沙蒙·亨特耸耸肩，“今天奥立弗成了贵宾？我们都是陪客?”

梁冰玉脸上泛起了淡淡的红晕：“今天你们都是客人，我和奇哥哥做东！奇哥哥，你说是吗?”

“噢，你给我长脸了，我们在这儿反客为主!”韩子奇不觉又是一番感慨，“好吧，我借此向亨特先生一家表示感谢：不成敬意，请诸位赏光!”说着，拿起筷子。

“你先别忙致辞，主宾还没到呢!”亨特太太提醒他。

“果然他这么重要吗?”沙蒙·亨特看看他的太太，又转脸看看梁冰玉，“不必等了吧?”

梁冰玉好像不经意地转过脸去，躲开了他那询问的视线，韩子奇接过去说：“还是等一等吧!”

“当然要等!”亨特太太坚持说，“等奥立弗回来，吃顿团圆饭嘛!”

浓雾裹着的太阳悄悄地西沉，天渐渐地暗了，奥立弗还没有回来。一家人都等得急了，他到哪儿去了呢?

“这小子，说不定到哪儿去听防空壕里的音乐会了呢，年轻人，国难还不忘娱乐!”沙蒙·亨特不耐烦了，“我们边吃边等他就是了，吃了饭还得去住‘囚室’……”

话没说完，外边的警报声大作!希特勒可不管你吃没吃晚饭!眼看一桌丰盛的菜肴无权享用了，大家惶惶地离座奔地下室而去，沙蒙·亨特还在惋惜：“你看，让你们不要等，不要等，害得大家饿肚子!”他还没忘了伸手拿起墙边那瓶陈年“老窖”，才恋恋不舍地走了。

梁冰玉从餐桌上端起了两只盘子，才随着他们往地下室跑去。唉，警报拉得真不是时候，这么好吃的东西，奥立弗还没吃着呢，给他带下去吧!

炮声隆隆，炸弹轰鸣，空中夜战又开始了，电闪雷鸣湮没了一切……

在亨特家的地下室里，没有了呼呼酣睡，没有了联床夜话，大家挤在一起，心惊肉跳地谛听着头顶上剧烈的爆炸声，被未归的奥立弗揪住了心。

“奥立弗……他不会出事儿吧?”梁冰玉抓着韩子奇的胳臂，反复地问，好像韩子奇能未卜先知、能掌握他人的命运。

“不会，不会，”韩子奇心里惶惶然，嘴里却在安慰她，“那么精明的一个小伙子，他一定会躲到安全的地方……”

“街上到处都有防空壕!”沙蒙·亨特也说。

“上帝啊，保佑我的孩子!”亨特太太不停地画着“十”字。

……

爆炸声渐渐稀落了，没等警报解除，亨特太太已经奔出了地下室，再没什么能比未归的孩子更牵动母亲的心了。四个人鱼贯而出，他们的小楼已经被掀掉了屋顶，院子里散落着残砖断瓦、摔碎的桌椅和茶碗、菜盘!

奥立弗，奥立弗在哪里呢?

他们毫无目标地跑出住宅，往炸得稀烂的街上奔去。地铁站?也许奥立弗正躲在那底下睡觉呢!

地铁站出口处的建筑已经炸掉了一半，水泥墙倒在一边，露出断骨似的钢筋。旁边那个卖果品的“大棚子”商店已经是一摊瓦砾，救火车在朝残火喷水，抢险队员戴着钢盔，抡着铁钩、铁铲，从坍塌的建筑物下寻找奄奄一息的遇难者。一些人抬着担架在奔跑，担架上，一个个血淋淋的人在挣扎，在呻吟……没有奥立弗!是啊，怎么会有奥立弗呢?他决不会落到这样的命运的!

一不留神，亨特太太被什么东西绊倒了。冰凉的、柔软的，扫着她的脸，发散出一股绿叶的气息。哦，是一棵倒在路上的枞树。也不看看是什么时候了，还有人惦念着过节呢，往家里买圣诞树，这不，警报一响，就扔在这儿了!她愤愤地埋怨着这棵讨厌的枞树，她可没闲心打量这棵树，她还得去找她的奥立弗呢!

她厌恶地推开拂着脸的树枝，挣扎着要爬起来，却突然发现，那墨绿色的枝叶下露出了一张苍白的脸!啊，一个死人!她吓了一跳，“上帝啊……”哆哆嗦嗦地想要赶快躲开，可是……可是……那是一张多么熟悉的脸!

“奥立弗!”一声撕裂肺腑的惨叫，亨特太太昏倒在儿子的胸膛上!

奥立弗再也听不到妈妈的呼唤，再也不能解释他为什么昨夜未归，这个世界上，谁也不知道他生命的最后时刻是怎么度过的。但是，他的双手仿佛在诉说着这一切：他死了，手里还紧紧地握着带给家里的圣诞树，握着一束含苞待放的玫瑰，鲜红鲜红的，像玛瑙，像热血！他的臂弯里，一个倾倒的纸袋撒落了一片栗子，那栗子不是糖炒的，比北平的差多了……也许，他正是为了采购这一切才误了那顿丰盛的晚餐？也许，他相信一定能抢在警报拉响之前赶回家里？在匆匆回家的路上，他一定是充满了欢乐，充满了幸福，充满了爱，而没有痛苦。如果再早一步，他将给全家带来皆大欢喜，然而没有。为什么警报拉响的时候不躲一躲呢？也许他那时刚刚在“大棚子”果品店买了最后一样礼物——栗子，突然的危险信号使他有过片刻的犹豫：是退回地铁呢，还是赶快跑回家？很显然，他选择了后者，他也许像某些人一样对警报这玩意儿已经“疲”了，不大相信德国人的炸弹一定会落到自己身上，他太相信自己的那一双长腿了，想抢在轰炸之前见到他急于要见的人，把一切都忘了！他的身边没有弹坑，密集的炸弹并没有不偏不倚地朝他当头落下，那样他就粉身碎骨了，结束他的生命的也许只是一块小小的弹片，对血和肉的肌体来说，这就足够了！

“奥立弗，奥立弗！”沙蒙·亨特疯了！他暴跳着，咆哮着，沙哑的、苍老的声音向着苍天呼唤爱子的魂兮归来！

这时，只是在这时，韩子奇才突然明白沙蒙·亨特和他本人半世奔劳、饱经沧桑的意义所在：儿子，继承人！延续事业的命脉，使玉的长河滚滚不息的浪花！但是，对于亨特来说，这一切都失去了，顷刻之间，化为乌有！

“奥立弗！”梁冰玉扑在奥立弗已经冰冷的身上，她惊骇生命的脆弱，说不定下一次爆炸声响起，就该轮到自己了。她怨恨自己，当这个躯体还有说有笑有血有肉、沸腾着爱的激情的时候，她为什么要对他冷若冰霜？为什么要把自己难以忍受的痛苦也强加于他？为什么要让无辜的奥立弗代替那个早已死了灵魂的杨琛来承担情感的折磨？啊，是因为……对爱的恐惧！她伤害了一个不该伤害的人，一个到死还在爱她的人，她却永远也无法偿还了！

奥立弗付出了爱，但没有得到收获，在追求和希冀中，他死去了，把遗憾留给了别人，而他自己，却似乎并没有痛苦，在追求中死去，留下的仍然是希望。在他的手中，是苍翠的枞树和血红的玫瑰，他走向了爱神，而不是死神！

“我有权利生活！有权利爱！……”她仿佛听到奥立弗还在呼喊！

圣诞节终于到来了，伦敦古城有史以来最黯淡、最贫困、最混乱的一个圣诞！天上飘落着雪花，要降给人间一个吉祥如意的白色圣诞。冥冥之中的“上帝”，没有力量降伏战争的恶魔，还要用圣洁的白雪来掩埋那断壁残垣和血染的尸体吗？

一封染着亚洲大陆硝烟、溅着太平洋海水的信，从遥远的古都北平寄到了伦敦。天道不公啊，为什么那么多早该送达的信件都石沉大海，却偏偏让这样一封满篇谎言和诅咒的信一路顺畅地直达终点，是魔鬼伊卜里斯在捉弄人吧？

全世界最敬业的邮差在伦敦。整个城市已经炸得稀巴烂，他们还在废墟和瓦砾中艰难跋涉，寻找着面目全非的某街某巷、某院某宅，并且依然保持着绅士风度，彬彬有礼地把邮件交给收信人。

“圣诞快乐，韩子奇先生！”在这个日子口儿，英国人决不会忘了祝贺节日，“请签收你的邮件，来自北平的挂号信！”

韩子奇苦苦等了三年多，才第一次听到这样的呼唤，几乎不敢相信自己的耳朵。他疯了似的奔过去，胡乱画了一个符号，就从邮差手里“抢”过这封信，哆哆嗦嗦撕开信封，抽出信纸，如饥似渴地吞食着那每一个字……啊？！突然之间，他朝思暮想的奇珍斋、“博雅”宅、发妻璧儿和爱子天星全部失去了！尽管这些情景都曾经在他的噩梦中出现过，但梦境毕竟不是真的，只要一天没有证实，就一天怀有希望，现在，希望完全破灭了，他什么都没有了！

“奇哥哥！”梁冰玉向他追了过来，急切地问，“是家里的信吗？快告诉我，信上都说些什么？”

韩子奇失神地愣在那里，说不出话来，手里攥着被泪水打湿的信纸。梁冰玉一把抢过那封信，两眼匆匆扫过，就如雷殛顶，仰面跌倒，昏厥在雪地上！

“玉儿！”韩子奇惊叫一声，向她扑了过去！

伦敦，大雪弥天。

第十二章 月恋

在中国，“圣诞”是个无足挂齿的日子。尽管早已采用公历，但每过一年也没人想到耶稣又长了一岁，远不如一年一年的“持续跃进”和随之而来的“连续自然灾害”更被凡人们所关切。“圣诞”的第二天“盒日”，自然也没有什么火鸡之类上市。不过，这一天在中国却是不寻常的，因为一位伟大的人曾经在这一天降临神州大地，他的出现改变了中国的历史。孙中山没有完成的革命在他手中继续，凶恶的日本帝国主义在他手下败走，险些被一分为二的大江南北在他挥手之间统一了。一切功劳都归于他。中国人民敬仰他，感激他，“他是人民大救星”。当人们含着热泪唱这支歌的时候，同时还唱“从来就没有什么救世主”，并没有觉得这两者有什么矛盾。千秋万代以后的子孙无论将怎样评论20世纪60年代的历史，也决不要怀疑祖先们的虔诚之心。苏联的赫鲁晓夫在秘密报告中攻击斯大林“搞个人崇拜”，消息传来，把中国人激怒了！对圣人为什么不能崇拜？

1961年的12月26日，是中国人民的伟大领袖六十九岁诞辰。但和往年一样，举国上下并没有家家吃寿面以示庆祝，官方报纸也没有报头套红或发表什么献辞，因为他本人早已明令不许为他祝寿。这就更让人们崇拜。忠实的信仰者于是采取自发的方式表示纪念，比如北大西语系英语专业二年级学生郑晓京便在这一期壁报上用英文发表了赞诗：《毛泽东，我们的父亲》。

但也并不是所有的中国人都没有理睬西方的“圣诞”，谢秋思就收到了她父亲从上海寄来的“圣诞卡”。早年住在英租界，他们是每年都过这个节日的，未必信基督，只是“入乡随俗”。后来就成了习惯，到了这一天，父亲或是给她买条项链，买件衣服，或是干脆给她点钱，想买什么买什么。今年则只是寄来了一张“圣诞卡”，以示节俭。上面写了两句贺辞，和“圣诞”毫无关系，而是如今最为时尚的两句口号：“听毛主席话，跟共产党走。”可见老父用心良苦，一个正在改造世界观的资本家希望下一代能改造得更好，而并不觉得自己的走姿有些像邯郸学步那么不大像样儿。

接读父谕，谢秋思大哭了一场。父亲不知道她“走”得多么艰难！

那天的生活会，名义上是“重点帮助唐俊生”，其实箭镞都落到她身上。郑晓京口口声声“肃清资产阶级思想的流毒”，而全班只有她一个人是“资产阶级”！唐俊生的家庭出身是店员，比她强多了，骨头却比她还软，弯着个水蛇腰，朝郑晓京痛哭流涕：“我意志薄弱，立场不稳，没有抵制住资产阶级思想的侵蚀！我羡慕谢秋思的资产阶级生活方式，讲吃、讲穿，被她的小恩小惠迷住了双眼！她……她后来不跟我好了，我还留恋！她去找楚老师，我还……盯过梢，我……我污蔑了楚老师，我对不起老师，对不起党的培养！……”谢秋思真后悔啊，自己当初为什么会看上他呢？这个人浑身上下没有一点儿男子汉的气息，完全是个奴才、乱咬人的狗！父亲平时说的“近君子、远小人”就是要她时时提防这种小人，可惜她意识得太晚了，甩都没甩脱，还受了他的害！由于唐俊生卖友求荣，郑晓京便放他一马，朝着谢秋思猛攻，什么“妄图腐蚀班主任”“和无产阶级争夺接班人”……罪名比她老子戴得还大。父亲作为“民族资产阶级”的“代表人物”，没有受过这样的斗争，有时候还去市里开开会，为了“体现政策”，摆摆样子，人家还称他“谢先生”哩！她不明白：“资产阶级”的子女，连对班主任有些接近或者流露出一些好感都不许吗？哼，“资产阶级”的女儿总也要嫁人的，不许找你们无产阶级，只能嫁“资产阶级”吗？那倒好，“资产阶级”永远也不会断子绝孙！

谢秋思并不像唐俊生那么软弱可欺。她虽然没有高贵的血统，却也有值得骄傲的资本：漂亮、富有、成绩优秀，如今班上少了韩新月，就没有任何人可以和她较量了。在整个会上，她一言不发，不肯低下高傲的头，不相信自己就已经一败涂地……

现在，那个会已经过去了两个星期。据郑晓京说，她要把班会的情况向楚老师和系里以至校党委汇报，也许早已经汇报过了。谢秋思等待着更大的打击，却迟迟未见动静。倒是原来私下流传的“谣言”却公开了，扩大了，郑晓京始料不及，事与愿违！

雪花静静地落在未名湖上，冰封的湖面和萧疏的树木都披上了素妆，像是新嫁娘洁白的婚纱。湖心小岛上，徐徐走动着一个少女的身影。她在雪中待得太久了，墨绿色的舍味呢大衣和裹着头发的鹅黄色围巾都挂上了雪粉。一双做工精巧的半长筒黑色皮靴轻轻地走动，留下一串环绕小亭的脚印，雪花随之便又去充填它们，皮靴再次踏出新痕……

谢秋思久久地瞩望着北岸的备斋。她的脚下有一条小路，连着石桥也连着北岸，白雪一直铺到备斋门前，她只需要几分钟就可以走过去，但她却迟迟地没有向那边迈步。她已经两个星期没有走进那里。就在那天晚上，《红与黑》；第二天，《我的失恋》、生活会；急风暴雨，电闪雷鸣……她就再也没敢叩动那间书斋的门。郑晓京已经明确告诉她了：“楚老师对你根本就没这个意思！”她应该相信的，却又不愿意相信。楚老师仍然和过去一样上课，看不出对她有什么特别的亲近或者有意疏远。他很稳重。要“近君子”也很难，现在就更难了。今天下午，楚老师没有课，现在一定关在书斋里埋头用功，但她不敢去打扰他，担心碰上什么人，又添什么闲话。她只想在这里远远地看一看他住的那个地方，或者等他出来，凑巧了能往这边望一眼。那她就装作偶然路遇和他打个招呼，看他在没人监视的时候对她有什么表示。她知道这样做是有风险的，但她不能阻挡自己的意志。她在心里并不否认，自己已经真的坠入情网了，不再像过去和唐俊生在一起那样吃吃玩玩、过后又觉得无聊，现在有一种斩不断的激情撩拨着她、困扰着她，她对那个比她年长、比她强大的男子汉不仅爱慕，而且简直是敬仰，今生今世如果没有这样一个人为伴，她不知道该怎么生活。

她等着楚老师出现在备斋门口。

其实，楚雁潮此时根本没在他的书斋。今天是星期二，是同仁医院的探视时间，他答应了新月的，仍然按时前往。新月向他询问班上的情况，他小心地避开那些乱糟糟的事，只说“还好”。天近黄昏，就赶回了燕园。这两个星期以来，郑晓京向他所做的“汇报”，以及周围的人们对他若明若暗的“议论”，都使他很不安。他已经和唐俊生做了一次长谈，说明师生之间根本没有什么芥蒂，不必顾虑重重。并鼓励唐俊生把精力用在学习上去，他笔译的能力还是挺不错的。至于唐俊生所说的“对不起党”，他觉得话说得重了，一个连党员都不是的普通教师怎么能代表党呢！唐俊生感动得眼泪汪汪，说了一大堆“老师恩重如山”之类的话，并且表示对谢秋思抛却前嫌，不再“歧视”。按下了这一头儿，楚雁潮还得去解决另一头儿。不管谢秋思对他如何，也不管周围有怎样的舆论，他也必须和这个学生正面谈一谈。他走进二十七斋，女生宿舍里只有罗秀竹在背书，以为班主任是来找 monitor 的，一听他问“谢秋思同学呢”？惊得大睁两眼，说不出话，也许她以为这证实了谣言吧？

楚雁潮找不到谢秋思，只好作罢，往备斋走去。当他在漫天飞絮下走在湖岸上时，不禁往玉树琼枝的湖心小岛望了望，一个少女的身影映入他的眼帘，啊，那是……

当然不会是新月，新月正躺在医院里。他看清了，那是谢秋思，他的学生，和新月一样。他这样想着，却没有像过去遇见新月一样从容地向她走过去。最近，他和谢秋思被笼罩在一种奇怪的空气之中。天快黑了，她一个人待在那里干什么？脸还朝着备斋的方向！

他犹豫了片刻，还是命令自己走上了那条通往石桥的小路。他不正是要找谢秋思吗？他有话要对她说，无论在什么时候、什么地方都没有关系！

谢秋思的目光只盯着备斋，直到他出现在面前，才惊奇地叫了起来：“哦，楚老师！侬从啥地方来？我一直以为侬嘞浪屋里厢……”

“从你们宿舍来，想找你谈谈。”楚雁潮说。

“我就是在这里等侬啊！”谢秋思眼里闪着泪花，“楚老师，我，我……”

积聚得太多的委屈、压抑得太久的情感，就等着向他倾诉，他终于来了！但他没有走近她，在距离两步远的地方停下了，温和地微笑着说：“不要哭，一个大学生了嘛，已经不是小孩子了！”

这一句话，反而把谢秋思含在眼眶中的泪珠催落，这是班会的唇枪舌剑都没能做到的！她当然“不是小孩子了”，一个十八岁的姑娘，她需要的已不是父母的慈爱，而是更高、更深的情感；这些，似乎同学们都不能理解，也许理解她的只有楚老师！

“楚老师，伊啦那样整我，好像我同侬犯了啥格罪，”她泪眼仰望着楚雁潮，“侬……侬勿会怕格，对哦？”

楚雁潮脸上的微笑退去了，他哪还能笑得起来啊！“这根本谈不到‘怕’还是‘不怕’，”他说，“班上开那样的会，我是不赞成的，因为‘问题’并不成其为问题，我对你和对每个同学都一样，没有什么可‘议论’的！是不是这样？谢秋思同学！”

谢秋思愣住了。难道郑晓京所说的话就这样被证实了？“楚老师对你根本就没这个意思！”她苦苦寻找的、顶着压力追求的就是这样一个结果？楚老师从来都没有歧视过她的家庭出身，还在英语课上多次表扬她，并且对她的课外阅读提出比别人更高的要求，难道这些都和别的同学“一样”？一点儿特别之处也没有吗？楚老师的回答似乎是很肯定的：没有！

羞涩、懊恼烧红了她的面颊，对一个少女来说，没有什么能比爱情上的碰壁更难堪的了。小小的年纪，她已经两次失误：先是爱上了不值得爱的人，后是爱上了根本不爱她的人！她是自爱的，现在应该退却了，退到和别的同学“一样”，但是后果是什么？她失去的不仅是爱情，还有人格，她将在同学们面前永远成为被嘲笑的对象，再也抬不起头来！她不能退。父亲常说：“成功往往在知其不可为而为之。”父亲解放前在事业上的成功、解放后对“进步”的追求，都是这种努力的体现。那么，她自己的爱情道路就封死了吗？也许楚老师在舆论的压力下不得不说违心的话，不得不把心中的那扇门暂时封闭，她为什么不再撞击一下呢？把它撞开！

“楚老师，我知道……”谢秋思不再使用上海方言，为的是使自己显得更稳重、更“书生气”，也就更靠近楚老师的气质，但下面要说的话却又有意和他拉开了距离，“您对学生是一视同仁的，特别是像我这样出生在‘资产阶级’家庭的人，也没有嫌弃……”

楚雁潮的神经不禁被刺了一下，他避开谢秋思探究的目光，向小亭走过去：“‘资产阶级’……‘无产阶级’……标准的‘无产阶级’应该是个什么样子呢？”

谢秋思当然不知道老师此时的心情，但她根据自己的理解来猜测：老师显然没有把她入“另册”，而且对于像郑晓京那一套盛气凌人的做法是否就算“无产阶级”也表示怀疑。这就更鼓起了她的信心，跟着他走过去，进一步大胆地提出了一个她苦思已久的问题：“老师，您说，一个人想到爱情……就是‘资产阶级思想’吗？”

“爱情？”楚雁潮心里一跳，这个女孩子好勇敢，她到底面对面地把这两个字说出来了！一个绕来绕去的话题，终于挑到了明处。楚雁潮不能回避，但他也只能就她提出的问题本身，按照自己的见解给予解答，“爱情当然不是资产阶级独有的东西。漫长的奴隶制社会、封建社会就没有爱情吗？无产阶级就没有爱情吗？我在英语课上说过：革命者也会有爱情。恐怕到一万年之后，人类之间已经没有了阶级，也仍然会有爱情！”

谢秋思脸上泛起了笑容，老师的话无疑给她那被重重绳索捆绑着而又试图挣扎的思想松了绑。既然爱情不受“阶级”的限制，她还怕什么？“就是嘛，爱情是每个人应有的权利，想爱谁爱谁，谁也无权干涉！楚老师，您说呢？”她的眼中闪耀着青春的光彩，热切地望着她所爱恋的人。“您说呢”三个字并不是简单的发问，而是要牵动他的心，让他更主动地袒露情怀，一个女孩子总不好先说“我爱你”。

然而很遗憾，楚雁潮自有楚雁潮的思路，并不由她牵着走。

“爱情当然是每个人的权利，但它很神圣，决不可滥用！滥施情感，必然葬送了最纯真、最珍贵的爱情！爱情对于人，就像生命。古人很崇尚‘士为知己者死’，但也不能因为一时冲动便轻易献身，那样并没有什么价值。‘知己’应该是一种很高的精神境界，而且是双方面的、缺一不可的……”

谢秋思炽热的心冷却了！楚老师虽然一个字也没说到对她的情感，但字字都在告诉她，在他们之间并不存在那种“神圣”的东西。谢秋思俊美的外貌和缠绵的情感都没有牵动他的心！难道他是一个无情的人吗？不，无情怎么会这样谈论爱情？也许他的心目中已经有了更理想、更完美的“知己”？那应该是个什么样的人呢？

“爱情，是一种信仰，”楚雁潮踏着亭边的积雪，缓缓地说，“它贮存在人最珍贵、最真诚的地方——贮存在心里，它和生命同在，和灵魂同在……”

雪花飘飘。小亭周围的雪地上，两双脚留下两串印痕。周而复始，各人踏着自己的脚印。一男一女，谈论着一个并非存在于他们之间的、虚虚幻幻而又实实在在的神物：爱情。

……

1961 年 12 月 28 日，北京大学校务委员会审核了关于楚雁潮等教师的职称确定与提升问题的报审材料。

西语系党总支委员兼英语专业二年级班长郑晓京列席了会议。

根据 1960 年颁发的有关文件有关条款：

……

(三)高等学校教师必须接受共产党的领导，拥护社会主义制度和社会主义建设总路线，全心全意为人民服务；贯彻执行党的教育方针，努力做好教学、生产劳动、科学研究和思想政治教育工作；历史清楚，思想作风好，努力学习马克思列宁主义和毛泽东著作，不断提高马克思列宁主义的理论水平，积极参加劳动锻炼，自觉地进行思想改造，不断提高思想政治觉悟和共产主义道德品质的修养。

……

(五)合于本规定第三条要求，并且具备下列各项条件的助教，根据工作需要，可提升为讲师：

1. 已经熟练地担任助教工作，成绩优良；

2. 掌握了本专业必需的理论知识和实际知识与技能，能够独立讲授某门课程，并且有一定的科学研究能力；

3. 掌握一门外国语，能够顺利地阅读本专业的书籍；

……

会议通过了对其他教师职称的确定或提升，但对楚雁潮却展开了争论。

多数委员认为：楚雁潮作为严教授的助教，一年来工作成绩极为突出。实际上，在严教授健康状况极差、根本不能授课的情况下，他完全独立地讲授英语课程，表现出出色的才干，并且具有很大潜力。在英语教学和对中国文学、外国文学的研究、讲述中，都有独到的见解。他已经完全具备提升为讲师的条件。

但是，这些毕竟都是第二位的，必须隶属于“合乎本规定第三条要求”的前提下，当然也没有人认为楚雁潮反对党的领导和“鼓足干劲，力争上游，多快好省地建设社会主义”的总路线，但“历史清楚”这一条一旦被郑晓京十分显眼地提出来，就谁也说不清楚了，况且还有“思想作风好”，他够不够，可以讨论嘛……

少数压倒了多数，结果楚雁潮的提升未获通过。他将继续以“助教”的身份做讲师的工作，而实际上必须完全顶替严教授。

楚雁潮本人是没有资格听会的，等他知道了这个结果，命运已经被决定了。他感到蒙受了一次无法容忍的侮辱！不是因为那一点儿工资待遇的差别，而是“名”，他和许多知识分子一样，不可能不十分珍重自己的“名”。既然我没有做讲师的资格，为什么还要我独立授课？不能另请高明吗？但是，他一想到恩师严教授，满腔的怒气却又不能发作。严教授也是校务委员，虽因病未能出席，但会议的决定也“代表”了他。严教授是他最尊敬的老师，他是严教授最喜爱的学生。两年前，他毕业的时候，外文出版社点名来要，严教授犹豫再三，尽管认为外文出版社是个非常理想的去向，还是建议他留在母校，先帮老师几年，因为北大师资缺乏，严教授需要一个得力的助手。他听从了老师的挽留。他知道，严教授这样做完全不是为自己，而是为了学生，未来的学生。他决心继承老师的风范，在教学园地上躬耕下去。他帮助老师甚至顶替老师做多少事情，都是应该的。现在，他难道能够一怒之下推掉这一切吗？

他默默地接受了校委会的决定，没有向任何人申诉。即使申诉，也没有任何意义。他知道造成这个结果的原因是什么……

12 月 30 日，星期六。

雪还在下。严冬总要过去的吧？1962 年的春天已经遥遥在望。窗外那漫天飞舞的雪花，令人向往阳春三月那拂着窗帘、撩人思绪的柳絮。

新月在医院里住得太久了。同室的那两位病友先后都出院了，现在只剩下她自己。她应该感谢这囚室似的病房，这里比她的西厢房温暖，整整一个冬季，她没有再被风寒侵袭，关节疼痛、胸闷气短、咳嗽等等症状渐渐消失了，抗 O、血沉、心电图、X 光……一系列的检查，她从卢大夫那儿得到的答案都是慈祥的微笑，她觉得自己在好起来。家里的亲人经常轮流来看她，她询问家里的情形，他们总说，挺好，挺好，好像家里什么事儿也没有，一切正常，她也就不必牵挂了。每个探视日，楚老师都准时到这儿来……

今天又是探视日，她等着楚老师。

陈淑彦却先到了，披着一身的雪，脸冻得通红。

“嫂子，这种天气，你还来？”新月感激地说。

“不来，我怎么放心呢？”陈淑彦放下手里的饭盒，掸着身上的雪。

“你……又带吃的来了？”

“趁热吃吧，姑妈特意为你炸的松肉，让我赶快送来，你瞅，还没凉呢！”陈淑彦打开饭盒盖，姑妈做的拿手好菜炸松肉，黄灿灿、香喷喷，冒着热气。

新月用筷子夹起一块松肉尝尝：“真香啊，还是家里的菜好吃！”

陈淑彦笑笑说：“你爱吃就好！姑妈本来要给你炸黄花鱼，哪儿都买不着，所以……”

“不要为我这么费事儿！”新月放下筷子说，“这儿又不是没饭吃，刚才的午饭就吃得挺饱，你送来这么多松肉，就只好留到晚上吃了。以后你再来，别带吃的了，见到你们，我就很高兴，感情比物质更珍贵！”

“那我以后就多带点儿感情来！”陈淑彦笑着，坐在她旁边，“看起来呀，姑妈对你的感情，比我更深，今儿非得亲自送来，我说天儿下雪，路滑，就没让她来……”

“那你怎么没和我哥一块儿来？”新月问。

“你哥？”陈淑彦对这个问题有点儿措手不及，竟然不知道该怎么回答。当然，她可以说：今儿不是星期六嘛，你哥下班儿晚；也可以说：你哥最近太忙，我就多跑跑腿儿吧，或者随便说点儿别的原因，都可以，但是，这些都不足以说明她心里所想的。几个月来，她总觉得自己和天星之间好像隔着点儿什么，却又说不清。那天，他一夜都没着家，天明了才像个落汤鸡似的跑回来，问他上哪儿了，只说：“加班儿！”问他车呢？雨衣呢？他愣愣地说：“哦，忘了。”她又问他是不是在外头出了什么事儿，他只说：“没有。”就再也一言不发了。她暗暗地为丈夫担心，后来却也没看出有什么事儿，还是照常上班、下班、吃饭、睡觉，话却越来越少了，虽然夫妻之间没吵过嘴，没打过架，有时候甚至互相很客气，但这就够了吗？两人从没有一块儿去看过电影、逛过商店，就连到医院里来看新月，也常是各来各的，这哪儿像两口子啊？她过去所憧憬的爱情、婚姻，是这样的吗？她怀疑丈夫是个木头人、石头人，根本不懂得爱情，怎么一颗热心暖不过来他的冷肠呢？她怀疑自己当初的决定是错误的，只看着公公婆婆好、小姑子好、家庭好，就以为一定是个美满婚姻，而这些，并不能代替丈夫，也并不等于爱情啊！……片刻之间，陈淑彦的心头翻起千头万绪，却一句都不能对新月说。新月毕竟是天星的亲妹妹，听她说这些，会怎么想呢？她不愿意给病中的新月再增添烦恼，影响病情，况且，她心里的那一团乱麻要想理出个头绪来，用语言表达清楚，也难。没法儿回答新月，她只好往别处扯了，勉强笑了笑，说：“你哥不能跟我一块儿来！”

“为什么？”新月觉得奇怪，也觉得好笑，“都结婚那么久的人了，还不好意思一块儿……”

“不是我们不好意思，”陈淑彦故意叹了口气说，“是因为医院只有两个探视牌儿，得给你那位楚老师留一个，人家大老远地来了，不能让他白跑啊！他不是每逢探视都来吗？”

“噢，你处处想着别人！”新月感激地说，她并没注意嫂子的话里有什么别的意思，却抓住淑彦的腕子看了看表，“哎，楚老师怎么还没来啊？”

这时，匆匆赶往同仁医院的楚雁潮还在路上。因为被一件重要的事情耽搁，他来晚了。

昨天晚上，他接到从燕东园打来的电话，他的恩师严教授病危！

他匆匆赶到，严教授已经到了最后的时刻，卧室里挤满了人，有严教授多年的挚友，有他教过的各种年龄的学生，有特地请来的大夫。教授夫人和子女们泣涕不止，恳求大夫再做最后的努力，设法把老人的生命延长一些，再延长一些，但垂危的严教授却无力地摇摇手，请大夫走开：“不必……再用药了，我……本无病，是生命到了……尽头，非人力可以挽回。”

他躺在病榻上，睁着视力极弱的双眼，轻轻地呼唤着他的夫人，和他最喜爱的学生楚雁潮。

他们伏在他的床前，拉着他的手，不知道这位视外语事业为生命、执教将近半个世纪之久的老教授在临终之际要嘱咐些什么。

“不要哭，不要用哭泣为我送行……”严教授用低微的声音说，发出长长的叹息，似乎在回顾自己的一生，“我该走了，许多想做的事情……都无力去做了，只能留给我的学生，我……有幸教了那么多的……学生，你们不会让我失望，我可以走了……我不放心的是……你们的师母，我和她……一起走了那么长的路……从来还没想到……分手……”

教授夫人伏在床边痛哭，楚雁潮也落下滚滚热泪，落在严教授那苍白虚弱的手臂上！

“不要哭，不要用哭泣……和我告别……”严教授近乎失明的眼睛闪动着，那里面已经流不出眼泪，“雁潮，为我……背一首诗，让我在美好的……诗的意境中离开人间……”

“老师！”楚雁潮拭去脸上的泪水，俯下身去，把嘴凑在教授的耳边，“好……我背给您听，您要听哪一首？”

“背……我翻译的拜伦的诗，”严教授喃喃地说，“那一首……《好吧，我们不再一起漫游》，让我和你的师母一起听…… ”

楚雁潮强忍住悲痛，遵从老师的最后嘱托，他望着这一对年逾古稀仍然依依不舍的情侣，真挚的诗句像淙淙清泉涌流出来：

好吧，我们不再一起漫游，
　　消磨这幽深的夜晚，
尽管这颗心仍旧爱着，
　　尽管月光还是那么灿烂。

因为剑能够磨破了剑鞘，
　　灵魂也把胸膛磨得难以承受，
这颗心啊，它得停下来呼吸，
　　爱情也得有歇息的时候。

虽然这夜晚正好倾诉衷肠，
　　很快的，很快就要天亮，
但我们已不再一起漫游，
　　踏着这灿烂的月光。

诗句终止了，像清泉流尽了最后一滴，再也没有任何声响，病榻旁仿佛是空谷旷野，宁静肃穆，只有那一对手拉着手的白发情侣。

严教授在纯美纯情的诗意中停止了呼吸，他安详地闭着双眼，脸上浮现出淡淡的笑容，仿佛静静地睡去了……

楚雁潮在老师的灵前一直守到天亮。清晨，白色的灵车碾着白雪铺成的道路，送走了老师的遗体，他踏着白雪走向燕园的英语教室。十五名学生在那里等他，临时来不及请别人代课，为了他的学生，他不能再陪伴他的老师，“我们不再一起漫游”，每走一步，他的心里都回响着这令人断肠的诗句……

下了课，他重返燕东园。至亲好友都在忙碌，学校和系里也派来了人，起草讣告，撰写悼词，商量遗体告别和追悼会的日期。楚雁潮作为严教授的学生和助教，料理后事当然责无旁贷！可是，他却怀着深深的歉意，低声对教授夫人说：“师母，原谅我！我晚上再来，现在……我……我有一个卧病的学生在等我，我今天下午的时间，是属于她的！”

他挥泪离去了。

匆匆回到备斋，带上他给新月准备的东西，披着一肩风雪，去赶进城的公共汽车……

一路上，他反复想着两个字：生，死。严教授，为外语而生，为外语而死；昨天还活着，今天已经死去了；一位杰出的教育家、外语教育事业的楷模，被死神夺走了，死神结束一个生命，是那么轻而易举！这不仅使他痛惜，也使他感到恐惧！二十六岁的楚雁潮，想到“死”，未免为时过早；他想到的不是自己，而是新月！这几个月来，新月的脸上又恢复了笑容，渺茫的希望给她病弱的肌体注入了生机，但是，卢大夫那可怕的预言时时在他脑际盘旋，他无法否认也无法改变这样的事实：新月已经没有也不可能再有一颗健康的心脏，现有的一切医疗手段都只能是小心翼翼地“维持”，不知道在哪一天，突然的变故会降下灾难，后果将是一个可怕的大字：死！

啊，楚雁潮的心脏不禁战栗！新月才只有十八岁，人生的道路那么漫长，难道她也不能再“一起漫游”吗？不！多情的诗人拜伦啊，你的诗已经送走了一位老人，不能再送走这位少女！死亡，坟墓，不能属于她！他似乎看见了死神在一步步逼近新月，他比任何时候都更加急切地要马上见到她！

风雪扑打在他的脸上，他抬头看着天，银灰色的天空飞满白花，搅得他头晕目眩，脚下一滑，跌倒在雪地上。他急忙护住怀中抱着的东西，免得被摔坏。幸好，雪是软的，那东西完好无损！他小心地拂去沾在上面的雪粉，重新捧起来。他感到，有一股力量通过他的手指传遍全身，传到他的心脏，这力量，使他敢于无视卢大夫所宣称的科学，无视生命的仇敌——病魔和死神！我不信！我要用人的力量建立一座天堂，和你们的地狱对抗！

也许，他楚雁潮的力量太小了吧？他没有任何职权，只是一个小小的助教，连做讲师的资格都没有！是的，他所能给予新月的，太少了！但是，他毕竟还是一个身心健全的七尺男儿，他不能卸去肩上的责任！这责任，是自己的生命、自己的心灵赋予他的，是一种越来越清晰的某种神奇的启示所赋予他的！……学校里的一切都不要对新月说，让她感到老师的力量！

他站起身来，大踏步朝前走去。

风雪中，他望见了灰蒙蒙的崇文门城楼，望见了已经换上“庆祝元旦”标语的同仁医院大门。啊，新月，我来了！

他的身影刚刚出现在病房门口，新月就快活地叫起来：“噢，楚老师，您变成了雪人！”

“楚老师，您……”陈淑彦连忙站起来，为楚雁潮掸去肩上的雪，接过他怀抱着的东西，“这么大的雪，您还带来挺沉的东西？”

病房里暖融融的，和外边是两个世界，楚雁潮头发上、眉毛上的雪粉立即化成了水珠。看到新月那快活的笑脸，他心头的忧郁和悲伤就悄然退去了。窗台上，新月让家里送来的那盆巴西木顽强地伸展着葱绿的叶片，在隆冬季节勃发出一股盎然春意。啊，那生命的神木，是严教授传下来的！现在，楚雁潮连一个字都不能对新月提起严教授的死讯，他把目光从巴西木上收回来，动手打开他带来的那个纸箱，喃喃地说：“这是我送给你的新年礼物……”

“楚老师，这是什么呀？”新月伏在枕头上，好奇地看着他。

楚雁潮没有回答。他仔细地剥开纸箱，一台崭新的留声机出现在床头柜上，闪着漆黑的亮光。

“啊，留声机！太好了，您是让我做听力练习用的吧？”新月神往地问，“我们班的同学们已经开了听力课了吧？”

楚雁潮还是没有回答。对于新月，需要回避的问题太多了，她已经离开了的那个班集体的事情，最好不要提及。楚雁潮轻轻地打开留声机的盖子，放上一张唱片，摇着摇柄上足了弦，然后，提起摇臂，把唱针放在那缓缓转动的唱片的边缘。

开始，寂静无声的短暂的空白。像洁白的稿纸开头的几行空格，像沉重的大幕拉开之际的一息，像月明之夜推开临湖画窗之时的一瞬，静静的，静静的……

仿佛从遥远的天际，隐隐传来几声“叮咚”，几声呜咔，随之，一个悠长徐缓的声音出现了，像舒卷的轻纱，像幽咽的泉流，像春蚕倾吐着缠绵不尽的丝丝缕缕……

“哦，是小提琴协奏曲《梁祝》，俞丽拿演奏的！”陈淑彦喃喃地说。这首在二十世纪五十年代末由上海的几位年轻的音乐家创作、演出的乐曲，在短短的时间里已经风靡全国，使多少颗年轻的心如醉如痴！曾经和新月一起读完了高中的陈淑彦自然对此也是略知一二的，并且也相当着迷，只是她不曾料到，在这冰封大地的隆冬季节，在这隔离尘世的病房，楚雁潮为新月送来了这醉人的乐曲，她能够有幸分享，那颗在婚后渐渐冷漠的心，不禁随着琴弓和丝弦震颤了！

新月没有说话，在此时此刻，任何语言都是多余的，任何声响都是对那天籁之音的破坏。“此曲只应天上有，人间能得几回闻”！她的全身心都沉浸在那熟悉的旋律之中，随着乐曲进入了一个纯净的世界，没有嘈杂，没有污染；只有月光照耀下的小路，清澈见底的小溪，迎着晨雾飞走的白鹤，倒映在水中闪闪发光的星斗。啊，那个世界，是为天下最真最善最美的心灵准备的，艺术家怀着虔诚的情感，用充满魔力的琴弦，在人们的心中筑起了一座不朽的天堂，它像天地一样长久，日月一样永恒！新月微微地闭着眼睛，她清清楚楚地看到了那座天堂，真真切切地触到了那座天堂，冰凌砌成墙壁，白云铺成房顶，雾霭织成纱幔，星星串成明灯；在那里，她的头发像淋浴之后那样清爽柔软，随风飘拂，她的肌肤像披着月光那样清凉润滑，她的那颗心啊，像浸润着蒙蒙细雨的花蕾，挂着晶莹的露珠，自由地呼吸……她沉醉于那个一尘不染的美好的境界，如歌如诗，如梦如幻，如云如月，如水如烟……

一个古老的、家喻户晓的故事，为什么会有如此巨大的魅力？它被改编成戏曲、电影，下里巴人，奔走相告；它被谱成乐章，阳春白雪，举国而和！人们并不关心历史上是否真的有一对梁山伯与祝英台，拨动人们心弦的恰恰是活着的人们自己的感情，人类的子子孙孙啊，世世代代重复着常读常新的一部仅有一个字的书——情！

陈淑彦听得呆了。她并没有欣赏音乐的特殊天赋，但这故事太熟悉了，她把那千回百转、丝丝入扣的乐句和曾经看过的电影镜头相印证，节奏的疾徐，情绪的张弛，使她能够准确地辨别出哪一段是同窗共读，哪一段是十八相送，哪一段是楼台相会，情切切，意绵绵，她被梁祝之间那铭心刻骨的痴情所感染，为自己那麻木不仁、两相隔膜的婚姻而感慨，她流连于乐曲之中，又游离于乐曲之外，由此思彼，自怜自叹，眼睛中不禁涌出凄凉的泪花……

楚雁潮坐在新月床边的椅子上，一只手臂弯起来，托住疲惫的脸腮，经过一天一夜的奔波劳碌，他累了，也许正需要片刻的休息。那熟悉的乐曲，松懈了他疲劳的筋骨，昨夜师生之情的严酷摧折，在今天的师生之情中得到了安慰和补偿，看到新月那陶然怡然的神情，他满足了！

窗外，瑞雪纷飞，挺拔的白杨，娇柔的垂柳，婆娑的合欢树，都披上了白纱，轻轻地摇曳，仿佛和着这乐曲的节拍蹁跹起舞，仿佛这悠扬的琴声，在那串串玉珠、条条银丝、朵朵白花之间缠绕回旋……

琴声飞出了病房，惊动了邻室的病友，惊动了值班的护士，惊动了巡查工作的卢大夫。谁在病房里拉琴？这是从来没有过的！卢大夫循声走去，她要制止这种与医院的环境格格不入的娱乐活动！

她匆匆走过去。她看到在旁边的病房中，一个患急性心肌炎的老太太在仰卧静听，颤抖的手攥着床栏；她看到一个肺动脉栓塞、右心衰竭、脾气又暴烈得想死的汉子，此刻安安静静地伏在枕头上倾听；她看到病情较轻的几个病人，被前来探视的妻子或是丈夫搀扶着在走廊里散步，也不禁驻足谛听……她走过那一排病房，终于找到了琴声的源头，脚步却不由自主地放慢了，放轻了。她看到新月那洋溢着青春气息的面庞，看到楚雁潮那疲惫的身姿，就什么话也不说了。缠绵的琴声向她诉说着一切，真挚的情怀感染着这位并非无情的科学工作者，科学在艺术和情感面前退让了，她站在门外驻足良久，又悄悄地退去，没有打扰他们。楚雁潮，这位不谙医学的青年学者，在用他的心灵帮助她治疗病人的痼疾，她的内心对他充满了感激之情。她抬起右手，拢了拢露在帽檐外面的一绺夹杂着银丝的头发，在循环往复的《梁祝》主旋律中缓缓地走去……

乐曲已告尾声，雨过天晴，一道七彩长虹飞跨苍穹，一双斑斓彩蝶翩翩起舞，如泣如诉、撼人心扉的主旋律又响起来，说不尽如梦佳话、似水柔情！

泪水涟涟的陈淑彦站起身来，她不忍再听下去了，也不忍打断这心灵的协奏，擦去腮边的泪珠，极力做出一丝笑容，默默地对楚雁潮点点头，再望望闭着眼睛的新月，没有惊动她，就步履轻轻地走出去了……

乐曲在春蚕吐丝的节奏中越来越淡，越来越远，最后归于一片纯净，一片空灵，任何声响都没有了。

新月还沉醉于那梦境诗情之中，久久没有醒来……

终于，她睁开了眼，面前有一双深邃明亮的眼睛，正在等待她的目光。

“哦，楚老师，谢谢您！”她轻轻地说，“您给我送来了春天，送来了人间最美好的情感！只可惜……这不是您的琴声！”

“我？”楚雁潮笑了笑，“俞丽拿可比我拉得好啊！”

“不见得，俞丽拿是俞丽拿，您是您，每个人都有自己的心灵，自己的情感，谁也不能代替谁，”新月喃喃地说，“您的琴声，我听过的，在去年冬天，天也下着雪，不过我没有惊动您，是偷听的……”

“噢，幸亏我当时不知道，不然……”楚雁潮脸上泛起腼腆的红晕，“以后吧，以后我一定当面拉给你听……”

“那，我就等着！”新月期待地说，“不过，我这就已经非常感谢您了，您那么忙，花费了那么多时间来看我，我去年说了那么一句喜欢这首曲子，您到现在还记着，我该怎么感谢您呢？”

“新月，我们之间，用不着说这些话，”楚雁潮似乎不假思索地说，“爱情，就是奉献，就是给予！”

新月愣住了，仿佛有两颗明亮的星星，突然在她面前升起！那不是星星，那是楚雁潮贮满深情的眼睛！

楚雁潮热切地凝视着她，炽烈的诗句脱口而出：

> 请让我叫你相信，
> 我只盼一件事情——
> 给你献上我的心灵，
> 和这心灵中蕴藏的全部感情！

新月惊呆了，粉红的嘴唇轻轻颤动：“老师，您说的是……”

“是卡尔·马克思赠给燕妮的诗，”楚雁潮说，“现在，让我转赠给你，连同我的爱情！”

“爱情？爱情！爱情……”新月被震撼了，在她的心目中，爱情，是一个多么崇高的字眼儿，她憧憬过，她向往过，她思索过，但还没有去寻找过，十八岁的年龄，她还没有能力清晰地认识爱情，那是一个缥缈的梦，一团朦胧的光，一首无字之歌，一条通往天际的路，一座遥远的不可企及的宫殿……现在，突然出现在面前了吗？也许，许多人苦苦追寻而不可得，而她呢？当爱情叩动她的心扉的时候，却感到迷茫，“老师，这就是……爱情吗？我们之间是爱情吗？”

望着这个纯真的少女，楚雁潮的心在颤抖：“新月，”他说，“爱情，是人类最美好的感情，当两颗心经历了长久的跋涉而终于走到了一起，像镜子一样互相映照，彼此如一，毫无猜疑，当它们的每一声跳动都是在向对方说：我永远也不离开你！那么，爱情就已经悄悄地来临，没有任何力量能把它们分开了！”

“啊，啊，那也许就是了……”新月喃喃地说，她感到有一股暖流从她的心中、从她的全身流过，仿佛冰封的大地解冻了，泥土酥软了，春水涌流了，花木复苏了，春笋出土了，嫩芽吐绿了，花蕾绽开了，她生命的春天，人生的黄金季节，突然宣布到来了，而带来这一切的，是她所景仰、所信赖的老师！她当然知道，在过去的一年多的相处中，老师在她的心中占据着怎样的位置，她也知道，老师为她倾注了多少心血！也许正因为他是她的老师，她是他的学生，彼此之间情感的表达才坦然自若、毫无滞碍，但是现在，这种朴素的、自发的情感突然升华到爱情，少女的羞涩立即烧红了她柔嫩的面颊，她有些惊慌失措了，伸出微微颤抖的手，扶着床沿想坐起来，避开楚雁潮热烈的目光，说："我们之间，可以谈……爱情吗？您是老师，我是学生……"

楚雁潮轻轻按住她，当他那男性的劲健的手掌触摸到她那纤柔的手指，他的胸中泛起了难以表述的复杂情感！不错，新月是他的学生，他是她的"园丁"，在他过去为这棵小苗灌溉耕耘的时候，他的心中怀着深深的爱，但是，理智使他时时压抑着自己的感情：这是师生之爱，无论如何不要超过它！如果这棵小苗能像预期的那样茁壮成长，成为出类拔萃的栋梁之材，也许他今天的话就不必这样急于说了，他期望新月在事业和爱情上都取得圆满成功，而这些都不必非他楚雁潮莫属，因为他比谁都明白，自己在出生之前就命中注定要走一条坎坷的路，何必去连累别人！只要新月能得到幸福，哪怕他最终失去新月，也愿意忍住自己的痛苦！但是，后来的情况发生了太大的变化，新月还没有成才便倒下了，还有谁能比"园丁"更惋惜、更痛苦！直到现在，新月仍然把他看作"园丁"，而他心里却明明知道，她已经很难再回到那块"苗圃"！该做的，他都做到了；能做的，他也都尽力做到了；他所余的，只有自己的一腔热血和一颗赤诚的心，现在，他决计把这些也都献给她！十八岁，向她表达爱情或许太早了点儿，但是，时间！时间这个恶魔对于新月是那样吝啬，如果太晚了，新月也许就等不及了！但愿这颗心能伴随着她那颗伤残的心一起跳动，但愿他的爱能给她生命的力量！……这一切，楚雁潮能对新月倾吐吗？命运对他是多么残酷，真诚的话语还必须字斟句酌！这也不必遗憾，绕开爱的路途中太多的荆棘，他吐露给新月的每一个字仍然都是真诚的："不，新月，你不是很欣赏那句话吗？'人和人是平等的！'在爱神面前，只有两颗串联在一起的心，没有什么学生和老师！还记得吗？我们第一次见面的时候，你就把我当成了同学，我第一次上课，就宣称我是你们的朋友！告诉你，新月！几乎可以说，自从见到你的第一天，我就悄悄地在爱着你！"

"啊，那是命运，让您等着我，让我遇到您！"新月甜甜地笑了，心灵的隐秘一旦敞开，揭开羞涩的面纱，她也必须承认今天的爱情早早就播下了种子！春天来了，春风吹拂着她的面颊，春水浸润着她的心田，爱情的种子终于落地生根了，幸福使初恋的少女陶醉了！缓缓地抬起头，她望着他，一双眼睛仍然是那样纯净澄澈："请允许我，以后还是那样叫您——老师！"

两只手紧紧地握在一起，两颗心紧紧地贴在一起。啊，这里毕竟是医院，是病房；不是花前月下，河岸柳堤；没有热烈的拥抱，没有甜蜜的亲吻……这有什么？最深沉的爱，自有它最朴素的方式！

春天来了，把融融东风、绵绵春雨洒向人间，把爱和希望洒向人间。

楼前的花坛中，娇艳的繁花次第开放，竞吐芳菲。粉红的碧桃，嫩黄的迎春，斑斓的蝴蝶花，还有那愣乎乎的仙客来，羞答答的含羞草，以及那虽然开放不出灿烂的花朵却也要凭着旺盛的生命力与百花争一分春色的"死不了"……辛勤的园丁对它们一视同仁，精心护持，春天属于所有的生命！

沿着花坛旁边的小径，新月徐徐地踱步。夕阳的斜照透过白杨树、合欢树的树叶，投下一束束清亮的光柱，暮霭朦胧的林荫幽径显得开阔而深远了。和润的空气，醉人的花香，使她心清神爽，正是读书好时节，她一边漫步，一边轻轻地背诵着英语单词。陌生的单词，念上三两遍，便牢牢地印在脑际，似有神助。

今天不是探视日，楚老师不会来，家里的人也不会来，她就只有专心致志地把时间用到学习上了。自从那个难忘的雪天，她突然得到了爱情，或者说突然认识了早已蕴藏在心中的爱情，她就觉得自己是天下最幸福的人，生活在过去只有在梦中到过的那个美好的世界，一股奇异的力量注入了她的身心，就像拔节的春笋，抽芽吐叶的巴西木，伸展着充满活力的双臂，拥抱着明媚的阳光和湛蓝的晴空！她不能辜负这美好的时光，又在发愤读书，充实自己，为重返燕园做好充分准备。她对楚老师说：“一年级的课程我已经学了大半，复学之后就不想再从头开始了；我打算利用养病的时间，把落下的功课都补上，请学校给我一次第一学年的补考机会，我相信自己会全部及格的！这样，争取在暑假之后上二年级，比别的同学也就只晚一年了！”楚老师听了，却没说话，似乎有些犹豫。“您是担心学校不会答应我这个要求，还是怕我没有这个能力？”她又说，“您知道，我是多么不愿意被同学们落下，我一定要赶上去，并且还想明年争取再跳一班，再回到原来的班上去呢！您应该相信我的力量，还有您的帮助，帮我向学校说说吧，啊，一定要满足我的这个愿望！至于您以后是不是仍然当我的班主任，我现在倒不担心了，因为……我们永远也不分开了！”她的决心和激情显然使他深为感动，他终于说：“好吧，新月，不管结果如何，我们都应该朝这个目标努力！只是，你不要搞得太紧张，为了明天和未来，一定要保重身体！”……从此，新月投入了紧张而愉快的复习和预习，除了最重要的英语，还有政治经济学、中国文学史……已经学过的要巩固，没学过的要弄懂、记熟，这些对她来说，从来都不认为是负担，反而从中享受到无限的乐趣！一度停止的攀登又继续下去，朝着既定的目标，朝着事业的辉煌的远景……

她轻轻地背诵着，沿着林荫小路缓缓走来，夕阳的斜晖为她的倩影勾画出一道金灿灿的轮廓。

卢大夫迎着她走去，她太专注了，两人都快碰面儿了，她还没注意到前面是谁。

卢大夫站住了，微笑着说：“问女何所思？问女何所忆？”

“哦，卢大夫……”新月猛然看见那张慈祥的脸，亲切地打了个招呼，微微一笑，“女亦无所思，女亦无所忆。我在背书呢！”

“背书？”卢大夫神秘地看着新月。这个少女心灵中的隐秘，由一曲《梁祝》已被她窥破，她从心底祝福她在危难之际获得了至真至纯的爱情，并且由衷惊叹爱情的力量使这个心脏残缺的姑娘焕发了青春，她期望爱情在和病魔的较量中再创造更大的奇迹，如果楚雁潮炽烈的爱情能够保住新月的青春和生命，那么，她这位大夫将十分荣幸地推翻自己的论断。在心脏病医疗史上用诗的语言添上绚丽的一笔！她动情地望着初恋的少女，猜测她此刻的心思："该不是又在背什么缠缠绵绵的剧本台词吧？"

"您看嘛！"新月把背在身后的手伸出来，拿的果然是大学一年级的英语课本，她兴奋地对卢大夫说，"我正准备手术之后升二年级呢！您什么时候给我做手术啊？"

手术！卢大夫怦然心动，新月还一直在等待着她去年许诺的手术，她该怎么回答呢？她能这样说吗：姑娘，你的二尖瓣闭锁不全比原来严重了，手术不能做了！她能这样说吗：姑娘，你永远也不会再有和正常人一样的心脏，只能一天天地"维持"，直到生命的终点！她能这样说吗：姑娘，把希望寄托于爱情吧，你的病，今天的医学还没有办法根治！当然不能，她只能和楚雁潮一样，用善意的谎言来安慰很少猜忌之心的少女："新月，你的体质恢复得很好，看来，手术的必要性不大了，何必再挨那一刀呢？又不是万不得已！"

"不，我要做嘛！"新月却非常固执，"我不怕那一刀，我愿意根除隐患，做一个真正健康的人！卢大夫，您不用担心我，我能经受得住，您不是说我变得勇敢了吗？放心地做手术吧，您答应过我的！"

"是的，我答应过你……"卢大夫喃喃地说，在这个孩子面前，她不能自食其言，但是，唉！无可奈何之际，她的心中又闪过楚雁潮的影子，对，她只好再用楚雁潮的办法，给新月编织美好的梦，像海市蜃楼，清晰而又遥远，可望而不可即。海市蜃楼虽然只是幻象，但对于在茫茫戈壁中跋涉的人来说，那是远在天边、近在眼前的希望，因为有了那幻象的吸引，才能忍住饥渴、忍住疲惫，走出大沙漠，免于一死！让这孩子保留着希望吧，不要打破它！"新月，"她说，轻轻地挽着她的胳膊，缓缓地向前走去，"你的确是个勇敢的孩子！既然你要求做这个手术，这也很好，我希望手术成功！但是目前还不是时机……"

“为什么?”新月迟疑地停住了脚步，“您说过，等到春天，现在春天已经到了!”

“春天到了……”卢大夫重复着她的话，进退维谷，只好说下去，但审慎地留有余地，“但你忘了我说过的话吗?手术必须在风湿活动完全停止半年以后才能进行。可是，在这之间你又感染了，反复了，所以，手术也只好相应地推迟……”

“推迟到什么时候?”新月愣了，“我九月份就该复学了，您可别……”

“我不会耽误你,”卢大夫替她把没好出口的话说了出来，“一个医生，一定会利用一切可以利用的时机，但是，希望你能够和我密切配合，避免再度反复。根据具体情况，我将考虑手术在适当的时候实施。在你秋天复学之前……说不定也来得及，让我们携起手来，一起争取吧!”

卢大夫挽着新月的手臂，徐徐前行。哪怕前面是海市蜃楼，卢大夫也决不能后退!医生的头脑和慈母心肠在激烈地争辩。这些，新月却全然不知道，希望虽然推迟了，但那毕竟是希望，她热切地、耐心地朝着希望走去。

“卢大夫,”新月说，“既然时间还很长，那就让我回家去等吧。现在天气暖和了，不容易感冒了，我保证听您的话……”

“唔，你又想出院了?”卢大夫思索着说，“让我考虑一下吧!”

三天之后，新月果然出院了。老父亲和哥哥、嫂子来接她，带走了卢大夫的嘱咐，带走了新月枕边的一大堆书籍，带走了窗台上的巴西木，带走了床头柜上的留声机和一大摞唱片。

楚雁潮事先已经和卢大夫做了一次长谈，今天特地来接新月出院。这次，他没再拒绝韩子奇的邀请，登上了小汽车，坐在新月的旁边，一直把她送回家。

“博雅”宅前，那一棵老槐树绽开了串串白花，芳香扑鼻，等着新月呢。

大影壁前，那一架藤萝紫霞蒸腾，蜂蝶纷飞，等着新月呢。

西厢房前，那一株海棠嫩红盈树，笑迎春风，等着新月呢。

新月回来了，西厢房的大铜床、梳妆台、写字台和闲置已久的台灯、默默无语的相框，都等着它们的新月呢。新月带回来的不是孤寂，不是离愁病苦，不是夜思无眠；她有一颗充实的心，她有许许多多要做的事儿，她有遥远而又切近的希望在吸引着她向前走去。

巴西木放在向阳的窗台上，留声机放在靠床的写字台上，爱和希望刻在心上。

过去的灾难仿佛都被人们忘却了，“博雅”宅中又洋溢着欢乐。韩太太笑吟吟地向楚雁潮献茶，韩子奇怀着感激与尊重和他对坐叙谈，陈淑彦欢愉地帮着新月安置西厢房里的一切，连拧种天星脸上也出现了难得的笑意。

老姑妈则忙着下厨房。

“姑妈，今天留楚老师吃饭噢！”新月从西厢房探出头，兴奋地喊道，全家人都听见了。

这顿饭，因为是临时张罗，自然不可能丰盛，但是新月却觉得胜过了珍馐美味，这是因为有一个楚雁潮在，他已经是这个家庭的一个成员了！

吃过了饭，楚雁潮没有立即告辞，又到西厢房坐了一会儿，他要把新月以后的生活一一安排妥帖，才能放心地走。

“今天和我的父母一起吃饭，您是不是有点儿紧张？”新月小声问他。

“哦，我紧张了吗？”楚雁潮反问，事实上，他是有些紧张，因为从今以后，他的身份就不完全是来做“家访”的教师了，韩子奇和韩太太也就不仅是他的学生家长，而且是他未来的“岳父”“岳母”了。

“我看见您好儿次擦汗呢，天又不热，”新月笑着说，“哎，您打算什么时候向他们公开我们的秘密呢？要抢走人家的女儿，总得事先打个招呼啊！”

“抢走？”楚雁潮深情地望着她，“我愿你的月光，照着我，也照着生你养你的父母，他们和我一样爱你，我不能把你从他们手中抢走，以后……我们也将和他们永远生活在一起，你的父母，也就是我的父母！”

“啊……”新月被这真诚的心迹陶醉了，她当然不可能告诉楚雁潮，这个家庭并不像他想象的那么和谐，父母之间、母女之间都有一种莫名其妙的隔膜；她但愿，这个家庭有了楚雁潮，就从此改观了，不再有心理阻隔、言语龃龉、情感折磨，像楚雁潮希望那样，“连误会都不再有”！

“不过……”楚雁潮说，“我觉得现在还没必要向两位老人公开，我的形象……”他不好意思地笑了笑，“在他们心中还是应该像个教师而不是像个‘女婿’，至少在目前应该这样，你说呢？”

“那好吧，”新月甜甜地笑了，“就等以后……等到我毕业，就可以公开了！”

一个强烈的刺激使楚雁潮的心猛然悸动！新月还有“毕业”的时候吗？

新月却在扳着指头，计算着未来的日子：“还有五年呢！我今年夏天就十九岁了，毕业的时候，二十四岁；可是，您也要等五年呢，那时候，您‘三十而立’都过了，这是不是等得太久了？”

“不，”楚雁潮喃喃地说，眼睛中闪烁着强烈的信念，“我决心等下去，不要怕五年太久，我可以等你十年，二十年……我交给你的，是整个生命！我们永远在一起，永远也不分开！”

啊，新月什么话也不必说了，她所深深爱着的这个人，心是用水晶、用钻石砌成的，像水晶那样透明，像钻石那样坚实；这颗心已经献给了她，她比天下最大的富豪还要富裕！她轻轻地打开留声机，让那醉人的乐曲来表达她此刻的情感……

唱片在徐徐转动，贮藏在里面的声音传了出来——也许因为她醉了，把唱片拿错了，不是《梁祝》，而是英语听力练习的片子，《伊索寓言》当中的一篇《患难见真交》：

“从前，有两个朋友……”

她没有再更换唱片，静静地听下去。

English 的朗诵声飘出西厢房的门窗，在这座院子里，除了他们两人之外，真正听得明白的也只有愁肠百转的韩子奇。

七月盛夏，迎来了新月的十九岁生日。

非常遗憾，楚雁潮没有能亲临这次生日聚会。学校临时抽调他去参加招收新生的工作，而且是去上海考区。尽管楚雁潮至今还只是个助教，但招生办公室的领导认为，以学术水平和工作能力而论，他是非常合适的人选。至于他负责的二年级英语课，目前已是期末复习、准备考试阶段，不再授新课，可以把他抽出来。期末考试则由系里安排别的教师出题，在他不在的时候检验他的学生的成绩，也是对教师水平的一次“审查”。对此，他都无法拒绝。行前，他对新月千叮咛万嘱咐：“离别是暂时的，等着我，我很快就回来！千万保重，按时吃药，按时休息，不要让一丝离愁别绪侵扰你的心，就像我时时陪伴在你的身边！原谅我不能向你祝贺生日，但在上海也一样能看到天上的新月，并且让我的母亲和姐姐也分享我的幸福！新月，等明年吧，明年我们一起过两次生日：你的和我的！”

他走了，一步三回首，把他的心留下了，把新月的心带走了。

阴历六月初五的晚上，两位稀客不期而至：郑晓京和罗秀竹。

“啊，谢谢你们，还记着我的生日！”同窗之谊使新月激动了。

“嗨，怎么能忘了呢？”小湖北佬罗秀竹说。多日不见，她那小巧的身材长高了好多，带长江水味儿的乡音也变成一口京腔儿了，“你是我最好的朋友，我永远也忘不了你帮我度过了‘俄转英’的难关！幸亏转得及时，现在俄语可吃不开喽！”

新月莞尔一笑。可惜，“长寿面”已经吃完了，用来招待她们的只有两杯清茶。久别的朋友却顾不上喝茶，她们要说的话太多了，东一榔头、西一棒槌，语无伦次，漫无边际。

望着窗台上郁郁葱葱的巴西木，罗秀竹说：“嗬，楚老师的这盆花儿，在你这里长得好快，真是‘向阳花木早逢春’！现在，他那个书斋里可没有花儿喽！不过没关系，他那边，‘近水楼台先得月’！”

这话用来形容未名湖畔的备斋，自然是贴切的，但是不是有什么弦外之音？新月听得心里怦怦地跳，又不好说什么，只有装作未加理会。

郑晓京没有搭茬儿。她觉得罗秀竹未免有些太爱卖弄，从哪儿逛来的两句词儿？乱用什么？

罗秀竹又抚摸着写字台上的留声机，说：“你的学习条件可真好！我们全班同学上听力课才只有一台破留声机，课后老是被男生霸占，你比我们都强啊！”

幸福和自豪感在新月胸中荡漾，但她不能说这也是楚老师送的，就笑了笑：“我也得训练听力啊！”

这时，一辆摩托车突突突地开到“博雅”宅的大门外，邮递员高叫着：“韩新月的电报！拿戳儿！”

20世纪60年代的中国，民用电报十有八九是爹死娘亡的急事儿。听见邮递员这一声嚷，全家人都慌着往前院跑，连郑晓京和罗秀竹也跟了出来。

“主啊，出了什么事儿啊？”姑妈一边开大门，一边说，声儿都变了。

“新月，别着急，”天星扶着妹妹，走在前头：“甭管出了什么事儿……”

“不能吧？”韩太太倒还镇静，“咱家又没有什么亲戚朋友在外边儿……”

嗯？韩子奇的心里一动，朝着门外嚷道：“快瞧瞧，电报是哪儿来的？”

新月也觉得奇怪，赶紧把图章递给邮递员，接过电报，匆匆撕开封套，抽出电报纸，在路灯底下便急着看，发报地点写着“上海”，电文是：

海上生明月，天涯共此时。楚

“噢，是楚老师，向我祝贺生日！”她捧着电报的双手，幸福地颤抖了！

全家人这才放心地舒了一口气。

新月兴奋地往里面走，手里的电报却被罗秀竹抢了去，返回西厢房，凑在灯下仔细地看。那两句并不陌生的唐诗，在此时此刻却别有新意，好像千年之前的作者张九龄是专为今宵而写的！

“楚老师……”罗秀竹喃喃地感叹，“他的心真好！”

“楚老师？……”郑晓京挨在她的身边，愣愣地注视着那十一个字，琢磨着来龙去脉。

一张纸片打动了两个与新月同龄的少女的心，引起了她们各自的思索，而远在上海、仰望明月、遥寄深情的楚雁潮，又怎能料到今夜在新月的身边还有这两个旁观者！

新月的脸上泛起了羞涩的红晕，她不知所措地呆立在一边，左手绞着右手的手指，好像是个陌生人走进了别人的家，西厢房里，主人和客人颠倒了位置！

“海上生明月，天涯共此时……”罗秀竹反复吟诵着，用异样的眼光瞟着新月，“唉，我太麻木了，直到今天才明白了为什么谢秋思那么妒忌你！”

“谢秋思？”郑晓京一愣，心直口快的罗秀竹突然点到那个根本不在场的人，使她的心头闪过了许许多多的往事，原来是这样！难怪楚老师对“谣言”矢口否认呢，他的心思根本不在谢秋思，而在韩新月！为什么她早没想到呢？应该想到的，楚老师对韩新月那么关心，休了学还处处想着她！也许自己的疏忽恰恰就在于韩新月的休学吧？唉，这个楚老师，我那么苦口婆心地帮助你，你怎么竟然……唉！

罗秀竹完全没注意郑晓京的情绪变化，做“政治工作”多年的monitor心里想些什么，也未必都让人家看出来。罗秀竹对她过去整谢秋思本来就幸灾乐祸，现在更开心了，只顾说：“嗨！她妒忌又有什么用啊？该属于谁的，就属于谁，也勉强不得！呃，我怎么当初没看出来呢？哈姆雷特只爱莪菲莉娅嘛！monitor，你怎么也那么傻呀？”

郑晓京绝不承认自己“傻”，她不愿意像罗秀竹那样显得大惊小怪，却极力表示自己早已洞察一切：“我早就看出来了，谁能瞒得过导演的眼睛！”

新月陷入了窘境，脸上发烫，心里却在笑：瞒不过也就没法子了！

郑晓京想起自己白当了一次导演，也不免遗憾，叹了口气：

"唉，可惜了一台好戏……"

罗秀竹说："我们都准备好了嘛，到底没演成，只能怪韩新月！"

"怪我?"新月分辩道，"我又不是故意耽误，还不是因为……"话说了一半又停住了，今夕何夕？她不愿意在这个幸福的日子提到自己的病啊！

可是，话说到这儿，却难以回避了，嘴比头脑运动得还快的罗秀竹急着问："哎，韩新月，你的病到底怎么样了?"

"最近的几次复查，还好……"新月说。

"那你暑假以后能复学吗?"郑晓京记着自己此行的目的，关切地问，"宿舍里，我还一直给你留着床位呢，系里想插一个一年级的新生来，我没答应：这儿属于韩新月，谁都别想占！……"对同时入学的伙伴儿，她还是很有感情的！

"我们都等着你呢!"罗秀竹抢着说，"暑假之后我们该升三年级了，你可得抓紧啊!"

"我……"新月咬着嘴唇说，"这得听大夫的，等做了手术……"

"手术什么时候做呢？从春天推到夏天，还能再推到秋天吗？等过了暑假，升级可就来不及了!"罗秀竹急切地看着她，巴不得明天就送她进手术室！

"我比你们还急啊!"新月叹息着，她无法回答挚友的询问，她自己也不知道什么时候才能施行那盼望已久的手术，每次去复查，卢大夫都是一番安慰，让她等"时机成熟"，时机何时才能成熟啊？忽然，她的心中掠过一个大大的问号：那位让人信赖的卢大夫，不会是在骗我吧？不会像罗秀竹说的那样，是有意往后"推"吧？如果"推"得遥遥无期，那么，我的一切计划岂不都要落空?！希望突然变得渺茫了，新月的心从来没有像现在这样慌，无着无落，无依无靠，两串泪珠垂落下来，她像求救似的抓住郑晓京的手："我怕被你们落下，怕……"

"韩新月，你别哭，别哭啊!"罗秀竹说，自己却也跟着哭了。

郑晓京扶着新月坐在床上，掏出自己的手绢儿替她擦去眼泪："新月同学，别，别这样！要相信大夫会把你的病治好的！你自己就不要着急了，既来之，则安之……至于和养病无关的事儿嘛，就什么也不要想了。你现在是什么情况啊？一定要完全排除来自外界的任何干扰！你明白我的意思吗？”

新月没有说话。这意思，她应该听得明白！

“咦，”罗秀竹傻乎乎地眨着眼睛，“是不是我们也‘干扰’她了？楚老师也‘干扰’她了？”

郑晓京没有正面回答这个问题。“我们……该告辞了，”她抬起腕子看了看表，“楚老师也很忙啊，他的担子很重……”

西厢房里的气氛变得沉闷了，新月的心乱了！

送走了两位同窗，姑妈闩上了大门，嘱咐她早点儿睡觉：“瞧这两个丫头，在这儿聊起来就没完，可别让她们把你给累着！”

“嗯……”新月答应着，缓缓地走回去，踏着院子里的一片凄凉月色。

她没有直接走回西厢房，却朝上房走去。她看见爸爸书房的窗户亮着灯呢，她想跟爸爸说说话儿。楚老师不在，她心里的烦闷和疑虑只有向爸爸诉说。

她敲着书房的门，叫了声：“爸！”

没听到爸爸的回答。东间的卧室里，传出了妈妈的声音：“新月啊？你爸在水房冲洗呢，有什么话明儿再说吧，他今儿累了！你也快睡去吧，有病，就得自个儿留神，别熬夜，这还用大人说吗？”

“妈，我这就走。”她答应着，怏怏地想退回去，书房的门却由于她刚才的敲动而缓缓荡开了。她不经意地往里一瞥，爸爸确实不在屋里，书桌上的台灯却开着，灯下摆着一本打开了的厚书，书上压着爸爸看玉用的放大镜。

她心里怜惜爸爸：这么大年纪了，夜里还看书啊？她想替爸爸把灯熄了，这样，他洗完了澡也许就不会再接着看了，好让他早点儿休息。

她轻轻地走进去，正要伸手熄灭台灯，却完全出于读书人的习惯，翻起那本厚厚的书，看看封面上是什么书名。

封面赫然印着四个特号老宋字：内科概论。

啊，这根本不是爸爸的专业，爸爸这样靠着放大镜艰难地夜读，可以肯定完全是为了女儿！那强烈的父爱使她激动不已，她不想马上离开爸爸的书房，在椅子上坐下来，要等爸爸洗完澡回来，向爸爸说一声谢谢。可是……她又想：爸爸什么时候买的这本书？怎么从来没见他拿出来过，也没听他说起过？

她浏览着书页上的铅字。医书对病人是有特殊的吸引力的，她很想看看关于心脏病的论述，也许这有助于了解自己的病情，有助于配合大夫的治疗，也许这可以让她解开对卢大夫的猜疑……

她急切地想寻找答案，迫不及待地搜索上面的字句。

她翻到爸爸折着书页的地方，大标题是："二尖瓣分离术！"

这正是她天天在等待、急于要知道的！她赶快往下看，被爸爸用红笔画了记号的两行字首先跳入她的眼帘，在"适应症"小标题下面的一行是："风湿性心脏病，单纯二尖瓣狭窄，或伴有轻度二尖瓣闭锁不全，风湿活动已停止至少六个月……"其中，"轻度"二字被爸爸加了圈儿。

她看懂了，这和卢大夫过去说的是一样的！这么说，她的情况是在"适应症"之列，手术可以做！她的心兴奋地跳动，继续看下去，在"禁忌症"小标题下，画了红线的一行是："二尖瓣狭窄伴有中等度以上二尖瓣闭锁不全者……"而"中等度以上"五个字被爸爸反复地画了好几次记号！

这是什么意思？从"轻度"到"中等度"，从"适应症"到"禁忌症"，这意味着什么？难道是她的"二尖瓣轻度闭锁不全"变得严重了，手术不能做了，卢大夫的"推迟"只不过是对她的安慰？难道这就是她要寻找的答案？她被惊呆了！

美好的幻想顷刻之间被击得粉碎！新月觉得头脑被掏空了，胸腔被掏空了，整个身体都和希望一起化成了飘散的飞沫，她自己不存在了！

她在极度的空虚绝望之中，也许度过了一个世纪，也许只是短短的一瞬，她突然在茫茫的宇宙间清晰地听到了不知来自何方的哗哗流水声，她被惊醒了！奇怪，从来也没有这样灵敏的听觉，她竟然能隔着好几道墙，听到在上房东头、离这儿好远的水房里的流水声？不，她什么也没“听”到，只是“想”到了，“意识”到了那声音，那是爸爸在洗澡！也许，他马上就要出来，回到他的书房，看到女儿正在读他画了记号的书，爸爸会怎么样？她想起爸爸摔伤之后裹着绷带的惨状……不，不能再刺激爸爸了，赶快离开这儿，赶快！

她吃力地扶着桌子，勉强支撑着站起来，把书和放大镜仍旧摆好，一切都照原样，然后，扶着墙壁，扶着雕花隔扇，轻轻地走出去，没有发出一点儿声响。

她扶着抄手游廊，缓缓地走回西厢房去，熄了灯，像一根折断的花枝飘落在自己床上。

天上，一弯上弦月朦朦胧胧，照着这寂静无声的宅院。

月亮一天天地圆了，楚雁潮回来了。古人说：“月是故乡明，”他在久别重游的故乡夜夜望明月，心却思念着北京。招生工作告一段落，他所承担的口试任务完成了，便迫不及待地启程北上！

下午两点五十分，列车徐徐开进了北京站。车门刚刚打开，他便第一个跑上月台，穿过长长的、人流如潮的地下通道，走出车站大门，头顶上浑厚的钟声刚刚敲完三点钟的最后一响。

他匆匆登上公共汽车，并没有急于回燕园，而是先奔“博雅”宅！

姑妈给他开门。

“姑妈，您好！”他习惯于随着新月的叫法称呼这位老人。

“哟，楚老师，您这是从上海回来了？”姑妈亲切地微笑着说。对于新月欢迎的客人，她是尊重的，回过头去往里边喊：“新月，楚老师来了！”

新月怦然心动，应声从西厢房里迎了出来。分别不过半月，她觉得像过了一年！现在，她盼望的人回来了，胸中积蓄得太多的情感、太多的语言，可以倾吐了！但是，一个魔影倏地从她心中掠过，她的脚步站住了，不，不必说，现在什么都不必说，让这个远行归来的人得到片刻的喘息吧！她极力使自己冷静，不要吐露激情，也不要显出忧伤，只需要安静，给自己安静，也让他安静。她重新在廊下迈开脚步，楚雁潮已经进了垂花门了，啊，他晒黑了，累瘦了，手里提着一只朴素的人造革皮包，风尘仆仆地回来了！看见他，新月就什么话也说不出了，一双湿润的眼睛，蕴含着千言万语！

“新月，我回来了！”他轻轻地、充满激情地叫着，绕过木雕影壁，急急迈下垂花门里的台阶，向新月走来，“你……怎么样啊？”

“还好，什么事儿也没有。”新月克制着自己回答。

“这就好，这就好……”楚雁潮一路悬着的心才稍稍觉得安定了，随着她往西厢房走去，到了门边，又迟疑地站住，望着上房说，“两位老人家和全家都好吧？妈妈问候他们呢！”

“哦，谢谢。”新月说，“他们都不在，我爸和哥哥、嫂子都上班去了，我妈去清真寺礼‘主麻’了，星期五是穆斯林的聚礼日，虽然妇女不一定参加，她还是去了，家里只有我和姑妈。”

“噢……”楚雁潮进了新月的房间，忘了落座，只顾深情地端详着她，“新月，你瘦了，脸色也不大好，是不是休息得不好啊？总在惦记我吧？”他叹了口气，喃喃地说，“其实我离开你并没有多久，心里要放开些，‘两情若是久长时，又岂在朝朝暮暮’！”

新月无言地看着他，唉，这个征服人心的人啊，让我怎么回答你呢？说“是”还是说“不”？

“楚老师，”她说，“是您太惦记我了！我最近其实……挺好……”

姑妈送上来一盏盖碗儿茶，“哟，干吗还站着说话儿呀？楚老师，您坐！瞧这丫头，见了老师就跟傻了似的！”

楚雁潮这才不好意思地坐在写字台前的椅子上，姑妈不再打扰他们，微笑着退去了。

楚雁潮打开手提包，取出大包小包的上海糖果、小胡桃、陈皮梅、巧克力……摆满了一桌子。

“楚老师，您……”

“这都不是我买的，是妈妈送给你的，礼物虽轻，也表达了一点儿心意啊，她非常喜欢你……”

泪水涌出了新月的眼睛。楚雁潮今天一再使用“妈妈”这样的说法而不说“我的母亲”，显然已经看作和新月共有的了，但她还能够和他共有吗？妈妈曾对哥哥说，“人人两重父母”，那么她呢？她还会有吗？

“……妈妈还希望放寒假的时候，你和我一起回上海过年呢！”

这愿望无疑是太美好了，可是新月已不再做这样美好的设想，心中的魔影时时在压抑着她。寒假？她这个早已休学而又复学无望的学生无所谓什么“假”了，体会不到别人在假期中的乐趣了。

“我怎么能去呢？”她眼泪汪汪地说，“您没告诉她我正在……生病吗？”

“有什么必要告诉她？你又不会老是生病，到那时你就好了，一定会好的……”楚雁潮取出手绢儿，替新月擦去脸上的泪水；而他自己的心，正在被痛苦啮咬。新月，原谅他吧！这个从来不会撒谎的人，此刻说的却全是假话！

这次回上海，母亲和姐姐又在关切已经催促了许久的“终身大事”，忙着托人“介绍对象”。他告诉她们，他已经有了心中的月亮。

母亲那憔悴的脸上立时绽开了笑纹，一双饱经忧患的眼睛流下了喜泪：“总算盼到了这一天，我儿子要成家立业了，侬格阿爸在九泉之下也好瞑目了！”

姐姐则急于询问新月父母的情况。楚雁潮据实相告，姐姐兴奋得两眼放光：“伊啦爸爸是国家干部？好，好！将来侬格小孩子也有前途！”她又有些不放心，“侬对伊讲过哦？阿拉屋里厢格情况……”

楚雁潮说：“讲什么？又不是两个家庭在‘恋爱’！”

母亲倒是理直气壮：“阿拉屋里厢也不是坏家庭，侬格阿爸也不是坏人！说不定……”她又哭了。

姐姐又询问弟弟：“的格小姑娘几何年纪？啥辰光毕业？”

这是楚雁潮最不愿意回答的问题！但他不能对亲人隐瞒，告诉了她们新月的现状……

姐姐一听就急了：“啊？侬找了个心脏病人？侬晓得哦：心脏病人是不能结婚、不能生育的！”

母亲也慌了，两眼失神地望着儿子：“阿拉楚家只留下侬一条根，侬勿要糊涂！”

亲亲密密、相依为命的一家人出现了裂痕，楚雁潮的生身之母和同胞姐姐并不能理解他，当然也不能左右他！

“中国人断不了根！从三皇五帝到今天，繁衍出六亿人口，世界第一啊，少我一个楚雁潮算什么？哪怕我断子绝孙，也没有什么了不起！”

这是他第一次和母亲顶嘴。他并不怨恨母亲，只觉得母亲和姐姐都太可悲了！中国的女人啊，世世代代靠她们繁衍子孙却在史书上不占任何位置的母亲们，竟然是那么爱这条“根”！

就在那一天，楚雁潮独自走出家门，给新月发出了那封电报。

他离开上海的时候，姐姐正在写不知道已经是第几十、几百次的“思想汇报”，没有像过去弟弟每次离家时那样为他送行。母亲毕竟心疼儿子，把好不容易买到的糖果、小胡桃……塞进儿子的提包里，让他补养身体。并且哀求儿子，“回到北京想办法同那姑娘断脱”，但又嘱咐“要慢慢交断脱，勿要伤人家格心”！

……

这一切，楚雁潮都只能烂在心里，永远也不吐露给新月！用虚构的“母爱”来安慰她、温暖她，用自己的真诚来医好她的心，让她早日恢复健康，一切都像梦想的那样！

……

小别重逢，说不尽絮语柔情。可是日影已经西移，楚雁潮没有时间在此久留了，他恋恋不舍地站起身：“我得走了，回去还要向领导汇报工作……”

“您走吧，”新月垂着眼睑说，“工作忙，就不要常来看我了……”

“不，我现在没有什么可忙的了，马上就放假，不用上课了，”楚雁潮却显得很轻松，“我明天就没事儿了，明天一定来！”

“明天，明天……”新月喃喃地重复着这两个字，送他走出西厢房，又送他走出院子。

“回去吧，新月！”他停下来，拦住她。

“楚老师，让我送送您吧！”新月固执地陪着他朝前走去。

她一直送了他好远好远，这在过去是从来没有过的，仿佛又面临着一次长别。

楚雁潮像完成了一件大事，他所惦念的新月一切正常，他可以放心地回去了。

回到燕园，他先奔招生办公室。离下班只有二十分钟了，他只好简明扼要地做了口头汇报，留下了事先写好的工作总结。然后去“勺园饭庄”，他已经饥肠辘辘，筋疲力尽，既需要吃饭，又需要休息。好好地吃一顿晚餐吧，庆祝此行归来，一切顺利！

从勺园出来，他踏着月色走回备斋。

今晚的月色真好，圆圆的玉璧冰轮高挂在天上，清光洒满燕园。未名湖畔，柳丝依依，莲叶田田，洁白的荷花像冰雪雕成，在月光下暗放幽香。湖水深处也有一轮明月，水中月，天上月，遥相呼应，分不出哪个是真，哪个是假。一只鱼儿跃起，水中荡起涟漪，月影乱了……

他痴迷地望着月影，虽滴酒未沾却感到微微的醉意。他想起“斗酒诗百篇”的李太白，明月给了他多少灵感，多少诗情，多少欢乐，多少慰藉！从举杯邀月，到扑月而死，一生明月常为伴，此心永驻清光里！啊，诗人是幸福的……

月下沉吟，湖畔徐行。好久没有这样的闲情逸致了，“今日得宽余”……

回到备斋门前，月光下，一个熟悉的身影在等着他。

“楚老师！”郑晓京向他迎过来，“我听招生办的老师说，您回来了……”

“回来了！”看到他的学生，他首先感到的是亲切，“这次期末考试，同学们的成绩都不错吧？我惦记着你们呢！”

“是啊，同学们也惦记您，”郑晓京说，“‘海上生明月，天涯共此时’！”

楚雁潮的心猛然受到了意外的撞击，他收敛了笑容，问：“你……最近见到韩新月了？”

“在她生日那天，我去看了看她。对于一个离开了集体的同学，我们还是应该关心的。”郑晓京回答得很坦然，但并没提到同去的那个无足轻重的罗秀竹。

“谢谢你，郑晓京同学!”楚雁潮被感动了，新月的确需要更多的人关心!

“这是我应该做的，要让她感到党的关怀、母校的温暖，”说到这里，郑晓京加重了语气，“这也不是哪一个人的恩惠!”

话说得入情入理，一点儿不错，但在楚雁潮听来，无疑还有另外的含义。

一片云彩从天边飘过，遮住了月亮，湖岸突然笼进了阴影。

“郑晓京同学，”楚雁潮在黑暗中喃喃地说，“我……我是在尽一名教师的职责……”

“当然，教师的职责，很神圣，”对面的黑影，两眼闪着幽幽的光，“记得我们刚上小学的时候，许多同学常常忘了是在学校里，把老师错叫成‘爸爸’‘妈妈’。其实这也没错，我们的确像尊敬父母一样看待自己的老师，包括您，楚老师！正因为这样，老师也更应该像个老师，对每个学生的关怀都是无私的，而不应该掺杂个人的什么企图……”

浮云掠过去了，月光明晃晃地照着楚雁潮的脸，照着他的全身，像是要把他的五脏六腑都照穿!

“个人企图?”他几乎是在呼喊，“我有什么个人企图?”

“您不必这么激动，”郑晓京说，其实她自己也很激动，并不能平静，“去年我们的几次谈话，您不会忘记吧？作为您的学生，我一再提醒您：要在同学们面前树立威信，一言一行，都不要造成什么不好的影响。可是您呢？对那么多的议论置之不理，完全否认和女同学有暧昧关系，事实是：您和韩新月在恋爱，而且由来已久！楚老师，您是一个成年人，对您个人的事儿，我本不该过问；可是，您和什么人恋爱不行呢，为什么非要找学生？班主任找自己的学生！……”

楚雁潮的喉咙像被一双无形的手掐住，一股血从胸腔里往上涌，却吐不出来！面前站着的也是他的学生，这个学生还满腹经纶，他就是全身是嘴，又怎么跟她说得清楚！

“也许，”郑晓京继续说，她是长于演讲的人，可以不用讲稿做长篇发言，滔滔不绝而且充满激情，让别人根本插不上嘴，“也许在你们男人眼里，韩新月美丽、文静、清高而又富于才华，那是很‘动人’的，但是请不要忘记，她还是个只有十九岁的女孩子，而且是个心脏病人！她已经够不幸的了，您却连一个病人都不放过！请问：这符合人民教师的职业道德吗？符合共产主义道德吗？”

“你……你太浅薄了，太残忍了！”面对这咄咄逼人的责问，楚雁潮终于脱口而出，“郑晓京同志！我虽然不是共产党员，却也自信不比你更不懂马克思主义！无产阶级应该比任何阶级都更认识‘人’、尊重‘人’！请你不要用不知从哪儿捡来的尺子来丈量我，你不具备这个资格！在你眼里，我简直就是一只恶狼，要吞吃一个无辜的少女，而她还在受着我的蛊惑，天真地被我欺骗！你……你了解我吗？了解新月吗？她的心脏已经没有做手术的可能，她面临的是死亡，正在和死神争夺时间！对于她，难道任何人还可能抱有任何‘个人企图’吗？”

小政治家被她的英语教师问住了。她来不及去查阅马克思主义经典著作中是否真有楚雁潮所宣称的观点，但老师突然爆发的激怒使她发慌，韩新月病情的严重使她震惊！“啊？她已经到了这个地步？她自己知道吗？”

“当然不知道！怎么能让她知道？她已经不能再受刺激！”楚雁潮警惕地看着郑晓京，“你没跟她谈什么班上的情况吧？你们开的那种会，不能告诉她！”

“没有，”郑晓京有些后怕，多嘴的罗秀竹毕竟说了什么谢秋思“妒忌”之类的话，但愿韩新月别放在心上，“我只让她安心养病，排除外界的干扰……”

“干扰？什么干扰啊？是说我在‘干扰’她吗？”

“不，我也……没有明说，”郑晓京不安地低下头，想着该怎么开脱自己才好，这个楚老师不饶人！沉思良久，试探地问：“她的病，没有希望了吗？既然这样，楚老师，您对她的怜悯又有什么用呢？”

楚雁潮悲哀地叹了口气：“唉，‘怜悯’！你以为人和人之间，只有奴才的摇尾乞怜和主子的怜悯恩赐，而没有更美好的关系和感情吗？新月是个很刚强的女孩子，她不需要我怜悯，也不需要任何人的怜悯！如果你是她的朋友，给她的应该是真诚的平等的爱，而不是怜悯！你懂吗？”

郑晓京到底也没说出“懂”还是“不懂”，因为她自己也弄不清楚大老远地跑去看韩新月算是“怜悯”还是“爱”，更弄不清楚楚老师和重病缠身、危在旦夕的韩新月之间有着怎样的“爱”。楚老师的恋爱之谜，她追踪了好久，终于真相大白，却又把她绕糊涂了。这样的“爱情”到底算哪个阶级的呢？她作为总支委员和monitor，该怎么对待呢？

“老师，我要更多地关心她！您……刚回来，早点儿休息吧，”她这时才想起还有一件捎带的事儿，伸手从衣袋里掏出一沓信封，递过去，“您的信，搁了好些天了。”

“唔。”楚雁潮顺手接过来，心思却根本不在这些信上。一共有好几封。他拿在手里，并不想现在就拆，只是随便看看信封，都是哪儿来的。

一个素白信封引起了他的注意，一看那熟悉的字迹，他立即就知道是谁写的了！他无心再和郑晓京多谈，匆匆告别，就往宿舍走。

打开自己的房门，走进小小的书斋，他开了灯，什么都顾不上，第一件事就是看这封信，这是新月的信！这个新月，明知我不在，还往这儿写信？他觉得有些奇怪。噢，是了，新月并不知道我哪天回来，先让这封信在这儿等着我呢；少女的感情是很柔很细的，用语言表达不清的，就写成文字吧？一股温情油然而生，什么烦恼都不存在了，他急切地撕开信封，抽出那几页素笺，坐在灯前凝神阅读，这还是新月给他的第一封信！

楚老师：

当我给您写这封信的时候，您还在两千里之外的上海，而当您看到它，就只有等回到备斋了，让它替我在那里迎接您！谢谢您在那个月明之夜打来的充满真挚情感的电报，那十个字，不，十一个字，我已经反复看了千百遍，刻在了我的心上。我这封信，权作是给您的复电吧，但我不能把它寄往上海，在您忙于工作并且和全家团聚的日子里，我不愿意让您为我分心！

果然是这样！他想，新月为别人想得是那么多，感情又是那么细腻！其实，如果能在上海收到这封信该有多好啊，可以减轻我多少思念，又可以给我带来多少欣慰！一片深情使他陶醉，如饥似渴地继续读下去：

这封信该让我从何写起啊！感谢命运让我认识了您，永远忘不了前年秋天，我踏进燕园的第一天，首先见到的就是您！请原谅，我当时并没有“一见钟情”，那时看到的只是您朴素、谦逊的外表，后来才越来越了解了您渊博的学识和高洁的人品。是您，把我引上了事业之路，让我看到了那远在路的尽头的辉煌的峰巅；是您，使我懂得了人生的意义，自知、自信、自强，最大限度地充实自己，让生命之火在不懈的追求中点燃，在烛天光焰中获得永生；您是我今生最尊敬的老师、最信赖的朋友，如果命运让我忘掉一切而只记住一个人，那个人只有您！应当说，我真正开始自觉的人生是在认识您之后，我多么希望能永远在您的身边，做您的学生、您的助手，和您分担译事之难——也是共享译事之乐！可是，要实现这个平生最大的愿望、唯一的愿望，已经很难很难了，我像一只小鸟，刚刚试飞，翅膀就断了！

楚雁潮突然皱起了眉头，心缩成一团：怎么，笔锋一转，情绪一落千丈！新月，你……

我感谢您，由衷地感谢您，在我危难之际，您给了我帮助、安慰和鼓励，并且无私地献出了全部的、最美好、最宝贵的情感！我为此而感到幸福和自豪，“人生得一知己足矣”，我已经可以死而无憾！

但是，当我真正知道了自己的病情：手术和复学都已经成了泡影，震惊之余，又深深地懊悔我的无知和自私！您给予我的已经太多了，怎么还能奢望得到您的爱情？您是一个健全的人，完美无缺的人，前途光辉灿烂的人；而我，却命里注定不能再返回事业之路，不能再陪伴您度过有意义的人生，有什么理由在您那负有重任的双肩上再增加负担？又怎么忍心拖着您和我一起坠入深渊！原谅我，我不能接受您的爱情，仅仅做师生和朋友已经足够了，让我们永远记住这高尚纯洁的情感！也许，我们之间并不存在爱情，爱情是什么？每个人都有不同的答案，但我想，爱情总不等于同情、怜悯和自我牺牲吧？

“怜悯”？她怎么也使用了这个可恨的词！

楚老师，不要怜悯我，不要为了我而毁掉您自己，您有您的人生，您应该得到本应属于您的一切——事业的成功，爱情的美满！向前走去吧，不要回头，不要犹豫，不要让慈悲心肠误了您的终生，把我忘掉吧，您并不属于我，而属于您自己！

至于我，一个半途而废的人，今后的道路当然不会平坦，让我默默地独自走下去吧，我把自己交给命运，不再埋怨它对我不公平！我珍藏着美好的过去，并将在千遍万遍的回忆中度过自己的余生，直到这颗不可救药的心脏停止跳动。来日还有多少？也许还很漫长，也许非常短暂……

楚老师，不要为我悲伤。您对我说过：自知是一种幸运，现在我终于自知了，也算是一个幸运的人了。感谢您过去所给予我的全部关怀，但愿我今后不再打扰您了，您有许多重要的事情要做，我不能再占用您的宝贵的时间。希望您不要再来看我，只盼望您的书早日出版，请寄给我一本，留作永久的纪念。

对不起，您刚刚回来，就让您看到这封向您告别的信，又写得太长了，希望您能平静地把它看完，并且答应我的全部请求。

致以

深切的敬意！

您的学生　新月

像一枚重型炸弹从天而降，穿破书斋的房顶，轰然爆裂，把楚雁潮击垮了，击碎了！他的手剧烈地颤抖，双眼茫然地看着那熟悉的字迹，却不敢相信这是真的！新月为什么要给我写这样绝情的信？为什么她的热情突然降到了冰点？这半个月当中到底发生了什么事儿？是谁向她透露了病情，摧残一个少女的生命，蹂躏一颗尚存希望的心？

他从书桌前一跃而起，立即返回去，去找新月！可惜，太晚了，手表指针已经过了十二点！为什么刚才郑晓京要说那些昏话而不早点儿给他信？为什么下午见到新月的时候，匆匆告辞而没有看出她的情绪变化也没有深谈？太粗心了，男人的头脑总是太简单！可是，这一切谁又能够预料呢？

楚雁潮颓然跌坐在椅子上，悔恨交加，仰天长叹！他凄然地望着窗外的惨淡月色，盼着天亮，他什么都顾不得了，只求早一点儿见到新月！

又一个清晨到来了，“博雅”宅却依然像往日一样宁静。谁也没看出新月最近有什么反常，包括她那爱女如同爱玉的老爸爸。也许是因为新月把情感隐藏得太深，也许是别人已经习惯了家里有一个长期休养的病人，比起慌慌张张地送医院抢救的日子，现在还算好的呢。韩子奇吃过了早点，锁上书房的门，就默默地上班走了。他至今不知道那本《内科概论》引起的波澜，他决心继续瞒着女儿，配合卢大夫，从药物和精神两方面进行治疗，争取病情好转，至少不再加重。他嘱咐姑妈想方设法调剂新月的饭食，并且告诫全家人都不要对新月提起复学的事儿，避免引起她的情绪波动。韩子奇的心情一直是十分沉重的，但他极力不让女儿察觉出来，他要让女儿心中继续保持着美好的幻想，不去击破它，就像欧·亨利笔下的那个老贝尔门，用画笔为病重的少女琼西留下常春藤上的最后一片叶子——维系生命的叶子。

“博雅”宅潜伏着危机，酝酿着难以预料的未来。

吃早点的时候，陈淑彦突然感到一阵恶心，捂着胸口，想呕吐，却又吐不出来，憋得脸色紫红、眼泪汪汪。

天星生怕家里再添个病人，不安地望着妻子：“你怎么了?”

韩太太脸上却泛出喜色：“淑彦，你八成是有了!”

也许，“博雅”宅里的第三代已经在孕育之中了，这使韩太太由衷地兴奋，而在陈淑彦心中唤起的却是一片茫然：没有爱情的婚姻也能够制造生命?

天星心里一动，顿时觉得肩膀压上了更重的分量，他不仅是个丈夫，也将要是个父亲了，他必须彻底忘掉容桂芳，忘掉缠人的鬼“爱情”，跟淑彦好好儿地过日子！他扔下吃了半截儿的油饼：“是吗?我陪你上医院检查检查去!”

“一个大老爷们儿懂得什么?这得上妇产科!”韩太太甜甜地笑着说，“你上你的班儿去吧，我带淑彦检查去，要真是有喜，我可就当奶奶喽!”

韩太太迫不及待，领着儿媳妇说走就走！天星推着自行车，一直陪着她们走到胡同的尽头，送她们上了公共汽车，他这才骑上车，奔向他那忍着误解和屈辱挣钱养家的地方。

……

倒座南房里，姑妈沏上茶，慢慢地喝着，心里也喜滋滋的，她亲自奶大的天星要生儿育女了，韩家的孙子也等于是她的孙子，她等着那娘儿俩带回来好消息。

西厢房里，新月又懒懒地躺下了。想到这个家将增添新的生命，她感到欣慰；而一想到自己，却只有默默地叹息。在亲人面前，她极力保持平静，而胸中的那颗心啊，却正在被痛苦撕裂！昨天，送走了楚雁潮，她就懊悔了，啊，那封信，他马上就会看到那封信，想收回都不可能了；她希望邮递员一时失职把信弄丢了，或者因为她把收信地址写错而无法投递。这怎么会呢?那么熟悉的地址，每个字都是用血写的！那么，就只好让他看到了，那封信也许会使他痛苦，但既然已经无法避免，就但愿这痛苦赶快过去，闯过这个分别的关口，双方就都得到解脱了!

她躺在床上，全身软绵绵、轻飘飘，头脑空空，四肢无力。最后的情感寄托已经被自己切断了，楚老师从此不会再来，她将这样静静地躺着，一天天打发时日！不，她怎么能忘了那个人？一闭上眼就看见他，他说他今天来就一定会来，她怕他真的再来，却又在痴痴地等着他……

她打开了留声机，在那首贮满深情的乐曲中寻找失去了的一切，麻醉自己。琴声又响起来了，那熟悉的韵律，如今听来，声声都是：寻寻觅觅、冷冷清清、凄凄惨惨戚戚！

乘坐早晨第一班公共汽车，楚雁潮匆匆进城，赶到“博雅”宅前已经将近八点钟，却又几经犹豫才终于拍响了门环，他害怕，他实在害怕门开了之后听到的第一句话就是新月出了什么事儿！

什么事儿也没有！姑妈来开门，脸上没有一点儿惊惶，还带着笑意：“噢，楚老师……”

“新月……新月怎么样？”他像奔进急诊室似的问。

“歇着呢，听歌儿呢，”姑妈说，“我跟她言语声儿！”

楚雁潮长出了一口气，拦住她说：“姑妈，您别这么客气，我自己进去看她吧！”

他急切地走进里院，缠绵悱恻的琴声环绕在他的耳畔，仿佛又回到了两情相许、无猜无疑的过去……

他轻轻地推开西厢房的门，一眼就看见新月斜倚在枕上，好像是睡着了，又好像是闭目沉思，长长的睫毛下面渗出了晶莹的泪珠，在脸腮上垂下两条小溪。

他朝着她走去，急于要向她倾诉，又不忍惊动她。

他默默地站在她的床前，凝视着她。新月突然睁开了眼，苦思苦想的那个人就在面前，她决不怀疑这是幻觉和梦境，深情地呼唤着他：“楚老师！我在等您……”

“新月！”楚雁潮俯下身去，冲动地抓住她的手，“为什么要给我写那样的信？”

“我……”新月却只能回答这含混不清的一个字，她知道，那封信的笔墨全部白费了！

“你糊涂啊！”楚雁潮那双布满血丝的眼睛像在冒火，他那激烈的言辞，像征讨、像报复，“胡说什么‘同情’‘怜悯’？那种廉价的、卑微的情感能适用于你和我吗？我是一个感情泛滥、随处抛洒、随处赐予以换取别人的感激的伪善者吗？你是一个精神世界一贫如洗、仰赖别人感情的施舍的乞丐吗？你亵渎了我们之间的爱！你问我爱是什么？我告诉你：爱就是火，火总是光明的，不管那熊熊燃烧的是煤块还是木材，是大树还是小草，只要是火，就闪耀着同样的光辉！爱就是爱，它是人类的天性，人间最美好的情感，我因为爱你才爱你，此外没有任何目的！爱，不是猎取和占有对方，而是发自内心的责任感，爱是一生一世的承诺，就像信仰一样永不改变，永不背叛！不要用‘自我牺牲’这样的辞藻来贬低我，我们双方都不是祭坛上的羔羊，我们付出了爱，也得到了爱，爱得深沉，爱得强烈，爱得长久，这就是一切！”

新月任凭他紧紧地握着她那纤弱的手，任凭他发出这一连串严厉的训斥。从来也没有见过他这样激动，这样暴烈，这才是个男子汉，他让一个弱女感到了实实在在的依靠！这情感的爆发，不但不让新月觉得委屈，反而痛快淋漓地冲刷着她心中的悔恨！

“新月，把那封信收回！”楚雁潮几乎是在命令她，“我不能离开你！”

“楚老师！我……”新月的泪珠洒在他的手上，心中的防线早被他冲垮了，她想扑在他的怀抱中，说：我早就想收回，我根本就不该写！但她没有这样做，清醒的理智在强制她的情感，而情感又在折磨理智，“……请您原谅，我不能收回它，这绝不是因为我不爱您！正因为爱得太深，才唯恐它不能长久，总有一天我会把您丢下，那时您会更痛苦，还不如……早一点儿……分开！”

“分开？谁能把我们分开？谁说要把我们分开！”楚雁潮急切地摇着她的手，“谁说的？你到底听到什么了？”

“没有，谁也没对我说什么，您和卢大夫，还有我家里的人，都瞒着我，是我从书上找到了答案，我的病严重了，手术不能做了，也不能再上学了，我完了！……”新月痛苦地闭上双眼，心灰意冷！

楚雁潮愣愣地站在床前，两双紧紧握着的手都在颤抖，留声机上的唱片还在转动，凄绝缠绵的琴声令人心碎！

“我的一切梦想都破灭了，什么事业啊，爱情啊，都和我无缘了，放弃我吧，楚老师！既然我已经是个不幸的人，就让我独自承担不幸；既然我只能做一个平庸的人，就让我躲开您，度过平庸的一生！碌碌无为是生命的浪费，我曾想结束它，但又怕刺激了我的父母双亲，只好听天由命，苟延残喘，安安静静地等待不知哪一天降临的死亡，而您，何必为我殉葬啊？离开我，您仍然拥有一切！”新月缓缓地抽出了被楚雁潮握着的手，“放弃我吧！没有我，您就无牵无挂了！”

楚雁潮的泪水夺眶而出！他伸手关上了小提琴的痛苦呻吟，坐在床边上，重新拉住新月的手，他懊悔自己刚才过于冲动，这个病弱的学生再也经不起严师的训斥，那心灵上的伤痛，需要温暖的手去抚平。“新月，”他轻轻地叫着她，“你怎么能想到‘死’呢？你这点儿病算不了什么，任何医学权威、医学著作都不能下这样的结论！不能做手术，药物治疗也会有效的，何况科学还在发展，你还年轻！曾几何时，被认为是不治之症的肺结核，已经被征服了……”

“您不必安慰我了，我得的是心脏病。没有一颗健康的心怎么能活得长久？或早或晚，死亡将不可避免地来临。楚老师，我不愿意死啊，可是，没有人能够救我，您，不能；我，更不能！……”

“不对啊，新月！能够救你的不但有我，还有你自己，死哪有那么容易？你不是一只小鸟、一棵小草，你是一个人，人是大自然最光辉的杰作，地球上最顽强的生命！不要低估它，不要放弃它，要珍惜属于我们的只有一次的宝贵生命！”楚雁潮用宽大的手掌为她擦去眼泪，抚摩着她的小手，“知道吗？新月，列宁在卧病的时候还念念不忘杰克·伦敦的一篇杰出的小说，让克鲁普斯卡娅读给他听，从中汲取战胜病魔的力量，小说的题目就叫《热爱生命》……”

“哦，我不知道，不知道……”新月喃喃地说，“杰克·伦敦……我钦佩他的作品，读过《雪虎》《海狼》，可是没读过这一篇，写的是一个病人吗？”

“不仅仅是一个病人，而且是一个大写的‘人’，一个不朽的生命！他让你看到人的意志、人的力量怎样不可战胜，让你因为作为人而感到骄傲!”谈到文学，楚雁潮充满了激情，仿佛又登上了英语课的讲台，“杰克·伦敦早年曾经到阿拉斯加淘金，有过那种艰苦卓绝的生活经历，我一直认为这篇东西是他自己的化身。透过文字，我总是看到他那肤色略黑的脸，浓密的、鬈曲的黑发，闪耀着智慧和无穷的生命力的眼睛，自信地微笑着的嘴唇露出雪白的牙齿，那两枚尖尖的‘犬齿’，比狼的后代‘雪虎’更锋利、更坚硬！……”

新月静静地听着他那富有感染力的讲述，仿佛回到了未名湖畔的书斋，她的老师是她汲取智慧和力量的宝库。

“在寒冷的、深入到北极圈的阿拉斯加地区，一颠一跛地走着两个淘金的人，饥饿、疲惫和寒冷折磨得他们筋疲力尽，已经很难走出这杳无人迹的荒原，而在这时候，其中的一个人又扭伤了脚，他的朋友丢下他朝前走去，再也没有回头……”楚雁潮低声讲起那个故事，一开头就把新月深深吸引住了。

“这个失去了朋友的人，陷入了绝境。这是一个他从未到过的地方，没有树，没有灌木，没有草，只有一片辽阔得可怕的、死气沉沉的荒野。他的身上早已经没有了食物，猎枪里也没有了子弹，他甚至已经弄不清日期，只凭着猜测的方向，背着沉重的行囊，一瘸一拐、摇摇晃晃地朝前跋涉，他欺骗自己，幻想着他的朋友在前面等着他……

“一天又一天，他在雪里、雨里挣扎着前进，浑身都是湿的，膝盖和双脚鲜血淋漓。饿得太久了，胃里像刀绞一样的疼痛感已经消失了，他的胃‘已经睡着了’。他四肢无力地倒在地上，起初偷偷地哭，后来就朝着无情的荒原号啕大哭，谁也不理睬他，这儿没有第二个人，只有飞奔的驯鹿和狂嗥的狼群。他已经极度虚弱，没有力量去猎取食物，费尽千辛万苦捞到了两条像小指头那么大的鱼，纯粹出于理智，逼着自己生吞下去，为了活，他必须吃！

“有一次，他从昏迷中被惊醒，一头大棕熊正用好斗的惊奇眼光看着他！熊向他发出试探性的咆哮，他呢？他没有逃跑，而竭力摆出威风凛凛的样子，也在朝着熊咆哮，声音非常粗野，非常可怕，在生死关头，那紧紧缠着生命根基的恐惧变成了勇敢！那头熊被这个站得笔直、毫无畏惧的神秘动物给吓跑了，他才猛然哆嗦了一阵，倒在潮湿的苔藓里。

“他重新振作起来，继续前进，白天黑夜都在赶路，摔倒了就休息，一到垂危的生命火花闪烁起来、微微燃烧的时候，就再慢慢地向前挪动。他已经不像一个人那样挣扎了，他的灵魂和肉体并排向前走，向前爬，它们之间的联系已经非常微弱，逼着他前进的是他的生命，因为他不愿意死！他不再痛苦，脑子里充满了怪异的幻象和美妙的梦境……

他终于倒下去再也站不起来了，只能一寸一寸地爬行，拖着一条长长的血迹。他已经扔掉了空枪、行囊和金子，现在，比金子更贵重的是生命！强烈的求生愿望逼着他向前爬，一只无力捕食的病狼紧紧地追踪着这个生命垂危的病人，贪婪的眼光盯着他，希望他先死！而他却在想把狼干掉！一幕残酷的求生悲剧就开始了，两个生灵在荒原里拖着垂死的躯壳，一路爬着、跛着赛跑，等待猎取对方的生命！……”

新月紧紧地抓着他的手，屏住呼吸……

“后来，他连爬行的力量也没有了，奄奄一息，但还是不情愿死，就是到了死神的铁掌里，他仍然要反抗它，不肯死！他一动不动地仰面躺着，清晰地听到病狼喘着气，向他逼近，伸出粗糙的干舌头像砂纸似的舔着他的两腮。他凭着毅力伸出手来要掐死狼，却扑了个空，敏捷和准确是需要力气的，他没有这种力气。对峙，继续等待时机，狼和人的耐心都同样可怕，等着吃掉对方的最后时机。

“他又一次从昏迷中苏醒，狼正在舔着他的手！他静静地等着。狼牙轻轻地扣在他手上了，缓缓地扣紧，病狼终于用尽了最后一点儿力量，咬进了它等了很久的人的肌体……”

“啊……”新月紧张地惊叫着，手上渗出了汗，紧紧地抓着楚雁潮的胳膊，仿佛那头恶狼正朝她张开了嘴，她要求生，她要呼救，她不愿意死！

“听下去，你安静地听下去！”楚雁潮轻轻地抚着那只汗湿的、颤抖的手，“……你知道，这个人也等了很久，他决不甘心让自己的血肉喂这只令人作呕、只剩下一口气的狼！狼咬住了他的手，他那流血的手也抓住了狼的牙床！现在，双方的耐力和意志在缓缓的挣扎中对抗，像电影中的慢镜头，非常缓慢，可是，那是生死关头的最后一搏！他一只手抓着狼牙，另一只手缓缓地伸出去，抓住狼的脖子，他强迫自己翻滚，把全身的重量都压在狼身上，但他的手却没有足够的力量把狼掐死，他把脸贴近狼的咽喉，张开已经不会咀嚼的嘴，缓缓地咬下去……一股暖和的液体慢慢地流进了他的喉咙，灌进了他的胃，他的力气用完了，仰面倒了下去……”

那惊心动魄的一幕结束了，西厢房里寂然无声，静得可以听到两个人的心跳和呼吸。新月还在紧紧地抓着他的手，两眼凝神望着他："后来呢?"

"后来?"楚雁潮眼睛中闪烁着骄傲的光彩，"狼死了，人活下来了，他的生命胜利了！他乘坐一艘捕鲸船返回了人间，在阳光灿烂的南加利福尼亚，有他的亲人和花丛中的家园，他不能丢下这一切，终于活着回来了！这个淘金者没有得到金子，却得到了人间最宝贵的东西，那就是不屈的生命!"

"生命，生命……"新月喃喃地重复着这两个字。

"新月!"他热切地望着她，"你现在也面临着一只'狼'，那只'狼'并不强大，并不可怕；而你又不是一个人在和它搏斗，还有我呢，任何时候我都不会丢下你，两个生命合在一起该有多大的力量?我扶着你、背着你、拖着你，也要向前走，走出'阿拉斯加'，我们就有美好的明天!"

"楚老师……"新月把脸贴在他的胸前，听着他那心脏强劲有力的跳动，"我们……还走得出去吗?我不能再上学了，也不可能从事翻译工作了，'明天'恐怕不属于我了……"

"不，新月，如果看不到明天，今天也就毫无意义；牢牢地抓住今天，明天才能属于你！谁说你不能上学、不能再做翻译工作?积极地治疗，把身体养好，一年不行，两年，总有一天，你会健康地返回燕园！人，最可怕的不是疾病，而是丧失了意志和信念，不要自暴自弃，不要消极等待，你不是早就在做我的助手了吗?"

“我算是什么‘助手’?”新月笑了笑，“我只会给您误事儿！要不是因为我，您的书早就可以译完了……”

“别，别这样说，对《铸剑》的译文你就提出了很好的意见嘛，让我们一起把这本书完成吧，现在只剩下两篇了：《非攻》和《起死》。我们先分头各译一篇，有了初稿，再讨论、修改，好不好?”

“我……行吗?”新月犹豫地问。

“试试看!”楚雁潮用信任的目光看着她，“迈出第一步，才知道第二步该怎么走！用对事业的探索和追求把自己充实起来，我们一起朝前走，走一辈子!”

“楚老师……我……跟着您往前走!”

新月毕竟太年轻了，太年轻了，人生的路，她才刚刚走了十九年，只要还有一线希望，她怎么能放弃自己？即使命运剥夺了她的一切，只要楚老师还留在身边，她就要坚强地活下去！她的眼前，仿佛出现了一条曲曲折折、坎坎坷坷但又望不到尽头的路，一个倒下了的人又支撑着站起来，不顾一切地朝前走去。那不是在阿拉斯加淘金的人，那是她自己，朝霞披在她的头上、肩上，闪烁着比金子还要灿烂的生命之光。不，那不是她一个人，楚老师和她在一起，肩并着肩，手拉着手，两个身影已经融成了一个生命……

韩太太兴致勃勃地回来了。儿媳妇确实是有了喜，这使得婆婆平添了百倍过日子的兴头，路过自由市场，还特地买了只活鸡，又绕道儿到清真寺请老师傅给宰了，回来就递给姑妈，叫她炒了，给淑彦换换胃口，补补身子。

这盘“辣子炒笋鸡”却招待了楚雁潮。饭桌上，新月的情绪特别好，忙着给他夹菜，一口一个“楚老师”。韩太太当然也不好说什么，赶上了吃饭的时候，她也不能让人家饿着肚子走。

等到楚雁潮走后，她对姑妈说：“这个楚老师……他怎么对新月这么好?”

“那是啊,”姑妈感慨地说，“人家是老师嘛，对待学生，还不就跟老家儿似的?”

“老家儿？他才多大岁数?”韩太太微微皱了皱眉头，“新月也是个大姑娘了，既然休了学，再这么样儿跟老师常来常往，也不是个事儿；咱们是本分人家儿，可不能让外边儿说出什么闲话……”

“噢?”姑妈心里一动，琢磨着她这话的意思。

“往后，他要是再来，”韩太太进一步嘱咐她，“您就跟他说，新月没在家，出去遛弯儿去了……或者干脆说，到亲戚家养病去了，啊?”

姑妈听着，却没言语。

又到放暑假的时候了。罗秀竹、谢秋思……又在归心似箭地打点行装，返里省亲，每个人都有许许多多的话要禀报他们那日夜盼儿归的父母。楚雁潮不准备回上海了，尽管他也思念母亲和姐姐，思念那个家。不，他在北京也有“家”，不仅是燕园里的小书斋，还有“博雅”宅，那儿也是他的家。

郑晓京今年的暑假将随着父母去北戴河休养一个星期。一个星期虽然太短了点儿，但毕竟是个难得的机会，班上的同学恐怕谁也不会享此殊荣。她还从来没见过大海，激动得心已经飞了！啊，“大雨落幽燕，白浪滔天，秦皇岛外打鱼船。一片汪洋都不见，知向谁边？……”

在开始这次愉快的旅行之前，她动身前往“博雅”宅，去看望卧病的韩新月同学。和自己对比，新月真是太不幸了，如果不去安慰安慰她，心里总觉得过意不去。她有这个责任，并且也向楚老师表示过的，要比过去更关心新月。她想这恐怕不能算是“怜悯”，她批评楚老师在“怜悯”新月，用词也不大得当；但是楚老师由此激烈地大谈什么“奴才的摇尾乞怜和主子的怜悯恩赐”，也太过分了。在新中国，哪儿还有什么“奴才”和“主子”？这个楚老师，平时文质彬彬，可辩论起来还真冲！他能把他和韩新月之间的“爱情”描绘得比彩霞还要绚丽，比清泉还要纯净，他不再对学生回避涉及男女私情的话题，并且讲得那么振振有词、理直气壮！郑晓京也是一个刚刚步入青春妙龄的少女，怎么能对这种富有诱惑力的言辞无动于衷？她自己也曾悄悄地在内心深处憧憬人生旅途中那必不可少的一步，也曾读过不少描写爱情的文学名著，并且还亲自“导演”过《哈姆雷特》。哈姆雷特对莪菲莉娅的那种真挚的甚至疯狂的爱，深深地打动过她的心，她为他们的爱情悲剧洒下过泪水！《哈姆雷特》到底没有在她手中搬上舞台，她曾为此遗憾了好久。但是，妈妈却对她说：“幸亏你那个女主角病了，不然，在‘五四’演那样的戏，恐怕要出‘方向问题’哩！”她又感到后怕。的确，《哈姆雷特》和她平时所做的思想政治工作是很难协调的，特别是她担任了总支宣委之后。

但她为什么对《哈姆雷特》总是有些留恋呢？为什么主动去帮助楚老师却又在他面前显得软弱无力呢？被他问得张口结舌！

她的脑子里翻腾着许许多多的理论：楚老师说的、系总支书记说的、党委书记说的，还有爸爸说的……显然，楚老师和他们的见解并不一致，甚至是矛盾的。为什么他们都宣称自己的观点是马列主义的，同一个“马列主义”怎么又有不同的解释？为什么互相矛盾的理论又都能打动她呢？也许自己的头脑里也有资产阶级意识，所以就缺乏识别能力？她为此认真地去查阅马、恩、列、斯的著作和四卷《毛泽东选集》，很遗憾，也没找到专门论“爱情”的文章……

她反而比原来更糊涂了！

郑晓京在“博雅”宅门前转悠了许久，不知道见了韩新月该说些什么。是默认班主任和她的恋爱，还是说服她“排除干扰，树立革命的人生观”？唉，谁知道她的“人生”还有多长？

突然，一个念头闪入郑晓京的脑际：学校不是有规定嘛，连续休学两年，即自动失去学籍。韩新月因病休学已经两年有余了，她已经不是北大的学生，和我们班也没关系了；她的事儿，我管不了就别管了吧？一个人的力量毕竟不能拯救全世界！

她终于找到了一个无可奈何的解脱，唯恐此时有人出来看见她，像逃跑似的离开了那座紧闭的“博雅”宅大门，尽管她也为此感到不安。

……

1962年9月24日至27日，中国共产党八届十中全会在北京举行。毛泽东主席在全会上做了重要讲话，指出：在整个社会主义历史阶段中，资产阶级都将存在，并且还有资本主义复辟的危险。阶级斗争“必须年年讲，月月讲，天天讲”。他的讲话，在国民经济困难局面刚刚开始好转之际，为中国共产党人在政治斗争中提供了思想武器，敲响了长鸣的警钟……

《故事新编》的翻译工作还在继续，两个人反复讨论、修改，如切如磋，如琢如磨。这部稿子，断断续续已经拖了两年，楚雁潮并不愿意拖啊，繁忙的工作，各种各样的干扰，新月的病，占去了他绝大部分业余时间，他不得不一次次地中断译文，一次次地推迟交稿日期。现在，不能再拖了，不是因为出版社催得太紧，而是为了新月！早在他这部稿子刚刚开始的时候，新月就那么热切地关注着，后来躺在病床上还一直记挂着，她对这项事业爱得那么深，这“第一个读者”又给了楚雁潮多少力量！现在，他清清楚楚地知道新月未来的命运是什么，但他要改变她的命运，给她爱，给她事业的乐趣！他要和新月共同完成这部译著，署上两个人的名字！他在争分夺秒，希望这本书尽早交稿，尽早出版，他想象着，当崭新的、散发着油墨清香的精装书送到新月的手里，她会得到多大的快乐！这将标志着，命运没有抛弃她，事业没有抛弃她，其乐无穷的译著生涯，就从这本书开始！以后的路还长着呢，他固执地坚信，只要有他在，他和她并肩走在这条路上，新月就决不会倒下去！

韩太太眼看着新月的脸色一天天地变好，好长时间没再犯病，让家里人也觉着踏实了。但是，楚雁潮的频频到来却使她总觉得心里不安，一次次地埋怨姑妈：“您怎么不拦住他啊？”

姑妈却为难地说：“我……怎么好意思啊？人家好意来看新月，大老远地来了，我这个人，不会得罪人……”

“就我会得罪人？”韩太太心里不悦，暗暗感叹：一个人要是太能了，别人就都往后出溜，让你一个人能；别人唱红脸儿，让你一个人唱白脸儿！谁爱得罪人啊？可是这个楚老师，早晚也是个得罪，有什么法儿呢？

这天，楚雁潮下了三年级的英语课，匆匆吃了午饭，又赶到了

“博雅”宅。

“噢，楚老师?”姑妈像往常一样给他开了门，却说：“今儿不巧，新月出去了……”

“出去了?”楚雁潮感到很意外，“到哪儿去了？是不是病情又有什么反复?”

“是这么回事儿，”韩太太闻声从里面迎了出来，“今儿个呀，我让她嫂子陪她上医院复查去了，这不是又够一个月了嘛!”

“复查？复查应该上午去嘛，我跟她说好了的，后天上午我陪她去……”楚雁潮说。

“下午看病的人少，大夫检查得仔细!”韩太太微笑着说，“她嫂子心细，也有文化，让她陪着去我放心；楚老师，就不麻烦您了，老是耽误您的工夫，我们当老家儿的心里也不落忍!”

“韩伯母，您不必这么客气，”楚雁潮心里惦记着新月，就要转身告辞，“那……我这就到医院去!”

“不用了，”韩太太却执意挽留他，“您到里边儿坐坐，喝点儿水，我还有话要跟您说呢!”

楚雁潮不好推辞，只好跟着她进了里院，却不知道她要跟他说什么。走进上房客厅，迎面看见韩子奇正坐在里面喝茶，心里突然明白了：两位老人家都在家呢，恐怕要问问新月什么时候才能复学！这个难题，他该怎么回答呢?

“噢，楚老师!”韩子奇客客气气地站起来，给他让座，这似乎更证实了他的猜测。其实，韩子奇并非有意在家等着楚雁潮，而是因为最近特艺公司天天讲阶级斗争，虽然没提他什么事儿，他却越听心越慌，总是疑神疑鬼地往自己身上联想。今天下午实在坐不住了，就借口自己肋条骨疼，要看病，请假回家来了。女儿不在家，他心里正无着无落，楚雁潮来了，他倒很想跟这位年轻的学者聊聊。

楚雁潮在他旁边坐下，韩太太亲自捧上了盖碗儿茶，不用姑妈代劳了。

“韩伯伯，韩伯母，”楚雁潮接过了茶，放在桌子上，并不急于喝。他心里有事，觉得今天不当着新月的面，把有些话和两位老人家谈谈也好，就主动说，“最近一段时间，新月的体质恢复得很快……”

“是啊，我看她情绪也比过去好，”韩子奇接过去说，“多亏了卢大夫那么费心给她治病，也多亏了您关心她，鼓励她，她还是个孩子，就得这么哄着，心情好，病也就见轻。您在编一本书？我看她对这件事儿很上心……”

这本不是楚雁潮要谈的话题，但既然韩子奇问到这件事，他就说：“噢，是鲁迅的小说集《故事新编》，我和新月共同翻译的……”

“这哪儿担当得起？不过是楚老师有意奖掖后学，用以激励她罢了！您的用心良苦，我看得出来，也非常感激，新月小小的年纪，怎么能和老师‘共同翻译’？”韩子奇叹了口气，想到女儿的辍学，他也不忍心再贬低她的能力，他是多么希望新月能够成才啊，可是……唉，如果不是遇上这么好的老师，已经很难设想还能够从事翻译了！

“不，韩伯伯，”楚雁潮说，“新月有很好的语言天赋，又非常喜爱文学，她对鲁迅的作品很有见解，翻译当中对我帮助不小，我们合作得很协调……”

“是吗？”韩子奇欣慰地笑了，虽然那笑容有些苦涩，听到老师赞扬女儿，他心里还是高兴的，“可惜，我还没见过她译的东西，倒是看过您译的那篇《铸剑》，的确是好文字！我对鲁迅虽然所知甚少，但干将、莫邪的故事还是熟悉的，译文很动人啊，我一口气看完，激动不已！”

“您过奖了，动人之处是原著的功劳，”楚雁潮不是故作谦虚，说得很真诚，“我在翻译中总怕走了样，比如那几首古怪的歌，开始是直译，很费劲。后来听取了新月的建议，改用意译，才觉得自如了一些……”

“噢！”韩子奇高兴地点了点头，他在看译文的时候也觉得其中的歌还可以再润色，却没好意思说出来，听到这儿，不禁为女儿感到一些骄傲。

韩太太在一旁已经不耐烦了，这些文绉绉的话，她既听不懂，也没有兴趣，就礼貌地打断他们，说：“要说新月有点儿什么能耐，那也是老师教的！难为楚老师这么关心她，耽误了这么多工夫，教她念书，一趟趟地来看她，叫我们该怎么感谢您呢？”

楚雁潮忙说：“韩伯母，这都是我该做的，我是她的老师，又不是外人……”

“话是这么说，可我们还是过意不去啊！”韩太太微笑着说，“要是新月还在学校里头上学，那让老师受累倒也值当，可是现如今，唉！这孩子也是命里该着，得了这样儿的病，看起来，一年半载，三年二年的也不是个头儿，眼瞅着这学也上不成了，往后，在家里念书、累脑子，还有什么用啊？还不是让老师白搭工夫？依我说呀，就叫她自个儿好好儿地养着吧，楚老师那么忙，公家的事当紧，就甭老来看她了！”

韩子奇皱起了眉头。妻子的话虽然不无道理，但却深深地刺伤了他的心，刚才那点儿好兴致像一阵风似的吹跑了！“要是没有这点儿望兴，她怎么能安心养病呢？”

“就是啊，”楚雁潮忧郁地望着韩太太说，“您知道，这本书给了她战胜疾病的勇气，我们很快就可以完成了，我是希望……”

“您当然是希望她好！”韩太太接过了这个话茬儿，心说这个人怎么点不透啊？非得让我把话说明了吗？那就别怪我不客气了！心里这么想，脸上还是挂着笑容，“她能帮您什么忙啊？您的事儿，可别让她给耽误喽！再者说呢，新月毕竟是个女孩子，虽说在老家儿眼里还小呢，可也是奔二十的人了，大姑娘了，楚老师又那么年轻，跟一个休了学的学生走得太近了，怕你们学校里会有什么议论，要是损了您的名誉，又说不清、道不明，多叫我们对不住您？……”

楚雁潮一愣，这才是韩太太今天要说的事儿！

韩子奇没想到妻子会说出这种话，他越听越不对味儿，几次使眼色，无奈韩太太装作没看见，她心里想说的话，谁也堵不回去！韩子奇不得不打断她，面有愠色地说：“啧，啧，你怎么能想到那儿去？太无礼了！人家楚老师……”他为妻子的失言而深感不安，尴尬地对楚雁潮说：“楚老师，她这个人没有文化，被新月的病弄得头昏脑涨，爱女心切，急不择言，冒犯之处，还请您不要介意！”

“你们都是有文化的人，比我这不识字的人明白人情事理！”韩太太心说，说我冒犯，那就冒犯吧！心里这么想，脸上却还是挂着微笑，“我也知道楚老师绝没有这个意思，只不过是及早提个醒儿，这样儿，两头儿都好；免得果真生出什么闲话来，那可就不好了！”

楚雁潮静静地听着她的一再表白，这意思已经全听懂了。韩伯母好眼力，她看出来了！怎么办？是否认这一切，欺骗他们，也欺骗自己？还是向他们公开？他想到新月，如果隐瞒他和新月之间光明正大的爱情，那是对新月的侮辱！

片刻的沉默之后，楚雁潮选择了后者：“韩伯母，我完全理解您的好意！不错，我珍惜自己的名誉，也同样珍惜新月的名誉；我是她的老师，也是她的朋友，任何有损于新月的事，我都不会去做，这一点，请您绝对放心！不过，今天当着你们两位老人家的面，我倒是想说明白：你们是新月的父母，我知道你们爱她，不愿意让她受到一点儿伤害、一点儿损失；但你们知道吗？我也爱她，爱得和你们一样强烈！”

这毫不掩饰的真情表露，使韩子奇夫妇大吃一惊！

韩子奇对今天的谈话根本没有思想准备，事情的发展又完全出乎他的预料。妻子的话本来就很唐突，楚雁潮的回答更让他吃惊，在老师和学生之间，竟然发生了爱情！韩子奇突然意识到自己已经老迈不堪了，耳不聪，眼不明，头脑糊涂麻木，对发生在身边的事情，怎么毫无察觉？女儿已经长大了，进入了青春妙龄，在这种年龄，思想最活跃，感情最丰富，对来自异性的诱惑缺乏抵御能力，一旦坠入情网便不能自拔，也许会结成佳偶，也许会酿成悲剧，而爱情的悲剧对人的戕害更甚于一切，足以毁灭人生！做父母的失职啊，这些，早就该为女儿想到，告诉她在人生的道路上有许多险路峡谷，必须小心翼翼地渡过去……可是这一切都还没有来得及去做，楚雁潮已经先发制人了！如果韩子奇及早发现，他也许会果断地加以诱导和阻止，但现在已经落在后头了！

“噢！这么说，我今儿这话，倒是没说错！”韩太太尽管对楚雁潮早有猜测，但真正得到了证实，还是感到了震惊！她现在倒不后悔这话说得晚了点儿，反而暗自庆幸今天的果断措施采取得及时，亏得她的头脑比老头子清醒！她的心怦怦地跳，心说该对这个能说会道的、有学问的人怎么办呢？脸对脸地数落他一顿，把人家得罪了，她也不落忍，人家对新月有恩，不能那么着；还是好话好说，好离好散，把他请走了，从此不再来了，不就完了嘛！想到这儿，就依然面带笑容地说："楚老师啊，我跟新月她爸，从来就没把您搁错了地方，您是新月的老师，是她父母辈分的人，'一日为师徒，终生如父子'嘛，您对新月的好处，我们一辈子都不能忘！可这孩子还小啊，现在又在病着，哪儿还有心思提婚姻上的事？再者说，楚老师也不小了，今年都二十六七了吧？自个儿的终身大事，别让新月给耽误了，您那么好的条件儿，什么样儿的找不着哇？何必牵挂着这么一个病人……"

"韩伯母！"楚雁潮感情冲动地打断了她的话，"在我的眼里，新月是天下最好的姑娘、完美无缺的人，而不是一个可怜的病人！我早就在爱着她，她也在爱着我，如果不是因为她的病，我决不会过早地向她表露这种感情！但是后来的情况变了，她病了，倒下了，您知道吗？一个离开了学校、离开了集体、离开了她的学习和事业的人最需要什么？她最需要的是感情，是爱！我要用我的爱温暖她的心，让她忘掉病痛，忘掉烦恼，和健康的人一样焕发青春！"他扶着桌子的手微微地颤抖，脸色由于激动而涨红了，两眼含着火一般的挚情，看看韩太太，又看看韩子奇，"请原谅我没有早一些征求二位老人家的意见，因为我相信你们的心和我是相通的，你们是新月的父母，也就是我的父母，在父母面前，我不应该有一丝一毫的隐瞒：我爱新月，正像她爱我一样，我将永远陪伴着她，永远也不分开！"

韩子奇愣愣地看着这个激情如火的小伙子，心被他深深地打动了！往日的景象一幕一幕地重现在他眼前，这位年轻的英语教师，过去在他的心目中是个可敬的人，现在更觉得可亲、可爱！楚雁潮，他向新月付出了多少爱，给了新月多少力量，为"博雅"宅带来了多少生气？既然在人生的道路上，爱情是不可避免的，那么，女儿爱上了这样的人，应该庆幸还是应该阻拦？不，新月不是个幼稚蒙昧、毫无主见的孩子，她遇上了一个这么好的人！韩子奇只有一个女儿，十九年来，系着他的情感，牵着他的心，他至今还没有想过要为女儿挑一个什么样的女婿，现在楚雁潮闯进了家门，这难道不是最佳的人选吗？还需要“众里寻他千百度”吗？父亲老了，决不会陪女儿一辈子，总有一天要丢下她，到那时，他该把这个病弱的女儿托付给谁呢？楚雁潮！这个青年让他信赖，让他放心，是唯一可以托付的人，女儿的幸福、女儿的生命、女儿的归宿，都交给他吧，郑重地请求他对这个弱女尽到她的父母难以尽到的责任！

一股激情冲击着韩子奇，仿佛到了把女儿交出去的时候，恋恋不舍，又心甘情愿，说吧，对他说，把一颗老父亲的心都掏给他……

可是，心中有数的韩太太看出了老头子的那眼神儿，不让他插嘴，赶紧抢在了他的前面。

“楚老师，难得您这么看重新月，人敬人高，我们也是这么样儿地敬重您！”韩太太先把面子给他，然后再说底下的话，她本以为不必说那么多，楚雁潮又不傻，一点就透，知道人家的父母不乐意了，善退了，也就完了，没想到这个人的心那么实，越说还越来劲，口口声声“爱”啊“爱”的，让这个老太太听着都觉得脸红，看起来不把他辞利索是不成了，韩太太镇静了一下，接着说：“可是，这事儿明摆着成不了，您应该知道：您跟我们隔着教门呢！”

韩子奇的遐想被她打断了，他猛地醒悟：忽略了！他忽略了一个至关重要的问题，楚雁潮不是穆斯林！

“教门？”楚雁潮一愣，“新月……也信教吗？”

“那是当然的！”韩太太毫不含糊地说，“回回哪有不信教的？我们信真主，你们汉人信‘菩萨’……”

“我不信‘菩萨’，不信任何宗教，”楚雁潮说，“但是，我尊重你们的宗教信仰，伊斯兰教主张和平和仁爱，这其实也是人类的一个共同的美好的愿望；信仰使人高尚，使人的心灵得到净化，虔诚的信徒是令人尊重的；我并且尊重你们的生活习惯，我想，我们之间并不存在什么障碍……”

楚雁潮未免太天真了，他对伊斯兰教的一知半解毕竟太肤浅了，仅仅是“尊重”就够了吗？尊重并不等于信仰，他那一句“不信任何宗教”就足以使韩太太反感了！

“不成，”韩太太面色不悦，“我们穆斯林不能跟‘卡斐尔’做亲！”

楚雁潮惊呆了，他虽然不能完全听懂韩太太的话，但也无疑地知道这是拒绝，这个结果，他连做梦都没想到！

该怎么向他解释呢？韩太太所说的“卡斐尔”，是《古兰经》中的一个专有名词，指那些亲眼看见穆罕默德的圣行、亲耳听见穆罕默德的劝谏，而不信奉伊斯兰教，昧真悖道的人，这些人都是恶人，他们的归宿是火狱！

但是，穆罕默德生前并不曾到中国传教，不了解伊斯兰教教义的中国人不应该统统归入“卡斐尔”之列，西域的伊斯兰国家古时称中国汉人为“赫塔益”，词义为异教徒，与阿拉伯的“卡斐尔”有明确的区别。而这些，又有谁去向韩太太解释呢？她固执地把楚雁潮称为“卡斐尔”！

也许楚雁潮并不关心自己死后是否要下火狱，他只希望活着的时候和新月相爱，而这也是不可能的！

他感到困惑。两年来，他和新月从相识到相爱，彼此的心灵一览无余，他和新月都是一样的人，一样的国籍，一样的肤色，使用一样的语言文字，并且一样挚爱着他们共同的事业，为什么在他们之间还会有这样森严的界限？为了新月，他这个无神论者真诚地表示尊重穆斯林的宗教信仰和生活习俗，难道还不行吗？

同样的困惑使韩子奇深深不安。他痛苦地沉默着，突然，眼睛中闪烁着希望的光彩，对韩太太说：“如果……如果楚老师能够皈依伊斯兰教呢？吐罗耶定巴巴说，只要……”

是的，当年云游传教的吐罗耶定巴巴确曾说过：真主是至慈至恕的，伊斯兰教有大海那样的容量，任何人，只要他诚心皈依真主，在清真寺虔诚地宣誓：“我作证，万物非主，唯有安拉；我作证，穆罕默德，主之使者。”那么，他就成为一个穆斯林了……

但是，且不管楚雁潮对此做出什么反应，韩太太就已经做出了坚决的回答：“那也不成啊！我们回回，男婚女嫁，历来都找回回人家，不能跟汉人做亲，万不得已，也只有娶进来，随了我们，绝没有嫁出去的！新月还是个孩子，不懂这些，你还能不懂吗？”

韩子奇瞠目结舌！是啊，他应该懂，一个年近六十的回回，应该懂啊！回回民族是中国众多民族当中的一个非常特殊的民族，在她诞生以来的七百多年中，不仅虔诚地保持着自己的信仰，而且像爱护眼睛一样保持着血统的纯净，她的人数太少了，她希望回回的子孙永远是回回，不要忘了祖先，不要蔓生枝节、离开了自己的根。因此，总是极力避免和异族通婚！尽管这在事实上是难以绝对避免的，元、明以来，以至当代，回男娶汉女、回女嫁汉男的都不乏其例，但这毕竟不能被视作回回的传统，更不能帮助韩子奇来说服他的妻子！

一股不可抗拒的力量使韩子奇无法再向楚雁潮表达他的情感，他深深地为失去这样一个“女婿”而惋惜，但是……他又并没有完全死心。

“楚老师，您的府上是在……”他突然问。

“上海。”楚雁潮愣愣地回答，他记得这个问题是韩子奇早就问过、他也明确回答过的。

“祖籍就是上海，还是……”

“不，祖籍南京……”

“噢？”韩子奇抱着一线希望追问他，“南京的回族人数不少，您的祖上会不会是……”

“不，从来都是汉族，”楚雁潮说，他此刻多么希望自己变成回族，但是他不能撒谎啊！“家里传下来一部《楚氏族谱》，我看过的……”

“那么，您的旁系亲属有没有回族呢？比如：母系、祖母系，甚至更早一些……”韩子奇仍然穷追不舍，他希望楚雁潮能够多少和回族沾亲带故，哪怕有四分之一、八分之一的回族血统，性质就立即可以改变了。

“没有……”楚雁潮悲哀地答道。

韩子奇失望地叹息，这最后一线希望也破灭了！

“那可就没有法子了，”韩太太沉下脸来，对楚雁潮说，“咱们两家没这个缘分，您也别怪我们无情无义，只能怪您自个儿不是个回回！叫我还能说什么呢？”

楚雁潮愣在那里，他的心，他的全身，他的灵魂都在战栗！这是韩太太代表女儿向他宣布绝交了？这就是对他的判决吗？为什么这一天到来得这么突然，使他在毫无戒备的情况下遭到了这样致命的打击？一道人间天河横在他的面前，他怎么能离开新月，新月又怎么能离开他？两颗紧贴在一起的心，分开了还怎么能活下去！

“韩伯伯，韩伯母……”他喃喃地说，那声音已经不是口中流出的语言，而是心中涌出的血，“我不能……不能丢下新月，离开了我，她……她会死的！……”

“主啊！”韩太太惊惶地呼唤着主，楚雁潮所说的那个不祥的字眼儿使她反感，“楚老师，我们家摊上这么个病丫头就够‘鼠霉’的了，您怎么还说这种话？”

“韩伯母，我能愿意她……死吗？我是怕啊！”楚雁潮悲怆地望着她，“您难道不知道她的病情已经非常严重吗？手术治疗根本不可能了，只能靠药物一天天地延长生命，她的心脏十分脆弱，再也经不起感情的刺激和病情的反复了，说不定哪一天，我害怕真有那么一天……可是病魔无情啊，随时都会从我们身边夺走新月！”

韩子奇不禁打了个寒战，他扶着桌子，垂下了头：“我知道，我都知道！”这些日子，他白天不能安心工作，晚上常常被噩梦惊醒，他怕啊，怕失去女儿！他抬起眼睛，恐慌地盯着楚雁潮，“可是，我没有回天之力啊，连卢大夫都已经束手无策！我把她托付给……不，没有人可以托付，谁也救不了我的女儿！……”

楚雁潮的眼睛里涌出了男儿泪，动情地握着韩子奇那瘦骨嶙峋的手：“韩伯伯……”

“楚老师！”韩子奇也不禁老泪纵横，“您把我们看作长辈，我……不揣冒昧，也真愿意把您当作自己的孩子！可是，您也是父母所生，培养您苦读成才，很不容易；您很年轻，很有作为，我不能让新月连累了您！既然如此，就不要让感情折磨自己了吧。把新月交给她的父母，您走吧！我虽老迈，也会尽心照顾她，不让她受委屈；人寿几何？谁也不能预料。您有您的前途，不要再为她费心了，孩子，好自为之吧……”

“不，韩伯伯!”楚雁潮泪眼望着他，“如果天上真有神灵，我愿意祈求让我来代替新月承担一切痛苦和灾难！我请求您，不要赶我走，有我在，还可以为您分担一些忧愁，助您一臂之力！我的心已经给了新月，永远属于她，永远也不分开！新月需要我，我也绝不会放弃她！韩伯伯，您应该相信，爱的力量能让她活下去!”

韩子奇完全被这种炽烈的情感征服了，他动情地抚着楚雁潮的双肩：“雁潮!”

“这叫干什么?”韩太太不悦地扭过脸去，她不愿意看着这两个男人哭哭啼啼地越说越近乎！哭，算什么能耐？眼泪这东西是骗人的玩意儿，它能把穆斯林和“卡斐尔”之间的界限泯灭了吗？能让韩太太乱了方寸、做出什么让步吗？“爱的力量”？她听见这句话就硌硬！她压着心里的火儿，对楚雁潮说：“楚老师，您的这份儿好意，我们领了，我替孩子谢谢您！可是，一人一个‘乃绥普’(命运)，谁也救不了谁，新月摊上了这样的病，能到哪一步就到哪一步吧，我们不能破了回回的规矩，这婚事，万万不能答应您!”

“婚事?”楚雁潮含着热泪，回头望着韩太太，“您以为我和她之间还会有什么……婚事吗？我是求您答应我把她娶走，去……生儿育女吗？命运对她并没有这么宽容，人间的许多美好的事物已经很难再属于她了！她是一个病人，面前时时都潜伏着危险，现在，她需要爱，需要力量，需要希望，为了她，我一切都愿意献出来，只要她不失去对生活的信心，只要她能活下去！韩伯母，不要夺走她心中的这点儿希望，我求您!”

韩子奇心乱如麻，他眼巴巴地望着妻子：“孩子的命，就攥在咱们手里了，给她一条活路，别打破这点儿希望……”

上房里的这一番难分难解、摧肝动腑的密谈，并没让姑妈参加，她却完全可以猜得出所谈的内容，也猜得出结果，在“博雅”宅生活了二十七年，她对这个家庭太了解了！坐在倒座南房，她暗暗垂泪。她心疼新月，这孩子是造了什么孽？怎么事事不顺呢？她担心待会儿新月回来，赶上了上房里的这出戏，该怎么好？她更担心今儿个韩太太把楚雁潮得罪了，再也不来了，新月又该怎么好？这孩子心里受得了吗？她的心思，姑妈猜个差不离，姑妈不傻，姑妈是经过事儿的人！可是那个楚……唉，是个“卡斐尔”，明摆着不是一家人，进不了一家门！姑妈早该提醒新月，可又心太软，不忍伤了这孩子！这不，躲得了初一，躲不过十五……

她正在这么胡思乱想，心里理不出个头绪，外边“啪，啪，啪”地门环响，新月和陈淑彦回来了！

姑妈吓得一哆嗦，慌着去开门，见了新月也不知该说什么，就问：“这么快就回来了？检查得怎么样啊？”

“挺好的！”新月的心情好像挺顺当，脸上红扑扑的，走路赶得直喘气，“姑妈，楚老师来了吗？”

唉，这个新月，她还什么都不知道呢，还这么一个心眼儿地等着楚老师，你知道楚老师今儿个该怎么出这个门儿？

“噢，来了，跟你爸、你妈说话儿呢！”姑妈神不守舍地说着，抢在她前头就往里院跑，有意大声嚷嚷，“新月倒是回来得真快当，这么会儿工夫就检查完了，大夫说挺好的！”

这毫无疑问是让上房里赶快刹车！

楚雁潮骤然一惊，倏地站了起来！

“楚老师！”韩太太神色严峻地盯着他说，“咱们把话可就说到这儿了……”

“韩伯母，您什么话都不必说了，我……答应您！”楚雁潮匆匆擦去眼泪，“但是请您……决不要告诉新月，我作为她的老师，求您了……”

“楚老师……”韩子奇恐慌地拉住他的手，“您可别从此不进门了，该来还是要来啊，救救这孩子！要不然，她……”

楚雁潮什么话也不能再说了，新月和陈淑彦已经进了垂花门！

“楚老师！”新月老远就喊着，“您来半天了吧？”

“楚老师，”陈淑彦也尊敬地向他打招呼，“妈让我陪新月去医院了，省得老麻烦您……”

“谢谢你，淑彦，”楚雁潮强制着自己，把痛苦咽到心里，脸上做出笑容，从上房客厅走出来，“新月，你先休息一下，我……把最后一部分稿子带来了……”

韩太太随着楚雁潮走出来，站在上房廊下，白净的面颊上泛出微微的笑容，好像什么事儿也没发生，对姑妈说：“大姐，您把茶给楚老师端过去啊!”她现在心里踏实了，酝酿已久的一件大事总算解决了，也没费她多大的气力。

韩子奇垂着头，不忍看女儿那天真的笑脸，幸好新月没进上房，从院子里就回自己屋里去了。韩子奇强撑着身躯从八仙桌旁站起来，默默地走进书房，关上门，像一段朽木似的倒在沙发上，一动也不想动了！

他闭上眼睛，让自己处于黑暗之中，但是仍然不得安宁，眼前是爆炸的火光，耳畔是轰鸣的炮声……折磨着他那老迈之躯和脆弱的神经。黑暗中，一个声音在呼喊：“我有权利生活，有权利爱!”啊，啊，韩子奇痛苦地呻吟，不能忘情，不能忘情！现实，历史；历史，现实……人为什么要有这么多的情感啊？命运为什么要专和人作对啊？

一个古老的故事搅扰着他的心，那是吐罗耶定巴巴告诉他的……

真主造了大地山川、日月星辰，造了众天使，也造了魔鬼伊卜里斯。接着，真主又要创造人类。众天使对真主说：有我们赞美你，颂扬你，你怎么又要在大地上造别的呢？他们定会做出伤风败俗的事，争权夺利，相互残杀，弄得污血四溅……

但是真主还是用泥土造了阿丹——人类的祖先。

真主命令众天使向阿丹跪拜，他们服从了，只有魔鬼伊卜里斯拒不从命，被真主逐出了天园。伊卜里斯对阿丹怀恨在心。

真主让阿丹和哈娃住进了天园。天园里应有尽有，美不胜收，赏心悦目。他们悠闲地徘徊在树林中，摘取鲜花，品尝美果，啜饮甘泉，享尽了天园之乐。但是，真主禁止他们接近其中的一棵树，禁止摘取这棵树上的果实，否则就会获罪。

伊卜里斯恶意煽动说：那棵树上的果实最甜、最美，真主不让你们摘食禁果，是怕你们成为天使，在天园里永远住下去！

阿丹、哈娃经不起诱惑，上当失足了，一颗禁果使他们获罪，被真主逐出了天园，贬到下界，成为人类的始祖。没有禁果也许就不会有人类。真主赦免了阿丹和哈娃的罪过，可是，他们的后代为什么还要摘食禁果？

禁果，禁果！禁果是苦涩的！

……

西厢房里，新月还是像往常那样，请她的老师坐在写字台前，两人字斟句酌地讨论最后一篇稿子：《起死》。

那一场决定新月命运的谈话，她一点儿也不知道，但愿她永远也不会知道！

岁月永不停息地向前流去，根本不理睬人间的喜怒哀乐、悲欢离合。每度过一天，楚雁潮都要忍受着极大的痛苦。他每天都盼着和新月见面，而每当走进“博雅”宅的大门，又都怀着深深的恐惧。他答应了韩太太，永不再提“婚事”了，但他根本不能斩断自己对新月的爱，他仍然要用这虚无缥缈的爱，救活新月！明天是什么？未来是什么？他不敢设想，只要他楚雁潮活在世上，就不能让死神夺走新月；只要新月的心脏还在跳动，脸上还能浮起笑容，他就拥有一切！他仍然每个星期都要来“博雅”宅一两次，但现在和过去不同了，他和新月之间隔着一道界河，新月却完全不知道，他还必须谈吐自若、不动声色，太难了！但是，只要能给新月带来欢乐，他愿意忍受这欲爱不能的折磨！

残秋过去，冬天到了。朔风卷着尘沙，抽打着“博雅”宅古老的砖墙，瓦楞中枯黄的草瑟瑟发抖，廊子前的海棠和石榴树一片叶子也没有了。

腊月里，轮到了伊斯兰历的九月，这是一年一度的“莱麦丹”——斋月。在这一个月里，虔诚的穆斯林要遵从真主之命而戒斋（或称“封斋”“把斋”）。每天从日出之前开始，一直到日落之后为止，整天不吃不喝，克己禁欲。“莱麦丹”的意思就是“炼”，穆圣规定这项制度就是为了磨炼穆斯林的信仰和意志，克服人们的世俗私欲，激发人们对饥渴的人的同情怜悯之心。

在天寒地冻的隆冬腊月，韩太太和老姑妈虔诚地把着斋，一天一天，对美食热茶连眼皮儿都不翻。她们在完成神圣的善功……

风刀霜剑、冰雪严寒并没有割断燕园通往“博雅”宅的路，楚雁潮依然如约前来，信守着和新月的爱情，也信守着和韩太太的协定；他不再惶恐，极力让自己坦然地来，坦然地走。而新月正在把全副心思都放在译文上，种种烦恼都被冲淡了。

天太冷了，楚雁潮走进西厢房，头发、眉毛上都是水汽凝成的冰碴儿，手和脚都冻得麻木了。

“楚老师，您先喝口热水吧；哦，我给您暖暖手吧……”

新月盼着他来，又不忍让他这么受苦，看他冷得那个样子，她既怜惜，又惭愧，伸出自己的手温暖着那双冰冷的手。

楚雁潮迟疑地要抽回自己的手，但怎么可以呢？那双温暖的小手轻轻抚摸着、揉搓着他僵硬的手，使他恢复了知觉，使他那颗被冰雪包围的心有了寄托，那是温情，那是爱，他怎么能够拒绝？

“不冷了，我已经不冷了，新月，你的手好温暖……”

“您不是说过吗？爱情，是火！”

西厢房廊下，韩太太默默地从窗外走开了。深重的忧虑笼罩着她的心头，再容忍下去，还像个什么样子呢？

在欢乐与痛苦的交织中，译文终于全部定稿了，它耗去了两年的生命、两年的心血，不，这一切都凝聚其中了，在这些无生命的文字中间，跳动着两颗深深相爱的心。

当“杀青”的时刻到来之际，西厢房里一片庄严的寂静，只有献身于笔耕、以此为生命的人，才能享受这种艰辛之后的欢乐。整齐的稿纸摆在写字台上，两个人默默无语，久久地对望，两双眼睛中洋溢着海一般的深情。

楚雁潮展开一张素笺，郑重地写上书名和作者的名字，然后写上译者的姓名：楚雁潮、韩新月。

“哦……”新月羞涩地看着他，“我怎么能和老师相提并论？”

“我的名字，愿意永远和你排在一起！”楚雁潮喃喃地说，“它们将印成铅字，传遍世界，每一个读者在认识我的同时也认识了你，我……多高兴啊，新月！”他的眼睛中闪烁着泪花，“书的生命比人要长久得多，几十年、一百年之后，我们都已经不存在了，可是这本书还在世界上流传，未来的人还会记着我们这两个并排的名字……”

他茫然地停住了，突然意识到不该对新月提到“死”！

可是，这却并没有引起新月的伤感，她深情地注视着那两个名字，脸上浮现出幸福的笑容，仿佛期待着那永恒的爱，爱的永恒……

暮色降临了“博雅”宅，楚雁潮怀抱着珍贵的手稿，起身告辞。新月要留他吃晚饭，他微笑着但很固执地谢绝了；新月要送送他，他拦住了，叮嘱她注意休息，就匆匆走了。新月站在廊子下面，目送着他的身影消失在垂花门外，听着他的脚步声远去。她计算着他回去的路程和时间，久久地站在院子里……

“新月，他早就走远了，你还愣着干什么？快回屋去吧，院子里齁冷的！”韩太太从上房出来，瞅着她说。

“哎……”新月答应一声，慢慢地往回走，两眼痴痴的，还在挂念着那个赶路的人。

“唉！”韩太太叹了口气，忍不住说，“瞧你，魔魔怔怔的……”

“妈，”新月甜甜地一笑，“我哪儿‘魔怔’了？您不知道，我跟楚老师在做一件非常有意思的事儿呢……”

韩太太没再言语，往垂花门走去，心说：哼，有意思，有什么意思啊？老是这么样儿下去，还是个事儿！

“我们的书，明年就可以印出来了！”新月明知道妈妈不懂，还是忍不住要向她炫耀，可是妈妈对这些并没有兴趣，她已经走远了，也不知听清没听清。

……

一路上，楚雁潮小心翼翼地护着手稿，怕被雪水沾湿，怕被车上的小偷当作什么值钱的东西偷去——这是用金钱可以买来的吗？他甚至觉得，自己有些像鲁迅笔下的那个华老栓，怀里揣着“人血馒头”，如同抱着一个“十世单传的婴儿”！

回到书斋，他急忙到书架上去翻找，想找一个大牛皮纸袋来装手稿。

这时，他无意中看到在书架旁边紧挨着房门的地上有一封信，显然是他不在的时候别人从门缝里代为塞进来的。信封的右下方印着五个红字：外文出版社。

一定又是催稿吧？不用催了，明天我就可以送去！他欣慰地想，伸手捡起信封，急忙撕开。

这不是责任编辑个人写来的信，而是一纸加盖公章的公文。他看下去，信上说……说……“由于目前纸张困难，压缩出版计划，《故事新编》的书稿暂缓安排，翻译工作亦可相应推迟”！

楚雁潮麻木了！出版社怎么能这样言而无信？难道纸张真的这样缺乏，七亿人口的中国穷得连鲁迅的书都出不起了？他不信！

他立即冲出门去，直接打电话到总编辑的家里，询问到底是怎么回事。总编辑猝不及防，支吾了一阵，只好叹息着说：“纸张困难是一方面，另外，我们也要尊重北大组织上的意见，他们希望我们不要影响你安心教学……”

楚雁潮明白了！他在业余时间译的这部稿子，原来“组织上”也在关切。也许这种“意见”和职称问题同出于一辙？我楚雁潮何罪？——即使罪大弥天，又怎么能牵连到伟大的鲁迅？

楚雁潮又不明白：这部译稿，是出版社直接向他约稿的，并没有通过什么“组织”手续，他也从未向任何一级领导汇报，那么是谁在如此“关心”他呢？在他周围的人当中，了解此事的只有新月——新月直接参与了译著，这里边也有她的一份心血，这是她生命的精神支柱，她当然决不会……那么，还有谁？

对了，还有一个人！几乎被忘得干干净净的一幕突然闪现在楚雁潮眼前，他的另一个学生曾经在无意中看到过一部分手稿！难道真是她吗？谢秋思？是她向……她为什么要这样做？是我楚雁潮伤害了她，还是韩新月妨碍了她？要“报复”吗？一个入了“另册”的不幸的人，为什么还要向别人射来暗箭呢？

楚雁潮放下电话，双腿沉重地走回自己的书斋。他真不知道，下次见了新月，他怎么向她交代？简直不敢去见她了！

他默默地关上门，又关上灯，把自己湮没在黑暗里。

1926年，鲁迅“一个人住在厦门的石屋里，对着大海，翻着古书，四近无生人气，心里空空洞洞”，写作《故事新编》。

1962年，楚雁潮一个人在黑夜中抱着译完了却只能尘封的《故事新编》，独自发呆。在中国的现代文学史上，我们还有比鲁迅更值得拿到世界上的作品吗？省下的纸张又用来印些什么？鲁迅先生！如果您在天有灵，请您不要发怒，不要悲伤，我知道，您是一个最能耐得住寂寞的人！

“博雅”宅中，全家吃过了晚饭，韩太太来到女儿房里。

新月已经躺下了，开着台灯看书。

韩太太拨了拨炉子里的火，关上炉门，走过去，坐在女儿的床沿上：“新月，一到冬天儿，妈就怕你犯病；可我瞅着你这阵子气色还不错！”

“妈，”新月放下手里的书，温柔地看着妈妈，“楚老师也是这么说的，说我创造了一个奇迹！他还说……”

“是啊，人家当老师的，为学生也真不容易，这么大冷的天儿还跑来跑去的！”韩太太打断了女儿的话，新月张口就是楚老师，她听着就硌硬，可是她下面的话也就是因为这个楚老师才说的，“新月啊，你瞅人家老师，对待学生就跟对自个儿的儿女似的，咱们可得记着人家的好处！日后，你的病好了，或是能做点儿事，或是聘个人家，过自个儿的日子，也得逢年过节地去瞅瞅老师，人家为你费过心嘛！”

韩太太像说闲话儿，给新月描绘了另一个未来，为的是让她摆正自己和楚老师的位置，让她领悟这里头的意思，不逼到“根节儿”，就不愿意把话说白了。

新月却觉得她这番话好笑，脸一红，说：“妈，您说的这叫什么话？”

“妈说的是实在话，”韩太太耐着性子说，“甭管到了什么时候，老师还是老师，学生还是学生，这个位分不能搁错！新月啊，你如今不是不上学了嘛，人家的工作那么忙，路又这么远，往后就别再麻烦楚老师了！”

“唉，我也不愿意老让他这么辛苦，”新月说，“可是，我又没这个力气去找他，我们不是有很重要的事儿嘛！”

韩太太心说：我怕的就是你们有事儿！话当然不能这么说，她还得换一种说法儿开导新月：“妈知道！你们编的那本儿什么书不是完了嘛，就别再贪别的事儿了；你不知道自个儿正病着吗？这么大的姑娘了，心里应该有点儿数！上回，我跟楚老师也说了……”

新月心里一动，急着问：“您跟他说什么了？”

“也没说别的，”韩太太尽量把温度往下降，把话说得平缓，“就跟人家道个‘辛苦’吧，孩子的病眼瞅着见好，请他放心，往后就甭老来看望了……”

“妈，您怎么能这么说？”新月的脸色顿时变了，她似乎明白了妈妈的用意，“不让他来？……”

“不让他来，这碍什么事？”韩太太的脸色也变了，心里说不动气，她却不能不气，“你离开他就不能活了？你有爹、有妈，他算是你什么人？值得这么牵肠挂肚的！”

“妈！”新月愣愣地看着妈妈，这明显的不友好态度使她吃惊，甚至使她恼怒，她不允许别人贬损她心目中所崇敬的人，本能地要维护他，“您过去不是对楚老师挺尊重的吗？他是个非常非常好的人……”

“我也没说他不是好人！天下的好人多了，都能管你？”韩太太咽着怒，叹了口气，“你有病，大夫给你治；上不了学，爹妈养着你。这个病又不是一时半会儿能好利索的，往后日子长着呢，你指望谁啊？只能指望你爹妈！新月啊，妈养活你，不图得你的济，不指望你给我养老送终，只要你不给我惹事儿，我就念‘知感’了！妈老了，经不起事儿了，唉，这一辈子！外边儿的人都瞅着我的命好，日子过得滋润，可谁知道我的苦啊！”无数的辛酸涌上心头，她不能都对女儿说，韩太太是个要强的人，无论到了什么时候，她都要维护自己的尊严，话到舌尖，打了个弯儿，又回到正路上，“妈没有文化，也给你说不出成套的做人的道理，可有一条，这是妈一辈子的主心骨儿，你也要一辈子记住：人啊，自个儿的路自个儿走，自个儿的脑袋挑在自个儿的肩膀上，可不能拴在别人身上，别把命交到别人手里，靠不住的人，别指望！”

新月静静地听着妈妈的话，这话也并没有错，正是新月做人的准则。可是她听得出来，妈还有别的意思，那里边也包括楚老师吗？

“妈，”她试探地说，“楚老师不是那种靠不住的人……”

韩太太的心里咯噔一声，她磨破了嘴，说了这么半天，还是白费！“楚老师，楚老师，你怎么老丢不下这个楚老师啊？趁早把他忘了吧，我都跟他说明了……”

新月骤然一惊：“说什么？”

“叫他也死了这份儿心，这门亲事根本成不了！”韩太太忍无可忍，索性跟她兜底儿！

“啊？！”新月的头脑轰然爆裂，她紧紧地抓着妈妈的胳膊，摇晃着，“妈！您怎么能这么做？怎么能这么做！”

韩太太的手和嘴唇都在哆嗦：“你说我该怎么做啊？我还错了？”

“妈！”新月的眼泪夺眶而出，严峻的事实已经无可回避了，妈妈要干涉她的爱情，要拆散她和楚雁潮！“妈，您……刚才还说，自己的路自己走，这是我自己的事，求您别管了！……”

“什么？”韩太太的声音高了起来，“我别管？不管你你能长这么大了？你这话说得晚了点儿，早干吗呢？告诉你，你是我的女儿，我才管你！你要是个扔在街上的‘耶梯目’，我管得着吗？”

“您管我什么都是应该的，可是我没做什么错事儿啊，妈妈！”新月痛苦地摇晃着妈妈的肩膀，“楚老师有什么不好？您这么恨他，到底是为什么？”

“我不恨人家，我恨我的女儿糊涂，恨我自个儿没管教好女儿！”韩太太甩开新月的手，“这话，我早就该嘱咐你，总觉得你还小，心里没有这些事儿，又病着，我就没敢说什么，也不敢往这上头想，可谁知道，你还蔫有准儿！你就不知道自个儿是个回回吗？回回怎么能嫁个‘卡斐尔’！”

韩太太的声音虽然不高，却像一声惊雷！新月的心仿佛突然从空中坠落，她蒙了，呆了，傻了！炽烈的爱使她忘记了楚雁潮原是另一种人，他们属于两个不可跨越的世界！难道她真的忘了自己是个回回吗？当然不会。但对一个十九岁的少女来说，她的绝大部分生活是在学校里度过的，和所有的同学受的是一样的教育，在马克思列宁主义、毛泽东思想之外，没有任何人敢于宣称还有什么另外的信仰，尽管谁也没说那是违法的。除了饮食习惯，她自己也没有感到和别的同学有什么不同，只是在有人以轻蔑的语气说她是“少数民族”时，她感到有一种“少数”的孤独和压抑。但是，在“博雅”宅中，却又与此相反，楚老师是汉人，在这儿成了“少数民族”！难道他和新月不是一样的、平等的人吗？非要把他赶走不可吗？

“不！妈妈，我不能啊！”新月疯狂地扑到妈妈的怀里，痛哭着说，“我离不开他，离不开他……”

“不害臊！”韩太太愤愤地推开她，“亏得你病成这样儿，心还这么花哨！哼，想嫁人？那好哇，要是为主的能给你这条命，我就快快地找个回回人家打发你走，倒也省了我的心了！”

新月愣愣地看着妈妈，妈妈怎么完全不能理解她？她的心该怎么才能让妈妈明白啊？

“妈妈！我的心里只有他一个人，这是谁也不能代替的！妈妈，您替我想想，您也有过年轻的时候……”

“胡说八道！我当姑娘的时候要是像你这样儿，你巴巴能打断我的腿！”

“您不用打了，我跑不了、飞不动了，我的病，把一切都断送了，女儿什么都没有了，就剩下他还拉着我这条命，不让我死！妈，我求您，把我这一点儿活着的希望留下吧！”

“我宁愿看着你死了，也不能叫你给我丢人现眼！”韩太太厉声说，“我就不信，在这个家能反了你？”

新月恐惧地看着妈妈，妈妈的脸色冷得像冰雪，目光锋利得像刀剑，母女之间的距离拉得这么遥远！没有商量的余地了吗？她绝望地倒在床上，无言地痛哭！

这一夜，“博雅”宅里没有一个人能安眠，西厢房的母女交谈牵着大家的心。低声絮语突然变成了争吵和哭声，他们都被惊动了！

西厢房的门突然被推开了，慌慌张张地涌进来韩子奇、老姑妈，还有天星和腹部隆起的陈淑彦。

韩太太本不想惊动他们，扫了一眼，说：“都来干什么？你们都睡去吧，这儿什么事儿也没有，我们娘儿俩说话儿呢！”

但是，她只能掩饰自己的情绪，却无法掩饰新月的哭声！

韩子奇完全明白发生了什么争吵，他跌跌撞撞地奔到女儿的床前，急得手足无措，愤愤地瞪着妻子说：“你呀！咱们不是说好的嘛，孩子病着，什么话都不要说！新月经不起……”

“我经得起？我什么都经得起？”韩太太愤怒了，这个男人哪，他只想着女儿，从来也没把妻子真正放在眼里！“我受了你一辈子，还要接茬儿受你女儿的吗？我倒是造了什么孽？让她这么搓磨我，什么时候是个头儿啊？病病殃殃的，全家伺候着都不成，还没忘了犯贱！这是从哪儿传下来的贱根儿啊？……”

“别说了！”韩子奇抖动着凌乱的白发，一双深陷的眼睛埋藏着痛苦，闪射着愤怒，“我求你闭上嘴！别把人逼上绝路！”

“我逼你还是你逼我啊？”韩太太怒不可遏，伸手指着他的脸，“韩子奇，当着儿媳妇的面儿，我给你留脸，别招我把话都说出来！”

“得了！”天星大吼一声，震得砖地都嗡嗡作响！他怕妈妈真的再说出什么话来，狠狠地瞪了她一眼，“这个家还没到拆的时候呢，留着点儿吧！”

韩太太果然不言语了，只用冰冷的目光逼视着韩子奇，韩子奇那双愤怒的眼睛终于黯淡了，惶恐地垂下头去。

陈淑彦过门以来还是头一次见着婆婆发这么大的脾气，作为这个家庭的一个成员，她不能袖手旁观，理当劝解，却又不知深浅，就扶着婆婆，试着步儿地说：“妈，您别跟爸爸生气，当父母的都一样疼儿女，分不出个里外来；您也不用避讳我，我还不跟新月一样都是您的女儿嘛！唉，您不说，我也知道您的心事，不就是替新月着急嘛！

其实，我也早就寻思过这事儿，按说楚老师倒是真好，跟新月也般配……”

这真是找不自在！韩太太正在气头儿上，没想到她亲自挑选的儿媳妇倒跟她拧着，威严地瞥了陈淑彦一眼，说：“这里头没你的事儿，你甭搭茬儿！‘般配’？你怎么不嫁个‘卡斐尔’去啊？”

陈淑彦的脸上像被抽了一巴掌，火辣辣的，低下了头：“我……我……唉，我是说，可惜楚老师不是个回回……”

韩太太鼻子里哼了一声说：“那还可惜个什么劲儿？”

陈淑彦不敢再言语，低着头，心里暗暗感叹：爱情！人要得到爱情怎么这样难啊？

旁边的床上，新月伏在枕头上痛苦地抽泣！

老姑妈坐在新月的床边，抬起袖子不断地擦泪。今儿这事儿，她心里都明白，可是她能说什么呢？只能感叹新月这孩子的命太苦，事事不顺，为她流下那擦不净的泪！

天星梗着脖子站在床边，妹妹的哭声让他心碎，他知道，一个人的心里要是爱着一个人，把他摘去是多么痛苦！他想冲着妈妈说出他憋了好久的话：您能容得下谁啊？容桂芳不是个回回吗？不是活活地让您把我们拆散了吗？但是，他抬头看见他的妻子，妻子给他怀着孩子呢，这个话能说吗？说了还有什么用？完了，他毁了，现在又轮到妹妹了！他像一头发怒的公牛，额头上的青筋乱蹦，浑身的血肉都要爆裂，他要憋死了！可是，心里的话又朝谁去说啊？这个倔汉子突然像一座倒了的铁塔似的蹲到地上，两手抱着脑袋，发出愤懑的、谁也听不懂的悲鸣：“完了！完了！”

……

到后半夜了，风还没停，像有一万头猛兽在怒吼，要掀翻屋顶，要毁灭这个世界！而“博雅”宅里人和人之间的那场酝酿已久的风暴却已经平息。各怀心事的老夫妻和小夫妻都离开了西厢房，老姑妈陪着新月躺下了。

屋里黑着灯，没有声息。

风暴真的平息了吗？

新月的那颗心怎么能够安宁？她闭着眼睛，却分明看见楚雁潮站在她的身边，一双炽烈的眼睛喷射着爱情火焰：

“新月！爱情，是人类最美好的感情，当两颗心经历了长久的跋涉而终于走到了一起，像镜子一样互相映照，彼此如一，毫无猜疑，当它们的每一声跳动都是在向对方说：我永远也不离开你！那么，爱情就已经悄悄地来临，没有任何力量能把它们分开了！”

“新月！我献给你的是一颗心和全部感情，我交给你的是整个生命！”

啊，这样的爱情，能够忘却、能够斩断、能够背叛吗？

人是一种奇怪的生物，在最艰难的时候，促使人活下去的往往不是水，不是食物，也不是药物，而是心中的一片真情、一线希望，当这些全部归于毁灭，人就没有活着的动力和勇气了。没有希望、没有爱的人生还不如死，死也许并不那么可怕吧？新月想，人在出生的那一刻就注定了要死，人和人不同的是在死之前有各种各样的追求。得到了的，可以含笑死去；没得到的，也只好抱恨终生！那么，她呢？她曾经追求过，也曾经得到过：她痴迷于事业，平生没有第二志愿，北大西语系让她如愿以偿；她憧憬过爱情，在茫茫人世中，她得到了一位肝胆相照的知己！但是，这一切又都失去了，匆匆而来，匆匆而去，像一场梦，一阵风，她以为已经牢牢地抓在手里，伸开十指，却两手空空，什么也没有了！她说过，不再埋怨命运的不公平，也许这一切都是命运事先为她安排好的吧？把给了她的再夺走，把她的心折磨得千疮百孔，再让她在清醒的痛定思痛中等待着死？

人不愿意死啊，她那颗被苦水浸泡的心仍然不肯休息，仍然在胸膛里跳动，缓缓地，慌慌地，悠悠荡荡地，像一棵无根飘萍……

“一片芳心千万绪，人间没个安排处”！

她伸过软绵绵的手，打开了桌边的台灯。

“新月，”姑妈急忙坐起来，“你是要喝水，还是要吃药？你别动，姑妈给你拿……”

“不……”新月惶恐地睁着大眼睛，“姑妈，我……我害怕，屋里太黑……”

“瞧瞧把这孩子给吓的!”姑妈心疼地搂着她，给她擦去脸上的冷汗，“新月，姑妈陪着你呢，别怕！人哪，谁都得经过九九八十一难，心可得放开啊！你妈给你说的那些话，也是为你好……”这言不由衷的安慰，她自己都觉着心跳，眼泪不知不觉流了下来，可是除此之外，她还能说什么呢?

“我妈……”新月喃喃地说，一想起妈妈，她的心就冷得发抖!

台灯下，那个雕花镜框里，妈妈正在向她微笑……

哦，妈妈！她的手颤抖着，把镜框拿过来，看着那张发黄的照片。仿佛十多年前的那一个瞬间重现了，她看到了逝去的时光，那时候，妈妈年轻，温柔，慈祥，拉着她的手，亲着她的脸，甜甜地微笑着……突然，这张脸迅速地苍老了，目光严厉地注视着她，这也是妈妈的脸，是她在生活中亲身感受到的妈妈的形象，和照片上多么不同啊！为什么?

泪水模糊了她的眼睛。妈妈！早知今日，何必当初?既然女儿只能给您带来烦恼，您何必要生下我?既然您现在对女儿只有怨恨，那时何必又爱得那样深?也许，照片上的慈爱是您有意做出来的假象?那又何必呢！我早就感觉到，在我们之间很少母女的情感，我只不过是您的一个负担、一个累赘，我曾经想给您以解脱，也给自己以解脱，可是命运没有让我离开家远走高飞，我只在空中兜了一个小小的圈子，又回到了原地，倒下了，倒在您的身边！我不想乞求您的怜悯，不想勉强得到您的母爱，可是您为什么还要夺走我寻求到的、属于我的爱呢?实在说，我根本没有想到我和他的爱情还要得到您的同意，我只认为，爱，是发自内心的情感，是每个人与生俱来的权利，是神圣不可侵犯的；却没有料到会被您扼杀，并且不惜以女儿的生命为代价——您明明知道这是女儿活在人世的最后一点儿希望了！您所维护的一切都远比女儿的生命更重要吗?

……

大滴清泪落在照片上，落在妈妈的脸上，缓缓地流下来。新月十几年来一直如履薄冰地和妈妈相处，一直在猜测妈妈的心，一直在寻找自己在妈妈心中的位置，现在，似乎一切都有了答案!

姑妈疑疑惑惑地看着她：“新月，半夜三更的，你又瞅这相片干什么？……”

“姑妈，”新月轻轻地抚着照片上的玻璃，擦去滴在上面的泪水，突然问，“她……是我的亲妈吗？”

“什么？”姑妈吃了一惊，“你怎么想起来说这样儿的话？你又不是抱来的、捡来的，还能有几个妈？她当然就是你的亲妈，你瞅瞅，你们娘儿俩的脸盘儿、眉眼儿都像是一个模子里刻出来的……”

“不，不像，我早就觉着她不像我的亲妈……”新月喃喃地说。她想起过去妈妈和爸爸无数次的争吵，那都是因为她！她想起今天晚上妈妈说过的话：

“你要是个扔在街上的‘耶梯目’，我管得着吗？”

“我受了你一辈子，还要接茬儿受你女儿的吗？”

“……这是从哪儿传下来的贱根儿啊？”

“韩子奇……别招我把话都说出来！”

这难道像一个母亲所说的话吗？那没有说出来的话又意味着什么呢？新月的心怦怦地跳，也许自己真是个扔在街上的孤儿，被韩家捡了来，十几年来一直寄人篱下？她突然想起，小时候，哥哥好几次跟邻居家的小孩儿打架，都是因为人家背地里叽叽咕咕地议论她，至于叽咕的是什么，她一直不知道，难道就是……

“新月，别瞎猜，别瞎猜……”姑妈替她擦着眼泪，自己的眼泪却又涌流不止，嘴唇哆嗦着，话说得吞吞吐吐。

看着姑妈那躲躲闪闪的目光，新月更坚信了自己的猜测！尽管那种猜测使她恐惧，她过去每当心里闪过那个念头就赶紧掐断，不敢往下想，生怕……她现在什么都顾不得了！“姑妈，告诉我……”

姑妈双手捂着眼睛，心里扑通扑通地跳，十几年前的往事又翻腾起来，搅着她的五脏六腑，她真想抱着新月大哭一场！可是，她必须忍住，把心里的话憋在嗓子眼儿里，一个字也不能说！

“告诉我，告诉我！”新月突然抓住姑妈的胳膊，仿佛有一股疯狂的力量，卡得紧紧的，眼泪汪汪地望着她，“姑妈，我是您带大的，您比妈妈对我还亲！可是，我的亲妈到底是……是谁啊？是谁生下了我？告诉我吧，姑妈，这辈子我就只求您这一件事了！”

强烈的感情风暴泰山压顶般地向姑妈袭来，她的手麻木了，血液凝固了，心脏窒息了，仿佛有一把尖刀直刺进她的胸膛，五脏六腑都破裂了！她什么话也没告诉新月，甚至都没来得及呻吟一声，两眼一黑，就栽倒在新月的床前！

“姑妈！姑妈！”凄厉的呼唤震动着黑沉沉的“博雅”宅！

医院的抢救没能挽回姑妈的生命。医生说，她死于急性心肌梗塞，还埋怨家属：她患有严重的动脉粥样硬化，你们都不知道吗？过去没发生过心绞痛吗？不知道！家里的人谁也不知道姑妈也有心脏病，她这个人从来就没看过病、没吃过药！

姑妈死了。这个在苦难中流落到京城的女人，在“博雅”宅度过了平凡却不平静的二十七年，一半是主人，一半是女仆，她活着完全是为了别人，从来也没有心疼过自己，血肉耗尽了，心操碎了，终于倒了下去，再也没有起来。她最终没有等到苦苦思念的丈夫和儿子的任何信息，没有实现把新月抚育成人的愿望，没有回答新月那没法儿回答的问题，也没有来得及向她所崇拜的主做临死前请求“恕罪”的“讨白”，灵魂就匆匆地离开了这个世界，留下了承受过深重灾难的躯壳！

“博雅”宅失去了一个忠心耿耿、死心塌地的义仆，韩家的人要把她的遗体安葬在西山脚下的回民公墓。奇珍斋的祖坟地皮早已被征用，历代祖先的遗骨都迁到公墓去了，那里安息着相逢未必曾相识的穆斯林。

姑妈的遗体停在上房客厅里，蒙着洁白的“卧单”，等待那庄严的葬礼。这个贫穷而卑微的人，在生命结束之后才真正受到庄严的礼遇。在“博雅”宅再度过最后一天，她就要到永恒的归宿去了。

新月痛哭着，要求去守姑妈一夜，韩子奇却无论如何不答应，他知道，昨夜新月和姑妈的生离死别，已经给了她重大的打击，决不能……决不能再让她遭受刺激了。

夜深了，韩太太和天星在上房守着姑妈，西厢房里，韩子奇忧心忡忡地看护着女儿。

失去亲人的巨大痛苦使新月倒下了，她也根本没有力气去为姑妈守夜和送葬了，虚弱地躺在病床上，无止无休地哭泣。

“新月，别哭了，”韩子奇流着泪，劝慰女儿，“你姑妈是个苦命的人，一辈子……唉！天星和你就算是她的儿女吧，你们都孝敬她，有这份儿孝心也就行了，别哭，让她的灵魂安宁吧！你……还要珍重自己的身体……”

“爸爸……”新月泪眼望着父亲，拉着他的手，“爸爸！姑妈是为我而死的！我害了她……”

韩子奇骤然一惊：“新月！你……说些什么呀？”

“是我害了姑妈，昨天晚上，我问了她一句话……”

“你问她什么了？”

“我问她：谁是我的亲妈？她就……”

“啊?!”猝不及防的感情冲击使韩子奇面如死灰，“她……她告诉你什么了？”

“没有……”新月痛苦地摇摇头，“她什么也没说，可是，我看得出来，她的心里藏着秘密！为什么不告诉我啊？爸爸，你们为什么都一直不告诉我啊？”

“新月！”十多年前的往事猛然涌上韩子奇的心头，不，时时都记在他的心头，折磨着他的灵魂，摧残着他的肉体，又逼着他艰难地往前走！但他一直信守着诺言，决不告诉女儿！女儿已经够苦的了，不能再让她知道更多的苦难！他避开女儿的目光，垂下白发苍苍的头，声音颤抖着说，“新月，没……没有这样的事，你是我的亲生女儿，也是你妈妈的……”

“不要再瞒我了，爸爸！”新月把脸贴着父亲的白发，泪水洒在那缕缕银丝上，“十几年了，我总是看着您在痛苦中沉默，却不知道是因为什么？都是因为我吧？爸爸，不要再为我痛苦了，女儿……不会再麻烦您太久了，恐怕要离开您了！您该告诉我了，到底是谁生下了我？即使您和妈妈都不是我的生身父母，也应该告诉我，不管过去曾经发生过什么事，都告诉我吧！别让我……到死都不认识自己的妈妈，我想她！她到底是谁啊？”

“新月！”韩子奇痛苦地叫着女儿，“别……别问……”滚滚的热泪涌出了那深陷的眼眶，洒在女儿的脸上、手上。他战栗着抬起头，惊恐地看着女儿，女儿那晶莹的眼睛正期望着他！啊，新月，不是爸爸狠心地欺骗你，是因为还没有等到你长大成人、开始独立的人生！也许……那一天已经没有了？！深深的恐惧攫住了他的心，他那瘦骨嶙峋的手在颤抖，在痉挛，他伸出手臂，搂着女儿的脖子，抚摩着她那柔软的头发，紧紧地抱在怀里，生怕她会突然离去！

“爸爸，告诉我！”新月固执地仰起脸，两眼定定地盯着他！

女儿的目光直刺到他的心里，那深深地埋藏着的秘密，已经很难再向她隐瞒，也不能再隐瞒了，早晚是要告诉她的！告诉她吧，现在就把一切都告诉她，她病成这样，也许……也许以后就会失去这个机会，那将使父女两人都遗恨终生！

第十三章 玉归

谁也说不清那场战争消耗了多少钢铁，吞噬了多少生命，毁坏了多少家园，粉碎了多少美好的梦，改变了多少人生之路。善和恶在全世界搏斗，德、意、日三个魔王搅乱了整个地球。面对共同的灾难和仇敌，中、美、英、苏和一切遭受法西斯蹂躏的人民携起手来，东、西两个半球都燃起了复仇的烈火。一九四三年九月八日，意大利正式宣布投降，十月十三日，反戈一击，对德宣战。一九四五年五月八日，德国正式签订无条件投降书。八月十四日，日本天皇裕仁面无人色地发表了《停战诏书》，宣布无条件投降。饱尝了战争苦难的全世界人民终于迎来了悲壮的胜利日！

“二月二，龙抬头”。惊蛰的雷声摇撼着冻土，蛰居在洞穴中的昆虫蛇兽从冬眠中醒来了，沉睡的龙也醒来了，缓缓地抬起那僵木的颈项。这一天，是华夏古国的“中和节”，百姓们把元旦祭祀余下的饼，用油煎了，熏虫儿；用草木灰围绕宅院、水缸蜿蜒迤逦撒成“引龙回”；吃“龙牙”即水饺，吃“龙鳞”即春饼，吃“龙须面”；给孩子理发，称为“剃龙头”；妇女不动针线，以免伤了龙眼；端着蜡烛照房子照墙壁，“二月二，照房梁，蝎子蜈蚣无处藏。”……八年的禁锢，使人们把这些都忘了。当一九四六年的早春二月降临北平的时候，琼华岛下的湖面还封着薄冰，裹着枯黑的残荷；正阳门箭楼的琉璃瓦上还蒙着厚厚的尘灰；大栅栏街旁商店的布招还在朔风中颤抖，稀稀落落的行人躬腰缩颈；恐惧兵燹的百姓还在紧闭着院门。对这个“中和节”，连汉民族好像也无动于衷了，更何况与此没有什么关系的穆斯林！龙似乎还没有醒来。

一个中年男子朝着“博雅”宅走来。他孑然一身，只在左臂下夹着一只黑色皮包。苍茫暮色中，他步履匆匆地走进这条熟悉的胡同，褐色牛皮鞋的硬底踏着灰黄的土路，发出并不清脆的橐橐声。那脚步由于急切而显得有些踉跄，以至于好几次左脚撞了右脚，右脚绊了左脚。

他一边走，一边打量着两旁的院落房舍，极力搜索着深深印在心中的影像，与眼前每一个久违的细节相对照，奇怪的是，除了十年岁月使每一块砖、每一片瓦风化、蒙尘，几乎一切照旧，这让经历过欧洲战场的人感到不可思议，十年一梦，北平和伦敦竟然是完全不同的。

他走到“博雅”宅前。

家门未改，故园仍在。他没有立即踏上石阶，站住了，解开大衣的纽扣，棕黑色的人字呢西服大衣的肩上披着风尘，系着领带的衬衫领口散着汗气。他微微地喘息，黧黑而清瘦的面颊上肌肉在抖动。在他把头缓缓抬起的时候，被黑色礼帽遮住一半的宽广额头上显出了几道深深的皱纹。那双微陷在眉弓下的清澈的眼睛，闪烁着泪花。啊，十年，终于回来了，让我好好儿看看你，我的家！宅前的槐树断了，屋脊上的鸥吻残了，门扇上的红漆褪了。但是，风霜还没有剥去“玉魔”老人的遗墨：随珠和璧，明月清风！凝望之中，仿佛十年的岁月退去了，他清晨出门，日暮还家，像往常的无数个黄昏一样，他劳累了一天，回家来了……

不！这里还是他的家吗？如果说日占时期这所院子曾被“当局”征用，现在日本人已经败走，里面住的会是什么人呢？无论是谁吧，他都要问个明白！

他踏上那五级石阶，伸出右手，拍着锈迹斑斑的铜环。

“谁呀？”里面传出一个童声。

他的心一阵惊悸，怎么里面还有孩子？

“是我……”

“你是谁？查户口的还是干吗的？我妈说，男人叫门不许开！”

“哎呀，这是怎么说话呢？”一个妇人的声音，随着脚步声传过来，“外边是谁呀？”

从那语声儿，他已经听出那是谁了，心怦怦地跳着回答说，“是我，我回来了……”

门吱呀一声开了。姑妈迎面看见个穿洋服的生人，不由得心里发慌，正待要再关上门，那人已经迈进门槛了，两眼紧盯着她，极度的惊喜难以言表：“真是您啊？大姐！”

“哦？”姑妈愣愣地打量着这个人。

“真没想到，你们还活着？这房子还是咱的？”那人又问，那神情像是活见鬼了，他不敢相信眼前所见竟然是真的！

这话让姑妈听得没头没脑。“怎么说话呢这是？你是谁啊？”

那个不友好的男孩儿站在她的身后，个子快赶上姑妈高了，穿着对襟儿小袄，脸圆圆的，肤色黧黑，厚嘴唇紧绷着，好像随时在防范什么威胁和攻击。

“这是天星吧？”他声音颤抖地俯下身去，一把抓住男孩儿的手，“我的儿子！”

“主啊！”姑妈突然像失了火似的惊叫起来，“天星，天星，这是你爸！”

“啊？我爸？”天星那黑亮的眼睛疑惑地闪了闪，突然迸射出狂喜的火花，两串泪珠滚落下来，“我爸……我有爸爸了！”

韩子奇的心酥了，他忘了一切，丢下皮包，双手搂住儿子，抱起来，把脸贴在那张圆乎乎、黑黝黝的小脸上，“儿子，我的儿子！我没有失去你，终于又看见你了！”

天星挣脱了父亲，撒腿就往里院跑，大张着两手，直着嗓子地喊：“妈！快看，快看，爸爸回来了！”

十年来，“博雅”宅第一次响起这样的欢呼。

喜讯来得太突然，韩太太被惊呆了，心慌慌地奔出上房，猛抬头看见垂花门里的木雕影壁旁边闪出了那个高大的身影，眼睛就被泪水蒙住了，忘记了脚下还有台阶，她想一步就跨到他的跟前，往前一扑，跌倒在阶下的甬路上！

“奇哥哥……”她哭着，笑着，呼唤着，还是儿时叫惯的称呼，还是初做新娘时亲昵的称呼，还是十年来梦里相逢时情意绵绵的称呼！

他奔上前去，扶起她，“璧儿，璧儿……”他低低地叫着她，仿佛还是二十年前那个事事处处都要依仗师兄扶持的师妹……不，十年没叫，已经口生了！

“得，进屋吧，”姑妈抬起袖子，擦着欣喜的泪，“瞧瞧，这一见面儿，都不知道说什么好了！”

韩子奇随着妻子走进上房。毕竟离开十年了，他像在梦中似的环顾着室内的一切，雕花隔扇，硬木桌椅，镶了螺钿的长案，紫釉瓷瓶，插着颜色已经发暗的孔雀羽毛……真是不可思议，一切都还在，还照老样子摆着，只是显得陈旧了，冷清了。

“坐下呀，快坐下，”姑妈把韩子奇的皮包搁在八仙桌上，扶着椅子，招呼他，现在主人倒像客人了，“大老远地回来，快坐下歇歇！”

韩子奇脱下大衣，递给姑妈，坐在椅子上，把站在旁边的天星揽在怀里，此刻最让他动心的就是怀抱中的儿子了，“天星都这么高了，我还是老记着他小时候的模样儿……”

“可不，都十年了，他虚岁十二了，跟我们柱子……”姑妈唠唠叨叨地抢话说，说到这儿，却突然咽住了。

韩子奇听得出来，这个可怜的女人又想起她的儿子了，就说：“唉，战争啊，什么事儿都可能发生！……”

“你一走就是十年，连封信也没有！”韩太太说，委屈得眼含着泪。

“怎么没有啊？我给你们寄了多少封信？可是，只接到老侯一封回信，他说……”

“老侯？”韩太太一听他说到老侯，脸唰地变了色儿，“老侯给你写信了？他……他信上说什么了？”

姑妈也慌了，她知道，韩太太最怕提的就那档子事儿，一只戒指儿毁了奇珍斋，也毁了老侯，没想到老侯会给老板写信告状！这会儿，天星他爸刚进家门儿，可不是翻腾这笔账的时候，得赶紧给岔开！

“那什么，甭管老侯了，”姑妈把话题拦腰掐断，转移得八不沾边，“哎，玉儿姑娘怎么没跟你一块儿回来？”

“就是啊，”韩太太也突然回过神儿来，丈夫的突然到来冲得她头脑发昏，这才发觉还没看见她的胞妹，“玉儿呢？”

“爸爸，小姨怎么没回来呀？”天星也问，“听妈妈说，我有一个特好的小姨，我还等着她呢！”

“她……”韩子奇的脸色黯淡了，怅然地张着嘴，不知道该怎么向他们说玉儿的事儿。

“她留在外国了？”韩太太着急地问。

姑妈也急了，她估计得比这更糟：“玉儿姑娘出了什么事儿了？”

“不，她也回来了。”

“那怎么不上家来？”

“她在哪儿呢？”韩太太又追问。

“她……噢，我们经过上海的时候，她在那儿停了停，有点事儿要办，”韩子奇极力让自己的神情显得自然些，话也只能暂时说到这儿，“我先回来了，晚两天，她也就到家了。”

“唉！”韩太太这才放下了悬着的心，气却又上来了，“这个疯丫头，在外国还没疯够哇？来到家门口儿了，还不赶紧地奔家，逛什么上海？真是的！”

姑妈又在感叹了：“瞧瞧，甭管跑得多远的，都有个下落，说来就来了，怎么我们那爷儿俩叮今儿没个影儿呢？”

“大姐，您别着急，”韩太太最怕听她魔魔怔怔地唠叨那的确“没影儿”的事儿，在韩家团圆的时刻，更不愿让她伤心，就像过去千百次一样地安慰她，“咱等着，人总有回来的时候！瞧，天星他爸这不就回来了嘛！您给他沏碗茶去呀？”

“哎，哎，”姑妈答应着走出去，还在擦眼泪，“瞧我，光顾着说话儿，忘了沏茶了……”

姑妈出去了，夫妻俩对望了一眼，各人心里都藏着不愿意提的事儿，得小心翼翼地绕着说，这么一来，倒不知该说什么了。

“十年生死两茫茫！”韩子奇感叹道，“现在我又坐在自己家里了，心里觉着跟做梦似的！”

“知感主！”韩太太两眼泪汪汪，“真没想到你还能活着回来！”

“是啊！”韩子奇的胳膊肘支着桌子，手托着脸，无限感慨，“哪儿都是天塌地陷，整个伦敦城差不多被炸平了，亨特的店关了，他家里房子塌了，连儿子都被炸死了！那种时候，人的命连个蚂蚁都不如，一眨眼就没了，我都没想到自个儿能活下来！”

“吔！”姑妈端着盖碗儿茶走进来，正好接上这个茬儿，“敢情外国打得比咱们这儿还邪乎？你这是躲一枪、挨一刀啊！”

“早知道这样儿，何必上那儿去呢！”韩太太听得一阵后怕，“你带走的那些东西，也都毁了吧？自找！”

“嗨，为那些东西，差点儿送了命！”韩子奇抿了一口茶，说，“多少人想买，没舍得卖；房子都炸塌了，东西倒没毁，真是万幸。现在，我总算把它带回来了！”

“啊？带回来了？”韩太太喜出望外，“你搁哪儿了？”

“搁到……”韩子奇迟疑了一下，说，“还没运到呢，等玉儿回来，东西也就到了。”

韩太太的精神头儿来了，她知道丈夫带走的都是顶值钱的东西，有了这批财宝垫底儿，她就不担心以后的日子了，“东西回来了，人又没受闪失，咱还怕什么？又有奔头儿了！”

韩子奇脸上却不见笑意，倦怠地靠在太师椅上，长长地嘘了一口气。几万里的轮船，两千多里的火车，已经使他筋疲力尽；况且，他的路还没走完呢，现在，乱麻似的岔路口横在面前，他还不知道该怎么走，也不知道自己是否还有能力、有勇气走下去呢！

“那什么，大姐，您去烧水，让他好好儿地冲一冲；咱姐儿俩张罗着快做饭，热热乎乎地吃了，早点儿歇着。瞧他累的，铁打的人也搁不住啊！”韩太太吩咐着姑妈，这繁忙，这体贴，是一个妻子最愉快的时刻。

“哎，哎，那就吃面吧！”姑妈答应着往外走。

韩子奇却无力地把脑袋垂在椅背上，睡着了。他实在是太累了。

“爸，爸，您先别睡啊，天还没黑呢，”天星摇晃着他，“您给我说说外国的事儿，告诉我小姨什么时候能到家？”

这个从记事儿起就没有享受过父爱的孩子，对天外飞来的父亲是那样新奇，还不懂得体贴。

韩子奇片刻的逃遁，又被他晃醒了。

韩子奇洗了澡，换了中式衣裳，吃了饭，天已经黑定了。

一家人还围在饭桌边，向他问这问那，说不完的话。煤油灯芯儿在熏得发乌的玻璃罩中静静地燃烧，辐射出柔和的光轮，温暖而朦胧，使韩子奇想起在亨特家的地下室里那昏黄的烛光。绵绵夜话千万里，面前的人却改换了，这是梦吗？

“天星，别缠你爸了，他回来就不走了，往后爷儿俩聊天儿的日子长着呢！快跟姑妈睡去吧，你明儿早起来还得上学呢！”韩太太哄着儿子，实际上也是连带说给姑妈听的。

姑妈一点就透了，“快着吧，天星，你爸也困了！”

天星挺不情愿地跟着姑妈往东厢房走去了。

韩子奇却丝毫睡意也没有。漫漫长夜又横在他面前，他不知道该怎么往前挨！

他走到院子里，外边是幽幽的夜色。没有月亮，没有星星，黑沉沉的天井中，只有窗纸透过来的一点黯淡灯光，海棠和石榴的枯枝把窗纸切割成不规则的碎纹，好似瓷器釉面的“开片”。檐下的游廊，廊下的石阶，阶下的甬路，路又连着石阶，木雕影壁，垂花门，这一切都是他所熟悉的、铭记在心的，即使没有任何光亮，他也了如指掌。他抚摸着廊柱，抚摸着黄杨木雕影壁上四扇不同月色的浮雕。以为要失去的，却留下来了，付出的只是岁月。岁月是留不住的。岁月留给人的是创伤，在伦敦，在北平。北平并没有经受伦敦那样的轰炸，所以“博雅”宅还在，这令他有一种失而复得的感慨。但是，奇珍斋却失去了，为什么会失去呢？他心中有太多的疑问，都得让璧儿说明白，可是现在，有更迫切的难题摆在面前，他还顾得上问那些事儿吗？

他回到上房，韩太太正在东间卧室里做夜间的宵礼，虔诚地感激万能的主，送她的丈夫平安归来。韩子奇不打扰她，推开了西间隔扇的门。里面很暗，一股久无人住的阴潮气息。他回身端起了客厅里的煤油灯，走进阔别十年的书房。

书案还在，座椅还在，书架还在，那些陈旧的线装书、硬脊的洋装书，显然没有人动过，蒙着厚厚的尘土。如果房子被“征用”过，会这样原封不动吗？

他把灯搁在案上，在案旁的明式硬木椅上坐下来，这一坐，好像连站起来的力气都没有了。他觉得脚下触到了什么东西，这地不像过去那么平整了，硬硬地硌着他。他弯下腰，低头看看案子底下，是一块黑色的长方形木板横卧在那儿，是什么？他端了灯去照。啊，灯几乎从手里摔落，那是他的黑漆牌匾，灯光下，三个鎏金大字虽已斑驳暗淡，却仍然清晰可见：奇珍斋！他放下灯，跪在地上，小心翼翼地捧出那块厚重的木板，拂着上面的尘土。他的手在颤抖，清泪滚落在染着霉斑的金字上！他早已从老侯的信中知道奇珍斋倒闭了，但那是什么时候？在天塌地陷的大轰炸中，每天都不知道有多少人失去性命，多少家店铺灰飞烟灭，“天塌砸众人”的痛楚已令人麻木了。如果奇珍斋“死不见尸”，他也许不至于这样动心。而现在，当劫后遗物摆在他的面前，才真真切切地感到：完了，半生的心血果然是完了！

韩太太已经做完了宵礼，在向真主表达了至诚的感激和更加美好的愿望之后，她感到轻松舒畅，怀着夫妻久别重逢的欣慰与喜悦，往西间走来了：“他爸，还不早早儿地躺下，在那儿瞎翻腾什么？家是你的，该怎么归置，你说话，明儿叫大姐给你好好儿地……”

好兴致突然被拦腰截断了，她神色慌了，手刚扶着西间的门框，就看见韩子奇跪在地上，无声地拂拭那块奇珍斋大匾！

“他爸，我不敢叫你瞅见，谁知道你……”

“告诉我，店是怎么毁的?”韩子奇抬起头看着她，背着灯光，那闪烁的泪眼令人望而生畏。

“他爸，你听我说,”韩太太麻木了，全身都在瑟瑟发抖，丈夫的询问触动了她内心的伤痛，“都是我的‘古那亨’(罪过)！我对不起老侯，对不起你！奇哥哥，我糊涂啊……”

跟他说实话吧，一切都无法再隐瞒了！她无力地扑在丈夫的肩上，岁月在眼前痛苦地倒流！一只戒指，就是因为那一只蓝宝石戒指，她不该委屈了老侯，犯了众怒，十几号人一起“伙辞东”，没法儿收场了。更不该的是，她竟然两眼一抹黑地把奇珍斋卖给了有杀父之仇的“堵施蛮”，让蒲寿昌称愿了，正是他，亲自指挥着把这块大匾从门脸儿上摘下来，哐当一声摔到地上！

……

韩子奇被这致命的一击打蒙了！他视若生命的奇珍斋，竟然是这么毁掉的，与其如此，还不如干脆被炸毁呢！毁于战火，只能使他痛惜，而如今留给他的却是耻辱，永远难以雪洗的耻辱！如果仅仅是破产，并不可怕，他经历过贫困，经历过磨难，家业正是在贫困和磨难中创立的，纵使一切都退回到零，也不足以使他气馁，只要有人在，他就相信“千金散尽还复来”。大战之后匆匆赶回家园，他其实已经做好了最坏的思想准备：家破人亡。但是，事实却完全出乎预料，家还在，人还在，而除此之外的一切——名誉、地位、信义、人格，统统都被毁掉了。在北平玉器行中名噪一时的“玉王”，废黜了，首屈一指的字号“奇珍斋”，不存在了。奇珍斋毁于强敌之手，也毁于内讧、内乱、自相残杀。伙计集体辞职，这在商界中是极为罕见的，足以把奇珍斋的字号抹黑了，它的垮台也就无可避免了。再想把这块被玷污了的金字招牌挂上去，难，比登天还难！

“你……把我毁到家了!”他喃喃地说，不是怨，不是恨，而是心灰意冷的呻吟，“从今以后，我没有脸见人了，同行、朋友、主顾、街坊四邻……唉，躲开吧，远远地躲开一切人，北平没有韩子奇这个人了，只当我死在外头了！唉，早知如此，我何必回来呢？何必……何必呢?”

“他爸，你……心里难过，打我骂我都是该当的，别这么懊糟自个儿，”韩太太看他那愣愣怔怔的样子，让人心寒，宁可挨他一顿打，也比这样儿好受，“都怪我啊，我毁了家，丢了人，对不起你，对不起老侯，也对不起祖坟上的亡人！昨儿黑间，五更天的时候我才打了个盹儿，看见咱爸来了，他对我说：‘璧儿，璧儿，你等着他；子奇是个好孩子，把家交给他，我就放心了！’我抓住他的胳膊就哭：‘爸，咱的店没了，我不敢见他了！’咱爸抡起胳膊就给我一巴掌……我就醒了！哭啊哭啊，越哭心里越害怕：盼着你回来，又怕你回来；我真是没脸见你啊，奇哥哥！”

韩子奇碎裂的心被泪水浸泡，一腔热血在胸腔涌动，他想起了奇珍斋的第一次破产，想起了师傅梁亦清，那是他今生今世永不能忘怀的！梁亦清生前并不是他的岳父，永别之际他还是叫着“师傅”，二十多年之后的这一声“咱爸”，唤起了他多少情感，那原是父子之情都不能相比的！师傅“无常”之前没有来得及临危托孤，但是亲密无间的兄妹情结却把他和璧儿牢牢地连在一起了，“奇哥哥，你娶了我吧！”这就是奇珍斋东山再起的根基。奇珍斋是梁家的，不是你韩子奇的，你有什么资格谴责师傅的遗孤呢？如果没有璧儿这个刚强的长女，也许后来的一切都不存在了！

“我不怪你，璧儿，”他叫着她，抚着她的肩，“怪我这个无能的男子汉，没担起沉重，在最紧要的时候，我跑了……”

“别，奇哥哥，”丈夫的体谅和宽容，是对妻子的最大安慰，对于一个没有文化知识、没有独立职业、没有事业追求而心中只有丈夫和家庭的女人来说，她所需要的，她所期待的，似乎也只有这些了，“好容易盼到你回来了，还能再叫你朝我告饶儿？别折我的寿了！人家都说，男人的心狠，你的心还是像过去那么软。奇哥哥，别难过，事情已然这样儿了，难过也是枉然，得珍重自个儿的身子。还是那句话：留得青山在，不怕没柴烧。人都平平安安地回来了，我还求什么？再者说，你带走的那些东西，万幸都还能归了家，我这儿也留着几件儿呢，咱还能害怕吃不上、喝不上？”

女人的脸，七月的天。不定从哪儿飞来一块云彩，瓢泼大雨下得天昏地黑；一会儿工夫兴许又刮来一阵风，吹得万里无云。韩太太心怀恐惧地哭诉了伤心往事，得到的却是丈夫的安慰，韩子奇不但没有雷霆暴怒、恶言谩骂、拳脚交加，反而还把沉重往自己肩膀上揽，直说自己的不是，韩太太压在心上的乌云就立时散去了。一句好话三分暖，大难之后的这份温情，来得何等适时！这样的男人，她等得值，疼得值；男人回来，家里又有了顶梁柱了，她什么也不怕了，一切忧愁烦恼都没有了，日子还得好好儿地过！

“瞧瞧，别这么愁眉苦脸的了，把那些事儿都扔到脑勺子后头去！”她反过来又安慰丈夫，脸上泛出贤淑温存的笑容，端起了书案上的灯，“睡去吧，都到这时候了，刚回来就熬夜！快睡去，好好儿地歇一宿，明儿早上晚点儿起，我叫大姐买牛肉去，包好了饺子等你！”

一团荧荧的光亮往东间卧室走去，韩子奇默默地跟着她，游魂似的。

卧室里，还是十年前的老样子，照原样摆着榆木擦漆的大立柜、衣箱、床头柜、钱柜、茶几和靠背椅，还有那张带雕花栏杆的大铜床。这一切都是他所熟悉的，但一切又都隔绝十年了。

韩太太把煤油灯搁到床头柜上，转身抄起扫炕笤帚，打扫着床单。其实，那床单她刚才已经扫得纤尘不染了，靠北墙整整齐齐地叠着两床棉被，东头床栏边，并排摆着一对儿枕头，比翼双飞的鸟儿似的。

“快躺下吧，哪儿也不如自个儿的家好啊，在外头，谁给你铺床叠被？”韩太太扔下炕笤帚，脱鞋上床，跪在那儿把被子摊开，并排铺好，转过身来瞅着韩子奇，“还耗什么？你不困？”

“我不困，你先睡吧。”韩子奇说。那神色懵懵怔怔，如在梦中。煤油灯下的卧室，朦胧中有一种温馨的气息，像是新婚夫妇的洞房。人说小别如新婚，何况是十年的长别？天涯倦客，万里归来，故园应是温柔乡！但是，置身于自己的床前，面对着温存的妻子，韩子奇却惶然悚然，仿佛有一道无形的屏障，把他隔开了，“你先睡吧，我……我坐一会儿。”

“怎么的了，你?”韩太太好笑地瞅着丈夫，“是不是睡外国的地窖子睡惯了，回到家里倒择席了？贱骨头不是?”

“不，我……反正是睡不着，”韩子奇无力地坐在椅子上，“……睡不着，还不如在这儿坐一宿……”

“你……怎么回事儿?”韩太太脸上的笑容消失了，她突然也意识到了有一道无形的屏障，把夫妻之间的情感一下子拉得老远老远。对男人最敏感的是他的妻子，韩子奇这异常的神色，不近情理的言语，使韩太太的心从滚热骤然降成冰凉，一股被冷落、被委屈的幽怨之情油然而生，“怎么着？我热肠子热肺地对待你，你倒嫌弃我了？你十年不着家，我是怎么样儿等你来着？是沾上什么灰星儿了，落下什么话把儿了？街坊四邻有什么闲言碎语了？你打听打听去！韩子奇的媳妇是个什么样儿的人，世人有眼，为主的有眼！……”

韩太太珠泪垂落。鸟爱自己的羽毛，人爱自己的名声，良家妇女珍惜自己的贞洁甚于生命。万里归来的丈夫久别重逢不同眠，这等于宣判她有“七出”罪！可是，她是干净的啊，她不能承担莫须有的罪名，“你说啊，捏我什么短儿?”

“我……我什么也没说啊，”韩子奇躲开她的视线，转过身去，把头埋在灯光的阴影里，“我知道，你是个自重的人……”

“那你耷拉着脸，装什么蒜？拿什么劲儿？在那儿坐一宿，疯了?”韩太太得理不让人，气呼呼地下了床，走到韩子奇的跟前，狠狠地伸出一个手指头，点着他的额头，“说话呀，你！”

韩子奇一言不发。他不是没有话说，他心里有许许多多的话，非说不可，却又没法儿说。他把那些话掂量来，掂量去，像做文章似的变换了千万种章法，也找不到一套最合适的起承转合。不说，是不可能的，除非他根本不进这个家；说，是真难，进了家他就觉得自己的嘴不受头脑的支配了，几次要开口，又都咽了回去。正因为如此，他听到奇珍斋倒闭的奇耻大辱也没有发火，看到那剜心刺目的牌匾也只有黯然垂泪。他心里有比这还大还难的事儿，瞒着妻子和告诉妻子对他来说都是同样的难。此刻，乌云在他眼前翻滚，雷霆在他头脑中轰鸣，刀枪剑戟在他五脏六腑乱搅一锅粥，有生以来的四十三年他没有陷入过这样的困境，完全自作自受、自我毁灭的困境，他甚至恨自己为什么没在伦敦的大轰炸中粉身碎骨。那样，留给别人的是恩、是怨、是思、是忘，他全然不知道了，也不必清理这一团乱麻了！

韩太太进了迷魂阵。三刀子攮不出一句话来，韩子奇从不是这样的人，这是怎么了？十年不见，他变了，那个精明爽快、出口成章、处事果断的韩子奇哪儿去了？变成了这么个窝窝囊囊、吞吞吐吐的人！这到底是怎么回事儿啊？

“我跟你说话呢，你听见没听见？聋了？哑巴了？”韩太太气得咬着牙，两手攥拳直哆嗦。她是个急性子人，容不得这种软磨硬泡。

“我……心里烦……”韩子奇不得已抬头看看她，话说了半句，又停住了，那双陷在眉弓下的眼睛，竟然黯淡无光，像个半死不活的人。

“烦？烦什么？有话就跟我说，是不是在外边儿惹了什么烂儿了？”韩太太心里直打鼓，又为丈夫着急了，头脑里冒出一串但凡她能想得到的恶话，一个个地试着问，“是那个洋人亨特坑了你了吧？把东西昧下了？你不敢告诉我？”

“没有……”

“路上遭了抢了？”

“没……”

“外头该着人家的账？”

“不，要是这些事儿就好了！”韩子奇失神地望着发黄的高丽纸顶棚，煤油灯把他的影子投射上去，脑袋像锅盖似的，黑幢幢犹如追踪着自己的一个魔影，使他毛骨悚然，在阴冷的春夜，脊背和额头上却在冒汗，“我该怎么跟你说呢？我……”

猜谜语似的一次次都落了空，韩太太慌了，在她的心里，闪过了一个女人最不愿意想到的念头，说出来自己都觉得心跳：“你……是不是在外头靠上什么女人了？”

韩子奇颓然垂下了头，顶棚上的那个魔影猛地扑下来！

最坏的谜底，却不幸言中！

韩太太顿时如雷殛顶，她的精神寄托，她的幸福憧憬，十年来她苦苦盼来的美梦，在这一瞬间被击碎了；她所信赖、所依靠的丈夫，她心目中最完美的男人，她生活中不可缺少的顶梁柱，坍塌了，折断了，垮了，完了！她感到浑身的血脉都冻住了，手脚都麻木了，连嘴唇都冰冷了，“好哇你个没良心的！我们在家吃苦受罪下‘多灾海’，你倒在外头花哨上了！什么骚娘们儿、浪女人、狐狸精迷上你了？”

韩子奇把头垂到胸前，大气也不敢出了。

“说呀，你说！”

韩子奇双手捂着脸，他没法儿说。

“说不说？你不说我这就死在你脸前头！”

韩子奇咬着自己的嘴唇，他恨不能抢先找个地方死去！

韩太太脸色铁青，手里当真举着一把剪子，对准了自己的胸膛！这个男人，她已经丝毫也不留恋了，一刀结束自己的生命，也并不是什么可怕的事儿。过去活着是为了他，往后就用不着了！“你说，那个女人是谁？”

韩子奇一个冷战，艰难地从嗓子里挤出了两个字：“玉儿……”

“当啷！”剪子落在了地上！

沉默，长久的沉默。

节外生枝的男女私情打碎了韩子奇在妻子心中的形象，打碎了韩太太的一切希望，这远远超过了蓝宝石戒指的失落和奇珍斋的倒闭，她生命的全部意义都不存在了。而夺走她的丈夫、拆散她的家庭的那个“骚娘们儿、浪女人、狐狸精”不是别人，竟然是她的胞妹，是玉儿无情地拿刀剜了姐姐的心！韩太太脚跟发软，地暄得像棉花，身上轻得像柳絮，她扑倒在床上，连爬起来的力气都没有了……

不知过了多长时间，她突然像被扎了一刀似的跳起来：“噢，我可是真傻，真傻！怎么我那会儿就没往这上头想呢？你们是早就捏咕好了的：一个先出门儿，一个后追上去，到外头再碰面儿，还假模假式地往天星身上塞张条子，算是跟我打了招呼了，糊弄我这个傻没心的！你们跟我弄弯弯绕儿，我对你们可是实打实，一个是我孩子的爸爸，一个是我亲妹妹，我做梦也没敢往这儿想啊！韩子奇，你这个没人伦的东西，我爸爸我妈是怎么对待你？我是怎么对待你？玉儿她……她也跟你的亲妹妹是一个样啊！……”

“是……我知道……”韩子奇垂着头，嗫嚅着说。

“知道？知道为什么还这么不要脸？”韩太太火冒三丈。

“不，我不知道……走的时候根本不知道她自己跑出来了，你……不知道她为什么要走，我们没有……”韩子奇极力想把事情说清楚，却语无伦次，越说越不清楚了，“我没有……她就像我的亲妹妹，她还是个孩子！在外边儿，我供她上……牛津大学，我没有……后来……”

“后来又能怎么着？后来就不是你的亲妹妹了？后来你就起了邪念了？后来你就不是人了？”韩太太咬着牙，恨不能把这个无耻的男人撕碎！

“不！你听我说，我……怎么跟你说呢？”韩子奇茫然地抬起头，幽暗的灯光下，他仿佛又回到了人间地狱般的伦敦，“是战争，毁灭一切的战争，令人绝望的战争，把我们……”

……

那是一段不堪回首的历史，颠倒的历史，混乱的历史，毁灭文明、毁灭生命、把人推到死亡的边缘、推到旷古的原始状态的历史！

断壁残垣下的地穴里，囚禁着尚未了结的四个生命，也许明天的轰炸过后，这里就是他们永久的归宿了。奥立弗的惨死，给亨特夫妇的心灵以致命的戕害，财产的积聚、事业的追求，变成了分文不值的粪土、随风飞散的泡沫，一切都毫无意义了。和善而多语的亨特太太变得木讷呆滞，不再唠叨了。每当警报解除之后，她那穿着黑裙的身影总是出现在坍塌的小楼的瓦砾之中，沿着裸露的楼梯上来下去，下去上来，再扶着折断的栏杆，愣愣地往远处望上半天，好像在等待着她心爱的儿子归来。

“走吧，亲爱的，奥立弗已经离开我们了，他不会回来了！”

“怎么会呢？我还等着他吃晚饭呢！这么好的孩子，怎么会没有了呢？我等着他，他会回来的，会回来……”

夜晚，沙蒙·亨特把她拖进地下室，在昏黄的烛光下，喂她一点儿吃的，是老亨特好不容易从炸得稀烂的街上买回来的。亨特太太不再失眠了，她在梦中寻求安慰，寻找失去的一切，发出甜蜜的梦呓："奥立弗……"

梁冰玉整日整夜地躺在地下室里的铁床上，深重的创伤不但摧毁了她的心灵，也击垮了她的肉体，她像一个垂危的病人，没有任何力量再使她支撑着疲倦的生命站起来了。

韩子奇整日整夜地守在她的床前，喂她水，喂她饭，强迫她珍惜自己的生命："玉儿，不吃东西是不行的。你病了，得想办法去看看……"

"不用看了！奇哥哥，我没病，是我的心……死了！"

"心死了？"韩子奇心里一沉，"玉儿，你……怎么说这种话？"

"我说的，是真话……"梁冰玉凄然垂泪，"一个人，怎么有这么大的罪啊？从北平逃到伦敦，还是逃不出去，现在，姐姐也没了，家也没了，我还能往哪儿逃呢？这个世界上，没有我容身的地方了！"

这番话，字字打在韩子奇的心上。他当然明白，玉儿所说的"逃"，并不仅仅是逃离战争，比炮火硝烟更残酷的是心灵的折磨，不要说一个柔弱少女难以忍受，七尺男儿又何尝不如此？他真后悔，三年前不该从家里出来，现在即使想回去也无家可归，奇珍斋、"博雅"宅、璧儿、天星都不复存在了，一想到这儿，他就剜心地痛！现在，这个家只剩下他和玉儿两个人，如果再失去玉儿，他还活着干什么呢？还不如一起死去！

轰炸还在继续，希特勒的"海狮计划"是要摧毁英国的一切港口、机场、工业城市，消灭英国的空军主力，破坏英国的经济潜力和国家管理体系，征服英国的民心！英国空军和地面高炮部队奋起还击，拼死战斗，但是，代价是惨重的，九百多架飞机被损毁了，一百多万幢房屋被摧垮了，八万六千名居民被炸死了！对每个人来说，死亡随时都是可能的，而活着的希望却渺茫得像梦想！

"韩先生，走吧，"沙蒙·亨特抬头望着颤抖着的水泥板，"我们一起搬到地铁去，搬到更牢固些的防空壕去吧，这个'家'，恐怕住不得了！"

“亨特先生，您和太太走吧！冰玉衰弱得这个样子，我怎么走啊？”韩子奇绝望地叹息，“不走了，我不怕死，死了倒好了！”

“死了好？”沙蒙·亨特侧过脸来，认真地琢磨着其中的哲理。

“人间是苦海，死了，不就解脱了吗？”韩子奇一脸严肃，不像是随便发发牢骚，他真的希望就此和玉儿一块儿告别人生，免得她只身到另一个世界去受苦，也免得自己孤独地留在人间苟延残喘。

“说得对！死了，就可以看见我的奥立弗了？那就一起死吧，死吧！”沙蒙·亨特含着泪在惨笑，他摸索着走到墙角里，找出那瓶被冷落的陈年“老窖”，仰起脖子咕咚咕咚一饮而尽，啪地摔碎了瓷瓶，瞪着血红的两眼，踉踉跄跄摔倒在床边，用沙哑的嗓音唱起了一首歌，那歌儿本来是在伦敦街头晃晃悠悠的醉鬼唱的，游戏人生，放荡不羁，如今出自亨特口中，凄凉得却像唱挽歌，像号哭！

亲爱的老伙计
快活的老伙计！
不论祸福凶吉，
我们紧紧挽在一起！

亨特醉了，麻痹了，睡去了。对他来说，能够借暂时的麻醉逃避清醒的人生，已经是莫大的享受，“但愿长醉不愿醒”！

地穴在灾难中沉睡。人们今天一起活着，也许明天就一起死去。

梁冰玉躺在铁床上，闭着眼睛，她似乎睡着了。

黑暗中，她的脑际闪现出一个明媚的世界，清亮的阳光，和煦的春风，青翠的丛林，娇艳的花朵，轻柔的鸟啼。啊，世界应该是这样的，人生应该是这样的！平缓的沙滩，碧蓝的海水，轻盈的白帆，宁静的小岛，啊，世界应该是这样的，人生应该是这样的！当她从娘胎中呱呱落地，作为一个人向这个世界报到，她本来就应该拥有这一切，可是，她拥有了吗？

突然，小岛不见了，白帆不见了，海上风起云涌，巨浪滔天，急剧的漩涡中，一个少女在挣扎，在呐喊！那是谁？是九十年前被命运抛弃的维也纳姑娘，还是她梁冰玉自己？汹涌的波涛中，她在下沉，下沉，挣扎、呼喊也无济于事……

“奇哥哥！”她呼喊着，睁开了眼睛。

“玉儿，我在这儿呢！”韩子奇攥着她那湿淋淋的手。“你怎么了？”

“我……我要沉到海底去了，我不愿意死！”她说得语无伦次。

“做了个噩梦吧？”韩子奇听懂了，安慰她说，“别怕，你不会死，你还这么年轻，怎么能死呢？”

“是吗？……”

“当然！你是个好姑娘，人生才刚刚开头儿啊，真主会赐福给你的！玉儿，你应该有勇气，往前走……”他这样说着，其实连自己也不知道前面是什么。

“不，我没有勇气，我怕；我爱人生，可是，爱，是罪恶……”说到“爱”这个字，她不禁瑟瑟发抖。

“爱，怎么会是罪恶？玉儿，你不要总是用过去的痛苦折磨自己，将来会有一个美好的人生……”

“是吗？”她惊恐地抓住他的手，“我还有爱的权利吗？还有吗？不，没有了，我就要死了，就要沉到海底去了，我怕！奇哥哥，抱着我……”

韩子奇把她抱在怀里，让她的脸贴着自己的胸膛，听着那心脏的跳动声，让她相信还活在人间，驱散对死亡的恐惧，什么魔鬼都不能从他的怀抱中夺走她！

“噢，我还是一个活着的人……”她的声音微弱而颤抖，“一个活着的人，我……有权利生活，有权利爱！”

“有……应该有，你应该有一切……”他安慰着她，也安慰着自己。

“奇哥哥，抱紧我……”

他抱紧了她。

“奇哥哥，吻吻我……”

他惊呆了。这是什么？是爱的潮水在向他涌来？是兄妹之爱，还是男女之爱？是二者兼而有之，还是人的情感在不知不觉中悄悄地转化，突然爆发的狂潮迅雷不及掩耳，反而让他惊慌失措？

“不，玉儿，我们不能……”

“为什么？”

他沉默了。在世间匆匆奔跑了半生，名满京华，蜚声英伦，三十八岁的韩子奇，第一次被“爱”震颤着灵魂，这是从来也没有过的情感。在过去的岁月里，他其实只知道人和人之间存在着恩怨，恩恩怨怨，你来我往，就是为了报恩或者报怨，却不知道还有属于自己的“爱”。现在，过去的一切都被切断了，他还有什么？他紧紧地抱着玉儿，一种罪恶感在威胁他，阻止他做任何非分之想！她是谁，是亲如手足的妹妹？是自幼耳鬓厮磨的伙伴儿？是患难与共、生死相依的朋友？这些都是，但如果仅仅是这些，为什么在奥立弗要把她“夺”去时，他曾感到恐慌？为什么在她挣扎于死神面前时，他甘愿和她一同死去？为什么当她终于向他袒露着爱、渴望着爱，他却又是这样地惶惑？他说不清这一切……

“啊，你也是一个……懦弱的人，和我一样！是人毁灭了人，毁灭了自我！奇哥哥，我们是人，活着……就应该像一个人，有爱的权利！”

“我……有吗？”他问着她，也问着自己，“我可以爱吗？”理智在和血肉之躯搏斗，他在心里编织着层层罗网，把自己牢牢地束缚，而这罗网竟然又松散无力、不堪一击，被他自己冲破了。他怀抱之中的这个天生丽质却多灾多难的姑娘，这个温情脉脉却被抛到无情世界的姑娘，她究竟是谁啊？不，他们没有共同的血缘，没有不可逾越的障碍，是同命相连的兄妹，又是各自独立的两个人：男人和女人！

仿佛是发自地层深处、发自冥冥之中、发自血肉之躯的呼唤，将一颗封闭的心唤醒了，将一种埋得太深藏得太久的情感唤醒了，人世被忘却了，天地塌陷了，山洪暴发了，海水吞没了陆地，雷电毁灭了生命，只剩下孤岛中的阿丹和哈娃，世界将重新开始！

世界重新开始了，两个人的世界！不知道它是罪恶、是苦难，还是幸福、是希望？两个灵魂的垂死挣扎，两个灵魂的遥相呼唤，两个灵魂的猛烈撞击，两个灵魂的痛苦呻吟。是人毁灭了人，还是人拯救了人？

人生愁恨何能免，销魂独我情无限……

梦里不知身是客，一晌贪欢！

人生是一场梦吗？不，梦醒之后还可以忘却，人生可以忘却吗？

人生是一部书吗？不，书成之后还可以删改，人生可以删改吗？

人生从来没有蓝图，度过了人生，才完成了人生。

历史从来都是即兴之作。而当它成为历史，才被千秋万代喋喋不休地评论。而无论是怎样评论吧，都不能改变它的曾经存在，只有从偶然中寻找必然，使它顺理成章。

历史是人的足迹。但并不是所有留下足迹的人都敢于正视自己的历史。

历史是无法重写的。不管它是牵动亿万人的命运的一场巨变，还是不值得写在纸上的区区凡人的一段寻常经历。

一切都过去了，一切都留下了。

……

又是长久的、难堪的沉默。

女人的不幸，莫过于发现丈夫另有新欢；男人的耻辱，莫过于向妻子招供外遇。而这“新欢”，这“外遇”，却又出自同一个家庭，同根相生的姊妹！命运啊，为什么这么残酷？

奇珍斋主完美的形象破碎了。也许，世界上根本没有完美无缺的人，那只是由爱而产生的错觉。也许，直到奇珍斋主韩子奇返回故国、跨进故园之时，他也在相信自己四十三年来所塑造的形象是无可指责的。但在这一瞬间，却散了，碎了，不干净了。“博雅”宅那条百年不朽的木头门槛，像一道凛然界石，把他的灵魂分成了两半，在跨进这道门槛之前自认为顺理成章的一切，跨进门槛后都变得荒谬绝伦。当他重新面对妻子的时候，才突然发觉原来妻子对他怀着这么强烈的爱，而在过去的岁月里却被他漠视了，正因为这样，他才会在变换了环境之后像一个初涉世事的青年那样去认识、去经历另一场爱！

玉儿……玉儿到底算他的什么人？他们在国外以“夫妻”的身份生活了数年并且以这样的身份回国，那么，璧儿又该置于什么地位？韩子奇，你做下了什么事啊？对于师傅身后留下的这一对孤女，你……你有罪啊！

韩太太痴情的心破碎了。她要撕了这个负心的男人，这个停妻再娶的“陈世美”，站在当街骂他，当着街坊四邻寒碜他，让世人都知道平日里衣冠楚楚道貌岸然的韩老板是个什么东西；让他丢人现眼，身败名裂，见人矮三分，今生今世抬不起头来！但是，她不忍。他是谁？是和她青梅竹马、两小无猜的奇哥哥，是她在危难之际没有嫁妆、没有宴席、没有宾客的“婚礼”中委身的丈夫，是在奇珍斋家破人亡之后重振家业拯救了梁家寡母孤女的恩人，是她那生在福地、长在难中、十一岁才见着亲爹的天星的爸爸，战争拆散了这个家庭，他大难不死，又回来了，奔着娘儿俩来了，她恨他，但狠不下心去置他于死地！她要撕了那个荡妇，那个勾引她男人的狐狸精，拧她的嘴，抽她的脸，往她身上啐唾沫，扭着她去游街，让两旁世人、大人小孩儿都唾骂她那见不得人的丑事儿，臊得她一头撞死在南墙上！但是，她不忍。她是谁？玉儿，五岁没了爹，十二岁没了妈，苦根苦苗苦孩子，在姐姐手底下长成了人，那情感，一半儿像姐妹，一半儿像母女；玉儿大了，天下没有不出门儿的闺女，当姐姐的把这件大事儿忽略了，谁知道她在“燕大”受了那样的委屈？谁知道她在外国一耗就是十年？天下没有不开的花儿，这十年里头姐姐能做了她的主？要是嫁了个黄头发、大鼻子的洋人，你也一点儿咒儿没有！她还是小，还是傻，没个管束太任性，一步走错了，还能当真宰了她不成？当姐姐的恨她，但又有什么法子啊？这个不争气的丫头！

韩太太伏在枕头上，连哭的力气都没有了。

“你……把我妹妹毁了！”

“……”韩子奇张口结舌。

“你把你自个儿也毁了！”

“……”韩子奇无言以对。

“你把我们娘儿俩早就忘了！”

“哦，忘了?”他茫然地抬起头，“我……忘不了啊，要是真忘了，我还会回来吗?”

“回来？谁叫你回来的?”韩太太猛地转过脸来，“既然做了那样的事，又何必回来？你们不会隐姓埋名，躲得远远的？一辈子也别回来，我眼不见，心不乱，只当你们死了，还能留个念想，祖坟上没有你们的骨头，倒落个好名声!”

“唉!”韩子奇揪着自己的衣襟，发出一声痛悔的悲鸣，“要真是那样，倒好了!”

“怎么着?”韩太太一愣，她没想到韩子奇竟然会这么说、敢这么说，“你还真有这个心啊?”

“刚接到老侯的信的时候，就是这么想的……”韩子奇实话实说，“北平，不回去了!”

韩太太心里咯噔一声。老侯的出号和奇珍斋的倒闭，是她的软肋，她的心病，一提到这档子事儿，就心里愧得慌。韩子奇刚进家的时候就说在英国接到过老侯的一封信，刚提起个头儿，就让姑妈给岔开了，看来，还是岔不过去啊，那里头准没好话。

“老侯……信上说什么了?”她问韩子奇，心里给自个儿壮胆儿，甭管老侯说什么，那事儿都过去好几年了，能怎么着？哼，韩子奇，你还别拿这个摔打我，现在，我手里可捏着你的短儿呢!

“信上说，北平兵荒马乱，奇珍斋垮了，咱家的房子被充公了，你和姑妈带着天星出去投亲靠友，不知流落何方，也不知是死是活，劝我千万别回来……”

“什么?”韩太太听着这八不沾边的瞎话，不禁火冒三丈，“谁的房子充公了？谁投亲靠友了？他屈嚼！这是恨我们不死，盼着我们家破人亡!”

“还不是因为你伤了人家？兔子急了还咬人呢!”韩子奇说，“唉，要不是他那封信……”话说了一半，却又咽住了。

“怎么着?”韩太太立即接住这个茬儿。

“要不是他那封信……”韩子奇只好把难以启齿的后半句话说出来，“后来的事儿……都没有了!”

“嘿?”韩太太听着不对味儿，张嘴就给他顶回去，“合着你造的孽，都是因为那封信?你可真会找辙，拉一个死鬼当挡箭牌!可惜，他死了，没法儿替你说话了!”

韩子奇张了张嘴，却只能无言地一声叹息。老侯，曾经是他最得力的助手，最可托付的朋友，最终却反目成仇，那个生命的逝去在他心中引起的是悲、是恨还是遗憾?不知道。他无论如何也想不明白，一向诚实敦厚的老侯怎么会编造那么离奇的谎言?如果老侯还在，他一定会亲自上门儿，替璧儿赔个不是，也把那封信的事儿问个明白，但是晚了，老侯走了，死无对证了。

韩太太的话还没说完呢。

“哼，既然不想回来了，那就在外国过一辈子呗，怎么又改主意了?”

说出话来就戗着茬儿。韩子奇听得浑身刺痒，却不能发火，他现在已经没有资格发火，但还是本能地要辩解。

“你不知道，在海外漂泊的人是多么想家!”他神色黯然，好像又回到了战时的伦敦，“无论我走到哪儿，只要能见着个中国人，甭管是福建的、广东的、四川的、山东的，都亲得了不得!天天打听中国的消息，谁又能说得清啊，在报纸上总看到哪儿被烧光了，哪儿死了多少万人，真为你们着急啊!那时候，突然接到了老侯的信，唉，那封凶信，让我们绝望了，把回家的念头都给掐断了!后来，英国不打仗了，我们离开了亨特家，另外租了房子。她到底也没上完牛津大学，就在一所华人学校教书了。好容易盼到日本投降，流落在外的中国人都忙着往家赶，我们呢?既然北平连家都没有了，那个伤心的地方还回去吗?可是，人的心总是和故土连在一起的，有了回家的机会，就在外国待不下去了，走，非走不可!哪怕咱这房子只剩下一堆烂砖碎瓦，哪怕你和天星都……”

“都怎么着了?”韩太太听不下去了，“敢情你是来给我们收尸的?瞧瞧，我们都活着呢，不用劳您驾了!”

“你怎么这么说话?我们可是真心实意往家奔!校长想长期聘用她，希望我们能留下来，可是，哪能留得住啊?我们还是回来了，两个月的轮船，都嫌它走得太慢，恨不能一步跨到家!”

“别这么‘我们’‘我们’的了，两口子似的!”韩太太听得硌硬，当多种情感交错扭结的时候，梳理是困难的，“嗯？说了半天，怎么还是你一人儿回来的？她呢?”

“她在六国饭店……”

“你不是说她还在上海逛吗?”韩太太一愣，从床上坐了起来。

“不，当着大姐，我不得不那么说。她回来了，跟我一块儿回来了……”

“有胆儿回北平，没胆儿进家?”

“不是。因为不知道这房子还在不在，就先安顿在六国饭店，我先来看看……”

“这儿，你都看见了，她怎么着？能住店住一辈子，让你偷偷摸摸地养一个‘外家’？她能永远不进这个门儿？能捂着天下人的眼睛、耳朵?”韩太太的心乱了，远在天边的大火，眼瞅着要烧着眉毛了!

“你说……该怎么办?”韩子奇完全没有了主意，一切全凭妻子定夺了。

“唉!”韩太太无力地发出一声又怨又怒又怜又悲的叹息，“把她接回家来吧，家丑不可外扬，过去的事儿都压在舌根底下吧！她没死在外头，也是为主的祥助，回来了，我不打她，不骂她，连大姐都不能让她听出影儿来，就算泯灭了；过些日子给她找个主儿聘出去，当姐姐的也就尽了责任了。往后永世不来往，也不想她了！你也永远不许再搭理她!”

“这，恐怕也难……”韩子奇胆怯地望着她。

“怎么着?”韩太太心头火起，她的忍耐已经到了最大限度，“我可是把苦水都往自个儿肚子里咽，把面子都给了你们，你们倒还不答应？你当这是在晓市儿上买东西呢，跟我讨价还价，得寸进尺？你还憋着什么狗杂碎？说!”

韩子奇垂下头，“我们……有了孩子了!”

“啊?!”一波未平，一波又起，韩太太被惊呆了!

东厢房里，天星睡得正香，梦里还轻轻地叫着："爸……"

姑妈翻了个身，也不知是什么时候了，模模糊糊听见上房那边儿传出了不高不低的说话声儿，听也听不清，转身就又睡了，心说：三十、四十也还算小夫妻，瞧这两口子，见了面儿话可真多！

天亮了。

姑妈早早地起了床，慌着上街买来了芝麻烧饼、焦圈儿、薄脆，这都是天星他爸过去爱吃的，在外国横是没地方买去，回来准馋北平的吃食，叫他好好儿地回回味儿吧！

上房里没动静。那就让天星先吃了，打发他上学去。甭叫那两口子，昨儿晚上说了一宿的话儿，让他们多睡会儿！一等二等还是没动静，这烧饼可要凉了，薄脆可要疲了！最可惜吃食的是厨子，姑妈很有一种怀才不遇的遗憾，她沉不住气了，就走到上房廊下，先咳嗽一声，才说："我说——天星他爸起来了吗？"

没人应声，她只听到了一声叹息。这是怎么回事儿？乐还乐不够呢，哪有叹气的理儿？上房的门没上闩，她一推就开了，一边纳闷儿一边走进去，东间里头的情景吓了她一跳：一个趴在枕头上掉泪，一个坐在椅子上叹气！

"这是唱的哪一出？"她有意乐呵呵地问，心说准是两口子昨儿晚上说起了这十年的苦处，免不了伤心落泪，她得冲冲这点儿晦气，"大难都过去了，人回来了，还不该欢天喜地？走，擦把脸，吃早点去！"

俩人谁也没理她。

"哟！是抬杠拌嘴了？敢情俩人干了一宿的仗？这是怎么个话儿说的！到底因为什么？天星他妈，有什么话不能明儿再说嘛，这大喜的日子使什么性儿？"

"大姐，"韩太太抹了抹泪，转过脸，说话了，"天星吃了吗？"

"早吃了，都上学走了！你们还不快着？"

"您先吃吧，甭管旁人了！您也甭害怕，我们没打架，在这儿商量事儿呢。您吃完了就歇着您的吧，甭理我们，我们还得好好儿说道说道！”

姑妈好扫兴！默默地给炉子续上煤球，坐上铜壶，就退了出来，掩上门，暗自感叹：这个家，还有什么背着我的事儿？唉，说不是外人，毕竟不如亲姐妹！一路寻思着往外走，回到倒座南房里，拿起烧饼也吃不下去了，心里好不是滋味儿。

“啪，啪，啪……”外边有人敲上门了。

姑妈搁下烧饼就往大门走去，心不在焉地打开门，门外站着一个穿洋服的年轻女人，怀里抱着个约莫两岁的小姑娘。

姑妈不由得一愣，咦，这是谁呀？来干吗的？

“咦？”那女人看见姑妈，大吃一惊，“大姐？真是您啊？”

姑妈看着她面熟，却还是不敢认。十年的工夫，足以把一个娉婷少女变成中年少妇，尽管依然风姿绰约，但毕竟是孩子的妈了，和当年的印象有不小的差距，姑妈的脑子里一时转不过弯儿来。

“大姐，您不认识我了？我是玉……”

“哟！”姑妈这才恍然大悟，“玉儿姑娘？”

“大姐，怎么……这房子还在？你……你们都还在吗？没出去投亲靠友啊？”她对这里的一切都感到惊奇，发出一连串的问话。

姑妈比她更糊涂，完全听不懂她在说什么，昨儿天星他爸进门儿说的就是这一套，今儿玉儿姑娘说的也是这一套，跟说胡话似的，谁知道这是怎么了？也没工夫寻思了。

“玉儿姑娘啊，昨儿听说你还在上海，心说还得两天到家呢，没承想说话就到眼前了！”

梁冰玉也听不懂她说的话。什么“上海”？昨天晚上她在六国饭店等了一宿，也没见韩子奇回来接她，担心他是不是出了什么事儿，就匆匆忙忙地赶过来了，而这儿的一切，她都还不知道呢。

“哟，这是谁家的丫头？”姑妈欣喜地望着玉儿身边的小姑娘，“噢……敢情你在外头都成了家了，孩子都这么大了？瞧瞧，天星他爸回来都没来得及说呢，冷不丁地我都没想到，哪儿敢认？”

梁冰玉一愣，她不知道韩子奇昨天晚上在这儿说了什么，没说什么，而现在，她却突然出现在这里，下面将会发生什么事，她该怎么办，完全不知道……心里这么想着，脚已经跨在门里了，不可能再退回去了。

姑妈伸手就去接孩子，“瞧瞧，这孩子长得跟你妈一个样，花朵儿似的！让姨抱抱，让姨抱抱……”

她本能地认为，玉儿的孩子是回“姥姥”家来了，理当地叫她“姨”。

“叫……叫姑妈吧。”梁冰玉却说。

“叫什么全成，随着天星叫姑妈，也好，跟韩家的孩子一个样！”姑妈笑眯眯地亲着小姑娘的脸，根本没在意玉儿话里的意思。

“姑妈，你好！”小姑娘张开粉红的小嘴，甜甜地叫着她。

“哎，好，好！”姑妈喜欢得了不得，“听这语声儿，还带着洋味儿呢！你爸爸怎么没一块儿来呀？”

“我爸爸，昨天有事出去了，妈妈说带我找爸爸……”

“噢！快叫他来，新姑爷上门儿可是个大喜事儿……”姑妈根本不可能想到小姑娘说的“爸爸”是谁，认定还有一个没出场的“新姑爷”，也快到了，兴致勃勃地领着她们往里走，“玉儿，你这十年也见老了，在外头操心是不是？”

梁冰玉不知道该怎么回答她，望着阔别十年的故园，潸然泪下。啊，这影壁墙，藤萝架，垂花门，黄杨木雕影壁，抄手游廊……梦中的一切，不是又重现在眼前了吗？

“真好玩，真好玩！”小姑娘挣脱了姑妈的怀抱，扶着栏杆往前跑，顺着廊子跑到了西厢房廊下，“妈妈，这是中国的公园吗？我们的家在哪儿？也这么好吗？”

“这就是我们的家……”梁冰玉泪眼望着女儿，好像看到了童年的自己！家，我的家，我又回来了！

“那可不？姑娘嫁到天边儿，娘家还是自个儿的家！”姑妈感叹道，“回来就还住西厢房吧，这是你的老地方！虽说你一走就是十年，西厢房还是照老样子给你留着，归置得干干净净的，什么时候到家，都现成儿……”

“哦……姐姐呢？”梁冰玉迟疑地站住了。既然家还在，人还在，她就不可能不见那个至关重要的人，她的姐姐梁君璧。

姑妈往北屋努努嘴："俩人正怄气呢，见面儿就干仗，溜溜儿地吵了一宿！"

梁冰玉猛然转过脸来，心沉重了！

韩太太无心再怄气了，这是什么声音？姑妈跟谁说话呢？她翻身下了床，急匆匆走出卧室，走出上房，在廊子底下抬起头，院子里，玉儿正在看着她！

"玉儿！"一声发自肺腑的呼唤，韩太太奔下石阶，抱住了向她走来的梁冰玉，捶打着她的肩背，"玉儿，玉儿，我苦命的妹妹！你当初不该走，不该走啊！"

"姐姐！"梁冰玉痛哭失声，伏在姐姐的肩头，贴着姐姐的脸，"我这不是回来了嘛，我不走了，再也不走了！"

积聚得太久的手足之情，都在这一刻爆发了，璧儿、玉儿，这一对儿梁家的明珠，这一对儿骨肉同胞，该怎么表达她们刻骨铭心的情谊、牵心动腑的思念？除此之外的一切，统统都忘记了，姐妹就是姐妹，姐妹永远是姐妹啊！

姑妈又在抬起袖子擦泪了，她忘记了早晨还在自叹是外人，现在却毫不见外地分享这骨肉团聚的喜悦了。"姐儿俩进屋亲去！"

姐儿俩哭哭啼啼往上房走。小姑娘跟在梁冰玉身边，小声地问："妈妈，她是谁？也是我的姑妈吗？"

韩太太猛然转过脸去，她看见了那个小东西，玉儿的女儿，韩子奇的女儿！

"不，这是你……大姨……"梁冰玉喃喃地说。

"大姨，你好！"小姑娘对谁都一视同仁，礼貌热情。

本能的反感使韩太太心头一震！这个小东西，你真是多余来，有了你，我可难办了！但是，这种反感只是在意识中一闪而过，韩太太并不让它显示出来；她要控制住局势，让一切都按照她所希望的方向走！她强制着自己，做出笑容，"哎，"她答应着，"这孩子真乖，大姨一见你就喜欢！大姨这儿好吗？"

梁冰玉立时嗅到了一种气味儿：这儿是"大姨"的家！但是，两岁的孩童却完全听不出其中的含义，“好，大姨的家真好!”蹦着跳着跑上台阶，抢先进上房去了。

她好奇地看着这个陌生的房间，高桌子，高椅子，大花瓶，孔雀羽毛，雕花隔扇……咦，这儿还有一个门，她往门里探探头，看见了一个熟悉的身影，高兴地叫起来：“爸爸也在这里？爸爸!”

僵在东间里的韩子奇，猛地抬起了惊惶的脸!

姑妈端起铜盆，刚想倒点儿热水让玉儿洗洗脸，这一声“爸爸”，惊得她魂飞魄散，手里的铜盆“当啷”扔得老远！“主啊，这是怎么一档子事儿?”

韩太太脸色一沉，对姑妈说：“大姐！您都瞅见了吧？已然到了这一步，也没法儿瞒着您了，他们在外头做出了这样的事儿，一个大姑娘带着个孩子回来了，这叫我是死是活?”

“这……”姑妈张着嘴，事情来得太突然，她不知该说什么好，脸倒被臊得通红。

韩子奇和梁冰玉，一个在里间，一个在外间，隔着一道敞着的门，相对无言。

小姑娘望望这边，望望那边，怯生生地问：“妈妈，爸爸，大姨不欢迎我们吗？刚才她还说喜欢我呢!”

“听听！大姐您听听!”韩太太嘴唇直哆嗦，“这么‘爸爸’‘爸爸’地叫，这不是在抽我的脸嘛!”

小姑娘吓哭了，偎在梁冰玉身边：“妈妈，我怕……”

梁冰玉抱起女儿，背对着韩太太说：“姐姐，你有话跟我说，别吓着我的孩子；孩子有什么错……”

“是啊,”韩太太冷冷地说，“你们都没错儿，都是我的错儿，是我养汉了，丢人现眼了，祖辈的门风都叫我给败了，坟头底下亡人的脸都叫我给抓了，我该跟你告饶儿!”

“姐姐，姐姐……”梁冰玉簌簌地流下屈辱的泪水，“我几万里路回来了，回来却听你这样侮辱我……”

“我倒‘侮辱’了你了？你还知道害臊哇？要皮要脸还敢回来?”韩太太一句不让，步步紧逼，“我还得请教请教你：你回来是干吗来了？是衣锦还乡、光宗耀祖？是来拆家、掘祖坟？是想撺掇着韩子奇休了我，让你们好好儿地过？还是打算在我手底下当个二房啊？”

“姐姐……”当面羞辱使梁冰玉难以忍受，“你说的是什么话？别把我不当人！”

“我把你不当人？你算什么人啊？吃人饭说人话不干人事儿！”

韩子奇坐不住了，倏地从东间的椅子上站起来：“璧儿！你……”

韩太太转过脸，瞪了韩子奇一眼，“我本想把你择出来，还搭什么茬儿？别给脸不要脸！”

“主啊！”姑妈慌得手足无措，“这一家子打成一锅粥，叫我劝你们谁？都别言语了成不成？事儿已然出来了，打吧闹吧也是枉然，有话悄不声儿地说，留神两旁世人……”

“大姐，这可不是我要闹啊，我是顾脸的人！没事儿不惹事儿，可有事儿也不怕事儿，惹到我头上，我可就没有做不出来的！”韩太太气得脸发青，嘴唇发白，眼睛里射出一股冷光。

姑妈吓得哆嗦：“天星他妈，可不能！打了鼻子脸丑，玉儿，是咱们家的人……”

“大姐，冲您这句话，我也得顾这个家呀！”韩太太的眼里不觉也闪着泪花，但她决不让眼泪和情感模糊了自己的一定之规，咬了咬牙，声色俱厉地说，“这件事儿，外边儿的人可谁都还不知道呢，我让它从今儿起就泯灭了，您可谁都不许告诉，连天星都不能让他知道一点影儿，我不能让我的孩子瞅着他爸爸不是人！您要是漏出去半个字儿，咱姐儿俩的情分就算到头儿了！”

“我哪儿能对旁人说？咬烂舌头往肚子里咽，‘无常’了带到坟地里去！”姑妈冷着脸，赌咒发誓，“可就怕瞒不住！她是个大活人，又不是件儿东西，往哪儿掖、往哪儿藏？”

梁冰玉不禁打了个寒战，她连件儿东西都不如了，像个逃犯，要掖、要藏？归途中，思家的心是那样急，哪知道家里根本没有她的立足之地！

“掖着藏着倒用不着，”韩太太胸有成竹地说，“闺女回娘家也是正大光明的，跟外边儿就这么说：她已然嫁了人了，这是回来看姐姐呢，她男人还在外头！”

“这……这不是‘哄秃老婆上轿’嘛，能糊弄几时？”姑妈寻思着，极认真地考虑韩太太提出的方案，好像她们俩是正副内阁总理大臣，有权决定他人的命运，“不成，不成，明摆着一个这么大的孩子呢，一张嘴就叫‘爸爸’……”

“还不兴教她改改口？叫‘姨父’、叫‘舅舅’都成，就是不许她叫‘爸爸’！”韩太太倒是样样都有严密的措施。

“为什么不许我叫爸爸？”小姑娘委屈地哭着说，“爸爸不是舅舅……”

梁冰玉搂着孩子，朝这两位讨论对她们母女的处置方案的人投过含泪的一瞥：“你们连一个两岁的孩子都不能容！她又不是我偷来抢来的东西，她是个小生命，是个人，她是韩子奇的女儿！她有权利叫他爸爸！”

“爸爸……”小姑娘受到了鼓励，哭着叫着朝韩子奇扑过去。韩子奇一把搂住女儿，把脸贴在她那柔软蓬松的黑发上，肩胛、脊背都在抽搐！

“瞅瞅，瞅瞅，亲的切不断啊！”姑妈的论断得到证实，禁不住又抬起袖子擦眼泪了。

“哟，你倒还有说不完的理？”韩太太的主攻方向始终对准梁冰玉，“你在外头念的什么洋书哇？越念这脸皮越厚，添了私孩子倒是你的光彩了？听听，说得多顺溜儿哇，‘她是韩子奇的女儿’，那你还是韩子奇的老婆了？”

“当然是！”梁冰玉的回答竟出人意料地肯定。

“什么？你敢说？”韩太太的一腔怒火又浇上了油，“你……你把我往哪儿搁？”

“你是我姐姐啊，永远都是！”梁冰玉说，“姐姐，不是我成心冒犯你，抢你的丈夫，是战争造成的阴错阳差！你不知道，我们在大轰炸中接到老侯的一封信……”

“我知道了，甭拿这个说事！”韩太太一听就冒火，不耐烦地打断了她，“不就是说这院子充公了，我们娘儿仨跑得没影儿了，不知死活吗？”

“老侯这么说的？”姑妈又搭上茬儿了，她这才明白，玉儿刚进门的时候问的那番话是有原由的，气得一拍巴掌，“听听，这瞎话编的！合着我们就该灭门绝户？”

“就是！”韩太太“嗤”地一个冷笑，问梁冰玉，“那样的瞎话你也信？”

“老侯说得有鼻子有眼儿，我能不信吗？”梁冰玉说，“那封信，一下子把我打垮了，躺了好几个月，天天哭，要不是奇哥哥，我恐怕早就死了！”

“呦，呦，”韩太太听得恶心，“俩人就这么勾搭上了？”

“请你别这么跟我说话！”梁冰玉抬眼看着她，“你根本不懂得，在那种时候，亲人之间的相濡以沫是多么可贵？我已经失去了姐姐，不能再失去奇哥哥，在绝望中，两个人的生命结合在一起，我们相爱了……”

“臊死我了，你个小贱货，张嘴就是‘爱’，亏你还说得出口！”韩太太已经无法容忍，抬起胳膊，一个巴掌打在梁冰玉的脸上，“他爱你！爱你！爱你！嗨，韩子奇！你过来爱呀，好好儿地爱呀！”

韩子奇把头埋在女儿的脖颈里，只有颤抖地饮泣！

姑妈慌着抓住韩太太的手：“可不能！不能动手！天星他妈，玉儿姑娘长这么大，你也没舍得动过她一指头……”

“甭跟我翻老皇历，她不是我的妹妹了！”韩太太胸中燃烧着仇恨，但这一个巴掌打过去，自己也十指连心地疼，无力地跌坐在椅子上。

梁冰玉洁白的脸颊上留着五个紫红的指印，她抚着灼热的脸，却没有还手，凄然说：“姐姐，如果你恨我，你就打吧；如果打能让你解恨，那对我也是解脱，把心里对你的亏欠解脱了。现在这个样子，是谁都没想到的，也不是哪个人的错，是战争改变了一切，改变了人的命运！我们根本没有想到还能活到今天，没有想到北平还能留下这个家，咱姐儿俩还能见面！但是，当这一切都梦想成真了，一家人又走到一起了，却又没法儿过了，这到底是福还是祸？是对还是错？谁又能说得清啊？姐姐！”

她说的是真心话，茫然，困惑，没有答案，泪眼望着姐姐。

韩太太坐在椅子上愤愤地喘息。她不能不觉得，玉儿的话也有几分真情，可讲的都是歪理，眼泪吧嗒地有什么用？想叫我可怜你？一掉泪就什么都认头？没门儿！

“甭跟我无理搅三分，你总不能把圆的说成扁的、扁的说成圆的！”她伸出一个指头，指点着韩子奇和梁冰玉，“他没错儿，你没错儿，难不成是我的错儿？嘿，敢情你是上门儿跟我打架来了？”

“跟你打架？”梁冰玉吃惊地望着姐姐，“我几万里路奔着家来了，难道是要跟你打架？”

“那你干吗来了？”韩太太紧跟着追问，“你说呀，到底干吗来了？”

“是啊，我究竟回来干什么啊？”梁冰玉喃喃地说，扪心自问，她竟然连自己都说不清楚归来的动机。是仅仅想回来看看这难忘的故土，还是要踏遍中国寻找姐姐？如果找到了，以后的日子将怎么过？这些，你想到了吗？不，你根本没想到，家里一切依旧，而人和人的关系却变了：“博雅”宅不仅是你和韩子奇的家，也是梁君璧的家；梁君璧，不仅是你的姐姐，还是韩子奇的妻子，而你，则成了多余的人！这个矛盾，难道可以调和吗？正因为如此，“家”迎接你的是仇恨，来自姐姐的仇恨，你又将怎样抵御啊？

“不该回来，我真不该回来……”她在这仇恨面前战栗了！

客厅里，取暖的火炉，煤球烧得正旺，发出“啪，啪”的爆裂声，炉口上坐着的大铜壶，水在沸腾，噗噗地冒着白汽。

“你别说了，别折磨我了，回来是我的主意……”韩子奇望着失神的梁冰玉，心中无比沉重。他走过来，提起那把铜壶，沏上一碗茶，往她跟前推了推。

“哼，瞧这一唱一和的，”韩太太瞥了他一眼，“你怎么出了这么个馊主意啊？不会不回来吗？”

“天星他妈，你就少说两句吧！”姑妈为难地在中间周旋，她弄不清自个儿该向着谁，瞅着谁都心疼。现在，姐姐占了上风，她就觉得妹妹可怜了，扶着玉儿的肩膀，把她推到桌边，按到椅子上，“玉儿妹妹，喝口水，瞧瞧这嘴唇儿都是干的！出门在外的人，还能不惦记着往家奔？甭管在外头有过什么差池，只要平平安安地回来了，就得念‘知感’！叫我说，回来得对！”

心内如焚、口干舌燥的梁冰玉端起那碗茶，轻轻地吹着，吹着。吹得不烫了，把吓得不敢出声的女儿揽过来，抱到腿上，喂她喝。这是女儿第一次喝“博雅”宅的水，不知道是甜，还是苦？

“唉，这么点儿个孩子也跟着大人受跌趔！”姑妈感叹着，心里却想得远了去了。她想起了她那没满月就跟着他爸海连义跑得没影儿了的儿子，猜想他们爷儿俩在外头是怎么过的？会不会……“人想人，想死了人！”她没头没脑地说，“要是我们柱子跟他爸也能回来，哪怕再带个媳妇，带个孩子来，我也是喜欢的哟！……”

“哼，我可没你那么贱！”韩太太不屑地扭过脸去。

姑妈刚想讨这边的好儿，又过去瞅那边的脸色，“天星他妈，我这不是宽你的心嘛，已然走到了这一步，你得往开处想！嗨，这年头儿，男人哪，娶仨娶俩的有的是，可甭管怎么说，先娶你来你为大，水高漫不过山去，玉儿妹妹也还得在你后头……”

这番话，好个不知眉眼高低！她还以为这是为玉儿求情告饶说好话呢，还以为玉儿正等着“大太太”点头呢，还以为她在万般无奈之际出的这个高招儿是保住这个家庭的万全之策呢！

“大姐，您真可怜……”梁冰玉鄙夷地斜睨着姑妈，这个贫穷而又苦命的女人，使她猛醒了：在中国，要做个女人，只能做这样的女人，愚昧、麻木、自贱、自辱，持家的奴仆，生育的工具，男人的附庸，哪里还谈得上什么爱的权利？这里不承认爱，只承认婚姻——形式的、畸形的婚姻！更可怜的是，男人这样看女人，女人也这样看女人！“您……把我看成什么了？是韩子奇的小老婆？”

“啊？你说还能怎么着呢？”姑妈被她问愣了，实在无法理解这个做了“小”又不服小的女人，“你怎么还可怜我？我这是可怜你呢！”

“呸！”韩太太愤然啐骂，“韩子奇娶小老婆也轮不到她，这个不知道寒碜的贱货！天底下有亲姐儿俩嫁一个汉子的吗？”

“行了，行了！”韩子奇已经无法再忍耐，只觉得脑袋要爆炸！他一拳打在雕花隔扇上，痛苦地呻吟，“你这是逼我死哪！”

“你干吗死啊？”韩太太冷笑着，“好死不如赖活着，你再娶个三妻四妾的，让我瞅瞅你有多大的胆子！”

梁冰玉抱着女儿，倏地站起身来，朝门外走去！清醒了，她完全清醒了，感谢这两个不识字的女人，使她看到了自己的位置！什么爱情的神话，什么人生的价值，什么生活的权利，什么乡思离愁，这儿有人懂吗？

“玉儿！你不能走……”俯在隔扇上的韩子奇突然惊惶地抬起头，发出一声惨叫。

韩太太一拍桌子站起来：“韩子奇！”

梁冰玉在院子里站住了，无言地回过头。她怀抱中的女儿挣扎着伸出手：“爸爸！……”

“主啊！”姑妈急得手忙脚乱，踉踉跄跄奔下台阶，“这可怎么办？这可怎么办……”

主啊，这是穆斯林祈福的呼唤，求助的呼唤，讨赦的呼唤！当穆民们被错综复杂的人情世事所缠绕，陷入了不能自拔的罗网和泥淖，就只有把命运交给万能的主，请主来给予裁决了！

初春的太阳从灰蒙蒙的云彩里露出脸来，阳光洒在院子里，已经有几分暖意。瓦棱上的苍苔微微泛出一丝绿意，廊子前头的海棠、石榴，褐色的枝条上已经鼓出了参差的芽苞。不管严冬曾经是怎样寒冷，春天总是要到来，冰雪中孕育着的生命，顽强地要生长，要发芽，要吐出新枝，绽开新花。

精雕彩绘、红柱碧栏的垂花门前，是一个彩色的世界，两个小儿女的世界。这个世界，没有猜忌，没有仇恨，没有争斗，没有倾轧。这个世界是梦，也是现实。

天星一回来，家里的轩然大波就戛然而止。韩太太收住了震怒，梁冰玉藏起了痛苦。天星，这就是那个从小在小姨怀抱中撒娇的天星，他的脖子上至今还戴着小姨留下的翡翠如意。他在小姨心中的地位不亚于亲生的女儿，小姨不是一直念念不忘天星吗？

天星挽救了全家的辘辘饥肠。吃过饭，天星就不上学了，小学只有半天课，他可以好好儿地跟妹妹玩儿了。小姨的孩子，当然是他的妹妹，他真高兴突然从天上掉下来一个妹妹！

俩人每人嚼着一张薄脆，倚着垂花门，你看我，我看你。天星真喜欢这个小妹妹，她的脸，那么白，那么光滑，像玉，像花瓣儿。她的嘴，那么小，那么红，像玛瑙珠儿，像樱桃。她的眼睛，那么大，那么黑，还有点蓝莹莹的，像……他想不出像什么，像让人看不够的画儿，猜不透的谜。她的白毛衣真好看，红裙子真好看，咦，冷天还穿裙子？噢，腿上穿着厚袜子呢。她的小皮鞋真好看。她头上的蝴蝶结真好看。她说话真好听，会说中国话，还会说外国话！

"妹妹，薄脆好吃吗？"

"好吃，这是我吃过的最好吃的东西！"

"外国话怎么说？"

"This is the best food I ever tasted！"

"嘿，好玩儿嗨！外国有薄脆吗？"

"没有。"

"外国有这样的房子吗？"他指着里面的院子。

"没有。"

"外国有这样的画儿吗？"他指着廊檐下的油漆彩画。

"没有。"

"外国有这样的影壁吗？"他指着那座黄杨木雕影壁。

"没有……"

"外国真不好，外国什么也没有！"他非常自豪地笑了，"你瞧，这上面的山啊，水啊，树啊，房子啊，云彩啊，都是有本事的人刻出来的！上面还有四个月亮呢，那都不一样……"

"噢，月亮？我也是月亮啊！"

"嗯？你是……月亮？对了，你叫什么名儿来着？"

"我叫新月！就是刚刚升起的月亮，弯弯的，尖尖的，像小船，像牛角面包，喏，喏……”她指着影壁上的浮雕，展现了李太白“峨眉山月半轮秋”诗意的那幅画面上，正是一弯新月斜挂天边，“就是这样的！”

“噢，噢，这就是你！你叫新月，我叫天星，咱们俩是天上的伙伴儿！”

“我真高兴，”她说着，吃着，手里那张圆圆的薄脆，咬得已剩半璧残月，“哥哥的名字真好听！”

“你的名儿也好听啊，新月……”

“妈妈说，生我的时候，是在夜里，窗户上正好有一个弯弯的月亮……”

幼小的新月，当然不会知道她的父母是怎样把她带到了人间，也不会知道那一段历史在父母的心中留下的是怎样的永难愈合的伤痕。

西厢房里，梁冰玉坐在自己的床上。大铜床，梳妆台，穿衣镜，写字台，一切都还在这里，带着她少女时期美好的梦，残破的梦；一切都还等着她，等着她归来，等着她重新开始。她回来了，那个少女却没有了，和十年岁月一起消失了，永远回不来了。物是人非事事休，西厢房依旧，她却变了，变成了一个饱经忧患的三十岁少妇，一个不被人承认的妻子和母亲，变成了这个家庭的败类和祸水，为同胞姐妹所不容的仇敌。而使她沦为阶下囚的，不是别人，正是她自己，是她自己疯了，傻了，糊涂了，归心似箭地奔向陷阱，不顾一切地投入罗网。在蛛网中挣扎的蠓虫才知道自己是多么愚蠢，被烛火烧伤的飞蛾才知道自己是多么幼稚！一切都明白了，又明白得太晚了！

韩子奇坐在写字台前，低低地垂着头。

他们坐得那么近，又那么远。仿佛在两人之间有一道铁栅，仿佛窗外有监视的眼睛。

相对无言，痛苦的沉默。

“奇哥哥，”沉默了许久，她说，“这就是我们做梦都想的家！”

他不语，只是叹息。手揉搓着脸颊上的皱纹，仿佛这样可以抚平伤痛似的。

“我真傻，一步跨进这个院子的时候，心里那个惊喜啊，以为这儿还是我的家，她还是我的姐姐！变了，十年的时间，一切都变了，我们不认识北平，不认识这个家了，别人也不认识我们了。在她们眼里，我是个多坏的女人啊？我放荡，道德败坏，勾引了你，生了个私孩子，还厚着脸皮回来！……”

“这些话，怎么能在你嘴里再重复它！”韩子奇烦躁地打断她，“你是纯洁无瑕的，都是因为我，你才……唉！”

“为了你，我一切都不觉得惋惜！因为我直到和你结合之后才明白：在这个世界上，我真正爱的、永远也离不开的，只有你！”梁冰玉深情地望着他，“你呢？你不会后悔我们这种不被人理解的结合吧？”

“不，”他的肩背一个战栗，“我不后悔！”

“我也不后悔！”她说，声音很轻，但很有力，很肯定，仿佛每一个字都是从心脏里喷出来的血，“我付出了爱，也得到了爱，享受了作为一个人的权利，死而无憾，永远也不后悔！无论遭受什么样的冷眼、诅咒，承担什么样的罪名，也不后悔！因为天地之间有一个人理解我、爱着我！我满足了……”

似水柔情温暖着她，也温暖着韩子奇，难忘的岁月在他心头重现，“我是一个不懂爱情的人，是你让我懂了，你给了我爱，它也许来得太迟了，所以才显得更珍贵！”

“是的，子奇，来得太迟了，才更珍贵！你知道我当初为什么拒绝了奥立弗？恐怕就是因为你啊，这是在我们结合之后我才真正意识到的。我懊悔我们为什么没有更早地相爱？更早一些……”她喃喃地说，仿佛要追回逝去的少女时代。

“那……是不可能的！”韩子奇轻轻地感叹，“那时候，还有……她！”

“她！”梁冰玉被这个“她”字从短暂的沉醉中惊醒了，“你和她……也有这样真挚的爱情吗？”

“啊？怎么说呢？”韩子奇不得不接触这个最为棘手、最难解释的问题，“我们的婚姻是共同的命运造成的。我和璧儿之间也有感情啊，很深的感情，不承认这一点，那就是自欺欺人！可那是一种什么样的感情呢？跟师傅一样亲，师傅就像我的亲爹，璧儿就像我的亲妹妹，对你也是一样。我感激梁家收留了我这个流浪的孤儿，教给了我手艺，这种感激之情，我一辈子也报答不尽！所以，当璧儿要嫁给我的时候，我……我激动得满眼热泪。但那是爱情吗？不，那时候我还根本不懂得爱情，那还是兄妹之情，还是要报恩，娶了她，我就觉得真成了师傅的儿子，要承担起梁家的一切了！如果没有后来的变故，我会和她白头偕老，和许许多多夫妻一样，生儿育女，兴家立业，过一辈子，绝不可能去爱别的女人。婚后的十年就是这样度过的。可是，那是怎么样的十年啊？我和她，日夜挂念的、操劳的都是奇珍斋，谈的是生意，是玉，是家，唯独没有谈过爱情。什么叫爱情啊？什么叫夫妻啊？什么叫家庭啊？'米面的夫妻，饽饽的儿女'，就是搭伙过日子吧，往前奔吧，什么也不用想。我们俩就像是奇珍斋的两个股东，共同的利益纠缠在一起，谁也离不开谁，就只有永久地结合。后来，奇珍斋发展起来了，生意大了，人多了，她管不了了，也就不再过问了，关心的只是家里的收入和花销，我们的共同语言越来越少了，她连我对收藏的兴趣都不可理解！那十年当中，我们从没有过吵闹和打骂，但感情却越来越疏远了。疏远也并不苦恼，已经习惯了，麻木了。十年前……也许那是唯一的一次争吵吧，最后的争吵，不愉快的分手，我离开了这个家！如果没有战争，我恐怕也不会离开，一切还会照旧，过下去，一直到死，也不会抛弃她。但是……"

他没有再说下去，以后的一切都不必说了。他默默地望着梁冰玉，心中那一团剪不断、理还乱的思绪似乎清晰了。

梁冰玉轻轻地嘘了一口气，那是安慰，也是解脱。

"谢谢你，子奇，你去了我的一块心病！"她说，"在这以前，我从来也没有这样问过你，我不敢问。当我炽烈地爱着你的时候，我也曾经在眼前看到了璧儿，她是你的妻子，是我的姐姐，我曾经担心，如果姐姐还在人间，自己的举动会伤害了她。可是，爱是不顾一切的，感情冲破了理智，我让自己不去想她，不去想后果，我们相爱了。但我心中仍然有一种莫名其妙、时隐时现的歉疚，对她的歉疚，一直到进了这个家门，真的看见了她！我该向她道歉吗？该接受她的惩罚吗？那样就能得到她的原谅，让我也得到心理上的解脱吗？不知道！现在，你给我解脱了：你跟她生活的那十年，其实只是亲情，谈不上爱情，而真正的爱情是从伦敦开始的。战争造成了两段婚姻，谁也不欠谁的，我不必对她歉疚了！”

“可是，这些，又怎么能跟她说呢？”韩子奇并不感到轻松，“能说我不爱她了，甚至从来就没有爱过她吗？不，我不能这么说，她也根本不能理解！她只能认为我是喜新厌旧，抛弃糟糠之妻！”

“如果没有老侯的那封信，你也不可能‘抛弃’她，可事实已经发生了，不是你‘抛弃’了她，而是她的时代结束了，不可能再延续了！我们走吧，把房子、财产、这儿的一切都留给她，我们两手空空地去开辟自己的家！”梁冰玉心中已经做出了决断，“子奇，奇哥哥，我们走！”

“走？往哪儿走？整个北平哪儿都有我的熟人，想找个藏身之地，办得到吗？人言可畏，社会舆论能杀人！”韩子奇感到为难，那双布满血丝的眼睛闪烁着忧愁和恐惧，“而且，她……也不会答应！”

“那么，我们就离开北平，离开中国，回伦敦去！”梁冰玉重新激起了远行的念头，“远远地离开她，把这儿的一切，都忘了吧！”

韩子奇没有回答，缓缓地垂下头，双手支着沉重的额头。

“怎么？你不想走？”

“我……”

“不敢走？”梁冰玉微张着嘴，吸进一股咝咝的凉气，她觉得自己那颗灼热的心在收缩，在冷却。

“走？”韩子奇一想到走，就看到了一双双的眼睛，梁君璧的眼睛，天星的眼睛，姑妈的眼睛，街坊四邻、玉业同仁的眼睛，全北平人的眼睛，都在盯着他，问他：你走？你往哪儿走？你敢走？你凭什么走？他无言以对，不寒而栗！

“你……没有这个胆量？”梁冰玉的心越来越冷了，在海外相依为命十年的韩子奇，使她感到陌生了。这是那个在伦敦的玉展中当着成百上千的观众用英语做滔滔不绝的演讲没有片刻犹豫和丝毫惊慌的韩子奇吗？是那个不为利诱所动、断然拒绝出售他的藏品、毫不可惜地丢掉成为百万富翁的机会的韩子奇吗？是那个耗尽了心血供她就读牛津大学、把满足她的愿望作为自己的最大欣慰的韩子奇吗？是那个在战争火祸中用炽烈的爱温暖了她的心、从死神手里夺回她的生命的韩子奇吗？是那个彻夜守在产房门口、听到新月的第一声啼哭而欣喜若狂的韩子奇吗？……应该是啊，怎么会不是了呢？纷乱的思绪使她觉得这个韩子奇似是而非，变得模糊了，不易辨认了，也许她过去看到的一切都是错觉？也许是他在一夜之间改变了面目？也许世界上本来就存在两个韩子奇？她不敢再往下想了！“你……准备怎么办？”她问他，心在不安地悸动，“总不能真像她们说的那样，‘娶两个老婆’吧？”

“我……我糊涂啊！”韩子奇陷入了无法排解的矛盾之中，用拳头打着自己的脑袋，“我们不该回来，不该回来！”

“你不必这样冲动，打坏了自己也解决不了任何问题，”梁冰玉拨开他的拳头，“我们不是小孩子打架，意气用事没有用处，我在诚心诚意地跟你商量事儿呢，这将决定我们的命运！”

“我不知道该怎么办，你说吧，我听你的……”

“我哪能让你听我的？你有权利决定自己的生活道路。何况，我要说的都已经说了，你并不赞成啊！”

“我……唉！”韩子奇仰面长叹，“我为什么要回来啊？”

韩子奇顾左右而言他，极力回避他无法回避的抉择。梁冰玉心目中的那个顶天立地、有胆有识的男子汉，像冰山一样融化了，坍塌了。

“是啊，你到底为了什么才回来的？”她问韩子奇。满怀希望的人往往易于冲动，一旦失望了，反而倒冷静了。

他不语，呆呆地望着顶棚。

“是为了‘博雅’宅和奇珍斋？”

“嗯，‘死要见尸’！”

“为了运回那批宝贝？……”

“我放不下那些玉！玉，是我的生命……”

“是为了把‘玉王’的旗号打回北平，重新开始你的事业？……”

“我不能没有我的事业，我的事业在中国……”

“是为了找到你的儿子，不让天星成为流落天涯、没有父亲的孤儿？……”

“天星……真没想到还能见到他！”

“还有啊，你连天星他妈也没有失去！”

“……”他噎住了。

“你应该说‘是’啊！这一切都是明摆着的！”她望着他，等待回答，“你并不爱她，可只要有她在，你就不能走，也不敢走了！”

“玉儿，”他惶然地说，“是我们都……都想家，才回来的……”

“家？家是你的，一切都是你的！走了都丢掉了，回来又都有了，你什么也没失去！”

“不，奇珍斋已经垮了！”他凄楚地说。

“噢，你也有损失？”她一个叹息，似哭非哭，似笑非笑，“别难过，你的那些宝贝还在，‘博雅’宅还在，你的老婆孩子还在！你的家没毁，你回来对了！可是，这儿还有我的什么？我干吗要跟着你往这儿跑啊？”她愣愣地望着前面，茫然张开两只手，像问那顶棚，问那墙壁，问那窗纸，“干吗要往这儿跑啊？”

“玉儿，你……”他惶惑地转过脸，“你是怎么了？这儿也是你的家呀……”

“我的家？我的家没有了！”她颓然垂落两只空空的手，抚在自己的膝上，“没有了！我的家在奇珍斋后院那低矮的小房里，窗外有阳光，有花儿，石榴、牵牛、草茉莉、指甲草，很香呢；屋里有温暖，妈妈给我做糖饽饽、豆沙包儿，很甜呢；梦中有催眠曲，爸爸深夜还在磨玉，‘沙，沙……’很美呢。可惜都没有了，我再也没有那个家了，只留下美好的回忆！那个家，虽然贫困、狭小，生活得艰难，可我总也忘不了啊！没有了，没有了……”

梁冰玉自怜自叹，忧伤的眼睛充盈了泪水，无声地坠落下来。她不去拂拭，让冰冷的泪珠流过面颊，浇灭心头那一点残焰。

韩子奇站起身来，抚着她的双肩。掏出身上的手绢儿，为她擦去泪痕，“玉儿，我求你……别这么伤感，这儿永远是你的家！”

她抚住他的手，男子汉的手，似乎又让她感到了力量的存在。“是吗?”她吻着那只手，眼泪流在他的手上，“不，奇哥哥，这儿不是我们的家了，我们走吧，为了你，为了我，为了新月!”

她感到那只手在痉挛。

“你……为什么非得走呢?”他说，声音很低，很弱，“就不能先忍耐忍耐吗? ……”

“忍耐? 你叫我怎么忍耐? 低眉顺眼，向她就范，装作回来住娘家? 让新月叫你‘姨父’‘舅舅’? 等找着‘主儿’打发我改嫁? 是吗?”

他不语，颤抖的手抚摸着她的头发。

梁冰玉猛地甩掉他的手，推开他，站起身来：“韩子奇啊韩子奇，你也算个男人?”

韩子奇一个趔趄：“玉儿……”

“这儿没有玉儿，站在你面前的是梁冰玉!”

“冰玉，你听我说……”

“不必说了，过去的一切都不存在了! 我只想告诉你：我是一个人，独立的人，既不是你的，更不是梁君璧的附属品，不是你们可以任意摆布的棋子! 女人也有尊严，女人也有人格，女人不是男人钱袋里的钞票，可以随意取，随意花；女人不是男人身上的衣裳，想穿就穿，想脱就脱，不用了还可以存在箱子里! 人格、尊严，比你的财产、珍宝、名誉、地位更贵重，我不能为了让你在这个家庭、在这个社会像‘人’而不把我自己当人! 你为了维护那个空洞虚弱的躯壳，把最不该丢掉的都丢掉了! 十年了，我怎么没有认识你? 了解一个人，爱一个人，是多么艰难? 你说你不后悔和我的结合，我不知道这话是不是真诚的，但是我现在后悔了，我错了，从头到尾都错了! 我还以为我得到的是爱呢，还以为你这个男子汉的肩膀能担起爱的责任呢，原来你也和她一样，根本不懂得什么是爱情! 我错了，完全错了! ……”

梁冰玉不再流泪，没有泪水的眼睛更清亮了；她不再痛苦，痛苦都已经过去了。十年认识了一个人，三十年懂得了人生，这不也是付出的岁月换取的收获吗? 她比过去清醒了，不再糊涂了!

“不，冰玉，是我错了！”韩子奇无力地支撑在写字台旁，他悔恨交加，痛彻肺腑，捶打着自己的胸膛，“一切都是我的错，是我毁了你！”

“这话倒大可不必说了吧？也许是我毁了你呢？你有这么好的一个家，有老婆，有孩子，还有丰厚的财产，我不能让你一败涂地！”梁冰玉心平气和，冷静得如同一潭微波不起的湖水，“我给你添了那么大的麻烦，实在是对不起了！没有了我，一切都会好起来的，我该走了，不打扰你们了！”

“真要走吗？”这不堪设想的打击真的落到了韩子奇的头上，落到了他的心上，他感到自己的心脏和整个身体都在骤然下沉，仿佛脚下是无底深渊、万丈波涛，他不知道一旦失去梁冰玉，他将怎样生活？他像一个行将溺死的人，本能地要呼救，要求援，奔过去抓住梁冰玉的手，“冰玉，你不能走，我离不开你！”

“你，也离不开这个家啊！”梁冰玉冷冷地抽出自己的手，“不要这样，生活中又不能演戏，我不希望悲悲切切地分手，平静些，让我们……微笑着向过去告别！”

韩子奇丧魂失魄地站在那里，终于无可奈何地垂下了头，那宽宽的肩胛，高大的身躯，像拆散了所有的骨节，松垮了！“你……打算去哪儿？是去伦敦的华人学校继续教书？还是找亨特先生……”

“这，你就不必操心了，天下之大，总能有我容身的地方，女人没有男人的保护也能活！既然我们错误的结合是罗网，是牢笼，那么，摆脱了它，就是一个自由身了，这是我用过去的生命换来的，我将珍惜它！我相信我的余生是快乐的，有新月给我做伴，我就是……最幸福的人了！”

“什么？新月？你还要把新月带走？”韩子奇那松散的躯体在战栗，“别，别带走她，我不能再失去新月，她是我的女儿！是我们爱情的结晶……”

“‘爱情’？你我之间再谈论什么是‘爱情’？还有意义吗？现在，值得我爱的只有自己的女儿！我的女儿，我当然要带走，免得落到别人手里，也省得你为难啊！”

“不！新月永远是我的女儿，你给我留下她！我求你了！”韩子奇颤抖着，扑通跪在了地上！

上房客厅里，韩太太这会儿才定下神儿来，沏一碗茶润润嗓子。西厢房里的狂风巨浪并没有发出多大的声响，她也不在意，那是她故意给他们闪开个空儿，说点儿私房话。让他们叽咕去，能叽咕出个什么来？既然从伦敦运回来的那批玉已然在六国饭店了，还怕什么？赶明儿雇辆车拉回来，只要把玉锁在家里，就把韩子奇拴住了，那是他的家业，他的命，比什么都贵重，他哪儿也去不了啦！

院子里好热闹，新月和天星玩儿上了骑大马，十一岁的天星自然是马了，让妹妹骑在身上，从后院跑到前院，骑的和被骑的都开心之至！

新月在度过有生以来最愉快的一个下午，她揪着哥哥的领子，一颠儿一颠儿地享受“走马逛北平”的乐趣，天星一边爬着、蹦着，还气喘吁吁地唱着数来宝：

平则门，拉大弓，
过去就是朝天宫。
朝天宫，写大字，
过去就是白塔寺。
白塔寺，挂红袍，
过去就是马市桥。
马市桥，跳三跳，
过去就是帝王庙。
帝王庙，摇葫芦，
过去就是四牌楼。
四牌楼东，四牌楼西，
四牌楼底下卖估衣。
……

夜深了，西厢房里，新月躺在妈妈年轻的时候睡过的床上，在妈妈的轻轻拍抚下，甜甜地睡着了。她做了一个长长的梦，色彩斑斓的梦：伦敦的塔桥，北平的大前门，海上的大轮船，雕花影壁上的月亮，又香又酥的薄脆，都凑到一起来了，唯独没有梦见早晨进家之后的那一场大人的争吵。她在梦里还咯咯地笑呢，她梦见的都是美好的。梦总是美好的。梦应该是美好的。

梁冰玉哄睡了孩子，在煤油灯下准备自己的行装。没有什么可以准备的了，怎么来的，还是怎么离开，她的小皮箱里的一切，还要随着她做无根飘萍。但是，她必须把新月的东西留下。她终于答应把新月留下了，为了韩子奇那声泪俱下的哀求，为了他那七尺之躯的屈膝下跪。父女之情，也许不会是虚假的吧？她担心没有新月，韩子奇将会不久于人世——感情的失落是摧残人生最烈的毒剂。留下吧，母亲的心肝从此将要摘下来了，这一次离别，又是天涯海角，也许今生今世都没有母女重逢了！

她细细地理好新月的衣服、鞋袜、手绢儿，恨不能把一切都给女儿留下，连同她那颗慈母心！

再也没有什么了，她要合上小皮箱了，又被箱盖里面布兜儿里的一只小小的镜框扰乱了心。她取出那只镜框，上面镶着一幅照片，是她和新月的合影，告别伦敦之前，在一家“太阳花”照相馆照的，她特地换上了中式旗袍。这是她们母女仅有的一张合影。为什么以前不多照一些呢？唉，她教书太忙了，总以为有的是时间，不料，却再也没有了，这张照片竟是最后的一点纪念。带走吧，好时时能看见新月；不，留下吧，让新月时时能看见妈妈，好像妈妈没有走，妈妈永远留在她身边，陪着她！

她把照片放下了，放在写字台上。明天早上，新月一睁眼就能看见妈妈；以后的漫长的岁月里，还有无数个早晨，无数个白天，无数个夜晚，妈妈都在这儿守着新月！

女儿睡得真香，真稳，因为有妈妈在身边。可是，明天，明天妈妈就不在了！她俯下身去，躺在女儿的身边，把女儿搂在怀里，紧紧地，脸贴着脸，手拉着手，心连着心。不，女儿怎么会知道此时此刻妈妈的心呢？她不知道，她永远也不会知道，但愿她不要知道吧！

她坐起来，从小皮箱里抽出几张信纸，捻亮煤油灯，感情的洪水在笔下涌流，她给女儿留下了一封字字和着泪水的信，这封信，她将封起来，交给韩子奇，要求他答应她最后一点也是唯一的嘱托：千万不要对新月提起我，不要让她感到自己是个没有妈妈的孩子，等到她长大成人，念完了大学，再把这封信交给他！

第二天，天色还没有破晓，上房卧室里，韩太太已经在准备做晨礼了。

姑妈满脸是泪，轻轻地走到她的身后。

“我说……”姑妈真是糊涂了，竟在这个时候来打扰她，“咱姐儿俩再商量商量，非得把玉儿赶走不成吗？”

“不能留她了！”韩太太喟然叹息，“她造的这罪，退一万步说，就是我能容，教规也不容啊！”

诚然，梁冰玉是有罪的，韩子奇是有罪的。他们的结合，没有“古瓦西”，没有证婚人，没有婚书，也没有举行宗教仪式，当然是非法的，是真主和穆斯林所不能容忍的！在穆斯林世界，已婚者犯通奸罪和杀人、叛教并列为三大不可饶恕的罪恶，《古兰经》明确训示：“淫妇和奸夫，你们应当各打一百鞭。你们不要为怜悯他俩而减免真主的刑罚，如果你们确信真主和末日。”更何况，梁冰玉和韩子奇是什么关系？她是他的合法妻子的亲妹妹，《古兰经》中赫然载有这样的戒律：“真主严禁你们……同时娶两姐妹！”

“她得走！走得越远越好，永世也别回来了！”两行热泪从韩太太苍白的脸上流下来。驱逐情同手足的妹妹，她也是痛苦的，但除此之外，还能有什么办法呢？

“那孩子……”姑妈又迟疑地问。

“就让她留下吧，我还能容不下个孩子？”韩太太说，“‘三生儿四岁，恍惚记事儿’，她才两岁多，过几年就根本记不得她妈是谁了。”

“我是说，跟外边儿怎么说？家里冷不丁添了个孩子……”

“跟谁说去？我们家的那些远房亲戚，多少年都不走动，跟街坊邻居也没什么来往，前两年侯家的孩子成群，谁闹得清这院儿里住着儿口人？只要您管住自个儿的嘴，外人就讨不着实底儿！”

“我，我打着伊玛尼……”姑妈又要起誓了。

“成了，就这么办了。”韩太太最后拍板，决定了冰玉母女的去留。

其实，即使她挽留妹妹，梁冰玉也绝不会留下了，她非走不可，现在就要启程了。她不能等到天亮，不能看着女儿醒来，一声“妈妈”，会断送她的一切，她必须走了！

她最后再亲亲女儿的脸……

该走了，再也不能停留了！

梁冰玉跨出“博雅”宅的大门，迎着寒风、踏着夜色走去了，连头都没回。她把这里的一切都忘了，耳边只萦绕着一个声音：“妈妈……”

妈妈走了，新月还在梦中。

妈妈是在夜里走的，那个夜晚很黑，很冷，没有月亮。农历的二月初三，天上的新月还没有出来。

第十四章 月落

台灯下的雕花镜框里，妈妈正朝着新月微笑，拉着她的手，亲着她的脸，那么温柔，那么慈祥！

新月双手捧过镜框，贴在自己的脸上！饥渴得太久了，她吻着妈妈的照片，疯狂地吸吮着母爱："妈妈！我的妈妈……"

一个负罪的灵魂在女儿面前颤抖，韩子奇痴痴地望着女儿，啊，多像她的妈妈！现在，他把那封密封的信交给了新月，它和他那些稀世美玉一起珍藏在密室中，已经十六年了！

这封信现在展开在女儿的手中。

新月，我亲爱的女儿：

你还在梦中，妈妈却要走了，我真不知道你一觉醒来该会怎样哭叫着寻找妈妈！你永远也不要原谅妈妈，她在你还不到三岁的时候就扔下了你，妈妈的心太狠了！可是，这个家已经容不下她，她也决不愿意在这里多停留一天，她非走不可了！

你永远也不要原谅妈妈，她在你最需要母爱的时候没有把你带走，妈妈太无情了！可是，和她同样爱你、同样需要你的，还有你的爸爸，你是他的骨肉，是他生命的一部分；虽然我和他之间的爱情已经死去，只能分道扬镳，但我却不能把女儿的心也分作两半，不能把你从他的身边夺走！我把你托付给他了，也托付给我的姐姐、你的大姨，请她代替我做你的妈妈。从今以后他们就是你的父母，我恳求你真诚地爱他们！我想你是可以做到的，因为我在你幼小的心灵里不会留下太深的记忆，随着岁月的推移，你就会把我忘了！我希望是这样！亲爱的女儿，把我忘了，把爱都给他们，你的身上流着韩家和梁家溶在一起的血，他们会用骨肉至亲的爱的雨露浇灌你长大成人。我要求他们，在你长大之前，不要让你知道在这个世界上还有另一个妈妈，免得你想我，只让我想着你，把思念的痛苦都给我一个人！虽然命运把我们母女分开了，可是我永远也不会忘记心中的月亮，只要天上的明月不落，只要血液还在我的血管里涌流，女儿就永远在妈妈的心里。

也许，冥冥之中的真主并不承认我是一个虔诚的信徒，但我仍然要虔诚地祈祷，不是为了我这个漂泊无依的灵魂，而是为了你，我的女儿。我祈求真主保佑你，给你幸福，给你爱，让你在这个冷漠的尘世中得到温暖，让你那颗纯洁无瑕的心中充满希望，让你的美丽的青春光辉灿烂！这样，妈妈就满足了……

妈妈走了，继续在陌生人当中孤独地旅行，不是去寻找谋生的路，也不是去寻找爱，而是去寻找自己。人可以失落一切，唯独不应该失落自己。妈妈过去的三十年已经付之东流，从今以后，将开始独立、自由的人生！

再见，我的女儿！妈妈什么也没有给你，只留下这封信，它将长久地等待着，等待你长大，当你看到它的时候，你已经是二十几岁的大姑娘了，大学毕业了！……

泪水滴落在信笺上，新月的心猛地一阵抽搐，啊，妈妈！女儿虽然有幸考进了您曾经读过书的燕园，但却没有能够实现您的期望，女儿只在大学读了不到一年，就半途而废了！她的手在发抖，没有勇气再看下去……不，这是妈妈的声音，是妈妈在对女儿说话，每一个字都是多么宝贵！她拭去泪水，急切地看着那留着十六年前的泪痕的字迹：

……当你独立地走向属于自己的人生时，也许已经不需要妈妈了，但是，还是听听妈妈用去的岁月换取的教训吧，也许会对你有用的！

新月，当你到了青春年华，将不可避免地碰到这两个字：爱情。你将怎样对待它啊？妈妈当然衷心祝愿你能遇上一个和你真诚相爱、忠贞不渝的人，而不再尝妈妈所经受的苦难；但是，爱情并不像一个少女所想象的那样美妙，它的背后，往往是陷阱、是深渊！

爱情常会对错误视而不见，
永远只以幸福和欢乐为念，
它任意飞翔，无法无天，
打破一切思想上的锁链。
欺骗永远只能秘藏在心间，
守法、守礼，道貌岸然，
它除开利益，什么也看不见，
永远为思想铸下铁监。

这是英国诗人布莱克的一首短诗，妈妈抄给你，是让你引以为戒，希望你能有一个清醒的头脑，一双明亮的眼睛，一颗坚强的心，在布满迷雾的人生中能牢牢地把握自己的命运，闯过一道道的难关！

你懂了吗？希望在将来的某一天，妈妈再见到你的时候，你已经是一个强者！

吻你，我的女儿！

你的妈妈　冰玉

1946 年 3 月 6 日凌晨

十六年的岁月浓缩于一刹那，母女两颗心猛地撞在一起！十六年前，妈妈不可能真正预见女儿爱情的不幸；十六年后，女儿也不可能向妈妈诉说她不幸的爱情！妈妈，您在哪里啊？为什么不来救救女儿？

强烈的渴望和绝望同时向新月袭来，她那颗柔弱的心脏慌乱地抖动，像奔驰的马队从胸膛上踏过，她那涌流的热血像突然淤塞在一个无路可走的峡谷，她那苍白的肌肤骤然渗出淋漓的冷汗，面颊和嘴唇憋得青紫，她艰难地大张着嘴呼吸，仍然觉得胸部像压着千钧磐石……

“新月！新月……”韩子奇惊叫着，急忙抱住女儿！

“妈妈！……”新月用尽气力喊出了这一声，倒在爸爸的怀里，就什么也不知道了……

同仁医院的急诊室里，紧张的抢救。高流量吸氧，输液，静脉注射强心剂，利尿……

新月还在昏迷中，她半卧在病床上，双腿下垂，面色青灰，嘴唇绀紫，嘴角涌出淡红色的泡沫。她一动也不动，好像生命已经停止了。不，她那衰竭的心脏还在艰难地跳动，急性水肿的肺脏还在艰难地呼吸……

医务人员围着新月，争分夺秒地和死神较量！卢大夫亲自守在现场，密切监视着病情……

毁灭性的灾难把韩子奇击垮了，他半跪在女儿的床前，抓着那只苍白的、软弱无力的手，不肯松开。天星挤在他的身旁，那黑红的脸上，冷汗和热泪纵横交流。

“请家属离开现场！”卢大夫威严地命令他们。

“大夫！大夫……”韩子奇乞求地望着她，几乎要给她下跪了，“求求您，一定要救活我的女儿！我不惜一切代价……”

“什么代价能抵得上生命呢？”卢大夫冷冷地说，“她也许闯不过这一关了！我们尽力吧……”

“啊？！”韩子奇惊恐地颤抖！

“爸爸……”天星把父亲搀起来，“让楚老师……来见见新月吧？”

“你去……”韩子奇痉挛的手抓着儿子的胳膊，“……去给他打个电话！”

天星把父亲放在走廊里的长椅上，匆匆地跑去了。韩子奇茫然地盯着天花板上昏黄的吸顶灯，他那颗心四分五裂了！一份系在抢救中的女儿身上，一份追赶着不知飘落何方的梁冰玉，一份等待着他不能忘怀的楚雁潮……女儿不能死！这个世界上还有她不能离开、不能丢下的人！

新月在一个陌生的世界漫游。天是黑的，地也是黑的，或者说根本没有天，也没有地，没有日月星辰，没有山川河流，没有花草树木，没有鸟兽鱼虫，也没有任何声音；这是一个混沌虚无的世界，一切都不存在，因为她什么也看不见，什么也听不见，只觉得自己在向下坠落，不知道是从哪里落下来，又落到哪里去，仿佛是乘坐一部看不见、摸不着的电梯，一直往下开，往下开，开往深不可测的地方，仿佛她的整个身体都消失了，只剩下一颗心脏，在失重状态飘飘荡荡地下沉……

终于落到了一个地方。这是什么地方？不知道，四周仍然是漆黑一团，只感到自己被重重地撞了一下，被什么坚硬的东西狠狠地刺在身上，火辣辣地疼，她像一只气球似的弹跳了几下，每一次落下来都被那坚硬的东西刺着不同的部位，粉身碎骨般的疼痛。终于又不再弹跳了，她似乎实实在在地落在那里了，一动也不动，像一只中弹的鸟儿，从空中坠落地面，静静地死去了，连扑打翅膀挣扎的力气都没有了。

但她毕竟还要挣扎，她意识到自己并没有死去，她还活着，她要活着逃离这个黑暗的世界。她尝试着翻动身体，遍体鳞伤，哪儿都疼得刺骨，每动一下就像在遭受万剐凌迟的酷刑。但她宁愿忍受这酷刑，也要挣扎，她知道，如果她倒下去不再起来，她就完了。她不愿意死。她伸出手，摸索着自己的周围，触到的地方，坚硬而粗粝，像断裂的岩石，像腐锈的钢铁，像恐龙身上的铠甲。她摸到一片流质的东西，冰凉黏湿，散发着血腥气息，这不是水，在没有生命的地方也没有水。她摸到一根像树枝似的东西，布满扎手的棘刺，分着像鹿角、像珊瑚那样的杈，这不是树，在没有生命的地方也没有树。她觉得，在身体的周围都是血和枯骨！她毛骨悚然，这里比火山熔岩掩埋的庞贝古城和冰雪封锁的阿拉斯加还要可怕，这里是魔窟，是地狱，是死亡之所，这不是她应该来的地方，离开这儿，赶快离开！她命令自己向前爬行，手抓着露出地面的怪物牙齿，脚蹬着重重叠叠的枯骨，脸贴着那冰冷的血，每向前移动一寸，身体都要被锋利的东西划伤，她感到自己的血在涌流，自己的血是热的，可以嗅到一股生命的气息，这给了她力量，她要以生命和死亡较量！

黑暗茫茫没有尽头，不知道这条隧道有多长，她不肯停歇地向前爬行。几丝蛛网挂在她的脸上，她听到头顶有蝙蝠扑动翅膀的声音。她欣喜终于遇到了活的东西，要向蜘蛛和蝙蝠问个讯：从这儿离人间还有多远？她失望了，挂在脸上的是自己的头发，不是蛛网；咝咝的声音是自己的喘息，不是蝙蝠在飞动，在这个魔窟里除了她之外没有任何生命！她喘息着停在那里，积蓄着力量，估计自己的血还没有流完，筋骨还没有扯断，她还要向前爬……

她艰难地继续前进，每挪动一次就要歇息好久，而向前移动不过一两公分。但她决不能中断，决不能！她朝着黑沉沉的前方爬去，前方有人在等着她。她向他们呼救：

“爸爸！……”

“妈妈！……”

“哥哥！……”

“楚老师！……”

没有任何回音，她的喊声连自己也听不见，好像她大张着嘴却没有发出任何声音。这个鬼地方，连声音都传不出去！

但她坚信她所呼唤的人在等着她。她的心更加急迫，速度却减慢了，每次忍着剧痛的挣扎只能移动一根头发丝的距离，她以细若毫发的尺子丈量着死亡之路……

终于，一线灰白的光亮出现在面前，她缓缓地挪动着，奔向地狱的出口，那光亮越来越大，变成了一片灿烂的光斑……

新月缓缓地睁开眼睛，那朦胧的光斑渐渐清晰了，她看见了一张熟悉的脸，正亲切慈祥地看着她，这是卢大夫！她想挪动一下身子，却一点气力也没有，完全动弹不得，鼻子里插着输氧管，腕子上缚着输液管，腿上扎着止血带……像一个身受“酷刑”的犯人！但她的眼睛中仍然涌出了泪花，因为她确切地知道自己又回到人间了！

“啊，她醒过来了！”

她听到一个熟悉的声音，她循着声音急切地寻找，看见了，楚老师！还有爸爸、哥哥，都挤在门边呢！他们冲动地朝病床奔过来，喊着她：“新月！新月……”

新月含在眼眶里的泪水涌流出来。我刚才喊你们呢，你们听到了吗？她的嘴唇嚅动着，却说不出话，她没有说话的力气，只能默默地看着他们。

“新月，”楚雁潮的泪水滴在新月的脸上、脖子上，他俯下身去，贴在她的耳旁，“你好了，好了……”

“不要和她说话，她不能激动！”卢大夫威严地说。

“让我在这儿看着她吧，”楚雁潮向卢大夫恳求，“我不说话，不说话……”

新月的眼睛也在同样恳求着卢大夫。

卢大夫的眼睛潮红了，拒绝这样的恳求是困难的，她没有回答楚雁潮，只对新月说：“孩子，还记得我们去年夏天的谈话吗？你不是莪菲莉娅，你是一个坚强、勇敢的姑娘！要稳定情绪，增强毅力，和我密切配合，战胜疾病！”

新月的嘴唇嚅动着，她想说：我记住了，我一定这样做，我不愿意死！可是，她没有力气说这些话……

“我相信你，孩子！”卢大夫轻轻地替她擦去泪水，“你也要相信我，相信你的……老师，我们一起来帮助你，你会很快好起来的！”

新月的眼睛闪烁着生命的光彩，她坚信，既然自己已经爬出了那个死亡魔窟，就能活下去！

楚雁潮不忍看着她那双渴望生命的眼睛，转过了脸去，担心自己会对着她号啕大哭！

在他的身后，心力交瘁的韩子奇和天星在茫然地饮泣。

“韩伯伯，”楚雁潮低声说，“现在已经脱离危险了，我在这里看着她，你们回去休息吧！家里不是还……”

韩子奇打了一个冷战！家里还停着一个亡人呢，今天是安葬的日子，家里只剩下妻子和怀着身孕的儿媳，一个男人也没有！此时此刻，他怎么能忍心离开女儿？可是，这里躺着病人，家里还要举行葬礼！虽然姑妈并不是他的亲姐姐，也没有任何血缘关系，但她对这个家有恩有情啊，到了把她最后送走的时候，如果他韩子奇和吃姑妈的奶长大的天星不在场，不仅会被世人所不齿，而且有悖于自己的良心！

“楚老师，您看着她，看着她……”天星抹着泪，望着楚雁潮，心里有许许多多的话要说，却又说不出来。他知道这个和自己同龄的男子汉是多么痛苦，他知道妹妹逃脱了死神的手之后还要继续受人间的折磨，他知道在楚雁潮和妹妹之间的情感只要活一天就一天不能切断，而面对这个必然的悲剧，他这个做哥哥的却完全无能为力，他自己就是个可怜的人，又怎么能帮助别人呢？如果不是为了不伤害他那无辜的妻子，如果不是留恋他那苦命的妹妹，如果不是想保住这个已经伤了元气的家，他早就不想再活着了——他不活着怎么行？他的肩上挑着这个家的未来呢！

他词不达意地把妹妹托付给了楚雁潮，还得疲惫地赶回去给姑妈送葬，对他的老乳母，他得尽儿子的责任！

“楚老师……”韩子奇拉着楚雁潮的手，走到门外，泣不成声！对这个一片痴情的年轻人，他能说什么呢？拜托人家好好儿地安慰新月吗？妻子的“逐客令”言犹在耳，他愧对楚雁潮，说不出口；劝说人家不要以新月为念而珍重自己吗？那违背他的意愿！他把楚雁潮请来绝不是这个目的！这位在人间跋涉了将近六十年的老人，一辈子读了那么多的书，熟练地掌握着汉语和英语，此刻却找不到任何一种语言能向楚雁潮表达他的感情，只能洒下一掬辛酸的老泪！

“韩伯伯，您什么都不必说了，”楚雁潮恳切地望着他，“我一直认为，我的心和您是相通的！”

韩子奇拖着疲惫的身躯，和儿子一起走了。到了医院门口，又回头望望，驻足不前。犹豫片刻，还是狠心朝前走去，活着的，死了的，都需要他，他只要还有一口气，就得去奔走！

输液管中的药水，一滴，一滴……

医护人员密切注视着新月；

楚雁潮默默地守护着新月。

护士送来一杯牛奶。楚雁潮接过来，轻轻地问新月："吃一点儿，好吗？"

新月没有丝毫的食欲，但她仍然对楚雁潮点点头。她想起老师讲的那个淘金者的故事：他的胃已经"睡着"了，纯粹出于理智，逼着自己吃东西，为了活，他必须吃！

楚雁潮用小勺盛了牛奶，送到她的嘴边，那干燥的嘴唇微微张开，温润的奶汁流进她的口腔，她嚅动着嘴，吞咽下去，一股暖流缓缓地注入她的体内，像春水滋润着解冻的土壤。

楚雁潮目不转睛地注视着她，送过去一勺，又一勺……

新月咽下了最后一口奶汁，舔了舔嘴唇，那嘴唇显出了红润。她闪动着长长的睫毛，向老师报以一个感激的微笑。

"楚老师……"她的嘴发出了声音，她真高兴，有力气和他说话了！

"新月！"楚雁潮激动地叫着她，这是他从早晨到现在听到新月说的第一句话，是新月苏醒之后的第一句话，她可以说话了，有希望了！

新月有多少话要对他说啊！她要告诉他，她从两岁以来就一直没有妈妈，但是现在有了，有了自己的亲妈妈、好妈妈，就是楚老师看见过的照片上那位慈祥温柔的妈妈！虽然她不知道现在妈妈在哪里，但相信一定能找到她，总有一天会见到她！她要带着楚老师去见妈妈，骄傲地对他说："这才是我的妈妈，也是你的妈妈！"不，不要等到那时候，她现在就要告诉他：妈妈在信里说，她祝愿我能遇上一个真诚相爱、忠贞不渝的人，这个人不就是您吗？不，妈妈怎么会在十六年前就能想到今天的一切呢？这是命运的安排！谁还能说命运不公平呢？当然，妈妈还说了一些伤心话，什么“陷阱”啊，“深渊”啊，那是因为妈妈曾经有过不幸，但是不幸已经成为历史了，女儿不会再重复它了，难道楚老师对我有一丝一毫的“欺骗”吗？难道楚老师是“陷阱”、是“深渊”吗？如果是，那我倒甘愿跳进去呢！

“楚老师……”她急切地要告诉他，但由于兴奋而气喘，很难把话说得连贯、说得清楚，“妈妈会……喜欢您的，我是说……我的妈妈，您不知道……”

“我知道，新月，”楚雁潮轻轻地摇摇手，不让她这么吃力地说话，免得引起她的情绪激动，“我都知道……”

“……”新月的眼睛投给他一个惊奇的疑问，楚老师怎么会知道妈妈的事呢？是爸爸告诉了他吗？

楚雁潮什么也不知道！上次离开“博雅”宅之后，才仅有三天，这三天之中，他怎么会想到韩家发生了这么大的动荡？又怎么会想到新月突然有了两个妈妈？他只认识一个韩伯母，他永远也忘不了韩伯母那次毫无回旋余地的谈话，宣判了他无权爱新月，新月也无权爱他！也正是在那次谈话中，他忍着痛楚恳求韩伯母：这一切都不要告诉新月！此后，他仍然照常来看新月，怀着深深的爱、无望的爱，而又不能让新月觉察到他心中埋藏的痛苦。看来，韩伯母也在遵守着这一诺言，她什么话也没告诉新月，新月刚才说：“妈妈会喜欢您的……”

不就证明了这一点吗？新月还在梦想着他们的爱情会得到妈妈的支持呢！……但是，这毕竟为新月的心保留了一个希冀的天地，这个天地虽然狭窄，虽然虚无缥缈，却让新月还有活下去的愿望！为了最大限度地延长新月的生命，楚雁潮甘愿继续这样下去，忍着屈辱走进“博雅”宅，和新月一起编织梦幻的经纬……

“我知道韩伯母对我很好，韩伯伯也是这样，他们像我的亲生父母一样，我会和他们很好地相处的……”他顺着这条思路说，为了让新月感到幸福，他不得不欺骗新月，也欺骗自己，好像过去的一切和未来的一切都是那么美好。

新月却从美梦中惊醒了！楚老师所说的“韩伯母”并不是她心中

的妈妈，楚老师根本不知道她还有另一个妈妈！清醒了，她完全清醒了，“妈妈”又从她心中的那个虚幻的概念变成了实实在在的实体，心中的妈妈存在着却又无处寻找，家里的妈妈虽不存在却又无法摆脱！她的这些思绪颠颠倒倒，像一个精神病人的胡言乱语，说出来很难让楚老师听懂，她没有气力也不打算把这些都告诉他了，有什么用呢？楚老师只认识这一个“妈妈”，而她又掌握着他们两人的命运！

新月悲哀地闭上了眼睛，不说了！她在昏迷中是那样渴望着人间，清醒之后却又觉得人间是这么痛苦！欺骗，人间到处都是欺骗，连楚老师都在欺骗我！为什么？楚老师，我知道“妈妈”早就对你说了那样的话，你为什么直到现在还在欺骗我？哦，我明白，是因为爱，你想在虚构的想象中延续我们的爱，可是，您和我心里都清楚，很难延续了，很难！如果我有一颗健康的心脏，如果我还在燕园，现在已经上三年级了，我们之间的秘密只要再保持两年，我就毕业了，就是一个独立、自主的人了——像妈妈所期望的那样，到那时，就谁也不能阻止我们相爱了，我决不会留恋这个家，我有力量飞出去，和你一起到天涯海角去，去寻找属于我们的一片净土！但这一切都不可能实现了，我这颗心已经破碎了，这具躯壳已经疲惫不堪了，正在一步一步走向命运为我规定了的终点：毁灭，一切都毁灭！

泪水从她那长长的睫毛下面涌流出来，晶莹的泪珠流过面颊，流进嘴角，她嚅动着嘴唇，吞咽着自己的泪。

“新月，你别难过啊……”楚雁潮伸出手去，给她擦去腮边的泪痕，“你会好的，大夫说了，一定会好的！等到了春天……”

“春天……”新月喃喃地说，“到了春天，我们的书该印出来了！”

楚雁潮的心脏猛地紧缩！新月还在等着那本书，他该怎么对她说呢？

“是的，”他只能这样说，“到了春天，就印出来了……”

这是谎言吗？是，也不是。这是楚雁潮和新月共同的真诚愿望，人总不能连愿望也不允许有啊！

新月的嘴唇嚅动着，她想说：我还能看到吗？可是，说出来的却是：“嗯，我等着……”并且极力做出一个微笑，她不愿意让他难过，他也需要安慰。他说过："爱情，就是奉献，就是给予。"他向新月奉献的、给予的已经太多了，新月回赠他什么呢？可惜，新月一无所有，只能给他一点儿安慰，让他相信，他所说的一切，新月都深信不疑；让他相信，为了他，新月一定要活下去，也一定能活下去。虽然活得是这样艰难，每活一天都要忍受精神和肉体的双重折磨！

楚雁潮看着她那笑容，轻轻地舒了一口气，把难言的痛苦都咽在自己心里。他抚着她的手，这只手虽然苍白无力，但是腕子上的动脉还在跳动，每一次跳动都传到他的心中。

卢大夫从隔壁房间走过来，仔细察看了新月之后，吩咐护士给她注射。楚雁潮扶着新月的手，看着针头插进那苍白的皮肤，看着药水一点点地注入她的体内，虔诚地期望它能够发挥神奇的力量，让新月迅速地好起来。其实，这只是一针普通的镇静剂，它可以扩张外周血管、减少回心血流量、减轻呼吸困难，同时，可以使病人安静、睡眠。现在，如果新月的情绪过分激动，对治疗是极为不利的，卢大夫只好用药物切断了这一对情侣的交谈。

药物发挥了作用，新月渐渐地睡着了，脸上挂着淡淡的笑容。

"卢大夫，她现在的情况怎么样？"楚雁潮从病床边站起来，心怀忐忑地望着卢大夫，他急于得到确切的答案，"希望您能够如实告诉我，不管前面有什么危险，我都应该知道！"

卢大夫没有满足他这个愿望。一年多以前，当楚雁潮冒昧地闯进卢大夫的办公室时，卢大夫并没有向他隐瞒关于新月的一切，因为那时他在她的眼中只是一名教师，她有必要把他的学生的情况如实告诉他。此后的许多次接触中，她越来越感到这位教师起着比家长还重要的作用，她需要他的配合，他的话、他的情感对于新月的情绪甚至有着决定性的影响。卢大夫非常信任他，依赖他，为了挽救一个生命，他们不知不觉地携起了手，自然而然地成了朋友。对待朋友，应该真诚。但正因为他是朋友，卢大夫才不得不有所顾虑了！年过半百的卢大夫也有过年轻的时候，也有过纯真的初恋和炽热的痴情，她知道，恋人的心是最脆弱的，经不起致命的打击；她知道，楚雁潮的存在几乎是新月生命的象征，像茫茫大海中航船赖以前进的灯塔，如果这灯塔黯淡了，微弱了，熄灭了，船就要覆没了！为了新月，她必须保护这灯塔……

“目前的情况还好，还好……”她只能这样回答他，“楚老师，你要把情绪安定下来，不要过分紧张！”

实际上，通过一系列的测试，她对于新月的情况了如指掌，她那双科学工作者的眼睛仿佛穿透肌肤看到了一切：由于二尖瓣狭窄逐渐加重，左心房压力越来越大，继续扩张和肥厚，超过了代偿极限而使左心房功能衰竭，引起肺静脉压和肺毛细血管压升高，肺毛细血管扩张、瘀血，血浆和红细胞渗入肺泡腔，造成肺水肿；同时，由于二尖瓣闭锁不全的病变加重，收缩期左心房压力增高，也引起肺瘀血和呼吸困难，肺动脉高压导致右心功能不全；而心房的颤动又极易促成血栓，血栓脱落后沿体循环播散便会造成栓塞现象，随时可能发生失语、失明、偏瘫，甚至死亡！……这些，她能都告诉楚雁潮吗？仁爱之心压倒了科学家的冷峻，她现在希望楚雁潮和新月一样，不要管前面是什么，只能顽强地、不顾一切地向前闯，协助医生，和死神争夺时间！

“博雅”宅里，送走了老姑妈，全家人都已经疲惫不堪。但是，韩子奇心里牵挂着女儿，要和天星一起立即返回医院去。

“他爸！”韩太太拦住他，“你的身子可比谁都当紧，这一天一夜都累成什么样儿了？”

韩子奇默不作声，只顾往外走。

“爸爸，您别去了，有我一个人就行了！”天星说。

韩子奇连理都不理，只顾走。

“爸爸！”陈淑彦追上来说，“让我跟他去吧？”

韩子奇停住脚步，忧郁地看了儿媳一眼。

“你怎么能去？”韩太太慌忙拦住她，“你这么重的身子，要是万一有个闪失……”

陈淑彦茫然地站住了，两串泪珠滚落下来，在韩家最艰难的时刻，她却不能尽力了，她现在比任何人都重要，需要保护的不是她陈淑彦本人，而是她腹中的胎儿，即使她把自己当作生育的机器，也必须完成身负的使命！

“你回去吧！”天星梗着脖子对妻子说了一句，就转身大踏步地走了，自己也弄不清心里是个什么滋味儿，这个家里的人，甭管是死了的、活着的，还有没出世的，他都得爱，用他那失去了爱的心去爱一切人！

天星搀扶着父亲走了，韩子奇佝偻着腰，靠着儿子的支撑力量艰难地往前走，脚下磕磕绊绊，这条走了几十年的路，似乎越来越不平了。

天上飘起了雪花，悄无声息地落下来，落在他们的头上、肩上，落在他们面前的路上……

雪越下越大，覆盖了路面，覆盖了房舍的瓦顶，覆盖了“博雅”宅院中的甬路和泥地。廊子前头的海棠和石榴，片叶不留的枝条上缀满了雪团，像是两树怒放的白梅。

陈淑彦流着眼泪在厨房做好了晚饭，老姑妈生前未竟的这项使命现在传给她了。在最后的日子里，老姑妈自己把着斋，仍然尽心尽力地伺候着全家的吃喝，现在她走了，知感主，让她死在神圣的斋月里，功德圆满地见真主去了。

尽管家里遭了不幸，韩太太在为姑妈的丧事操劳的时候，还在严守着戒斋的主命。她忍着饥渴，滴水不沾，粒米不进，连一口唾沫都不吞咽；眼不观邪，口不道邪，耳不听邪，脑不思邪，一心敬主，完成善功。

天黑下来了，下雪天看不见太阳落下，但是清真寺的上空有一盏高挂的红灯，向附近的穆斯林报告精确的开斋时间，一直等到红灯亮了，韩太太才和儿媳妇一起吃饭。

按照规定，孕妇是不必把斋的，病人、老人、出外的人和哺乳的妇女都可以不把斋，但自从出了事儿，韩家的人谁都没顾上吃饭！

“妈，”陈淑彦停下筷子说，“我还是得上医院去！爸爸和天星都还饿着肚子呢，也得给新月送点儿吃的，不知道她……”

“唉！”韩太太叹了口气，“那……我去吧，你看着家！”

“我怎么能让您去呢？妈，您年纪大了，天又下着雪，我不放心，还是我去吧！”陈淑彦坚持说。

韩太太没法儿再拦她了，赶紧收拾饭盒，准备带的东西，又千叮咛万嘱咐：“路上，你可一定得留神，别摔着、碰着……”

“我知道，知道……”

陈淑彦踏着雪，走出了“博雅”宅，她的心已经飞向新月身边。六年的同窗，两年的姑嫂，她们亲密得如同姐妹，在这个时刻，她怎么能不去守着新月呢！

夜间的公共汽车空空荡荡，很少乘客，售票员瑟缩在座位上，逢站也懒得跳上跳下了。陈淑彦一手提着饭盒和橘汁瓶，一手扒着车门，吃力地登上去，汽车哧的一声关上门开走了，车轮碾着马路上的积雪，留下两条黑色的印痕……

新月安睡在病床上，她的胸脯徐缓地起伏，脸上泛着红晕，嘴角挂着微笑，似乎正陶醉在美好的梦境之中……

她看到的不再是那个阴森森的魔窟，而是一个美丽的地方，苍翠的树木浓荫连绵，枝叶间露出玫瑰色的天空，浮动着金色的云朵；脚下是碧绿的草坪，踏上去松松的、软软的，像一块无边无际的大地毯，绿草的叶子上挂着晶莹的露珠，一丛一丛的鲜花吐着芳香；远处是逶迤起伏的山峦，黛青色的，墨绿色的，峰尖上抹着一道金红的霞光；瀑布从山间挂下来，像一匹长长的白绫；泉水叮咚，溅在岩石上，迸射出无数的珍珠；泉水穿过山涧，穿过丛林，穿过草地，一直弹着清脆的琴弦向前流去，汇入一片广阔的湖水；湖水也是玫瑰色的，仿佛和天空连起来了，金色的云朵在天上飞，也在水里飞；一群天鹅游过来了，洁白的羽毛，弯弯的脖子，红红的嘴，像石榴树的花蕾。每一只天鹅都在湖面上投下一个影子，一模一样，像孪生的兄弟姐妹，像并蒂荷花，一个游到哪儿，另一个也跟到哪儿，真正是形影不离；天鹅唱着歌，“哦，哦……”水上面的天鹅在唱，水下面的天鹅也在唱，那歌声贴着湖面传得很远很远，在山谷和丛林之间飘荡着悠长的回声，和淙淙的山泉和在一起，和飒飒的清风和在一起，和新月的脚步声和在一起……

新月步入了一个没有尘埃、没有污秽、没有邪恶、没有欺骗、没有残杀、没有痛苦的世界，她披着长长的秀发，拂动着白色的衣裙，赤着脚向前走去，脚步声就像荷叶上的露珠摇落在湖面，就像天鹅的脚掌轻轻地划动平静的湖水……

楚雁潮和韩子奇、天星守候着新月，三个人默默无语。人需要语言的交流，为的是互相了解。真正了解的人不交流也一样了解。不能交流的语言只能藏在心里。藏在心里的语言比说出来的更真诚。

“你怎么来了?”天星抬头看见陈淑彦气喘吁吁地走了进来。

“你们得吃点儿东西啊……”陈淑彦喘息着，把饭盒递给天星，“楚老师，您也饿着呢!”

楚雁潮只是默默地摇了摇手，三个人都对吃饭没有丝毫兴趣。

“新月怎么样?”陈淑彦脱掉沾着雪粉的大衣，放在天星的腿上，急切地朝新月的床边走过去。

新月安睡着，发出均匀的呼吸。通过酒精输送的氧气，降低了肺泡泡沫的表面张力，促进了气流的通畅，改善了缺氧情况；洒利汞利尿剂促使体内过多的体液排出，减轻了肺水肿，并且减轻了心脏的负荷……

“好像是好些了,”楚雁潮说，“她醒过来的时候还跟我说了话呢，后来就睡了……”

“淑彦，不要惊动她,”韩子奇说，“让她好好睡一觉，缓一缓，等明天再看看情况……”

陈淑彦轻轻地从病床旁边走开，生怕惊醒了新月。她回到公公身边，低声说：“爸爸，那您就回家去吧，您的脸色很不好，不能再熬夜了，让我留在这儿……”

“你……”韩子奇不放心地看着她。

“我没事儿，天星不是也在这儿吗，您放心走吧!”

楚雁潮也说：“韩伯伯，您回去吧，这儿有我们三个人呢!”

“楚老师，您也回去休息吧!”陈淑彦对他说，望着一脸疲惫的楚雁潮，她的心里一阵酸楚，又觉得惭愧，自己作为新月的亲属，应该为楚老师分担忧愁啊，现在新月病倒了，还有谁心疼楚老师呢？她应该替新月体贴这个好人，这个不幸的人！

“不，我不能走！”楚雁潮说，“不能，不能……”

“唉，我真不该给您打那个电话！”天星懊悔地垂下了头，“这么拖累着您，让我们……”

“楚老师！”韩子奇眼泪汪汪地望着楚雁潮，“我们对不起您！听我一句话：回去休息，为了让新月安心，您也得保重啊！”

这一句话含着多重的分量，楚雁潮完全听得出来！

楚雁潮不得不站起身来：“我先送韩伯伯回家吧，今天晚上……”他又犹豫地望着新月。

“我刚才问了大夫，不会有危险，”天星说，“您放心走吧，我在这儿守着，明天我再给您打个电话，要是情况正常，就别往这儿跑了……”

“不，我明天一早就来，如果新月醒了，你告诉她！”

楚雁潮回头再看看新月，心里默默地说：等着我，明天见！然后，搀扶着韩子奇，忧心忡忡地走了。

街上，大雪纷飞。昏黄的路灯下，两个人踏着积雪向公共汽车站走去。他们互相搀扶着，身体挨得那么近，心贴得那么近，却默默地，不说话。此刻，任何语言都是苍白无力的！

楚雁潮一直把韩子奇送到“博雅”宅门口，两人才分手。韩子奇没有邀请他进去，他自己也没有这个愿望，新月不在家，他就感到这个大门是冰冷的。在路灯下对望了片刻，韩子奇抬起手来敲门，他就转身走了。

他匆匆地去赶公共汽车，回到燕园，他还得向系里请个假，看来最近需要请别人代课了，新月躺在医院里，他无法安心！楚雁潮从来还没有因为个人的事请过假，这一次要破例了，为了新月！他希望系里能够原谅他，希望班上的那十五名同学能够原谅他，因为现在新月最需要他，没有任何人能代替他！新月算他的什么人呢？是学生？还是恋人？任凭别人去怎样议论吧，他一切都不管了！

大雪笼罩着整个燕园，未名湖凝固了，坚冰中裹着去年的残荷，等待春暖花开之日再发出新叶。

楚雁潮踏着湖边的雪路走回备斋，路灯下，和他相伴的只有自己的影子。

影子停住了，他愣在了湖边。抬起腕子看了看表，现在已经半夜了，他找谁去请假呢？系办公室早就没有人了，领导和有家有室的同事都不住在燕园里的单身宿舍！明天一早，他还要赶回医院，来不及等到上班时间请了假再走了！怎么办呢？

愣了一阵。他突然想到了班长郑晓京，现在只有到二十七斋去敲女生宿舍的门了，向她请假！

新月醒了……

“哥哥，嫂子……”她睁开眼睛，就看见了她的亲人守在床前呢，她笑了，凝视着他们。

“新月，你感觉好点儿吗？”陈淑彦抚着她的手，轻轻地问她。

“好……”她吃力地回答，对待亲人，她愿说“好”，让他们放心。

“你想吃点儿东西吗？淑彦给你做的！”天星从怀里取出饭盒，“还热着呢！”

“不……”新月说，“看见你们……我就……很高兴了……”

“大夫，可以给她喝点儿水吗？”陈淑彦问守在旁边的护士。

“没有必要……”护士指指输液瓶，表示那里面已经提供了维持生命的水分和营养，又说，“你们最好不要跟她说话，卢大夫嘱咐的！”

“请……让我们说会儿话吧，”新月恳求地望着护士，“也许……以后就没有机会了……”

护士背过脸去，用手掩着眼睛，不让病人和家属看见她眼里的泪花。

“新月，你怎么说这种话？”陈淑彦心里一沉，眼睛发酸，但她极力控制住眼泪，不让它流出来，“新月，你好了，很快就出院了，回到家，我就老陪着你说话儿……”

“但愿吧，”新月喃喃地说，“但愿……我不离开你们，”她停了一下，又问："爸爸呢?"

"爸爸回家了……"

"噢……楚老师呢？我怎么没看见楚老师？他刚才还在……"

"楚老师也走了，是我让他走的，他太累了，得回去休息，"陈淑彦极力做出笑容，"你也是这样想的，是吧?"

"是……"新月喘息了一下，说，"谢谢你……关心他，外面在下雨吧？路难走……"

"这会儿怎么会下雨呢？在下雪，"陈淑彦说，"等天亮了，我扶着你看看外面的雪，你不是喜欢雪景吗?"

"雪，雪……"新月神往地重复着这两个字，她的眼前浮现出了粉琢玉妆的燕园，未名湖畔，一个洁白的世界，白雪下面，露出备斋的画栋雕梁，一条雪路通往白色的湖心小岛，她静静地伫立在亭子旁边，耳畔传来令人心醉的琴声……啊，她多想再回到那个地方，多想再回到那个时刻！那时候，她多傻，爱情来临了，自己还不知道呢！等她知道了，却已经离开了燕园！现在，她多想站在那个小岛上，向着未名湖、向着所有的人，大声宣布：我爱他！爱他！爱他！同学们会大吃一惊吧？没关系；谢秋思会妒忌吧？没关系；被人妒忌也是一种幸福啊！

面前的冰雪消融了，她脸上的笑容也消失了，她好糊涂啊，燕园已经不属于她了，楚老师也已经不属于她了，妈妈不是说得清清楚楚吗？宁可让她死，也不能……

"啊，妈妈……"她闭上眼睛，结束了徒劳无益的遐想，痛苦地呼唤着妈妈。

陈淑彦不知道该怎样安慰她！"新月，你想妈妈吗？妈刚才还说要来看你呢，那让她明天来吧?"

"不用了！"泪水从新月的睫毛下面涌流出来，"明天……把妈妈的照片带来……就行了……"

天星的脸色变了："照片？新月，你……"

"哥哥……"新月睁开泪眼，望着天星，流露出难言的歉意，她不能伤了哥哥的心，只好有意改换了"妈妈"的含义，"你……你还得好好地孝敬爸爸和……妈妈……”

两串热泪从天星的一双大眼睛中无声地滚落，他伸出粗大的手掌，颤抖地抚着妹妹的小手，善良的妹妹，柔弱的妹妹，可怜的妹妹，你原来心里都清楚啊！

此刻，韩子奇正在西厢房中痛苦地呻吟。他根本不可能安眠，一走进自己的书房兼卧室就感到孤独和恐怖，他后悔刚才从医院回来，看不见女儿他就坐卧不宁。他来到女儿的房间里等着天亮，抚摸着女儿的床铺和桌椅，才得到一丝安慰。这大铜床，这写字台，这老式木椅，是女儿的，也是冰玉的，桌面上至今还摆着冰玉的照片，女儿的枕头旁边摆着冰玉留给她的那封信，昨天晚上，她看完这封信就……他的手颤抖着，把信收起来，拉开写字台的抽屉，装进去。抽屉里，赫然摆着天星送给新月的那只翠如意，那本来是冰玉送给天星的，天星又还给了新月！这一双儿女亲如手足，做父亲的却给他们的心灵都留下了创伤，他曾经让儿子失去了父亲，又让女儿失去了母亲，他的不可饶恕的罪责，谁能够原谅啊！

他猛地关上抽屉，不再看那封信，不再看那只如意，可是，照片上的冰玉却在向他微笑！啊，冰玉，你在哪里啊？你知道我们的女儿正在遭受不幸吗？我已经失去了你，不能再失去女儿了，如果……如果命运真的对我这样残酷，那么，我死后都没有面目再见你了！

他恐惧地望着这张照片，望着这个贮满了痛苦的房间……

天快亮了，韩太太做了“小净”，在上房东间的卧室里，像每天一样，面对至高无上的主，虔诚地做晨礼。严格按照规定的动作，完成了两拜，然后，她久久地跪坐，默默地祈求至慈至恕的主给这个家降福，给女儿免灾。唉，女儿是个可怜的孩子，从小没有妈，又得了这样的病，一病就是两年，今儿好了，明儿又犯了，这么样儿下去，别说她自个儿受不了，别人也受不了啦！……

西厢房里，疲倦已极的韩子奇伏在写字台上睡着了，两手还在捧着那张照片，照片上的冰玉和女儿微笑着，看着他……

女儿向他走来了，她一点儿病容也没有，穿着白裙子，头发梳得整整齐齐，扎着她喜欢的那种不用头绳也不用猴皮筋儿的短辫子，洁白细润的脸上洋溢着甜甜的笑意，一双黑亮的大眼睛闪烁着青春的光彩，她推开西厢房的门，带着一股春风，轻捷地奔向父亲："爸爸！我回来了，我好了！"

"啊，你好了？好了！"巨大的幸福融化了父亲的心，韩子奇一跃而起，紧紧地抱住女儿……

激动的泪水冲开了他的双眼，面前没有女儿，他抱着的是那张照片！

"新月！新月！……"韩子奇疯狂地呼唤着女儿，奔出西厢房，朝大门口迎去，他确信，女儿一定是好了！

输液管中的药水，一滴，一滴……

"嫂子……几点了？"

"五点了，天快亮了。"

"噢……"

"新月，你睡一会儿吧？"

"我不困……就愿意跟你们……说话儿……"

"以后再说，"陈淑彦抚着她的手，轻声说，"等你好了，咱们慢慢儿地说，日子长着呢！"

"嗯……"

"等你出了院，我还上西厢房陪着你住，陪着你玩儿；你身体恢复好了，咱们出去转转，散散心，香山、颐和园、八达岭、十三陵，这些地方咱们还没玩儿遍呢！"

"那多好啊！……"新月的脸上泛起笑容，眼里闪着光彩，美好的憧憬使她突然非常兴奋，像个孩子似的笑出了声，引起了一阵咳嗽。

陈淑彦用手给她抚着胸口："新月，你歇一会儿！"

那颗兴奋的心却不肯停歇！咳嗽平息下来，她喘息着，用过去的称呼叫着嫂子："淑彦……"

"嗯？"

“还记得……咱们一块儿上学的那会儿吗？多……多好玩儿。”

“是啊，”过去的学生生活在陈淑彦心中唤起了甜蜜的回忆，那些已经一去不复返了，她现在做了妻子，又将要做母亲，想起少女时代就一阵心酸。但她不愿意在新月面前流露自己的伤感，极力微笑着，顺着她说，“那会儿，咱俩老是摽在一块儿，女生说我是你的‘丫鬟’，男生说我是你的‘保镖’，我不怕他们说！你看，到了儿咱俩真成了一家人，永远在一块儿了！”

“永远……”新月无限依恋地看着她，“淑彦……把你的手……给我……”

陈淑彦伸出自己那由于妊娠而发胖的手，握住新月那软弱无力的小手，心里感慨万千！

“淑彦，我要是……真能好了……”两串泪珠从那双明亮的眼睛中缓缓地流下来。

“新月，你能好，一定能好！”陈淑彦心里一沉，不知道她的情绪怎么突然变了？

新月的那双眼睛黯淡了，声音变得十分微弱：“可要是……不能好呢？”

天星的脑袋像被谁猛地击了一拳，嗡嗡作响，他扶着床沿，愣愣地望着妹妹：“新月，你可别往坏处想啊！”

“哥哥……”新月半闭着眼睛，哥哥的脸模模糊糊地靠在她的面前，她感到哥哥呼出的热气温暖着她，“哥哥……我不能不想到……要是不能好，就……”

“别说！我求你别说！”天星的脸贴着妹妹的脸，兄妹的泪水流在一起！

新月的嘴唇嚅动着，吸吮着哥哥的热泪，一阵喘息，还是艰难地说出了她要说的话：“……我就把……把爸爸交给你和嫂子了……”

“别……别说这话！你能好！”天星紧紧地抱着妹妹，他决不相信妹妹会离开他！“等你好了，跟我回家去！”

陈淑彦的泪珠滴滴答答落在新月的手上，心怦怦地跳，一个不祥的念头闪过她的脑际，她不敢往那儿想，却又无法驱除那个可怕的阴影！

守在旁边的护士匆匆走进了隔壁房间。

卢大夫随着护士走过来。她默默地扶起天星，用听诊器探测着新月的心肺，一双慈母似的眼睛注视着新月。

新月闭着眼睛，艰难地喘息。

天星和陈淑彦肃然望着卢大夫，但不敢问她，害怕听到什么可怕的话。

卢大夫什么也没说，只是悄悄地加大了输氧管的气流。

“我……”新月的嘴唇张了张，伸出干涩的舌尖，舔舔嘴唇，“想……喝点儿……水……”

陈淑彦询问地望望卢大夫，卢大夫点了点头。

陈淑彦把带来的橘汁水倒在杯子里，用小勺送到新月的嘴边，一口，两口，新月贪婪地吸吮着。她并不渴，只是心里有一个念头：喝水，活着……

三口、四口……又停下了。

“几点了？”她问。

“噢，五点半了。”陈淑彦凑在她耳边说。

她又艰难地睁开眼：“天……怎么还不亮呢？……”

“快了，天就要亮了，你是等楚老师吧？天亮了他就来了，你耐心地等一等……”

“嗯……”她轻轻地点了点头，努力把眼睛睁大，“告诉我……哪边是东方？我看看……”

“这边，窗户这边就是。”陈淑彦放下手里的杯子，扶着她的头，把她的脸朝向东方，却不知道这是什么意思。

窗外还是黑沉沉的，隐隐约约可以看见雪花扑打着玻璃。

新月注视着窗外，喘息着，焦躁不安：“怎么……天还不亮？太阳……还不……出来？”

“噢，”陈淑彦明白了她的意思，“雪天，没有太阳，别着急，快亮了，快了！”

新月微微点点头，闭上眼。天总会亮的，没有太阳也会亮的，她相信；但是，要快一点儿，天亮了，她就可以看到楚老师了。她多想早一点儿看到他！

她喘息着，焦急地等着他。

她的眉毛动了动，嘴唇动了动。

“新月，”陈淑彦抚着她的手，“你安静一会儿，别说话。”

新月的嘴唇还在艰难地嚅动。

陈淑彦把耳朵贴在她的嘴边，听到她那微弱的声音：“我……衬衣……口袋里……”

“嗯，嗯……”陈淑彦急忙把手伸到她的胸前，颤抖着摸索，不知道那里边有什么东西。

那只手抽出来了，捏着一枚闪闪发光的校徽，白底上铸着四个红字：北京大学。

陈淑彦的手瑟瑟发抖，打开了校徽上的别针，把它端端正正地别在新月的胸前。随着微弱的呼吸，校徽轻轻地起伏。

新月闭着眼睛，她在积蓄力量，心里数着自己的呼吸，等着，盼着……

她的呼吸越来越微弱，心跳越来越缓慢，像是一条丝线般的细流，在沙漠中艰难地流淌，马上就要干涸了！

但那一线细流还是不肯干涸，还没有流尽最后一滴。她盼望的那个人还没有到来……

陈淑彦屏住了呼吸，焦急地盯着手表的指针，六点零一分了，零两分了，零五分了……

楚雁潮仍然没有到来。他的路太远了，太远了！

淡淡的曙光悄悄映上东窗……

新月的嘴唇又在嚅动，声音低得几乎难以分辨：“天……亮了吗？”

“快了，”陈淑彦指着窗外说，“你看，有点儿亮了！”

“噢……”她惊喜地抬起睫毛，极力把眼睛睁大，看着东方，“我……怎么……看不见？”

“新月！你……看不见？”天星慌了！

“看不见……”她大睁着眼睛，面前仍然是一片黑暗，什么也看不见，“哥哥……你在哪儿呀?”

“新月，我在你跟前儿呢,”天星惊恐地抓住她的手，“你看看我！……”

“我……看不见……”绝望的泪水从她那茫然的眼睛中涌流出来，这眼睛怎么了？再也看不见哥哥、嫂子了？看不见爸爸了？看不见妈妈的照片了？看不见楚老师了？“楚……”她竭尽全力呼唤他，但仅仅喊出了一个字，就突然停住了！

“新月！新月……”天星和陈淑彦像突然跌入了万丈深渊！

医护人员紧张地抢救……

雁潮还在进城的途中。大雪封路，公共汽车的速度减慢了，拖延了他的宝贵时间，他心急如焚，新月在等着他呢！他让天星等新月醒了就告诉她：天亮了他就到，现在新月醒了吗？不能让新月失望，必须尽快地赶到她身边！

泪水打湿了卢大夫的眼镜，她深深地叹息着，收起了听诊器，拔下抢救器械的皮管，伸出慈爱的手，给新月合上那张着的嘴和半睁着的眼睛，尽一个医生的最后一项职责。

新月没有等到她盼望的那个人，终于丢下一切，走了！对这个世界，她留恋也罢，憎恨也罢，永远地离开了！

洁白的床单在护士的手中抖开，覆盖上新月的身体，覆盖上她的脸。

“新月！新月!”陈淑彦扑在床上，抱住她不能离开的妹妹，但是，新月已经听不见她的呼唤了！

护士拉起她，推动这张四轮病床，要把新月送走了，送进一个叫“太平间”的地方。

“不！她没死！她怎么会死!”天星全身的热血都涌到脸上，他像一头暴怒的雄狮，疯狂地扑过去，把护士一把推开，扑在妹妹的身上，发出撕心裂肺的叫喊：“新月！新月啊!”

新月没有任何声息，回答他的，只有一片哭声！

“新月！新月！”天星的血管要爆炸，筋骨要迸裂，“你怎么能死！你得活着啊！”

新月静静地躺在病床上，她永远也不可能回答了！

天星那铁锤似的拳头铮铮作响，血红的眼睛在冒火，他愤怒地看着这个世界，看着周围的人，他要复仇，要讨还他的妹妹，却又找不到对手！

医生和护士都没有阻拦他，他们眼里也都含着泪水……

火焰熄灭了，天星无力地垂下了头，泪水洒在妹妹的脸上！

“新月！新月……”他轻轻地叫着妹妹，小心地把她抱起来，托在那两只强壮的胳膊上，向前走去，“新月，回家了，跟哥哥回家去！”

天终于亮了，铅灰色的天空压得很低很低，抖落着凌乱的雪花……

风雪卷着楚雁潮向医院扑去！

他奔进医院大门，奔进标着刺目的红字的急诊室，奔进新月躺着的那间观察室……

那张病床已经空了。

他愣了：“新月！新月呢？”

他茫然四顾，不知道新月到哪里去了，怎么家里的人也不在这儿？

他慌乱地退出观察室，一个人默默拦住了他……

是卢大夫！

“卢大夫，新月呢？”他急切地抓住卢大夫的胳膊。

那双挂着泪珠的眼睛，透过镜片看着他，含着深深的歉意：“我……没能为你留住她！”

“啊！——”一声肝胆俱裂的惨叫，楚雁潮的灵魂崩溃了！

……

漫天飞雪，他不顾一切地在街上狂奔！行人在他面前让路，汽车在他面前刹车，红灯在他面前失灵了！在他眼里，这个世界已经一片空白，只看见新月的身影在茫茫天际飘逝，他要拼尽全力追上去！新月，等等我！

茫茫大雪笼罩着“博雅”宅，森森寒气封锁着“博雅”宅。

上房客厅里，安放着新月的“埋体”（遗体），她静静地躺在“旱托”上，身上蒙着洁白的“卧单”，身旁挂着洁白的幔幛，上面用阿拉伯文写着：

> 没有真主的许可，任何人也不会死亡，人的寿命是注定的。
>
> 我们都属于真主，还要归于真主。

面如槁木的韩子奇夫妇守护着女儿；悲痛欲绝的天星夫妇守护着妹妹。

丧魂失魄的楚雁潮突然出现在他们的面前，他的眼睛定定的，声音嘶哑地呼唤：“新月！新月……”

韩太太不安地站起来，他……他怎么来了？

“楚老师！”陈淑彦痛哭着迎上去……

天星迎面抱住他，号啕大哭：“您来晚了！来晚了！”

“新月呢？新月！……”楚雁潮痴痴地看着那洁白的布幔，急切地寻找新月！

韩太太惊慌失措，她的手在颤抖，声音也在颤抖：“可不能……不能……”

她决不能允许楚雁潮再见到新月！穆斯林的“埋体”带着神圣的信仰，她就要去见真主了，怎么能暴露在一个异教徒面前？

“妈！”陈淑彦苦苦地哀求婆婆，“让他见一面吧？见这最后一面！最后一面……”

天星泪如泉涌，悲愤地盯着妈妈：“人的命都没了，您还要怎么样啊！……”

“主啊！”韩太太愣在那里，现在要赶走这个人，也许办不到了！

楚雁潮突然拉开了白幔，他看见新月了！

新月！这是新月吗？是两年前他提着行李、用英语交谈着送上二十七斋的那个新月吗？是在备斋充满激情地和他谈论事业和理想的那个新月吗？是在未名湖畔踏着月色听他朗诵拜伦诗篇的那个新月吗？是在西厢房和他并肩斟酌译文的那个新月吗？是两年来以顽强的毅力和病魔搏斗、执着地追求生命的价值的那个新月吗？是和他心心相印、永远也不愿意分开的那个新月吗？是昨夜分别前还拉着他的手的那个新月吗？这白布下蒙的是你吗？新月！

他揭开“卧单”的一角，新月的遗容展现在他面前！

新月静静地闭着眼睛，闭着嘴唇，洁白细润的面颊上泛着淡淡的红晕，洒利汞针剂使她保持着青春的容颜，好像她没有死，她还活着！昨夜分别的时候，她就是这样安睡，难道现在就不会醒来了吗？怎么可能？

泪水滴落在新月的脸上，她没有任何反应；

他深情地呼唤着新月，她没有任何反应；

“新月！新月！……”他抱住她的双肩，摇晃着她，她还是没有任何反应！

新月已经离开他了，永远也不会回来了！

楚雁潮心碎了，绝望了，疯狂了！他不可遏制地扑上去，吻着她的脸，她的眼睛，她的嘴唇！这和着泪水的吻，是他们的第一次吻，也是最后一次；是初恋的吻，也是诀别的吻！

韩太太惊呆了！她生平没有经历过这样的打击：一个穆斯林，怎么能和“卡斐尔”亲吻？罪过啊！她生平没有经历过这样的爱：爱得这么疯，这么狂，这么深，这么强烈！

她周身的血液仿佛凝固了，主啊，告诉我，该怎么办？怎么办？……

这一刻，“博雅”宅在震撼人心的痛苦中僵死了！

……

韩太太一个寒战，她惊醒了，突然朝楚雁潮扑过去，抱住这个痛不欲生的年轻人，哭着对他说：“求求你，孩子，你走吧，走吧，咱们的缘分……尽了！”

风在呼号，雪在狂舞……

天星和陈淑彦日夜守着妹妹。妹妹是他们心中的月亮，没有了这月亮，他们不知道该怎么度过漫漫长夜！

韩子奇日夜守着女儿。女儿是他的掌上明珠，没有了这明珠，还有谁能伴随着他跋涉前面那坎坷的路？

韩太太日夜守着五时，为了女儿，向真主祈祷。女儿年幼无知，从小起早贪黑地上学，没能做到一日五次的礼拜，这是一辈子的缺欠，但她是穆斯林的后代，是当然的穆斯林哪！求至高无上的主，至慈至恕的主，饶恕她的一切过错，让她的灵魂进入天园，不要把她投入火狱！

今天是腊月二十八，伊斯兰历的九月二十七日，今夜是斋月的“盖德尔”——珍贵之夜。就是在这一夜，真主将《古兰经》从“天牌”上一次性地降在接近大地的第一层天上，然后再派天使哲布莱依勒零星地启示给先知穆罕默德。《古兰经》说：“盖德尔，比一千个月价值更高。”韩太太在“盖德尔”彻夜祈祷，把自己虔诚的心奉献给真主，弥补女儿十九年来所欠缺的戒斋和礼拜，洗刷女儿的一切罪过！

夜深人静，韩太太听不见风雪的呼啸，听不见家人的哭泣，她的心中是一片纯净的真空，离开了纷扰的凡世，和真主交流。她仿佛听见了真主的许诺，女儿是无罪的，是圣洁的！她感念真主的宽恕，热泪涌流……

她要奉真主之命，为女儿广施博舍，多散“乜帖”，多积善功；她要为女儿举行隆重的葬礼，宰鸡、宰羊，酬谢为女儿送行的阿訇和乡老……新月啊，当妈的把该做的都做到了，你就可以放心地走了！

清冷的灯光下，安卧着新月。她的手，还紧紧地攥在父亲的手里……

韩子奇呆坐在女儿身边，他那黧黑的脸上没有任何表情，一双深陷的眼睛，没有眼泪，眼泪早就流干了。他一动不动，拉着女儿的手，不肯放开。他当然知道，伊斯兰教主张速葬，“亡人入土如奔金”，最好能在当天安葬，但他舍不得女儿走，实在舍不得！他乞求妻子，让女儿多留一天，再多留一天，女儿走了，就再也见不到了！

新月在家里又住了两天，该走了，决不能超过三天，非走不可了！

雪停了，天晴了，白雪覆盖的“博雅”宅上方，夜空澄澈如洗，闪烁着满天星斗。

西南方向，显现出一钩新月，弯弯的，尖尖的，清清的，亮亮的，多么美丽的新月！

清真寺上空的红灯亮了！

此刻，成千上万的穆斯林都在仰望着天上的新月，它的升起，标志着斋月的最后一天结束了，伊斯兰历的十月就要开始了！明天，伊斯兰历十月一日，是“尔德·菲图尔”——开斋节，全世界的穆斯林都要在同一天欢度自己最盛大的节日！

朦胧的曙光降临了大地，当人的肉眼能分辨出黑线和白线的时候，穆斯林们匆匆吃一点儿食物，刷牙漱口，洗“大净”，用美香，穿上节日的盛装，纷纷走出家门，亲戚朋友互道祝贺，一路出散着“乜帖”，低诵着“泰克毕尔”，涌向清真寺，等待太阳升起之后参加节日的盛典！

一九六三年的早春，到来了……

雪后初晴，“博雅”宅银装素裹，庄严肃穆。院门大敞着，川流不息的穆斯林拥进去。这些人，是那些久不走动的亲戚，很少往来的街坊四邻，和奇珍斋主有着多年世交的同行，曾经和新月一起上过小学、中学的青年，居住在清真寺周围的男女老少乡亲……这些人，新月并不都认识，见了面有些还不知道该怎么称呼呢。但人们都知道韩子奇有这么一个女儿。这姑娘好体面，模样儿就像从画儿上走下来的！这姑娘好聪明，附近的孩子男男女女那么多，就她一个人考上了大学，她给咱回回增了光！这姑娘好可怜，她的大学没上完，没上完！这些人，并不都是韩家报了信请来的，人们听到消息，心里咯噔一声，就不约而同地自动来了。梁家、韩家没有近亲，但不管远近都是乡亲，人们也愿意来看一看姑娘的遗容，点上一束香，愿意送上一份“经礼”，表达对这姑娘的哀悼和祝愿：这姑娘好造化，真主慈悯她，让她在圣洁的斋月死去，在庄严的开斋节出门，这样的归宿真是再好不过了！

神情肃然的阿訇和乡老，在“伊玛目”的率领下缓缓走进“博雅”宅，来为新月站“者那则”——举行葬礼。

天星迎上前去，向他们行“拿手”礼。此时的天星，已经是一个泪人，一个被悲哀击垮的人。但是，他必须竭尽全力支撑着自己，为妹妹送行，他是这个家庭的长男，没有人能够代替他！爸爸已经倒下了，走不动了，他不能让爸爸去送新月，爸爸受不了！爸爸去了就回不来了！

新月躺在“旱托”上，接受最后的洗礼。

按照教规，最合法的洗亡人的人，应当是死者的至亲，或者是有道德的人——坚守斋、拜，信仰虔诚的穆斯林，因为他们能够为死者隐恶扬善。为新月洗“艾斯里”的，当然还必须是女性。韩太太符合这所有的要求，是无可争议的最合适的人选。她先做了“大净”，然后和清真寺专管洗“埋体”的女同胞一起，为女儿做神圣的洗礼。穆圣说：“谁洗亡人，为之遮丑恶，真主就宽恕他四十件罪过。”韩太太亲自为女儿洗“埋体”，自己的罪过也得到赦免了！人生在世，谁能保证不犯过错？要紧的是诚心悔过，求得真主的宽恕。

房门外面，韩家的门头师傅诵起了“塔赫雅”：

> 以语言、动作和才能表现的一切祈祷和礼拜，都是为了安拉。啊，先知，祝你和平，祝你得到真主的仁爱和福祉！给我们和安拉的一切忠仆以和平吧！……

里面，香炉在新月身边绕了三匝，韩太太手执汤瓶，为女儿冲洗。先做“小净”：给她洗脸，洗两肘和双脚。当妈的从来也没为女儿做过这一切，平生只有这一次，却是最后一次了！新月啊，妈欠你的太多了，这回都补给你吧，啊？新月什么也不知道，她无声无息地领受着这来得太迟的母爱。汤瓶里的水在静静地流淌，伴着妈妈的泪水，洒在女儿的脸上、手上、脚上……

洗完“小净”，再洗“大净”：先用肥皂水从头至脚冲淋一遍，然后用香皂洗她的头发，洗她的全身。先洗上身，后洗下身；先洗右边，后洗左边；先洗前胸，再洗后背，全身每一个地方都要洗到。清水静静地流遍新月的全身，又从她的脚边流下“旱托”，竟然没有一丝污垢，她那冰清玉洁的身体一尘不染！

韩太太用洁净的白布把女儿身上的水擦干，三个人一起把她抬到铺好“卧单”的床上，在她的头发上撒上麝香，在她的额头、鼻尖、双手和双膝、双腿撒上冰片——一个穆斯林在叩拜真主时着地的地方。

韩太太凝视着女儿，抚摸着女儿，不忍释手。但是，女儿已经无可挽留了，该给她穿上葬衣送她出门了。穆圣说：“谁与亡人穿葬衣，在后世，真主将仙衣赐予他。”韩太太责无旁贷，亲手为女儿穿葬衣——穆斯林称之为“卧单”或“克番”。遵照圣训，韩太太都为女儿准备齐全了……

现在，新月已经被“打整”完毕。六尺的大“卧单”和四尺的小“卧单”包裹着她的身体，“批拉罕”从两肩一直漫过膝盖，“围腰”护着她的胸腹，护心“堵瓦”贴着她的胸口，“盖头”蒙着她的秀发，全身散发着清香……这就是一个穆斯林告别人世之前的全部行装，除此之外什么也没有了，西厢房里的书籍，妈妈留下的照片、如意和那封字字含泪的信，她临终之前不肯割舍的校徽，楚老师送给她的巴西木和留声机，都必须丢下了，她就要这样两手空空地启程了！

新月的遗体抬出来了，安放在院子中央，头朝正北，脸朝着西方——圣地麦加的方向。

穆斯林的葬礼隆重、庄严而简朴，没有丝毫的浮华。它是为亡人举行的一次共祈，是穆斯林的“法雷则·其法耶”——副主命，每个人都有为亡人举行葬礼的义务，至少要有一个人履行了这项义务，别人才能卸去责任。葬礼和平常的礼拜不同，它没有鞠躬和叩头，只有站立和祈祷。没有音乐。穆斯林的祈祷不需要任何音乐来伴奏，它是对真主没有任何扰动的静默，它以特殊的形式而永垂不替，以庄严的站立去感觉真主的真实存在，去沉思他的伟大、光荣和慈爱。它是忠实的灵魂对于真主的无限崇敬，是每个人衷心情感的倾泻，是为了全体穆斯林包括亡故的人而向真主发出的切望于将来的吁请。参加葬礼的穆斯林必须是洁净的，而且必须是男性。

女人们自觉地朝后面退去，垂花门外挤得水泄不通。她们感叹着，倾听着，默默地悼念着她们的同类。

“博雅”宅大门外，匆匆赶来了两个前来参加葬礼的人：郑晓京和罗秀竹。她们被楚老师那丧魂失魄的样子吓坏了，被韩新月的死讯惊呆了！一个活生生的姑娘，就这么死了吗？上次见面还和她们谈笑风生呢！韩新月，你的病真的那么严重、真的不可救药吗？早知道，我们应该常来看你、常来陪你！啊，郑晓京是知道的，但是她没有再来。她有那么多的难处，也应该想到新月有比她更多的难处。新月，你死之前想到我们的班、我们的同学了吗？想到我了吗？知道我有什么对不起你的地方吗？楚老师对你说过什么吗？一定说过……可是你什么也没表现出来，仍然对我那么信任！你心里一定很烦、很苦，也许你会恨我？别，新月，别恨我，我没有害你的心，我是为你好……现在，你走了，什么烦恼也不会有了。可是我，我还得沿着原来的路走下去，怀着希望也带着烦恼……

一位女乡老拦住了她们：“干吗？干吗？你们是哪儿的？”

“我们是……韩新月的同学，来参加……”罗秀竹泪流满面，气喘吁吁。

“是咱们回回吗？”

“哦，不是……”郑晓京一愣，“我们是她班上的……”

没等她说完，女乡老就像避瘟疫似的往外推着她们：“不成，不成！连我们都不成，还能让你们进去？走吧，快走吧！”

热泪从郑晓京的眼中涌流出来：“让我们见她一面吧，最后一面！”

“什么？亡人的‘埋体’带着‘伊玛尼’呢，谁也不能见了，别说你们汉人了！”

“让我们进去!”罗秀竹抓着女乡老的手，哭喊着，“求求您，求求您……”

“嚷什么？里面正站‘者那则’呢！主啊!”

哐的一声，“博雅”宅大门紧紧地关上了。

垂花门里，新月的遗体旁，“伊玛目”和阿訇们面向西方肃立。

在他们的身后，众多的穆斯林面向西方肃立。穆圣说：凡一穆民，若有四十位善士与之举行殡礼，真主一定准其祈祷，饶恕该亡人之罪。新月的葬礼来宾远远超过了这个数目!

香炉围绕着新月，在阿訇手中传递，周而复始，一遍，两遍，三遍，《古兰经》的声音在“博雅”宅中回荡……

阿訇两手下垂，双目平视，为“者那则”默默举意，两手抬到耳旁，念诵“泰克毕尔”：“安拉胡艾克拜尔(真主至大)!”

穆斯林们随着阿訇一起念诵：“安拉胡艾克拜尔!”然后随着阿訇垂下双肘，抄起两手，共同默念对真主的赞辞：

> 啊，安拉！赞美你，你真当赞美！你的名称是尊贵的，你的威仪是高超的，我们只崇拜你，没有什么可以和你匹配!

第二次抬手念诵“泰克毕尔”：“安拉胡艾克拜尔!”

穆斯林们共同默念对穆圣的赞辞：

> 啊，安拉！你赐福于穆罕默德和他的追随者吧，就像你赐福于易卜拉欣和他的追随者那样！你确是应当赞美和称颂的!

第三次抬手念诵“泰克毕尔”：“安拉胡艾克拜尔!”

穆斯林共同默默地为亡人祈祷：

> 啊，安拉！宽恕我们这些人：活着的和死了的，出席的和缺席的，少年和成人，男人和女人。
>
> 啊，安拉！在我们当中，你让谁生存，就让他活在伊斯兰之

中；你让谁死去，就让他死于信仰之中。

啊，安拉！不要为着他的报偿而剥夺我们，并且不要在他之后，把我们来作试验！

一片肃穆，一片寂静，除了“真主至大”的赞颂，没有任何声音。祷辞发自穆斯林们的心中。他们相信，无所不知、无所不在的主都听到了，他们的心和主是相通的。

“博雅”宅上方，明净澄澈的天空清得像水，蓝得像宝石，连接着人间的穆斯林世界，连接着茫茫无际的宇宙。神圣的静穆之中，只有一个雄浑博大的声音在回响：“安拉胡艾克拜尔！”

最后一次“泰克毕尔”念完之后，阿訇和穆斯林们向各自的左右两侧出“赛俩目”：“按赛俩目尔来坤！”向天使致意。每个穆斯林的双肩都有两位天使，左边的记着他的罪恶，右边的记着他的善功！

全体穆斯林把双手举到面前，接“堵阿以”。在这一刹那，亡人的灵魂才确切地感知自己已经亡故了，该走向归宿了！

穆斯林们抬起安放着新月遗体的“埋体匣子”，为她送行，新月离家远行的时刻到了！“博雅”宅，永别了！

“新月！新月！……”陈淑彦哭喊着奔出来，扑在“埋体匣子”上，舍不得放开妹妹；

“新月！新月！……”韩子奇沙哑地呼唤着奔出来，扑在“埋体匣子”上，舍不得放开女儿！

穆斯林们没有一个不洒下了泪水，但是谁也留不住新月了，她必须启程了！

韩太太含泪拉住丈夫和儿媳：“让她走吧，让她放心地走，没牵没挂地走！新月，走吧，孩子，别挂牵家！等到七日，妈再去看你！”

“埋体匣子”缓缓地移动，韩子奇扶着女儿，踉踉跄跄往前追去……

遗体抬出了“博雅”宅，抬上了等在门口的敞篷卡车。

胡同里挤满了穆斯林，等着为新月送行。

送葬的人都上了车，车子启动了……

陈淑彦扳着汽车的栏板，哭喊着，不肯放手！为什么不许女人去送葬呢？她怎么能不送一送新月？

天星突然伸出手去，把她拉上了车，人们不忍心再把她赶下去，自古以来的习俗为她破例了！

汽车开走了，走在穆斯林人群当中，走在洁白的雪路上。

“新月！新月啊！……”韩子奇无力地嘶喊着，扑倒在雪地上……

“新月，新月！……”徘徊在胡同里的郑晓京和罗秀竹呼唤着她们的同窗，向汽车追去……

汽车越开越快，她们追不上了！

汽车驶出胡同，转进大街。开斋节中，清真寺前的大街上涌流着成千上万的穆斯林，交通阻塞了，车辆早就不能通行了。人们为新月让开了一条道儿，怀着真诚的祝愿，目送这位姑娘离去……

阿訇一路默念着真经；

天星和陈淑彦一路扶着妹妹；

汽车沿着新月上学的路向西北方向驶去，这条路，她有去无回了；

汽车驶出北京城区，新月生活了十七年的古都，永别了；

汽车驶过北京大学的门口，新月念念不忘的母校，你的女儿再也不能返回了；

汽车绕过颐和园，沿着燕山脚下的公路，向西，向西……

巍巍西山，皑皑晴雪。

山脚下的回民公墓，一片洁白：林木披着白纱，地上铺着白毡。

雪地上，一片褐黄的新土，一个新挖的墓穴，这是新月将永远安息的地方。

远远的，一个孤寂的身影伫立在树下，默默地凝望着这片新土。他久久地伫立，像是一棵枯死的树桩，像是一块没有生命的石头。

送葬的队伍来了，他们稳稳地抬着新月，快步向前走去，走向那片新土。没有高声呼唤，没有捶胸顿足的哭号，只有低低的饮泣和踏着雪的脚步声：沙，沙，沙。穆斯林认为，肃穆地步行着送亡人入土，是最珍贵的。

伫立在树下的那个孤寂的身影，一阵战栗！他默默地向送葬的人群走去，踏着脚下的白雪，沙，沙，沙。

送葬的队伍停下了，停在那褐黄色的墓穴旁边。

他们肃立在墓穴的东侧，凝视着这人人都将有权享有的处所：七尺墓穴，一抔黄土，连着养育他们的大地。

那个身影悄无声息地走近墓穴，站住，又不动了。

"您……"陈淑彦发现了他，眼泪噎住了她的喉咙，望着与新月生死不渝的恋人，她什么话也说不出来了。

天星悲痛地抱住他的肩，抓住他的手！"我知道您会来送新月的，一定会来的！"

楚雁潮一言不发，脸上毫无表情，像一块冰。他一动不动，凝视着那墓穴。一个生命就要消失在这里吗？连接着两颗心的爱、地久天长的爱，能够被这黄土隔断吗？

"亡人的亲人，给她试试坑吧！"一个悲凉的声音，昭示着那古老的风俗。

这声音，把他惊醒了，也把天星惊醒了。

试坑，穆斯林向亡人最后表达情感的一种方式。墓穴的大小容得下亡人的遗体吗？底部平整吗？为了让亡人舒适地长眠，他的亲人要以自己的身体先试一试。尽这项义务的，只有亡人的至亲，或者是儿子，或者是兄弟。新月，这个未满二十岁的少女，能够为她试坑的也只有她的哥哥了。

被悲哀摧垮了的天星跳下墓穴；

被痛苦粉碎了的楚雁潮跳下墓穴！

天星一愣！但并没有阻拦他，在这个世界上，他是新月最亲的亲人！

没有任何人阻拦他。除了天星和陈淑彦，谁也不认识他，谁也不知道他不是穆斯林，这个墓地上也绝不会有汉人来。他们认为，这个人毫无疑问是新月的亲人了！

楚雁潮凝望着直坑西侧的“拉赫”，那是一个椭圆形的洞穴，底部平整，顶如穹庐，幽暗而阴冷。这是新月永久的卧室、永久的床铺、永久的家！

他跪在坑底，膝行着进入“拉赫”。他从未到过这种地方，却又觉得似曾相识，是在什么时候、什么地方见过？“四近无生人气，心里空空洞洞。”他伸出颤抖的手，抚摩着穹顶，抚摩着三面墙壁，抚摩着地面，冰冷的，冻土是冰冷的。新月将躺在这个冰冷的世界！

他用手掌抹平穹顶和三面墙壁，把那些坑坑洼洼都抹平；他仔细地抚摩着地面，把土块和石子都捡走，把碎土铺平，按实，不能有任何一点儿坎坷影响新月的安息！

泪水洒在黄土上，他不能自持，倒了下来，躺在新月将长眠的地方，没有力气再起来了，不愿意离开这里了！

剧痛撕裂了天星的心！他强迫着自己把楚雁潮拉起来：“好了……让新月……入土吧！”

地面上，“埋体匣子”打开了，穆斯林们抬出了新月的遗体，缓缓地放下去。

楚雁潮和天星一起站起来，伸出手臂，迎接她，托住她，新月在他们手中缓缓地飘落……

他们跪在坑底，托着新月，送往“拉赫”。

楚雁潮的手臂剧烈地颤抖，凝望着将要离别的新月，泪如雨下，洒在洁白的“卧单”上，洒在褐黄的泥土上。在这最后的时刻，他不肯放开新月了！

“放开她吧，楚老师！”悲痛欲绝的天星纯粹凭着意志这样忍心劝着他、求着他，两双手轻轻地把新月送进洞口。

楚雁潮向洞口扑去，匍匐在新月的身旁！

“新月，新月……”陈淑彦轻声呼唤着，抽泣着，瘫倒在墓穴旁边的地上，“你活得值啊！……”

穆斯林们肃然跪在墓穴前，默默地为新月祈祷；

美香燃起来，神圣的经声在墓地回荡：

一切赞颂，全归真主，全世界的主，至仁至慈的主，报应日的主。我们只崇拜你，只求你佑助，求你引导我们上正路，你所佑助者的路，不是受谴怒者的路，也不是迷误者的路……

天星跪在妹妹的身旁，为她解开“卧单”，露出她的脸。

新月安卧在“拉赫”里，头向正北，脸朝西方；她闭着眼睛，垂着长长的睫毛，玉洁的面颊上泛着淡淡的红晕；她的颈下枕着麝香，清香在“拉赫”里飘散……

楚雁潮痴痴地凝望着新月……

他看见新月走进燕园，穿着白色的衬衫，蓝色的长裤，手里提着沉重的皮箱和网袋……

他看见在未名湖畔迷路的新月，正惊喜地朝他跑来……

他看见在红枫掩映的湖心小岛上，新月朝他蓦然回首……

他看见了那锁住新月的病床，听见了那刻骨铭心的话语：

“老师，我们之间是……爱情吗?”

“告诉你，新月！几乎可以这样说，自从见到你的第一天，我就在悄悄地爱着你!”

“啊，那是命运，让您等着我，让我遇到您!”

“我们付出了爱，也得到了爱，爱得深沉，爱得强烈，爱得长久……”

“正因为爱得太深，才唯恐它不能长久，总有一天我会把您丢下……”

“任何时候我都不会丢下你，两个生命合在一起该有多大的力量？我扶着你、背着你、拖着你，也要向前走，走出‘阿拉斯加’，我们就有美好的明天!”

“‘人生得一知己足矣’，我已经可以死而无憾!”

“楚老师，不要为我悲伤，您对我说过：自知是一种幸运，现在我终于自知了，也算是一个幸运的人了。感谢您过去所给予我的全部关怀，但愿我今后不再打扰您了!”

他似乎也看见了新月在最后的时刻嘴唇艰难地嚅动，听见了她痛苦的呼唤："楚……"

"新月！我在这儿呢，在你身边！"他痴痴地回答，凝望着新月的遗体。

新月再也没有任何回应。她静静地躺在这最后的归宿，低垂的眼睑仿佛还在苦思，紧闭的嘴唇似乎蕴含着万语千言。谁也不知道她的灵魂在想什么，要说什么。她的脸朝向西方，她的主宰、她的祖先召唤着她，告别尘世的一切，到该去的地方去……时间太久了，"拉赫"该封闭了！

"楚老师，跟她……告别吧！"天星痛哭着拉开这个痴情的人。

他没有向她告别。他们永无别日！

他默默地拿起封闭洞口的土砖，和天星一起，一块一块地垒起来，那是用血肉垒成的，是用泪水黏合的，一块，一块……

洞口越来越小了，已经看不见新月的全身了，黑幽幽的"拉赫"中，只能看见一点模糊的白光……那是他的月亮，他的月亮！从今以后，再也不能见到了吗？

他的手停住了，痴痴地看着那一点白光。

"别……别看了，"天星向他递过来最后一块砖，那手在发抖，"您这样，让她怎么走？让我们……怎么活？"

他没有去接那块砖，他不能……不能用自己的手把新月和他隔开，永久地隔开！

泪水滴在这最后一块砖上，天星一狠心，把它往那残留着一丝光线的洞口堵去……

楚雁潮两眼一黑，和新月一起跌入了无边的黑暗！当他再睁开眼睛时，面前就再也没有新月了！

天星挡上"拉赫板"，亡人和亲人之间被隔开了，今生今世，永无重逢之日！

穆斯林们用手捧起黄土，要把新月掩埋了。

楚雁潮僵立在墓穴当中，默默的，痴痴的，脸上毫无表情，仿佛他的生命已经结束，他的灵魂和肉体都留在新月的身边了！人们啊，把黄土倾泻下来吧，把我们一起掩埋吧！……

新月“无常”之后的第七天，“博雅”宅里的全家人一起来到西山脚下，为新月“游坟”，这是穆斯林对亡人的第一次悼念，以后，到四十日、百日、周年、冥祭（亡人的生日）……还要来，为她点香，为她诵经。新月离家的时候，父母没有送她到墓地，长辈不能送晚辈！但是妈妈告诉新月了：七日一定来。现在如约前来了，爸爸也支撑着来了，还有哥哥、嫂子。他们想新月啊，新月也在等着他们吧？

穆斯林没有任何祭品，没有食物，也没有花圈，只有一束圣洁的香和熟记在妈妈心中的经文。他们要为新月立碑，在坟前留下她的姓名。立碑人本应是亡人的后代，一个少女没有后代，就只有由她的兄嫂来立碑了，他们要告诉韩家的后代，任何时候都不要忘记她。这碑，天星已经定做了，本打算在七日立在坟前，但是还没有完工，为此，他们深深地遗憾，感到对不起新月，只有在四十日再献给她了。

他们下了车，向遥遥在望的墓地走去，默默地，凄凄地。

西山峰顶，还披着银装，山脚下的雪已经化了，丛林中间，墓地上一片褐黄色的沃土，被雪水浸润，在明媚的阳光下散发着早春的清香。春天到了，但春天已经不属于新月。

坟墓挨着坟墓，潮润的墓地上已经很难分辨出旧坟和新坟。何况，每天都有穆斯林在这里安葬，哪一个是新月呢？

天星和陈淑彦牢牢地记着妹妹安息的地方，一辈子也不会忘。他们引着爸爸、妈妈向新月走去。墓地上，默默地移动着四个身影：两位憔悴的老人，一个疲惫的汉子，还有一个步履艰难的孕妇。

他们停住了，新月就在他们面前。

他们惊奇地发现，在新月的坟前，已经立起了一座汉白玉墓碑！

洁白的石碑，纯净无瑕，朴素简洁。没有过分的雕琢，没有繁琐的装饰，只在墓碑的上方，浮雕出一弯美丽的新月，碑的正中部位，镌刻着端正挺健的字体，漆成恬静清雅的绿色：

韩　新　月　之　墓

一九四三——一九六三

墓碑并不算高大，就像新月的身材那样娇小，那样亭亭玉立。

碑上没有任何头衔，也没有记载任何事迹。新月没有给人间留下任何功业，一切都没有来得及，她只是一个普通的人，记着她的只有她的亲人。

碑上也没有立碑人的姓名。墓地上看不见那个人的影子，他已经走了。

第十五章 玉别

明月几时有？
把酒问青天。
不知天上宫阙，
今夕是何年？
我欲乘风归去，
又恐琼楼玉宇，
高处不胜寒。
起舞弄清影，
何似在人间！

转朱阁，
低绮户，
照无眠。
不应有恨，
何事长向别时圆？
人有悲欢离合，
月有阴晴圆缺，
此事古难全。

但愿人长久，
千里共婵娟！

月照燕园。未名湖上，玉轮灿烂；未名湖中，沉璧朦胧。

踏着月光下的湖岸小路，楚雁潮独自低首徘徊。

一个独往独来的幽灵，一只无伴无依的孤雁。

雁归有时，潮来有汛，唯独明月不再升起。

“博雅”宅上空的上弦月，清清的，冷冷的；未名湖上空的一轮满月，圆圆的，亮亮的；崇文门上空的下弦月，虚虚的，淡淡的……

月亮落了，没有落在挑灯看剑、举杯邀月的备斋，却落入了诞生生命又埋葬生命的黄土……

从此天上无明月，人间无明月，明月只在他的心里。

他那小小的书斋里，贮藏着永不消逝的深情。书架正中，和小提琴相伴的是那部《故事新编》译文的手稿。新月一直在等着这本书的出版，他也还在等着……

月照“博雅”宅。西厢廊前，海棠如雪；藏玉室中，清泪如雨。

月光透过窗纱，洒在藏玉橱上，洒在韩子奇苍老憔悴的脸上。他久久地呆坐在窗前，深陷的眼睛凝望着一轮明月，瘦骨嶙峋的手摩挲着一颗明珠。

女儿的夭亡，毁灭了他的灵魂，击垮了他的肉体，如同一具行尸走肉，默默地呆坐一阵，撑着手杖在院子里晃晃悠悠地走一阵，看看西厢房，看看木雕影壁，看看海棠树，摇头叹息着，又回到他的“密室”呆坐。年满花甲，特艺公司请他“光荣退休”了，这个魔魔怔怔、摇摇晃晃的风烛残年老头儿已经不能再为公司尽力了，虽然他的《辨玉录》还没有编完，那就由别人接着编吧，这不是他一个人的事业，这条玉的长河是没有穷尽的，它还长着呢。

他连个排遣烦恼的地方也没有了，连走出家门的力气也没有了，只有躲进他的“密室”，维系他的生命的只有那些玉了，一生苦苦收藏的玉，流落天涯、历尽劫难也不能割舍的玉。那些玉将陪伴着他度过寂寞的晚年，他为玉而活着，再也不能失去玉了，玉是他生命的最后一点儿支柱。

一九六三年五月，陈淑彦生下一个男孩儿。这孩子在母腹中经受了太多的颠簸和磨难，瘦小而虚弱，但俊秀聪颖，一双黑亮的眼睛，酷似幼时的天星。两年以后，又生了一个女孩，肤色洁白如玉，朱唇好似一颗玛瑙，黝黑的大眼睛微微泛出宝石的蓝光，宛若童年的新月。“养女随姑”，人们常这么说，也并不奇怪。孙儿孙女的接连到来，冲淡了韩太太失去女儿的悲哀，也给韩子奇那颗凄凉的心带来了一丝安慰。他亲自给孩子命名，孙儿叫“青萍”，孙女叫“结绿”。韩太太和天星夫妇觉得这两个名字都怪好听的，并无异议，但他们却不知道“青萍”为古剑名，“结绿”为古玉名，更不知道韩子奇以此命名后代、将宝剑与美玉并提是何用意。谁知道呢？连他自己也未必能解释清楚，剑啊，哈哈爱兮爱乎爱乎！

一九六三年五月，在寂寞中默默地执教的楚雁潮被提升为讲师。因为严教授已去世半年，“后继乏人”，只好如此了；因为楚雁潮的教学质量经过反复考查，也无可挑剔；因为楚雁潮已经没有了任何“干扰”，也就没有了任何“议论”；还因为他那永远也“说不清”的家庭历史，也没有更高明的人可以说清……

一九六五年七月，楚雁潮的十五名学生毕业了。

在告别楚老师的时候，郑晓京的心情难以名状。自从毛主席在对文艺界的批示中严厉谴责了文联各协会十五年来基本上不执行党的政策，“最近几年，竟然跌到了修正主义的边缘”，艺术名流们惶惶然。郑晓京的母亲也是导演过“洋人”“死人”戏的，卷进了“裴多菲俱乐部”，受到了政治批判。郑晓京沉默了。

在奔赴工作岗位之前，郑晓京和罗秀竹来到新月的坟前，向亡友辞行。从今以后，就天各一方了。

她们默默地望着那荒凉的土坟。

“新月，我们走了！以后有机会到北京，再来看你……”罗秀竹泣不成声，拉拉郑晓京的衣袖，“你也跟她说句话吧！”

郑晓京沉默良久，才喃喃地说：“谁造出东西来比泥水匠、船匠或是木匠更坚固？掘墓的人！因为他造的房子可以一直住到世界末日。”

“你这话……是什么意思？”罗秀竹茫然地问她。

她淡淡地回答：“没有什么特别的意思。你忘了吗？这是《哈姆雷特》里的台词。”

她们不知在坟前痛哭了多久，捧起和着泪水的黄土，添到坟上。然后，她们来到“博雅”宅，交还新月的遗物。她们要离开二十七斋了，无法再保存了。

见到这两个和女儿同龄的姑娘，见到女儿当年入学时的行囊，韩子奇昏厥过去！

从此，他一病不起……

一九六六年八月，一场毁灭性的灾难突然降临了“博雅”宅！

这场灾难也许根本无法避免，也许只是因为早已被人们淡忘了的那件往事：当年，一只蓝宝石戒指不仅毁了整个奇珍斋，也断送了账房先生老侯的性命，撇下无依无靠的寡妻孤儿……

二十多年过去了，但并不是过去了的就可以忘却。老侯的孩子都长大了，虎子豹女四五个，清一色儿的工人阶级。他们没有忘记苦难的家史，没有忘记惨死的父亲。在“荡涤一切污泥浊水”的岁月，他们想起了过去。父亲是被资本家逼死的，他们拿店员不当人！韩家是资本家吗？当然是！公私合营那会儿，北京玉器行里但凡有点家底儿的，不划个资本家也是小业主，其中最阔的两家，一个韩子奇，一个蒲寿昌，却都什么事儿没有，嘿，奶奶的！蒲寿昌眼皮子活，头着解放，就逃往香港了，照旧当珠宝大亨，无产阶级专政拿他没辙；可是韩子奇不同，他从英国回来就再没出北京城，说是“破产”了，谁知道真的假的？奇怪的是，这位当年的“玉王”不但漏划了资本家，还当了国家干部，真是不公平！这被颠倒了的历史，要重新颠倒过来，向资本家讨还血债！

迅雷不及掩耳，一群臂缠红箍儿的年轻人冲进了“博雅”宅，为首的正是侯家大小子，当年趴在地下让天星当马骑，现如今可是顶天立地的男子汉了，站在那儿铁塔似的，居高临下地盯着这个瘦弱的老头儿。

“韩子奇，你也有今天！睁眼看看，认得我是谁吗？”

“哦？您是……”

“我爸爸侯凤山，二十六年前的今天，活活地被你们害死，现在该算总账了！”

“啊？”韩子奇惊得魂飞魄散！当年，是韩家害得侯家家破人亡，一报还一报啊，如今人家索命来了！“今天？今天是他的忌日？你说的，是……阴历还是阳历？”

“当然是阳历，阴历是‘四旧’！”

“跟他啰唆什么？快动手吧！”旁边儿的那些人已经不耐烦了。

侯家大小子一挥手，“红卫兵”们一拥而上，捣毁了木雕影壁，涂黑了抄手游廊上的油漆彩画，砸开了“密室”的门，把里面的藏品洗劫一空！这个漏划资本家，私藏着这么多值钱的东西！

年轻的“红卫兵”其实并不知道，这些东西仅仅凭钱是买不来的，那是韩子奇的心血和生命，那是一部活的历史，那是一条滚滚不息的玉的长河，那是可遇而不可求的国宝，任何一件都堪与故宫博物院、历史博物馆的藏品媲美！

“我的玉！我的玉……”弱不禁风的韩子奇从病床上跌下来，膝行着，声嘶力竭地叫喊着，扑向这些从天而降的神兵。

这个时候还顾什么玉啊？如果不是韩太太和陈淑彦跪地求饶，苦苦地拦住“红卫兵”，四指宽的皮带能把他打死！

“我的玉，我的玉啊……”“玉王”绝望地呻吟……

“红卫兵”没有要韩子奇的命，却用大卡车拉走了更要命的东西——他全部的藏玉，还有“玉王”横批和“奇珍斋”大匾这两样“变天账”！

在劫后覆巢，韩太太把丈夫扶上他的那张大沙发，流着眼泪，为他洗净身上的血痕，擦去脸上的泪水。她坐在丈夫的身边，攥着他那骨瘦如柴的手，不知道该说点儿什么。

儿媳送来一碗绿豆汤，让爸爸凉凉儿地喝点儿，败败心火。

韩子奇摇摇头。他已经透心儿凉了，他的心被玉摘走了，他忘不了他的那些玉！那五千年前的玉铲、四千年前的玉璜，那商代的玉玦，汉代的刚卯、青玉天马、青玉螭纹剑鞘饰，唐代的青玉飞天珮、白玉人物带板、青玉云纹耳杯，宋代的玛瑙葵花式托杯、白玉龙把盏，元代的青玉牧马镇、碧玉双耳活环龙纹尊，明代的刻有琢玉大师陆子冈落款的茶晶梅花花插，清代的白玉三羊壶、翡翠盖碗、玛瑙三果花插……没有一件晚于乾隆时期的，没有一件不是稀世珍宝！这些东西，失去了上哪儿找去？"玉王"没有了玉，还怎么活？他后悔一九四六年不该从英国回来，使这些珍宝遭此劫难；他后悔一九四八年没有像蒲寿昌那样闻风而动，举家南迁，否则，这两个冤家对头还可以在香港继续较量！唉，时过境迁，现在后悔还有什么用呢？……

"今天是几号？"他突然问身旁的儿媳。

"八月十八号。"陈淑彦答道。

"阳历还是阴历？"他又一次不厌其烦地追问。

"当然是阳历了，现在谁还用阴历？"陈淑彦说，竟然和侯家大小子说的很相似。

韩子奇"噢"了一声，没再说话。陈淑彦心里却隐隐地不安，父亲问这干吗？是要记住这个日子，准备将来算"变天账"吗？那可是不得了的罪过！

其实韩子奇没这个意思。此刻，他的心里翻腾着的是缠绕了二十多年的一团疑问。当年在伦敦收到老侯那封信，他深信不疑，回到北平之后才知道那竟是满篇谎言，不禁使他疑窦丛生：信的开头就是"子奇先生旅次"，老侯过去一直称他为"老板"，什么时候叫过"子奇先生"？此其一。老侯是受了委屈才离开奇珍斋的，而在信中为什么没有流露出丝毫怨恨？此其二。他在信中编造了那么多谎话，又极力劝阻韩子奇回来，到底是出于什么目的？此其三。这些，二十多年来一直无法解释，而现在却突然明白了：既然今天是老侯的忌日，他的"无常"就是在一九四〇年八月十八日，可是，那封信落款的日期却是"民国二十九年西历九月十三日"！它可是被韩子奇视为"家书"的啊，看过不知多少遍，都能背下来了，连日期也至今记得清清楚楚，九月十三日，比八月十八日晚了将近一个月！这就怪了，难道一个死了的人还能写信吗？如此说来，那封信一定是伪造的！虽然笔迹摹仿得很像，却在不经意间留下了破绽。那么，作伪者是谁？既然奇珍斋的店面已经归了汇远斋，收信和作伪的除了蒲寿昌，还能是谁呢？找到了这个谜底，韩子奇痛彻肺腑，他这位从未有过失误的文物古玩鉴赏家，却被一封假信打了眼，输给了他的仇人！更可悲的是，他直到一败涂地才明白这一切，却再也没有还手的机会了！

“他爸，顾命吧，别心疼东西！”韩太太不知道他在想些什么，按照自己的心思，尽量宽慰他。其实，她自己又怎么能不心疼那些东西？“黄金有价玉无价”，那些东西，是奇珍斋的精华，是“博雅”宅的根基，丈夫走了十年，把玉带走了又带回来，她才有了主心骨儿，以后的日子就不愁了，子孙后代的日子也不用愁了。钱财是人的血脉，有钱，人才能在人前直起腰来；没有钱，人的那点儿精气神儿立时就垮了，脑袋就耷拉下来了。甭管新社会、旧社会，谁也不能离了钱，谁也不能喝西北风过日子！“博雅”宅里的这一笔巨大的财富，本来除了他们老夫妻俩和“无常”了的老姑妈，没人知道。政府不知道，特艺公司的领导不知道，玉器业的同行不知道，街坊四邻、两旁世人都不知道，他们只知道这边儿奇珍斋整个儿倒闭了，那边儿韩子奇两手空空地回来了，“博雅”宅只剩下个空架子。解放后日子过得比别人强，那是韩子奇凭本事挣的国家工资，谁也不知道他家有个宝库，拿出一件最次的，给儿子办喜事还绰绰有余呢。连天星和陈淑彦也完全不知道爸爸的屋里锁的是什么。今儿全完了，谁都知道了！当年，韩太太为一只蓝宝石戒指冤枉了老侯，如今侯家的后辈上门清算这笔账了，三十年河东，三十年河西，这是报应吗？看起来，东西都充公了还不算，从今往后，恐怕还得戴一顶“资本家”的帽子，挨整、挨斗断不了，连亲家——淑彦她爸那个“小业主”都不如了！想到这些，韩太太心里寒透了骨头，她苍白的脸上那些密密的皱纹，就再也舒展不开了。可是，她不能再往丈夫的伤口上撒盐，眼瞅着老头子的命要搭到里头去，她要是再不给他宽心，一家之主就保不住了，这个家就散了！她只能把自己心里兴家立业奔日子的熊熊火苗子浇灭，把话说得淡而又淡，仿佛她压根儿就不想发财，也不想守财：“他爸，钱财算什么？攒一辈子钱，不如念一辈子经。钱财是身外之物，生不带来，死不带走。今世的福，没准儿是后世的罪；今世的苦，没准儿是后世的乐。人不能跟命争，得认命，但行好事，莫问前程！只当咱们什么都没有，就像你跟咱爸学徒那会儿似的，咱们穷得那样儿，也不能不过啊！他爸，你可得想开呀！……”

白头夫妻说起少年事，是让人留恋、让人伤感的，韩太太说着说着，不觉落下泪来。韩子奇却觉得心里平稳了一些。六十年一个花甲，他这六十年已经经历了一个轮回，从流浪儿变为富翁，又从富翁重新回到一贫如洗，和原来一样，得到的又都失去了，等于什么也没得到，命运和他开了一个大玩笑，把他戏弄够了，摧残够了，他也老了，这才懂了。早知道，不该这么苦奔苦挣。吐罗耶定巴巴早就对他说过，人是世间的匆匆过客，躯体是灵魂临时的依附之所，活着只是短暂的一瞬，死后才是永生。和永生相比，那短暂的一瞬是微不足道的，荣华富贵只不过是过眼烟云，金银财宝只不过是粪土污泥。人还在娘胎里的时候，安拉就给他写好了命书，预定了一生的寿限、收入、职业、福分。凡是命中所有的，不求自来；凡是命中所无的，强求必失。《古兰经》中有明文训诫：“今世生活，只是游戏、娱乐……只是欺骗人的享受。”“大地上所有的灾难，和你们所遭的祸患，在我创造那些祸患之前，无不记录在天经中……以免你们为自己所丧失的而悲伤，为我所赏赐你们的而狂喜。”那么，韩子奇也就应该知天乐命，宠辱不惊，不以物喜，不以己悲了！

而人一旦把该明白的都弄明白了，生命也就懈怠了，他再往前奔，还奔什么呢？奔死吗？

第二天，公司里就来了人，给他讲了一阵“革命形势”，叫他交代自己的“罪恶历史”，那表情和语气都很严厉。

没过几天，房管所也来了人，让韩家的人统统从里院搬出去，到倒座南房去，五间呢，你们归里包堆连吃奶的孩子都算上才六口人，足够住的了，快搬！困难户等着呢！

望着卧病在床的父亲，天星感到为难，他请求房管所允许把上房留下，免得挪动父亲，他经不起颠簸了！

不行！

“求……求求你们，让我住西厢房吧？西厢房我……实在舍不得……”苟延残喘的韩子奇从床上抬起细长的脖子，苦苦哀求。他不是舍不得房子，是舍不得那块地方，那是冰玉住过的，也是女儿住过的地方，他宁愿搬出上房，永远住在那儿，最后也死在那儿。

也不行！革命不是请客吃饭，凡是敌人拥护的我们就要反对！这个老家伙越是留恋西厢房，就越得快搬，“困难户”干脆齐动手，把里边的东西都腾出去！

啊，那大铜床，那写字台，那照片，那巴西木、留声机、书……都杂乱地扔到院子里，韩子奇哭着、爬着，去抢救那些珍贵的遗物，抢救自己的命！

里院成了大杂院，住的全是房管所的人。前院的五间倒座挤着“玉王”的一家。人哪，有享不了的福，没有受不了的罪，六口人竟然也挤下了。其实，即使房子再少一些也照样能挤下，小百姓擅挤。塞不下的东西就卖了，一张硬木桌子才值几块钱。卖吧，卖了给青萍、结绿换订奶的钱！

有几件东西当然决不会卖，韩子奇现在用的是女儿的床，女儿的桌子。女儿的遗物都摆在他的身边，天天看着冰玉和女儿的照片。他觉得自己去见女儿的日子不远了。既然今世是后世的准备，后世是今世的归宿，死是连接今、后两世的桥梁，那就早点儿跨过去吧，跨过去就可以见到女儿了！今世还有什么可留恋的呢？

韩子奇仍然有所留恋。那是二十年来未了的情，未熄的火，未还的债，未赎的罪。他一直在怀念着一个人，默默地，偷偷地，苦苦地。他不能在妻子面前流露，更不能在儿子、儿媳面前流露，只有女儿知道他的心，却又知道得太晚了。他现在没有任何人可以倾吐了，只能闷在心里。但他不能把这情、这火、这债、这罪都带到土里去，在死之前，他自己要向自己清算，要求得那个不能忘怀的人的宽恕。可是，他不知道她如今流落何方？不知道她这二十年来是死是活？路途遥遥，大海茫茫，他到哪里去寻找她呢？他气息奄奄，朝不虑夕，又怎么可能再一次走遍天涯海角呢？“路远莫致倚惆怅，何为怀忧心烦伤”！“侧身西望涕沾裳”！

他向儿子要来纸、笔，支起病躯，伏在女儿的书桌上，动手写一封信，每写一行，都要花费极大的体力，喘息一阵，端详着那张照片，积蓄一些力量，再继续写。他那麻木的手很难把笔拿稳，昏花的老眼很难把纸上的横格看清，字写得很大，而且歪歪扭扭，互相重叠着、扭结着，如果收信人真能收到，看的时候也是相当费劲的。这封信，他断断续续地写了好几天，写得很长，装在信封里，鼓鼓囊囊的像个包裹。信封上，用英文书写的是当年沙蒙·亨特的地址，拜请他无论如何想方设法也要找到梁冰玉，把这封信转给她，如果他的老朋友亨特先生还健在的话。

他已经好多年没给任何人写过信了，觉得写这封艰难的信、痛苦的信也是一种享受。发明书信这种东西的人真是了不起。信是人和人对话的继续和替代。人和人并不是在任何时候都可以对话，有时候面对面都不能对话，有时候想对话又见不着面儿。信能把嘴里说不出的话、心里的话写出来，信能把人的思想感情传到千里万里之外的见不着面儿的人那里去。所以信比语言更顶用。他突然意识到信是那么可贵，那么重要。如果话不能说，信也不能写，人就会憋死、愁死、苦死。为什么早不写这封信呢？早就该写。如果五年前写这封信，还可以告诉冰玉关于女儿的好消息。但那时候他没有勇气写，他总觉得自己不配给冰玉写信。现在就更不配了，却又必须写。不写这封信，他死了都不能瞑目，会永远受冰玉的谴责。他希望今世的债，今世了清，不要拖到后世！

这封信太重要了！

他吃力地喘息着，把信封的封口粘好，郑重地交给天星，嘱咐他赶快寄走，一定要挂号，寄航空信，别怕贵。那神情，不亚于以命相托。他不告诉儿子这封信的内容和目的，儿子不认识信封上的英文，看不懂。他曾经懊悔没有教儿子学英文，现在不懊悔了。

天星原以为父亲是在奉命向公司“交代罪恶历史”，不写是过不了关的。却不料父亲写的是信，他一看那鼓鼓囊囊的信封和上面的洋文，就傻眼了。在这种日子口儿给外国人写信？爸爸这是找死啊！

"快……快去啊!"韩子奇躺在床上，眼巴巴地望着儿子，催促他。

"哎。"天星答应着，走出了爸爸的房间，带上门。

他没有去邮局，而是回到自己的屋去。陈淑彦还没下班，青萍哄着结绿在床上玩儿。

天星手里拿着那封沉甸甸的信，匆匆撕开信封，急于知道里面的内容。他根本不懂得私人通信秘密是受法律保护的，这时候法律其实也已经不管事儿了，这封信，他不检查也有人检查，倒不如他先"检查"。

里面的信是用中文写的，他认识，但很难辨认，得猜，得琢磨。他一看上款写的是小姨的名字，内容也就不难琢磨了！

天星记得小姨，记得清清楚楚。二十年前小姨回来过，在家住了一宿，第二天扔下新月就走了。那一年天星十一岁，十一岁的孩子什么都懂了，什么都能记住了。他越大就越明白了那件事儿给这个家留下了多么惨痛的创伤。他知道妈妈恨小姨，恨她抢走了爸爸。妈妈不是一件衣裳，不是一所房子，妈妈是人，怎么能让爸爸想要就要、想扔就扔呢？妈妈不但恨小姨，也恨爸爸，恨他的心太狠！那恨，是爱到了极点的恨。她到底还是爱爸爸，他回来了，还是收留他，跟他过日子，妈妈是怕这个家散了，怕天星没爸爸！

可是小姨一走，新月就没妈了。大人之间搅不清的纠葛给儿女造了罪了！天星尽着自己的力量保护妹妹，尽着自己的心疼爱妹妹。妹妹从小跟爸爸学的一口好英语，妹妹上完中学又考上了大学，他一点儿也不妒忌。那是他自己没赶上好时候，他的童年是在爸爸不在家的时候度过的。在奇珍斋垮了之后，到爸爸有了正式工作之前，那个空当儿是个战乱年月，也是家里最困难的时候，他不知道爸爸还藏着那么多值钱的玉。为了挣钱养家，他勉强上完了初中就主动要求进厂当学徒了，那年他才十五岁，踮起脚后跟儿才能够到机器！但是他不后悔，不埋怨，他愿意自己把苦都吃尽，把甜都留给妹妹！谁知道，妹妹的命比他还苦！……

他一边看信，一边流泪。爸爸不该把新月的死讯告诉小姨，一个母亲看到这样的消息，还怎么活啊！他一边看信，一边哆嗦。爸爸不该再邀小姨回家一趟。他知道爸爸一辈子也忘不了小姨，想再见她一面，这种情感，天星懂，他自己也有这种思念，这种痛苦。可是，小姨不能再回来了！新月已经不在了，还让她回来干什么？进了这个家，看不到新月，她得疯喽！再者说，妈妈要是见了小姨，谁知道又会出什么事儿？她这么大年纪了，还让她受这样的刺激干什么？家里现在不但有了儿媳妇，还有了孙子、孙女，淑彦对家里过去的事儿都不知道，青萍、结绿当然永远也不会知道，还当着儿孙抖搂那些陈年老账干什么？非得把眼现尽、把脸丢尽、把家拆尽不算完吗？现在这个家已经成了什么样子了？

他把厚厚的一沓信看完，胸中的怒火已经把一双眼睛烧得血红，爸爸老糊涂了！

他把信撕得粉碎，“咚咚咚”跑到厨房去，填到煤球炉子里，炉口上坐着一只黑乎乎的砂锅，那是他给爸爸煎的汤药。通红的煤球中间蹿起一丛火苗儿，满纸荒唐言、一把辛酸泪，顷刻之间化为灰烬！

韩子奇闭着眼睛，躺在病床上，默默地计算着日子。如今的国际邮件不靠轮船了，不必在路上耽搁两个月了，航空信差不多一个星期就能寄到，如果冰玉接到信马上启程，那么，一个星期之后就可以见面了。他将耐心等着她，一定等着她，不见到她的面，他不会咽气。见了面肯定会伤心落泪的，那没关系，离别的泪是苦的，重逢的泪是甜的。想到这里，他甚至有些兴奋。

他真是老糊涂了！

天星端着药碗走进来：“爸，您该吃药了。”

他急切地睁开眼睛，支起上身，问：“信……寄出去了？”

天星把药碗搁在他床边的桌子上，耷拉着脑袋说：“没有。”

“为什么？”他很恼火，人老了，走不动了，这么点儿事支使儿子，都支使不动，让人伤心，“你快去！早一天……寄走……早一天到！”

“唉！”天星站在爸爸床前，不知该怎么说。他不能把心里的话都说出来，不能让爸爸知道他偷看了那封信，他不愿意刺激爸爸，更不能当面儿数落爸爸，只好找个理由："现如今不许跟外国人通信了，让上边儿查出来可了不得！"

"噢……"韩子奇惊恐地睁着昏花的老眼，"信都不能寄了？……不能寄了……"

"嗯。"天星点点头，端起药碗，凑到爸爸身边。

"那……信呢？"他抓住儿子的手，急于收回那封寄不出去的信。

"让我给烧了。"天星低着头说。他不敢看爸爸的脸，觉得自己实在也对不起爸爸，可是他不得不那样做。

"烧了？"两颗火星从韩子奇的双眼中爆裂，"烧了……烧了……"火星熄灭了。

他推开儿子的手，无力地跌卧在床上！

药碗掉在砖地上，摔得粉碎，迸散的药汁像一摊黑血。

他不再喝那些苦汤，喝够了！什么药也治不了他的病了！

他不再吃饭，这个躯壳，已经用不着再填东西了！

黑夜深沉，大雨滂沱。

八月的雷暴雨铺天盖地，像是真下了决心，要"荡涤一切污泥浊水"！

"博雅"宅门楼屋脊上残存的一只鸱吻被冲掉了，里院的海棠和石榴被刮倒了，抄手游廊油漆彩画上的墨汁被淋掉了，黑水在院子里流淌，裹着没有成熟的海棠和石榴。

倒座南房里躺着的韩子奇，奄奄一息。

他不吃不喝地昏睡着，不知道自己已经昏睡了多久，弄不清楚年月日，这些都和他没关系了。他只等着自己喘完最后一口气，只等着死。

死，却也并不是招之即来的，还要让他苦等……

在苦苦的等待中，他仿佛听到了女儿在后世里呼唤："爸爸……"他要去见女儿了；

他仿佛听到了师傅梁亦清在呼唤："子奇……"他要去见师傅了；

他仿佛听到了吐罗耶定巴巴在呼唤："易卜拉欣……"他要去见

吐罗耶定巴巴了，巴巴恐怕早就在后世等着他了。

吐罗耶定巴巴不知道他后来的名字，仍然叫他“易卜拉欣”，那是巴巴给他这个流浪孤儿起的经名，是以先知易卜拉欣的名字命名的。惭愧，他用了先知的名字！

先知易卜拉欣是真主的忠实信徒和使者。他为了劝导古巴比伦王国的人们信奉唯一的主，捣毁了多神教的偶像，被族人用绳索捆绑起来，抛进了烈火。真主使烈火失去了威力，只烧断了绳索，而易卜拉欣免遭灾难。

易卜拉欣在梦中见到真主，真主命令他杀掉自己的儿子伊司马仪以作献祭。先知的梦都是真实的，梦中所见必须实现。先知毕竟是先知，他忍痛遵从主命，对伊司马仪说：“儿啊，真主让我杀掉你，你愿意死吗？”伊司马仪说：“父亲，你奉命行事吧，既然是真主的旨意，我能够忍受！请你把我捆紧一些，免得我摇晃；请你脱下我的衣服，免得血溅在上面，让我的母亲见了会悲伤；请你把刀磨快一些，好把我一刀杀死，减少我的痛苦！……”先知把儿子抱在怀里，亲吻不止，热泪涌流。他捆上儿子的双臂，推倒在地，举起快刀对准咽喉砍下去！但是砍不动……儿子说：“父亲，请把我的脸朝地，免得你看见我的脸就产生怜悯之心，妨碍你执行主命。”先知就这样做了，又举起刀来，对准儿子的脖子砍下去……

先知就是这样忠诚无私地信奉真主，甘愿为真主献出自己的一切！真主没有让他失去儿子，派天使送下一只黑头白羊，代替了伊司马仪的牺牲。后来，伊斯兰历的每年十二月十日，朝觐活动的最后一天，穆斯林们都要来到易卜拉欣杀子的密那山谷，怀念先知的圣行，全世界的穆斯林在那一天欢度“尔德·艾祖哈”——宰牲节……

想起先知的圣行，易卜拉欣·韩子奇痛悔不已！他玷污了先知的名字，辜负了吐罗耶定巴巴的瞩望，在云游传教的途中，在前往麦加朝觐的途中，他离开了吐罗耶定巴巴，被虚幻的凡世蒙蔽了双眼，在珠宝钻翠、奇石美玉中度过了自己痴迷的一生。为了那些玉，他放弃了朝觐的主命；为了那些玉，他抛妻别子；为了那些玉，他葬送了冰玉母女……他一生中总是被玉所驱使，如果不是因为玉，他也许每一步都不是这样走过来的。人生的路已经不能返回去了，他视若生命的玉也全部失去了。他好糊涂啊，那些玉，本不属于他这个“玉王”，也不属于当年的“玉魔”老人，不属于任何人，他们这些玉的奴隶只不过是暂时的守护者，玉最终还要从他们手中流失，汇入滔滔不绝的长河。他自己，只能赤条条归于黄土，什么也不能带走，只有一具疲惫的躯壳，一个空虚无物的灵魂，一颗伤痕累累的心，和永不可饶恕的深重的罪孽……

他就这样恓恓惶惶地走向末日。

《古兰经》早就预言了全人类都无可逃遁的末日的来临。

那时候，苍穹破裂，太阳黯黮，星宿飘坠，大地震动，山峦崩溃，海洋澎湃；那时候，众人将似分散的飞蛾，死者的躯体将复活，每个灵魂都站在真主的面前，接受审判。功过簿展开了，上面记录着每个人一生的善恶，没有丝毫的遗漏。生前的财富和地位、权势变得毫无意义，任何忏悔和恳求都无济于事，谁也救不了谁，真主将根据每个人的善恶判定他的归宿。善者，永居天园；恶者，投入火狱。

火狱里的居民身上捆着七臂长的绳索，大动脉被割断，永远在烈火中忍受煎熬，不得睡眠，没有食物，只能饮用金属的溶液、沸水和脓汁。他们罪有应得，万劫不复，永世不得翻身……

《古兰经》并没有说明末日何时来临，但不可避免，任何人都不可避免……

韩子奇毛骨悚然。他不知道自己的功过簿上都写着什么，不知道自己将得到怎样的归宿。

他估计天园里恐怕没有自己的份儿，他罪孽深重，只能进入火狱。死，并不是苦难的结束，而是更大的苦难的开始。

窗外，大雨滂沱，倒座南房漏雨了，粉墙上流下一道道污浊的泪痕……

韩子奇睁开了恐惧的双眼。

他模模糊糊地看见青萍、结绿这一双爱孙守在床前，见他醒了，用稚嫩的童声叫着他：“巴巴……”

他看见天星和淑彦守在床前，仍怀有希望地叫着他：“爸爸……”

他看见苍老的妻子梁君璧守在床前，恋恋不舍地望着他。深深的愧意涌上他的心头。

“璧儿……”他喘息着，张开干裂的嘴唇，叫着结发妻子的乳名，“我恐怕……要扔下你们了……”

“奇哥哥！”年近六旬的韩太太还报以儿时的称呼，泪水从她那双憔悴的眼睛中滚落，“你不能走，你还能好，领着孩子们过……”

韩子奇默默地看她，心里已经绝望了。

他已经看见天使在催促他，听见了镣铐叮当作响。

强烈的恐惧感挤压着这颗将死的心。

“璧儿……”他突然伸出颤抖的手，抓住妻子的胳膊，“我……怕……”

“别怕……”韩太太拉着丈夫的手，强作平静地宽慰他，“别怕，有我在跟前儿呢！”

“你救不了我……”韩子奇睁着一双大而无神的眼睛，恐怖地战栗，“谁也留不住我了……”

“啊?!”韩太太胸口咯噔一声，就像冷不防被谁猛打了一拳，腔子里的那颗心好似一个熟透的梨啊桃儿啊从树枝上坠落下来，慌慌地跳个不停，她意识到丈夫恐怕真的不行了！

泪水像泉眼似的涌流出来，想忍也忍不住，她低下头，把脸贴在丈夫的手上，滚滚热泪冲刷着这双为了奇珍斋、为了妻儿老小操劳一世的手，不舍得放开。可是，她心里明白，就是抓得再紧也没有用了，丈夫恐怕真的就要撒手离她而去了！

“他爸，你可千万别这么想啊！要紧的是‘知感’主，托靠主，求主的‘慈悯’，求主的‘祥助’(保佑)！”

“我……”韩子奇死死地抓住妻子不放，脸上的皱纹在痉挛，“我怕的就是……就是……”

“是什么?”韩太太诧异地盯着丈夫那双惊恐的眼睛，她的心怦怦地跳，不知道韩子奇在这个时候要说出什么话。唉，眼下连命都保不住了，还有什么事儿让你怕成这样儿呢?“你说，你说，把心里的话都跟我说……”

“人死了，不是要去见真主吗?”韩子奇喘息着，嘶哑的声音在颤抖，“我怕，我怕……”

韩太太心头又是一震：千怕万怕，说到底，人最怕的就是一个死！是啊，世间什么人不怕死？活着再难，再苦，但得有一线活路，也愿意活着，哪怕是那些口口声声要寻死的人，死到临头，也还是舍不得走！可是，这能由得了你自个儿吗？这些话，她当然不能直说，面对着行将咽气的丈夫，她不忍，只能强压着悲痛，轻声说：“他爸，别怕！咱们的这条命是真主给的，那就把自个儿的一切都交给主安排吧，穆斯林的一辈子就是一心敬主，一心归主!”

这番话，虽然说得委婉，说得轻柔，其实已经再清楚不过了，韩子奇当然明白“一心归主”意味着什么，这是他的结发妻子璧儿对丈夫的最后嘱咐，提醒他在生命的尽头，要坚信至高无上的主，带着“伊玛尼”——崇高的信仰去见真主。可是，说到容易做到难，现在要去见真主的不是梁君璧，而是他韩子奇，他有这个胆量吗?

“我……我不敢……不敢去见真主……”韩子奇恐怖地战栗着，“我……能算个穆斯林吗?”

韩太太一愣：“说什么呢？怎么犯糊涂了？咱们回回，当然是穆斯林!”

“我不糊涂，心里清楚着呢。吐罗耶定巴巴早就跟我说，穆斯林的一生应该怎么度过，可是我呢?”

“你怎么了？吐罗耶定巴巴是筛海·革哇默定的嫡亲子孙，你是他的真传弟子啊!”

“我现在还能算是他的弟子吗？我不配!”韩子奇茫然地望着床铺上方的顶棚，眼空无物，几十年的往事却涌上心头。他至今清清楚楚地记得吐罗耶定巴巴的教导：《圣训》规定的念、拜、课、斋、朝这“五功”是每一个穆斯林必尽的基本义务。念功就是立誓信教；拜功就是每日五次向着麦加方向礼拜；课功就是完纳天课，乐善好施，把自己的财富和孤寡穷困的人们分享；斋功就是每年的斋月戒食把斋；朝功就是在有生之年至少一次前往麦加朝觐天房。最了解韩子奇的是他自己，虽然他自幼立誓信仰真主，此后的一生都没有动摇，但是，做一个穆斯林，这是远远不够的，当年的朝觐之旅半途而废，后来前往英国时穿越苏伊士运河都没有去瞻仰近在咫尺的麦加，他大半辈子没有坚持每日五次的礼拜，没有持之以恒地每逢斋月戒食把斋，曾经富甲一方的"玉王"虽然也周济过穷人，但那些施舍比起他当初的财富还是微乎其微……

"惭愧啊，"他从胸腔深处发出一声痛彻肺腑的叹息，"这五功，我一样也没能完成，怎么能算个合格的穆斯林呢？又有什么脸面去见真主？我不敢啊！到了那个世界，这一切都要清算的，更何况，我还……"说到这里，他的声音已经细若游丝，干裂的嘴唇颤抖着，布满皱纹的脸痛苦地扭曲。

"别说了！"韩太太赶紧打断了他，她当然知道，丈夫要说的，是他当年跟玉儿的那件事儿，触犯了教规，这是丈夫的罪，是玉儿的罪，也是韩太太心中永远的痛处。可是，在这个时候，她还愿意让韩子奇当着儿孙的面再揭那块伤疤吗？"他爸，过去的事儿就别再提了。老话儿说，'金无足赤，人无完人'，是啊，一辈子灰星儿没有，谁也做不到，羊脂玉上还保不齐有点儿'渣儿'呢。在真主的眼里，咱们就像他的儿女，哪有老家儿不疼孩子的？孩子有什么过失，自个儿知道错了，改了，真主也就原谅了。再者说，真主的心里跟明镜儿似的，也记着你的好处呢！你这一辈子，不坑人，不害人，从不欺软怕硬，挺直了脊梁做人，凭着自个儿的能耐，做出了大事业，给咱们回回争了光啊！"

韩子奇的嘴唇动了动，却没有发出任何声音。他已经很久没有听到别人的赞誉了，尤其是在这个时候，昔日"玉王"的辉煌早已被历史的尘埃掩埋，在度过如履薄冰的晚年之后，他将悄然离开这个世界，淡出人们的记忆。可是，妻子璧儿却仍然记着他当年的非凡作为和赫赫业绩，给了他中肯的评价，让一个濒死的人得到了些许安慰。但他心里仍然惶惑不安，他更渴望知道的是，最终作出裁判的真主将怎么评价他的一生？是功大于过，还是过大于功？如果功过不能相抵，他将受到怎样的惩罚？

“要是……我的罪过得不到真主的饶恕呢?”他两眼痴痴地盯着梁君璧，仿佛在押的囚犯企盼着开释的赦令。

“不能吧?”韩太太不假思索地说。此刻，她自个儿也已经心慌意乱，毕竟她只是一个凡人哪，死，对于每个人来说都只有一次，活着的人谁也没经历过那个世界，不曾面对真主的审判，她只能尽量往好处想，祈求至慈至仁的主宽恕丈夫的过错，接纳他进入天园。“他爸，快向主作‘讨白’(祈祷)，快念清真言，就算一辈子有什么不是，也就都赎清了!”

“噢……”韩子奇茫然地答应着。他知道，这将是他一生最后一次向真主祈祷，念着清真言死去，是一个穆斯林最圆满的结局，也是他面前唯一的路了。他用微弱的、断断续续的声音，虔诚地念诵着清真言，“俩依俩海，引拦拉乎；穆罕默德，来苏伦拉席(万物非主，唯有安拉；穆罕默德，主之使者)。”

他不知道是否已经赎清了自己罪孽?但他只有往前走了。

他看见了黄土中的七尺坟坑，看见了那黑幽幽的“拉赫”，他的面前将是无边的黑暗，无尽的长夜……

“给我……蜡……”对黑暗的恐惧，使他本能地祈求光明，他希望能有蜡烛给他一点儿光亮，照着他往前走。

“蜡?你要蜡?”韩太太的泪水滴在丈夫那骨瘦如柴的手上。

那双手颤抖着伸在她的面前，向她作最后的索取，乞求给他一点儿光亮。

她不能不满足他这小小的要求。

守在一旁的天星这才猛醒，意识到还能为父亲做点儿什么，转脸朝着淑彦喊道:“还不快去找蜡?”

蜡烛找来了，这本来为防备停电用的，不承想给父亲送终了。陈淑彦哆哆嗦嗦地把蜡烛点燃，让青萍和结绿送到巴巴的床前。

韩子奇干涩的两眼涌出了泪水。他向一双爱孙伸出枯槁的手，接受后辈人最后的一点孝心。

两支白色的蜡烛握在韩子奇的手中，两朵淡黄的火焰在风雨之夜摇曳。

烛光映在他的脸上，深陷的眼眶里，一双灰暗的眼球闪烁着两点荧荧光亮，在风雨声中飘忽不定，随时都会烟消火灭。

这微弱的烛光将伴他远行。

他那痉挛的双手紧紧攥着蜡烛，怀着忏悔也怀着遗憾，怀着恐惧也怀着希望，战栗着向黑暗中走去……

尾声　月魂

一九七九年夏天。

清晨的雾霭在古老的“博雅”宅门楼上空飘散，淡淡的曙光映上了那两扇暗红色的大门。

大门上还残留着斑驳的字迹：随珠和璧，明月清风。

仰望着家门，梁冰玉百感交集。离开这里又是三十三年了！离家时满头青丝，归来已两鬓染霜。三十三年，四海飘零，天涯孤旅；山阻水隔，鱼雁茫茫。但她不可能真正忘了这个家，这里有她的女儿。天天隔海望家乡，夜夜梦中唤“新月”！屈指算来，女儿已经进入中年，长大成人了，妈妈所瞩望的一切也一定实现了。现在妈妈已是六旬老人，再不回来，怕见不着女儿了。该回来了！

她站在青石台阶上，激动得发抖。

她看见那块刻着“重点文物保护单位”字样的汉白玉标志，心里犹豫惶惑，这个家发生了什么变化，这个家是怎样的现状，她完全不知道……

她抬起手，心怦怦地跳。

她终于拍响了门钹上的铜环，急急地，正像她那心跳。

一阵脚步声之后，门开了。

一个亭亭玉立的少女出现在门里边，洁白的皮肤，俊秀的脸庞，黑亮的眼睛，长长的睫毛，正吃惊地看着她。

“新月！新月……”她一把抱住了少女，这就是她日夜思念的女儿啊！

“您是谁？我不认识您！”少女惊惶地挣脱她，朝里边喊着，“妈，您快来！”

梁冰玉茫然松开了手，哦，这不是新月，新月该是三十多岁的人了。可是她可真像新月，也许是新月的女儿吧？还不认得姥姥呢！

这少女当然不是新月，她是天星的女儿结绿，十四岁了，真是“养女随姑”啊，长得活脱脱一个新月！

陈淑彦听见女儿的喊声，匆匆跑出来，迎面碰上正往里走的梁冰玉，惊得大叫一声：“妈吔！”

她以为是那“无常”了十几年的婆婆又复活了，或者是她的灵魂探家来了！

梁冰玉听见这一声“妈吔”，心激动得快跳出了喉咙，面前这个中年妇女必是她的女儿无疑了！

“新月！”她扑向陈淑彦，“我的新月，妈妈回来了！”

“您……”陈淑彦一个愣怔，呆呆地看着这位和她的婆婆面目虽然非常相像而气质却很不相同的老人，猛然想起公公死后，一些人来“声讨”，说她婆婆有海外关系，妹妹还在国外……陈淑彦心里似乎明白了，“您是……小姨吧？”

“新月！”梁冰玉流着热泪，把她抱在怀里，“不要再叫我‘小姨’了，我是你的亲妈妈呀！妈妈想你，想你！你叫一声妈妈吧！”

泪水涌出了陈淑彦的眼睛，她的胸中掀起了狂涛巨浪！

“小姨，小姨……”她颤抖着说，“我不是新月，我是天星的爱人哪！”

“天星？天星在哪儿？新月在哪儿？”梁冰玉放下陈淑彦，急切地往垂花门跑去！她到家了，既然天星在，新月也一定在，这个家没搬走，女儿在里边呢！

“小姨，”陈淑彦寻思着该怎么对她说呀？只能答非所问，指着倒座南房说，“进这屋吧，里边儿早不是咱的了！”

倒座南房里，天星耷拉着脑袋，正在和儿子青萍一起吃早点：薄脆、芝麻烧饼。待会儿吃完了，他和淑彦还得赶紧去上班，奔命，挣钱。两个孩子去上学，青萍十六了，正上高中，妹妹上初中，哥儿俩一个学校，都在回民中学，天星和新月都是从那儿毕业的。

望着突然归来的小姨，天星呆了，傻了，脸阴沉得像个青铜疙瘩，厚嘴唇哆嗦着，眼睛里闪着泪花。

故园虽在，人世沧桑。这个家变得不可辨认了。梁冰玉走进倒座南房，觉得像走进了别人的家，一切都是那么陌生，“只剩下倒座了？”她喃喃地说，像是发问，又像是自语。

天星一言不发。没法儿向她解释，一肚子的话没法儿说！难道要说房子吗？现如今上边儿倒是要“落实政策”了，统统退还给天星，还要当“文物”保护。想起来“保护”的时候，它已经破烂不堪了。你们爱怎么保护就怎么保护吧，天星不要了，两个工人挣不了几个钱，摆什么谱儿啊？五间倒座也够住了，里院儿谁爱住谁住，管不着！抄家抄走的那些玉，本来也应该退还，因为文物价值极高，就折价归公了，发给天星一笔数目惊人的钱，算是对他“捐献文物”的奖励。天星不要！爱玉的人没了，钱还管什么用？儿孙不靠祖业，靠自个儿两只手挣钱！

这些，其实也不是梁冰玉所关心的。她只急切地问：“家里的人都在哪儿？新月在哪儿？”她迫不及待地要见的，其实只有新月。

“没了！”天星突然发出一声沉闷的哭喊，抱着脑袋蹲到地上，“您想见的、不想见的，都没了！”

“啊？！”晴天霹雳把梁冰玉震昏了！

她手中提着的圆圆的纸盒啪地落在地上，纸盒裂开了，那里面是一块精致的生日蛋糕！今天是阴历六月初五，是女儿的生日，她记着呢，才赶在这一天来到，万万没有想到，生日已是“冥祭”！

巍巍西山，一片蓊郁葱茏，像是用碧玉、用翡翠铺成。

山脚下，丛林茂密，绿荫森森，累累硕果把枝头压弯了，将要成熟的桃子、梨、苹果垂下来，像是要亲吻那肥沃的土地。

这就是当年的回民公墓。一场人间浩劫也殃及了死者，土坟和墓碑都荡然无存了，只留下这肥沃的土地，每年滋养出丰硕的果实。

穿过果树之间的空隙，梁冰玉默默地徘徊，踏着那松软的、褪黄色的土地。

穆斯林们的遗骨和灵魂总不会因为土坟、墓碑的消失而消失吧？他们和这沃土、和这果园并世长存。地面上没有任何标志了，也就没有人再惊扰他们了，他们将永远在这片苍翠的果园里安息。

《古兰经》中曾用那么优美的语言描述令人神往的后世天园！那是人间没有的乐园，那里浓荫蔽日，芳草铺地，鲜花盛开，硕果满园。进入天园的穆斯林们在绿荫的庇护下，不觉得炎热，也不觉得严寒。他们随意采摘园中的果实，用精美的银盘和银杯饮用园中的醴泉。有许多俊秀童男和黑眸童女服侍他们，在那里听不到恶言和谎话，他们永远不再遭受痛苦和灾难……

新月已经生活在天园里了吧？

梁冰玉默默地在园中徘徊。

她看到离她不远的地方，有一个身材高高的中年男子久久地伫立在一棵树旁，脸色沉郁，神情凄楚。他久久地伫立着，凝视着面前的土地，一动也不动。他的手里提着一把小提琴。他的年纪，看起来不过四十多岁，头发却已经花白。他一定也是来为亲人“游坟”的，但是坟已经找不到了。也许他伫立的地方正是他的亲人的栖身之所。

梁冰玉不知道女儿所在的确切位置，但她确信女儿就在这片土地之中，就在她的身边。她默默地走遍园中的每一寸土地，确信女儿一定听见了妈妈的脚步声，一定看到了妈妈那望穿了的双眼，一定听见了妈妈心中的呼唤。

她从那个中年男子身边走过。

那人一动不动，连看都不看她一眼，除了他面前的那一片土地，除了他心中怀念的亲人，他把世界上的一切都忘了。

他听见了新月那稚嫩的然而却是抑郁的声音……

“楚老师，鲁迅为什么要写《起死》？”

“也许，他要唤醒沉睡的人生……”

“庄子为什么要给五百年前的骷髅‘起死’?”

“也许，是要他重新生活一次。人生虽然艰难，生命毕竟可贵。庄子认为，人生应该像鲲鹏展翅，扶摇而上九万里，绝云气，负青天!”

他听到了一声深深的叹息，来自九天之上，来自九泉之下，来自天地之间，其实只来自他的心里。

梁冰玉轻轻地走过去，心里只想着自己的亲人，跟那个人一样。

暮色悄悄地降临了墓地，婆娑树影渐渐和大地融合在一起，满目雄浑的黛色，满园温馨的清香。

西南天际，一弯新月出来了，虚虚的，淡淡的，朦朦胧胧，若有若无……

淡淡的月光下，幽幽的树影旁，响起了轻柔徐缓的小提琴声，如泣如诉，如梦如烟。琴弓亲吻着琴弦，述说着一个流传在世界的东方、家喻户晓的故事:《梁山伯与祝英台》。

梁冰玉在琴声中久久地伫立，她的心被琴声征服了，揉碎了，像点点泪珠，在这片土地上洒落。

天上，新月朦胧;

地上，琴声缥缈;

天地之间，久久地回荡着这琴声，如清泉淙淙，如絮语呢喃，如春蚕吐丝，如孤雁盘旋……

一九八七年八月二十九日夜

完稿于抚剑堂书屋

后　记

早在三年前，这本书连影子还没有的时候，我就已经确定了书名《穆斯林的葬礼》。这好像是我的创作习惯，我的绝大部分作品都是早早地想好了题目再谋篇，再写，极少有写完了再命名或改名的时候。正如我的子女，我总是在孕育着他们的时候就已经起好了名字，一个好名字会激起母亲的种种美好情愫、联翩遐想，这是母亲塑造儿女的蓝图，他们一落生，我就用那早已十分熟悉的亲切称呼呼唤着他们，怀着深深的爱、殷殷的期望，哺育他们，愿他们能长大成为和这个名字相符的人。

有了《穆斯林的葬礼》这个书名之后，我曾经激动地告诉了几位同道，她们——都是女的——几乎和我一样激动，说仅凭这个名字，就已经使她们仿佛看到了这未来的作品的模样儿：风度、气质、格调。我当然不知道她们是怎么设想的，但很高兴。于是我向她们讲述了还没有写出的故事，一半是人物原型的真实经历，一半是我的即兴发挥和虚构。我讲得很慢，声音很轻，那根本不是“讲故事”，而是让自己的心潜入书(未来的书)中的时空，并且带着我的朋友们到那时空中，去游历一番。这也算是我的一个创作习惯，我在打好“腹稿”之后不急于落笔，愿意口头讲述一遍或数遍，讲给家人听，或是讲给朋友听，有时对着录音机讲给自己听。这是对“腹稿”的一个考验，如果不能打动别人也不能打动自己，写出来还有什么意思呢？

感谢我的朋友们，她们一边听我的讲述一边热泪盈眶，我的讲述经常被哭声打断。我并不想“赚”别人的眼泪，眼泪也不是评价文学作品的唯一标准，但它至少说明，我的讲述引起了别人的共鸣。尚在孕育中的作品已经得到了朋友们的首肯，这对于作者，等于是“厉兵秣马”！

但我仍然没有动笔。

我在等待落笔的最佳时机，不到激情在笔尖无法遏制地涌流的时候，不“硬写”，我怕糟蹋了这个自己非常喜欢的题目。

我当然不能坐等。我踏着故事当中男女主人公的足迹奔走，我要回到那个时空去，再生活一次。“余生也晚”，没有经历过书中的全过程，但我曾和男女主人公的原型有过相当一段时间的接触，他们的音容笑貌，他们的痛哭和饮泣，闭目如在眼前，我永远也不会忘记。他们曾经不自觉地使我了解到早于我的那个时代的往事。何况在地面上还留存着并不因为他们的先后辞世而消失的东西，当我踏着他们当年走过的路，看到他们曾经生活过的地方，历史就在我的面前复活了。何况在人间还生活着曾经和他们一起生活过的人，以及和他们同时代的人，这些人向我谈起过去，就好像岁月倒流了似的。何况我对于已经亡故了的男女主人公的原型有着那样深切的怀念之情，一想起他们，我就无法抑制自己，我常在梦中见到他们，以为他们还在，醒来之后，一阵怅然、茫然！如果不让他们在我的笔下复活，我简直无法安生！

在经过相当长的一段“孕育”之后，我觉得我所等待的时机已经到来了，就铺开了稿纸，拿起了笔。我把所有创作计划都搁置起来，把所有的“文债”都往后推，把生活中的一切琐事都抛开，连一些好朋友和许多读者的信件都无暇回复，全力以赴《穆斯林的葬礼》，我希望大家都能原谅我，如果知道我此时的心情的话。

年轻的时候胆子大，写东西也不觉得艰辛，有时甚至是写着“玩玩儿”。随着年岁的增长，写作似乎越来越难，那是因为：文学，在我心中越来越神圣。面对文学，我有着宗教般的虔诚。我在写作中净化自己的心灵，并且希望我的读者也能得到这样的享受。文学，来不得虚伪、欺诈和装腔作势，也容不得污秽、肮脏和居心不良。“文如其人”，作家的赤诚与否是瞒不过任何人的眼睛的，我历来不相信怀着一颗卑劣的心的人能写出真善美的好文字。

我陶醉在自己创造的意境中。人是需要理想、需要幻想的，需要美，以美的意境、美的情操来陶冶自己。我想如果把世界上的一切丑恶集中起来强迫人去看，那一定是一种很惨的刑罚。

追求美是人的本性，我相信人们本能地而并非理智地向往纯美纯情的意境，美不必强迫人接受。不然，“落霞与孤鹜齐飞，秋水共长天一色”那样的前人名句就不会传之久远，深入人心。当然不是人间到处都有这样的意境，所以人们才更需要这样的意境。我笔下的主要人物，既是人间曾经有过的，也是我所憧憬的。我觉得人生在世应该做那样的人，即使一生中全是悲剧，悲剧，也是幸运的，因为他毕竟完成了并非人人都能完成的对自己的心灵的冶炼过程，他毕竟经历了并非人人都能经历的高洁、纯净的意境。人应该是这样的大写的“人”。人的心决不单单是解剖图上画的那颗有着什么左心房、右心房……的心脏。为人的心作传，为人的心谱曲，这是一项十分艰辛而又十分幸福的事业。

写作也是三百六十行当中的一行。但是它恐怕不能像某些行当一样当“活儿”干。这个“活儿”太神圣，太复杂。有各种各样的技巧，但技巧却不是最重要的，或者说这技巧只能含在作品之中，而不能让人可触可摸，一道道工序地去品评：“这活儿做得地道。”最高的技巧是无技巧，仅仅炫耀技巧就失去了灵魂。让人看见的技巧是拙劣的技巧。

我在落笔之前设想过各种技巧，写起来却又都忘了。好像我的作品早已经离开我而存在，我的任务只是把它“发掘”出来，而无须再补上一块或是敲掉一块。它既然是“孕育”而成的，就不能像人工制造的那样随心所欲地加以改变。我尊重这个完整的肌体，我小心翼翼地、全神贯注地捧着它，奉献出来，让它呈现它本来的面目于读者面前。

我至今弄不清楚我运用了什么技巧，也弄不清楚这本书按时下很流行的说法归属什么流派。

我无意在作品中渲染民族色彩，只是因为故事发生在一个特定的民族之中，它就必然带有自己的色彩。我无意在作品中铺陈某一职业的特点，只是因为主人公从事那样的职业，它就必然顽强地展示那些特点。我无意借宗教来搞一点儿“魔幻”或“神秘”气氛，只是因为我们这个民族和宗教有着久远的历史渊源和密切的现实联系，它时时笼罩在某种气氛之中。我无意在作品中阐发什么主题，只是把心中要说的话说出来，别人怎么理解都可以。我无意在作品中刻意雕琢、精心编织“悬念”之类，只是因为这些人物一旦活起来，我就身不由己，我不能干涉他们，只能按照他们运行的轨道前进。是他们主宰了我，而不是相反。必须真正理解“历史无情”这四个字。谁也不能改变历史、伪造历史。

“分娩”的过程是相当漫长的，四五十万字，谁也不可能开几个夜车就写出来。我在稿纸前和主人公一起经历了久远的跋涉。我常常忘记了现实生活中的人和事，心都在小说中。我忘记了人间的寒暑，以小说中的季节为自己的季节。窗外正是三伏盛夏，书中却是数九严冬，我不寒而栗。

我和主人公一起生活。每天从早到晚，又夜以继日。我为他们的欢乐而欢乐，为他们的痛苦而痛苦。我的稿纸常常被眼泪打湿，有时甚至不得不停下来痛哭一场。

我已经舍不得和我的人物分开。当我把他们一个一个地送离人间的时候，我被生离死别折磨得痛彻肺腑。心绞痛发作得越来越频繁，我不得不一次次停下来吞药。我甚至担心自己的葬礼先于书中的葬礼而举行，那么，我就太遗憾了，什么人都对不起了！

我的命运毕竟没有这么惨。当我写完了最后一行，才长长地舒了一口气：现在，死都不怕了！我相信读者决不会认为我在危言耸听，我相信书中的亡人完全理解我的心。

谨将此书奉献给亡故的人们，向他们表达我的怀念之情。

谨将此书奉献给我的朋友和广大读者，这是我的心在和你们交流。我等待你们的批评。

我由衷地感谢回、汉族的许多前辈和朋友，在我的写作之中给予了热情的关切和帮助。感谢北京十月文艺出版社的朋友们对我的信任和鞭策。他们催稿简直像“索命”，而我甘愿把“命”交给他们。

书稿终于完成了，摞起来将近一尺厚。我把她郑重地交给鞭策我、信任我的编辑，请接住她，这是一个母亲在捧着自己的婴儿。

一九八七年九月一日晨
记于抚剑堂书屋

图书在版编目 (CIP) 数据

穆斯林的葬礼 / 霍达著. — 北京 : 北京十月文艺出版社，2022.9

ISBN 978-7-5302-2235-5

Ⅰ. ①穆… Ⅱ. ①霍… Ⅲ. ①长篇小说—中国—当代 Ⅳ. ① I247.5

中国版本图书馆 CIP 数据核字 (2022) 第 078417 号

穆斯林的葬礼
MUSILIN DE ZANGLI
霍达　著

出　　版　北 京 出 版 集 团
　　　　　北京十月文艺出版社
地　　址　北京北三环中路 6 号
邮　　编　100120
网　　址　www.bph.com.cn
发　　行　新经典发行有限公司
　　　　　电话 010-68423599
经　　销　新华书店
印　　刷　北京盛通印刷股份有限公司
版　　次　2022 年 9 月第 1 版
印　　次　2022 年 9 月第 1 次印刷
开　　本　880 毫米 ×1230 毫米　1/32
印　　张　20.125
字　　数　527 千字
书　　号　ISBN 978-7-5302-2235-5
定　　价　128.00 元
如有印装质量问题，由本社负责调换
质量监督电话　010-58572393